스스로 깨어라

HERMANN

헤르만 헤세 청춘소설 3부작

스스로 깨어라

헤르만 헤세 지음 | **송동윤** 옮김

『수레바퀴 아래서』『데미안』『싯다르타』로 이어지는 깨달음의 여정

HESSE

스타북스

청춘은 지나간 계절이 아니라
우리 삶 속에서 반복되는 전환의 순간이다

깨어라, 새가 알을 깨고 세상으로 나오듯.

우리는 매일 아침이면 잠에서 깨어난다. 하지만 정말로 깨어나는 것은 눈을 뜨는 일이 아니라, 내가 지금 누구의 시산표 위에 서 있는지 알아차리는 일인지도 모른다. 눈을 뜨자마자 확인하는 일정, 성과, 점수, 메시지. 그 모든 것에 반응하며 하루를 잘 보내다 보면, 어느새 삶은 '내가 사는 것'이 아니라 '내가 통과하는 것'처럼 느껴지곤 한다. 효율적인 경로가 미덕이 되고, 흔들림은 낭비가 되며, 질문은 뒤로 밀려난다.

하지만 어느 순간, 아주 조용한 순간에 우리는 멈춰 서서 묻게 된다. 나는 지금 어디로 가는가? 이 방향은 내 것인가? 아니면 그저 가야 한다는 이유로 가는가?

헤르만 헤세는 이 질문을 오랫동안, 그리고 끝까지 놓지 않은 작가였다. 그가 말하는 '청춘'은 나이의 문제가 아니라 태도의 문제다. 아직 굳지 않은 마음, 아직 완성되지 않은 세계관, 타인의 시선과 자기 목소리 사이에서 갈라지는 통증을 가진 존재. 헤세의 청춘은 모범적으로 성장하는 주인공이 아니다. "나는 누구인가"라는 질문 앞에서 끝내 도망치지 못하는 사람이다.

그래서 그의 문장은 시대를 건너 오늘의 우리에게도 낯설지 않다. 더 빠르게, 더 완벽하게, 더 '정상적으로' 살라는 압력이 강해질수록, 더 많은 사람이 자기 자신을 잃어버린 채 그럴듯한 삶을 살아내기 때문이다.

이 책은 헤르만 헤세의 방대한 문학 세계 중에서도 청춘의 고통과 성장을 가장 치열하게 담아낸 『수레바퀴 아래서』, 『데미안』, 『싯다르타』를 한 권으로 묶어 『스스로 깨어라』라는 제목 아래 놓았다. 여기서 "깨어라"는 두 겹의 의미를 품는다. 하나는 잠에서 깨듯 정신을 차리고 스스로를 자각하라는 뜻이고, 다른 하나는 알을 깨듯 껍질을 깨고 나오라는 뜻이다.

우리는 종종 스스로를 안전하게 보호한다고 믿으며 껍질을 두껍게 만든다. 하지만 그 껍질이 어느 순간 감옥이 되기도 한다. 남들이 정해 준 '좋음'의 기준, 비교가 만든 표준, 인정받기 위해 익힌 얌전함, 상처받지 않기 위해 감춘 욕망. 그 껍질은 우리를 지켜 주는 동시에, 우리를 밖으로 나오지 못하게 가둔다. 헤르만 헤세는 바로 그 지점을 건드린다. 사람이 살아남기 위해 만든 껍질을, 사람이 살아가기 위해 다시 깨야 하는 순간을 이야기한다.

세 작품은 서로 다른 이야기지만, 한 사람의 내면이 깨어나는 과정을 하나의 흐름으로 보여준다. 첫째는 압력에 짓눌리는 삶, 둘째는 껍질이 갈라지는 통증, 셋째는 긴 시간 속에서 체득되는 지혜다. '깨어남'은 번쩍이는 깨달음의 순간이라기보다, 타인의 목소리에서 잠시 벗어나 자신의 심장을 다시 듣는 일이다. 그리고 그 듣기 위해 필요한 고통과 용기를 포함한다.

무엇보다 깨어남은 단 한 번으로 끝나는 사건이 아니라, 인생의 여러 국면에서 반복되는 과정이다. 따라서 우리는 같은 문장을 다시 읽으며 전혀 다른 대목에서 멈추고, 그때마다 서로 다른 '나'를 만난다.

『수레바퀴 아래서』는 깨어남의 비극적 시작을 보여준다. 한스는 공부도 잘하고, 착하고, 기대를 저버리지 않으려 애쓰는 소년이다. 그를 둘러싼 어른들은 요구한다. 좋은 학교, 좋은 성적, 좋은 미래. 그러나 그 '좋음'의 기준은 대부분 타인의 것이고, 한스의 하루가 촘촘히 쪼개질수록 한스는 자기 안의 숨 쉬는 리듬을 잃어간다.

수레바퀴는 한번 굴러가기 시작하면 멈추기가 어렵다. 개인의 감수성과 개성이 '유용함'과 '성공'이라는 이름의 장치에 갈려 나갈 때, 무엇이 파괴되는지 이 소설은 담담하게, 그래서 더 잔혹하게 보여준다. 이 이야기가 과거의 비극에 머물지 않는 이유도 거기에 있다. 수레바퀴는 학교에만 있지 않다. 우리 주위의 직장과 가정, 사회 전반에 여전히 같은 형태로 굴러간다. 그리고 우리는 종종 그 소리를 '열심히'라는 미덕으로 착각하면서 지나친다.

『데미안』에서 깨어남은 비극을 넘어 균열로 이어진다. 싱클레어는 선과 악, 빛과 어둠이 깔끔하게 나뉘는 세계를 믿고 싶어 한다. 그러나 성장의 순간은 대개 분류표가 무너지는 순간에 찾아온다. 인간 안에는 밝음만큼의 그늘이 있고, 선함만큼의 폭력성이 있으며, 순진함만큼의 위선이 있기 마련이다.

싱클레어는 누군가의 말과 사건들을 통해, 스스로를 단정 짓던 껍질에 금이 가는 경험을 한다. 그 균열은 불편함으로 이어진다. 하지만 그 불편함이야말로 자기 자신의 시작이다. 남들이 정해 준 도덕과 정답을 따라가던 삶에서, 자기 내면이 요구하는 진실을 마주하는 삶으로 옮겨 가는 순간. 『데미안』의 상징들은 정답이 아니라 물음이 된다. 뜻풀이를 요구하기보다, 독자에게 묻는다. 당신은 당신의 언어로 당신의 삶을 해석할 준비가 되었는가.

그리고 『싯다르타』에서 깨어남은 더 긴 호흡을 얻는다. 이 작품의 주인공 싯다르타는 스승과 사상, 수행을 좇다가도 그것만으로는 충분하지 않음을 알게 된다. 금욕의 극단을 지나고, 세속의 달콤함도 통과하며, 사랑과 상실, 부와 권태를 경험한다. 그리고 마침내 어떤 강가에서 '듣기'의 삶을 배운다.

여기서 헤르만 헤세가 보여 주는 길은 분명하다. 누구도 대신 깨달아 줄 수 없고, 누구의 문장도 내 삶을 통째로 구원해 주지 않는다는 것을. 진실은 머리로만 이해되는 것이 아니라, 몸으로 겪고 마음으로 견딘 뒤에야 비로소 내 것이 된다.

강물은 모든 소리를 한 번에 품는다. 모순도, 실수도, 우회도, 후회도. 그러다 어느 순간 우리는 '이해'가 아니라 '수용'에 도달한다. 그 수용은 체념이 아니라 연민이다. 자신에게도, 타인에게도, 그리고 시간이 만들어 낸 돌아가는 길들에게도.

세 작품을 나란히 읽을 때 우리는 알게 된다. 깨어남은 결코 낭만적인 표어가 아니라는 것을. 『수레바퀴 아래서』는 깨어나지 못한 채 짓눌리는 삶의 위험을 보여 주고, 『데미안』은 껍질이 깨지는 통증과 함께 찾아오는 자유를 말하며, 『싯다르타』는 자유 이후에도 계속되는 삶의 무게인 선택, 책임, 관계, 후회를 끌어안는 법을 가르친다.

이 흐름은 "나를 찾으라"로 시작해 "나를 견뎌라"로 끝난다. 자신을 찾는 일은 종종 찬란하지만, 자신을 견디는 일은 대개 조용하고 오래 걸린다.

그래서 『스스로 깨어라』는 명령문이리기보다 독자들에게 건하는 간절한 요청이자 약속이다. 누구에게나 자기 안에 깨어날 힘이 있다는 믿음, 그리고 그 힘은 남이 대신 만들어 주는 것이 아니라 스스로 키워야 한다는 믿음이다.

이 책이 독자에게 건네고 싶은 것은 정답지가 아니라 손전등 같은 문장들이다. 어둠을 완전히 지워 주지는 못해도, 다음 한 걸음을 보이게 하는 빛. 때로는 책장을 빠르게 넘기기보다, 마음이 반응하는 문장 앞에서 일부러 멈추어도 좋다. 줄거리의 끝을 빨리 보려는 마음보다, 내 마음이 어디에서 멈추는지를 알아차리는 편이 이 책과 더 잘 어울릴 것이다.

노트 한 귀퉁이에 이런 질문을 적어 보아도 좋겠다.

내가 지금 '열심히'라는 이름으로 스스로를 밀어붙이는 부분은 어디인가.

나는 어떤 '착함'으로 내 욕망을 숨기고 있는가.

나는 누구의 눈을 빌려 나를 판단하고 있는가.

그리고 오늘, 내가 할 수 있는 가장 작은 '깨어남'은 무엇인가.

이 질문들은 당신을 시험하지 않는다. 다만 당신을 당신에게 데려다 준다.

이 책은 젊은 사람만 읽는 청춘소설이 아니다. 오히려 시간이 흐른 뒤에 다시 읽을수록 더 선명해진다. 어른이 된 독자는 한스의 무력함을 미숙으로만 보지 않고, 한 시절의 구조적 폭력을 읽어낸다. 싱클레어의 혼란은 사춘기의 과장으로 축소되지 않고, 인간이 자기 삶을 사는 데 필요한 통증으로 다가온다. 싯다르타의 긴 우회는 실패가 아니라 성장과 성숙의 과정으로 보인다.

청춘은 지나간 계절이 아니라, 우리 안에서 반복되는 전환의 순간이다. 누구나 다시 흔들리고, 다시 깨고, 다시 흘러간다.

당신의 강은 쉬지 않고 흐른다. 그 흐름을, 이제 스스로의 귀로 들어 보기를. 깨어남은 멀리 있지 않다. 오늘의 숨, 오늘의 문장, 오늘의 작은 결단에서 시작된다. 그리고 그 시작은 늘 조용하지만, 한 번 시작되면 삶의 방향을 바꾸는 힘을 가진다.

스스로 깨어라.

잠에서만이 아니라, 타인의 궤도에서.

그리고 나를 가두던 껍질에서.

Contents

수레바퀴 아래서
Unterm Rad

데미안
Demian

싯다르타
Siddhartha

수레바퀴 아래서

Unterm Rad

1장

대리점 일을 하면서 중개까지 겸하던 요제프 기벤라트 씨는, 특별히 뛰어나다거나 유난한 성격을 지닌 사람은 아니었다. 그저 남들처럼 건장한 체격에 장사 수완이 괜찮은, 흔히 볼 수 있는 인물이었다. 돈을 무엇보다 소중히 여겼고, 기본적으로 정직했다. 작은 정원이 딸린 집도 있었고, 대대로 물려받은 선산의 묘지도 있었다.

교회에 대한 믿음은 어느 정도 '진보적'이었지만, 하느님과 윗사람에게 마땅한 존경을 표할 줄도 알았다. 시민사회가 요구하는 예의범절 같은 완고한 규율에는 거의 맹목적으로 따랐다.

술은 잘 마셨지만, 결코 정신을 잃을 만큼 취하는 법은 없었다. 흠잡힐 일도 하긴 했으나, 상식을 벗어날 정도로 심각한 일은 아니었다.

그는 가난한 사람들을 두고 "껄렁패"라며 욕했고, 돈 있는 사람들을 "졸부"라며 빈정댔다. 시민회 회원으로 금요일마다 '독수리 회관'에서 열리는 구주희(볼링 비슷한 경기)에도 빠지지 않았고, 빵 굽는 모임이나 시식회, 수프 모임 같은 데도 부지런히 얼굴을 내밀었다. 일할 때는 값싼 담배를 피웠지만, 식사 뒤나 일요일에는 고급 담배를 사서 피우는 것이 그가 누리는 사치의 전부였다.

그의 내면은 거칠고 메말라 있었다. 젊을 때 품었던 열정은 오래 전에 먼지 속에 파묻혀 버렸다. 남아 있는 감정이라곤 관습적인 가족애, 아들 자랑, 그리고 가난한 이들에게 베푸는 인색한 동정심 정도였다. 정신적 능력도 융통성 없는 잔재주와 계산적인 재능을 크게 벗어나지 못했다. 책 읽기는 신문이 전부였고, 예술 감상이라고 해 봐야 해마다 시민회가 주관하는 소인극이나 서커스를 구경하는 정도가 고작이었다.

설령 그가 이웃 사람과 이름과 주소를 바꾼다 해도 달라질 것은 없었을 것이다. 그의 마음 깊숙한 곳에는 늘, 다른 사람의 비범함, 자유로움, 세련됨, 정신적인 것 등의 인품에 대한 질투에서 비롯된 본능적 적대감이 뿌리처럼 자리하고 있었다. 하지만 그런 점마저도 이 마을의 다른 남자들과 다르지 않았다.

그에 대한 소개는 이쯤이면 충분하다. 그의 평범한 생활과, 그가 스스로는 알아채지 못하는 비극성을 서술하려면, 아마도 심오한 풍자만이 가능할 것이다.

그에게는 아들이 하나 있었다. 이 이야기는 그 아들에 관한 것이다.

한스 기벤라트는 놀랄 만큼 영리한 수재였다. 또래 아이들과 어울려 뛰노는 모습만 보아도, 그가 얼마나 뛰어나고 총명한지 금세 알 수 있었다. 슈바르츠발트의 작은 마을에서 이런 수재가 태어난 적은 없었다. 그곳에서 넓은 세상으로 나가 뚜렷한 활동을 한 사람도 아직은 없었다.

소년의 진지한 눈빛, 시원하게 트인 이마, 의젓한 걸음걸이는 어디에서 비롯된 것인지 알 길이 없었다. 어머니는 수년 전에 세상을 떠났고, 생전에도 늘 앓아누워 존재감이 희미했다. 아버지는, 말하자면 원인을 따질 대상이 되기엔 너무 평범했다.

팔·구백 년 동안 유능한 시민은 숱하게 나왔어도, 천재나 신동은 한 번도 낳아 본 적 없는 이 시골에, 하늘에서 신비한 불씨가 떨어진 듯한 일이었다.

현대 교육을 받은 사람이었다면, 병약한 어머니와 당당한 가문을 떠올리며 '쇠퇴가 시작되는 징조로서의 지능 과잉' 같은 말을 했을지도 모른다. 그러나 다행히도 이 마을엔 그런 종류의 사람은 살고 있지 않았다. 관리들이나 학교 선생들 가운데 몇몇 젊고 유능한 이들만이 신문 논설을 통해 '현대적인 인간'의 존재를 어렴풋이 알고 있을 뿐이었다.

여기서는 자라투스트라의 말을 몰라도 사는 데 아무 지장이 없었고, 교양인 행세를 하는 데도 문제가 없었다. 부부 생활은 대체로 건실하고 무난했다. 사람들의 삶 전체를 지배하는 것은, 과거로부터 이어진 고질적인 관습이었다.

지난 20년 사이 직공에서 공장주가 된 사람도 꽤 있었다. 그들은 관리들 앞에서는 예의 바르게 인사하고 교제했지만, 자기들끼리는 그들을 '말단 서기'라고 불렀다. 그런데도 이상하게, 그들의 최고 야심은 아들들을 공부시켜 관리로 만드는 일이었다.

그러나 그것은 대개 이루기 어려운 아름다운 꿈에 불과했다. 그들의 자녀들은 라틴어를 배우는 중학교에서조차 몇 차례씩 낙제를 거듭하는 경우가 많았기 때문이다.

한스 기벤라트의 타고난 재능만큼은 누구도 의심하지 않았다. 교장 선생님과 교사들, 이웃 사람들, 마을 목사, 동급생들까지 모두 이 아이가 남다르며 총명하다는 사실을 인정했다.

그래서 그의 미래는 거의 정해져 있었다. 슈바벤 지방의 수재가, 집이 아주 부유하지 않은 한 갈 길은 사실상 하나뿐이었기 때문이다. 주州 시험을 치러 신학교에 들어간 다음, 뒤빙겐 대학으로 진학해 목사나 교사가 되는 길이었다.

해마다 사십, 오십 명쯤 되는 시골 소년들이 이 평탄하고 확실한 길을 따라갔다. 막 견진성사를 받은 뒤 과중한 공부로 수척해진 소년들은 국비로 인문과학의 여러 분야를 급히 배우고, 팔·구 년 뒤에는 그보다 훨씬 긴 '제2의 인생'으로 들어선다. 그리고 그때부터 국가가 준 혜택을 갚는 삶이 시작되는 것이다.

몇 주 뒤면 '주의 시험'이 치러질 예정이었다. 사람들은 해마다 지방의 인재를 뽑는 이 행사를, 고대 그리스에서 신에게 황소 백 마리를 제물로 바치던 '헤카톰베'에 빗대어 부르곤 했다. 그 기간이면 가족들의 탄식과 기도, 소망이 시험이 치러지는 슈투트가르트로 한꺼번에 쏠렸다.

한스 기벤라트는 이 마을에서 그 치열한 경쟁터로 나갈 유일한 후보였다. 명예는 컸지만, 결코 공짜로 얻는 것이 아니었다.

매일 오후 네 시까지 이어지는 수업이 끝나면 교장 선생님에게 그리스어 보강을 받았다. 여섯 시엔 목사가 라틴어와 종교 복습을 도와주었다. 거기에다 일주일에 두 번은 저녁 식사 후 수학 선생님에게 지도를 받았다.

그리스어는 불규칙동사 다음으로, 불변화사가 문장을 이어 붙일 때 나타나는 다양한 변화에 중점을 두었다. 라틴어는 문체를 간결하게 만드는 법, 특히 운율의 세부를 익히는 데 힘을 쏟았다.

수학은 복잡한 비례법이 핵심이었다. 선생님 말로는 이후 학업이나 생활에는 별 가치가 없는 것처럼 보이지만, 사실은 대단히 중요하다고 했다. 논리력을 기르고, 분명하고 냉정하며 정확한 사고의 바탕이 되기 때문에, 다른 '중요 과목'보다도 더 중요하다는 것이었다.

한편으로는 정신적 부담이 지나쳐 정서가 메마를까 염려되어, 매일 아침 수업 시작 전에 한 시간씩 견진성사를 위한 교리공부에도 참석했다. 거기서는 브렌츠의 교리문답서에 나오는 감격적인 문답을 암송하며 종교적 생명의 숨결을 불어넣어 주려 했다.

하지만 한스는 그 시간을 달가워하지 않았고, 결국 그 '축복'을 스스로 망쳐 버렸다. 그는 그리스어·라틴어 단어와 연습문제를 적어 둔 단어장을 교리문답서 사이에 슬쩍 끼워 넣고, 한 시간 내내 세속적인 공부에 몰두했다. 그러면서도 늘 불안했다. 감독 목사가 가까이 오거나 자기 이름을 부르면 그때마다 화들짝 놀라 몸을 움츠렸다. 대답할 땐 이마에 땀이 맺히고 가슴이 두근거렸다. 그래도 늘 흠잡을 데 없이 정확하고 또렷한 발음으로 대답해 목사를 만족 시켰다.

필기와 암기, 복습과 예습은 매일매일 쌓여 갔다. 그래서 밤늦게 까지 희미한 등잔불 아래 앉아 있어야 했다. "평화로운 분위기에 서 공부가 잘된다."는 담임선생님의 충고대로, 화요일과 토요일엔 열 시까지, 그 외엔 열한 시나 열두 시, 때로는 더 늦게까지 공부했 다. 아버지는 석유를 많이 쓰는 것이 아깝긴 했지만, 아들이 공부하 는 모습을 자랑스럽게 바라보았다. 한가한 시간이나, 인생의 7분의 1을 차지하는 일요일에는 학교에서 미처 못 읽은 책을 읽거나 문법 을 복습했다.

"물론 적당히 해야지. 적당히! 일주일에 한두 번은 꼭 산책을 해 라. 그게 도움이 된다. 날씨가 좋으면 책을 들고 교외로 나가도 좋 고…… 시원한 공기 속에선 공부가 더 쉽고 재미있어진단다. 어쨌든 고개를 들고 즐겁게 걷는 거야!"

한스는 산책조차 공부에 이용하기 시작했다. 잠 부족으로 지친 얼굴을 한 채, 남몰래 걸어 다녔다.

"기벤라트는 어떻습니까? 합격하겠지요?"

어느 날 담임선생님이 교장 선생님에게 말했다.

"합격하지요. 합격하고말고요."

교장 선생님은 흡족하게 웃었다.

"그만큼 영리한 아이는 없습니다. 자세히 보면, 저 아이는 신의 영감을 받은 게 틀림없다는 걸 인정하게 될 겁니다."

마지막 일주일 동안 그 '영감'은 유난히 선명해 보였다. 귀엽고 고운 얼굴에는 불안에 못 이겨 움푹 팬 눈동자가 타오르고, 아름다운 이마에는 총기가 번뜩이는 가느다란 주름이 실룩거렸다. 여윈 팔과 손은 보티첼리를 떠올리게 하는 나른한 우아함으로 늘어져 있었다.

마침내 시험 날짜가 다가왔다. 내일 아침, 한스는 아버지와 함께 슈투트가르트로 가서 주의 시험을 치르고, 신학교라는 좁은 문을 통과할 자격이 있는지 없는지를 보여야 했다. 그는 방금 교장 선생님께 작별 인사를 하고 돌아오는 길이었다.

교장 선생님은 평소보다 훨씬 부드러운 표정으로 당부했다.

"오늘 저녁엔 공부하면 안 된다. 내일 맑은 정신으로 슈투트가르트로 가야 하니까. 지금부터 한 시간쯤 산책하고, 일찍 자거라. 충분히 자야 한다."

한스는 여러 충고가 쏟아질 줄 알았는데, 뜻밖에 다정한 말을 들어 놀랐다. 그래도 마음이 한결 가벼워져 안도의 숨을 내쉬며 교문을 나섰다.

교회 동산의 키 큰 보리수들은 늦은 오후의 따가운 햇살 속에서 생기를 품고 반짝였고, 시청 앞 광장에선 커다란 분수 두 개가 빛을 튕기며 물을 뿜고 있었다. 들쑥날쑥한 지붕들 위로, 검푸른 전나무로 뒤덮인 산이 가까이 다가오는 듯 보였다. 한스는 자신이 이런 풍경을 얼마나 오래 제대로 바라보지 못했는지 새삼 깨닫고, 모든 것이 너무 아름답고 매혹적이라 느꼈다. 두통은 있었지만, 오늘은 더 공부하지 않아도 된다는 사실만으로도 몸이 가벼웠다.

그는 천천히 시청 앞 광장을 가로질러 낡은 시청 건물과 시장 골목을 지나고, 대장간을 지나 낡은 다리까지 걸어갔다. 거기서 한참 왔다 갔다 하다가, 결국 폭 넓은 난간에 걸터앉았다.

몇 달 동안 하루에 네 번이나 이 다리를 오가면서도, 다리 옆 고딕식 예배당도, 강도, 수문도, 둑도, 물레방아도, 햇볕에 누워 있는 풀밭도, 버드나무 우거진 강가도—단 한 번도 눈길을 주지 않고 지나쳤다는 사실이 떠올랐다.

강가에는 가죽을 말리는 건조장이 늘어서 있었고, 잔잔한 호수처럼 깊고 푸른 강물 위로 버드나무 가지가 늘어져 있었다.

지금 한스는, 예전엔 여기서 얼마나 많은 시간을 보냈던가를 떠올렸다. 헤엄치고, 잠수하고, 노를 젓고, 낚싯대를 드리웠다. 아, 낚시! 하지만 지금은 그것마저 거의 잊어버렸다. 시험 때문에 낚시를 금지 당했을 때, 얼마나 서럽게 울었던가. 낚시, 그것은 길고 긴 학창 시절 가운데서도 가장 아름다운 추억이었다.

희미한 버들그늘 아래 서 있으면 물레방아 둑으로 떨어지는 물소리가 가까이 들리고, 깊고 고요한 물결과 수면 위로 흔들리는 빛의 꿈틀거림이 보였다. 산들바람에도 흔들리는 긴 낚싯대, 물고기가 미끼를 물어 낚싯대를 당길 때의 흥분, 파닥파닥 꼬리치는 통통한 고기를 손에 움켜쥐었을 때의 말할 수 없는 기쁨!

그는 살찐 잉어를 여러 번 낚았고, 돌잉어와 은어, 맛 좋은 황어와 작고 예쁜 피라미도 잡았다.

한스는 오래도록 물 위를 바라보았다. 푸른 물을 들여다보다가, 어느새 슬픈 생각에 잠겼다. 아름답고 자유롭던 어린 시절의 기쁨은 이제 먼 옛날이 되어 버린 듯했다.

그는 무심코 주머니에서 빵 한 조각을 꺼내 동그랗게 뭉쳐 물에 던졌다. 빵이 가라앉자 물고기들이 와서 물고 가는 것이 보였다. 처음엔 작은 고기들이 다가와 작은 덩어리를 삼켰고, 큰 덩어리를 탐내는 듯 조그만 주둥이로 툭툭 건드렸다. 곧 비교적 큰 은어 한 마리가 천천히, 그러나 조심스럽게 다가왔다. 넓고 까만 등허리는 강바닥과 거의 구분되지 않았다. 너석은 빵 덩어리 주위를 신중하게 한 바퀴 돌더니, 갑자기 크고 둥근 주둥이를 벌려 삼켜 버렸다.

느릿느릿 흐르는 물 위로 축축하고 따뜻한 공기가 올라왔다. 흰 구름 몇 조각이 파란 수면 위에 희미하게 비쳤다. 물레방아의 둥근 바퀴는 덜컹거리며 돌아가고, 두 둑에서는 시원하고 낮은 물소리가 이어졌다.

소년은 지난 일요일의 견진성사를 떠올리고 있었다. 의식이 진행되는 동안 모두가 감동에 잠겨 있을 때, 자신은 속으로 그리스어 동사를 외우고 있었다는 사실을 깨닫고 스스로 놀랐던 것이다. 요즘은 정신도 산만해져 수업 중에도 눈앞의 공부 대신, 지나간 공부나 앞으로 해야 할 공부를 생각하는 일이 잦았다. 시험은 잘 볼 수 있을까?

그는 멍한 사람처럼 자리에서 일어섰다. 어디로 갈지 생각도 없었다. 그때, 힘 센 손이 그의 어깨를 붙잡는 바람에 깜짝 놀랐다. 하지만 붙잡은 이의 목소리는 부드러웠다.

"한스야! 잘 지냈니? 잠깐 같이 걸을까?"

돌아보니 구두 장수 플라이크 아저씨였다.

한스는 예전에 저녁 한 시간쯤을 이 사람 집에서 보낸 적이 있었
지만, 그 뒤로는 오래 찾아가지 않았다. 함께 걷는 동안, 경건파 신
자인 플라이크 아저씨는 신앙 이야기를 이어갔고, 한스는 듣긴 했
으나 크게 마음을 두지는 않았다. 아저씨는 시험 이야기를 꺼내 한
스의 성공을 빌어 주며 격려했다.

하지만 그가 진짜 하고 싶은 말은 따로 있었다. 그런 시험은 세
속적인 일일 뿐, 그리 중대한 것이 아니라는 것. 떨어져도 부끄러울
게 없고, 우등생도 떨어질 수 있다는 것. 만약 한스가 실패한다면,
하느님께서 그에게 맞는 길로 이끄시려는 특별한 뜻이 있다고 생
각하면 좋겠다는 것이었다.

한스는 이 아저씨에게 어쩐지 미안한 마음이 있었다. 그의 인품
과 확고하고 당당한 태도는 존경스러웠지만, '기도하는 신자'를 두
고 농담이 오가면 무심코 같이 웃어 버린 적도 있었다. 또 날카로운
질문이 두려워, 오래전부터 거의 불인에 끼끼 올 정도로 이 구두 장
수를 피하던 자신의 비겁함이 부끄럽기도 했다.

한스가 선생님들의 자랑거리가 되고 스스로도 조금 우쭐해진 뒤
부터, 플라이크 아저씨는 "그런 건 아무것도 아니다"라며 한스를
겸손하게 만들려 애썼다. 그러나 그럴수록 소년의 마음은 아저씨
에게서 멀어졌다. 한스는 한창 반항기에 있었고, 자존심이 상하는
일에는 유난히 민감했기 때문이다. 지금도 그는 아저씨의 말을 들
으며 걷고 있었지만, 아저씨가 얼마나 자신을 걱정하고 가까이 여
기는지는 알아채지 못했다.

두 사람은 꽃집 골목에서 목사를 마주쳤다. 구두 장수는 딱딱하

고 냉랭하게 인사하더니 서둘러 가버렸다. 이 목사는 신출내기였고 '부활을 믿지 않는다.'는 소문이 돌고 있었기 때문이다. 목사는 소년과 함께 걷기 시작했다.

"요즘 어떻게 지내니? 열심히 했으니 좋은 결과가 있을 거야."

목사가 물었다.

"네. 이제는 괜찮아요."

"잘해야 한다! 모두가 네게 희망을 걸고 있으니까. 라틴어는 특히 좋은 성적이 나올 거라고 기대한다."

"그래도… 떨어지면……" 한스가 수줍게 말했다.

"떨어져?"

목사는 깜짝 놀라며 걸음을 멈췄다.

"그럴 리가 없다. 전혀 있을 수 없는 일이다. 그런 걱정은 쓸데없어."

"그럴 수도 있지 않을까… 하고 생각했을 뿐이에요."

"없다. 있을 수 없어. 그런 걱정 하지 마라. 자, 아버지께 안부 전하고, 힘내고!"

한스는 목사를 배웅하고 나서, 플라이크 아저씨가 사라진 쪽을 바라보았다.

아저씨는 뭐라고 했더라. 라틴어 같은 건 중요하지 않으며, 올바른 마음으로 하느님을 공경하기만 하면 된다고 했다. 말은 쉽다. 그러나 목사는 어땠나. 만약 시험에서 떨어진다면, 다시는 목사 앞에 설 수 없을 것이다.

한스는 우울한 기분으로 집으로 돌아와, 비탈진 작은 정원으로 들어섰다. 그곳에는 오래 쓰지 않은 헛간이 있었다. 예전엔 그 안에 토끼장을 만들어 3년이나 토끼를 길렀다. 그러나 지난가을, 시험 때문에 토끼를 빼앗기고 말았다. 한가한 시간이 없다는 이유였다.

정말 오랜만에 서 보는 정원이었다. 텅 빈 판자벽은 손댈 수도 없게 낡아 있었고, 벽 모퉁이의 종유석처럼 매달린 무더기는 무너져 내렸으며, 나무로 만든 물레방아 바퀴는 수도관 옆에 나뒹굴고 있었다. 한스는 그것들을 자르고 조립하며 기뻐하던 시절을 떠올렸다.

2년 전 일이었는데도 아주 먼 옛날처럼 느껴졌다. 그는 작은 물레방아 바퀴를 집어 들고 비틀어, 산산이 부순 뒤 울타리 너머로 던져 버렸다. 이런 것들은 없애 버려야 한다. 이제 쓸모없는 것이니까.

그때 문득 동창생 아우구스트가 떠올랐다. 물레방아 바퀴를 만들 때도, 토끼장을 고칠 때도 늘 한스를 도와주던 친구였다. 둘은 돌팔매를 던지고, 고양이를 쫓고, 천막을 치고, 홍당무를 먹으며 여기서 자주 놀았다.

그러나 그 뒤 한스는 공부에 매달려야 했다. 아우구스트는 1년 전에 학교를 그만두고 기계 견습공이 되었고, 이후 한스는 그를 두 번밖에 보지 못했다. 물론 아우구스트도 이제는 바빴을 것이다.

구름 그림자가 빠르게 골짜기 위를 스치고, 태양은 이미 산기슭 가까이 내려와 있었다. 한스는 갑자기 소리 내어 울고 싶어졌다. 그러나 그는 대신 헛간에서 도끼를 꺼내, 여윈 팔을 치켜들고 토끼장을 마구 부숴 버렸다. 널빤지가 사방으로 튀고, 못은 끼익 소리를 내며 휘었다. 지난여름부터 썩어 가던 토끼 사료가 튀어나왔다. 토끼와 아우구스트, 그리고 어린 시절에 대한 그리움까지 모조리 지워 버리려는 듯이.

"얘! 뭐냐? 뭐 하는 거냐?"

창가에서 아버지가 소리쳤다.

"장작 패요."

한스는 더 대답하지 않고 도끼를 내팽개친 뒤 골목길로 뛰쳐나갔다.

그는 강 상류 쪽으로 갔다. 양조장 근처에 뗏목 두 척이 매여 있었다. 그는 예전에 자주 뗏목을 타고 몇 시간씩 강을 내려가곤 했다. 한여름 오후, 나무토막 사이로 물이 튀어 오르는 뗏목 위에 있으면 시원하고 통쾌하면서도 졸음이 쏟아졌다.

한스는 흔들리는 뗏목 위로 뛰어올라, 차곡차곡 쌓인 버드나무 위에 드러누웠다. '뗏목은 떠내려간다. 초원과 밭과 마을, 시원한 숲을 지나 다리와 열린 수문 아래를 지나, 빠르게 혹은 느릿느릿 물 위를 간다. 카프베르크에서 토끼풀을 뜯고 가죽 건조장에서 낚시하던 때처럼. 옛날처럼 두통도 걱정도 없이…' 그렇게 생각하려 애썼다.

그는 몹시 지친 채 집으로 돌아왔다. 아버지는 내일의 슈투트가르트 여행을 앞두고 쓸데없이 들떠, "책은 가방에 넣었냐, 검은 옷은 준비 했냐, 가는 길에 문법책을 읽어 볼 생각은 없냐, 기분은 어떠냐." 하고 끊임없이 물었다.

한스는 마지못해 짧게 대답하더니, 식사도 제대로 못 하고 곧 저녁 인사를 했다.

"자거라, 한스야. 잘 자야 한다! 내일 아침 여섯 시에 깨워 줄게. 참, 사전은 잊지 않았지?"

"사전을 왜 잊어요. 넣었어요. 안녕히 주무세요."

한스는 작은 자기 방에서 불도 켜지 않은 채 오랫동안 깨어 있었다. 이 방은 그에게 허락된 유일한 공간이었다. 작지만 누구에게도 방해받지 않는 곳. 피로와 졸음, 두통과 싸우며 밤늦게까지 카이사르와 크세노폰, 문법과 사전, 수학 문제에 매달리던 곳이다. 끈질기고 고집스럽게 공명심에 불타면서도, 때로는 절망에 빠지기도 했던 곳이었다.

하지만 빼앗긴 자유보다 더 값진 시간을 맛본 적도 있었다. 자랑과 도취, 승리의 꿈으로 가득 찬, 말로 다 표현할 수 없는 시간. 그 꿈결 같은 순간에 그는 학교도 시험도 넘어선, 한 단계 더 높은 세계를 그리워했다. 그러면 자신이 통통하고 귀여운 친구들과는 전혀 다른 '훌륭한 인간'이 되어 언젠가 높은 곳에서 그들을 내려다보게 되리라는 달콤한 행복감에 사로잡히곤 했다.

지금도 그는 방 안에 자유롭고 시원한 바람이 부는 듯 깊게 숨을 들이쉬며, 꿈과 원망과 예감에 잠긴 채 몇 시간을 보냈다.

그리고 서서히 지친 눈꺼풀이 내려오기 시작했다. 몇 번 더 눈을 깜박였지만, 결국 이기지 못했다. 창백해진 소년의 얼굴이 여윈 어깨 위로 툭 떨어지고, 가느다란 두 팔이 힘없이 늘어졌다. 그는 옷을 입은 채 잠들어 버렸다. 어머니처럼 부드러운 '잠'의 손길이 불안한 마음을 어루만지며, 예쁜 이마 위에 그려진 주름을 지워 주었다.

다음 이른 아침, 교장 선생님이 정거장까지 직접 나와 주었다. 이런 일은 한 번도 없었다.

기벤라트 씨는 나들이옷을 입었지만, 흥분과 기쁨과 자랑으로 도무지 침착하지 못했다. 그는 교장 선생님과 한스 주변을 신경질적으로 서성거리며, 역장과 역원에게서 무사한 여행과 시험의 성공을 비는 인사를 받았다. 작은 단단한 가방을 오른손에 들었다가 왼손에 들었다가, 우산을 팔 밑에 끼웠다가 무릎 사이에 끼웠다. 그러다 우산을 몇 번 떨어뜨렸고, 그때마다 가방을 내려놓고 주워들었다. 슈투트가르트가 아니라 미국이라도 가는 사람처럼 보일 정도였다.

아들은 겉으로는 침착해 보였지만, 속으론 숨이 막힐 만큼 불안했다.

기차가 들어오자 사람들이 올라탔다. 교장 선생님은 손을 흔들었다. 아버지는 담배에 불을 붙였다. 기차가 출발하자 골짜기 아래로 마을과 시내는 금세 사라졌다. 이 여행은 두 사람 모두에게 고통이었다.

슈투트가르트에 도착하자 아버지는 갑자기 활기를 되찾아, 즐겁고 상냥해지며 마치 사교인이 된 듯했다. 며칠 도시로 나온 촌사람의 들뜬 기쁨이 얼굴에 생기를 돋운 모양이었다.

그러나 한스는 불안 때문에 점점 더 말이 없어졌다. 도시의 낯섦이 그의 가슴을 짓눌렀다. 낯선 사람들, 알록달록 치장한 높은 건물들, 멀미가 날 만큼 길게 뻗은 거리, 철로마차, 거리의 소음이 모두 위협처럼 느껴져 그를 괴롭혔다.

두 사람은 친척 아주머니 집에 숙소를 정했다. 낯선 방, 아주머니의 친절과 잔소리, 그리고 아버지의 쉼 없는 훈계가 소년을 완전히 녹여 버리는 듯했다. 그는 객지에서 길 잃은 나그네처럼 방 안에 틀어박혀 멍하니 앉아 있었다.

도회풍 의상을 입은 아주머니, 큰 무늬의 양탄자, 앉은뱅이 시계, 벽의 액자들, 창밖으로 펼쳐진 시끄러운 거리, 그 모든 것이 그를 '버려진 사람'처럼 느끼게 했다. 집에서 너무 멀리 와 버려 그동안 애써 배운 것들이 몽땅 사라진 것 같았다.

그는 오후에 그리스어 불변화사를 복습할 생각이었지만, 아주머니가 산책을 제안했다. 순간 한스의 머릿속엔 초원의 푸르름과 숲 속 바람 소리가 떠올랐고, 그는 기꺼이 따라나섰다. 그러나 곧 '대도시의 산책'은 시골의 산책과 전혀 다른 오락이라는 걸 알게 되었다.

아버지는 볼일이 있어 한스는 아주머니와 둘이 나갔다. 그런데 계단을 다 내려가기도 전에 벌써 일이 꼬였다. 2층에서 거만해 보이는 뚱뚱한 부인을 바주신 것이나. 아주머니는 허리를 굽혀 인사하더니, 끝도 없는 수다를 시작했다. 이야기는 15분이 넘도록 이어졌다.

한스는 계단 난간에 기대 서 있었다. 그 부인의 작은 개가 그를 살피며 짖어댔다. 부인이 코에 걸친 안경 너머로 몇 번이고 한스를 훑어보는 걸 보아, 아마 자기 이야기를 하고 있는 듯했다.

거리로 나가자 아주머니는 가게에 들어갔다. 그리고 좀처럼 나오지 않았다. 그동안 한스는 거리 한복판에 멍하니 서서 사람들에게 떠밀리고, 골목대장들의 놀림감이 되었다.

아주머니는 가게에서 나와 한스에게 초콜릿을 쥐어 주었다. 한스는 초콜릿을 좋아하지 않았지만, 공손히 감사 인사를 했다.

두 사람은 다음 거리에서 철로마차를 탔다. 사람으로 가득 찬 철로마차는 쉴 새 없이 방울을 울리며 여러 거리를 지나, 마침내 큰 가로수가 맞닿은 공원에 닿았다. 분수는 물을 뿜고, 울타리로 둘러친 화단에는 꽃이 피었으며, 작은 인공 연못에는 금붕어가 헤엄쳤다.

그들은 산책하는 인파 속에 섞여 이리저리 걸었다. 사람들의 얼굴, 우아한 옷차림, 다양한 복장, 자전거, 휠체어, 유모차… 온갖 것이 눈에 들어왔다. 소음은 귀를 찢었고, 공기는 먼지투성이였다.

둘은 벤치에 나란히 앉았다. 아주머니는 계속 떠들다가, 자리에 앉자 깊게 숨을 내쉬고 한스에게 다정한 미소를 지으며 초콜릿을 먹으라고 권했다. 한스는 먹고 싶지 않았다.

"사양하지 말고 먹어. 어서."

한스는 은종이를 주물럭거리며 마지못해 한 조각을 입에 넣었다. 정말 내키지 않았지만, 아주머니에게 거절할 용기가 나지 않았다. 그가 먹는 사이 아주머니는 사람들 틈에서 아는 이를 발견하고 달려갔다.

"여기 앉아 있어. 금방 올게."

한스는 안도의 숨을 쉬며, 손에 들고 있던 초콜릿을 잔디밭 저쪽으로 휙 던져 버렸다. 그리고 박자 맞추듯 다리를 흔들며 사람들을 바라보다가, 갑자기 불길한 생각이 들었다. 불규칙동사를 떠올려 보려 했지만 아무것도 생각나지 않았다. 까맣게 잊어버린 것이다. 내일이 주의 시험인데!

아주머니는 돌아와, 올해 주의 시험 지원자가 118명이라는 소식을 전했다. 합격자는 36명뿐이라고 했다. 그 말을 들은 한스는 걱정이 덮쳐, 집으로 돌아오는 내내 한마디도 하지 못했다.

집에 돌아오자 두통이 시작됐다. 아무것도 먹으려 하지 않고 풀이 죽어 있는 아들을 본 아버지는 심하게 꾸짖었다. 아주머니는 안쓰러워했다. 한스는 잠들어 끔찍한 꿈에 시달렸다.

그는 118명의 응시생과 함께 시험장에 앉아 있었다. 시험관은 고향 목사 같기도 했고 아주머니 같기도 했다. 시험관은 한스 앞에 초콜릿을 산더미처럼 쌓아놓고 먹으라고 했다. 한스가 눈물을 흘리며 먹는 동안, 다른 사람들은 하나씩 일어나 작은 문으로 사라졌다. 모두 산더미 같은 초콜릿을 먹어치웠지만, 한스의 초콜릿은 오히려 점점 불어나 책상과 의자에 넘치고, 마침내 그 자신을 질식시킬 것 같았다.

다음날, 지각하지 않으려 시계에서 눈을 떼지 못한 채 커피를 마시고 있는 동안, 고향에서도 많은 사람들이 한스를 생각하고 있었다.

가장 먼저 구두 장수 플라이크가 있었다. 그는 아침을 먹기 전 기도를 올렸다. 직공들과 두 명의 견습공, 가족들이 식탁을 둘러앉았고, 그는 평소 기도에 이런 말을 덧붙였다.

"주여, 오늘 시험을 치르는 한스 기벤라트를 지켜 주시고 축복하시어 힘을 더하소서. 그로 하여금 신의 거룩한 이름을 알리는 올바르고 용감한 사람이 되게 하소서."

목사는 한스를 위해 기도하지는 않았지만, 아침 식사 자리에서 아내에게 말했다.

"오늘이 드디어 기벤라트가 시험을 치르는 날이군. 저 아이는 틀림없이 큰 사람이 될 거야. 사람들이 다 눈여겨볼 거라고. 그러니 내가 라틴어를 봐 준 것도 헛일은 아니겠지."

담임 선생님은 수업 전에 학생들에게 말했다.

"지금 슈투트가르트에서는 주의 시험이 치러지고 있다. 우리 모두 기벤라트의 성공을 빌자! 뭐, 그럴 필요도 없겠지만. 너희 게으름뱅이 열 명을 합쳐도 한스를 못 따라가니까."

학생들 역시 대부분 한스를 생각하고 있었다. 특히 한스가 합격하느냐 떨어지느냐로 내기를 한 아이들은 더했다.

진심으로 하는 기도와 걱정은 멀리까지 닿는 법이라, 한스도 고향 사람들이 자신을 생각하고 있음을 어렴풋이 느낄 수 있었다.

아버지를 따라 두근거리는 마음으로 시험장에 들어선 한스는 지도원의 지시에도 몸이 떨렸다. 핏기 없는 소년들이 가득한 큰 교실을 둘러보자, 마치 고문실에 끌려온 범죄자 같은 기분이 들었다. 하지만 감독관이 들어와 정숙을 명하고 라틴어 문체 연습의 원문을 받아 적게 하자, 그는 '이 정도면 식은 죽 먹기'라 생각하며 안도의 숨을 쉬었다. 그는 기쁜 마음으로 초안을 쓴 뒤, 다시 깨끗하게 정서했다. 제출도 가장 먼저 한 사람들 중 하나였다.

그리고 아주머니 집으로 돌아가는 길을 잃어 두 시간이나 헤맸지만, 어렵게 되찾은 마음의 안정은 크게 흔들리지 않았다. 오히려 아주머니나 아버지에게서 잠시라도 떨어져 있을 수 있다는 사실이 기쁠 정도였다. 낯설고 시끄러운 거리를 헤매는 동안 그는 모험가가 된 것 같은 기분마저 들었다.

간신히 집에 돌아오자 질문이 빗발쳤다.

"어땠니? 어떻더냐? 다 했니?"

"쉬웠어요."

한스는 조금 자랑스럽게 말했다.

"그런 건 5학년 때도 해석할 수 있었는걸요."

몹시 배가 고팠던 그는 실컷 먹었다.

오후엔 딱히 할 일이 없었다. 아버지는 한스를 데리고 친척과 지인들의 집을 돌았다. 어느 집에서는 검은 옷을 입은 수줍은 소년을 만났다. 그 소년도 괴핑겐에서 주의 시험을 치르러 왔다고 했다. 두 소년은 서먹했지만 호기심으로 서로의 얼굴을 살폈다.

"라틴어 문제 어땠어? 쉽지? 그렇지?"

한스가 물었다.

"아주 쉬웠지. 그런데 그게 문제야. 쉬운 문제는 오히려 틀리기 쉽거든. 방심하니까. 분명 함정이 있을 거야."

"그래?"

"당연하지. 출제자가 그렇게 바보는 아니잖아."

한스는 조금 놀라 생각에 잠겼다가, 더듬더듬 물었다.

"너… 원문 가지고 있어?"

소년이 공책을 가져왔고, 둘은 한 글자도 놓치지 않으려는 듯 샅샅이 대조했다. 괴핑겐에서 온 소년은 라틴어를 굉장히 잘하는 것 같았다. 한스가 한 번도 들어본 적 없는 문법 용어를 두 번이나 썼으니까.

"내일은 무슨 과목이야?"

"그리스어랑 독일어 작문."

괴핑겐 소년은 다시 물었다.

"너희 학교에선 몇 명이나 왔어?"

"아무도 안 왔어. 나 혼자야."

한스가 답했다.

"그래? 괴핑겐에선 열두 명이 왔어. 그중 아주 영리한 애가 셋 있는데, 다들 그중에서 수석이 나올 거라 기대해. 작년에도 괴핑겐 학생이 수석이었거든. 넌 떨어지면 고등학교 갈 거야?"

한스는 한 번도 생각해 본 적 없는 질문을 들었다.

"몰라… 아니, 안 가겠지."

"그래? 난 떨어져도 공부 계속할 거야. 떨어지면 엄마가 울름으로 보내 준댔어."

그 말을 듣자 한스는 기가 꺾였다. '아주 영리한 셋'이 포함된 열두 명의 괴핑겐 학생이 그를 불안하게 만들었다. 아무래도 자신은 합격 못할 것 같았다.

집으로 돌아온 그는 책상 앞에 앉아 '-mi'로 끝나는 동사를 다시 복습했다. 라틴어는 자신이 있었다. 하지만 그리스어에 대해서는 묘한 감정이 있었다. 그는 그리스어를 좋아했고, 심지어 거기에 빠져 있었다. 다만 '읽는 것'에 한해서였다. 특히 크세노폰은 아름답고 감동적이며 생기 넘치는 느낌을 주었다. 명랑하고 사랑스러운 힘찬 운율, 경쾌하고 자유로운 정신이 가득해 비교적 쉽게 이해할 수 있었다. 그러나 문법이나 독일어를 그리스어로 번역하는 문제로 넘어가면, 서로 엇갈리는 규칙과 형태 때문에 다시 그리스어 알파

벳을 처음 배울 때처럼 불안해졌다.

이튿날은 예정대로 그리스어와 독일어 작문이었다. 그리스어 지문은 길었고 결코 쉽지 않았다. 독일어 작문도 주제가 까다로워 잘못 생각할 위험이 컸다.

열 시가 넘자 넓은 교실은 찌는 듯 더워졌다. 한스는 펜이 좋지 않아 정서해 내기까지 종이를 두 장이나 허비했다.

작문을 하는 동안 옆자리 학생이 질문을 적은 종이를 내밀며 갈빗대를 툭툭 쳐, 답을 강요하는 바람에 한스는 몹시 난처했다. 시험 중 대화는 엄격히 금지였고, 어기면 가차 없이 시험에서 제외되었다. 한스는 식은땀을 흘리며 "방해하지 말아 달라"고 적어 돌려주고는, 상대를 등지고 앉았다.

더위는 계속됐다. 감독관도 쉬지 않고 교실을 오갔지만 여러 번 손수건으로 얼굴을 닦았다. 한스는 견진성사 때 입던 옷을 입고 있어 땀을 괴히게 흘렸고, 결국 두통이 심해져 사뽀사기한 심정으로 시험을 치렀다. '이젠 떨어졌다'는 생각이 들었다.

그는 집으로 돌아와 식사를 하면서도 한마디가 없었다. 무엇을 물어도 어깨를 움찔하며, 죄를 지은 사람처럼 기가 죽어 있었다. 아주머니는 달래 주었지만, 아버지는 흥분해 오히려 더 무뚝뚝해졌다.

식사 후 아버지는 그를 옆방으로 데려가 다시 캐물었다.

"틀렸어요."

한스가 말했다.

"왜 조심하지 그랬어? 마음을 다잡고 하랬지! 못할 놈이구나!"

한스는 말이 없었으나 아버지가 욕설을 퍼붓자 얼굴이 붉어져 툭 내뱉었다.

"아버지는 그리스어 같은 건 하나도 모르시면서….."

그에게 가장 끔찍한 건 오후 두 시의 구두시험이었다. 그는 구두시험을 무엇보다 두려워했다. 비참한 심정으로 찌는 듯한 거리를 걸었다. 고통과 불안, 현기증 때문에 눈앞이 캄캄해질 지경이었다.

커다랗고 파란 책상을 사이에 두고, 세 명의 선생님 앞에서 십 분 동안 라틴어 문장 몇 개를 번역하고 질문에 답했다. 이어 다른 세 명의 선생님 앞에서 또 십 분 동안 그리스어를 번역하고 여러 질문을 받았다. 마지막으로 선생님이 그리스어 불규칙 과거형 하나를 물었지만, 한스는 대답하지 못했다.

"가도 됩니다. 저기 오른쪽 문으로."

그는 걸어 나갔다. 그런데 문 앞에서 그 과거형이 떠올라, 순간 멈춰 섰다.

"나가요!"

시험관이 소리쳤다.

"나가! …어디 불편한 데라도 있나?"

"아닙니다. 아까 그 과거형이 방금 생각났습니다."

그는 방 안을 향해 큰 소리로 그 과거형을 말했다.

선생님들 중 한 명이 웃는 것을 보자 얼굴이 화끈거려, 그는 밖으로 뛰쳐나갔다. 그리고 방금 받았던 질문과 자신이 했던 답을 떠올리려 애썼지만 모든 것이 뒤죽박죽이었다. 다만 파란 책상의 표면, 늙고 엄숙한 세 선생님, 펼쳐진 책 위에서 떨리던 자기 손만이 또렷하게 떠올랐다. 아… 나는 대체 어떻게 대답한 거지?

거리를 걷다 보니, 여기 온 지 벌써 몇 주나 된 것 같고 이제 다시는 고향으로 돌아갈 수 없을 것 같은 느낌이 들었다. 고향 집 정원, 전나무가 빽빽한 푸른 산들, 시냇가의 낚시터, 모든 것이 아주 멀고, 아주 오래전에 본 것처럼 느껴졌다. 아, 오늘이라도 집으로 돌아갈 수만 있다면! 여기 남아 있어 봐야 아무 소용이 없었다. 시험을 망쳤으니까.

그는 우유빵을 하나 사 먹었다. 그리고 아버지에게 변명해야 하는 것이 싫어, 오후 내내 거리를 떠돌았다.

집에 돌아오자 모두 그를 걱정하고 있었다. 하지만 너무 지치고 애처로워 보였기에 달걀 수프를 먹이고 잠자리에 들게 했다. 내일은 수학과 종교 시험이 남아 있었다. 그것까지 끝나면 집으로 돌아갈 수 있었다.

다음날 시험은 아주 잘 풀렸다. 전날 중요한 시험을 망치고, 오늘은 잘된다는 사실이 씁쓸한 아이러니처럼 느껴졌다. 그러나 이제는 아무래도 좋았다. 집에 가는 것만 남았다. 집으로 돌아갈 수 있는 것이다!

"시험 끝났어요."

한스는 돌아와 보고했다. 아버지는 하루만 더 있다 가자고 했다. 모두 칸슈타트의 온천 공원에 가 커피를 마시자는 것이었다. 그러나 한스가 간절히 애원하자, 아버지는 한스 혼자 먼저 떠나는 것을 허락했다.

아주머니에게서 먹을 것을 챙겨 기차에 오른 한스는, 지칠 대로 지친 채 멍하니 흔들리며 푸른 구릉지대를 바라봤다. 전나무가 우거진 검푸른 산이 나타나자, 그제야 구원받은 듯한 감정이 밀려왔다.

안나 아주머니와 자신의 작은 방, 교장 선생님, 정든 교실이 설레는 마음으로 떠올랐다.

다행히 정거장에는 아는 사람이 아무도 나오지 않았다. 그는 쥐도 새도 모르게 작은 보따리를 들고 곧장 집으로 달려갈 수 있었다.

"슈투트가르트는 좋았니?"

안나 아주머니가 물었다.

"좋긴요. 시험이 어떻게 좋겠어요. 돌아온 게 기쁠 뿐이에요. 아버지는 내일이나 오실 거예요."

한스는 갓 짠 우유 한 잔을 마시고, 창밖에 걸린 수영복을 집어 들고 밖으로 나갔다. 하지만 공동 수영장이 있는 초원으로는 가지 않았다.

그는 훨씬 더 멀리 있는 '바게'로 갔다. 깊은 물이 키 큰 덤불 사이로 천천히 흐르는 곳이었다. 그는 옷을 벗고 먼저 손을, 다음엔 발을 차가운 물에 담갔다. 몸서리쳤지만 곧 몸을 솟구쳐 물속으로 뛰어들었다. 느린 물결을 거슬러 천천히 헤엄치자, 며칠 동안 몸에 쌓였던 땀과 불안이 씻겨 내려가는 듯했다.

가냘픈 몸이 물에 안겨 서늘해지는 동안, 마음에는 고향에 대한 새 기쁨이 차올랐다. 빠르게 헤엄치다 잠시 쉬고 또 헤엄치는 사이, 상쾌한 차가움과 피로가 교차해 스며들었다.

그는 물살에 등을 대고 누워, 물 흐르는 대로 몸을 맡긴 채 황금빛 원을 그리며 낮게 날아다니는 파리들의 소리에 귀를 기울였다. 작은 제비가 저녁놀 지는 하늘을 가르며 빠르게 날아갔다. 산 뒤로 숨은 태양이 하늘을 장밋빛으로 물들이고 있었다.

한스가 옷을 주워 입고 꿈꾸듯 어슬렁어슬렁 집으로 돌아올 때는, 이미 골짜기에는 어둠의 그림자가 내려앉고 있었다.

돌아오는 길에 상인 자크만의 정원을 지나쳤다. 아주 어렸을 때, 몇몇 아이들과 덜 익은 살구를 훔쳤던 곳이다. 또 하얀 전나무 판재가 흩어진 키르히너의 목공소 옆도 지나쳤다. 예전엔 그 목재 아래에서 물고기 밥으로 쓸 지렁이를 잡곤 했다.

그다음엔 검사관 게슬러의 집 옆을 지났다. 2년 전 스케이트를 타던 때, 한스는 그 집 딸 에마와 가까워지고 싶은 마음이 간절했다. 에마는 이 마을 여학생 가운데 가장 예쁘고 가장 얌전했으며, 한스와 동갑이었다. 말 한 번 걸어 보거나 악수라도 해 보고 싶었다. 하지만 너무 수줍어 그러지 못했다. 그 후 에마는 기숙학교로 갔고, 이제는 얼굴조차 희미하다. 그럼에도 그런 어린 시절의 기억들이 강렬한 감각으로 한스의 머릿속에 되살아났다.

예전엔 저녁이면 나우프트 집안의 리제와 함께 대문간에 앉아 감자 껍질을 벗기며 이런저런 이야기를 들었다. 일요일 아침 새벽부터 아랫마을 강둑에서 바지를 걷어붙이고 새우나 고기잡이를 하다가, 나들이옷을 적셔 아버지에게 매를 맞은 적도 있었다.

그때는 수수께끼 같은 이상한 물건과 사람들이 많았다. 목이 비스듬한 구두 수선공 슈트로마이어가 아내를 독살했다는 '확실한' 이야기, 그리고 기괴한 '베크' 씨―지팡이와 음식을 들고 온 마을을 떠돌지만, 옛날에는 마차와 말 네 마리를 가진 부자였기에 '씨'를 붙여 주던 사람.

한스는 이제 그들에 대해서도 이름만 희미하게 기억할 뿐이었다. 그리고 어렴풋이, 그 좁고 어두운 골목의 세계가 자신에게서 멀어졌다는 느낌이 들었다. 그렇다고 그것들이 다시 생기 넘치게 부딪쳐 볼 만한 가치가 있는 것처럼 느껴지지도 않았다.

다음날 한스는 휴가를 얻어 늦잠을 자며 자유를 즐겼다. 점심때 그는 아버지를 마중 나갔다. 아버지는 아직도 슈투트가르트에서 맛본 도시의 즐거움에 젖어 행복해 보였다.

"합격하면 네가 원하는 건 뭐든 들어 주마. 잘 생각해 봐."

아버지가 기분 좋게 말했다.

"틀렸어요."

소년이 한숨 쉬었다.

"떨어질 게 분명해요…."

"바보 같은 소리 하지 마! 후회하기 전에 원하는 걸 말해라."

"낚시하러 가고 싶어요. 가도 돼요?"

"좋지. 시험에만 합격하면 얼마든지 가도 된다."

이튿날 일요일엔 비가 억수같이 쏟아졌다. 한스는 몇 시간을 방에 틀어박혀 책을 읽기도 하고, 멍하니 앉아 있기도 했다. 슈투트가르트에서의 답안을 다시 꼼꼼히 떠올려 봤다. 하지만 생각하면 할수록 '떨어진 것 같다'는 결론만 더 굳어졌다. 더 나은 답을 쓸 수도 있었는데… 합격할 가능성은 없어 보였다. 불안이 쌓여 가슴이 답답해졌고, 끝내 참기 힘든 근심에 몰려 아버지에게 달려갔다.

"아버지!"

"왜 그래?"

"물어볼 게 있어요. 제가 하고 싶은 것 때문인데요. 아무래도 낚시는 그만두는 게 좋을 것 같아요."

"그래서? 왜 그런 말을 하니?"

"저… 물어보고 싶었어요. 만일…"

"자세히 말해 봐. 망설이지 말고. 그래, 뭐냐?"

"…만일 떨어지면, 고등학교에 가도 되는지…"

아버지는 어처구니없다는 표정을 지었다.

"뭐? 고등학교?"

그는 버럭 소리쳤다.

"네가 고등학교를? 누가 그런 데 가래?"

"아무도 아니에요. 그냥 제가 생각했을 뿐이에요."

숨이 끊어질 듯한 괴로움이 한스의 얼굴을 스쳤지만, 아버지는 알아채지 못했다.

"가, 가!"

아버지는 어이없다는 듯 웃었다.

"말도 안 되는 소리다. 고등학교라니? 내가 갑부라도 되는 줄 아냐…."

거친 거부에 한스는 단념하고 터벅터벅 걸어나갔다.

"별 애가 다 있네."

아버지는 으르렁거렸다.

"이제는 또 고등학교라니. 어림도 없다."

한스는 창가에 앉아 윤이 나도록 닦인 마룻바닥을 한참 바라보며, 신학교도 고등학교도 안 된다면 자신은 어떻게 될지를 생각해 보려 애썼다. '아마 견습공이 되거나, 치즈 가게나 사무실 같은 데 들어가겠지. 평생 평범하고 보잘것없는 월급쟁이로 끝나겠지. 나는 뛰어난 사람이 되려고 애썼는데….'

귀엽고 총명해 보이던 얼굴은 분노와 슬픔으로 일그러졌다. 그는 미친 듯 벌떡 일어나 침을 탁 뱉고, 옆에 있던 라틴어 명문집을 집어 들어 벽에 힘껏 내던졌다. 그리고 빗속으로 뛰쳐나갔다.

월요일 아침, 그는 다시 학교로 갔다.

"어때?"

교장 선생님이 손을 내밀어 악수를 청했다.

"나는 네가 꼭 올 줄 알았다. 시험은 어땠지?"

한스는 고개를 숙였다.

"응? 왜 그러니? 실패했니?"

"그런 것 같아요."

"조금만 참아. 오늘 오전 중에 슈투트가르트에서 소식이 올 거다."

'오전 중'이라는 시간은 끝없이 길었다. 점심때까지도 소식이 없자 한스는 북받치는 서러움에 밥을 먹을 수 없었다. 오후 두 시, 교실로 들어가니 담임선생님이 이미 와 있었다.

"한스 기벤라트."

선생님이 큰 소리로 불렀다. 한스가 앞으로 나가자 선생님이 손을 내밀었다.

"축하한다, 기벤라트. 너는 주의 시험에 이등으로 합격했다."

교실 안에 축복 같은 침묵이 흘렀다. 문이 열리더니 교장 선생님이 들어왔다.

"축하한다. 자, 한마디 해야지?"

한스는 놀라움과 기쁨으로 가슴이 부풀었다.

"얘, 무슨 말이라도 해 보렴."

"그랬더라면…"

한스는 무심코 말했다.

"일등도 할 수 있었을 텐데요…."

"자, 이제 집에 가거라."

교장 선생님이 말했다.

"아버지께 말씀드려라. 이제 학교에 오지 않아도 된다. 어차피 일주일이면 방학이니."

소년은 어지러울 만큼 벅찬 마음으로 거리로 나섰다. 보리수도, 햇빛을 튕기는 시청 앞 광장도 눈에 들어왔다. 모든 것이 전보다 더 아름답고, 더 의미 있고, 더 즐거워 보였다. 합격했다. 그것도 이등으로! 처음의 강한 기쁨이 가라앉자, 뜨거운 감사가 가슴을 가득 채웠다.

이제 목사를 피해 다닐 필요도 없었다. 치즈 가게나 사무실에 들어가게 될까 봐 겁먹을 필요도 없었다. 이제부터는 공부를 계속할 수 있다. 그리고 다시 낚시하러 갈 수도 있다.

한스가 집에 돌아오자, 아버지는 마침 현관 앞에 서 있었다.

"무슨 일이냐?"

아버지가 퉁명스럽게 소리쳤다.

"아무것도 아니에요. 학교에 오지 않아도 된대요."

"뭐? 왜?"

"저 이제 신학교 학생이니까요."

"그래! 너, 합격했구나!"

한스는 고개를 끄덕였다.

"성적도 좋냐?"

"이등이래요."

아버지는 그것까지는 예상 못 했는지, 기뻐 어쩔 줄 몰라 했다. 몇 번이나 한스의 어깨를 두드리며 웃다가 고개를 흔들었다. 무슨 말을 더 하려 입을 벌렸지만, 끝내 말은 못 하고 고개만 흔들었다.

"장하다!"

결국 그 한마디를 하고는, 다시 한 번 반복했다.

"장한 일이야!"

한스는 집으로 뛰어들어 위층 다락방으로 올라갔다. 아무도 쓰지 않는 다락문을 열고 헤집어, 상자와 끈과 코르크를 끄집어냈다. 낚시 도구였다. 이제 무엇보다 먼저 좋은 낚싯대를 잘라야 했다. 한스는 다시 아버지에게 내려왔다.

"아버지, 칼 좀 빌려 주세요!"

"어디에 쓰려고?"

"낚싯대 자르려고요."

아버지는 호주머니에 손을 넣었다.

"자."

그는 눈을 반짝이며 호탕하게 말했다.

"3마르크다. 칼은 사라. 한프리트네 말고 대장간에서 사야 한다!"

한스는 대장간으로 달려갔다. 대장장이는 시험 이야기를 물었고, 기쁜 소식을 듣자 특별히 좋은 칼을 골라 주었다.

아랫동네 브뤼엘 다리 아래쪽에는 곱고 날씬한 개암나무와 오리나무가 서 있었다. 한스는 오래 꼼꼼히 살핀 뒤, 강하고 탄력 있어 보이는 낚싯대 감을 골라 잘라 들고 집으로 돌아왔다.

한스는 발갛게 상기된 얼굴로 눈을 반짝이며 낚시 도구를 만들기 시작했다. 그 일은 낚시 자체 못지않게 신나는 일이었다. 오후에도, 저녁에도 그는 내내 2층에 틀어박혀 손을 놀렸다.

하얀색·갈색·파란색 실을 골라 꿰매고, 낡거나 엉킨 매듭을 풀었다. 여러 모양과 크기의 코르크와 찌를 살펴 자르고, 무게가 다른 작은 아연 덩어리를 두드려 둥글게 만들었다. 매듭을 지어 실에 무게 추를 달았다.

마지막은 낚싯바늘이었다. 새것이 조금 남아 있었다. 그는 그것을 니누이, 내 겹의 검정 실이나 헌낚기 둘, 혹은 말총을 꼬아 만든 끈에 단단히 묶었다. 저녁 무렵이 되어서야 모든 준비가 끝났다.

한스는 기나긴 일곱 주의 방학을 지루하게 보낼 필요가 없겠다고 생각하며 저절로 웃었다. 낚싯대만 있으면 혼자서도 얼마든지 즐겁게 시간을 보낼 수 있으니까.

2장

여름 방학은 이래야 한다! 산 위로는 파란 하늘이 눈부시게 펼쳐졌고, 무더운 여름날이 몇 주씩이나 계속됐다. 가끔 짧은 소나기가 세차게 쏟아질 뿐이었다.

강은 수많은 사암과 전나무 그늘, 좁은 골짜기 사이를 흘렀다. 물은 제법 따뜻해 저녁 늦도록 발을 담글 수 있었다. 작은 마을 주변엔 건초를 베어 낸 풀 냄새가 가득했고, 키 크고 가느다란 밀밭은 노란 금갈색으로 익어 갔다.

시냇가에는 하얀 독미나리가 사람 키만큼이나 높게 자라 있었다. 우산처럼 퍼진 꽃에는 작은 딱정벌레가 늘 다닥다닥 붙어 있었다. 줄기를 잘라 속이 비어있는 대를 손에 쥐면 크고 작은 피리를 만들 수도 있었다.

숲 모퉁이에는 부드러운 털이 달린 노란 꽃을 피우는 의젓한 소영도리나무가 길게 줄지어 있었고, 부처꽃과 바늘꽃은 날씬하고 힘 있는 줄기 위에서 흔들리며 골짜기 비탈을 온통 오랑캐꽃 빛깔로 물들이고 있었다. 전나무 아래에는 우뚝 솟은 빨간 디기탈리스가 위엄 있게 서 있었다.

그 곁엔 여러 종류의 버섯이 돋아났다. 빨간 파리잡이버섯, 넓고 통통한 돌래버섯, 가지 많은 선모를 가진 빨간 싸리버섯, 그리고 비정상적으로 통통하면서도 색깔이 거의 없는 석장초까지…. 숲과 초원 사이 잡초가 우거진 경계에는 금잔화가 진노랑으로 번쩍였고, 가느다란 보랏빛의 에리카도 피어 있었다. 두 번째 풀베기를 앞둔 초원에는 황새냉이, 전추라, 쌀비어, 송충초 따위가 무성했다.

활엽수림 속에서는 산새가 지저귀고, 전나무 숲에서는 여우빛 다람쥐가 가지 사이를 번개처럼 달렸다. 길이나 담장 주변, 마른 도랑에서는 도미뱀이 기분 좋게 숨을 쉬며 햇볕을 쬐있다. 초원을 한참 넘어, 지칠 줄 모르는 매미 울음이 멀리서부터 높게 울려 왔다.

이 무렵이 되면 마을은 농촌의 인상이 한층 짙어졌다. 건초를 실은 마차와 건초 냄새, 낫을 가는 소리가 거리 가득했다. 공장 두 개만 아니었다면, 그야말로 전형적인 작은 시골 마을이었을 것이다.

방학 첫날 아침, 한스는 아니 아주머니가 일어나기도 전에 부엌으로 들어가 커피가 끓기를 기다렸다. 불 피우는 걸 거들고, 빵을 꺼내 우유로 식힌 커피를 서둘러 들이켰다. 그리고 빵 한 조각을 호주머니에 쑤셔 넣고는 밖으로 뛰쳐나갔다.

윗마을 철도 둑에 오르자, 그는 바지 주머니에서 깡통을 꺼내 메뚜기를 부지런히 잡기 시작했다. 기차가 지나갔다. 둑은 경사가 급해 기차가 천천히 달렸다. 창문을 활짝 연 채 몇 사람 승객만 태운 기차가, 증기와 연기를 길게 뿜으며 지나갔다.

한스는 기차가 남기고 간 하얀 연기가 소용돌이치며 맑은 하늘로 사라지는 모습을 멍하니 바라봤다. 자신이 얼마나 오랫동안 이런 것들을 못 보고 살았던가! 그는 깊게 숨을 들이쉬었다. 아무 거리낌도 불안도 없이, 잃어버린 어린 시절로 되돌아가려는 사람처럼.

메뚜기를 담은 깡통과 새로 만든 낚싯대를 들고, 그는 다리를 건너 채소밭을 지나 강물이 가장 깊은 세마장洗馬場으로 걸어갔다. 가슴은 은밀한 기쁨과 강태공의 설렘으로 두근거렸다. 거기엔 버드나무에 기대 편히 낚시할 수 있는 자리가 있었다.

그는 낚싯줄을 풀어 작은 아연 덩어리를 달고, 살찐 메뚜기를 모질게 바늘에 꿰어 강 한가운데로 힘껏 던졌다. 오래전부터 몸에 밴 놀이가 다시 시작된 것이다.

붕어 새끼들이 몰려들어 미끼를 잡아떼려 들었다. 금세 미끼는 다 뜯겨 나갔고, 그는 두 번째 메뚜기를 달았다. 또 하나, 또 하나, 넷째, 다섯째…. 끝내 아연 덩어리를 하나 더 달아 무게를 늘렸다. 그제야 제법 제격인 고기가 미끼를 쫓기 시작했다. 그것은 미끼를 잡아당겼다 놓고, 다시 시험하듯 건드리더니, 마침내 덥석 물었다. 낚시꾼이라면 낚싯줄과 낚싯대를 거쳐 손끝으로 전해지는 감각만으로도 그걸 안다. 한스는 일부러 홱 한 번 채어 보고, 곧바로 조심조심 끌어당기기 시작했다.

고기가 수면 가까이 떠오르자 황어라는 걸 알 수 있었다. 담황색으로 빛나는 넓적한 몸통, 삼각형 머리, 아름답게 붉은 배…. 무게를 가늠할 틈도 없이 녀석은 필사적으로 팔딱거리다 달아나 버렸다.

한스는 물속에서 서너 번 맴돌다 사라지는 모습을 멍하니 지켜보았다. 미끼를 제대로 물지 않았던 게 분명했다.

그는 점점 낚시의 흥분과 열정에 빠져들었다. 꼼짝도 하지 않고 앉아, 가느다란 갈색 실이 물에 닿는 지점을 날카롭게 노려보았다. 뺨이 벌겋게 달아올랐고, 움직임은 빈틈없이 빠르고 정확했다.

두 번째 황어가 물려 끌려 나왔다. 다음은 잉어. 너무 작은 탓에 섭섭했다. 그다음엔 망둥어가 세 마리. 아버지가 좋아하는 고기라 한스는 특히 기뻤다. 망둥어는 기름지게 살이 쪘고, 두툼한 머리에는 익살스런 하얀 수염이 달렸으며 눈은 작고 꼬리는 길쭉했다. 푸른색과 갈색 사이의 빛을 띠다가, 땅 위에 올려놓으면 강철 빛으로 변했다.

그사이 태양은 더 높이 올랐다. 윗마을 둑의 물거품은 눈처럼 하얗게 빛났고, 물결 위로는 따뜻한 바람이 살랑거렸다.

무크베르크 산 위에는 손바닥만 한 조각구름 몇 개가 눈부시게 떠 있었다. 더위가 한층 심해졌다.

창공 한가운데, 눈부시도록 하얗게 빛나는 고요한 조각구름만큼 한여름의 무더위를 잘 보여 주는 것도 없다. 그런 구름이 없었다면, 우리가 얼마나 더운지조차 잘 모를지도 모른다. 푸른 하늘이나 반짝이는 강물만이 아니라, 둥글게 뭉친 하얀 대낮의 구름을 보는 순간, 갑자기 태양이 이글이글 타오르는 듯 느껴져 저절로 그늘을 찾게 되고 땀에 젖은 이마에 손이 올라간다.

한스는 어느새 낚싯줄을 그만큼 집요하게 보지 않게 됐다. 조금 피곤해지기도 했고, 점심 무렵에는 거의 아무것도 낚이지 않는다는 걸 잘 알았기 때문이다.

가장 크고 나이가 든 은빛 황어들까지 햇볕을 쬐려 수면 가까이로 떠올랐다. 녀석들은 무리를 지어 꿈꾸듯 상류로 천천히 올라가다, 별 이유도 없이 잘 놀라기 때문에 이 시간에는 미끼를 물지 않는다.

한스는 버드나무 가지에 낚싯줄을 걸어 물속에 드리운 채 바닥에 주저앉아 푸른 강을 바라봤다. 물고기들은 점점 수면 가까이로 떠올랐다. 검은 등줄기를 드러낸 물고기 떼가 여유롭게, 조용히 헤엄치며 따뜻함을 즐기는 듯 보였다. 미지근한 물살이 그들에게도 기분 좋은 모양이었다.

한스도 장화를 벗어 던지고 발을 물에 담갔다. 물은 놀라울 만큼 따뜻했다. 그는 잠시 후 자신이 잡은 고기들을 들여다봤다. 고기들은 커다란 물통 속에 떠 있다가 이따금 파닥거리기만 했다.

얼마나 아름다운 고기들인가! 하얀색, 갈색, 유록색, 금색, 파랑, 은색…. 비늘과 지느러미마다 여러 빛깔이 번쩍거렸다.

주변은 아주 조용했다. 다리를 건너는 마차 소리도, 물레방아의 덜컹거림도 여기까지는 희미하게만 들려왔다. 둑에 부딪힐 때마다 부드럽게 일어나는 하얀 물거품 소리는 고요한 자장가 같았다. 이따금 물결이 나무옹이 매듭에 부딪치며 내는 덜렁이는 낮은 소리도 들려왔다.

그리스어와 라틴어, 문법과 문체, 수학과 암기…. 일 년 내내 몰아치던 시험의 불안은 이제 졸릴 만큼 무더운 시간 속으로 녹아 사라졌다. 한스는 약간 두통이 올라왔지만, 평소처럼 심하진 않았다.

지금 그는 옛날처럼 물가에 앉아 낚시를 하고 있다. 깡통 속엔 방금 낚아 올린 고기들이 떠 있다. 정말 즐거운 시간이었다. '주의 시험에, 그것도 차석으로 합격했다'는 생각이 스치기라도 하면 괜히 두 손을 바지 주머니에 찔러 넣고 휘파람을 불고 싶어졌다. 하지만 그는 사실 휘파람을 못 불었다.

그건 예전부터의 걱정거리였다. 그 때문에 학교 친구들에게 말 못 할 조롱을 받은 적도 많았다. 그는 이빨 사이로 픽픽 소리를 내는 정도로 흉내를 냈다. 다른 누굴 위해 부는 것도 아니니까, 그 정도면 됐다. 지금은 듣는 사람도 없었다. 다른 아이들은 모두 교실에 앉아 지리 수업을 듣고 있을 것이다. 자신만이 학교에 가지 않고 자유를 누리고 있다.

자신은 다른 누구보다 뛰어났고, 그들은 이제 저기 밑에 있다. 한스는 아우구스트 말고는 친구도 없었고 씨름이나 장난에도 별 흥미가 없어 자주 놀림감이 되곤 했다. 그런데 이제 그 아이들이 자신을 부러워하지 않는가? 그는 그들이 너무도 경멸스러워, 휘파람 흉내를 멈추고 입을 삐죽 내밀었다.

그때 낚싯줄을 감아 올려 보니 미끼가 몽땅 사라져 있었다. 그는 웃지 않을 수 없었다. 남은 메뚜기들을 풀어주자, 메뚜기들은 비틀거리며 힘없이 풀밭으로 기어 들어갔다. 옆 피혁 공장도 벌써 점심 시간인지 휴식에 들어가 있었다. 이제 점심을 먹으러 갈 시간이다.

점심때 한스는 거의 말을 하지 않았다.

"얼마나 잡았니?"

아버지가 물었다.

"다섯 마리요."

"그래? 어미 물고기는 잡지 마라. 나중에 새끼 물고기의 씨가 마른다."

그 뒤로는 더 말이 없었다.

날씨는 굉장히 더웠다. 식사하고 곧장 헤엄치러 갈 수 없다니, 참 유감이다. 대체 왜 그럴까? 몸에 해롭다지만, 정말 해로울 리가 있나! 한스는 식후에 목욕을 해 본 적도 있었고, 아무 일도 없었다. 하지만 이제는 그런 짓을 하지 않는다. 그런 '난폭한 짓'을 하기엔 너무 나이가 들었다고나 할까. 시험 때 사람들이 자신을 "당신"이라고 부르던 일이 문득 떠올라, 스스로도 어딘가 이상하게 느껴졌다.

뜰의 전나무 아래에서 한 시간쯤 누워 있는 것도 나쁘진 않았다. 그늘은 충분했고, 책을 읽거나 나비를 구경할 수도 있었다. 그는 거기서 두 시까지 누워 있다가 하마터면 잠이 들 뻔했다.

이제부터는 수영이다! 수영장 풀밭에는 꼬마들 몇 명만 있었다. 자기 또래 아이들은 모두 학교에 있다. 한스는 그 사실을 속으로 기뻐했다.

그는 천천히 옷을 벗고 물로 들어갔다. 몸을 식히고 데우는 즐거움을 번갈아 누릴 줄도 알았다. 조금 헤엄쳐 나갔다가 무자맥질을 하고, 깊은 데로 나가 엎드리기도 했다. 그러면 곧 햇빛에 피부가 화끈거리는 것을 느꼈다.

어린 소년들이 존경스런 눈빛으로 주위에 모여들었다. 그렇다.

그는 이미 '유명한 인물'이 되어 있었다. 사실 그는 생김새부터 다른 아이들과 달랐다.

햇빛에 탄 가느다란 목덜미 위로 기품 있는 머리가 우아하게 빛났다. 얼굴은 지적이고 눈은 맑고 초롱초롱했다. 그러나 손발은 가늘고 보드라웠다. 몸은 말라 갈비뼈를 셀 수 있을 정도였고, 종아리 같은 건 거의 없다고 해도 과언이 아니었다.

오후 내내 그는 햇볕과 물 사이를 오가며 시간을 보냈다. 네 시가 지나자 반 아이들 대부분이 시끄럽게 떠들며 급히 달려왔다.

"야, 기벤라트! 노는 게 좋아 보이네…."

한스는 기분 좋은 듯 가슴을 조금 폈다.

"응. 나쁘지 않아."

"언제 신학교 가?"

"구월이지. 지금은 휴가야."

아이들은 모두 부러워했다.

뒤쪽에서 누군가 큰 소리로 비웃으며 이런 노래를 불러도, 한스는 별로 개의치 않았다.

슐체 집안의 리자벨처럼

같은 신세가 되고 싶은걸!

그 애는 대낮에도 잠자리를 찾는데

나는 그렇게 되지 않는걸!

그는 그저 웃었다.

아이들은 옷을 벗었다. 어떤 아이는 단숨에 물로 뛰어들었고, 또 어떤 아이들은 조심스럽게 몸에 물을 끼얹었다. 잠깐 풀 속에 드러눕는 아이도 있었다. 무자맥질을 잘하는 아이는 부러움의 대상이 됐다. 뒤에서 밀려 겁쟁이가 물에 빠져 살려 달라고 고함을 질렀고, 아이들은 서로 쫓고 달아나며 헤엄치고, 햇빛에 말리는 아이에게 물벼락을 퍼부었다. 물 튀기는 소리, 고함 소리로 주변은 소란했다. 강물에는 하얀 몸, 젖은 몸, 반질거리는 몸이 드러나 햇빛을 받아 번쩍였다.

한 시간이 지나자 한스는 그곳을 나왔다. 따뜻한 저녁때가 되면 또 고기들이 물기 시작한다. 그는 저녁때까지 다리 위에서 낚시를 했지만, 그날은 전혀 낚이지 않았다. 고기들은 미끼만 먹고 달아났다. 미끼로 단 벌레가 너무 크거나 너무 연했던 모양이었다. 그는 나중에 한 번 더 해 보자고 마음먹었다.

저녁 무렵, 오늘은 축하하러 아는 사람들이 많이 왔다는 이야기를 들었다. 그는 주보를 펼쳐 보았고, '알림란' 아래에 이런 글이 실려 있었다.

우리 마을에서는 이번 초급 신학교 입학시험에 한스 기벤라트 한 명을 보냈는데, 방금 차석이라는 우수한 성적으로 합격하였다는 영광스러운 소식을 접하게 되었습니다.

한스는 주보를 접어 호주머니에 넣고는 아무 말도 하지 않았다. 하지만 자랑과 환희로 가슴이 터질 것만 같았다.

그는 다시 낚시터로 갔다. 이번에는 미끼로 쓸 치즈 조각을 몇 개 챙겼다. 치즈는 물고기들이 유난히 좋아했고, 황혼 무렵에도 물속에서 비교적 잘 보였다.

그는 낚싯대를 두고 아주 단출한 도구만 들고 갔다. 그것은 그가 가장 좋아하는 낚시 방식이었다. 낚싯대도 뜰채도 없이 줄만 손에 쥐고 하는 낚시라, 줄과 바늘이면 충분했다. 힘은 조금 들었지만 훨씬 재미있었다. 미끼가 조금만 움직여도, 고기가 조금만 건드리거나 뜯어도 손끝으로 다 느낄 수 있었다. 가늘게 떨리는 줄을 통해, 마치 물고기를 눈앞에서 보는 듯 상태를 알 수 있었다. 물론 이런 방법은 익숙한 솜씨가 필요했고, 손가락을 재빠르게 놀려야 했으며, 탐정처럼 늘 조심하지 않으면 안 됐다.

깊고 굽이치는 골짜기에는 어느새 황혼이 내려앉았다. 다리 밑 물은 까맣고 은은했다. 아랫마을 물방앗간에는 이미 불빛이 새어 나왔고, 골목길에서는 이야기 소리나 노랫소리가 들려왔다. 공기는 무르고, 강에서는 까만 고기가 펄쩍펄쩍 뛰어올랐다.

이런 밤이면 물고기들은 이상하게도 흥분해, 쏜살같이 달리거나 공중으로 뛰어오르거나 낚싯줄에 부딪치거나 하며 닥치는 대로 미끼에 달려든다. 그래서 한스는 치즈가 떨어질 때까지 작은 잉어를 네 마리나 낚아 올렸다. 그는 그것을 내일 목사님께 갖다 드리고 싶었다.

골짜기 아래에서 훈훈한 바람이 불어왔다. 주위는 이미 제법 어두워졌지만 하늘은 아직 밝았다. 어둠 속 마을 위로 교회 탑과 성의 지붕만이 우뚝 솟아 있었다. 어딘가 먼 곳에서 소나기가 내리는지,

부드러운 천둥소리가 멀리서 울렸다.

그날 밤 한스가 잠자리에 들었을 때는 기분 좋을 만큼 지쳐 있었다. 오랫동안 맛보지 못한 졸음이 곧장 찾아왔다. 아름답고 자유로운 여름날, 할 일 없이 수영하고 낚시하고, 멍하니 몽상에 잠겨 보낼 날들이 그를 기다리고 있었다. 오직 하나, 일등을 하지 못했다는 사실만이 못내 아쉬웠다.

다음 날 이른 아침, 한스는 목사관 현관에 서서 자신이 잡은 물고기를 내밀었다. 목사가 서재에서 나왔다.

"오, 한스 기벤라트! 축하하네. 진심으로 축하하네! 그런데 그건 뭔가?"

"물고기 몇 마리예요. 어제 제가 낚은 거예요."

"그래? 어디 좀 보자. 고맙네. 자, 그럼 어서 들어오게."

한스는 이미 몇 번 드나들었던 서재로 들어갔다. 그 방은 정말 '목사님의 방' 같지가 않았다. 꽃향기도 담배 냄새도 없었다. 훌륭한 장서들은 어느 책이나 새것처럼 깨끗했고, 금박이 반짝였다.

여느 목사들의 서재에서 보던 퇴색하고 뒤틀린 책들은 벌레 먹은 구멍이나 곰팡이 자국이 역력한 책들과는 달랐다. 조금만 자세히 들여다보면, 정돈된 책꽂이의 제목만으로도 쇠락해 가는 시대의 고전적 권위가 아니라, 새로운 정신이 이 방에 들어와 있음을 알 수 있었다.

뱅겔, 외팅거, 슈타인호퍼, 외리케 같은 이들의 책은 보이지 않았다. 잡지 뭉치, 테이블, 여기저기 흩어진 종이 조각들이 커다란 책상과 함께 학자처럼 엄숙한 분위기를 만들고 있었다. '여기서는 정말 공부를 하는구나.' 하는 인상이 강했다.

실제로 이곳에서는 설교나 교리문답, 성서 해설을 준비하기보다 학술 잡지를 위한 연구나 논문, 혹은 자신의 저서를 위한 준비가 더 많았다.

몽상적인 신비주의나 영감에 찬 명상은 다뤄지지 않았다. 과학의 심연을 넘어 사랑과 동정으로 목마른 민중의 영혼을 품는 소박한 심령신학도 없었다. 대신 여기서는 성서 비판이 열심히 이루어졌고, 역사적 의미에서의 그리스도가 추구되고 있었다.

신학에서도 마찬가지였다. 예술이라 부를 만한 신학이 있는가 하면, 과학이라 부를 만한 신학도 있다. 아니면 적어도 그렇게 되려 애쓰는 신학도 있다. 예나 지금이나 다르지 않다.

과학적인 사람은 새 가죽 부대에 마음을 빼앗겨 오래된 술을 잊어버리고, 예술적인 사람은 수많은 표면적 오류를 지키면서도 많은 이들에게 위안과 기쁨을 가져다주는 사람이 되어 왔다. 비판과 창조, 과학과 예술, 옛날부터 계속된 결코 끝나지 않는 싸움이었다.

그 싸움에서 언제나 전자가 정당했으나 별 소용이 없었고, 후자는 언제나 믿음과 사랑, 위안과 아름다움, 영생을 향한 믿음의 씨를 뿌릴 좋은 터전을 찾아냈다. 생은 죽음보다 강하고, 믿음은 의심보다 강하기 때문이다.

한스는 처음으로 테이블과 창 사이의 작은 가죽 소파에 앉았다. 목사는 무척 친절했다. 마치 동료라도 만난 듯, 신학교에서 어떻게 생활하고 공부하는지를 이야기해 주었다.

"거기서 얻게 되는 것 가운데 가장 중요한 건,"

목사가 결론처럼 말했다.

"그리스어로 쓰인 신약성서 안으로 들어가는 일이네. 그걸 지나야 비로소 새로운 세계가 열릴 거야. 많이 공부해야겠지만, 기쁨도 클 걸세. 처음엔 말이 어렵게 느껴질 거야. 아테네 그리스어가 아니라, 새로운 정신이 만들어 낸 특수한 어법이니까."

한스는 조심스럽게 귀를 기울이며, 자신이 참된 학문에 다가서는 듯한 자부심을 느꼈다.

"형식적인 수업 때문에 그 매력을 어느 정도 잃을 수도 있지. 게다가 신학교에서는 너무 한쪽으로 히브리어에 매달릴 테고…. 하지만 마음만 있다면 이번 방학 중에 조금 시작해 두게. 그러면 입학해서 다른 과목에 시간을 더 쓸 여유가 생기지. 나와 함께 누가복음 두어 장만 읽어도 말이 자연스럽게 익을 거야. 사전은 내가 빌려줄 수도 있고. 매일 한두 시간 정도면 어떻겠나? 물론 그 이상은 안 된다. 자네는 지금 무엇보다 쉬어야 하니까. 어디까지나 내 생각일 뿐이네. 모처럼 얻은 방학을 그 때문에 망치고 싶진 않겠지."

한스는 물론 그러겠다고 약속했다. 누가복음을 공부한다는 것은 자유롭고 즐거운 푸른 하늘에 떠오르는 먹구름처럼 느껴졌지만, 거절할 용기가 없었다. 어쩌면 방학 중 새 말을 배우는 일은 '공부'라기보다 확실한 즐거움일지도 모른다. 게다가 신학교에서 배우게 될 것들, 특히 히브리어에 대해 그는 사실 조금 걱정하고 있었다.

한스는 목사관을 나서 낙엽송 길을 헤치며 숲으로 들어갔다. 아까의 작은 불만은 벌써 사라졌다. 목사의 제안을 곱씹을수록 오히려 즐거웠다. 신학교에서도 동료들보다 앞서려면 더 열심히 해야 한다는 걸, 그는 너무도 잘 알고 있었기 때문이다. 그리고 그는 남보다 앞서고 싶었다. 왜 그런지는, 그 자신도 알지 못했다.

3년 전부터 그는 늘 주목받는 아이였다. 선생님과 목사와 아버지, 특히 교장 선생님이 그를 아끼고 격려하며 숨 돌릴 틈 없이 공부시켰다. 그는 학년마다 일등을 독차지했고, 스스로도 우수한 성적에 자부심을 느꼈다. 어리석은 시험 걱정은 이제 사라졌다.

물론 방학은 즐거웠다. 자기 말고는 산책하는 사람도 없는 이른 아침의 숲은 유난히 아름다웠다. 전나무들이 기둥처럼 줄지어 서서 청록빛 둥근 지붕을 만들어 주고 있었다. 작은 잡목은 거의 없고, 여기저기 두터운 나무딸기 수풀만 있을 뿐이었다. 대신 산딸기와 에리카가 자라는 곳을 지나면, 부드러운 털 같은 이끼 동산이 펼쳐졌다.

이슬은 이미 말랐고, 곧은 줄기 사이로 숲의 아침에만 찾아오는 독특한 무더움이 스며들었다. 태양의 열과 이슬의 증발, 이끼의 향기, 수액 냄새, 전나무 잎 냄새, 버섯 냄새가 뒤섞인 그 무더움은, 온 감각을 마취시키는 것만 같았다.

한스는 이끼 위에 드러누워 무성한 딸기를 따먹었다. 여기저기서 딱따구리가 나무를 쪼는 소리가 들렸고, 뻐꾸기 울음도 섞여 왔다. 어둑한 전나무 지붕 사이로 구름 한 점 없는 하늘이 보였다. 수천, 수만 그루의 곧은 나무들이 엄숙한 갈색 벽을 이루고 있었다. 나무 사이로 흘러드는 노란 햇빛이 이끼 위에 점점이 짙은 얼룩을 만들었다.

한스는 적어도 뤼첼러 성이나 사프란까지 걸어갈 생각이었다.

그러나 지금은 이끼 위에 누운 채 딸기를 먹으며 세상사를 잊고 하늘만 바라보았다. 자신이 이렇게 쉽게 피곤해지는 것이 스스로도 이상했다. 전에는 서너 시간을 걸어도 거뜬했었다. 그는 힘을 내어 걸어보려 했다. 잠깐은 걸었지만, 어느새 다시 이끼 위에 드러누워 버렸다. 눈을 가늘게 뜨고 나무와 푸른 지붕을 멍하니 바라보았다. 공기가 어지러울 정도였다.

점심 무렵 집에 돌아오자 또 두통이 났다. 눈까지 아팠다. 태양이 너무 강했기 때문이다. 그는 두세 시간은 마지못해 집에 틀어박혀 있었다.

헤엄치러 가서야 겨우 상쾌해졌지만, 그때는 이미 목사관으로 갈 시간이었다.

길에서 구두 장수 플라이크 아저씨를 만났다. 아저씨는 일터 창가에 놓인 삼각의자에 앉아 있다가 한스를 불러 세웠다.

"어디 가니? 요즘 통 보이지도 않더구나."

"지금 목사님 댁에 가야 돼요."

"또 가? 시험은 끝났잖니?"

"네. 이번엔 다른 일로요. 신약성서요. 신약성서는 그리스어로 쓰였는데, 제가 배운 그리스어랑은 전혀 다르대요. 그걸 배우는 거예요."

구두 장수는 모자를 뒤로 젖히고 넓은 이마를 잔뜩 찌푸리며 깊은 한숨을 쉬었다.

"한스야, 네게 꼭 말하고 싶은 게 있다. 지금까지는 시험 때문에 참고 있었지만, 이제는 말해야겠다. 너는 목사에게 믿음이 없다는 걸 알아야 한다. 목사는 네게, 성서엔 틀린 게 많고 거짓말도 섞여 있다고 말할 거야. 틀림없다. 네가 목사와 함께 신약성서를 읽다 보면, 너도 모르는 사이 네 신앙까지 잃게 될 거다.”

“하지만 플라이크 아저씨, 저는 그리스어를 배우는 것뿐이에요. 신학교 가면 어차피 배워야 하니까요.”

“너까지 그런 말을 하느냐? 성서를 공부하는 것도, 경건하고 양심적인 선생에게 배우는 것과 하느님을 믿지 않는 선생에게 배우는 건 다르단다.”

“그건 그렇지만… 목사님이 정말 하느님을 믿지 않는지는 모르잖아요.”

“믿지 않고말고. 한스야, 그건 확실하다. 나는 안다.”

“그럼… 어떡하죠? 이미 가겠다고 약속했는데요.”

“그럼 물론 가야지. 하지만 만일 목사가 ‘성서는 인간이 만든 것이고 거짓이며 성령의 계시가 아니다’ 같은 말을 한다면, 네게 오너라. 우리 그걸 토론해 보자. 알겠지?”

“네, 플라이크 아저씨! 그래도 그런 지독한 일은 없을 거예요.”

“곧 알게 된다. 내 딸을 잊지 마라!”

목사는 아직 돌아오지 않았다. 한스는 서재에서 기다려야 했다. 금박으로 된 책 제목들을 보고 있자니, 플라이크 아저씨의 말이 떠올랐다.

새 사조를 따르는 목사들에 대한 소문은 한스도 이미 들은 적이 있었다. 하지만 이제 자신이 그 한가운데 끼어들게 되자 긴장과 호기심이 솟았다. 그렇다고 플라이크 아저씨처럼 그것이 중대하거나 무섭게 느껴지진 않았다. 오히려 여기서 오래된 큰 비밀을 캐낼 수 있을 것 같았다.

학교에 들어가 처음 몇 해 동안은 신의 존재나 영혼의 소리, 악마와 지옥 같은 것에 대한 의혹이 종종 그를 괴상한 명상으로 끌고 가기도 했다. 하지만 최근 2~3년 동안은 공부에만 신경 쓰느라 그런 잡념이 잠들어 버렸다. 그의 틀에 박힌 신앙은 플라이크 아저씨와 대화할 때에나 조금 개인적인 생명을 얻을 뿐이었다.

플라이크 아저씨와 목사를 비교해 보니, 한스는 웃음이 나왔다.

오랜 고생 끝에 얻어진 플라이크 아저씨의 확고한 신념은 소년에게 잘 이해되지 않았다. 플라이크 아저씨는 영리하긴 해도 단순하고 일방적인 신앙의 노예가 되어 많은 이들의 조소를 받기도 했다. 기도 모임에서는 엄격한 심판관이자 권위 있는 성서 해석자로 굴었지만, 그 밖에는 보잘것없는 수공업자일 뿐이었고 대부분의 사람들처럼 학문이 부족했다.

반면 목사는 사람으로서도 목사로서도 빈틈없는 설교자였고, 동시에 부지런하고 엄격한 학자이기도 했다.

한스는 두려운 마음으로 책장을 바라보았다.

목사는 곧 돌아왔다. 나들이옷을 벗고 가벼운 평상복으로 갈아입더니, 그리스어로 된 누가복음을 한스에게 건네며 읽으라고 했다.

그것은 라틴어를 공부할 때와 전혀 달랐다. 두 사람은 단어 하나하나를 꼼꼼히 풀이해 둔 책을 옆에 두고, 몇 줄짜리 문장을 읽었다. 목사는 예를 들어가며 쉽게 설명해 주었고, 요령 있는 설명 덕분에 이 말의 독특한 정신이 금세 드러났다. 성서가 성립된 시대와 배경까지 설명하자, 한스는 불과 한 시간 만에 완전히 새로운 개념을 얻은 듯했다. 단어 하나하나에 어떤 수수께끼와 문제가 숨어 있는가. 그 의문 때문에 수천의 학자와 명상가, 연구자들이 어떻게 애써 왔는가. 한스는 그것을 어렴풋이 느꼈다. 그리고 자신도 비록 한 시간의 공부였지만, 진리 탐구자의 한 사람으로 들어선 것 같은 자부심이 생겼다.

한스는 사전과 문법책을 빌려 그날 저녁 내내 공부했다. 참된 연구의 길을 걸어 나가려면 얼마나 많은 공부와 지식의 산을 넘어야 하는지 절실히 깨달았다. 그리고 도중에 포기해서는 안 되겠다는 각오까지 생겼다. 그 사이 플라이크 아저씨의 경고는 까마득히 잊혀 버렸다.

며칠 동안 한스는 이 새로운 학문에 휩쓸렸다. 매일 밤 목사관에 갔다. 날이 갈수록 참된 학문은 더 아름답고, 더 어려워졌으며, 더욱 노력힐 기치기 있는 것처럼 느꺼졌다.

아침 일찍은 낚시를 하고, 오후에는 수영장에 갔다. 그 밖에는 거의 나가지도 않았다. 시험 불안 때문에 잠들어 있던 공명심이 다시 깨어나 그에게 휴식을 주지 않았다. 동시에 최근 몇 달 동안 자주 머리를 스치던 독특한 감정도 다시 움직이기 시작했다. 그것은 고통이 아니라, 서둘러 승리를 맛보고 싶어 하는 흥분과 자극, 앞으로 나아가려는 욕망이었다.

물론 그 후에도 두통은 찾아왔지만, 순수한 열정이 이어지는 동안 독서와 공부는 폭풍처럼 진행됐다. 평소라면 열 분 넘게 걸릴 크세노폰의 가장 어려운 문장도 막힘없이 술술 읽혔다. 사전 도움 없이도 비상한 기억력으로 어려운 부분을 즐겁게 넘길 수 있었다.

고조된 공부열과 지식욕에 자부심까지 더해지자, 한스는 학교와 선생님, 학창 시절이 벌써 오래전에 끝나 버리고, 이제는 지식과 능력의 정상으로 향해 혼자 길을 걷는 듯한 느낌에 빠졌다.

이 기분은 묘하게도, 꿈을 꾸다 중간에 깨어난 가사 상태처럼 그를 만들었다. 한밤중 가벼운 두통으로 깨어나면 다시 잠들지 못했고, 그럴 때마다 앞으로 나아가야 한다는 초조가 그를 사로잡았다. 또 자신이 동료들보다 얼마나 앞서 있는지, 선생님과 교장 선생님이 얼마나 경탄하는 눈으로 자신을 보는지 떠올리며 우월감에 빠지기도 했다.

교장 선생님에게도, 자신이 깨워 준 아름다운 공명심을 이끌어 주고 그것이 자라는 것을 보는 일은 은밀한 기쁨이었다.

선생을 무정하고 고루한 잔소리꾼이라고만 말할 수는 없다. 아무리 애써도 깨어나지 않던 재능을 드러내게 하고, 장난만 치던 아이들을 진지한 공부로 이끌며, 난폭한 아이를 단정하고 부지런한 소년으로 바꿔 놓는다. 그리고 점점 성숙해 목표가 분명해지는 모습을 보게 한다. 그들의 시선이 깊어지고 침착해지는 것을 바라보는 선생들은 기쁨과 자랑으로 가득해지는 것이다.

소년들의 난폭한 힘과 자연의 욕망을 억제하고 다듬어, 조용하고 균형 잡힌, 국가가 인정하는 이상을 심어 주는 것은 국가가 선생에게 맡긴 의무이자 책임이었다.

행복한 시민이나 성실한 관리가 된 사람들 가운데에도, 학교의 노력이 없었다면 난폭한 혁신가나 쓸모없는 생각만 하는 몽상가로 남았을 이들이 분명 있었을 것이다.

소년의 내면엔 야만적이고 거친 것이 있다. 우선 그것을 깨뜨려야 한다. 위험한 불꽃은 먼저 꺼서 짓밟아야 한다.

자연 그대로의 인간은 예측하기 어렵고 불투명하며 위험하다. 그것은 미지의 산에서 쏟아져 나오는 거친 물결이며, 길도 질서도 없는 원시림이다. 원시림을 개척해 말끔히 다듬듯, 학교도 타고난 그대로의 인간을 다듬어 교육하지 않으면 안 된다.

학교의 사명은 사회가 인정한 원칙에 따라 자연 그대로의 인간을 사회의 유용한 구성원으로 만들고, 마침내 군대의 빈틈없는 훈련으로 '최후의 완성'을 맺게 될 여러 성질을 일깨워 주는 것이다.

작은 기벤라트는 정말 '훌륭하게' 자라고 있었다. 쓸데없이 돌아다니거나 장난치는 일은 스스로 삼갔다. 흙장난과 토끼 기르기, 그토록 좋아하던 낚시도 어느새 손에서 놓고 있었다.

어느 날 저녁, 교장 선생님이 친히 기벤라트의 집에 찾아왔다. 황송해 어쩔 줄 모르는 아버지를 정중히 물리고, 곧장 한스의 방으로 들어갔다. 소년은 누가복음을 공부하고 있었다.

교장 선생님은 다정하게 인사했다.

"기벤라트! 부지런한 건 좋은 일이지. 그런데 왜 내게는 한 번도 오지 않았니? 매일 기다렸는데."

"가려고 했어요…."

한스가 변명했다.

"멋진 물고기를 가져가고 싶었거든요…."

"물고기? 무슨 물고기 말이냐? 잉어든 뭐든."

"아, 그래. 또 낚시를 하니?"

"네. 하지만 조금만요. 아버지가 허락해 주셨어요."

"그래. 재미있니?"

"네, 재미있어요."

"좋아. 아주 좋다. 방학에 노는 건 당연하지. 그만큼 노력했으니까. 그런데 틈틈이 공부하고 싶은 마음은 없니?"

"있고말고요, 선생님."

"스스로 마음이 없다면 억지로 시키고 싶진 않구나."

"정말 하고 싶어요."

교장 선생님은 서너 번 깊게 숨을 쉬고는 숱이 적은 수염을 쓰다듬으며 의자에 앉았다.

"한스야, 사실 말이지… 시험 성적이 좋았던 학생일수록 신학교에 가서 쉽게 뒤처지기도 한다. 거기서는 새 과목을 많이 배우게 되거든. 게다가 방학 동안 미리 공부해 오는 학생이 많을 게다. 특히 시험 때 성적이 별로였던 학생들이 더 그럴 거야. 그런 학생들이 승리감에 도취돼 편히 쉬는 사람들을 앞질러 우등생이 되는 일이 흔하단다."

교장 선생님은 또 한숨을 쉬었다.

"우리 학교에서는 네가 늘 쉽게 일등이었지만, 신학교의 동료들은 다르다. 천재이거나 몹시 부지런한 사람들뿐이거든. 그러니 쉽게 앞설 수는 없다. 알겠니?"

"네."

"그래서 방학 중에 미리 공부해 두는 건 어떻겠냐는 거다. 물론 적당히! 너는 충분히 쉴 권리도 의무도 있다. 하지만 하루에 한두 시간쯤 공부하는 건 오히려 좋을 거라고 생각한다. 그렇지 않으면 성적이 떨어진 뒤 다시 본궤도에 오르려면 몇 주나 걸릴지도 모르니까. 네 생각은 어떠니?”

“저는 이미 마음의 준비가 되어 있어요, 선생님! 선생님만 봐 주신다면….”

“좋아. 신학교에서는 히브리어 다음으로 호머가 새로운 세계를 열어 줄 거다. 지금 착실히 기초를 닦아 두면, 나중에 훨씬 재미있고 이해도 쉬워질 게다. 호머의 말은 고대 이오니아 방언인데, 호머식 운율법과 함께 아주 특이한 데가 있단다. 이 문학의 진수를 맛보려면 부지런히, 철저하게 공부하지 않으면 안 된다.”

한스는 기꺼이 그 세계로 들어가 최선을 다하겠다고 약속했다. 하지만 거기서 끝나지 않았다. 교장 선생님은 헛기침을 하더니 다정하게 덧붙었다.

“솔직히 말하면 수학도 두세 시간 하는 게 좋겠구나. 네 성적이 나쁘진 않지만, 그렇다고 네가 좋아하는 과목도 아니지 않니? 신학교에서는 대수와 기하를 배우니까, 조금이라도 익혀 둬야 한다. 두세 과목을 미리 닦아 두는 편이 좋다.”

“알겠습니다, 선생님.”

“언제든 나를 찾아와도 된다. 네가 훌륭해지는 건 내 보람이기도 하니까. 다만 수학은 수학 선생님께 개인지도를 받아야 할 테니, 아버지께 여쭈어 봐야 한다. 일주일에 두세 시간이면 될 거다.”

“알겠습니다, 선생님.”

그 뒤로 공부는 다시 활기를 띠었다. 한스는 한 시간이라도 낚시를 하거나 산책을 하면 마음이 걸렸다. 헌신적인 수학 선생님은, 한스가 원래 수영하던 시간을 공부 시간으로 잡았다.

아무리 해도 대수 시간은 재미가 없었다. 무더운 오후, 수영 대신 수학을 해야 한다는 것은 고통이었다. 그것도 찌는 듯한 수학 선생님의 방 안에서, 모기들이 쟁쟁거리는 가운데서. 날씨가 궂은 날엔 특히 암담하고 절망스러웠다.

수학은 그에게 참 묘한 것이었다. 이해를 못 하는 것도 아니었다. 오히려 훌륭하게 풀어내고, 독특한 풀이를 찾아내기도 해 스스로도 기뻤다. 변칙이나 속임수가 없고 불확실한 점이 없다는 사실은 마음에 들었다.

라틴어도 그는 좋아했다. 라틴어 역시 분명하고 확실해 의문의 여지가 없었기 때문이다. 그런데 수학은 답이 모두 맞아도, 거기서 어떤 '합당한 결론'이 나오는 느낌이 없었다. 평탄한 국도가 검은 띠처럼 이어질 뿐이었다. 앞으로 나아가며 매일 새로운 것을 알게 되지만, 한꺼번에 넓은 경치가 펼쳐지는 산 위로는 결코 오르지 못하는 것이다. 이에 비해 교장 선생님과 하는 공부에는 숨통이 트였다. 물론 목사님이 들여준 '변종의 그리스어' 신약성서는, 교장 선생님의 참신한 호머 운율과 언어보다도 더 매력적이고 훌륭한 무엇인가를 느끼게 해주었다. 하지만 결국 호머는 호머였다. 처음의 어려움을 넘어서자 뜻밖의 희열이 튀어 올라 걷잡을 수 없는 흥미가 폭발했다.

선비처럼 아름다운 울림을 지닌 어려운 구절 앞에서 복잡한 초조와 긴장으로 몸을 떨 때도 있었다. 안타까운 마음으로 사전을 뒤지다 보면, 고요하고 아름다운 꽃밭을 열어 주는 열쇠를 찾아내는 듯했다.

숙제는 다시 늘어났다. 밤늦게까지 책상 앞에 앉아 있는 날이 많아졌다. 아버지는 한스의 이런 열정을 만족스럽게 바라봤다. 우둔한 아버지의 머릿속에도, 사람들이 존경하며 우러러보는 높은 곳으로 아들을 올려 보낼 수 있으리라는 기대가 희미하게 자리 잡기 시작했다.

방학 마지막 주가 되자 교장 선생님과 목사님은 갑자기 눈에 띄게 부드러워졌다. 공부를 그만두고 산책을 다녀오라고 보내기도 하고, 건강이 얼마나 중요한지를 강조하기도 했다.

한스는 다시 두세 번 낚시를 하러 갔다. 몇 번이나 두통을 느끼면서도, 푸른 초가을 하늘이 비치는 강가에 앉아 있었다. 자신이 도대체 무엇 때문에 그렇게 여름 방학을 기다렸는지 이상할 정도였다.

지금은 오히려 방학이 끝나고, 전혀 다른 생활과 배움이 시작될 신학교로 간다는 사실이 더 즐거웠다. 물고기 따위는 아무래도 좋았다. 그래서인지 고기도 잘 낚이지 않았다.

아버지가 "한 마리도 못 잡았냐"고 놀리자, 한스는 아무 미련 없이 다락방 상자 속에 낚시 도구를 넣어 버렸다.

방학이 며칠 남지 않은 어느 날, 한스는 자신이 벌써 몇 주 동안 플라이크 아저씨를 찾아뵙지 않았다는 사실이 떠올랐다. 이제라도 가 봐야겠다고 생각했다.

저녁이었다. 아저씨는 어린 아기를 무릎에 올려놓고 창가에 앉아 있었다. 집 안에는 가죽과 구두약 냄새가 가득했다.

한스는 머뭇거리며 딱딱하고 넓은 아저씨의 손을 잡았다.

"어떻게 지냈니?"

아저씨가 물었다.

"목사관에는 열심히 다녔겠지?"

"네. 매일 가서 많이 배웠어요."

"뭘?"

"주로 그리스어였지만, 그 밖에도 많아요…."

"그래서 나한테 올 마음이 없었던 거냐?"

"오고 싶었어요, 아저씨! 그런데 그렇게 안 됐어요. 목사님 댁엔 매일 한 시간, 교장 선생님 댁엔 매일 두 시간, 수학 선생님 댁엔 일주일에 네 번이나 가야 했거든요."

"방학인데도? 그건 정말 어리석은 짓이다."

"모르겠어요. 선생님들이 그러라 하셨고… 전 어렵지도 않았어요."

"그렇겠지."

플라이크 아저씨는 한스의 팔을 잡았다.

"하지만 이 팔은 어쩐 일이냐? 얼굴도 아주 해쓱해졌다. 또 두통이 나니?"

"가끔요…."

"어리석은 일이다, 한스야. 죄악이기도 해. 너 같은 나이에는 밖에 나가 충분히 움직이고, 적당히 쉬어야 한단다. 방학이 왜 있겠니? 방학은 방 안에 틀어박혀 공부하라고 있는 게 아니다. 너는 정말 뼈와 가죽만 남았구나."

한스는 웃었다.

"물론 너는 참고 했겠지. 하지만 지나치면 부족한 것만 못하다. 목사관에서의 공부는 어땠니? 무슨 말을 하던?"

"말은 많았지만 나쁜 말은 없었어요. 정말 많이 알고 계시던데요…."

"성서를 더럽히는 말은 안 하던?"

"아니요. 한 번도요."

"그건 다행이다. 하지만 내가 네게 말하마. 영혼을 더럽히는 것보다는, 육체를 썩히는 게 차라리 낫다! 너는 장차 목사가 되겠지. 귀하고 어려운 일이다. 그러려면 평범한 사람들과는 달라야 한다. 너는 틀림없이 훌륭한 목사가 될 거야. 나는 정말 네가 그렇게 되길 바란다. 너를 위해 기도하마."

그는 일어서서 소년의 어깨 위에 힘 있게 두 손을 얹었다.

"한스야. 주님께서 너를 축복하고 지켜 주시기를! 아멘…."

그 기도와 엄격함, 표준말로 또박또박 말하는 말투가 소년의 마음을 아프게 죄었다. 목사님은 헤어질 때 그렇게 하지는 않았다.

이불과 옷, 속옷과 책들은 이미 우송했고, 여행 가방도 챙겼다. 이것저것 준비하고 인사하느라 며칠은 빠르게 지나갔다.

어느 시원한 아침, 아버지와 아들은 마울브론을 향해 길을 떠났다. 고향과 아버지의 집을 떠나 낯선 학교로 가는 일은, 이상하고도 가슴을 조이는 일이었다.

3장

주州의 서북쪽, 숲이 우거진 언덕과 작고 잔잔한 호수들 사이에는 시토 교단의 마울브론 대수도원이 있었다. 건물은 낡았지만 넓고 아름다웠고, 보존 상태도 좋아 안팎이 모두 훌륭했다. 사람이 살기에도 좋은, 단정하고 근사한 인상을 주는 곳이었다. 수도원은 수백 년 동안 푸르고 온화한 주변 풍경과 은은하게 어울리며 그 자리에 서 있었다.

수도원을 찾는 사람은 높은 벽 사이에 열린, 그림처럼 아름다운 문을 지나 넓고 조용한 마당으로 들어서게 된다. 마당에는 분수가 물을 뿜고, 엄숙한 고목들이 서 있다. 양옆으로는 낡은 석조 건물들이 줄지어 있고, 뒤쪽에는 후기 로마네스크식 현관이 딸린 대사원이 비교할 수 없는 장엄함과 묘하게 사람 마음을 끄는 아름다움을 품고 우뚝 서 있다. 사람들은 그곳을 '패러다이스'라 불렀다.

대사원의 육중한 지붕 위에는 바늘처럼 뾰족뾰족하고 어딘가 익살스럽기까지 한 작은 탑들이 서 있었는데, 사람들은 왜 거기에 종을 달아 놓았는지 알 수 없었다.

잘 보존된 회랑은 그 자체로도 아름다운 건축물이었고, 훌륭한 분수가 달린 예배당까지 갖추고 있었다. 성직자들의 식당은 힘 있고 고상한 십자형 아치 천장이었으며, 기도실과 담화실, 평신도 식당, 수도원장의 집, 그리고 두 개의 교회당이 차례로 이어졌다. 그림 같은 벽과 발코니, 문과 작은 뜰, 물레방아와 여러 집들이 중후하고 고풍스러운 건물을 보기 좋게 둘러싸고 있었다.

넓은 앞뜰은 고요 속에서 나무 그늘에 잠든 듯 서 있었지만, 점심시간 한 시간만은 잠깐 활기를 띠었다. 그때면 젊은 학생들이 건물 밖으로 쏟아져 나와 넓은 뜰에 흩어져 가볍게 몸을 움직이고, 말소리와 웃음소리가 이어졌다. 시간이 지나면 그들은 순식간에 자취를 감췄고, 다시는 사람 그림자 하나 보이지 않았다.

누구든 이곳을 보고는, 유익한 삶과 기쁨을 맛보기 알맞은 장소, 생명이 깃든 자리, 축복을 가져다줄 사람들이 자라날 곳이라고 생각했을 것이다. 성숙하고 선량한 사람들이 즐거운 사상을 떠올리고 아름답고 명랑한 작품을 만들어낼 것이라고 믿는 사람도 적지 않았으리라.

오래전부터 정부는 언덕과 숲 속에 숨은 이 훌륭한 수도원을 신학교 학생들에게 내주었다. 감수성 예민한 젊은 마음에 아름답고 고요한 환경을 주려는 뜻에서였다. 동시에 도시나 가정의 산만함에서 떼어놓아 일상생활의 해로운 영향으로부터 보호하려 했다.

이 환경 속에서 젊은이들은 히브리어와 그리스어는 물론 여러 학문을 삶의 목표로 삼아 공부했다. 그리고 젊은 영혼이 품은 온갖 갈망을 맑고 이념적인 연구와 기쁨으로 채워 나갔다. 기숙사 생활은 자아를 다듬는 일과 더불어 공동체 의식을 기르는 중요한 요소이기도 했다.

신학생을 국비로 생활시키며 공부시키는 목적은, 그들을 '특별한 사람'으로 길러내는 데 있었다. 그 정신이야말로 "신학교 학생"이라는 표식이었다. 간혹 도망치는 학생이 있기는 했지만, 대체로 슈바벤의 신학생은 평생 그 기풍을 또렷이 간직했다.

수도원 신학교에 들어가는 날, 어머니가 살아 있는 학생이라면 감사와 미소 띤 감격으로 그 하루를 평생 잊지 못했을 것이다. 한스 기벤라트는 그런 경우가 아니어서 별 감격 없이 그 순간을 지나쳤지만, 여러 어머니들의 모습을 바라보며 강한 인상을 받았다.

'큰 침실'이라 불리는, 벽장이 달린 넓은 복도에는 상자와 바구니들이 이리저리 흩어져 있었다. 모두가 번호가 붙은 옷장과 책꽂이를 배정받았다. 아이들과 부모들은 마룻바닥에 쪼그리고 앉아 짐을 풀었다. 사감은 그 사이를 영주처럼 천천히 걸어 다니며 친절한 충고를 건넸다. 옷을 꺼내 펴고, 속옷을 가지런히 접고, 책을 쌓아 올리고, 신발과 슬리퍼를 정리했다.

준비물은 모두 거의 같았다. 가져와야 할 물건이 미리 정해져 있었기 때문이다. 이름이 새겨진 양철 세숫대야가 나왔고, 비누갑과 머리빗, 칫솔 따위가 그 곁에 놓였다. 램프와 석유통, 그리고 각자

쓸 식기 세트도 빠지지 않았다.

　소년들은 흥분한 채 부산하게 움직였고, 아버지들은 미소를 띠며 거들거나 회중시계를 들여다보며 피곤함을 잊으려 했다. 그러나 일을 중심에서 끌고 가는 것은 대개 어머니들이었다. 옷과 속옷의 주름을 펴고 허리띠를 반듯하게 해 주며, 꼼꼼하게 옷장을 정리했다. 훈계와 주의에도 애정이 배어 있었다.

　"새 속옷은 특히 아껴야 한다. 3마르크 50페니히나 주고 샀으니까."

　"빨래는 달마다 철도 화물로 부치거라. 급하면 소포로 하고. 검은 모자는 일요일에만 쓴다는 것도 잊지 말고."

　어디선가 뚱뚱하고 낙천적인 부인이 높은 상자 위에 앉아 아들에게 단추 다는 법을 가르치고 있었다.

　"집이 그리우면 언제든 편지하거라. 크리스마스까지 그리 멀지 않으니까."

　젊고 예쁜 부인은 가득 찬 아들 옷장 속옷을 한 번 어루만지더니, 통통한 아들의 얼굴을 쓰다듬었다. 아들은 부끄러워 당황한 듯 웃으며 어머니 손을 뿌리쳤다. 다른 아이들에게 어리광으로 보일까 봐 두 손을 바지주머니에 찔러 넣었다. 이별은 아들보다도 어머니에게 더 괴로운 일인 듯했다.

　반대로, 어떤 소년들은 분주한 어머니를 멍하니 바라보기만 했다. 엄마를 따라 다시 집으로 돌아가고 싶은 마음이 역력했다. 어디를 봐도 이별의 두려움과 구경꾼에 대한 부끄러움이, 품위를 잃지 않으려는 '사나이다운' 체면과 맹렬히 싸우고 있었다. 울고 싶은 마음이 굴뚝같았지만 애써 아무렇지 않은 표정을 지었다. 어머니들은 그런 모습을 보고 미소를 지었다.

거의 모든 소년들이 생활용품 말고도 사과 한 봉지나 통조림, 비스킷 같은 것을 가져왔다. 스케이트를 들고 온 소년도 많았다. 어떤 소년은 햄을 가져와 놓고도 좀처럼 숨기려 하지 않아 사람들의 시선을 한 몸에 받았다.

어떤 아이가 집에서 왔는지, 어떤 아이가 기숙사 경험이 있는지는 쉽게 구별됐다. 하지만 기숙사 생활을 했던 아이들 얼굴에도 흥분과 긴장이 배어 있었다.

기벤라트 씨는 아들이 짐을 푸는 것을 능숙하게 도왔다. 남들보다 빨리 정리를 끝낸 그는 아들과 함께 큰 침실을 멍하니 둘러보았다. 어디나 가르치고 훈계하는 아버지들, 위로하거나 주의를 주는 어머니들, 답답하게 듣는 아들들뿐이었다. 자신도 아들에게 뭔가 당부해야겠다고 느꼈다.

그는 말없는 아들 곁에서 근심스럽게 서성이다가, 갑자기 장엄한 명언 같은 것을 쏟아냈다. 한스는 어리둥절한 채 조용히 듣고 있었지만, 한 목사가 아버지 설교를 재미있다는 듯 바라보고 있는 것이 보여 부끄러워졌다. 그는 아버지 옷자락을 살짝 잡아당겼다.

"우리 가문의 명예를 높이겠지? 어른들 말씀도 잘 듣고?"

"네, 그럼요."

한스가 대답했다.

아버지는 말을 마치고 안도의 숨을 쉬었다. 한스도 어쩐지 맥이 풀렸다. 그는 불안한 호기심으로 창 너머 조용한 회랑을 내려다보았다. 오래된 은자적 품위와 평화가, 이층에서 떠들어 대는 아이들과 묘하게 대조를 이루었다.

그는 바쁜 동료들을 수줍게 훑어보았다. 아는 얼굴은 하나도 없었다. 슈투트가르트에서 만났던 괴핑겐 출신의 소년은 보이지 않았다. 라틴어를 잘하긴 했지만, 시험에 떨어졌는지도 모른다.

한스는 그 생각을 접고, 이제 함께 공부할 아이들을 바라봤다. 준비물은 종류와 수가 같아도 도시 아이와 시골 아이, 넉넉한 집과 가난한 집의 차이는 금방 드러났다. 물론 부잣집 아들이 신학교에 오는 일은 드물었다. 부모의 자부심이나 더 깊은 이유도 있겠지만, 아이의 재능과도 관계가 있었다. 그래도 대학 교수나 비교적 높은 관직에 있던 사람들 가운데는 자신들의 수도원 시절을 잊지 못해 아들을 마울브론으로 보내는 이들이 있었다.

그래서 서른여섯 명이 입은 검은 저고리도 천과 재단에서 제각 각이있다. 그보다 더 분명한 차이는 버릇과 사투리, 태두에 있었다. 손발이 거칠고 마른 슈바르츠발트 출신, 짧은 금발에 입이 큰 다혈질의 고지 출신, 거친 데 없이 명랑한 품위가 배어 있는 활동적인 저지 출신, 뾰족한 신발에 세련된 차림이지만 사투리를 쓰는 슈투트가르트 출신…. 이 젊음 넘치는 소년들 가운데 다섯 명 중 한 명은 안경을 쓰고 있었다.

슈투트가르트에서 온, 품위 있는 어머니 품에서 자란 듯 유난히 약해 보이는 소년 하나는 고급 펠트 모자를 쓰고 점잖게 앉아 있었다. 그는 그 남다른 장식품이 곧 장난꾸러기들의 조롱거리가 되리라는 사실을 아직 몰랐다.

예리한 관찰력을 지닌 사람이라면, 부끄러움에 홍조를 띤 이 무리 속에 상당한 인재들이 섞여 있다는 것을 어렵지 않게 알아챘을 것이다. 주입식 교육을 받았다는 것이 한눈에 드러나는 평범한 소년들 사이에도, 날카로운 기질의 아이, 반항심이 강한 아이가 있었다. 수려한 이마 뒤에 더 높은 삶을 꿈꾸는 아이도 있었고, 몇몇은 교활하고 빈틈없는 슈바벤식 계산을 굴렸다. 그런 사고방식은 세월이 지나 커다란 세계 한복판으로 나아가, 메마르고 완고한 사상을 새로운 강철 같은 체계의 중심으로 삼게 마련이다.

슈바벤은 교양 있는 신학자를 많이 배출했을 뿐 아니라, 전통적으로 철학적 사색 능력을 자랑으로 삼아 왔다. 그 사색은 명망 높은 예언자도, 이단적 설을 주장하는 사람도 낳았다. 정치적 전통은 크지 않더라도, 신학과 철학이라는 정신의 영역에서는 여전히 영향력을 발휘하고 있었다. 더구나 이곳 사람들 안에는 오래전부터 아름다운 형식과 몽상적인 시를 즐기는 마음이 깃들어 있어, 때때로 꽤 뛰어난 시인을 낳기도 했다.

겉으로만 보면 마울브론 신학교의 시설과 관습에는 슈바벤적인 것이라곤 없어 보였다. 수도원 시대부터 남아 있는 라틴어 명칭에 더해, 그리스·로마풍의 고전적 양식을 새로 덧입혀 놓았기 때문이다. 학생들이 배정받는 방은 포룸, 헬라, 아테네, 스파르타, 아크로폴리스라고 불렸다. 가장 작고 맨 끝의 방을 게르마니아라 부른 것은, 게르만적 현재에 가능한 한 그리스·로마의 환상을 심어 주려는 의도처럼 보였다. 그러나 그건 어디까지나 겉모양일 뿐이었다. 실상은 차라리 히브리식 이름이 더 어울렸을지도 모른다.

우연인지, 아테네 방에는 마음이 넓거나 달변인 학생이 별로 없고 고루하고 게으른 학생들이 모였다. 스파르타 방에는 호전적이거나 금욕적인 이들 대신, 명랑하고 쾌활한 장난꾸러기들이 들어갔다. 한스 기벤라트는 아홉 명의 동료와 함께 헬라 방에 배정됐다.

그날 저녁, 아홉 명의 동료와 함께 차갑고 텅 빈 방에 들어가 작은 침대에 몸을 눕히는 순간 한스는 말로 하기 어려운 기분에 사로잡혔다. 천장에는 커다란 석유램프가 매달려 있었고, 붉은 빛 아래서 아이들은 옷을 벗었다. 정확히 열 시 십오 분, 사감이 들어와 램프를 껐다. 그들은 나란히 누워 잠에 들었다. 침대 두 개 사이마다 옷을 올려 둘 작은 의자가 놓여 있었고, 기둥 옆에는 아침 종을 치는 끈이 늘어져 있었다.

두세 명은 벌써 말 몇 마디를 주고받으며 낯을 익히는 듯했으나 곧 그마저도 그쳤다. 나머지는 아직 서먹해 긴장한 채 몸부림 한 번 치지 않고 눈을 감았다. 잠든 아이들 쪽에서는 깊은 숨소리만 들렸고, 누군가 다리를 움직이면 리넨 이불이 바스락거렸다. 눈을 뜬 아이들도 말없이 누워 있었다.

한스는 좀처럼 잠들지 못했다. 옆사람 숨소리에 귀를 기울이고 있는데, 하나 건너편 침대에서 이상한 소리가 들려왔다. 누군가 홑이불을 뒤집어쓰고 울고 있었다. 멀리서 들려오는 듯 가벼운 흐느낌이 한스의 마음을 흔들었다. 그는 향수병을 앓는 편은 아니었지만, 그래도 집의 작은 방이 그리워졌다. 낯선 환경과 많은 동료들 앞에서 소심한 공포가 덧씌워지며 점점 더 무거워졌다.

한밤중이 되도록 눈을 뜬 사람은 이제 아무도 없었다. 모두 얼룩

얼룩한 베개에 뺨을 묻고 잠들어 있었다. 슬픈 아이도, 고집 센 아이도, 명랑한 아이도, 겁 많은 아이도 달콤한 휴식의 포로가 되어 모든 것을 잊은 채 잠자고 있었다.

낡고 뾰족한 지붕과 탑, 발코니와 고딕 첨탑, 첨벽과 뾰족한 아치의 회랑 위로 흐릿한 반달이 떠올랐다. 달빛은 천장과 문지방 위에 가느다란 선을 긋고, 고딕 창과 로마네스크 문 위로 흘러내렸으며, 회랑 분수의 크고 우아한 수반에서는 옅은 황금빛으로 떨었다. 누르스름한 두세 줄기 달빛과 빛의 반점이 창 세 개를 통과해 헬라반 침실로 스며들어, 옛 수도승들에게 그러했듯 잠든 소년들의 꿈을 다정하게 지켜보고 있었다.

다음 날 기도실에서는 엄숙한 입학식이 거행됐다. 선생님들은 예복을 입고 서 있었고, 교장 선생님이 훈화를 했다. 학생들은 의자에 앉아 생각에 잠겼다가, 때로 뒤에 앉은 부모를 곁눈질했다. 어머니들은 미소 띤 얼굴로 아들을 바라봤고, 아버지들은 똑바로 앉아 엄숙하고 단호한 태도를 유지했다. 그들의 가슴은 자랑과 뽐내고 싶은 마음, 아름다운 희망으로 부풀어 있었다. 아이들을 돈에 팔아넘겼다고 생각하는 부모는 한 사람도 없었다.

마지막으로 학생들의 이름이 하나씩 불렸다. 앞으로 나가 교장 선생님과 악수하고, 의무를 부여받았다. 올바르게 처신하면 평생 국가의 보호 아래 직업을 제공받게 된다. 그렇다고 그 길이 쉽다고 생각하는 사람은 아무노 없었다.

부모와 헤어지는 순간은 더 엄숙하고 뼈아팠다. 부모들은 걸어서, 우편마차로, 혹은 서둘리 마련한 여러 탈것을 타고 남겨진 아들의 시야에서 사라져 갔다. 손수건은 부드러운 9월 바람 속에서 한참이나 나부꼈다. 떠나는 이들의 모습이 완전히 사라지자, 아이들은 말없이 수도원으로 돌아왔다.

"자, 이제 부모님들은 떠났습니다."

사감이 말했다.

그 뒤로는 우선 반 친구들끼리 서로 얼굴을 익히며 친해지기 시작했다. 잉크병에 잉크를 채우고, 램프에 석유를 붓고, 책과 공책을 정리해 새 방을 보기 좋게 꾸몄다. 그러면서 호기심이 풀려 말을 트기 시작했고, 고향과 학교를 묻고, 땀을 뻘뻘 흘리며 치렀던 주의 시험 이야기를 꺼냈다. 이내 여기저기서 이야기꾼이 등장했고, 맑은 웃음소리까지 새어 나왔다. 저녁이 되자, 같은 방 학생들은 긴 항해를 함께 마친 승객들보다도 더 잘 아는 사이가 되어 있었다.

한스와 함께 헬라 방을 쓰게 된 아홉 명 가운데, 네 사람은 특히 눈에 띄었다.

먼저 슈투트가르트 대학 교수의 아들 오토 하르트너. 타고난 재주에 주관이 뚜렷했고, 침착한 태도도 나무랄 데 없었다. 어깨는 떡 벌어지고 키는 훤칠했으며 옷차림도 말쑥했다. 든든하고 믿음직한 행동만으로도 같은 방 아이들의 시선을 끌었다.

그다음은 고지대 작은 마을의 촌장 아들 카를 하멜. 이 소년을 파악하려면 시간이 필요했다. 말은 모순투성이인데다 자신이 만든 틀 밖으로 좀처럼 나오지 않았기 때문이다. 때로는 열정적으로 거칠게 날뛰다가도, 금세 자기 껍질 속으로 숨어 버렸다. 조용한 관찰자인지, 음흉한 아이인지조차 분간하기 어려웠다.

슈바르츠발트의 좋은 집안 출신 헤르만 하일르너는 그만큼 복잡하진 않았지만, 역시 단번에 눈에 띄는 인물이었다. 그가 시인이고 문학에 뛰어나다는 건 첫날부터 느껴졌다. 주의 시험에서 6각운으로 작문을 지었다는 소문까지 있었다. 말도 많고 말솜씨도 좋았으며, 아름다운 바이올린을 가지고 왔다. 젊은이답게 감상과 자유분방함이 다 성숙하지 못한 채 뒤섞인 기질이었지만, 겉으로 대놓고 드러내지는 않았다. 그러나 눈에 띄지 않게 더 깊은 무엇을 가슴속에 숨기고 있었다. 그는 몸과 마음이 또래보다 일찍 자라 있었고, 이미 탐색하듯 자기 궤도로 걸어 들어가고 있었다.

하지만 헬라반에서 가장 이상한 인물은 역시 에밀 루치우스였다. 옅은 금발의 음흉한 인상, 나이 든 농부처럼 끈질기고 부지런한 성정, 마른 체질. 몸짓과 얼굴 어디에서도 어린아이 같은 느낌이 없었다. 아이보다는 어른에 가까워 보였다.

첫날, 다른 아이들이 이 생활에 익숙해지려고 떠들 때 그는 조용히 문법책을 펴 놓고, 잃어버린 시간을 되찾기라도 하듯 공부만 했다. 이 말없는 괴짜는 시간이 지나며 본색을 드러냈다. 끝내 그는 꾀 많은 구두쇠이자 철저한 개인주의자라는 것이 밝혀졌다. 그런데도 그의 교활함은 이상하게도 미움보다는 일종의 존경, 혹은 관용을 불러일으켰다.

그는 절약하고 이익을 챙기는 데 기막힌 재주가 있었다. 하나하나가 알려질수록 사람들은 감탄했다.

가장 먼저 드러난 재주는 아침 기상 때였다. 루치우스는 되도록 맨 처음이거나, 혹은 맨 마지막에 화장실에 가서 남의 수건을 이용했다. 가능하면 비누도 남의 것을 써 자기 것을 아꼈다. 그래서 자기 수건은 늘 2주일, 혹은 그 이상을 버텼다. 하지만 기숙사 규칙상 수건은 일주일에 한 번 새것으로 바꿔야 했고, 월요일 오전 사감이 검사했다. 루치우스는 월요일 아침마다 자기 번호 못에 새 수건을 걸어 두었다가, 점심시간이 되면 그것을 깨끗이 접어 상자 속에 다시 넣었다. 그리고 대신, 아껴 쓰던 헌 수건을 걸어 놓았다. 비누도 단단한 것을 썼고, 그마저도 거품을 거의 내지 않았다. 비누 하나로 몇 달을 버텼다.

그렇다고 루치우스가 지저분했던 것은 아니다. 오히려 반대였다. 그는 언제나 말쑥한 옷차림에 금발을 단정히 빗고 다녔다. 속옷과 옷도 될 수 있는 대로 아껴 입었지만, 늘 깨끗했다.

화장실에서 나오면 곧장 아침식사로 향했다. 아침으로 나오는 것은 커피 한 잔, 사탕 한 알, 빵 한 조각이 전부였다. 대부분의 소년들은 그것만으로는 도저히 배가 차지 않았다. 어덟 시간쯤 자고 나면 배가 고픈 것이 당연했다. 그러나 루치우스는 매일 사탕 한 알을 남겨 두었다가, "사탕 두 알에 1페니히", "사탕 스물다섯 알에 노트 한 권" 같은 식으로 반드시 사갈 사람을 찾아냈다. 비싼 석유를 아끼기 위해 밤에는 남의 램프 불빛에 기대어 공부하는 것은 말할 것도 없었다.

그런데도 루치우스는 가난한 집안 아들이 아니라, 오히려 제법 넉넉한 집안 출신이었다. 진짜로 가난한 아이들은 대개 돈을 쓰고 아끼는 감각 자체가 없었다. 손에 쥔 돈을 다 써 버리고도 '남겨 둔다'는 일을 모르는 편이었다.

　루치우스의 특징은 소유와 이익이 될 만한 것이라면 무엇이든 손을 뻗는 것이었다. 그뿐 아니라 정신적인 영역에서도 가능한 한 많은 이득을 챙기려 했다. 다만 그는 영리했기 때문에, '지식의 소유'라는 것도 결국 상대적인 가치밖에 없다는 사실을 잊지 않았다. 그래서 시험에 직접 도움이 될 과목만 골라 공부했고, 중간쯤 성적으로 만족했다. 배움도 노력도 언제나 동급생의 성적을 기준으로 삼았다. 두 배로 알아서 꼴찌가 되느니, 절반만 알아도 1등이 되는 편을 택했던 것이다.

　그래서 학우들이 저녁에 오락이나 독서에 빠져 있을 때, 조용히 공부하는 그의 모습을 자주 볼 수 있었다. 다른 애들이 떠들썩한 건 그에게 아무 상관도 없었다. 오히려 만족한 눈길로 떠드는 학우들을 바라보기도 했다. 모두가 공부를 시작해 버리면, 그만큼 자기 노력이 이익을 못 얻을 게 뻔했으니까.

　그는 어쨌든 부지런한 노력가였기에, 이런 잔꾀를 그리 악하게 보는 사람은 많지 않았다. 하지만 욕심이 극단으로 치닫는 사람답게, 그는 머지않아 어처구니없는 짓도 벌이고 말았다.

　수도원 수업은 모두 무료였는데, 그는 이 점을 이용해 바이올린을 배우겠다고 마음먹었다. 최소한의 기초도 없고 재능도 없었으며, 음악을 즐길 소양도 없었다. 그럼에도 그는 바이올린도 라틴어나 수학처럼 "결국 배우기만 하면 된다"고 생각했다. 음악은 어디서든 쓸모가 있고 사람들에게 호감을 준다는 말을 들은 적도 있었다. 게다가 학교 바이올린을 쓸 수 있으니 돈 한 푼 들 일이 없었다.

　음악 선생님은 루치우스가 바이올린을 배우고 싶다며 찾아오자 머리끝까지 화가 났다. 음악 시간에 루치우스가 노래를 부르면 친구들은 배꼽을 잡았지만, 선생님에게는 참담한 일이었기 때문이다. 선생은 루치우스의 생각을 꺾어 보려 애썼다. 그러나 이 점에서는 선생이 루치우스를 잘못 본 것이었다. 루치우스는 점잖고 겸손한 미소를 지으며, 정당한 권리를 방패삼아 음악에 대한 "사소한 흥미"는 억누를 수 없다고 설명했다.

그래서 그는 연습용 바이올린 중에서도 가장 형편없는 것을 받아, 일주일에 두 번 레슨을 받게 됐다. 그리고 매일 밤 30분씩 연습해야 했다. 첫 연습이 끝나자 같은 방 아이들은 그것이 제발 '처음이자 마지막'이길 바라며, 부디 그 견딜 수 없는 신음 소리만은 내지 말아 달라고 간청했다.

그 뒤로 루치우스는 연습할 장소를 찾아 수도원 곳곳을 헤매고 다녔다. 마땅한 자리를 발견하면 그 자리에서 끼익끼익, 기괴한 소리를 내며 주변을 괴롭혔다. 시인 히일르너의 말에 따르면, "낡은 바이올린 속 벌레 먹은 구멍들에서 벌레들이 떼로 절망의 비명을 지르며 살려 달라 애원하는 소리"였다.

음악 선생님은 루치우스가 조금도 나아지지 않자 지쳐서 점점 성의 없이 대했다. 루치우스는 절망적으로 연습했다. 늘 자신만만하던 장사꾼 같은 얼굴에 주름살이 잡히기 시작했다. 마침내 선생님이 "가능성이 없다"고 못 박자, 루치우스는 이번엔 피아노를 배우겠다고 결심했다. 그러나 피아노도 몇 달 고생한 끝에 결국 점잖게 포기하고 말았다. 다만 이후 음악 이야기가 나오면, 자기도 한때 피아노와 바이올린을 배웠지만 "부득이한 사정"으로 점점 그 아름다운 예술에서 멀어졌다고 말했다.

헬라반은 방 친구들의 일 덕분에 흥겨울 기회가 많았다. 하일르너도 때때로 우스꽝스러운 장면을 연출했다. 카를 하멜은 유머와 풍자에 능한 관찰자 역할을 맡았다. 그는 다른 학생들보다 한 살 위라서 어딘가 남다른 점이 있었지만, 존경받을 만한 역할을 하지는 않았다. 변덕이 심해 일주일이 멀다 하고 싸움을 걸며 자기 체력을 시험했다. 그럴 때의 그는 난폭함을 넘어 잔인하기까지 했다.

한스 기벤라트는 이런 분위기에 놀라면서도, 착하고 얌전한 학우로서 조용히 자기 할 일을 했다. 그는 루치우스 못지않게 부지런했다. 그리고 하일르너를 제외하면 같은 방 아이들의 존경을 받았다. 하일르너는 '천재적 자유분방함'을 무기 삼아, 한스를 공부밖에 모르는 야심가라며 비웃었다.

저녁 무렵 침실에서 다툼이 벌어지는 일은 드물지 않았지만, 한창 자라는 소년들이라 금세 화해했다. 모두 애써 어른처럼 굴려 했고, 선생님들까지도 아이들에게 낯선 "당신"이라는 호칭을 쓰며 학문적 엄숙함과 점잖은 태도를 길러 주려 했다. 얼마 지나지 않아 아이들은 자신들이 졸업한 라틴어 학교를, 마치 대학생이 고등학교를 내려다보듯 거만하게 돌아보기도 했다.

하지만 때때로 꾸밈없는 소년 기질이 그 겉치레를 뚫고 튀어나왔다. 그럴 때면 대침실은 콩콩 뛰는 소리와 상스러운 욕설로 울려 퍼졌다.

교장 선생님과 선생님들로서는, 공동생활을 시작하고 몇 주가 지나 학생들 사이에서 마치 '화합물이 침전하듯' 관계가 가라앉아 굳어 가는 모습을 관찰하는 일이 귀중한 경험이었을 것이다. 처음의 부끄러움이 지나 서로를 알게 되자 탐색이 시작됐다. 무리가 생기고, 우정과 반감이 뚜렷해졌다. 같은 고향이나 동창끼리 뭉치는 경우는 오히려 드물었다. 대부분은 새로 사귄 친구와 더 가까워졌다. 도시 아이와 시골 아이, 고원 출신과 평야 출신이 뒤섞이는 식으로, 각자의 숨은 성향에 따라 다양하게 갈라졌다.

젊은이들은 불안정한 상태에서 서로를 찾아 헤맸다. 그들 안에는 평등 의식과 독립을 갈망하는 마음이 나타났다. 그 과정에서 많은 소년들이 어린아이에서 어른으로 변해 가며, 동시에 개성의 싹을 틔우기 시작했다. 사소한 애착이 우정을 만들기도 하고 적개심을 낳기도 했다.

한스는 겉으로는 이런 움직임에 별 관심이 없어 보였다. 카를 하멜이 분명한 우정을 요구하며 다가왔을 때, 한스는 놀라 뒤로 물러났다. 그 일이 있고 난 뒤 하멜은 스피르디빈 아이와 친해졌다. 한스는 그대로 혼자가 되었다.

그에게도 우정에 대한 동경이 있었다. 격한 감정이 우정의 세계를 행복한 그리움의 빛으로 물들이며 그를 조용히 흔들었다. 그러나 부끄러움이 그를 붙잡아 놓았다. 어머니 없이 엄격하게 자란 소년 시절 탓에, 친근감이라는 천성이 짓밟혀 버린 것이다. 그는 무엇보다 열정적인 것에 두려움을 가지고 있었다. 거기에 소년다운 자존심과 쓸데없는 공명심까지 얹혀 있었다.

그는 루치우스와 달랐다. 한스의 목표는 어디까지나 지식이었다. 하지만 루치우스처럼 공부를 방해하는 것은 모두 떨쳐 내려고 애썼다. 그래서 책상 앞에 매달려 있으면서도, 다른 아이들이 우정을 나누는 모습을 볼 때면 질투와 그리움에 괴로워했다. 카를 하멜은 그가 원하는 상대가 아니었다. 하지만 만약 누군가가 와서 한스를 힘 있게 끌어당기려 애썼다면, 그는 기꺼이 따라갔을지도 모른다.

그런 일들 외에도 수업, 특히 히브리어 수업이 시간을 모조리 집어삼켜 학기 초는 눈 깜짝할 새 흘렀다. 마울브론을 둘러싼 작은 호수와 연못들은 늦가을 하늘과 시들어 가는 물푸레나무·자작나무·떡갈나무를 비추었다. 아름다운 초겨울 숲의 낙엽 위로는 벌써 몇 번이나 무서리가 내렸다.

서정적인 하일르너는 자기와 비슷한 기질의 친구를 얻으려다 헛고생만 했다. 결국 매일 외출 시간마다 혼자 숲을 헤맸다. 그가 특히 즐겨 찾는 숲속 호수는 시들어 가는 고목 잎들로 덮인 우울한 살빛 늪이었다. 애수 깃든 그 숲 한 모퉁이는 공상가 하일르너를 강하게 끌어당겼다.

그곳에서 그는 꿈결 같은 마음으로 어린 가지를 꺾어 물 위에 원을 그리기도 하고, 레나우의 「갈대의 노래」를 읽기도 했다. 갈대숲에 드러누워 '죽음'이나 '소멸' 같은 가을의 주제를 떠올리기도 했다. 그럴 때면 낙엽 떨어지는 소리와 나뭇가지 속삭임이 우울한 반주가 되어 주었다. 때때로 그는 호주머니에서 작은 까만 수첩을 꺼내 연필로 한두 줄을 적었다.

시월 하순, 어둑한 어느 점심시간. 한스 기벤라트가 혼자 그곳에 왔을 때도 하일르너는 시를 쓰고 있었다. 그는 소년 시인이 조그만 널빤지 위에 앉아 무릎에 수첩을 올려 두고, 연필을 입에 문 채 조용히 생각에 잠겨 있는 모습을 보았다. 책 한 권이 펼쳐진 채 옆에 굴러 있었다.

한스가 조용히 다가갔다.

"안녕, 하일르너. 뭐 하고 있니?"

"호머를 읽고 있어. 넌 웬일이야, 기벤라트?"

"그럴 리가. 난 네가 뭘 하고 있는지 벌써 알고 있어."

"그래?"

"당연하지. 너 시를 쓰고 있었겠지."

"그렇게 생각해?"

"응."

"거기 앉아."

기벤라트는 하일르너 옆에 앉아 두 발을 물 위로 늘어뜨렸다. 갈색 잎들이 하나둘 공중에서 빙글 돌다 소리 없이 수면 위로 내려앉는 것을 함께 바라봤다.

"여긴 음침하네."

"그래, 그렇지."

두 사람은 낮은 목소리로 이야기를 나눴다. 위쪽은 축 늘어진 가지조차 보이지 않을 만큼 텅 비어 있었고, 그 대신 한가롭게 흘러가는 구름과 푸른 하늘이 보였다.

"구름이 참 예쁘다."

한스가 그리운 듯 말했다.

"그래, 기벤라트."

하일르너가 한숨을 쉬었다.

"우리가 저 구름이 될 수 있다면."

"그러면?"

"하늘을 달릴 수 있겠지. 숲도 마을도 도시도 국경도 넘어갈 수 있고. 아름다운 배처럼 말이야. 너 배 본 적 있어?"

"없어. 넌?"

"있지. 넌 그런 건 전혀 모르네. 하기야, 공부밖에 모르니까!"

한스는 기분이 상했지만 참고 물었다.

"넌 날 바보로 보는 거야?"

"그런 말 한 적 없어."

"난 네가 생각하는 만큼 바보는 아니야. 그래도… 배 이야기를 더 해 줄래?"

하일르너는 몸을 뒤척이다가 하마터면 물에 빠질 뻔했다. 그는 엎드려 누워 양손으로 턱을 괴었다.

"라인강에서."

그가 이었다.

"방학 때 봤어. 일요일이었는데 배 위에서 음악이 흐르더라. 밤엔 배 불빛이 붉게 비쳤지. 우린 음악을 따라 강을 내려갔어. 다들 라인 술을 마셨고, 소녀들은 하얀 옷을 입고 있었지."

한스는 대답하지 못했다. 하지만 눈을 감자, 붉은 불빛을 달고 음악을 울리며 하얀 옷의 소녀들을 싣고 여름밤을 달리는 배가 떠올랐다.

하일르너는 말을 이어 갔다.

"그때는 지금과 완전히 달랐어. 여기 있는 애들 중 누가 그런 걸 알겠니? 다 답답하고 비열한 놈들뿐이야. 죽어라 공부만 하고, 히브리어보다 더 고상한 게 뭔지도 몰라. 너도 다를 바 없지.”

한스는 말이 없었다. 하일르너는 참으로 특이한 아이였다. 한스는 그에게 몇 번이나 놀랐다. 하일르너는 거의 공부를 하지 않는다고 알려져 있었지만, 아는 것이 많았고 수업 시간 질문에도 대답도 잘했다. 그러면서도 그 지식 자체를 경멸하는 듯했다.

“우리가 호머를 읽고 있긴 한데 말이야.”

하일르너는 조롱을 이어 갔다.

“마치 오디세이아가 요리책이라도 되는 것처럼 굴어. 한 시간에 두 구절, 한 자 한 자 되씹는 건 구역질이 날 지경이라니까. 그러고는 끝에 늘 이러지. ‘여러분, 이 시인이 얼마나 세련된 표현을 쓰는지 알겠지요. 여러분은 이제 창작의 비밀을 알아낸 겁니다.’ 웃기지 않아? 불변화사 과거형에 질리지 말라고 소스 좀 뿌려 준 것뿐이야. 그러니 내겐 호머도 가치가 없어. 고대 그리스기 우리랑 무슨 상관이 있는데? 누가 그리스식으로 살려고만 해도 당장 쫓겨나겠지. 그런 주제에 방 이름은 헬라니 뭐니 하고 있잖아. 차라리 휴지통, 노예 감옥, 실크해트라고 부르지 그래? 고전이라는 건 다 속임수야.”

그는 공중에 침을 퉤 뱉었다.

“너 아까 시 쓰고 있었지?”

이번엔 한스가 물었다.

“….”

“뭐에 대해서?”

"이 호수랑 가을."

"좀 보여 줘."

"아냐. 아직 안 끝났어."

"그럼 끝나면?"

"그래, 보여 줄게."

두 사람은 천천히 수도원으로 돌아갔다.

"저것 좀 봐. 넌 저게 얼마나 아름다운지 생각해 본 적 있어?"

패러다이스 옆을 지날 때 하일르너가 말했다.

"아치 창, 회랑, 식당, 고딕과 로마네스크…. 전부 예술가 손으로 풍부하고 정교하게 만들어낸 거야. 그런데 이 아름다움이 대체 무슨 소용이 있지? 고작 목사가 되겠다고 모여든 서른여섯 명의 불안한 소년들을 위해서야. 국가는 돈이 남아도는 모양이지."

그날 오후 내내 한스는 하일르너 생각을 떨칠 수 없었다. 대체 어떤 아이일까? 한스가 품는 걱정이나 원망이 하일르너에게는 통하지 않는 듯했다. 그는 자기 생각과 의견을 가지고 있었고, 다른 누구보다 열정적이고 자유롭게 사는 것 같았다. 색다른 고민에 시달리며 주위를 경멸하는 듯했고, 낡은 기둥과 벽의 아름다움을 알아보았다. 시 한 줄에 자기 영혼을 담고, 비현실적이고 환상적인 삶을 살아가는 신비하고 창조적인 예술적 재능이 있었다. 게다가 활동적이고 자유로웠고, 한스가 일 년에 할 농담을 그는 매일처럼 쏟아냈다. 동시에 그는 우울했고, 자기 슬픔을 낯설고 이상하고 귀한 것으로 여기며 그 슬픔을 즐기는 듯했다.

그날 저녁에도 하일르너는 눈에 띄는 엉뚱함을 유감없이 보여

주었다. 같은 방에 오토 뱅거라는 허풍스럽고 속 좁은 소년이 있었
는데, 그가 하일르너에게 시비를 걸었다. 하일르너는 농담으로 넘
기며 참고 있었지만 마침내 약이 올라 따귀를 날렸다. 그러자 둘은
심하게 엉켜 붙어, 키를 잃은 배처럼 이리저리 부딪치며 반원을 그
리다 멈칫 서기도 하고, 의자를 넘어뜨리며 마룻바닥 위를 뒹굴었
다. 둘 다 말없이 씩씩거리며 거품을 뿜고 있었다.

다른 아이들은 비평가 같은 얼굴로 구경만 했다. 엉켜 붙은 두 사
람을 피하려고 책상과 램프를 밀어 두고, 결과를 기다렸다.

잠시 뒤 하일르너가 겨우 일어나 몸을 털며 숨을 헐떡였다. 모습
이 처참했다. 상대는 다시 덤비려 했지만, 하일르너는 팔짱을 끼고
거만하게 말했다.

"난 이제 그만할래. 때리고 싶으면 때려."

오토 뱅거는 욕설을 퍼붓고 나가 버렸다.

하일르너는 책상에 기대 램프 스탠드를 만지작거리며, 두 손을
바지주머니에 넣고 무언가 생각하는 듯 서 있었다. 그때 갑자기 그
의 눈에 눈물이 맺히더니 뚝뚝 떨어졌다. 신학교 학생에게 '운다'는
것은 가장 치욕스러운 행동으로 여겨졌다. 그런데도 그는 숨기려
하지 않았다. 방을 나가지도 않고, 창백한 얼굴을 램프 쪽으로 돌린
채 말없이 서 있었다. 눈물을 닦지도 않았고, 주머니에서 손을 꺼내
지도 않았다.

아이들은 그 주변에 빙 둘러서 잔인한 호기심으로 바라봤다.

마침내 하르트너가 다가가 말했다.

"야, 하일르너. 너 부끄럽지도 않니?"

울던 하일르너는 마치 깊은 잠에서 막 깨어난 사람처럼 천천히 주위를 둘러봤다.

"부끄럽냐고? 너희들 때문에?"

그는 큰소리로 멸시하듯 말했다.

"아니, 부끄럽지 않아."

그는 눈물을 한 번 훔치고는, 화가 난 듯 미소를 지으며 램프를 끄고 방을 나갔다.

한스는 끝내 자리에서 일어나지 못한 채 놀란 사슴처럼 힐끗힐끗 하일르너를 곁눈질했다. 십오 분쯤 지나서야 큰마음을 먹고 그를 따라 나섰다. 하일르너는 차갑고 어두운 대침실의 낮은 창가에 앉아 회랑을 내려다보고 있었다. 뒤에서 보면, 어깨와 가늘고 뾰족한 머리가 이상하게도 엄숙해 소년처럼 보이지 않았다. 한스가 가까이 가 창가에 서 있어도 하일르너는 움직이지 않았다. 조금 지나서야 얼굴도 돌리지 않은 채 낮은 목소리로 물었다.

"무슨 일이냐?"

"나야."

한스가 수줍게 말했다.

"왜?"

"아무 일도 아냐."

"그래? 그럼 돌아가."

한스는 기분이 상해 정말 돌아가려 했다. 그때 하일르너가 그를 붙잡았다.

"기다려."

그는 일부러 농담처럼 말했다.

"그렇게 말하려던 게 아니었어."

둘은 서로 얼굴을 마주 보았다. 아마 진짜로 서로를 마주 본 첫 순간이었을 것이다. 한스는 하일르너의 매끈한 얼굴 뒤에 숨은 독특한 개성과 영혼을 그려 보려 애썼다. 헤르만 하일르너는 천천히 팔을 뻗어 한스의 어깨를 잡고, 얼굴이 닿을 만큼 끌어당겼다. 그리고 입맞춤했다.

한스는 다른 사람의 입술이 자기 입술에 닿는 감촉에, 말로 못 할 정도로 놀랐다. 심장은 지금까지 느껴 본 적 없는 답답함 속에서 세차게 고동쳤다. 어두운 대침실에서 단둘이 있는 것, 그리고 갑작스러운 입맞춤은 어딘가 모험적이고 새로웠으며 몹시 위험해 보였다. 누군가 들키기라도 한다면 그때 어떤 끔찍한 일이 벌어질까, 그 생각이 머리를 스쳤다. 이 입맞춤은 조금 전 하일르너가 운 것보다 훨씬 더 우스꽝스럽고 치욕적인 일로 여겨질 게 분명하다고 느꼈기 때문이다. 한스는 아무 말도 할 수 없었다. 피가 머리로 확 솟구치는 느낌뿐이었다. 그는 도망치고 싶었다.

만약 이 장면을 어른이 보았다면, 순결한 우정의 표시를 부끄러워하는 서툰 애정과, 두 소년의 파랗게 질린 얼굴에 떠오른 진지함에 조용한 기쁨을 느꼈을지도 모른다. 둘은 모두 귀엽고 앞길이 큰 소년들이었다. 아직 소년다운 순진함이 남아 있었지만, 한쪽에는 이미 청년기의 단단함이 들어서고 있었다.

젊은이들은 점점 공동생활에 익숙해졌다. 시를 알게 되고 우정도 여기저기 맺어졌다. 히브리어 단어를 외우고, 그림을 그리고, 산책을 하고, 소설을 읽었다. 라틴어는 잘하지만 수학이 약한 학생이, 라틴어가 약하고 수학을 잘하는 학생과 손잡아 성적을 올리자는 경우도 있었다. 우정의 바탕을 계약이나 물물교환에 두는 이들도 있었다. 예컨대 입학 첫날 부러움을 샀던 햄 소유자가, 사과를 많이 가진 슈바르츠발트 농장 아들과 손잡은 일이 있었다. 햄과 사과를 서로 나누고 맛을 비교하다 맺어진 동맹이었다. 이런 동맹은 취미나 성격, 호감으로 맺은 '이상적인 우정'보다 오히려 더 오래 갔다.

외톨이는 많지 않았는데, 루치우스가 그 소수 가운데 하나였다. 예술에 대한 그의 욕심 많은 사랑은 여전히 한창이었다.

그리고 무엇보다 어울리지 않는 결합도 있었다. 가장 어울리지 않는 결합은, 바로 하일르너와 한스 기벤라트의 결합이었다. 경박한 자와 모범생, 시인과 노력가의 결합. 두 사람 모두 가장 영리하고 뛰어난 소질로 손꼽혔지만, 하일르너는 조롱 섞인 "천재"라는 평판을, 한스는 "모범 소년"이라는 명성을 얻고 있었다. 그러나 다른 아이들은 그들에게 큰 관심이 없었다. 각자 자기 친구와 자기 일에 더 바빴기 때문이다.

하지만 이런 관계나 흥미 때문에 학업을 등한시하는 학생은 거의 없었다. 학교란 커다란 의식이자 리듬이었다. 그 앞에서는 루치우스의 음악도, 하일르너의 시도, 모든 우정과 다툼과 때때로 벌어지는 격투까지도 그저 곁가지 장난에 지나지 않았다.

무엇보다 어려운 것은 히브리어였다. 태고의 기묘한 언어는 다루기 힘들었고, 신비롭게 생명을 이어 사는 나무처럼 낯선 수수께끼로 소년들 앞에 서 있었다. 그 나무에서 뻗은 이상한 가지와 야릇

한 색의 꽃 향기는 사람을 놀라게 했다. 움푹 파인 뿌리와 뒤엉킨 가지 속에는 무시무시한 용과, 소박하고 사랑스러운 동화, 아름다운 소년과 고요한 눈매의 소녀, 용감한 여인들과 주름투성이 노인의 얼굴 같은 천 년 묵은 영혼이 무섭도록 가깝게 자리하고 있었다.

루터 성서의 언어는 거칠고 순수하며 강한 생명력을 품고 있었다. 적어도 하일르너에게는 그랬다. 그는 구약의 모세오경 다섯 권을 매일 두 시간마다 저주하면서도, 단어를 모두 알고 한 글자도 틀리지 않게 읽는 학자보다 더 많은 생명과 영혼을 거기서 길어 올리고 있었다.

신약성서는 그에 비하면 더 쉽고 밝고, 내용은 더 깊었다. 언어 자체는 그렇게 낡지도, 깊지도, 풍부하지도 않았지만, 더 섬세하고 젊고 열정이 넘치며 환상적인 정신으로 충만했다. 그리고 오디세이는 힘찬 사상과 강하게 균형 잡힌 시구 속에서, 몰락했으나 선명하고 행복한 삶의 기쁨과 예감을 떠올리게 했다. 때로는 굵고 힘 있는 필치로 선명한 모습을 드러내고, 때로는 두세 마디 말 속에서 꿈과 아름다운 예감으로 스쳐 지나갔다.

그에 비하면 크세노폰이나 리비우스 같은 역사가들의 빛은 미미했다. 거의 빛을 잃은 채 곁에 놓여 있는 것처럼 느껴질 뿐이었다.

한스는 친구에게는 모든 것이 자신과 다르게 보인다는 사실을 알고 놀랐다. 하일르너에게는 추상적인 것이 거의 존재하지 않았다. 아니, 공상의 색으로 그려낼 수 없는 것은 존재하지 않는 것과 다름없었다. 그렇게 그릴 수 없는 것은 무엇이든 싫증내며 방치해 버렸다. 수학은 그에게 수수께끼를 품은 스핑크스였다. 하일르너는 그 괴물을 피해 멀찍이 도망쳤다.

두 사람의 우정은 묘한 것이었다. 하일르너에게 그것이 오락이자 사치이고 변덕이라면, 한스에게 그것은 한때 자랑스레 지키는 보물이었고, 동시에 감당하기 버거운 짐이기도 했다.

이전까지 한스는 저녁 시간을 늘 공부에 썼다. 하지만 이제는 거의 매일 하일르너가 찾아와 책을 빼앗듯 들고 "같이 놀자"고 했다. 한스는 이 친구를 깊이 사랑했지만, 어느새 친구가 올까 봐 걱정하며 뒤처지지 않으려고 더 열심히 공부하기도 했다. 하일르너가 한스의 근면을 공격할 때가 한스에게는 가장 괴로웠다.

"그건 품팔이꾼이 할 짓이야. 너는 좋아서 공부하는 게 아니거든. 선생님이랑 아버지가 무서운 거지. 1등 하면 뭐 하니? 난 스무 등이어도 너희보다 바보는 아니야⋯."

한스는 하일르너가 교과서를 어떻게 다루는지 처음 보고 경악했다. 어느 날 하일르너가 교실에 책을 두고 온 것을 까맣게 잊어버려, 다음 지리 시간 예습을 하려고 한스가 지도를 빌렸는데 하일르너는 지도에 연필로 까맣게 낙서를 해 놓았던 것이다. 이베리아 반도 서해안에는 괴상한 옆얼굴이 그려져 있었다. 코는 포르투에서 리스본까지 이어졌고, 피니스테르 곶 일대는 곱슬곱슬한 수염으로 얼굴 전체가 뒤덮여 있었다. 어느 장을 넘겨도 비슷했다. 지도 뒷장의 백지에는 만화와 대담한 풍자시가 적혀 있었고, 잉크가 떨어진 자국도 있었다.

한스는 책을 신성한 보물처럼 여겼다. 그래서 그 대담함이 신성을 모독하는 짓처럼 느껴지면서도, 한편으로는 영웅적 행위처럼 보이기도 했다.

선량한 기벤라트에게 하일르너는 마음에 드는 장난감이나 애완 동물에 지나지 않을지도 몰랐다. 한스 자신도 가끔 그 사실을 어렴풋이 의식했다. 그러나 하일르너는 한스를 필요로 했다. 그래서 꽤 애착을 보였다. 그는 자기 마음을 털어놓을 수 있는 사람, 자기 말을 끝까지 들어 줄 사람이 필요했다. 학교와 생활을 혁명적으로 비난할 때 잠자코 들어 주는 청자가 필요했던 것이다. 동시에 우울할 때 위로해 주고 기대어 쉴 사람도 필요했다.

그런 사람들 대부분이 그렇듯, 이 젊은 시인도 변덕스러운 우울병에 시달리고 있었다. 원인의 일부는 어린 시절과의 이별이었고, 일부는 목적 없는 힘과 예감과 욕망의 물결―사춘기의 어두운 충동이었다. 그는 동정과 애무를 받고 싶다는 병적인 욕구를 어쩌지 못했다. 예전에는 어머니의 사랑이 있었지만, 아직 여자를 사랑할 만큼 성숙해지지는 못했으므로 온순한 친구가 유일한 위안이었다.

저녁때 그는 풀이 죽은 채 한스에게 찾아오는 일이 종종 있었다. 그리고 공부하는 한스를 꾀어 함께 대침실로 가자고 졸라댔다. 두 사람은 추운 홀과 어둑해지는 높은 기도실을 나란히 오갔다. 혹은 추위에 떨며 창가에 앉아 있기도 했다. 하일르너는 하이네를 읽는 서정 소년들처럼 감상적인 탄성을 내뱉고, 어린아이 같은 비애의 구름 속에 잠기곤 했다. 한스는 그것을 다 이해할 수 없었지만 가슴에 무언가가 닿았고, 때로는 그 기분이 전염되기도 했다.

이 감수성 예민한 시인은 특히 흐린 날이면 '발작'을 일으켰다. 그중에서도 늦가을 비구름이 하늘을 어둡게 하고, 희뿌연 달이 구름 사이로 얼핏 모습을 내미는 저녁이면 비탄과 신음이 절정에 달했다. 그는 안식의 기분에 취해 몽롱한 우수의 용광로로 흘러 들어가고 있었다. 그 우수는 한숨이 되고 말이 되고 시가 되어, 죄 없는 한스를 향해 쏟아졌다.

한스는 그런 장면들에 시달리면서도, 겨우 시간을 얻으면 부지런히 공부에 매달렸다. 그러나 공부는 점점 어려워졌다. 두통이 돌아온 것은 놀랄 일이 아니었지만, 피곤해 쉬는 일이 잦아지고, 꼭 필요한 일조차 스스로를 채찍질하지 않으면 해내지 못한다는 사실이 몹시 두려웠다.

별난 아이와의 우정 때문에 순진했던 자신이 상처 입고 있다는 것도 어렴풋이 느꼈다. 그러나 하일르너가 더 우울하고 더 눈물겨워질수록 그는 더 가엾게 느껴졌다. 그리고 "자신이 그에게 없어서는 안 될 사람"이라는 의식은 한스의 우정을 더 깊게 하고, 동시에 그를 은근히 자랑스럽게 했다. 게다가 하일르너의 본성이 우울뿐이 아니라는 것도 한스는 알고 있었다.

하일르너가 자작시를 낭독하거나 시인의 이상을 말하거나, 셰익스피어의 독백을 열정적으로 읊을 때면, 그는 한스가 가지지 못한 마력을 지닌 채 허공을 떠도는 듯 보였다. 초인적인 자유와 불붙는 열정을 지니고, 호머의 '날개 달린 발'처럼 가볍게 한스와 다른 학생들 위를 뛰어넘는 느낌이었다. 한스는 지금껏 이 시인의 세계를 제대로 들여다보지 못했다. 별 대단치 않다고 여겼던 세계가, 이제는 거역하기 어려운 힘으로 다가왔다. 아름답게 흘러나오는 언어, 진실로 감싼 비유, 매혹적인 음률이 지닌 신비한 힘, 그것들이 한스를 붙잡았다. 새로 열리는 세계에 대한 존경은 친구에 대한 감탄과 뒤섞여, 거의 어쩔 수 없는 감정이 되어 버렸다.

그사이 11월이 왔다. 램프를 켜지 않고 공부할 수 있는 시간은 하루에 몇 시간밖에 남지 않았다. 철옹 같은 겨울밤에는 눈보라가 거세게 소용돌이치며 어두운 고지로 몰아 붙었다. 혹은 낡고 견고한 수도원 벽에 부딪혀 윙윙 울었다. 잎을 다 떨군 나무들은 앙상하게 서서 신음하는 듯했다. 다만 왕자처럼 육중하고 가지 많은 떡갈나무만이 시든 잎을 요란하게 흔들어댔다.

하일르너는 요즘 더 음울해져 한스 곁에도 잘 오지 않았다. 그는 혼자 떨어진 연습실에서 바이올린을 깨뜨릴 듯 두들기고, 친구들과 싸움도 자주 벌였다.

어느 날 저녁, 하일르너가 연습실로 들어가자 루치우스가 악보대 앞에 서서 연습하고 있었다. 하일르너는 화가 치밀어 도로 나왔다가, 삼십 분 후 다시 들어갔다. 루치우스는 여전히 연습 중이었다.

"이제 그만해도 되지 않니?"

하일르너가 더는 못 견디겠다는 듯 말했다.

"다른 사람도 연습해야 하잖아. 게다가 네 연주는 엉망이야!"

루치우스는 물러서지 않았다. 하일르너는 분노가 치밀었다. 루치우스가 태연하게 활을 들어 연주를 시작하자, 하일르너는 악보대를 발로 차 엎어 버렸다. 악보가 방 안에 흩어졌고, 악보대가 루치우스 얼굴을 때렸다. 루치우스는 엎드린 채 악보를 주워들었다.

"교장 선생님께 일러바치겠어."

루치우스가 단호하게 말했다.

"좋아!"

하일르너는 이를 악물고 소리쳤다.

"일러바칠 거면, 볼기짝도 맞았다고 해!"

그리고는 루치우스에게 달려들어 엉덩이를 걷어차려 했다. 루치우스는 재빨리 피하며 문 쪽으로 도망쳤다. 하일르너가 뒤쫓았다. 복도와 넓은 방, 계단과 현관을 지나 수도원 끝 처마 밑까지 가면 거기엔 조용하고 아담한 교장 선생님 사택이 있었다.

하일르너는 교장 선생님 집 문 앞에서 겨우 루치우스를 붙잡았다. 하지만 그 순간 이미 루치우스는 노크를 끝낸 뒤였다. 문이 열리자 루치우스는 약속대로 볼기짝을 얻어맞을 틈도 없이, 문을 닫을 새도 없이 신성불가침인 교장 선생님 방으로 총알처럼 뛰어 들어갔다. 지금껏 듣도 보도 못한 사건이었다.

이튿날 아침 교장 선생님은 "청년의 타락"에 대해 엄숙한 훈화를 했다. 루치우스는 감명을 받은 듯 들었다. 심지어 회심한 미소까지 띠고 있었다. 하일르너에게는 무거운 감금 처벌이 내려졌다.

"여러 해 동안,"

교장 선생님은 호통쳤다.

"이런 처벌은 없었다. 십 년이 지나도 잊지 못할 일을 만들어 주겠다. 하일르너를 본보기로 삼겠다."

모두 겁에 질린 채 하일르너를 슬쩍슬쩍 훔쳐봤다. 하일르너는 창백한 얼굴로도 반항적인 태도를 잃지 않고, 교장 선생님의 차가운 시선을 피하지 않았다. 속으로 그에게 찬사를 보내는 아이들도 적지 않았다. 그러나 훈화가 끝나고 아이들이 복도로 떠들썩하게 밀려나갔을 때, 그는 나병환자처럼 혼자 버려졌다. 지금 그의 편에서는 데는 큰 용기가 필요했다.

한스 기벤라트도 하일르너 편을 들지 못했다. 친구로서 그래야 한다는 것을 알면서도, 그는 비겁하고 무정한 자기 행동이 부끄러워 얼굴을 들지 못한 채 방구석에 처박혀 버렸다. 몰래 하일르너를 만날 수만 있다면 어떤 대가라도 치르고 싶었다.

하지만 '무거운 감금'은 수도원에서 오랫동안 낙인이 되는 처벌이었다. 벌받은 사람은 이후에도 늘 감시를 받는다. 그와 어울리는 일조차 위험했다. 그렇게 하면 자신까지도 나쁜 소문을 듣는다. 학생들은 국가가 베푼 은혜에 엄격한 규율로 보답해야 했다. 입학식의 긴 훈화에서 이미 강조한 내용이었다. 한스는 알고 있었다.

그는 우정의 의무와 공명심의 싸움에서 패배했다. 그의 이상은 시험에서 이름을 날리고 언젠가 중요한 일을 맡는 것이지, 낭만적이지만 위험한 역할을 자청하는 것이 아니었다. 그는 불안 속에 숨었다. 아직은 뛰쳐나와 용기를 보일 수 있었지만, 시간이 지날수록 점점 더 어려워졌다. 어느 틈엔가 그는 사실상 '배신자'가 되어 있었다.

하일르너는 그 사실을 알고 있었다. 정열적인 그는 모두가 자신을 피한다는 걸 느꼈다. 그리고 그런 일이 당연하다고 여겼다. 하지만 한스만은 믿고 있었다. 이제 그가 느끼는 고통과 분노 앞에서는, 예전의 이유 없는 한탄이 오히려 허망하고 우스웠다.

하일르너는 잠깐 한스 앞에 멈춰 섰다. 창백하지만 업신여기는 얼굴로 낮게 말했다.

"너는 비겁한 놈이야, 기벤라트. 이 더러운 자식."

그러고는 낮게 휘파람을 불며 두 손을 바지주머니에 찔러 넣고 걸어가 버렸다.

젊은이들에게 생각할 일과 할 일이 있다는 것은 좋은 일이기도 하다. 그 사건이 있고 며칠 뒤, 갑자기 눈이 내렸다. 이어 맑고 차가운 겨울 하늘이 찾아왔다. 눈싸움도 할 수 있었고, 스케이트도 탈 수 있었다. 학생들은 크리스마스와 방학이 다가온 것을 떠올리며 그 이야기를 나누기 시작했다.

하일르너는 더 이상 '피해야 할 존재'가 아니었다. 그는 반항적인 머리를 치켜세우고 깔보는 듯한 얼굴로 조용히 돌아다녔다. 누구와도 한마디 하지 않은 채, 부지런히 시를 쓰고 있었다. 초라한 까만 표지를 씌운 수첩에는 '수도사의 노래'라는 제목이 붙어 있었다.

떡갈나무와 개암나무, 느티나무와 버드나무에는 서리와 눈송이가 얼어붙어 부드럽고 환상적인 모습이 되었다. 연못에서는 투명한 얼음이 얼어붙는 소리가 났다. 회랑 안뜰은 조용한 대리석 정원처럼 보였다.

축제 같은 흥분이 방마다 흘렀다. 크리스마스를 기다리는 즐거움은 엄격한 선생님들 얼굴에도 부드러움과 명랑한 들뜸을 띠게 했다. 선생님이든 학생이든, 누구 하나 무심하게 크리스마스를 기다리는 이는 없었다.

하일르너도 심술이 줄줄 흐르던 그 얼굴을 조금은 누그러뜨렸다. 루치우스는 방학 동안 어떤 책과 어떤 신발을 가져갈지 궁리하고 있었다.

집에서 오는 편지에는 가슴 벅찬 이야기들이 가득했다. 좋아하는 것이 무엇인지 묻고, 과자를 굽는 날짜를 알려 주고, 곧 깜짝 놀랄 일이 있을 거라고 암시하고, 다시 만나게 될 기쁨을 적어 보냈다.

귀향을 앞두고, 학생들, 특히 헬라반은 조촐하지만 명랑한 분위기에 휩쓸려 있었다. 어느 날 저녁, 헬라반의 크리스마스 축하회를 큰 방에서 열고 선생님들을 초대하자는 데 뜻이 모였다. 축사, 낭독 둘, 피리 독주, 바이올린 이중주가 준비됐다.

프로그램에 재미를 더할 만한 코너를 넣으려 여러 의견을 냈지만 마땅한 것이 없었다. 그때 카를 하멜이 무심코 말했다.

"에밀 루치우스의 바이올린 독주가 제일 재미있겠지."

그 말이 폭발적인 지지를 얻었다. 애원과 약속과 협박 끝에, 불쌍한 루치우스는 마침내 수락하고 말았다.

경중한 초대장을 선생님들에게 보내며, 초대장에는 특별 코너로 이런 소개 문구가 실렸다.

'고요한 밤 바이올린을 위한 노래. 궁정 명악사 에밀 루치우스 연주'

'궁정 명악사'라는 칭호는, 멀리 떨어진 음악실에서 부지런히 연습한 보람으로 얻은 것이었다.

교장 선생님을 비롯해 여러 선생님이 참석했다. 루치우스가 하르트너에게 빌린 검은 예복을 입고, 머리를 단정히 빗어 넘긴 채 점잖은 미소까지 띠고 등장하자 음악 선생님의 이마에는 땀이 맺혔다. 그가 인사하는 모습만으로도 웃음을 참기 힘들었다.

가곡 '고요한 밤'은 그의 손가락 아래에서 몸서리치는 탄식, 애원하듯 애처로운 비통의 노래로 변해 버렸다. 그는 시작을 두 번이나 되풀이했고, 곡조를 찢어 놓기도 하고 씹어 놓기도 했다. 발로 박자를 쿵쿵 맞추며 켜는 꼴은 마치 나무꾼이 장작을 패는 모습 같았다. 난처해져 창백해진 음악 선생님을 향해, 교장 선생님은 즐거운 듯 고개를 끄덕이고 있었다.

루치우스는 곡을 세 번이나 다시 시작하다 또 막히자, 바이올린을 내리고 손님들을 향해 정중히 변명했다.

"잘 안 됩니다. 하지만 저는 이번 가을에야 겨우 바이올린을 손에 들었으니까요…."

"좋아, 루치우스야!"

교장 선생님이 외쳤다.

"우리는 너의 노력에 감사한다. 계속 연습해라. 고난을 거쳐야 영광의 별에 이르는 법이니!"

12월 24일 아침은 새벽부터 들떠 소란스러웠다. 창에는 잎사귀 무늬처럼 두껍게 얼음이 앉아 있었고, 세숫물도 얼어붙었다. 수도원 안뜰에는 살을 에는 듯한 바람이 불었지만, 누구도 그 추위를 대수롭지 않게 여겼다. 식당에서는 커다란 커피 주전자가 김을 뿜고 있었다.

이윽고 외투나 담요를 두른 학생들이 무리를 지어 하얀 들을 건너고, 고요한 숲길을 지나 먼 정서장으로 걸어갔다. 모두 소살대며 농담을 주고받고 큰소리로 웃었지만, 속에는 소망과 즐거운 기대가 가득했다. 도시든 시골이든, 심지어 쓸쓸한 집안이라 해도 따뜻하고 눈부시게 꾸민 방에 앉아 부모와 형제자매가 그들을 애타게 기다리고 있을 것임을 알고 있었다.

대부분에게 크리스마스에 타향에서 귀향하는 경험은 처음이었다. 사랑과 자랑으로 가득한 환영이 그들을 기다리고 있었다.

눈 덮인 숲 한가운데의 작은 역에서 아이들은 살을 파고드는 추위에 떨며 기차를 기다렸다. 지금까지 이토록 한마음으로 들뜬 적은 없었다.

하일르너만은 무리에서 떨어져 아무 말 없이, 친구들이 전부 기차에 오른 것을 확인한 뒤 혼자 다른 칸에 올랐다. 한스는 다음 역에서 갈아타는 하일르너를 보았지만, 순간 치밀어 오르던 부끄러움과 회한은 이내 귀향의 흥분 속에 녹아 사라지고 말았다.

집에 돌아오자 아버지는 만족한 듯 미소를 띠었다. 선물로 가득한 책상이 한스를 기다리고 있었다. 한스네 집에는 '진짜 크리스마스'가 없었다. 노래도 축하의 감격도, 어머니가 꾸며 주던 전나무도 없었다. 아버지는 명절을 축하하는 법을 몰랐다. 그러나 선물에는 인색하지 않았다. 한스는 이런 크리스마스에 익숙해, 무엇이 부족하다고 느끼지도 않았다.

모두 한스가 너무 야위고 창백하다며 건강을 걱정했다. 수도원 음식이 그토록 형편없느냐고 묻기까지 했다. 한스는 건강은 괜찮고 가끔 두통만 있을 뿐이라고 말했다. 마을 목사는 자신도 젊었을 때 두통에 시달렸다고 한스를 위로했다. 그 한마디로 모든 것이 정리된 듯했다.

강은 매끈하게 얼어붙어 스케이트 타는 사람들로 가득했다. 한스는 신학교의 녹색 모자와 새 옷을 입고 거의 하루 종일 밖에 있었다. 그는 신학교 동급생들 틈에서 빠져나와, 사람들이 부러워하는 더 높은 세계로 올라와 있었다.

4장

수도원에서 4년을 지내는 동안, 학생들 가운데 몇 사람이 사라지는 일은 드문 일이 아니었다. 죽거나, 고향으로 돌려보내지기 때문이다. 때로는 스스로 도망치거나 퇴학당하는 학생도 있었다. 아주 드물게는, 청춘의 괴로움을 견디지 못해 권총이나 투신으로 돌파구를 찾는 학생도 있었다.

한스 기벤라트의 학년에서도 서너 명이 사라졌는데, 이상하게도 그 아이들은 모두 헬라반 학생들이었다.

헬라반에는 '힌두'라는 별명을 가진, 착실한 금발 소년 힌딩거가 있었다. 알고이의 이교도 구역 어딘가에서 양복점을 하는 사람의 아들이었다. 그는 워낙 조용한 아이여서, 사라지고 나서야 비로소 그에 대한 소문이 돌았지만 그것도 많지는 않았다. '궁정 악사'

루치우스의 짝이라 루치우스와는 다른 아이들보다 조금 가까웠을 뿐, 특별히 친한 친구가 있는 편도 아니었다. 힌딩거가 없어지고 나서야, 헬라반 아이들은 자신들이 조용하고 착한 힌딩거를 은근히 좋아하고 있었다는 사실을 깨달았다.

1월의 어느 날, 그는 스케이트를 타러 가는 친구들 틈에 섞여 연못으로 갔다. 스케이트는 없었지만 구경이라도 해 보고 싶었기 때문이다. 그러나 이내 추위가 심해졌다. 몸의 한기를 풀어 보려고 그는 연못 주위를 어정거리며 걸었다. 그러다 달리기 시작했고, 그대로 다른 호수까지 가 버렸다. 거기에는 좀 더 따뜻한 물이 솟아 나와 살얼음만 얼어 있었다. 그는 갈대 사이를 헤치고 들어갔다. 발이 작고 몸놀림이 가벼운 아이였지만, 그만 물속으로 빠지고 말았다. 발버둥치고 소리를 질렀으나 아무도 알아차리지 못했다. 어둡고 차가운 물이 그를 삼켰다.

그가 사라진 줄을 알게 된 것은 오후 첫 수업이 시작되는 두 시 무렵이었다.

"힌딩거는 어디 있지?"

선생님이 물었다. 아무도 대답하지 않았다.

"헬라반 방을 찾아봐!"

그러나 거기에도 없었다.

"늦는 모양이군. 우리끼리 시작하자. 7쪽 7구절을 펴라. 이런 일은 다시는 없어야 한다. 시간을 지켜라."

세 시가 되어도 힌딩거가 나타나지 않자 선생님은 걱정이 되어 교장 선생님께 사람을 보냈다. 교장 선생님은 곧 교실로 와 이것저

것 물어 본 뒤, 열 명의 학생과 선생님, 사감에게 힌딩거를 찾아보라며 내보냈다. 남은 학생들은 받아쓰기를 했다.

네 시쯤, 선생님이 노크도 없이 교실로 들어와 교장 선생님께 낮게 보고했다.

"조용히."

교장 선생님이 명령했다. 학생들은 꼼짝 않고 앉아 교장 선생님을 바라보았다.

"여러분의 학우 힌딩거는……."

교장 선생님은 목소리를 더 낮췄다.

"연못에 빠져 죽은 것 같다. 여러분도 수색을 도와야겠다. 마이어 선생님이 인솔할 테니 말을 잘 듣고, 절대 제멋대로 움직이지 마라."

놀란 학생들은 선생님을 따라가며 수군거렸다. 이웃 마을의 어른들도 그물과 넙빠지, 막대기를 들고 서둘러 뒤따랐다. 살을 에는 추위였다. 해는 벌써 숲 모퉁이로 기울고 있었다.

뻣뻣하게 굳은 작은 시신이 발견되어, 눈 덮인 갈대 위에서 들것에 실렸을 때는 이미 짙은 황혼이었다. 학생들은 놀란 새들처럼 둘러서서 시체를 바라보며, 파랗게 얼어붙은 손가락을 비비고 있었다.

앞에서 들것이 지나가고, 그 익사한 동무를 뒤따라 묵묵히 눈 덮인 들판을 지날 때가 되어서야, 억눌려 있던 마음이 갑작스런 전율과 함께 '죽음'이라는 끔찍함을 실감하기 시작했다.

한스 기벤라트는 추위에 떨며 슬픔에 잠긴 아이들 사이에서, 우연히 하일르너와 나란히 걷고 있었다. 돌부리에 걸려 휘청하는 순

간, 두 사람은 자신들이 나란히 걷고 있다는 사실을 깨달았다. 한스
는 죽음을 눈앞에서 목격한 충격으로, 잠시 모든 이기심이 허무하
게 느껴졌다. 그리고 창백한 친구의 얼굴을 보자 말할 수 없는 고통
이 밀려와, 충동적으로 하일르너의 손을 덥석 잡았다.

하일르너는 불쾌한 듯 손을 빼며 감췄다. 그리고 찌푸린 얼굴로
맨 뒤쪽 줄로 물러나 버렸다.

모범 소년 한스의 가슴은 고통과 부끄러움에 짓눌렸다. 얼어붙
은 들판을 걷는 동안, 추위로 파리해진 뺨 위로 눈물이 멈추지 않고
흘러내렸다. 아무리 후회해도 돌이킬 수 없는 죄와 실수를 저질렀
다는 생각이 그를 찔렀다.

들것에 실린 것이 힌딩거가 아니라 하일르너인 듯, 한스의 불충
실에 대한 고통과 분노가 양심의 맑음과 더러움이 갈리는 어떤 세
계로 실려 가는 듯 느껴졌다.

그렇게 일행은 수도원에 도착했다. 교장 선생님을 앞세워 모두
가 죽은 힌딩거를 맞이했다. 힌딩거가 그 영광을 알기라도 했다면,
그 자리에서 벌떡 일어났을지도 모른다. 선생님들은 살아 있는 학
생을 대할 때와는 전혀 다른 눈으로 죽은 학생을 바라보았다. 평소
에는 무심하게 마음을 상처 내던 일을 잊고, 한 생명과 한 청춘의
값을 새삼 깨닫는 것이다.

그날 저녁도, 다음 날도, 온종일 '눈에 띄지 않는 시체'가 있다는
사실이 마치 마법처럼 작용해 모는 말과 행동을 무드럽게 만들고
진정시키는 듯했다. 그 짧은 시간 동안 싸움도 노여움도 소란도 웃
음도 잠시 숨어 버렸다.

익사한 친구 이야기를 할 때는 반드시 이름을 불렀다. '힌두'라는 별명을 부르는 것이 왠지 무례한 일처럼 느껴졌다. 평소에는 눈에 띄지도, 관심을 받지도 못하던 힌두가 이제는 그의 이름과 죽음으로 수도원 전체를 가득 채우고 있었다.

이틀째 되는 날, 힌딩거의 아버지가 도착했다. 그는 아들이 쓰던 방에서 두어 시간 혼자 머물렀다. 교장 선생님의 차 대접을 받고, 그날 밤은 '사슴의 집'에서 묵었다.

다음 날 장례식이 열렸다. 관은 침실에 안치되어 있었다. 알고이의 양복점 주인은 그 곁에 서서 모든 것을 바라보고 있었다. 그는 무서울 만큼 여위어, 날카로운 인상까지 주었다. 좁고 낡아 보이는 검푸른 예복을 입고, 손에는 닳아빠진 실크 모자를 들고 있었다. 여윈 얼굴은 촛불이 바람에 흔들리듯 우울하고 가늘어 보였다. 그는 교장 선생님과 선생님들 앞에서 어쩔 줄 몰라 했다.

마침내 짐꾼이 관을 들어 올리려 할 때, 슬픔에 잠긴 양복점 주인은 다시 한 번 관 뚜껑에 손을 얹었다. 그리고 눈물을 참으며 조용한 방 한가운데에 고목처럼 서 있었다. 너무 절망적인 모습이라 차마 보기 괴로울 정도였다. 목사가 손을 잡고 다가섰다.

그는 모자를 쓰고 관을 따라 나왔다. 장례 행렬은 수도원의 뜰을 지나 낡은 문을 나서, 눈 덮인 들을 넘어 낮은 묘지 담을 향해 걸어 갔다.

대부분의 학생들은 무덤가에서 찬송가를 부르면서도, 자꾸만 그 조그만 양복점 주인의 쓸쓸한 모습에 눈이 갔다. 음악 선생님은 그것이 못마땅해 화가 났다.

양복점 주인은 눈 속에 서서 고개를 숙인 채 목사와 교장, 반장의 조사를 들었다. 합창하는 학생들을 향해 무심히 고개를 끄덕이기도 했다. 때때로 저고리 소매 속에 숨긴 손수건을 찾는 듯했으나, 끝내 꺼내지는 못했다.

"저 사람 대신 우리 아버지가 저 자리에 서 있었다면 어땠을까, 그 생각을 안 할 수가 없었어."

나중에 오토 하르트너가 말했다. 그러자 모두들 한목소리로 말했다.

"그래, 나도 그런 생각 했어."

장례가 끝난 뒤, 교장 선생님은 힌딩거의 아버지를 데리고 헬라반 방으로 들어왔다.

"너희 중에 힌딩거와 특별히 친했던 친구가 있었니?"

교장 선생님이 방 안을 둘러보며 물었다.

처음에는 아무도 나서지 않았다. 힌딩거의 아버지는 어처구니없다는 듯, 불안한 눈빛으로 젊은 학생들의 얼굴을 훑어보았다. 그때 루치우스가 나섰다. 힌딩거 씨는 잠시 루치우스의 손을 붙잡고 있었다. 그러나 아무 말도 하지 못하고, 점잖게 고개만 끄덕이다가 나가 버렸다.

그리고 그는 떠났다. 하루 종일 눈 덮인 들판을 달려야 집에 돌아갈 수 있었다. 거기서 그는, 아들 카를이 얼마나 쓸쓸한 곳에 잠들어 있는지를 아내에게 말해야 했다.

수도원 안에 깃들었던 이상한 힘은 금방 사라졌다. 선생님들은 다시 꾸중을 하기 시작했고, 문 여닫는 소리도 다시 거칠어졌다. 사라진 헬라반 학생의 일은 이미 까맣게 잊힌 듯했다.

그 슬픈 호숫가에 오래 서 있다가 감기에 걸려 병실에 눕는 아이들도 몇 명 있었다. 그들은 털 슬리퍼를 끌며 다녔고, 흰 헝겊을 목에 칭칭 감고 복도를 오갔다.

한스 기벤라트는 몸이 아픈 것은 아니었지만, 그 불행한 날 이후 줄곧 침울해졌고 어른이 된 것처럼 변해 있었다. 마음속 어딘가가 달라진 것이다. 소년이 청년이 되어 버린 것이다. 그의 마음은 다른 세계로 옮겨 간 듯했고, 그곳에서 안식을 얻지 못한 채 떠돌았다.

그 원인은 죽음에 대한 공포나 선량한 힌딩거에 대한 애도만은 아니었다. 핵심은 그날 갑자기 하일르너에 대해 눈을 뜨게 된 죄의식이었다.

하일르너는 다른 두 학생과 함께 병실에 누워 있었다. 그는 힌딩거의 죽음이 남긴 인상을 정리하고, 훗날 시를 쓰기 위한 준비 기간을 얻는 셈이라고 생각했을지도 모른다. 그러나 그런 계산은 그에게 그다지 중요해 보이지 않았다.

그는 여윈 얼굴로, 함께 누운 환자들과도 거의 말을 섞지 않았다. 감금 처벌로 강요된 고독이, 감수성 깊고 늘 말벗이 필요했던 그에게 상처가 되었던 것이다. 선생님들은 그를 '혁명적 불평분자'로 보고 엄격히 감시했으며, 학생들은 그를 피했고, 사감은 비꼬는 친절로 대했다.

그가 베개 밑에 숨겨 둔 셰익스피어와 실러와 레나우는, 그를 억누르고 복종을 강요하는 현실과 달리 가장 강하고 훌륭한 세계를 보여 주었다.

그의 「수도사의 노래」는 처음에는 세상을 등진 은자 같은 우울한 가락에 지나지 않았으나, 점차 수도원과 선생님들, 동급생에 대한 신랄한 증오의 구절로 채워졌다. 그는 고독 속에서 씁쓸한 순교자의 쾌감을 맛보았고, 철저한 경멸의 어조로 지어진 「수도사의 노래」 속에서 스스로를 영웅처럼 느끼며 희열에 젖어 있었다.

장례식이 끝난 지 일주일이 지나자, 다른 아이들은 모두 퇴원해 나갔고 하일르너만 혼자 병실에 남았다. 그때 한스가 찾아왔다. 한스는 얼굴을 붉히며 인사하고, 침대 곁에 의자를 끌어 와 앉았다. 그리고 하일르너의 손을 잡으려 했다.

하일르너는 불쾌한 듯 벽 쪽으로 등을 돌리고 모로 누워 버렸다. 아주 못마땅하다는 기색이었다. 그러나 한스는 물러서지 않았다. 붙잡은 손을 힘주어 쥐고, 옛 친구의 얼굴을 억지로라도 자기 쪽으로 돌리려 했다. 하일르너는 화가 치밀어 입술을 깨물었다.

"도대체 어쩌자는 거냐?"

한스는 손을 놓지 않았다.

"내 말 좀 들어."

한스가 말했다.

"그때 난 비겁하게 너를 배반하고 말았어. 하지만 그때 내가 어떤 입장이었는지 너는 몰랐을 거야. 될 수만 있으면 1등이 되겠다는 게 내겐 굳은 신념이었어. 넌 그걸 샌님 짓이라고 했지. 그래, 나도 알아. 난 그런 놈이야. 하지만 그게 내 이상 전부였어. 난 그보다 더 나은 걸 알지 못했어."

하일르너는 눈을 감았다. 한스는 더 낮은 목소리로 말을 이었다.

"정말 미안해. 네가 다시 내 친구가 되어 줄지, 아닐지는 모르겠지만… 그래도 용서해 줘."

하일르너는 눈을 감은 채 아무 말도 하지 않았다. 그의 마음속 밝고 명랑한 부분은 모든 친구를 향해 웃고 있을지도 몰랐으나, 무뚝뚝한 고독가의 역할에 너무 오래 익숙해져 잠시 동안은 가면을 벗지 않았다. 그래도 한스는 포기하지 않았다.

"부탁이야, 하일르너. 꼴찌가 되더라도 너랑 친하고 싶어. 어때? 난 다시 네 친구가 되고 싶어. 우리에게 다른 친구가 꼭 필요하진 않다는 걸 보여 주자."

그제야 하일르너는 한스의 손을 맞잡으며 눈을 떴다.

며칠 뒤 하일르너도 병실에서 나왔다. 수도원 안에서는 이 두 사람이 되찾은 우정 때문에 적지 않은 소동이 일었다. 그때부터 두 사람에게 이상한 세월이 시작됐다. 대단한 사건이 계속된 것은 아니었다. 다만 서로 '결합해 있다'는 사실에서 비롯되는 독특한 행복가, 서로에 대한 이해로 가득한 날들이었다. 예전과는 달랐다. 몇 주 동안 떨어져 있던 시간이 두 사람을 바꿔 놓았던 것이다.

한스는 더 부드럽고 따뜻해졌으며, 이전보다 열광적이 되었다. 하일르너는 더 힘차고 사나이다워졌다. 두 사람은 떨어져 있는 동안에도 서로를 그리워했기에, 재결합을 더 귀한 선물처럼 여겼다.

조숙한 두 소년은 가슴 설레는 부끄러움 속에서, 첫사랑의 신비를 어렴풋이 느끼기 시작했다. 그 결합에는 성숙한 사나이의 쓰디쓴 매력과, 친구들 전체를 향한 반항심이 함께 섞여 있었다. 다른 아이들 눈에 하일르너는 어느 모로 보나 가까이하기 힘든 아이였고, 한스는 이해하기 어려운 아이였다. 그때까지만 해도 많은 우정은 천진한 소년의 장난에 가까웠다.

한스가 행복감 속에서 그 우정에 깊이 매달릴수록, 학교와의 거리는 점점 벌어졌다. 새로운 행복은 신선한 포도주처럼 그의 이성과 감성에 스며들었다. 그리고 동시에 리비우스도, 호머도 전만큼의 빛과 중요성을 잃었다.

선생님들은 지금까지 모범적이던 기벤라트가 의심스러운 아이로 변해, 하일르너에게 나쁜 영향을 받는 것을 보고 놀랐다. 선생님들이 특히 누려워하는 것은, 청년기가 시작되는 위험한 나이에 조숙한 소년에게 나타나는 이상한 변화들이었다. 더구나 하일르너는 본래 이상하고도 무시무시한 '천재성'을 지닌 아이였다.

천재와 선생님 사이에는 옛날부터 가까이하기 어려운 깊은 골이 있었다. 선생님들은 천재적인 인간이 보여 주는 기질을, 생리적으로 싫어했다.

천재들은 대개 선생님을 존경하지 않는다. 열넷에 담배를 피우기 시작하고, 열다섯에 별스런 연애를 하고, 열여섯에 술집에 드나들며, 금지된 책을 읽고 대담한 작문을 한다. 교무일지에는 늘 '선동자', '감금 후보'로 기록되는 다루기 어려운 아이들이다.

학교 선생님들은 반에 천재 한 명을 두기보다는, 평범한 학생 열 명을 두고 싶어 할지도 모른다. 따지고 보면 그 또한 당연하다. 선생님의 억할은 '성상을 벗어난 사람'을 키우는 것이 아니라, 라틴어와 수학을 잘하는 꼼꼼한 인간을 길러 내는 데 목표가 있기 때문이다.

그러나 누가 더 큰 고통을 받는가. 선생님이 학생 때문에 괴로운

가, 학생이 선생님 때문에 괴로운가. 어느 쪽이 더 심한 폭군인가. 어느 쪽이 더 잔인한 고통을 주는가. 남의 마음과 삶을 어지럽히고 망치는 것은 둘 중 누구인가. 이런 것을 생각해 보면, 누구나 괴로움과 분노와 부끄러움을 안고 자기 젊은 시절을 떠올릴 것이다. 그러나 그것은 우리가 상관할 바 아니다.

천재라면 상처는 결국 스스로 치료할 수 있을 것이다. 학교에 굴하지 않고 좋은 작품을 남겨, 죽은 뒤에도 '시간'이라는 간격의 후광 속에서 고귀한 인물로 기억될 것이라는 위안이 있으니까. 문제는 대개, 천재들 대부분이 그런 반항 속에서 자신을 망치고 만다는 데 있다.

이런 오래된 원칙에 따라, 두 사람이 이상해 보이기 시작한 선생님들은 사랑 대신 엄격함으로 대했다.

다만 한스를 가장 착실한 학생이라 믿고 귀여워하던 교장 선생님만은, 한스를 기꺼이 보러 했다. 그는 한스를 집무실로 불렀다. 그 방에는 아름다운 조각창이 있었고, 전설에 따르면 가까운 크니틀링겐 출신의 파우스트가 여기서 엘핑거술을 마셨다고 한다.

교장 선생님은 지식도 있고, 세상일에 대한 융통성도 있었다. 학생들에게 호감이 있어 즐겨 "너"라고 부르기도 했다. 다만 큰 결점이 하나 있었다. 자부심이 지나치게 강한 것이었다. 스스로 그 자부심에 취해, 때로는 식은땀을 훔칠 정도로 큰소리를 치곤했다. 또한 자기 힘과 권위가 조금이라도 의심받는 것을 견디지 못했다. 그에게 항의하거나, 잘못을 고백하는 일은 불가능했다. 그래서 무기력하거나 교활한 학생들은 그와 잘 통했지만, 용기 있고 정직한 학생들은 그와 잘 맞지 않았다. 조금만 반대하는 기색이 보여도 그는 이성을 잃고 올바른 판단을 못 내렸기 때문이다.

그는 아버지 대신 '친구'가 되어 주는 역할에는 능숙했다. 이번에도 그 방법을 쓰려는 것이었다.

"앉아라, 기벤라트."

교장 선생님은 머뭇거리며 들어온 소년의 손을 힘 있게 잡고 다정하게 말했다.

"할 말이 있는데, 내가 '너'라고 해도 괜찮겠지?"

"그럼요, 교장 선생님."

"최근에 네 성적이, 특히 히브리어는 조금 떨어진 걸 너도 느끼겠지? 너는 그동안 히브리어에서 늘 1등이었다. 그런데 갑자기 성적이 떨어지다니, 섭섭한 일이야. 이제 히브리어에 흥미를 잃은 거냐?"

"그렇지 않습니다, 교장 선생님."

"잘 생각해 봐라. 그럴 수도 있지. 다른 과목에 힘을 쓰고 있나?"

"아닙니다."

"정말 아니냐? 좋아. 그럼 다른 문제가 있니?"

"모르겠습니다…… 전 늘 숙제를 했습니다."

"그건 그래. 하지만 같은 뿌리에서도 열매는 다를 수 있지. 너는 숙제를 해왔다. 그건 의무니까. 하지만 예전엔 그 이상을 했을 거야. 더 열심이었겠지. 그런데 왜 열이 식었는지 모르겠다. 몸이 아픈 건 아니지?"

"아닙니다."

"두통은? 보기엔 아주 심해 보이진 않는데."

"네, 두통은 가끔 있습니다."

"숙제가 너무 많아서 그러니?"

"아닙니다. 결코 그렇지 않습니다."

"그렇다면… 다른 책을 읽는 건가? 솔직히 말해 봐라."

"아닙니다. 저는 거의 아무것도 읽지 않고 있습니다."

"정말 알 수가 없구나. 어딘가가 분명 잘못됐을 텐데. 규칙적으로 노력하겠다고 약속해 주겠니?"

한스는 교장 선생님이 내미는 손을 잡았다. 교장 선생님은 엄숙하면서도 온화한 표정으로 그를 바라보았다.

"좋아, 좋아. 피곤해지면 안 된다. 그러다간 수레바퀴 밑에 깔리고 말 테니까."

교장 선생님은 한스의 손을 꽉 잡았다. 한스는 안도의 숨을 내쉬며 문 쪽으로 걸어 나갔다. 그런데 그때 다시 불렸다.

"하나만 더 묻자, 기벤라트. 너 하일르너와 꽤 친한 것 같더라. 그렇지?"

"네. 친합니다."

"다른 학생들보다 더 친한 것 같던데. 맞지?"

"그렇습니다. 제 친구니까요."

"어쩌다 그렇게 됐니? 너희 둘은 성격도 아주 다른데……"

"모르겠습니다. 그는 그저 제 친구일 뿐입니다."

"내가 그 친구를 별로 좋아하지 않는다는 건 너도 알겠지. 그 애는 침착하지 못한 불평분자야. 재능이 있을지 몰라도 아무것도 하지 않고, 네게도 나쁜 영향을 주고 있다. 그 애와 거리를 두면 참 좋을 텐데, 어때?"

"그렇게 할 수 없습니다, 교장 선생님."

"안 된다? 이유가 뭐지?"

"그 애는 제 친구입니다. 쉽게 저버릴 수는 없습니다."

"음. 그래도 다른 친구들과도 더 가까이 지낼 수 있지 않겠니? 하일르너와 친한 사람은 오직 너뿐이다. 그 결과가 벌써 보이지 않느냐. 그 아이의 어떤 점이 그렇게 좋으냐?"

"저도 모르겠습니다. 하지만 서로 좋아하고 있습니다. 친구를 버리는 건 비겁한 일이라고 생각합니다."

"그래, 그래. 그럼 강요하진 않겠다. 하지만… 조금씩 거리를 두는게 좋을 거야. 너에게도, 모두에게도. 아주 기쁜 일이 되겠지."

마지막 말에는 처음의 온화함이 남아 있지 않았다. 한스는 더는 붙잡히지 않고 방을 나올 수 있었다.

그날 이후 한스는 새삼스럽게 공부에 더 시달렸다. 물론 예전처럼 진도가 나가지는 않았다. 그저 남에게 뒤처지지 않으려고 간신히 따라갈 뿐이었다. 그 이유가 어느 정도 우정 때문이라는 것도, 한스 자신이 가장 잘 알고 있었다.

그럼에도 그는 우정 때문에 손해를 본다고 생각하지 않았다. 오히려 지금껏 놓쳐 온 온갖 것을 보상받는 보물을 발견했다고 여겼다. 그것은 무미건조하고 의부적인 생활과는 비교도 할 수 없이 따뜻한 삶이었다. 그는 젊은 연인처럼 들떴다. 지루하고 사소한 하루의 연속에서 벗어나, 위대하고 영웅적인 행동을 할 수 있을 것처럼 느껴졌다. 그러면서도 끊임없이 절망적인 한숨을 쉬며 스스로 멍에를 걸머지고 다니는 셈이었다.

한스는 중요한 것만 요령 있게 공부하는 법을 익히지 못했다. 매일 저녁 하일르너가 그를 꾀어 밖으로 끌어내면, 한스는 무리를 해서라도 다음 날 아침 남들보다 한 시간 일찍 일어나야 했다. 그리고 적과 씨름하듯 히브리어 문법에 매달렸다.

정말 재미있다고 느껴지는 것은 호머와 역사 시간뿐이었다. 그는 어둠 속을 헤매듯 호머의 세계를 이해하려 애썼다. 그러다 보면, 역사 속 영웅들이 시대를 넘어 가까이 다가와 타는 듯한 눈과 생기 있는 붉은 입술을 갖게 되었다. 영웅들은 저마다 얼굴과 손을 가지고 있었다. 붉고 거친 손, 조용하고 차가운 손, 가늘고 뜨거운 손….

그리스어 원문으로 복음서를 읽을 때도, 그는 그 안의 인물들이 눈앞에 떠오르는 것에 놀라곤 했다. 어느 날 마가복음 6장을 읽다가, 예수가 제자들과 함께 배를 타고 떠나는 대목에서 큰 감동을 받았다. 거기에는 "사람들이 이내 예수를 알아보고, 사방에서 그곳으로 몰려들었다"라고 쓰어 있었다. 배를 떠나는 그리스도의 모습이 선명히 그려졌다. 얼굴이나 외모가 아니라, 사랑의 빛으로 충만한 깊은 눈이 날카롭고 힘찬 영혼에 의해 빚어지고 지배되는 눈이— 먼저 보였다. 그리고 햇빛에 그을린 날씬하고 아름다운 손을 들어 환영하는 몸짓을 하는 순간, 그는 단번에 그가 그리스도임을 알았다. 물결과 무거운 뱃전의 촉감까지 눈앞에 떠올랐다. 그러다가 그 광경은 겨울 입김처럼 사라졌다.

그런 일이 자주 반복되었다. 책 속의 인물과 역사의 한 장면이 눈앞에 펼쳐지는 듯했다. 아니, 마치 책 밖으로 튀어 나오려 애쓰는 듯했다.

한스는 이 체험을 조용히 받아들이며 이상한 생각에 잠겼다. 불쑥 나타났다가 이내 사라지는 현상을 겪으면서, 마음속에서 설명하기 어려운 변화가 일어나는 것을 느꼈다. 그 존재들은 마치 순례자나 친한 손님 같았지만, 어딘가 낯설고 신성한 기운이 감돌아 말을 걸거나 붙잡아 둘 수는 없었다.

한스는 이런 일을 마음속에만 간직했고, 하일르너에게도 말하지 않았다.

한편 하일르너의 우울은 이제 침착하지 못한 신랄함으로 변해 있었다. 그는 수도원과 선생님, 친구들, 날씨, 인간의 삶, 신의 존재까지 비평하며 깎아내렸고, 때로는 싸움이나 어리석은 행동으로 돌진하곤 했다.

어쨌든 그는 한 번 고립된 이후부터 다른 학생들과 대립하는 자리에 서고 말았다. 경솔한 자부심은 그 대립을 더 날카롭게 만들어, 심각한 적대 관계로 굳혀 버렸다. 기벤라트도 어쩔 수 없이 그 소용돌이에 휩쓸려 들어갔다. 두 사람은 기괴한 섬처럼 떨어져 나가 멀어졌다. 한스는 점점 그것이 불쾌하지도 않았다.

다만 교장 선생님에 대해서는 막연한 불안이 있었다. 예전에는 애제자로 사랑받던 한스가 이제는 냉대를 받았고, 일부러 푸대접을 받는 듯했다. 특히 교장 선생님의 전공 과목인 히브리어에 대해서, 한스는 서서히 흥미를 잃어 갔다.

몇몇을 제외하면, 서른여섯 명의 학생들이 몇 달 사이 정신적으로나 육체적으로 얼마나 변했는지 보는 일은 흥미로웠다. 키가 장대처럼 자란 아이들이 많았다. 짧아진 소매 끝으로 손목과 발목이 드러났다. 얼굴에서도 어린 티가 빠지고 어른처럼 변해 갔다. 신체적 성장만 더딘 아이조차 모세오경을 연구할 때면 엄숙함이 얼굴에 퍼져, 성인 같은 진지함이 나타났다.

한스도 변했다. 마르고 후리후리한 모습은 하일르너 못지않았다. 아니, 오히려 하일르너보다 더 나이 들어 보였다. 부드럽게 빛나던 이마에는 각이 잡혔고, 눈은 더 깊숙이 들어갔다. 얼굴에는 병색이 감돌고, 손발과 어깨에는 뼈가 도드라져 보였다.

성적에 대한 불만이 커질수록, 한스는 동료들과의 사이에서도 점점 멀어졌다. 모범생이자 수석으로서 동료들을 내려다보던 우월감은 이미 사라졌다. 거만한 성격은 상처 입고 신음했다. 그러나 남이 그 상처를 알아차리는 것도, 자신이 괴로워한다는 사실을 들키는 것도 그는 참을 수 없었다. 모범적인 하르트너와 건방진 오토 뱅거와는 벌써 몇 차례 다툰 적이 있었다.

어느 날 뱅거가 한스를 놀리자, 한스는 참지 못하고 주먹다짐을 벌였다. 큰 싸움이었다. 뱅거는 겁이 많았지만 약한 상대에게는 무자비했다. 그날 하일르너는 자리에 없었다. 다른 아이들은 한가롭게 구경하며 한스가 맞는 것을 통쾌해했다. 한스는 심하게 맞아 코피가 났고, 갈비뼈가 쑤셨다. 그는 밤새 부끄러움과 고통, 분노로 잠들지 못했다. 하일르너에게는 이 일을 숨겼다. 그러나 그때부터 한스는 다른 아이들과 사실상 절교하듯 입을 닫았다.

봄이 되자, 비 오는 오후나 일요일, 길게 늘어진 황혼을 그럴듯하게 보내기 위해 수도원 안에서도 새로운 모임과 움직임이 나타났다. 아크로폴리스반에서는 피아노를 잘 치는 아이와 두 명의 피리 연주자가 정기적인 '음악의 밤'을 만들었다. 게르마니아반은 희곡 독서회를 열었다. 몇몇 경건주의자들은 성서 클럽을 만들어 매일 밤 칼뱅의 성서 주석을 한 장씩 읽어 나갔다.

하일르너는 게르마니아반 독서회에 들어가려 했으나 거절당했다. 그는 분노했다. 화풀이로 이번에는 성서 클럽에 들어갔다. 그곳에서도 환영받지는 못했지만 억지로 버티며, 경건한 모임 한가운데에 날카로운 발언과 무신론적 풍자를 던져 말다툼과 불화를 불러왔다. 하일르너는 곧 싫증을 냈지만, 풍자적인 '성서 말투'는 오랫동안 그의 말버릇에 남았다.

하지만 이번에는 누구도 그를 크게 주목하지 않았다. 모두가 무언가를 계획하고 만들려는 열기에 사로잡혀 있었기 때문이다.

가장 화제가 된 인물은 재치와 기지가 넘치는 스파르타반의 한 학생이었다. 그는 여러 가지 재미있는 장난으로 단조로운 생활에 오락거리를 제공했다. 별명은 둔스탄이었다. 그는 소동을 일으키거나 인기를 얻는 신기한 방법을 잘 알고 있었다.

어느 날 아침, 학생들이 대침실을 나와 보니 화장실 문에 종이 한 장이 붙어 있었다. 제목은 '스파르타의 여섯 경구'. 어리석은 행동과 몰상식, 우정 따위를 두 줄짜리 시구로 빌려 신랄하게 비난하는 내용이었다. 거기에는 기벤라트와 하일르너를 겨냥한 대목도 있었다. 작은 조직 전체가 들끓었다. 학생들은 앞다투어 화장실 문 앞으로 몰려가 벌떼처럼 웅성거리고 밀치며 소리를 질렀다.

이튿날 아침에는 반박, 찬성, 새로운 공격을 담은 경구와 풍자시가 또 붙었다. 그러나 소동의 장본인 둔스탄은 두 번 다시 그 자리에 끼어들 만큼 어리석지 않았다. 며칠 동안 거의 대부분의 학생이 이 싸움에 뛰어들었다. 다들 두 줄짜리 시를 짓겠다고 뭔가를 끄적이며 뛰어다녔다. 늘 그렇듯 오로지 공부만 하던 사람은 루치우스 하나뿐이었다.

결국 어떤 선생님이 이를 알아채고 그 장난을 금지했다. 잔꾀 많은 둔스탄은 이번 월계관에 만족하지 않았다. 그는 더 크게 '히트' 칠 일을 착착 준비하고 있었다.

마침내 그는 신문 제1호를 냈다. 제목은 「너구리」. 내용은 주로 만화였다. 제1호에서 가장 인기를 끈 것은, 여호수아서의 저자와 마울브론 신학생이 주고받는 익살스러운 대화였다.

성공은 확실했다. 둔스탄은 으스대는 편집인 겸 발행인처럼 굴었고, 비난과 찬사를 한꺼번에 받는 묘한 명성을 얻었다.

헤르만 하일르너가 둔스탄과 함께 열정적으로 편집에 참여해 날카로운 검열관 역할을 맡자, 학생들은 더욱 놀랐다. 하일르너에게 그런 역할을 해낼 기지나 독설이 부족하다는 말은 애초에 말도 되지 않았다. 거의 한 달 동안 이 작은 신문은 수도원 전체를 숨 가쁘게 만들었다.

한스는 친구가 하는 대로 내버려 두었다. 그에게는 함께할 흥미도 재주도 없었다. 처음에는 하일르너가 스파르타반에서 저녁 시간을 보내고 있다는 사실조차 알아채지 못했다. 한스는 종일 우울하고 멍하니 돌아다녔고, 느릿느릿 마음 내키지 않는 공부를 할 뿐이었다.

그러던 어느 날 리비우스 시간에 이상한 일이 벌어졌다. 선생님이 한스의 이름을 부르며 번역을 시켰다. 한스는 아무 대답도 하지 않고 그대로 앉아 있었다.

"어떻게 된 거냐? 왜 일어나지도 않니?"

선생님이 화를 내며 소리쳤다. 한스는 꼼짝하지 않았다. 의자에 꼿꼿이 앉아 머리를 약간 숙이고, 반쯤 눈을 감고 있었다. 이름이 불리는 소리에 꿈결에서 막 깨어났지만, 선생님의 목소리는 아주 먼 데서 들리는 것처럼 느껴졌다. 옆자리 아이가 옆구리를 세게 찌르는 것도 알았다. 그러나 그에게는 아무 상관이 없었다.

그는 다른 사람들에게 둘러싸여 있었고, 그의 몸을 건드리는 것도 남의 손이었다. 다른 소리들이 그에게 말을 걸고 있었다. 깊은 곳에서 샘솟는 듯 부드럽게 속삭이는, 가깝고 낮고 깊은 소리가 그를 부르고 있었다. 또한 많은 눈동자들이 그를 바라보고 있었다. 예감으로 가득한 낯선 큰 눈들이었다. 아마도 방금 읽던 리비우스 속에서 본 군중의 눈이었을지도, 꿈에서 본 눈이었을지도, 아니면 언젠가 그림에서 본 미지의 인간의 눈이었을지도 몰랐다.

"기벤라트!"

선생님이 다시 고함쳤다.

"잠을 자고 있나?"

한스는 놀란 두 눈을 선생님에게 놀리고 고개를 저었다.

"졸고 있었군. 그렇지 않다면 지금 어디를 읽고 있었는지 말할 수 있겠지? 자, 말해 봐!"

한스는 손가락으로 책 속을 짚었다. 어디를 읽고 있었는지 그는 알고 있었다.

"그럼 이번엔 일어서겠지?" 선생님이 비웃듯 말했다.

한스는 일어섰다.

"도대체 뭘 하고 있는 거야? 내 얼굴을 봐!"

한스는 선생님 얼굴을 보았다. 선생님은 그의 표정이 마음에 들지 않는 듯했다. 머리를 갸웃하며 물었다.

"어디 불편하냐, 기벤라트?"

"아닙니다, 선생님."

"앉아라. 수업 끝나고 내 방으로 와라."

한스는 자리에 앉아 리비우스 책 위로 고개를 숙였다. 이제는 완전히 깨어 있었다. 모든 것이 이해되었다. 하지만 동시에 마음의 눈은 방금 전 낯선 인물들의 시선을 더듬고 있었다. 그 눈들은 천천히 넓은 세계로 멀어지면서도, 끝까지 반짝이는 빛을 던졌다. 마침내 그 눈빛도 먼 안개 속으로 사라졌다.

그때 교실의 소리가 선생님 목소리와, 해석하는 학생의 음성과, 온갖 잡음이 점점 가까워져 마침내 평소처럼 또렷해졌다. 의자와 교단, 칠판이 있고 벽에는 커다란 나무 컴퍼스와 삼각자가 걸려 있었다. 동료들은 그대로 앉아 있었고, 그들 중 대부분이 호기심 어린 눈빛으로 한스를 훔쳐보고 있었다.

그제야 한스는 정신이 번쩍 들었다.

"수업이 끝나고 내 방으로 오라."

그 말이 귀에 박힌 것이다. 큰일이었다. 대체 무슨 잘못을 저지른 걸까?

수업이 끝나자 선생님은 눈총을 쏘는 동료들 사이로 한스를 데리고 갔다.

"자, 대체 어떻게 된 거냐? 말해 봐. 잠을 잔 건 아니지?"

"네."

"이름을 불렀는데 왜 일어나지 않았니?"

"저도 모르겠습니다."

"내 말을 못 들었니? 귀가 멀었어?"

"아뇨, 들었습니다."

"그런데 왜 일어서지 않았니? 그리고 나중엔 표정이 정말 이상하더군. 대체 무슨 생각을 하고 있었지?"

"아무것도 생각하지 않았습니다. 곧 일어서려고 했습니다……."

"그런데 왜 안 했지? 정말 어디 불편한 데가 있니?"

"그렇지 않습니다. 저도 모르겠습니다."

"머리가 아팠니?"

"아뇨."

"가 봐도 좋다."

그런데 식사 전, 한스는 다시 불려 대침실로 갔다. 교장 선생님이 마을 의사와 함께 그를 기다리고 있었다. 한스는 진찰을 받았다. 여러 질문이 이어졌으나 뚜렷한 증세는 잡히지 않았다. 의사는 부드럽게 웃으며 대수롭지 않게 말했다.

"가벼운 신경쇠약입니다. 일시적인 쇠약, 가벼운 현기증 같은 거죠. 이 학생은 매일 바깥에 나가야 합니다. 두통약은 간단히 처방해

드리겠습니다."

그 이후 한스는 매일 식후 한 시간씩 반드시 밖으로 나가야 했다. 그는 그것이 조금도 싫지 않았다. 다만 아쉬운 것은, 산책에 하일르너가 동행하는 것이 금지된 일이었다. 하일르너는 몹시 분노했지만 명령을 어길 수는 없었다. 그래서 한스는 늘 혼자 나섰는데, 이상하게도 그 속에서 어떤 희열을 느꼈다.

초봄이었다. 타원형의 언덕비탈에 움트는 푸르름이 맑고 밝은 물결처럼 흘러내렸다. 나무들은 겨울의 껍질을 벗고, 어린잎들이 초록으로 펼쳐지며 뒤섞여 약동했다.

라틴어 학교에 다니던 때, 한스는 봄을 지금과는 다른 눈으로 보았다. 더 생생한 호기심으로 하나하나 관찰했다. 새들이 한 마리 한 마리 돌아오는 것, 나무에 차례로 꽃이 피는 것을 지켜보았다. 5월이 오면 낚시를 시작하곤 했다.

하지만 지금 그는 새의 종류를 가리려 하지도, 꽃봉오리로 꽃을 맞히려 하지도 않았다. 그저 '전체의 움직임'만을 바라봤다. 곳곳에서 솟아나는 새잎의 색을 보고, 냄새를 맡고, 부드럽게 높아지는 공기를 느끼며 두려운 생각 속에 들판을 걸었다.

그는 곧 피곤해져 드러눕고 싶은 충동을 억누르기 어려웠다. 그리고 자신을 둘러싼 것과는 다른 어떤 것들을 보았다. 그러나 그것이 무엇인지 정확히는 몰랐다. 깊이 따져 보려 하지도 않았다.

그것은 밝고 부드럽고 낯선 꿈같았다. 그림과 진기한 나무들로 장식된 가로수 길처럼 그를 에워쌌다. 그러나 어느 것도 일부러 꾸며 놓은 듯하지 않았다. 그저 '보기 위한 순수한 배경'일 뿐이었다.

하지만 '본다'는 것 자체가 하나의 체험이었다.

그 체험은 다른 곳, 다른 인간에게로 끌려가듯 옮겨지는 일이었다. 낯선 땅을 부드럽고 밟기 좋은 흙을 밟으며 걷는 것 같았다. 몸이 거스르지 않는 공기, 둥실 떠오르는 듯한 가벼운 리듬, 꿈처럼 향기로운 공기를 숨 쉬는 느낌이었다.

그 배경 위로 때때로 가벼운 손길이 부드럽게 그의 몸을 쓸어 주고, 아늑하고 따뜻하게 설레는 감정이 미끄러져 내려오듯 스며들곤 했다.

한스는 독서와 공부에 집중하기가 몹시 어려워졌다. 흥미를 끌지 않는 것은 환상처럼 손바닥 사이에서 빠져나갔다. 히브리어 단어를 잊지 않으려면 억지로라도 붙잡고 외워야 했다.

그런데도 가끔은 사물의 형체가 눈앞에 또렷이 솟아오르는 일이 있었다. 책을 읽다 보면, 묘사된 장면이 하나도 빠짐없이 불현듯 눈앞에 나타나 현실보다 더 구체적으로 살아 움직이는 것처럼 보였다.

기억력은 새로운 것을 받아들이려 하지 않았고, 날이 갈수록 마비되는 듯했다. 그 희미해지는 느낌을 스스로 감지한 한스는 절망했다.

그와 반대로 오래된 기억은 끔찍할 만큼 또렷하게 되살아나, 그를 괴롭혔다. 수업 중이나 독서 중에 아버지나 아니 아주머니, 옛 선생님, 동급생 가운데 누군가가 불쑥 눈앞에 떠올라 한동안 집중을 송두리째 빼앗아 갔다. 슈투트가르트에 머물던 일, 주의 시험을 치르던 일, 휴가의 일들이 되풀이되었다. 어떤 때는 강가에 앉아 낚싯대를 드리운 자신의 모습을 보기도 했고, 햇볕 속 물 냄새를 맡는 듯하기도 했다. 그러면서도 자신이 꿈꾸는 이 시간은 이미 옛날로 되돌아가 '옛날에서 꿈꾸는' 것 같은 느낌까지 들었다.

후덥지근하고 어두운 어느 저녁, 한스는 하일르너와 대침실 안을 이리저리 걸으며 고향에서 있었던 일, 아버지에게 들은 꾸중, 낚시의 재미, 학교 이야기들을 늘어놓았다. 하일르너는 무뚝뚝했다. 한스가 지껄이도록 두고, 가끔 끄덕이다가, 하루 종일 가지고 놀던 작은 삼각자를 허공에 휙휙 던지기만 했다. 한스도 이내 입을 다물었다.

밤이 되자 둘은 창가에 앉았다.

"한스야."

마침내 하일르너가 입을 열었다. 목소리는 불안하게 떨리고 있었다.

"뭐냐?"

"아무 것도 아니야."

"아니, 그러지 말고. 말해 봐."

"그냥… 네가 이것저것 말했으니까, 나도 얼핏 생각난 건데……."

"뭔데?"

"한스야. 너… 여자 뒤를 쫓아가 본 적 있니?"

침묵이 흘렀다. 두 사람은 지금껏 그런 이야기를 한 적이 없었다. 한스는 그 세계를 두려워했다. 하지만 동화 속 화원처럼, 그 세계는 그의 마음을 끌었다. 얼굴이 화끈 달아오르고 손가락이 떨렸다.

"딱 한 번."

그는 속삭이듯 말했다.

"아직 아무것도 모르던, 아주 어렸을 때."

또 침묵이 흘렀다.

"그럼 넌, 하일르너?"

하일르너는 한숨을 쉬었다.

"그만두자…… 이런 걸 말하려던 게 아니었어. 소용없는 일이잖아."

"그래도 괜찮아."

"……나, 사랑하는 사람이 있어."

"네가? 정말이야?"

"고향 이웃집 여자야. 이번 겨울에… 난 그 애에게 입맞춤했어."

"입맞춤…?"

"응. 어둠이 깊었지. 얼음 위였어. 스케이트 벗는 걸 도와주고 있었거든. 그때… 입맞춤했어."

"그 애가 뭐라 안 하던?"

"아무 말도 안 했어. 그냥 도망쳤지. 그리고… 그뿐이야."

그는 다시 한숨을 쉬었다.

한스는 하일르너를 마치 에덴에서 쫓겨난 영웅처럼 바라봤다.

그때 종이 울렸다. 모두 이불 속으로 들어가야 했다. 불이 꺼지고 모두 잠든 뒤에도, 한스는 한 시간 넘게 '하일르너가 사랑하는 사람에게 한 입맞춤' 생각을 떨치지 못했다.

이튿날 더 자세히 묻고 싶었지만 부끄러워 말을 꺼내지 못했다. 하일르너도 한스가 묻지 않자 다시 꺼내기 어색했다.

한스의 학교생활은 점점 더 나빠졌다. 선생님들은 싫은 얼굴로 이상한 눈짓을 던지기 시작했고, 교장 선생님도 어두운 얼굴로 노골적인 불쾌함을 드러냈다. 동급생들도 한스가 이미 오래전에 1등을 포기한 것을 알아차렸다. 하일르너는 원래 학교생활을 대수롭지 않게 여겼기에 아무것도 눈치 채지 못했다. 한스 역시 자기 처지에 큰 관심을 두지 않고, 모든 것을 되는 대로 흘러가게 두었다.

하일르너는 신문 편집에 싫증이 나 다시 친구에게 돌아왔다. 그는 몇 번이나 금지를 어기고, 일과처럼 된 한스의 산책을 따라나섰다. 양지바른 곳에 누워 공상을 하거나 시를 읽었고, 아니면 교장 선생님을 주제로 조롱을 피워 올렸다.

한스는 날이 밝으면 하일르너가 그 연애 이야기에 대해 무언가 더 말해 줄지도 모른다는 막연한 기대를 품었다. 하지만 시간이 갈수록 하일르너는 시치미를 떼었고, 한스는 더 묻지 못했다.

두 사람은 이전보다 더 동료들의 미움을 받았다. 하일르너가 「너구리」에서 너무 신랄한 비난을 쏟아냈고, 그로 인해 누구에게도 신뢰를 얻지 못했기 때문이다.

하지만 신문은 이미 폐간된 뒤였다. 본래 겨울과 봄 사이 지루한 몇 주 동안만 만들 계획이었다. 지금은 초여름이었다. 식물 채집, 산책, 운동을 마음껏 즐길 수 있는 계절이 왔다. 점심시간이면 수도원 안뜰은 체조하는 사람, 씨름하는 사람, 달리는 사람, 공을 치는 사람들로 고함과 생기로 가득했다.

그런데 어느 날 또 하나의 큰 사건이 터졌다. 장본인은 역시 전체 학생들의 골칫거리이자 암초였던 헤르만 하일르너였다.

교장 선생님은 하일르너가 거의 매일 기벤라트의 산책을 따라

다닌다는 보고를 들었다. 이번에는 한스는 그대로 두고, 친구 하일르너를 집무실로 불렀다. 교장 선생님은 다정하게 "너"라고 부르려 했지만, 하일르너는 즉석에서 그 호칭을 거절해 버렸다. 명령 위반을 꾸중받자, 하일르너는 자신이 기벤라트의 친구이며 그 교제를 막을 권리는 누구에게도 없다고 주장했다. 험악한 말싸움 끝에 하일르너는 두어 시간 감금 처벌을 받았고, 당분간 한스와 함께 외출하지 말라는 엄격한 금족 명령이 내려졌다.

그래서 다음 날 한스는 혼자 산책을 나갔다. 두 시에 돌아와 다른 학생들과 함께 교실에 들어갔다. 수업이 시작될 무렵, 하일르너가 사라졌다는 사실이 드러났다. 힌딩거 때와 똑같았다. 하지만 이번에는 누구도 '지각'이라고 생각하지 않았다.

세 시, 전교생이 세 분의 선생님과 함께 하일르너를 찾으러 나섰다. 모두 숲으로 흩어져 소리를 질러가며 뛰었다. 선생님 두 분을 비롯해 대부분의 학생들은 하일르너가 극단적인 선택을 했을 것이라 짐작하고 있었다.

다섯 시가 되어 마을 지서에 신고했고, 저녁에는 하일르너의 아버지에게 전보를 쳤다. 한밤중이 되어도 단서 하나 잡지 못했다. 그날 밤 어느 침대에서나 속삭임이 그치지 않았다. 학생들 사이에서는 '투신했을 것'이라는 추측이 우세했다. 반면 고향으로 도망쳤을 것이라는 의견도 있었지만, 그 도망자는 주머니에 돈 한 푼 없다는 사실이 확인되었다.

모두들 한스만은 사정을 알고 있을 것이라 생각했다. 그러나 한스는 오히려 가장 놀라 걱정하고 있었다. 침실에서 다른 아이들이 묻고, 터무니없는 추측을 하고, 농담까지 하는 것을 들으며 그는 이불 속에 얼굴을 묻고 오랫동안 괴로움과 불안 속에 있었다. 하일르너가 다시는 돌아오지 않을 것 같은 불길한 예감이 가슴에서 떠나지 않았다. 마침내 그는 슬픔에 지쳐 잠이 들고 말았다.

그 무렵 하일르너는 몇 마일 떨어진 숲속 어딘가에 뒹굴고 있었다. 추워 잠들 수는 없었지만, 진심으로 자유로운 기분에 도취되어 깊게 숨을 들이마셨다. 좁은 새장에서 풀려난 새처럼 손발을 쭉 뻗었다. 그는 점심때부터 쉬지 않고 달려왔다. 크니틀링겐에서 빵을 사, 때때로 씹어 먹으며 아직 어린 나뭇가지 사이로 밤의 칠흑, 별, 바삐 지나가는 구름을 바라봤다.

어디로 갈 것인지는 문제가 아니었다. 적어도 오늘 밤만은, 얄미운 수도원을 박차고 나와 자기 의지가 명령과 금지보다 더 강하다는 것을 교장 선생님에게 보여 주는 것이 목적이었다.

다음 날도 종일 그를 찾았지만 허사였다. 그는 이틀째 밤을 어느 마을 가까운 밭이랑의 짚단 사이에서 보냈고, 아침이 되자 다시 숲으로 들어갔다.

저녁 무렵 마을로 들어가려는 찰나, 그는 헌병에게 붙잡혔다. 헌병은 악의 없는 욕설을 내뱉으며 그를 관청 사무실로 끌고 갔다. 하일르너는 농담과 아첨으로 촌장의 환심을 샀다. 촌장은 그를 집으로 데려가 하룻밤 재워 주었다. 햄과 달걀로 배불리 대접도 받았다. 이튿날, 그사이 달려온 아버지가 그를 데리러 왔다.

도망자를 데리고 수도원으로 돌아오자 흥분은 대단했다. 그러나 하일르너는 머리를 꼿꼿이 들고 있었고, 그 '천재적인 짧은 여행'을 전혀 후회하지 않는 듯 보였다. 모두들 그에게 사과를 요구했지만 그는 거부했다. 직원회의의 비밀 재판에서도 겁을 내지 않았고, 공손한 태도도 취하지 않았다. 학교는 그를 붙잡아 두려 했으나, 그는 이미 너무 멀리 와 있었다.

결국 그는 퇴학당했다. 저녁때 아버지와 함께 떠나, 다시는 돌아오지 않게 되었다. 친구 한스와도 악수로만 이별을 고할 수 있었다.

이번 '극단적으로 반항적이며 타락한' 탈주 사건에 대해 교장 선생님이 행한 대훈시는 장엄하고 격렬했다. 그러나 슈투트가르트의 상급 관청에 올리는 보고서는 아주 온건하고 요령 있는 문장으로 작성되었다.

퇴학당한 무뢰한과 편지하는 것은 금지되었다. 그 금지에 대해 한스 기벤라트는 그저 씁쓸하게 미소 지었을 뿐이다.

몇 주 동안 하일르너와 그의 탈주 사건만큼 큰 화제는 없었다. 시간이 흐르면서, 멀리 떠난 존재에 대한 학생들의 판단도 달라졌다. 한때는 불안해하며 피하던 탈주자를, 나중에는 날아가 버린 독수리처럼 선망하는 학생도 적지 않았다.

헬라반에는 이제 빈 책상이 두 개나 생겼다. 나중에 사라진 쪽은 먼저 사라진 쪽보다 오래도록 잊히지 않았다. 교장 선생님은 두 번째 사건도 조용히 가라앉기를 바랐다.

그러나 하일르너는 수도원의 평화를 깨뜨릴 만한 흔적을 남기지 않았다. 한스는 기다리고 또 기다렸지만, 끝내 소식은 오지 않았다. 하일르너는 떠난 채 행방불명이 되었다. 그의 행적과 도망은 점점 과거의 이야기가 되었고, 마침내는 전설처럼 변했다.

뒤에 남은 한스는 "하일르너의 탈주를 알고 있었을 것"이라는 의심에서 벗어나지 못했다. 선생님들의 호의는 완전히 사라졌다. 어떤 선생님은 한스가 수업 중 질문에 답하지 못했을 때, 이런 말을 던지기까지 했다.

"왜 그렇게 훌륭한 친구 하일르너와 함께 가지 않았지?"

교장 선생님은 한스를 방치했다. 바리새인이 세리를 보듯, 경멸이 섞인 동정으로 그를 멀찍이 바라볼 뿐이었다.

한스는 이제 학생 대열에도 끼지 못했다. 동료들은 그를 마치 나병환자처럼 대했다.

5장

두더지가 미리 모아 둔 저장품을 먹고 버티듯, 한스는 예전에 쌓아 둔 지식으로 겨우 하루하루를 연명하고 있었다. 그 무렵부터 쓰디쓴 궁핍이 시작됐다. 가끔은 무기력한 노력으로 잠시 끊기기도 했지만, 지나고 나면 스스로도 그 무모함이 우스워 견딜 수 없었다.

그는 더는 쓸데없이 머리를 쥐어뜯어야 할 이유를 느끼지 못했다. 구약성서 처음 다섯 권을 넘기자 호머를 놓아 버렸고, 크세노폰 다음에는 대수代數도 내던졌다. 선생님들 사이에서 자기 평판이 조금씩 내려앉는 것 위에서 아래로, 오른쪽에서 왼쪽으로, 마침내는 가로질러 추락하듯 떨어지는 것을 그는 별 관심 없이 바라보고만 있었다.

두통은 다시 버릇처럼 찾아왔다. 두통이 잠잠한 날이면 헤르만 하일르너를 생각하거나, 가늘고 하염없는 꿈을 좇으며 몇 시간이고 멍하니 빠져 있곤 했다.

요즘 선생님들이 퍼붓는 온갖 비난도 그는 허허 웃음으로 받아 넘겼다. 친절한 젊은 선생님 비트리히만이, 한스의 얼빠진 웃음이 마음을 아프게 해 그를 동정하며 대해 주는 유일한 사람이었다. 나머지 선생님들은 화를 내거나 벌을 주기보다, 멸시의 눈초리만 던진 채 그를 그냥 내버려 두었다. 다만 가끔은 농담 속에 가시를 숨겨, 잠든 공명심이라도 찔러 깨우려 했다.

"주무시지 않으셨다면, 이 문장 한 번 읽어 보실까요?"

유독 격분한 사람은 교장 선생님이었다. 그는 자기 권위에 대한 자부심이 강했다. 그래서 위엄 있게 명령하는데도, 한스가 늘 비굴하게 "죽여 달라"는 듯한 얼빠진 웃음으로 반응하면 그는 발칵 뒤집혔다. 그 비웃음 같은 웃음은 교장 선생님을 점점 신경질적으로 만들어 갔다

"그런 밑도 끝도 없는, 천치 같은 얼굴로 웃지 말아요. 차라리 통곡을 해도 시원찮을 것이…"

한스에게 진짜 충격이 된 것은 아버지 쪽 소식이었다. 아버지가 놀라 교장 선생님께 "아이 마음을 고쳐 달라"고 애원한 것이다. 교장 선생님이 아버지에게 편지를 보냈던 것이다. 아버지는 기가 막혀 어찌해야 할지 몰랐다.

한스에게 온 아버지의 편지에는 격려와 도의적 분노가 빽빽하게 들어차 있었고, 끝에는 눈물겨운 애원까지 있었다. 그것이 한스 마음을 더욱 쓰라리게 했다.

교장 선생님을 비롯해 아버지, 선생님들, 사감까지 자기 의무에 충실하다고 믿는 지도자들은 누구나 한스 마음속에서 '자기들의 소망을 방해하는 독소', 즉 악으로 굳어 버린 게으름을 찾아냈다고 여겼다. 그래서 무리를 해서라도 그것을 짓누르고 바른 길로 몰아넣어야 한다고 생각했다. 그러나 온정 많은 비트리히 선생님을 제외하면, 그 가냘픈 소년 얼굴에 떠오르는 얼빠진 웃음 뒤에서 한 영혼이 썩어 들어가며 불안과 절망을 끌어안고 몸부림친다는 사실을 알아채는 사람은 아무도 없었다.

학교와 아버지, 몇몇 선생님들의 잔인한 명예욕은, 이 소년이 숨김없이 드러낸 멍들기 쉬운 마음을 아무런 후회도 없이 밟아 으깨는 데서 멈췄다. 왜 이 약하고 아름다운 소년이 이런 지경까지 왔는지, 그 이유를 생각하는 사람은 없었다.

왜 그는 가장 감수성이 깊고 위험한 소년 시절에, 매일 밤늦게까지 공부했는가?

왜 그에게서 토끼를 빼앗았는가?

왜 라틴어 학교에서 또래들과 멀어지게 했는가?

왜 낚시와 뛰어놀기를 금지했는가?

왜 공허하고 저속한 공명심을 '이상'이라며 불어넣었는가?

왜 시험이 끝난 뒤에도 휴식을 주지 않았는가?

이제 지쳐 버린 노새는 길가에 쓰러져, 더는 쓸모가 없게 되어 버렸다.

초여름, 마을 의사는 또다시 "성장기에 흔한 신경쇠약일 뿐"이라 진단했다. 한스가 실컷 먹고 숲을 거닐며 충분히 쉬기만 하면 반드시 나을 수 있다는 것이었다. 하지만 섭섭하게도 그런 '제대로 된 휴식'은 허락되지 않았다. 휴가까지는 아직 삼 주가 남아 있었다.

어느 날 오후 수업 시간, 한스는 선생님에게 혹독하게 꾸중을 들었다. 선생님이 욕설에 가까운 말을 퍼붓는 동안 한스는 의자에 털썩 주저앉아 공포에 질려 떨기 시작했고, 급기야 울음을 터뜨려 멈추지 않아 수업이 중단되고 말았다. 그 뒤로 그는 반나절을 침대에 누워 있었다.

이튿날 수학 시간에는 칠판에 기하 도형을 그리고 증명하라는 지시를 받았다. 한스는 앞으로 나갔으나 칠판 앞에서 현기증이 일었다. 분필과 삼각자로 되는 대로 선을 긋다가 둘을 떨어뜨리고 말았다. 주우려고 허리를 굽혔지만, 마룻바닥에 무릎을 꿇은 채 끝내 일어설 수 없었다.

마을 의사는 자기 '휴식' 처방을 따르지 않은 것에 몹시 화를 냈다. 그는 신중하게 즉시 요양을 명하고, 신경과 의사에게 진찰은 받아야 한다고 권했다.

"저 아이는… 다시 무도병 같은 증세가 온 겁니다."

의사는 교장 선생님에게 낮게 속삭였다.

교장 선생님은 끄덕이며, 이제는 무자비하게 화난 얼굴을 하고 있기보다 아버지 같은 자비로운 표정으로 바꾸는 편이 낫겠다고 생각했다. 그에게 그런 변화는 어렵지 않았다. 어쩌면 늘 해오던 일이었는지도 모른다.

교장 선생님과 의사는 각각 한스의 아버지에게 편지를 써, 그것을 소년 호주머니에 넣어 집으로 돌려보냈다.

교장 선생님의 분노는 오히려 성급한 노파심으로 바뀌었다. 하일르너 사건 때문에 뒤숭숭해진 교육부 당국이, 이번 불행을 어떻게 받아들일까?

모두가 의외로 여긴 것은, 교장 선생님이 이런 사건에서 으레 하던 훈화조차 포기했다는 점이었다. 오히려 마지막 순간에는 한스가 두려워할 만큼 친절하게 굴었다.

교장 선생님은 한스가 요양 휴가를 떠나면 다시 돌아오지 못하리라는 것을 뻔히 알고 있었다. 설령 완치된다 해도, 그때는 이미 뒤처진 공부를 따라갈 수 없을 테니까.

그는 "잘 가, 꼭 다시 만나자" 하고 진심처럼 격려하며 헤어졌지만, 곧 헬라반에 들어가 텅 빈 책상 세 개를 보자 머리가 무거워졌다. 이유야 어쨌든, 타고난 재간둥이였던 두 제자가 연기처럼 사라진 데에는 자신도 죄가 조금은 있을지 모른다는 의심을, 마음 한구석에서 떼어 내느라 진땀을 흘렸다. 그러나 배짱이 좋고 도덕적으로도 강한 남자였기에, 그런 어두운 생각은 이내 몰아낼 수 있었다.

조그만 여행 가방을 든 신학생이 떠나가자, 뒤로는 교회와 성문, 탑을 가진 수도원이 점점 멀어졌다. 대신 바덴 주 경계의 과수원이 물결치듯 펼쳐졌고, 이어 포르츠하임이 나타났다가, 곧 슈바르츠발트의 검푸른 전나무 산이 시작되었다.

그 사이로 수많은 계곡이 흘러내렸다. 여름 햇살을 정면으로 받은 전나무 산들은 평소보다 더 푸르고 더 시원해 보여, 짙은 그늘 자체처럼 느껴졌다. 소년은 경치가 바뀌어 갈수록 고향의 빛깔이 진해지는 것을 보며 한결 마음이 놓였다.

그러나 한편으로 아버지가 떠올랐다. 아버지가 자신을 어떻게 맞이할까 하는 불안이, 여행의 작은 기쁨을 통째로 앗아갔다.

슈투트가르트로 시험을 보러 갈 때, 마울브론으로 입학하러 갈 때, 그때마다 느꼈던 불안과 긴장에서 풀려난 해방감이 한꺼번에 떠올랐다. 대체 무엇 때문이었을까? 교장 선생님이 짐작했듯, 한스 역시 너무도 잘 알고 있었다. 자신이 두 번 다시 그곳으로 돌아가지 못할 것임을 신학교도, 학문도, 야심으로 가득 찼던 희망도 이미 끝났음을.

그렇다고 그것이 이제 그를 슬프게 하지는 않았다. 오직 기대를 배반당해 실망했을 아버지에 대한 근심만이 마음을 끝없이 무겁게 했다. 지금 그의 바람은 단순했다. 쉬고 싶었다. 실컷 자고 싶었고, 마음껏 울고 싶었으며, 아무것도 하지 않고 꿈만 꾸고 싶었다. 온갖 시달림과 학대에서 벗어나 '조용한 안정'을 얻고 싶었다. 그러나 아버지 곁에서는 그것을 이룰 수 없을 것 같았다.

기차가 종착지에 가까워지자 심한 두통이 몰려왔다. 기차는 그가 사랑하던 곳을 지나고 있었지만, 그는 가엾게도 창밖을 바라보지 못했다. 옛날이라면 그 언덕과 숲을 열심히 돌아다녔을 터였다. 근심에 잠긴 나머지, 정다운 고향 역에서 내리는 것조차 잊을 뻔했다.

그는 우산과 여행 가방을 들고 플랫폼에 내렸다. 아버지는 말없이 아들을 훑어보았다. 교장 선생님의 마지막 편지에는 '실패한 아들'에 대한 환멸과 분노가 당황한 놀라움으로 바뀐 채 배어 있었다. 아버지는 한스를 거의 못 볼 만큼 쇠약해졌을 거라 상상하고 있었는데, 여위고 약하긴 해도 혼자 걷는 아들을 보자 조금은 안도했다.

하지만 그를 가장 괴롭힌 것은, 의사와 교장 선생님이 말한 '신경병'에 대한 막연한 공포였다. 그의 집안에는 그런 병을 앓은 사람이 없었다. 세상은 그런 사람들을 이해 없는 조소나, 깔보는 동정으로 대하곤 했다. 그런데 이제 한스가 그런 내력을 안고 돌아온 것이다.

첫날 한스는 아버지가 잔소리로 맞이하지 않은 것을 은근히 기뻐했다. 그는 억지로 자신을 다잡으며, 아버지가 그를 아끼려 애쓰는 모습과 염려와 불안에 싸여 있는 모습을 지켜보았다. 아버지는 때로 간담이 서늘해지는 호기심으로 그를 바라보다가, 때로는 억지로 부드러운 말씨로 말을 걸기도 했고, 또 때로는 들키지 않을 만큼 날카롭게 노려보기도 했다. 한스는 그 변화에 자꾸 신경이 쓰였다. 신경이 쓰일수록 더 겁이 났다. 자기 상태에 대한 막연한 불안이 그를 갉아먹기 시작했다.

날씨가 좋은 날이면 그는 몇 시간씩 숲속에 드러누웠다. 그것은 효과가 있었다. 소년 시절의 행복이, 아주 가느다란 빛처럼 때때로 상처 난 마음을 비추었다. 꽃과 딱정벌레를 보고 기뻐하는 감각, 새에게 살금살금 다가가 보거나 짐승의 발자국을 더듬는 기쁨 같은 것들이었다. 하지만 그런 기쁨은 늘 순간으로 끝났다.

대부분의 시간, 그는 이끼 위에 맥없이 누워 무거운 머리를 이고 무엇인가를 생각해 내보려 애썼지만, 되지 않았다. 결국 꿈이 찾아와 그를 멀고 다른 세계로 데려갔다. 두통은 점점 잦아졌다. 수도원이나 라틴어 학교를 떠올리기만 하면 수많은 책과 과목, 의무가 생생하게 되살아나 무서운 악마처럼 덤벼들었다.

어떤 날은 이런 꿈을 꾸었다. 죽은 하일르너가 들것에 실려 있는 것을 보고 그에게 다가가려 하는데, 교장 선생님과 선생님들이 번번이 한스를 밀쳐 냈다. 아무리 애써도 가까이 갈 수 없었다. 신학교 선생님들뿐 아니라 초등학교 교장과 슈투트가르트의 시험관까지 그 속에 섞여 있었고, 모두 화난 얼굴이었다. 이내 장면이 바뀌면, 들것 위에 누운 것은 물에 빠진 힌딩거였다. 그의 아버지는 높은 실크 모자를 쓰고 구부정한 다리로 곁줄에 서서 슬픔에 잠겨 있었다.

또 다른 꿈. 한스는 탈주한 하일르너를 찾아 숲속을 미친 듯이 달리고 있었다. 몇 번이나 멀리 나무줄기 사이로 걷는 하일르너가 보였지만, 이름을 부르려는 순간마다 그 모습은 사라졌다. 끝내 하일르너가 멈춰 서서 한스를 가까이 오게 하더니, "이봐, 나 애인이 있단다." 하고 말한 뒤, 굉장히 크게 웃고는 수풀 속으로 자취를 감췄다.

어떤 때는 고요하고 거룩한 눈매와, 아름답고 평화로운 손길을 지닌 어떤 사람이 배에서 내리는 것을 보았다. 한스가 그쪽으로 달려가려 하면, 모든 것이 또 사라졌다.

그게 무엇인지 곰곰 생각해 보면, 결국 복음서의 한 대목이 떠올랐다.

"백성들이 예수를 알아보고 여러 곳에서 그리로 달려 왔도다."

그 그리스어 문구였다. 그러면 그는 거기에 사로잡혀, 이건 무슨 변화형인가, 그 동사의 현재·부정법·미래완료는 무엇인가를 생각해 내지 않으면 안 됐다. 단수와 이수와 복수로 끝까지 변화를 굴려야 했다. 조금이라도 막히면 조바심이 나 식은땀이 흘렀다.

겨우 제정신으로 돌아오면, 머릿속이 온통 상처투성이가 된 듯했다. 얼떨결에 체념과 죄의식이 뒤섞인 졸린 미소가 입가에 떠오르는 순간, 교장 선생님의 목소리가 들리는 것만 같았다.

"그 얼빠진 미소는 뭐냐? 네게 미소 지을 이유가 있다는 거지!"

날에 따라서는 숲의 공기가 조금 효과가 있는 듯도 했지만, 한스의 건강은 좀처럼 나아질 기색이 없었다. 오히려 더 나빠지는 것처럼 보였다. 옛날 어머니를 치료하다 결국 '죽음'을 선고했던 단골 의사는, 가끔 관절염에 시달리는 아버지를 보러 오면서도—한스 문제에 대해선 슬픈 얼굴로 말을 미루기만 했다.

그제야 한스는 깨달았다. 라틴어 학교 마지막 두 해 동안 자신에게 친구가 한 명도 없었다는 사실을. 그때 함께하던 아이들 중에는 이미 떠난 이도 있었고, 견습공이 된 이도 있었다. 그러나 누구와도 연락하지 않았고, 누구에게도 도움을 청할 수 없었다. 어느 누구도 그를 '상관'하지 않았다.

옛 교장 선생님은 가끔 다정한 말을 건네주었고, 라틴어 선생님이나 목사님도 길에서 만나면 진심처럼 고개를 끄덕여 주었지만 그 모든 것은 이제 한스와 무관한 것들이었다. 그는 더 이상 '무엇이든 담아도 좋은 그릇'도, '어떤 씨앗이든 뿌려 볼 만한 밭'도 아니었다. 그에게 시간을 쓰고 마음을 쓰는 일은 아무 소용없다고들 여기는 듯했다.

목사님이 한스를 좀 더 돌봐 주었다면, 어쩌면 조금 나아졌을지도 모른다. 하지만 그들이 무얼 할 수 있었을까. 그들이 줄 수 있는 것은 학문뿐이었다. 아니면 적어도 학문을 향한 열망이었는데, 그건 이미 한스에게 충분히, 너무 충분히 주어졌다. 그 이상은 그들

손에 없었다.

한스의 라틴어 실력은 누구든 덤벼도 쉽게 무너지지 않을 만큼 단단했지만, 설교는 그에게 실제 위로가 되지 못했다. 목사님은 온갖 괴로움 앞에서 따뜻한 눈매와 다정한 말을 갖고 있긴 했으나, 사람들이 역경 속에서 달려가 털어놓을 '진짜 위안자'는 아니었다.

아버지 기벤라트 또한, 실망을 숨기려 애쓰긴 했지만 친구도 위안자도 아니었다.

그래서 한스의 마음은, 누구에게서도 사랑받지 못하고 누구에게도 붙들리지 못한 채 떠돌았다. 그는 햇빛 드는 정원에 앉거나 숲속에 누워, 몽상과 고뇌에 시간을 빼앗겼다.

책도 읽을 수 없었다. 책을 펴기만 하면 머리와 눈이 쑤셨다. 어떤 책이든 곧 수도원 생활과 그때의 답답함이 도깨비처럼 되살아나, 숨 막히는 꿈 한구석으로 그를 몰아붙였다. 그리고 타오르는 눈빛으로 그를 붙잡아 놓았다.

이런 괴로움과 버려짐 속에서, 병든 소년에게 또 하나의 거짓 위안자가 다가왔다. 그것은 죽음에 대한 생각이었다. 끝을 내는 일은 어렵지 않을 것 같다는 유혹이, 거의 매일 산책하는 그를 따라다니며 떨어지지 않았다.

한스는 외지고 고요하고 아늑한 장소 하나를 찾아냈다. 그곳이라면 누구의 방해도 없이 조용히 사라질 수 있을 것 같았다. 그는 그곳을 마음속으로 '마지막 자리'로 정해 두고, 몇 번이나 찾아가 주저앉았다. 언젠가 자신이 여기서 끝나 버릴지도 모른다는 장면을 허공에 그려 보며, 알 수 없는 기쁨을 씹었다.

그는 아버지에게 남길 짧은 편지와, 헤르만 하일르너에게 남길 긴 편지를 조금씩 써 두었다. 언젠가 그것들이 자기 대신 말을 하게 될 것이라고 생각했다.

이 모든 준비와 "이제는 틀림없다"는 생각은 오히려 그의 마음을 잠시 편하게 만들었다. 그 자리 근처에 앉아 있노라면 지금까지의 압박감이 옅어지고, 이상하게도 들뜬 쾌감 속에서 시간을 견딜 수 있었다.

왜 훨씬 전에 그렇게 하지 못했는지, 그 이유는 자신도 알 수 없었다. 죽음에 대한 생각은 어느새 움직일 수 없는 사실처럼 굳어 버렸다. 이미 결정된 일처럼 느껴졌고, 그 점에서 그는 오히려 안도했다.

멀고 먼 길을 떠나기 전 사람들이 흔히 그렇듯, 그는 마지막 며칠은 아름다운 햇빛과 쓸쓸한 꿈을 마음껏 맛보자고 생각했다. 위험한 결심을 꿈에도 모르는 사람들 곁에 그대로 머물며 그들의 얼굴을 바라보는 일은, 독특하고 쓰디쓴 쾌감이었다. 의사를 만날 때마다 그는 속으로 중얼거렸다.

'그래, 조금만 기다려 봐!'

운명은 그로 하여금 어두운 계획을 음미하게 했고, 죽음이라는 술잔에서 매일 몇 방울씩 이상한 즐거움과 생기를 맛보게 했다. 이 불구자가 된 젊은이는, 그래도 '제 분수에 맞게' 생을 끝맺어야 한다고 그는 스스로에게 말하곤 했다. 인생의 쓴맛을 다 보기도 전에, 도표에서 사라져서는 안 된다고도 했다.

엉겨 붙어 떠나지 않던 쓰디쓴 생각은 차츰 드물어졌고, 대신 아무 괴로움도 없이 무의미한 권태가 자리를 차지했다. 뜻 없는 시간이 물살처럼 흘러가고, 한스는 때로 몽유병자처럼, 때로 어린아이처럼 멍해졌다.

어느 날 그는 들판의 전나무 아래 앉아 아무 생각 없이, 라틴어 학교에서 배웠던 시구를 중얼거렸다.

아, 나는 너무 지쳤다.
아, 나는 너무 고단하다.
지갑에는 돈 한 푼 없다.
주머니엔 동전 하나 없다.

그는 이 노래를 흥얼거리며 '벌써 스무 번쯤 불렀구나' 하는 생각 말고는 머릿속에 아무것도 없었다.

그러나 창가에 서서 엿듣고 있던 아버지는 너무 놀랐다. 무뚝뚝한 성정의 아버지에게, 천하태평처럼 느릿하고 단조로운 노랫소리는 도무지 이해할 수 없는 것이었다. 그는 그것을 '절망적인 정신박약의 정조'라고 탄식했다.

그때부터 아버지는 이전보다 더 신경질적으로 아들을 바라봤다. 한스도 그것을 알아차리고 괴로워했다. 그러나 아직은, 마지막 결심을 실행으로 옮길 만큼까지는 가지 못했다.

그러는 사이 무더운 여름이 왔다. 주의 시험과 그 뒤의 휴가로부터 벌써 일 년이 지났다. 한스는 때때로 그때를 떠올렸지만, 별로 감동하지 않았다. 감각이 무뎌진 탓이었다. 그는 낚시를 다시 하고 싶었지만, 아버지에게 부탁할 용기가 나지 않았다. 물가에 서기만 해도 가슴이 저렸다. 그래도 가끔은 아무도 없는 강가에 오래 발을 멈추고, 두 눈에 열을 올리며 소리 없이 헤엄쳐 가는 까만 물고기 떼를 바라보고 있곤 했다.

저녁이면 그는 윗마을로 헤엄치러 갔다. 그 길은 늘 김사관 게슬러의 아담한 집 옆을 지나야 했다.

그러다 우연히, 삼 년 전 그가 열중했던 에마 게슬러가 다시 집에 돌아와 있다는 것을 알게 되었다. 호기심에 두어 번 바라봤지만, 예전처럼 마음이 움직이지는 않았다. 그때는 부드러운 몸짓과 아주 날씬한 몸매를 가진 소녀였는데, 지금은 자라서 어딘가 움직임이 각져 보였고, 소녀답지 않게 '요즘식'으로 머리를 묶고 있었다. 기다란 옷차림도 어울리지 않았고, 숙녀처럼 보이려는 노력도 죄다 헛수고였다. 한스 눈에는 우스워 보였다.

동시에, 예전 그 애를 볼 때마다 말로 표현하기 어려운 감미로운 기분에 취하던 자신을 떠올리면 슬픈 생각만 났다. 그때는 모든 것이 지금과 달랐다. 더 아름답고, 더 유쾌하고, 더 신선했다. 그는 참 오랫동안 라틴어와 역사와 그리스어, 시험과 신학교와 두통, 그것들 말고는 아무것도 모르는 사람이 되어 버렸던 것이다.

하지만 그때는 동화책도 있었고, 도둑 이야기책도 있었다. 아담한 뜰에서는 장난감 물레방아가 돌았고, 저녁이면 나우트 집 대문간에서 리제가 들려주던 모험담이 있었다. '가리발디'라 불리던 이웃 노인 그로스요한을 강도 살인범으로 오해하고 꿈을 꾸기도 했다.

또 무엇인지 분명히 말할 수는 없어도, 매달 즐거움이 있었다. 건초 말리기, 풀베기, 첫 낚시, 귀리와 홉 수확, 살구 떨어뜨리기, 감자

줍기, 잎 태우는 불, 보리타작의 시작…. 그 사이사이에는 더없이 즐겁게 기다리던 명절과, 특별한 일요일 같은 것들도 있었다.

그때는 그를 끌어당기는 이상한 매력이 어디에나 있었다. 집, 골목길, 계단, 창고 바닥, 샘, 울타리…. 사람도 동물도 모두 그를 좋아하고 사랑하는 듯했다. 설령 사랑이 아니더라도, 무언가 말할 수 없는 힘이 그를 유혹했다. 홉을 딸 때는 그도 거들었고, 말 같은 처녀들이 부르는 노래에 귀를 기울이기도 했다. 노랫말을 외우기도 했다. 대개는 익살맞고 우스운 노래였지만, 그중에는 목구멍이 저절로 뭉클해질 만큼 애달픈 노래도 섞여 있었다.

그런 모든 것이 어느 틈엔가 하나씩 사라져 종말이 되어 버렸다. 먼저 리제네 집에서 저녁을 보내는 일이 끊겼고, 다음에는 일요일 오전의 낚시가 사라졌고, 그 다음에는 동화책을 읽지 않게 됐다. 그렇게 하나씩 포기하다 보니, 나중에는 홉 따기도 그만두고, 뜰의 물레방아두 멈추고 말았다. 아, 지금 그것들은 다 어디로 가 버린 걸까.

조숙했던 이 소년은 병을 고치기 위해 쉬는 동안, 현실이 아닌 '두 번째 유년기'를 겪고 있었다. 선생님들에게 빼앗겼던 유년기가 이제 와 한꺼번에 넘쳐흘러, 그는 꿈결 같은 아득한 시절로 도망쳐 마치 마법에 홀린 사람처럼 회상의 숲을 헤매었다. 그 회상에는 신비한 기운이 있었다. 옛날 실제로 살던 때 못지않은 열정으로, 그는 그 모든 것을 다시 맛보았다. 속고 눌려 있던 유년은, 오랫동안 막혀 있던 샘물처럼 마음속에서 솟구쳤다.

나무는 머리가 잘려도 뿌리 가까이에서 새순을 틔운다. 그와 마찬가지로, 청년기에 시달려 망가진 영혼은 끊어진 생의 끄나풀을 다시 잇기라도 하듯, 꿈 많은 어린 날의 봄으로 되돌아가려 한다. 뿌리 가까이에서 돋은 새순은 수분이 많아 급히 자라나지만, 그것은 겉모양일 뿐 결국 나무가 될 수는 없다.

한스 기벤라트도 같은 길을 밟았다. 그래서 우리는 그의 유년기의 자취를, 잠시 더듬어 볼 필요가 있다.

기벤라트의 집은 낡은 돌다리 근처에 있었다. 그 집 앞을 경계로 두 갈래 골목이 있었다. 집 앞쪽은 읍내에서 가장 길고 넓은 훌륭한 길로, '게르버 도로'라 불렸다. 다른 길은 가파른 오르막으로 짧고 비좁고 초라했는데, '매 도로'라 불렸다. '매'라는 이름은 오래전에 걸려 있던 낡은 술집 간판에서 따온 것이었다.

게르버 도로에는 대체로 선량하고 착실한 이 고장 토박이들이 살았다. 누구나 자기 집과 마당과 뜰을 갖고 있었다. 정원은 가파른 층계를 따라 산과 강 쪽으로 이어졌고, 끝자락은 오래된 공사장과 경계를 이루었다.

게르버 도로의 분위기를 한마디로 부르자면 '품위'였다. 교회, 군청, 재판소, 검사무소, 수석 관사 같은 건물들이 있어 작지만 고상한 도시처럼 말쑥한 인상을 풍겼다. 큰 건물은 없었으나, 훌륭한 현관문이 달린 구식 주택들, 고딕풍 나무 기둥과 벽돌로 짜인 집, 밝고 단정한 박공지붕이 이어졌다. 집들이 거리 한쪽 면으로만 늘어서 있어 친근함과 밝음이 더 도드라졌는데, 거리 맞은편 널빤지 담 아래로 시내가 흘렀기 때문이다.

게르버 도로가 길고 넓고 밝고 풍족하고 우아하다면, '매' 도로는 정반대였다. 집들은 어둡게 기울었고, 회칠한 담벼락은 얼룩져 여기저기 무너져 내렸다. 지붕은 앞으로 숙여 납작해진 모자 같았고, 문과 창은 비뚤어진 나무토막을 억지로 이어 만든 듯했다. 굴뚝은 휘었고, 홈통은 망가져 있었다.

집들은 서로 빛을 빼앗았다. 길은 좁고 기묘하게 구부러져, 마치 영원한 어둠이 눌어붙은 곳 같았다. 비가 오거나 해가 지면, 침침하고 꼴사나운 어둠으로 순식간에 변했다. 창밖에는 막대기와 끈에 널린 빨래가 언제나 보였다. 길 자체는 작고 보잘것없었지만, 전세나 하숙살이를 제외하고도 '막대한' 가족들이 그 안에 들러붙어 살았다. 기울어지고 허물어져 가는 집 구석구석까지 사람으로 가득했다.

그곳에는 가난과 악습과 병이 자리를 잡고 있었다. 경찰과 병원은 읍내 어디보다도 '매' 도로의 몇 집 때문에 시달렸다. 티푸스가 돌면 그쪽이었고, 살인이 나도 그쪽이었다. 도난이 생기면 우선 '매' 두루부터 찾았다. 행상이들도 그곳을 숙소로 삼았다. 익살꾼이자 화장품 장수인 호테호테가 있었고, 갖가지 악습과 범죄의 장본인이라 수군대던 칼갈이 아담 히텔도 있었다.

학교에 들어가고 처음 몇 해 동안, 한스는 때때로 '매' 도로를 찾는 손님이었다. 갈기갈기 찢어진 옷을 입고 진한 금발을 한, 뒤숭숭한 거지 아이들 틈에 섞여 평판 나쁜 로테 프로윌리가 들려주는 살인 이야기를 듣곤 했다.

그 여자는 작은 여관 주인과 헤어진 뒤 홀로 살았고, 한때는 오년이나 감옥살이를 하기도 했다. 젊을 때는 미인으로 이름이 나 정부가 많았고, 그 때문에 소문과 싸움이 끊이지 않았다. 이제는 외로운 처지여서, 커피를 끓이거나 이야기를 하며 저녁을 보냈다.

그녀는 문을 활짝 열어 두었고, 아낙네와 젊은 노동자들뿐 아니라 근처 아이들까지도 문지방 밖에서 파리한 얼굴로, 무서움에 질리면서도 황홀하게 그녀 이야기에 빠져들었다. 작은 검은 아궁이에서는 냄비 물이 끓고, 옆에서는 기름 촛불이 흔들렸다. 파란 숯불과 함께 괴상하게 출렁이는 불꽃이 꽉 찬 어두운 방을 비추면, 듣는 사람들의 그림자가 벽과 천장에 크게 던져져 도깨비장난 같은 움직임을 만들었다.

여덟 살의 한스는 거기서 핑켄바인 형제를 알게 되었다. 그 뒤 약 일 년 동안 그는 아버지 몰래, '친구를 사귄다'는 일을 즐겼다. 돌프와 에밀, 읍내에서 가장 잔꾀 많고 악명 높은 골목대장이었다. 과일을 훔치고 조그만 산림을 슬쩍 베어 가는 일로 모르는 사람이 없었다. 장난과 꾀를 부리는 데는 빈틈없는 대가들이었다. 그들은 새알이나 유리구슬, 까마귀 새끼, 찌르레기, 토끼 같은 것을 팔기도 했고, 법으로 금지된 밤낚시도 했다. 읍내의 마당은 어디나 자기들 집 마당처럼 드나들었다. 담이 아무리 높아도, 유리 조각을 뾰족하게 꽂아도 그들은 넘어 다녔다.

'매' 도로에서 한스의 가장 먼저이자 가장 오래간 친구는 헤르만 레히텐하일이었다. 그는 고아였고 불구였으며, 조숙하고 비범한 아이였다.

한쪽 다리가 너무 짧아 늘 지팡이를 짚어야 했다. 그래서 골목 놀이에는 끼지 못했다. 가냘픈 몸과 병색 짙은 얼굴, 나이답지 않게 굳은 입술, 유난히 뾰족한 턱…. 그러나 손재주는 놀랄 만큼 좋았다.

특히 낚시에 대한 열정은 대단했다.

그것이 한스와 친해진 이유였다. 한스는 아직 낚시에 완전히 빠져 있진 않았지만, 남의 눈을 피해 몰래 낚시하곤 했다. 금지된 일을 한다는 기쁨이 있다면, 몰래 들켜가며 즐기는 데서 오는 또 다른 '부정의 즐거움'도 있는 법이다.

절름발이 레히텐하일은 한스에게 낚싯대를 고르는 법, 갈대를 손질하는 법, 실을 풀고 꼬는 법, 바늘을 가는 법을 가르쳤다. 날씨와 물빛을 읽는 법, 좋은 미끼를 고르는 법, 고기 종류를 구별하는 법, 낚아 올린 고기를 다루는 법, 실을 어느 깊이까지 내려야 하는지까지 온갖 것을 알려 주었다. 그는 말로만 참견하지 않았다. 현장에서 직접 보여 주며, 당기고 늦추는 순간의 호흡과 손끝에 전해지는 감촉까지 한스에게 익히게 했다.

가게에서 파는 번드르르한 낚싯대나 코르크, 유리 먹인 실, 인공적인 도구들을 그는 핏대를 세우며 멸시했다. 손으로 직접 만든 도구가 아니면 진짜 낚시를 할 수 없다는 것을 한스에게 믿게 만들었다.

핑켄바인 형제와 한스는 한바탕 싸운 뒤 멀어졌다. 레히텐하일은 싸움도 하지 않고 한스를 놓아 버렸다. 2월 어느 날, 그는 지팡이를 의자 위 옷에 걸쳐 놓고 초라한 침대에 팔다리를 뻗은 채 열을 내다, 소리 없이 죽어 버렸다. '매' 도로 사람들은 며칠도 못 가 그의 죽음을 잊었다. 그러나 한스는 꽤 오랫동안 그를 그리워했다.

레히텐하일 한 명의 죽음으로 '매' 도로의 사람 수가 줄어드는 일은 없었다.

술주정 때문에 유명한 우편배달부 뢰텔러를 모르는 사람이 있을까. 그는 격주로 한 번은 취해 길바닥에 뻗어 밤중 소동을 일으켰다. 하지만 맑을 때는 어린아이처럼 선량했고 늘 다정하게 웃었다. 그는 한스에게 달걀처럼 생긴 담배 쌈을 냄새 맡게 했고, 때로는 고기를 구해다 버터를 발라 프라이를 만들어 함께 먹기도 했다. 유리 눈을 박은 모형 솔개도 있었고, 낡은 댄스곡을 가느다란 소리로 들려주는 오래된 노래 시계도 있었다.

맨발로 다니면서도 꼭 모자를 쓰는 팔십의 기계공 포르슈를 누가 모를까. 옛날 엄격한 시골 학교 선생의 아들이었던 그는 성서를 거의 외우다시피 했고, 격언과 도덕 잠언을 멀미가 날 만큼 줄줄 외웠다. 머리는 백설처럼 하얗지만, 여자만 보면 뒤를 쫓아다녔다. 술만 마시면 곧 쓰러지는 것으로도 유명했다. 그는 기벤라트 집 모퉁이 방충석에 앉아, 지나가는 사람 이름을 불러 세우고는 자기가 아는 격언을 늘어놓곤 했다.

"한스 기벤라트 꼬마야, 내 말을 들어 봐! 지라흐가 말하길 '나쁜 충고를 하지 않는 자는 행복하니라!' 아름다운 나무의 푸른 잎처럼 어떤 것은 떨어지고 어떤 것은 다시 자라지. 사람도 마찬가지야. 어떤 사람은 죽고 어떤 사람은 태어나느니라. 그래, 이제 가도 좋다. 이 표범 같은 놈아!"

포르슈 노인은 경건한 잠언과는 상관없이, 도깨비나 괴상한 전설 같은 이야기도 곧잘 해줬다. 도깨비 나오는 곳을 안다고 큰소리치면서도 스스로는 반쯤 의심했다. 대개는 듣는 사람과 이야기 자체를 함께 조롱하듯 과장해 떠들다가, 정작 무서운 대목에 이르면

목을 움츠리고 끝내 귓속말로 바꿔 버렸다.

이 초라한 도로에는 얼마나 끔찍하고, 분명치 않고, 풀기 어려운 자극이 많았던가. 자물쇠 장수 브렌들레는 가게를 접고 모든 게 황폐해진 뒤에도 그 도로에 살았다. 그는 반나절 내내 창가에 앉아 음울하게 길을 바라봤다. 때로 허술한 차림의 동네 아이들이 그의 야수 같은 손에 잡히면 귀나 머리칼이 뜯겼고, 온몸이 파래질 정도로 꼬집히기도 했다.

그런데 어느 날, 그는 철사에 목이 졸린 채 계단에 매달려 있었다. 너무도 어처구니없고 끔찍한 모습이라 누구도 가까이 가려 하지 않았다. 결국 포르슈 노인이 펜치로 철사를 끊었다. 그러나 허리 아래가 축 늘어진 시체가 앞으로 고꾸라지며 계단을 굴러 구경꾼 한가운데로 떨어졌다.

한스는 밝고 넓은 게르버 도로에서 껄끄러운 '매' 도로로 들어설 때마다, 유쾌함과 공포, 호기심과 혐오, 모험 같은 기쁨과 불안이 뒤섞인 감정에 짓눌리곤 했다. '매' 도로는 전설과 기적, 혹은 듣도 보도 못한 끔찍한 일들이 실제로 벌어질 수 있는 유일한 장소처럼 느껴졌다.

로이틀링거의 통속소설을 읽을 때처럼 괴롭지만 달콤한 두려움이 거기에는 있었다. 선생님들에게 빼앗긴 그 소설들에는 조넨비르틀레, 신더하네스, 메서카를레, 포스트미헬 같은 어둠의 영웅과 중죄인, 모험가들의 범죄와 처형이 가득했다.

'매' 도로 말고도 한스에게 아늑한 장소가 하나 더 있었다. 거기는 다른 데와 완전히 달랐다. 뭔가를 체험하고, 듣고, 어두운 마룻바닥이나 기묘한 방 안에서 자기 자신을 잊을 수 있는 곳이었다.

근처의 피혁 공장이었다. 낡았지만 거대한 집. 어둑한 창고에는 커다란 가죽이 널려 있었고, 지하에는 덮어놓은 굴 같은 곳과 '들어가면 안 되는' 통로가 있었다.

저녁이 되면 리제가 아이들에게 아낙네다운 동화를 들려주곤 했다. 그곳은 건너편 '매' 도로보다 조용하고 덜 지저분하며, 인간미도 있었지만, 수수께끼를 품고 있다는 점에서는 크게 다르지 않았다.

피혁공장의 굴과 지하실, 피혁밭, 다듬잇방에서 벌어지는 일들은 이상하고 독특했다. 하품이 나올 만큼 넓은 방들은 조용해서 오히려 소름이 끼치기도 했지만, 그만큼 매혹적이기도 했다. 우악스럽고 무뚝뚝한 주인을 사람들은 식인종처럼 무서워했다.

그러나 리제는 그 별난 곳을 요정처럼 활보했다. 그녀는 어린이와 새와 고양이와 강아지의 보호자이자 어머니였고, 악을 모르는 사람 같았으며, 동화와 노래를 끝도 없이 알고 있었다.

지금 한스의 생각과 꿈은, 이미 오래전에 떠나온 그 세계로 다시 움직이고 있었다. 그는 커다란 환멸과 절망 속에서 지나간 행복의 시절로 도망쳤다. 그때는 그래도 희망이 있었고, 눈앞의 세계는 몸서리칠 위험과 마법 같은 보물, 신비스런 에메랄드 궁전을 깊숙이 감춘 요정들의 숲처럼 보였다. 그 신비로운 세계에 발을 들여놓기는 했지만, 기적이 나타나기도 전에 그는 지쳐 버렸다. 이제 다시 그 수수께끼 같은 입구 앞에 섰으나, 이번에는 자격 없는 사람처럼 할 일 없는 호기심으로 서 있을 뿐이었다.

한스는 두어 번 '매' 도로를 찾아갔다. 거기에는 예전과 다름없는 어둠과 악취, 골방, 빛 한 줄기 들지 않는 계단이 있었다. 지금도 이름뿐인 대문 앞에 백발의 노인들이 앉아 있었고, 불길할 정도로 짙은 금발의 아이들이 씩씩거리며 뛰어다녔다.

포르슈는 더 늙어 한스를 알아보지 못했다. 한스가 억지로 인사해도 그는 조롱 섞인 말로 대답했을 뿐이었다. '가리발디' 그로스요한은 이미 죽었고, 로테 프로윌리도 마찬가지였다.

우편배달부 뢰텔러는 아직 살아 있었다. 그는 아이들이 자기 음악 시계를 부숴 버렸다고 투덜댔다. 한스에게 담배를 권한 뒤 뭔가 얻어낼 심산으로 눈치를 보았다. 그리고 핑켄바인 형제 소식을 들려주었다. 한 사람은 담배 공장에 들어갔는데 벌써 어른처럼 술을 퍼마시는 것 같고, 다른 한 사람은 장날 칼부림 뒤 도망쳐 일 년 전부터 행방이 묘연하다는 이야기였다. 모든 것이 비참하고 구슬픈 인상만 남겼다.

한스는 어느 날 밤 피혁 공장으로 가 보았다. 낡고 큰 그 집 안에, 잃어버린 유년의 기쁨이 어딘가 숨겨져 있기라도 한 듯, 그는 대문을 지나 어두운 안뜰을 건너 그쪽으로 걸어갔다.

구부러진 계단과 자갈을 깐 현관을 지나, 캄캄한 계단 옆을 스치듯 나와 다듬잇방으로 갔다. 거기에는 가죽이 펼쳐져 널려 있었다. 지독한 가죽 냄새가 확 끼치며, 추억이 한꺼번에 끓어올랐다. 그는 다시 아래로 내려가, 피혁을 말리기 위한 높고 좁은 지붕을 가진 시렁이 있는 뒤뜰로 나섰다.

과연 리제는 지금도 벽에 붙은 의자에 앉아 감자 한 바구니를 앞에 두고 껍질을 벗기고 있었다. 아이 둘 셋이 둘러앉아 귀를 기울이고 있었다.

한스는 캄캄한 문간에 서서 그쪽으로 귀를 기울였다. 황혼이 짙어 가는 피혁장에는 아늑한 평화와 안식이 가득했다. 뜰 담장 뒤로 흐르는 개울의 가느다란 속삭임, 감자 껍질 벗기는 칼 소리, 그리고 리제의 이야기 목소리만 들렸다. 아이들은 조용히 웅크린 채 침을 삼키고 있었다.

한스는 잠시 듣다가, 어두운 현관을 살짝 빠져나와 집으로 돌아왔다. 이제 두 번 다시 어린아이가 될 수 없다는 것, 피혁장에서 리제 곁에 앉아 있을 수도 없다는 것을 그는 너무 또렷이 느꼈다.

그 뒤로 그는 피혁장에도, '매' 도로에도 더는 가까이 가지 않았다.

6장

　가을은 벌써 한창이었다. 캄캄한 전나무 숲속에서는 듬성듬성 선 활엽수들이 노랗고 붉은 불빛처럼 타올라 보였다. 골짜기마다 짙은 안개가 깔렸고, 개울물에서는 냉기가 김으로 올라왔다.

　창백했던 옛 신학생은 여전히 교외를 헤매고 다녔다. 누가 보아도 내키지 않는 걸음, 피곤에 절은 걸음이었다. 말벗이 아주 없는 건 아니었지만 그는 사람을 피했다. 의사는 물약이며 간유며 달걀이며 냉수마찰을 처방했다.

　아무것도 효과가 없었다고 해서 이상할 것도 없었다. 건강한 삶이란, 그 안에 내용과 목표가 서야만 하는 모양이었다. 젊은 한스는 그것을 잃어버렸다. 아버지는 서기 일을 시키거나 기술이라도 가르쳐 보려 했다. 아직 허약하니 우선 기운부터 차리게 해야겠지만,

갈수록 아들의 앞날이 걱정되었다.

처음의 혼란은 가라앉았고, 그는 이제 스스로도 '끝장' 같은 생각을 믿지 않게 되었다. 그 무렵부터 한스는 쉽게 흥분하고 난폭해지던 불안의 상태에서 벗어나, 더 깊은 우울 속으로 가라앉았다. 부드러운 진흙탕에 발이 빠져, 힘도 없이 천천히 아래로 내려앉는 것처럼.

그는 가을 들판을 어슬렁거리며 계절의 힘에 맞서려 하지 않았다. 시들어 가는 들, 고요히 떨어지는 낙엽, 짚 익는 초원, 뿌연 아침 안개, 이미 생기를 잃은 채소밭이 그를 사연스러운 슬픔과 쓸쓸한 생각으로 돌려보냈다. 그는 함께 시들어 가려는 그리움, 함께 잠들어 가려는 그리움의 포로가 되어 버렸다. 그런데도 마음 한구석에서는 삶을 놓지 못하고 매달리는 무엇이 남아 있어, 그 끈질김이 오히려 더 그를 괴롭게 했다.

나뭇잎이 노랗게 물들어 갈색이 되고, 또 붉어지는 것을 그는 멍하니 바라보았다. 숲속에서 흘러나오는 흰 젖빛 안개를 바라보다가 하늘도 올려다보았다. 과일 수확이 끝나자 정원은 급히 생명을 잃었고, 돌보는 손길도 끊겼다. 여름 물놀이가 끝난 뒤 시든 잎들로 덮인 개울을 바라보기도 했다. 그 차가운 강가를 견디는 사람이라면, 끈덕지게 일하는 피혁공뿐이었다.

며칠 전부터 개울은 과즙 찌꺼기를 잔뜩 실어 나르고 있었다. 과즙 짜는 공장과 물레방앗간에서는 지금 작즙이 한창이라, 읍내 어디를 가도 달큰한 과즙 냄새가 조용히 퍼져 있었다.

아랫마을 물방앗간의 구두 장수 플라이크도 작은 압착기를 빌려 한스와 함께 과즙을 짰다. 방앗간 앞마당에는 크고 작은 착즙기 달구지, 과일 바구니, 자루, 통, 양동이, 단지, 산더미 같은 갈색 찌꺼기, 나무 지렛대, 손달구지, 텅 빈 운반구가 어지럽게 널려 있었다. 압착기는 삐걱삐걱, 끼익끼익 소리를 냈고, 대개 파란 래커 칠이 되어 있었다. 그 파란색은 찌꺼기의 황갈색과 사과 바구니의 빛깔, 새 옷과 맨발 아이들, 맑은 가을 햇살과 뒤섞여 보는 이에게 이상하게도 기쁨과 풍요, 그리고 무언가가 짜여 나오는 생의 희생 같은 인상을 한꺼번에 주었다.

사과가 눌릴 때 나는 삐걱거림은 신맛을 소리로 바꿔 놓은 듯해서 저절로 침이 고였다. 그 소리를 듣는 사람은, 곁에서 얼른 사과를 깎아 한입 베어 물지 않고는 못 배겼다. 관 속에서는 투명한 불기둥 같은 것이 뿜어져 나오며, 싱싱한 붉은빛 과즙이 흘러내렸다.

여기 와서 이 광경을 보는 사람은 누구나 그 자리에서 한 잔 청해 맛보지 않을 수 없었다. 그리고는 그대로 서서, 눈물샘이 저릿해지며 감미롭고 유쾌한 무언가가 온몸에 감도는 것을 느꼈다. 그럴 때 과즙은 즐겁고도 강하며 달콤한 향을 퍼뜨려 공기까지 가득 채웠다. 그 향은 성숙과 추수의 정수, 일 년 중에서도 가장 아름다운 때의 냄새였다.

다가오는 겨울을 앞두고 그 향을 맡는 일은 그 자체로 즐거웠다. 그 냄새는 사람들을 저절로 떠올리게 했다. 포근한 오월비, 싹을 깨우는 여름비, 찬 가을 아침의 이슬, 부드러운 봄 햇살, 따갑게 내리쏟는 여름 더위, 하얗고 새빨간 꽃들, 추수 직전의 과일이 내는 광택…. 사계절이 가져다주는 온갖 아름다움이 한꺼번에 떠오르는 것이다.

그때는 누구에게나 '영광의 시기'였다. 부자도 졸부도 그때만은 슬쩍 평민처럼 모습을 드러냈고, 살점 좋은 사과를 손에 들어 달아 보며 한두 자루를 세어 보기도 했다. 은잔으로 맛을 보며 "물은 섞으면 안 된다"고 훈수도 두었다. 가난한 사람은 대개 자루 하나뿐이었지만, 컵이나 뚝배기로 맛을 보며 조금 섞어도 만족과 기쁨은 부자 못지않았다.

무슨 사정으로 과즙을 짜지 못하는 사람들도 이웃집 압착기를 찾아다니며 한 잔씩 얻어 마시고, 덤으로 사과 한 알을 얻었다. 그러고는 제법 아는 체를 늘어놓으며 전문가 흉내를 냈다.

목사 집 아이나 잘사는 집 아이나 한결같이 작은 컵을 들고 따라다녔다. 다들 씹다 남은 사과와 빵 조각을 들고 있었는데, "과즙 짜는 날 빵을 실컷 먹어 두면 배탈이 안 난다"는 밑도 끝도 없는 전설이 돌았기 때문이다.

아이들 소동은 소동대로였지만, 그 위로 수없는 고함이 뒤얽혀 있었다. 그러나 어느 목소리 하나 흥분과 기쁨이 없는 것이 없었다.

"와, 한스야! 이리 와! 나 있는 데로! 한 잔만 마셔, 응?"

"고마워요. 하지만 난 벌써 배탈 날 것 같아요."

"백 파운드에 얼마 줬니?"

"일 마르크. 그래도 최고급이야. 자, 맛 좀 봐!"

때로는 거찮온 일도 생겼다. 사과 자루가 너무 일찍 터져 바닥에 사과가 와르르 쏟아지곤 했다.

"이거 큰일이다! 내 사과가! 좀 도와줘요!"

사람들이 도와 주워 담는 틈에 아이 몇이 슬쩍 집어 가려 하면, 어른들이 소리쳤다.

"야, 이놈들아, 슬쩍하지 마! 먹고 싶으면 여기서 먹어! 가져가면 안 돼! 거기 서, 이 도둑놈아!"

"이웃 양반, 그러지 말고 한 번 맛이나 보시게….."

"꿀 같다. 꼭 꿀 같아! 당신은 얼마 만들었어?"

"두 통뿐이지. 그래도 다 최고급이지….."

"한여름에 안 짠 게 다행이야. 여름이었으면 다 마셔 치웠을 걸?"

올해도 빠지지 않고, 채신머리없는 늙은이들이 얼굴을 내밀었다. 그들은 오래전에 과즙 짜기를 그만뒀으면서도 모르는 게 없었다. 옛날엔 과일 같은 건 거의 공짜였고, 모든 게 싸고 품질도 좋았고, 설탕을 타는 일 따위는 아예 몰랐다고 했다. 무엇보다 그때는 나무가 열매를 맺는 것부터가 달랐다고 했다.

"그땐 그래두 추수라고 떠들 만했지. 내게도 사과나무가 있었어. 한 나무에 오백 파운드나 달렸거든….."

옛날만 못해졌다고 투덜대면서도, 늙은이들은 올해도 실컷 마시고 이빨 성한 사람은 사과를 베어 먹고 있었다. 너무 많이 먹어 배탈 나는 늙은이도 있었다.

"정말이야."

그가 변명했다.

"옛날엔 이런 것쯤 열 개도 문제였나?"

그리고는 거짓 아닌 한숨으로, 큰 사과 열 개씩 먹어도 멀쩡하던 시절을 떠올렸다.

플라이크는 마당 한가운데 압착기를 놓고, 날 선 칼을 갈며 일하고 있었다. 그는 바덴 주에서 사과를 사들였고, 그의 과즙은 언제나 최고로 쳐 주는 물건이었다. 그는 회심의 미소를 지으며 "조금 맛보는 것" 정도는 막지 않았다. 아이들은 더 신이 났다. 얼굴에 행복을 싣고 이리저리 뛰어다녔다.

떠들지는 않았지만 그의 제자가 누구보다 환희에 차 있었다. 두 베 산골 가난한 농가 출신인 그에게, 집 밖에서 마음껏 움직이며 일할 수 있다는 것 자체가 가장 기분 좋은 일이었다. 특제 과즙 맛도 일품이었고, 농촌 출신답게 튼튼한 그는 익살꾼처럼 '배앓이 난다'는 흉내를 내며 웃었다. 구두만 만들던 손은 여느 일요일보다도 깨끗했다.

한스 기벤라트가 압착장에 도착했을 때, 마음은 조용했지만 한편으론 불안했다. 억지로 나온 자리였다. 그런데 압착기에서 막 나온 과즙을 첫 잔으로 얻어 마시게 되었다. 잔을 건넨 사람은 나슐트 집의 리제였다.

그는 한 모금 맛보았다. 과즙이 목을 스치자 달콤하고 힘찬 맛과 함께, 어린 시절의 가을이 한꺼번에 되살아났다. 그 한 잔 때문이었을까. 그는 문득, 어릴 때의 유쾌함을 다시 찾아보고 싶다는 서툰 욕망까지 느꼈다.

아는 사람들이 말을 걸어 왔다. 플라이크네 압착기 쪽으로 갈 무렵에는, 다른 사밤늘처럼 흥겨운 기분이 조금씩 스며들어 과즙에 취한 듯 명랑해져 플라이크에게 인사도 하고 남들이 하는 익살도 흉내 내 보았다. 플라이크는 놀란 기색을 감추고 즐겁게 그를 맞았다.

그렇게 반시간쯤 지났을 때, 파란 치마를 입은 처녀가 와서 플라이크와 제자에게 미소를 던지며 일을 거들기 시작했다.

"그래."

구두 장수가 말했다.

"얘는 하일브론에서 온 내 조카딸 에마란다. 거긴 포도밭이 많아서, 추수도 여기랑 좀 다르지."

그 처녀는 열여덟이나 열아홉쯤 되어 보였다. 낯선 지방 사람답게 행동이 빠르고 쾌활했다. 키는 크지 않지만 몸매는 단정했고 생김새도 나무랄 데 없었다. 둥근 얼굴 안의 정열적인 검은 눈과, 웃을 때마다 살아나는 입매가 영리하고 생기 있어 보였다. 아무튼 그녀는 긴장감 있고 명랑한 하일브론 처녀 같기는 했으나, 선량한 구두 장수의 친척이라기보다는… 더 '세속의 미인'에 가까웠다. 밤마다 서서를 뒤적이고 보물 상자 같은 경건한 책을 읽는 습관에 길든 눈빛과는 거리가 있어 보였다.

한스는 문득 다시 음울해졌다. 에마가 곧 가 버렸으면 하고 간절히 바랐다. 그러나 그녀는 떠나기는커녕 웃고, 조잘대고, 사람들의 익살을 하나도 놓치지 않고 받아치고 있었다.

한스는 부끄러워 아무 말도 못 했다. 모르는 처녀와 이야기할 때는 '당신'이라 불러야 할 텐데, 그게 그에게는 영 어색했다. 게다가 이 처녀는 너무도 명랑하고 말을 잘했다. 그의 존재나 수줍음 같은 것은 아예 문제도 아니었다. 그는 마치 수레바퀴에 닿은 달팽이처럼 껍질 속으로 숨어 버렸다. 무심한 척, 싫증난 척하려 애썼지만 그것도 잘되지 않았다. 대신, 방금 누군가 죽기라도 한 듯 얼굴만 더 굳어졌다.

하지만 누구도 그걸 알아챌 틈이 없었다. 에마는 더더욱 그랬다. 소문에 따르면 그녀는 이 주일 전부터 플라이크네 집에 머물렀는데, 벌써 마을 사람들을 두루 알고 있었다. 귀천 가리지 않고 이리저리 다니며 새 과즙 맛도 보고, 한바탕 웃고, 다시 돌아와 손을 거들었다. 그러다 아이들을 안아 사과를 주기도 하고, 웃음과 흥을 사방에 풀어 놓았다.

아이들 골목대장을 불러 세워 "사과 줄까?" 하고 장난도 쳤다. 빨갛고 고운 사과를 하나 집어 등 뒤에 숨기고 "오른쪽? 왼쪽?" 하고 맞히게 했다. 아이들은 번번이 틀렸고, 투덜대면 그녀는 겨우 하나를 내어 주었다. 그런데 그건 또 익지 않은 조그만 파란 사과였다.

그녀는 한스 이야기 또한 들은 모양이었다. "두통 앓는 사람이 당신이에요?" 하고 묻기도 했으니까. 그러나 한스가 대답하기도 전에 그녀는 다시 다른 이야기 속으로 휩쓸려 들어가 버렸다.

한스는 슬쩍 도망칠까도 생각했다. 그때 플라이크가 한스 손에 핸들을 쥐여 주었다.

"이거 좀 거들어 줘. 에마가 도와줄 거야. 난 잠깐 일터에 다녀와야겠다."

플라이크는 가 버렸다. 제자는 플라이크 부인과 함께 과즙을 나르러 갔다. 결국 한스는 에마와 단둘이 압착기 앞에 남았다. 그는 입술을 깨물고 마치 적과 마주 선 것처럼 일을 했다.

그런데 핸들이 이상하리만큼 무거웠다. 얼굴을 들어 보니 에마가 천진한 웃음을 터뜨리고 있었다. 장난삼아 반대쪽에서 힘을 주고 있었던 것이다. 한스가 힘을 주면 그녀도 버티고, 그가 멈추면 그녀는 또 웃었다.

한스는 말이 나오지 않았다. 핸들을 돌리는 동안 그의 마음은 점점 더 답답하고 수줍어졌다. 그는 천천히 돌리다가, 어느 순간엔 아예 손을 놓아 버렸다. 달콤한 불안이 한꺼번에 덮쳐 왔다. 젊은 처녀가 거리낌 없이 웃는 얼굴을 가까이서 보고 있으려니, 다정스러워 보이면서도 도무지 숨이 막혔다. 그도 웃긴 웃었지만 어딘가 어색했고, 그래서 압착기까지 멈춰 버렸다.

에마는 "힘들게 할 것 없죠?" 하듯 웃으며, 자기가 마시다 남긴 컵을 한스에게 건넸다. 한스는 받아 마셨다. 그 한 모금은 꽤 달고 꽤 강해서, 잔을 비우고도 미련이 남는 듯 컵을 들여다보았다. 그때 가슴이 갑자기 세차게 뛰고 호흡이 답답해지는 걸 느껴, 스스로도 놀랐다.

두 사람은 다시 일을 시작했다. 한스는 제 몸이 어디에 있는지도, 무슨 표정을 짓고 있는지도 분간이 잘 되지 않았다. 다만 그녀가 가까이 움직일 때마다 옷자락이 스치고 손끝이 스치는 듯한 순간마다 심장이 덜컥 내려앉고, 숨이 막히는 환희와 현기증이 몰려왔다. 무릎이 떨리고 머릿속이 울렁거렸다.

자기가 무슨 말을 하는지도 몰랐다. 그녀가 웃으면 따라 웃고, 그녀가 장난을 치면 얼떨결에 맞장구치고…. 어느새 그의 마음속으로 온갖 기억이 스쳐 지나갔다. 예전에 들었던 이야기들, 하일르너에게서 들었던 '입맞춤'이라는 말, 소설 속 문장들, 막연한 대화의 조각들…. 그는 산등성이를 오르는 노새처럼 거칠게 숨을 내쉬었다.

모든 것이 달라 보이기 시작했다. 사람들의 목소리와 웃음소리는 한 덩어리로 가라앉고, 강과 낡은 다리까지도 아득해져 한 폭의 그림처럼 느껴졌다. 에마도 달라 보였다. 그는 어느 순간부터 그녀의 얼굴 전체를 보지 못했다. 검은 눈, 붉은 입술, 웃을 때 번쩍이는 치아 같은 것들만 눈앞에 또렷했다. 머리칼, 귀, 목덜미, 어깨의 움직임 같은 작은 조각들이 번쩍번쩍 들어왔다.

그러다 그녀가 컵을 떨어뜨려, 주우려고 몸을 숙이는 순간이 있었다. 아주 짧은, 거의 우연 같은 접촉이 스쳐 지나갔다. 그 찰나의 거리감이 한스의 몸을 통째로 흔들어 놓았다. 그녀가 다시 일어섰을 때, 그는 격렬하게 떨었다. 얼굴이 창백해지고, 동시에 깊은 피로가 한꺼번에 몰려왔다. 그는 압착기의 나사핀을 꼭 붙잡고 서 있어야 했다. 심장은 불규칙하게 뛰고 팔에는 힘이 빠졌다.

그 뒤로 그는 거의 말이 없어졌다. 처녀의 시선을 피했고, 또 한편으로는, 그녀가 딴청을 할 때면 죄책감과 알 수 없는 갈망 사이에서 흔들리며 몰래 그녀를 바라보았다. 그 순간, 마음속에서 무언가가 '툭' 끊어지는 느낌이 들었다. 그리고 끝없이 파란 해안선 같은 신천지가, 영혼 앞에 펼쳐지는 듯했다. 이 불안과 달콤한 고뇌가 무엇을 뜻하는지 그는 몰랐다. 다만 머리로 어렴풋이 짐작할 뿐이었다.

기쁨과 고통 중 무엇이 더 큰지도 분간할 수 없었다. 기쁨은 젊은 몸속에서 깨어나는 사랑의 힘, 생명이 처음으로 '예감'하는 박동 같은 것이었고, 고통은 아침의 평화가 깨졌다는 것, 유년의 나라가 뒤로 멀어진다는 뜻이었다.

간신히 첫 난파를 벗어난 조각배가, 이제부터는 더 거센 바다로 밀려드는 셈이었다. 그 길을 비춰 줄 안내자는, '최상의 지도자'를 둔 젊은이에게도 없다. 결국은 자기 힘으로 항로를 찾아야 한다.

마침 구두 장수 제자가 돌아와 압착기 일을 교대해 주었다. 한스는 잠깐 더 그곳에 머물렀다. 다시 한 번, 아주 잠깐이라도 에마의 목소리를 듣거나 가까이 서게 되길 바랐다. 그러나 에마는 이미 다른 집의 압착기 앞에서 웃고 떠들고 있었다. 한스는 스스로가 어설프게 느껴져, 인사도 못 한 채 슬며시 돌아섰다.

밖으로 나오자 세상이 전부 달라져 보였다. 과즙 찌꺼기로 살이 오른 참새들이 요란하게 날아다녔다. 하늘이 이렇게 높고 푸르고 그리워 보인 적이 없었다. 강물도 이렇게 맑고 파랬던가. 방파제는 눈부시게 하얀 물결을 일으켰다. 모든 것이 막 새로 그린 그림처럼 투명한 유리 뒤에 서 있는 듯했다. 어디든 곧 명절이 올 것만 같았다.

그의 부푼 가슴속에서는 대담한 감정과, 눈부신 희망이 이상한 속도로 밀려왔다. 거세고 불안하면서도 감미로운 격동이었다. 그러나 그 뒤에는 "이건 꿈일 뿐, 실현될 수 없을 것"이라는 어두운 의심이 따라붙었다. 분열된 감정은 점점 부풀어 오르며 샘처럼 솟구쳤고, 때로는 강렬한 힘이 가슴속에서 날개를 펴려는 듯했다. 그것이 흐느낌인지, 노래인지, 통곡인지, 웃음인지 그 자신도 알 수 없었다. 그 흥분은 집에 돌아와서야 조금 가라앉았다. 집은, 모든 것은 여전했다.

"어딜 갔다 왔니?"

아버지가 물었다.

"물방앗간 옆의 플라이크한테요."

"그 사람, 몇 통 짰니?"

"두 통쯤인 것 같아요."

한스는 과즙 짜는 날, 플라이크네 아이들을 부르자고 말했다.

"그럼."

아버지는 고개를 끄덕였다.

"다음 주일에 하자. 그때 애들을 부르렴."

저녁 식사까지는 아직 한 시간이 남아 있었다. 한스는 뜰로 나갔다. 두 그루 전나무를 빼면 푸른빛은 거의 없었다. 그는 개암나무 가지를 하나 꺾어 휘두르며 잎을 떨궜다.

해는 이미 서산으로 기울었다. 산의 까만 윤곽이 전나무 꼭지들과 함께 붉은 하늘을 갈라 놓고 있었다. 회색 구름이 노을을 받아 황갈색으로 번지며, 골짜기 너머로 느릿느릿 떠가고 있었다. 마치 고기잡이배가 귀항하는 것처럼.

한스는 저녁 빛의 풍만하고 무르익은 아름다움에, 이상하리만큼 깊은 감동을 받았다. 그는 뜰을 어슬렁거리다 멈춰 서서 눈을 감고 압착기 앞에서 마주 섰던 에마, 그에게 잔을 건네던 에마, 웃던 에마를 머릿속에 그려 보려 애썼다. 머리카락, 탄탄한 푸른 옷에 감긴 몸짓, 검은 머리 때문에 갈색으로 그늘진 목덜미가 선명했다. 그것들이 전율과 쾌감으로 가슴을 채웠다. 그런데 얼굴의 윤곽만은 끝내 잡히지 않았다.

해가 기울었는데도 그는 춥지 않았다. 깊어 가는 황혼이, 이름도 모를 신비로 가득한 면사포처럼 느껴졌다. 그가 하일브론 처녀에게 마음이 끌렸다는 건 분명했지만, 피 속에서 깨어난 남성의 힘이 무엇인지 그는 알지 못했다. 다만 막연히 들뜨고 조급해지고, 또 지쳐 버린 상태로만 이해할 뿐이었다.

저녁 식사 자리에서 그는 낯선 기분에 사로잡혔다. 정든 환경 한가운데에 앉아 있는데, 자신만 완전히 달라져 있었다. 아버지, 늙은 식모, 식탁과 그릇, 방 전체가 갑자기 오래된 것처럼 느껴졌다. 기나긴 여행을 끝내고 막 집에 돌아온 사람처럼 놀랍고 서먹하고, 동시에 애틋한 마음으로 모든 것을 바라보았다. 예전에 모든 것과 작별하려 했던 그때와 같은 시선이 남아 있었지만, 이상하게도 오늘은 '돌아온' 기분이었고, 미소가 떠오르는 가운데 다시 이것들을 '가지게 된' 기분이 들었다.

식사가 끝나, 한스가 일어서려 할 때 아버지가 특유의 짧은 말투로 꺼냈다

"한스야. 너 기계공이 되어 볼래? 아니면 서기라도….."

"왜요?"

한스는 놀라 되물었다.

"다음 주말에 기계공 모집이 있고, 그 다음 주면 읍사무소 서기로도 들어갈 수 있겠지. 잘 생각해 봐라. 내일 또 이야기하자."

한스는 뜻밖의 제안에 당황했다. 몇 달 전부터 서먹해졌던 '활동적인 삶'이 갑자기 그의 앞에 나타나, 어느 때는 유혹처럼, 어느 때는 협박처럼 얼굴을 내밀었다.

그는 기계공도 서기도 되고 싶지 않았다. 거친 육체노동은 그에

게 막연한 공포를 줬다. 그때 학교 친구 아우구스트가 떠올랐다. 기계공이 된 아우구스트에게 물어 보면 좋겠다고 생각했다.

그러나 그 생각도 곧 흐릿해졌다. 이 일은 급하지도 중요하지도 않은 것처럼 느껴졌다. 다른 무언가가 그의 마음을 완전히 끌어당겼기 때문이다. 그는 초조하게 현관을 왔다 갔다 하더니, 갑자기 외투를 집어 들고 밖으로 나섰다. 오늘 안으로 에마를 한 번 더 보고 싶다는 생각이 그를 밀어냈다.

어둠은 이미 짙었다. 근처 술집에서는 고함과 쉰 노랫소리가 들렸다. 불 밝힌 창문이 여기저기 켜지고, 문틈으로 가느다란 붉은빛이 새어 나왔다.

젊은 처녀들이 손에 손을 잡고 웃고 떠들며 좁은 길을 서성거렸다. 희미한 불빛 속에서 흔들리는 그 행렬은, 청춘과 환락의 포근한 파도처럼 골목 아래로 흘러갔다. 한스는 한참 동안 그들을 바라보았다. 심장은 목구멍까지 뛰었다. 커튼 친 창문 안에서는 바이올린 소리가 났다. 우물가에서는 여인이 상추를 씻고 있었다. 다리 위에서는 젊은 남녀가 산책하고 있었다. 어떤 젊은이는 처녀의 손을 거칠게 붙잡고, 여송연을 피우며 걸었다. 또 다른 한 쌍은 바싹 붙어 천천히 걸었다. 여인은 머리를 그의 가슴에 묻고, 젊은이는 그녀의 허리를 감싸고 있었다.

한스는 이런 장면을 수도 없이 봤지만, 지금껏 진지하게 생각해 본 적이 없었다. 그런데 오늘은 그것들이 모두 그윽한 뜻을 품고 있었다. 분명치 않으나 몹시 탐스럽고 달콤한 뜻이었다. 그는 그들을 바라보며, 자신이 어떤 '큰 비밀'의 문턱에 다가가고 있다는 느낌을

받았다. 그 비밀이 달콤한 것인지, 무서운 것인지 모르면서도, 떨리
는 마음으로 가장자리를 건드린 듯했다.

플라이크 집 앞까지 왔지만 들어갈 용기가 나지 않았다. 들어가
서 무엇을 하고 무엇을 말해야 할까. 열두 살 무렵, 이 집에 자주 드
나들던 기억이 떠올랐다. 그때 플라이크는 성서 이야기와 지옥, 악
마, 성령 같은 것을 들려주곤 했고, 한스의 끝없는 질문에도 친절히
답해 주었다. 하필 이런 때 그런 기억이 떠오르다니. 양심이 괴로웠
다. 그는 자신이 진짜로 무엇을 원하는지조차 몰랐다. 다만 신비로
운 무언가 앞에 낡인 듯 서 있다는 것만은 부정할 수 없었다.

대문 앞 어둠 속에 서 있는 것도 옳지 못하다고 느꼈다. 누가 보
기라도 하면, 플라이크는 나무라진 않더라도 분명 웃을 것이다. 한
스는 그게 가장 두려웠다.

그는 발소리를 죽이고 집 뒤로 돌아갔다. 정원 울타리 너머로 불
켜진 안방이 들여다보였다. 플라이크는 보이지 않았다. 부인은 바
느질을 하는 듯했고 큰아들은 책상 앞에 앉아 책을 읽고 있었다. 에
마는 왔다 갔다 하며 설거지를 하는 모양이었다. 한스는 아주 잠깐,
그녀의 모습을 가까이서 볼 수 있었다.

주변은 고요했다. 멀리 골목의 발자국 소리까지 또렷했고, 정원
건너편 강물 흐르는 소리도 들렸다. 그때 갑자기 밤의 냉기가 몸에
스며들었다.

안방 창 옆, 불이 꺼진 작은 창문이 보였다. 잠시 뒤 그 창에 희미
한 형체가 나타나 몸을 내밀고 어둠을 응시했다. 한스는 그것이 에
마임을 알아챘다. 초조함 때문에 가슴의 고동이 멎는 듯했다. 그녀

는 오래도록 말없이 이쪽을 보고 있었다. 자신을 보고 있는 건지, 알고도 모르는 척하는 건지 알 수 없었다.

한스는 꼼짝도 하지 못하고 그녀만 바라보았다. 알아봐 주길 바라면서도, 동시에 들킬까 봐 두려웠다.

희미한 형체가 창에서 사라졌다. 곧 정원 문이 열리며 에마가 밖으로 나왔다. 한스는 간담이 서늘해져 도망칠까도 했지만 결정을 내리기 전에, 울타리에 기대 선 채 그녀가 천천히 어두운 정원을 가로질러 자기 쪽으로 걸어오는 것을 보고 있었다. 발자국이 들릴 때마다 도망칠까 생각했지만, 알 수 없는 힘이 그를 붙잡아 두었다.

에마는 그의 앞에 섰다. 낮은 울타리 하나를 사이에 두었을 뿐, 반 발자국도 떨어져 있지 않았다. 그녀는 조심스럽게, 이상하다는 듯 그를 바라보았다. 한동안 둘 다 말이 없었다.

이윽고 에마가 낮게 물었다.

"당신, 무슨 일이에요?"

"아무것도 아냐."

한스가 말했다. 그녀가 그를 '당신'이라 부른 말 한마디가, 살갗을 스치는 듯한 느낌으로 다가왔다.

에마는 울타리 너머로 손을 내밀었다. 한스는 수줍게, 그러나 정답게 그 손을 잡았다. 손이 놓이지 않자, 그는 용기가 나 조심스레 그 손을 더 꼭 쥐었다. 그러자 가슴을 타고 따뜻한 것이 올라왔다. 말은 나오지 않았고, 시간만 느리게 흘렀다.

잠시 뒤 에마가 아주 낮게 말했다.

"입맞춤… 해 줄래요?"

그 목소리는 먼 밤하늘에서 들려오는 것 같았다. 하얀 얼굴이 가까이 왔다. 한스는 떨면서도 피하지 못했다. 짧고 뜨거운 순간, 그는 자신이 지금껏 알지 못했던 감각에 휩쓸렸다. 그리고 입술이 떨어진 뒤에는 멍한 피로가 몰려왔다. 그는 울타리를 붙잡지 않으면 서 있을 수가 없었다.

"내일 밤도 와요."

에마는 그렇게 말하고 얼른 집으로 돌아갔다.

그녀가 사라진 지 오 분도 안 되었을 것이다. 그러나 한스에게는 긴 세월이 흐른 듯했다. 그는 멍한 눈길로 정원 문을 바라보며, 울타리를 움켜쥔 채 한 걸음도 떼지 못했다. 머릿속에서는 피가 울렸다. 망치질처럼 두들기는 파동이 가슴을 넘나들며 호흡을 막았다.

그때 방 안에서 문이 열리고 플라이크가 들어오는 모습이 보였다. 조금 전까지 일터에 있었던 듯했다.

들킬지도 모른다는 공포에 짓눌러, 한스는 그제야 몸을 돌려 달아났다. 한 잔 걸친 사람처럼 느릿느릿, 내키지 않는 걸음인데도 어딘가 위험하기 짝이 없는 걸음으로 골목을 걸었다. 발자국마다 무릎이 부서지는 느낌이었다.

졸린 듯한 박공지붕 집들, 음산한 붉은 창들이 색 바랜 무대 장치처럼 스쳐 지나갔다. 다리와 강, 안뜰과 정원도 흘러갔다. 게르버 도로의 분수는 묘하게 높은 소리를 내며 물을 튀겼다.

한스는 꿈결 같은 마음으로 집 문을 열고 칠흑 같은 복도를 지나 계단을 올랐다. 문을 하나씩 열고 닫았다. 책상 앞에 앉아 한참이 지나서야, 비로소 자기 방에 돌아왔다는 감각이 들었다. 옷을 벗는 것도 한참 뒤였다. 그는 멍하니 창가에 앉아 있다가, 차가운 가을 공기에 오한이 올라 이불 속으로 들어갔다.

곧 잠들 수 있으리라 믿었다. 하지만 몸이 따뜻해지자 가슴의 격동이 다시 살아났다. 눈을 감으면, 방금 전의 열기와 떨림이 되살아나 그를 흔들었다. 늦게 잠이 들었지만 꿈에서 꿈으로 쫓겨 다녔다. 어둠 속에서 무엇인가를 더듬고, 누군가의 얼굴을 찾아 헤매다가, 갑자기 낯익은 목소리가 섞여 들어왔다. 플라이크의 얼굴이 하일르너로 바뀌기도 했고, 압착기 옆에서 다시 핸들을 잡고 있는 자신을 보기도 했다. 모든 것이 뒤섞였다.

한스는 늦게까지 잤다. 명랑하고 맑은 날이었다. 깨어나 머리를 맑게 하려 정원을 서성이지만, 졸음은 여전히 짙은 안개처럼 남아 있었다. 정원 한쪽에는 보라색 과꽃 하나가, 아직 팔월인 듯 햇빛에 웃고 있었다. 따뜻한 햇살이 마치 이른 봄날처럼 부드럽게 시든 가지와 잎 떨어진 덩굴 위를 쓸고 지나갔다.

그러나 그는 '보기만' 했을 뿐, 마음으로 느끼지는 못했다. 별안간 이 뜰에서 토끼가 뛰놀고 물레방아가 돌던 시절의 기억이 선명하게 덮쳐 왔다. 그는 삼 년 전, 9월 어느 날을 떠올리지 않을 수 없었다. 축제 전날 밤이었다. 아우구스트가 담쟁이덩굴을 들고 와 두 사람이 깃대를 닦고 꼭지에 덩굴을 묶으며, 내일의 즐거움을 기다리던 밤. 그 외에 특별한 일이 있었던 것도 아닌데, 두 사람은 기대와 기쁨으로 가득 차 있었다. 깃발은 햇빛에 반짝였고, 아나 아주머니는 살구 과자를 굽고, 밤에는 높은 바위 위에서 불을 피울 계획을 세웠다.

왜 하필 오늘 그 밤이 떠오르는가. 왜 그 기억이 그렇게 아름답고 힘이 있는가. 왜 그 기억이 그를 그렇게 비참하게 만드는가. 한스는 알지 못했다. 다만 그 기억이, 유년과 소년 시절이 마지막으로 입는 색동옷처럼 되돌아오지 않을 행복의 흔적을 남기고 떠나려는 듯 자신에게 찾아왔다는 것도, 그는 아직 몰랐다.

이 추억은 에마와 어젯밤의 기억과 어딘가 어울리지 않았다. 예전의 행복과는 결합하지 않는 무엇이, 그의 마음속에 새로 생겨났음을 그는 느꼈다. 깃대 꼭지가 반짝이는 게 보이고, 아우구스트의 웃음이 들리고, 갓 구운 과자 냄새가 나는 것만 같았다. 그런데 그 모든 것이 너무 멀어져, 손닿지 않는 곳으로 가 버린 느낌이었다.

그는 큰 전나무의 울퉁불퉁한 줄기에 기대어, 참을 수 없어 통곡했다. 그 눈물로 그는 잠시 위안을 얻고, 구원받은 듯한 기분이 되었다.

정오 무렵 그는 아우구스트를 찾아갔다. 아우구스트는 제일급 제자가 되어 있었고, 제법 어른처럼 자라 있었다. 한스는 기계공이 되고 싶다고 말했다.

"쉬운 일 아니야."

아우구스트는 세상 물정 아는 얼굴로 말했다.

"정말 쉬운 일 아니야. 더구나 너는 너무 말라서… 첫 해엔 쇠 다루는 일로 서서 망치만 쳐야 해. 망치질은 숨 쉬는 것처럼 쉬운 게 아니야. 쇠도 나르고, 저녁엔 이것저것 잡일도 해야 하고. 처음엔 낡은 것만 맡기는데, 낡은 건 날이 없어서 미끌미끌해."

한스는 숨이 막혀 말이 잘 나오지 않았다.

"그럼… 그만두는 게 좋다는 거야?"

그가 더듬어 물었다.

"아니, 그런 말이 아니야. 춤추는 것처럼 가볍진 않다는 뜻이지. 하지만… 기계공도 훌륭한 일이야. 머리도 좋아야 해. 안 그러면 그냥 대장장이로 끝나거든. 자, 봐."

아우구스트는 반짝이는 강철 부품들을 몇 개 가져와 보여 주었다.

"반 밀리만 틀어져도 못 써. 나사도 손으로 깎아. 눈 크게 뜨고 봐야 해. 이걸 갈아 단단하게 만들고 나서야 물건이 되는 거야."

그는 웃었다.

"걱정돼? 제자는 원래 구박받아. 그건 어쩔 수 없어. 그래도 나도 있으니 도와주지. 만약 다음 금요일에 시작하면… 난 2년째 과정을 마치고 토요일에 첫 주급을 받는다. 일요일엔 잔치도 있어. 백주와 과자도 나오고, 다들 오고. 너도 와. 그럼 어떤지 알게 될 거야. 원래 우리 친구였잖아."

한스는 집에 돌아와 식사 때 아버지에게 말했다. 기계공이 되고 싶고, 일주일쯤 지나 시작하면 어떻겠냐고 물었다.

"좋은 일이지."

아버지는 흔쾌히 찬성했다. 그날 오후 그는 한스와 함께 슐러의 일터로 가서 신청까지 했다.

하지만 황혼이 오자 한스는 그 모든 일을 까맣게 잊었다. 밤에 에마가 기다린다는 생각만 머릿속을 채웠다. 숨이 차오르고, 시간이 너무 길게도 너무 짧게도 느껴졌다. 그는 급류로 향하는 뱃사공처럼 약속한 곳으로 달려갔다. 그날 저녁 식사는 문제가 아니었다. 우유 한 잔만 겨우 삼키고 뛰쳐나갔다.

어제와 달라진 것은 아무것도 없었다. 졸린 듯 어두운 골목길, 붉은 창문, 희미한 가로등 빛, 천천히 걷는 연인들….

플라이크네 정원 울타리 앞에서 그는 다시 큰 불안에 휩싸였다. 바스락 소리만 나도 간담이 서늘했다. 어둠 속에서 기웃거리는 자신이 도둑처럼 느껴졌다.

얼마 지나지 않아 에마가 나타났다. 그녀는 그의 머리카락을 두 손으로 다독이며 정원 문을 열었다. 한스는 조심스럽게 안으로 들어갔다. 에마는 덤불 사이 길을 지나 뒷문을 열고, 어두운 복도로 그를 살짝 끌고 들어갔다.

둘은 지하실로 내려가는 계단 맨 위에 나란히 앉았다. 한참이 지나서야 어둠 속에서 서로의 얼굴이 어렴풋이 보였다. 에마는 기분이 좋아 쉴 새 없이 속삭였고, 한스는 말이 거의 없었다. 그녀는 한스의 조용함을 재미있어하는 듯했다. 웃음이 섞인 속삭임과 가벼운 접촉이 이어지는 동안, 한스는 점점 더 어지럽고 피곤해졌다. 달콤한 전율과 깊은 불안이 뒤섞여, 그는 열병 환자처럼 가늘게 떨곤 했다.

"무슨 애인이 이래요?"

그녀가 웃으며 말했다.

"왜 아무 말도 없어요?"

그녀는 그에게 자꾸만 묻고 웃고, 가까워졌다. 한스는 대답 대신 고개를 끄덕이는 것이 전부였다.

"당신도… 날 좋아해요?"

한스는 입으로 "응" 하려다, 결국 고개만 끄덕였다. 그리고 한동안 계속 끄덕이고 있었다.

얼마 뒤 그는 더는 버티기 힘들 만큼 지쳐서, 거의 신음하듯 말했다.

"이제… 집에 가야겠어."

일어서려다 몸이 휘청해, 계단 아래로 굴러 떨어질 뻔했다.

"어떻게 된 거예요?"

에마가 놀라 물었다.

"몰라… 나 너무 지쳤어."

정원 울타리까지 가는 동안 그는 그녀가 곁에서 붙잡아 주는 것도 또렷이 느끼지 못했다. 밤인사를 하는 소리도, 정원 문이 닫히는 소리도 제대로 귀에 들어오지 않았다.

그는 골목을 지나 집으로 돌아갔다. 폭풍우가 그를 휩쓸어 가는지, 거센 물결이 그를 삼키는지 영문을 알 수 없었다. 어떻게 집 근처까지 왔는지조차 분명치 않았다. 집들이 어둠 속에서 희미하게 솟아 있었고, 그 위로 산등성이와 전나무 꼭지, 밤의 칠흑, 잠든 별들이 보였다. 시냇물이 다리 기둥에 부딪쳐 흘러가는 소리가 들렸다. 물 위에는 정원과 가로등, 별빛이 어렴풋이 비쳤다.

그는 다리 위에 주저앉고 말았다. 너무 지쳐 한 걸음도 더 옮길 수 없을 것 같았다. 난간에 기대 앉아 물결이 기둥을 때리고 여울져 흘러가며, 물레방아를 돌리는 소리를 들었다. 마치 오르간 소리 같았다.

손은 차가웠다. 가슴과 목구멍에서는 피가 꽉 차오르기도 하고, 또 갑자기 가라앉기도 했다. 눈앞이 어두워졌다가, 머리가 어지럽고, 심장이 이상하게 뛰었다.

그는 겨우 방에 들어가 쓰러지듯 누워, 곧 잠이 들었다. 꿈속에서 그는 거대한 공간으로 깊이 빠져들었다. 괴로워하다가 지쳐, 한밤중에 잠에서 깼다. 말로 하기 힘든 갈증 같은 그리움이 몰려와 견딜 수 없었다. 그는 이리 뒹굴고 저리 뒹굴며, 아침까지 멍한 꿈속에서 헤맸다. 마침내 새벽녘, 골수까지 스며드는 번민이 길고 긴 흐느낌이 되어 터져 나왔다. 그리고 눈물 젖은 이불 위에서, 그는 다시 잠이 들었다.

7장

기벤라트 씨는 과즙 압착기 옆에서 제법 폼을 잡고 일하느라 동분서주하고 있었다. 한스도 곁에서 일을 거들었다. 구두 장수의 아들들도 초대받아 과일을 나르느라 눈코 뜰 새 없이 움직였다. 아이 둘은 작은 시음 컵을 함께 돌려썼고, 큼직한 까만 빵을 하나씩 손에 들고 있었다.

그런데 에마는 오지 않았다.

아버지가 통을 들고 나가 반시간쯤 자리를 비운 뒤에야, 한스는 큰마음을 먹고 에마 이야기를 꺼냈다.

"에마는 어니 샀니? 여기 안 온대?"

소년들이 입안의 빵을 다 삼키고 말을 하려니 시간이 좀 걸렸다.

"에마는… 가버렸는걸."

아이들은 말하고는 고개를 끄덕였다.

"가버렸어? 어디로?"

"집으로."

"갔어? 기차 타고?"

소년들은 또 열심히 끄덕였다.

"대체 언제?"

"오늘 아침에."

아이들은 다시 사과에 손을 뻗었다. 한스는 압착기를 돌리며 과즙 통을 멍하니 바라보았다. 그리고 조금씩, 이유를 알아차렸다.

아버지가 돌아왔다. 모두들 일하고 웃고 떠들며 분주했다. 소년들은 고맙다는 인사를 하고는 달아났다. 어느새 저녁이 되었고, 사람들은 하나둘 집으로 돌아갔다.

저녁 식사가 끝난 뒤 한스는 혼자 방에 앉아 있었다. 열 시가 되고 열한 시가 되어도 불을 켜지 않았다. 그리고는 그대로 깊이 잠들어 버렸다.

평소보다 늦게 눈을 떴을 때, 그는 오직 '무언가를 잃었다'는 막연한 감각만 느꼈다. 그러다 뒤늦게 에마가 떠올랐다. 그녀는 인사한마디 없이 떠나 버렸다. 그가 마지막으로 그녀를 찾아갔던 날, 그녀는 이미 떠날 것을 알고 있었던 것이다. 남의 일처럼 그에게 몸을 맡기던 태도, 웃음소리, 키스…. 그런 것들이 머릿속에서 또렷하게 되살아났다.

그녀는 그를 진지하게 대하지 않았던 것이다.

그 사실이, 억누를 길 없는 고통과 흥분은 좀처럼 식지 않는 사랑의 힘과 뒤엉켜 애달픈 번뇌로 바꿔 놓았다. 그 채찍질을 견디지 못해 한스는 뜰로 나갔다가 거리로, 숲으로, 다시 집으로 끝없이 헤매었다.

그는 너무도 이른 나이에, 훗날 반드시 겪게 될 사랑의 비밀을 이미 맛보아 버렸다. 그런데 그 사랑은 그에게 달콤함을 거의 주지 않았다. 쓰디쓴 고배만 잔뜩 들이켠 셈이었다.

하루하루는 얼마나 쓸모없는 한탄과 그리운 기억, 끝없는 명상으로 가득했는가. 얼마나 많은 밤을 안타까움에 잠을 이루지 못하고 악몽에 시달리며, 가슴의 격동을 억누르지 못했던가. 그리고 또 꿈…. 꿈속에서 그의 피는 풀기 어려운 파동이 되어 어처구니없이 거대한 괴물이 되었다가, 목을 조르는 팔이 되었다가, 전등불 같은 눈알을 번뜩이는 악마가 되었다가, 까마득한 심연이 되었다가, 이글이글 타오르는 태양이 되기도 했다.

그러나 아, 눈을 뜨면 결국 그는 혼자였다. 외롭고 쓸쓸한 가을밤의 고독을 끌어안고, 사랑하는 이를 찾아 애태우며, 눈물 젖은 베개머리에 통곡하고 머리를 움켜쥔 자신을 발견하는 것이다.

기계공이 되기 위해 일터로 나가기로 한 금요일이 다가왔다. 아버지는 한스에게 아마로 만든 푸른 작업복과 푸른 모직 모자를 사 주었다. 한스는 그것을 입어 보았다. 작업복 차림이 되자 마치 다른 사람 같고, 어딘가 익살맞아 보이기도 했다.

학교와 교장 선생님, 수학 선생님, 플라이크의 일터, 목사님 댁 앞을 지날 때면 비참한 생각이 올라왔다. 그토록 애썼던 고생과 공부, 진땀, 심신을 바치며 품었던 조그마한 기쁨, 스스로 뽐내던 자만심과 공명심, 그리고 희망에 찼던 몽상…. 그것들은 바람처럼 사라져 버렸다. 결국 이 모든 것도 따지고 보면, 남들보다 늦게, 만인의 조소를 받으며 가장 서툰 제자로 일터에 들어가는 것으로 끝나는 것인가.

하일르너가 이 사실을 알면 뭐라고 할까?

그런 생각이 드는 한편, 푸른 작업복에 조금 익숙해지고 나자 금요일이 아주 조금은 기다려지기까지 했다. 그러면 적어도 '또 무엇인가'를 맛볼 기회는 생기지 않겠는가.

하지만 그 기대도, 시커먼 구름 속에서 번쩍이는 한 줄기 섬광에 불과했다. 그는 그 처녀가 떠난 사실을 잊지 못했다. 더구나 며칠 동안 몸에 남은 자극은 쉽게 가라앉지도, 스스로 제어되지도 않았다. 그의 피는 더 많은 것을 갈망하며 한꺼번에 울부짖었다. 이제 막 눈뜬 그리움이 구원의 아우성을 치고 있었다.

가을은 온화한 햇살로 가득해 어느 때보다 아름다웠다. 이른 새벽은 은빛이었고, 한낮은 화려하게 웃었으며, 저녁은 맑았다. 먼 산은 우단을 깐 듯 깊은 하늘빛을 띠고, 밤나무는 황금색으로 빛났으며, 담쟁이 울타리 위로는 야생 포도 잎이 보라색으로 드리워져 있었다.

한스는 초조하게 사람들을 피했다. 낮에는 울먹이며 들판을 헤매고, 사랑의 괴로움을 누군가 눈치 챌까 봐 숨었다. 그러나 밤에는 길거리로 나가 하녀들을 멍하니 바라보기도 하고, 부끄러움을 억누르며 연인들의 뒤를 밟기도 했다. 에마와 함께 인생의 온갖 욕망과 매력이 그에게 다가왔지만, 그것은 또 에마와 함께 도망쳐 버린 듯했다. 그는 이제 에마 그 자체에 대한 번뇌와 안타까움을 굳이 떠올리지는 않았다.

다만 다시 한 번 그녀의 손을 잡을 수만 있다면 이번에는 부끄러워 벌벌 떨지 않고 그녀에게서 온갖 비밀을 빼앗아, 마법에 걸린 사랑의 동산으로 끌고 들어갈 수 있을 것만 같았다.

그런데 지금은 그 동산의 문이 그의 코앞에서 닫혀 버렸다.

그의 공상은 이 뭉클하고 위험한 덩굴에 걸려 비틀거리며 그 속을 헤매었다. 그리고 그 덩굴은 끈질기게 그를 붙잡아, 마법의 울타리 밖에도 얼마든지 넓고 아름다운 세계가 밝고 다정하게 펼쳐져 있다는 사실을 알려 주려 하지 않았다.

기다리던 금요일이 다가오자, 처음엔 오히려 기쁜 마음이 앞섰다. 한스는 아침 일찍 새 작업복을 입고 모자를 쓰고, 잠깐 머뭇거리다가 게르버 도로 아래쪽의 슐러 집으로 갔다. 아는 사람들이 이상하다는 듯 바라보며 "무슨 일이냐, 대장장이라도 되었니?" 하고 묻기까지 했다.

일터는 이미 한창이었다. 주인은 막 쇠를 달구어 두들길 참이었다. 그는 빨갛게 달궈진 쇳덩이를 모루 위에 얹고, 직공이 무거운 망치로 맞대질을 했다. 주인은 가볍게 형태를 잡아 가며 두드리고, 부집게를 위아래로 놀리며, 중간 중간 딱 맞는 해머로 박자를 맞췄다. 그 소리는 활짝 열어 둔 문을 빠져나가 아침 공기 속으로 맑게 울려 퍼졌다.

기름과 쇳가루로 까맣게 된 긴 작업대 앞에는 나이 든 직공과 아우구스트가 나란히 서서 바이스에 매달려 바쁘게 일하고 있었다.

천장에는 선반과 숫돌, 풀무, 착암기를 돌리는 벨트가 빠른 속도로
돌아갔다. 이곳은 수력을 이용하고 있었다.

아우구스트는 들어선 친구에게 고개만 끄덕이며, 주인이 짬이
날 때까지 문간에서 기다리라고 일러 주었다.

한스는 풀무의 불꽃, 잠시 멈춰 선 선반, 요란하게 돌아가는 벨트
와 공전반을 벌벌 떨며 구경했다.

주인이 하던 일을 끝내고 한스에게 다가와, 딱딱하고 두터운 큰
손을 내밀었다.

"자, 악수하자. 거기 모자는 걸어 둬."

그는 벽에 박힌 빈 못을 가리켰다.

"그리고 이리 와. 저기가 네 자리고 바이스가 있다. 네가 힘이 세
지 않다는 건 아버지한테 들었다. 보기에도 그렇구나. 좋아, 힘이 붙
을 때까지는 망치질은 시키지 않겠다."

주인은 작업대 밑으로 손을 넣어 무쇠로 만든 조그만 톱니바퀴
를 꺼냈다.

"이걸 해 봐라. 아직 달군 뒤 완전히 마무리되지 않은 거다. 사방
이 울퉁불퉁하지? 그러니까 줄로 갈아서 매끈하게 만들어야 한다.
그래야 나중에 정밀 부속품으로 쓸 가치가 생긴다."

주인은 톱니바퀴를 바이스에 물리고 낡은 줄을 하나 가져와, 하
는 법을 보여 주었다.

"이렇게 하면 돼. 그리고 다른 줄은 쓰지 마라. 점심때까지 하기
에 충분한 일감이다. 다 하면 내게 가져와. 일하는 동안엔 시키는
것 말고 딴일에 참견하지 마라. 제자에게 사색 따위는 필요 없다."

한스는 줄을 밀기 시작했다.

"잠깐!"

주인이 소리쳤다.

"그렇게 하면 안 돼. 왼손을 줄 위에 얹어야지. 자, 이렇게. 너 왼손잡이냐?"

"아뇨."

"그럼 됐다. 해 봐라. 금방 익힐 거다."

주인은 문 옆 자기 바이스로 돌아갔다. 한스는 어떻게든 잘해 보려고 정신을 바짝 차렸다.

처음 두어 번 밀자, 톱니가 생각보다 부드럽게 밀려 나가 이상한 느낌이 들었다. 얼마간 매끈해지는 건 사실 부스러지기 쉬운 겉껍질뿐이고, 진짜로 매끈하게 만들어야 할 단단한 쇠는 그 뒤에 숨어 있다는 것도 곧 알게 되었다.

한스는 이를 악물고 열심히 했다. 어릴 적 장난을 그만둔 뒤로, 눈에 보이는 무언가가 유익하게 쓰일 만한 것이 내 손으로 만들어지는 기쁨을, 그는 처음으로 맛보고 있었다.

"조금 더 천천히!"

주인이 한스를 향해 외쳤다.

"줄질은 하나, 둘, 하나, 둘, 박자를 맞춰 밀고 당겨야 한다. 그렇지 않으면 줄을 망친다."

가장 나이 든 제자가 선반 앞에서 뭔가를 하고 있었다. 한스는 곁눈질하지 않을 수 없었다. 강철 축이 선반 위에 올려지고 피대가 연결되자 축이 번쩍이며 빠르게 돌아갔고, 불꽃이 튀며 요란한 소리가 났다. 그 사이 직공은 머리카락처럼 가늘고 반짝이는 쇳조각을 뽑아내고 있었다.

사방에는 연장과 쇠붙이, 강철과 옷쇠, 시작하다 만 일거리, 반짝이는 작은 바퀴, 줄, 착암기, 둥근 줄, 송곳들이 널려 있었다. 줄 옆에는 작은 망치와 큰 망치, 모루 덮개, 부집게, 인두가 걸려 있었다. 벽을 따라 줄과 절삭기가 줄지어 있었고, 찬장에는 기름걸레와 작은 솔, 금강석 줄, 쇠톱, 기름펌프, 산소병 마개, 못 상자, 나사못 상자가 놓여 있었다. 숫돌도 수시로 돌아갔다.

한스는 자기 손이 벌써 새까맣게 변한 것을 보고, 이상하게도 유쾌한 기분이 들었다. 다른 이들의 까만 작업복에 비하면 자기 작업복은 우스꽝스러울 만큼 파랗고 새것처럼 보였지만, 그는 그 옷이 얼른 낡아 '낡은 것처럼' 보였으면 하고 얼마나 바랐는지 모른다.

시간이 흐르며 바깥에서도 일터로 활기가 들어왔다. 근처 편물 공장에서 일꾼들이 몇 몇 와서 부속품을 갈거나 고치고 갔다. 농부 한 명은 맡겨 둔 세탁기계가 왜 아직도 안 되냐며 따지다, 안 됐다는 말에 욕을 한바탕 퍼붓고 가 버렸다. 어떤 공장 주인이 오자 주인은 옆방에서 상담을 했다.

그 사이에도 사람과 바퀴와 벨트는 쉬지 않고 움직였다. 이렇게 해서 한스는 생전 처음으로 '노동의 찬미가'를 듣고 맛보았다. 적어도 풋내기에게는 마음을 사로잡는 무엇이 있었다. 자신 같은 보잘것없는 사람의 하찮은 생활도, 커다란 리듬 속에 매여 있다는 사실을 그는 처음으로 실감했다.

아홉 시쯤 십오 분 쉬는 시간이 있었다. 빵 하나와 과즙 한 잔이 돌아갔다. 그때서야 아우구스트가 신입 제자에게 제대로 인사를 건넸다. 그는 한스를 격려해 주고, 처음 받게 될 주급을 동료들과 흥청망청 써버릴 다음 일요일 얘기를 정신없이 떠들었다.

한스는 자기가 갈고 있는 바퀴가 어디에 쓰이냐고 물었다. 그것이 탑시계의 부속품이 된다는 것을 알게 되었다. 아우구스트는 나중에 그것이 어떤 모양으로 돌아가는지까지 설명해 주려 했지만, 마침 가장 숙련된 직공이 다시 줄질을 시작하는 바람에 모두들 서둘러 자리로 돌아갔다.

열 시와 열한 시 사이가 되자 한스는 지치기 시작했다. 무릎과 오른팔이 쑤셨다. 얹어 둔 다리를 몰래 바꿔 보고, 기지개도 켜 봤지만 별 소용이 없었다. 그는 잠시 줄을 옆에 내려놓고 바이스에 몸을 기대었다. 아무도 그를 신경 쓰지 않았다. 그대로 조용히 서서 머리 위로 도는 벨트의 노랫소리를 듣고 있자니, 현기증이 날 것 같아 눈을 감았다. 겨우 일 분쯤이었을까.

그때 주인이 바로 뒤에 서 있었다.

"얘, 왜 이러니? 벌써 지쳤어?"

"네… 좀요."

한스가 솔직히 말했다.

"곧 괜찮아진다."

주인은 조용히 말하더니,

"이번엔 납땜질을 보여 줄 테니 따라 와라."

한스는 침을 삼키며 납땜을 구경했다. 인두를 불에 달구고, 땜질할 곳에 염산을 바르고, 달궈진 인두를 대자 하얀 금속이 흐르며

'치익' 소리가 났다.

"걸레 가져와서 잘 닦아라. 염산은 쇠를 녹여. 금속 위에 묻힌 채로 두면 안 된다."

한스는 다시 바이스 앞에 서서 줄로 톱니바퀴를 갈았다. 팔이 쑤시고 아팠다. 줄을 눌러야 하는 왼손은 벌겋게 달아올라 쓰리기 시작했다.

정오 무렵, 직공 감독이 줄질을 멈추고 손을 씻으러 갔을 때 한스는 자기 일을 주인에게 가져갔다. 주인은 힐끔 보더니 말했다.

"좋아. 됐다. 잘했다. 네 자리 밑 상자에 똑같은 톱니바퀴가 하나 더 있으니 오후에는 그걸 갈아라."

한스도 손을 씻고 집으로 갔다. 점심시간이었다. 옛날 학교 친구였던 상인 견습생 둘이 뒤따라오며 놀렸다.

"주 시험 치른 대장장이!"

한스는 걸음을 재촉했다. 이 일이 마음에 드는지 아닌지, 스스로도 알 수 없었다. 일터는 좋았다. 그런데 너무 힘들었다. 정말 힘들어서 미칠 것 같았다.

집에 돌아와 식탁에 앉으려는 순간, 갑자기 에마가 떠올랐다. 오전 내내 에마는 한 번도 머리에 떠오르지 않았는데 말이다. 한스는 조용히 자기 방으로 올라가 침대에 몸을 던졌다. 풀 길 없는 번민에 한숨만 나왔다. 울고 싶었지만 눈물은 나오지 않았다. 살을 파고드는 그리움에 몸을 내맡긴 채, 절망의 구렁에 빠져 있는 자신을 또렷이 느낄 뿐이었다. 머리는 벼락처럼 쑤셨다. 흐느낌이 목을 막아 울먹일 뿐이었다.

점심 식사는 차라리 고통이었다. 아버지가 싱글싱글 웃고 있었기에 대답도 하고 이야기도 맞장구쳐야 했고, 마음에도 없는 익살까지 부려야 했다.

점심을 마치고 뜰에 나와 몽유병자처럼 햇볕 아래서 십오 분쯤 서성대고 나니, 다시 일터로 갈 시간이었다.

오전 중에 두 손에는 벌써 붉은 못이 박혔고, 그게 서서히 쑤시더니 저녁에는 무엇을 잡기 어려울 만큼 부풀었다. 그런데도 한스는 일을 마치고 집에 가기 전에, 아우구스트가 가르쳐 준 대로 그의 자리까지 정리해 놓아야 했다.

토요일은 더 나빴다. 두 손이 타는 것 같았다. 못은 더 커져 물집이 되어 버렸다. 주인은 기분이 언짢은지 사소한 일에도 욕을 퍼부었다. 아우구스트는 "못 같은 건 이삼 일만 지나면 아무것도 아니야" 하고 달랬지만, 한스는 너무 비참해 하루 종일 시계만 들여다보다가, 나중에는 될 대로 되라는 듯 톱니바퀴를 대충 긁어 버렸다.

저녁 청소를 할 때 아우구스트는 한스 귀에 대고 속삭였다. 내일 친구 몇과 빌라흐에 가서 시원하게 한잔할 테니 꼭 오라는 말이었다. 두 시에 출발이라고 했다. 한스는 일요일엔 하루 종일 집에서 드러눕고 싶었지만, 그대로 승낙했다. 그만큼 지치고 애처로운 상태였다.

집에 돌아가자 아나 아주머니가 상처 난 두 손에 고약을 발라 주었다. 한스는 여덟 시에 벌써 잠자리에 들었다. 아침 늦게까지 자는 바람에 아버지와 교회에 가려면 서둘러야 했다.

점심때 아우구스트 이야기를 꺼내며 오늘 그와 산보하고 싶다고 말하자, 아버지는 반대는커녕 오십 페니히를 쥐어 주며 저녁 식사 때까지는 꼭 돌아오라고만 당부했다.

한스는 햇살 좋은 거리에서 멍하니 돌아다녔다. 몇 달 만에 처음으로 일요일의 기쁨을 다시 맛보는 듯했다. 일하는 날에 몸을 까맣게 물들이고 피곤한 다리를 질질 끌며 살다 보니, 일요일의 거리도 새로웠고 태양도 한층 더 즐거웠다. 모든 것이 더 맑고 더 아름다워 보였다. 햇볕을 쬐며 집 앞 긴 의자에 앉아 명랑한 얼굴을 한 고기 장수, 피혁공, 빵 굽는 사람, 대장장이들의 기분을 이제야 알 것도 같았다.

그들을 단순히 '직업 근성'의 사람으로만 볼 수는 없었다. 한스는 노동자와 직공, 견습공들이 모자를 약간 비뚤게 쓰고, 하얀 셔츠와 잘 다린 나들이옷을 입고 줄지어 거닐거나 주막에 드나드는 모습을 구경했다.

대개 무수는 무수끼리, 미장이는 미장이끼리 직업의 체면과 명예를 지키는 듯했다. 그중에서도 대장장이는 가장 '센' 동업자였고, 그중에서도 가장 위는 물론 기계공이었다. 한스는 그런 것들에 은근히 정이 생겼다.

유치하고 익살맞은 구석이 없지 않았지만, 그 안에는 동업자끼리의 아름다움과 긍지가 숨어 있었다. 그것은 '쓸모 있는 무엇'이 만들어내는 기쁨이었고, 가장 보잘것없는 양복 견습공에게조차도 한 가닥 아늑함이 있었다.

슐러 집 앞에 젊은 기계공들이 조용히 폼을 잡고 서서 지나가는 사람들에게 미소로 답하고 서로 농담을 주고받는 모습을 보니, 그들이 하나의 단단한 무리를 이루어 일요일을 즐길 때조차 다른 사람을 굳이 필요로 하지 않는다는 것이 보였다. 한스도 자신이 이제 그 무리의 일원이 된 듯해 기뻤다.

하지만 기계공들이 한번 흥을 내면 호탕하게 놀아, 이만저만해선 멈추지 않는다는 것도 전부터 알고 있었다. 그래서 오늘의 향연이 다가오자 가느다란 불안이 스쳤다. 아마 춤도 끼어 있을 것이다. 한스는 춤출 줄을 몰랐다. 그래도 춤만 아니라면, 최대한 동료들의 기운에 맞추어 필요하다면 한 번쯤 체면을 내려놓는 일도 감수할 작정이었다. 그는 맥주를 많이 마시는 편도 아니고 담배도 한 개비 정도가 고작이었다. 아무래도 독하게 창피를 당할 것 같았다.

아우구스트는 잔칫날 손님을 대하듯 한스를 반겼다.

"나이 많은 사람들은 안 오지만, 대신 다른 일터 친구가 한 명 와. 그러면 적어도 네 명은 되지. 마을 하나쯤 설치는 데는 이 정도면 충분해."

그리고 자기가 계산할 테니 오늘은 먹고 싶은 대로 맥주를 마시라고 덧붙였다. 여송연도 권했다.

네 사람은 터벅터벅 걸으며 어깨를 으쓱하고 마을을 가로질렀다. 아랫마을 린덴 광장에 이르러서야 발걸음을 재촉해 빌라흐로 향했다.

강물 수면은 푸르게 비치다가도, 어떤 순간에는 황금빛으로, 어떤 순간에는 백색으로 반짝었다. 잎이 거의 떨어진 단풍나무와 아카시아 가로수 사이로 시월의 태양이 따갑게 내려앉았다. 하늘은 구름 한 점 없이 맑았다. 조용하고 깨끗하고 평화로운 가을날이었다. 이런 날이면 지나간 여름의 아름다움이, 괴로움 없는 추억처럼 부드러운 공기 속에 가득 찬다.

아이들은 어디 꽃을 찾으러 가야 할 것 같고, 늙은이들은 그해뿐 아니라 평생의 그리움이 푸른 하늘을 달리는 듯해, 창문이나 집 앞 벤치에 앉아 멍하니 창공을 바라본다.

젊은이들은 기분이 좋아져, 제 성품대로 배가 터지도록 먹고 마시고 노래하고 춤추거나, 큰 연회를 벌이거나, 때로는 큰 싸움판까지 벌이며 그날을 찬미한다. 어디를 가나 과자가 새로 구워지고, 사과주와 포도주가 지하실에서 부글부글 끓고, 요릿집 앞이며 보리수 광장에는 바이올린과 하모니카가 마지막 아름다운 날들을 장식하고, 춤과 노래와 연정의 장난이 사람들을 불러들이기 때문이다.

그들은 서둘러 걸었다. 한스는 억지로 아무렇지도 않은 척 여송연을 물었다. 그런데 의외로 그 맛이 썩 나쁘지 않아 스스로 놀랐다.

함께 간 직공은, 객지에서 품팔이하던 때의 이야기를 늘어놓기 시작했다. 허풍이 섞여도 아무도 "말이 안 된다" 하지 않았다. 그런 건 원래 붙어 다니는 법이니까. 혼자 밥벌이를 하는 사람이라면, 목격자가 없다는 것이 확실한 한, 객지 시절을 얼마든지 과장해 재미있게 전설처럼 말할 수 있다. 젊은 직공 생활의 그 '시'는, 민족의 공유 재산 같은 것이어서, 낡은 모험을 늘 새 무늬로 다시 짓는 법이다. 떠돌이 직공이든 거지든, 이야기를 시작하기만 하면 누구나 익살꾼 오일렌슈피겔이 되고 슈트라우빙거의 한 장면이 된다.

"몇 해 전 프랑크푸르트에 있었을 땐 말이야, 그래도 살맛이 있었지. 주인 딸과 결혼하려는 부자 상인이 있었는데, 딸이 거절했어. 나한테 마음이 좀 있었던 모양이야. 넉 달쯤 내 애인이었거든. 주인과 싸움만 안 했더라면 지금쯤 거기서 사위 노릇하고 있었을 텐데.”

그는 이어서, 주인이 놀리려고 손을 내밀었을 때 자기는 말없이 노려보기만 했고, 주인은 겁을 먹고 도망쳤다고 했다. 비겁한 그 놈이 나중에는 편지로 해고를 통보했다는 이야기도 덧붙였다.

다음엔 오펜부르크에서 벌어졌다는 싸움판이 나왔다. 자기 포함 대장장이 셋이 공장 직공 일곱을 반죽음 나게 때려 줬다는 것이다. 오펜부르크에 가서 키다리 쇼르슈에게 물어 보면 안다고 했다. 그 사람은 아직 거기 있고 그때 한패였다는 것이다.

그는 이런 이야기를 아주 냉정한 어조로, 그러나 신나게 들려주었다. 모두 만족한 얼굴로 귀를 기울였다. ‘나중에 다른 친구들에게도 이 이야기를 해 줘야지’ 하고 속으로 생각하는 눈치였다. 그래야 자신들도 ‘주인 딸을 애인으로 둔 명예’와 ‘직공 일곱을 두들겨 팬 관록’을 덤으로 얻게 되는 셈이었으니까. 이야기는 나중에 바덴에서도, 헤센에서도, 스위스에서도 되풀이되었고, 때로는 망치 대신 주먹이 되고, 불에 달군 쇠붙이가 되기도 했다. 그러나 언제나 기본은 같은 낡은 이야기였다. 사람들은 그걸 몇 해든 즐겨 들었다. 낡고 재미있고, 동업자들 사이에서는 명예가 되기 때문이다.

아우구스트는 특히 이런 이야기에 솔깃해했다. 기분이 좋아져 쉴 새 없이 웃으며 맞장구쳤고, 벌써 반은 직공이 된 듯 껄렁한 표정으로 담배 연기를 허공에 뿜었다.

직공이 이야기를 계속하는 데에는 나름의 이유도 있었다. 그는 체면상 일요일엔 견습공 무리에 끼지 않는 사람이었다. 풋내기들의 코 묻은 돈에 얹혀 먹는 꼴도 부끄러워해야 마땅했다. 그러니 오늘처럼 동행한 것은 단지 호의로, "나는 돈 때문에 온 게 아니다"라는 표시를 은근히 해 둘 필요가 있었던 것이다.

국도를 따라 강 아래쪽으로 내려갔다. 중간에 '굽은 오르막 차도'를 택할지, '가파른 오솔길'을 택할지 옥신각신하다가, 거리가 멀고 먼지가 나더라도 차도로 가기로 했다.

오솔길은 일하는 날이나 산보하는 선사들이 택할 길이었다. 보통 서민들은, 특히 일요일 같은 날에는 아직 시적 매력을 잃지 않은 차도를 더 좋아했다. 가파른 오솔길을 오르는 건 농부들이나 읍내 자연 애호가들의 일이고 스포츠일 뿐, 대다수에게 오락은 아니었다.

반대로 차도에서는 편안히 걸으며 이야기도 주고받을 수 있고, 신발과 나들이옷도 덜 상한다. 마차와 말도 보고, 다른 산보객과 마주치거나 스치기도 하고, 노래하는 총각과 지나가는 소녀도 만난다. 누가 뒤에서 농담을 걸면 웃으며 맞받아칠 수 있고, 멈춰 서서 지껄일 수도 있다. 혼자라면 소녀들 뒤를 따라가며 혼자 실실 웃을 수도 있고, 그렇지 않으면 친구와 실랑이를 벌이다가 저녁에 주먹으로 결판을 내고 화해할 수도 있다.

그래서 차도로 갔다. 길은 굽이져 여유를 주는 듯했고, 땀 흘리기 싫어하는 사람처럼 천천히 오르게 만들어져 있었다. 직공은 상의를 벗어 어깨에 걸쳤다. 이번엔 이야기를 멈추고, 대신 휘파람을 대담하게 불기 시작했다. 한 시간 뒤 빌라흐에 닿을 때까지 휘파람은 그치지 않았다. 한스는 두어 번 옆구리를 찔리기도 했지만 대수롭지 않았다. 한스보다 아우구스트가 더 열심히 받아쳤다. 그렇게 해서 결국 빌라흐 마을 어귀에 이르렀다.

마을은 까만 산림을 배경으로, 가을빛이 완연한 과실나무들 사이에 놓여 있었다. 빨간 기와와 은회색 짚지붕이 여기저기 흩어져 보였다.

젊은이들은 어느 요릿집에 들어갈지 입씨름했다. '닻' 집엔 맥주가 제일 좋고, '백조' 집엔 과자가 제일 좋고, '모퉁이' 집엔 예쁜 주인집 딸이 있다는 것이다.

결국 아우구스트가 '닻' 집을 우겨댔다. 그리고 '모퉁이' 집은 달아나지 않으니, 두세 잔 돌리고 나서 가면 된다고 눈짓했다.

그들은 마을로 들어가, 마굿간 옆과 제라늄 화분이 줄지어 놓인 농가 창문 앞을 지나 '닻' 집으로 돌진해 들어갔다. 황금빛 간판이 둥근 밤나무 두 그루 너머로 햇빛에 반짝이며 손님을 부르고 있었다. 실내에 앉아 마시고 싶어 하던 직공이 섭섭해한 것은, 실내가 만원이라 정원에 앉을 수밖에 없었다는 점이었다.

'닻' 집은 낡은 농부 술집이 아니라, 손님 눈에는 제법 고급 요릿집처럼 보였다. 창문이 많은 현대식 사각 벽돌집이었고, 긴 의자 대신 각각의 의자를 두었다. 색칠한 양철 간판도 번듯했다.

접대부는 도회지 체험을 한 사람 같았고, 주인도 팔을 걷어붙인 차림이 아니라 늘 말쑥한 갈색 옷을 입고 있었다. 그는 원래 파산했지만, 맥주 회사 경영자인 채권자 대표에게서 집을 전세로 얻어 운영하고 있있다. 그 덕에 오히려 더 고급스러워진 듯했다. 뜰에는 아카시아 나무 한 그루와 커다란 철제 울타리가 있었고, 울타리엔 포도 덩굴이 반쯤 덮여 있었다.

"자, 여러분의 건강을 위하여!"

직공이 외치며 술잔을 들었다. 그는 솜씨를 보이려는 듯 단숨에 들이켰다.

"이봐요, 아가씨! 잔이 비었잖아요. 한 잔 더!"

그는 접대부를 향해 소리치며 건너편으로 잔을 내밀었다.

맥주는 차고, 짜지도 않았고, 확실히 고급품이었다. 한스도 즐겁게 마셨다. 아우구스트는 주당 흉내를 내며 혀를 찼다. 틈틈이 연통 막힌 난로처럼 담배를 빠끔빠끔 피웠다. 한스는 속으로 그게 대단해 보였다.

이렇게 젊은이들의 일요일 한가운데서, 마치 당연히 그럴 자격을 가진 사람처럼 인생을 아는 척하며 노는 사람들과 같은 테이블에 앉아 있는 일이 그리 나쁘지 않았다. 함께 웃고, 때로는 큰 모험을 하는 듯 익살을 던지는 것은 이상하게 후련했다. 잔을 들이키고 힘주어 탁자에 '쾅' 치며, 거리낌 없이 "아가씨, 한 잔 더!" 하고 외치는 기분은 삼 년 묵은 체증이 내려가는 듯 시원했고, 사나이 노릇을 하는 것 같기도 했다.

다른 테이블에 앉은 아는 사람에게 건배를 보내고, 꺼진 여송연 꽁초를 왼손에 끼운 채 모자를 뒤로 젖히는 것도 나쁘지 않았다.

다른 일터의 또래 직공이 흥이 올라 이야기를 시작했다. 울름의 어떤 대장장이는 고급 울름 맥주를 스무 잔이나 마실 수 있다며, 다 마시고 나서 입을 훔치고는 "그럼 이번엔 포도주 작은 병으로 한 병 더!"라고 한다는 것이다.

또 칸슈타트에서 알던 화부는 돼지 통조림 열두 개를 한꺼번에 먹어 내기에 이겼다. 하지만 두 번째 내기에서는 져 버렸는데, 조그만 요릿집 메뉴를 전부 먹어 치울 수 있다고 큰소리치다 거의 다 먹고, 마지막에 치즈 네 가지가 나오자 세 번째에서 쟁반을 밀며 "이 이상 먹느니 차라리 죽는 게 낫다"고 했다는 것이다.

이런 이야기는 큰 갈채를 받았다. 사람마다 이런 호걸담의 씨앗 하나쯤은 갖고 있었으니, 세상 어디에나 억지 음주가나 식충이는 다 있구나 하는 생각이 들었다.

세 잔째에 한스는 과자가 없냐고 물었다. 접대부에게 묻자 "네, 과자는 없습니다"라는 대답이 돌아왔다. 모두들 한꺼번에 흥분했다. 아우구스트는 벌떡 일어서며 말했다.

"과자가 없다면 한 집 더 가야지!"

다른 일터의 직공은 '가련한 요릿집'이라고 욕까지 했다.

프랑크푸르트의 사나이(그 직공)만은 여기 있자고 주장했다. 접대부와 제법 친해져, 농담을 치고 들이대느라 바빴기 때문이다. 한스는 그 모습을 바라보았다. 맥주와 함께 그 광경은 그를 묘하게 흥분시켰다. 그래도 결국 모두가 밖으로 나오게 된 것은, 한스에게는 오히려 다행이었다.

계산을 하고 밖으로 나오자 한스는 세 잔의 맥주가 몸에 오는 것을 느꼈다. 절반은 피로 때문인 것 같고, 절반은 무언가 해보고 싶은 쾌감 때문인 것 같았다. 잃어버린 무언가의 그림자가 눈앞에 아롱거려, 온갖 것이 현실 같지 않았다. 그는 웃음을 머금지 않고는 견딜 수 없었다. 모자를 비뚤게 쓴 낙천적인 한량패 같은 기분이 들었다. 프랑크푸르트의 사나이는 또 용감하게 휘파람을 불었고, 한스는 그 박자에 맞춰 걷고 싶어 안간힘을 썼다.

'모퉁이' 집은 비교적 조용했다. 농부 두어 명이 새 포도주를 마시고 있었다. 생맥주는 없고 병맥주뿐이라, 각자 앞에 한 병씩 놓였다. 다른 직공은 배짱을 보이려는 듯 큼직한 사과 과자를 하나씩 시켰다. 한스는 갑자기 배가 고파져 그것을 허겁지겁 먹었다. 낡고 갈색이 된 객실의 딱딱하고 넓은 벽에 붙은 긴 의자에 앉아 있으니, 이상하게 아늑한 기운이 돌았다. 구식 찬장과 큰 난로는 어둠 속으로 사라져 보였고, 나무창살이 달린 큰 새장 안에서 곤줄박이 두 마리가 파닥거렸다. 창살 사이엔 빨간 열매가 풍성한 마가목 가지가 모이로 꽂혀 있었다.

술집 주인은 잠시 와 손님들을 맞았다. 그러다 이야기가 본격적으로 이어졌다. 한스는 강한 병맥주를 두세 모금 마시며, 병째 마실 수 있을지 괜히 호기심이 일었다.

프랑크푸르트의 사나이는 라인 지방 포도밭 제사, 객지 품팔이, 무허가 하숙집 생활 같은 이야기를 또 늘어놓았다. 모두들 즐겁게 들었다. 한스도 웃음을 참지 못했다.

그러다 갑자기 몸이 이상해짐을 느끼고 놀랐다. 의자도, 식탁도, 병도, 잔도, 친구들도 부드러운 갈색 구름 속에 파묻혀 버리는 듯했다. 정신을 바짝 차릴 때만 잠깐 원래 형태로 돌아왔다. 웃음소리와 이야기 소리가 높아질 때면 그도 따라 크게 웃고 무엇인가 말하기도 했지만, 자신이 무슨 말을 했는지는 곧 잊었다. 잔이 부딪치면 그도 잔을 내밀었다.

한 시간쯤 지나 아우구스트가 한스의 병이 빈 것을 보고 놀랐다.

"잘하네! 하나 더 할래?"

한스는 웃으며 끄덕였다. '이렇게 마시는 건 위험한데' 하는 생각이 들었다.

그때 프랑크푸르트의 사나이가 노래를 부르기 시작했다. 모두가 맞장구치자 한스도 목청을 돋워 따라 불렀다.

그 사이 술집은 점점 사람으로 찼다. 접대부가 바빠지자 주인집 딸이 나와 거들었다. 키가 크고 몸매가 좋은 소녀였다. 건강하고 원기 왕성한 얼굴에 시원한 갈색 눈매가 있었다.

그녀가 새 병을 한스 앞에 놓자, 옆의 직공이 놓치지 않고 추파를 던졌지만 소녀는 듣는 둥 마는 둥했다. 관심이 없다는 표시인지, 아니면 곱상한 소년의 작은 얼굴이 더 눈에 들어온 것인지 그녀는 한스를 보며 손으로 재빨리 머리칼을 매만졌다. 그리고는 제자리로 돌아갔다.

이미 여러 병을 마신 직공은 소녀를 따라가 말을 걸어 보려고 애썼지만 소용없었다. 소녀는 냉담하게 그를 보고는 등을 돌려 버렸다. 직공은 테이블로 돌아와 빈 병을 통통 치며 갑자기 열이 올라 외쳤다.

"자, 힘내자! 술잔을 맞대!"

그리고는 분위기를 더 거칠게 몰아가는 이야기를 꺼냈다.

한스의 귀에는 모든 것이 뒤섞인 흐리멍텅한 소리로만 들어왔다. 두 번째 병이 거의 끝날 즈음에는 말도 꼬이고, 웃는 것조차 힘들었다. 그는 새장 쪽으로 가서 새를 놀려 볼까 했으나 두 발자국도 못 옮기고 눈앞이 빙글빙글 돌며, 하마터면 바닥에 넘어질 뻔했다.

조심조심 자리로 돌아왔다.

그때부터 '도를 넘었다'는 감각이 서서히 올라왔다. 자신이 취했다는 것을 깨닫자, 너무 마신 것이 씁쓸했다. 먼 곳에서 불길한 기분들이 줄줄이 기다리고 있는 것 같았다. 집에 돌아가는 길, 아버지와의 충돌, 내일 아침 다시 일터로 가야 한다는 사실…. 그런 것들이 한꺼번에 떠오르며 두통이 시작됐다.

다른 사람들도 슬슬 지겨워진 모양이었다. 술이 조금 깨자 아우구스트가 "계산!" 하고 외쳤다. 한 탈러를 내고도 잔돈이 얼마 남지 않았다.

휘청거리며 웃고 떠들며 거리로 나서자, 저녁 달빛이 눈부셔 눈을 제대로 뜰 수가 없었다.

한스는 거의 똑바로 서지도 못하고 크게 비틀거리며 아우구스트에게 기대었다. 아우구스트는 한스를 부축해 데려갔다. 다른 집 대장장이는 감상에 젖어 "내일이면 떠나야 한다."며 누래를 부르고 눈물을 흘렸다.

곧장 집으로 갈 생각이었지만 '백조' 앞을 지나자 직공이 또 들어가자고 고집했다. 한스는 문간에서 소매를 뿌리쳤다.

"나는 가야 돼."

"너 혼자 걸을 수나 있어?"

직공이 웃었다.

"그래도… 그래도 난… 꼭… 가야 돼."

"그럼 브랜디라도 한 잔 해, 꼬마야. 한 잔만 마시면 서 있을 수 있고 위도 가라앉는다. 정말이다. 해 봐."

어느새 한스 손에는 작은 잔이 쥐어져 있었다. 그는 절반이나 쏟아 버렸다. 나머지를 마시자 목구멍이 불에 타는 것 같았다. 구역질이 치밀어 몸이 떨렸다.

혼자 계단을 비틀거리며 내려오고 보니, 어떻게 해야 마을을 빠져나갈 수 있을지 까마득했다. 집과 울타리와 정원이 옆으로 빙빙 돌며 소용돌이쳤다.

그는 사과나무 밑 젖은 풀밭에 드러누웠다. 불쾌한 감정과 쓰디쓴 불안, 걷잡을 수 없는 생각 때문에 잠도 오지 않았다. 더럽혀지고 창피를 당한 것 같은 느낌을 어쩌지 못했다. 어떻게 집으로 돌아가지? 아버지에게 뭐라고 하지? 내일은 어떻게 되는 거지? 그는 마치 '영원한 품'에 안겨 쉬어야 할 것 같은, 부끄러움뿐인 기분에 짓눌렸다. 머리와 눈이 찢어지듯 아팠다. 일어나 더 걷고 싶어도 기운이 없었다.

그때 문득, 예전에 되살아났던 허무한 물결 같은 기분이 다시 올라왔다. 그는 찡그린 얼굴로 멍청히 외웠다.

아, 내 사랑 아우구스틴이여.
아우구스틴이여. 아우구스틴이여,
아, 내 사랑 아우구스틴이여,
모든 것은 가고 말았구나.

노래를 그치자 가슴 깊은 곳에서 무언가가 뭉클하게 치올랐다. 분명치 않은 생각과 기억, 부끄러움과 자책이 흐린 물결이 되어 덮처 왔다. 그는 큰 소리로 앓는 소리를 내며 흐느끼다 풀밭에 쓰러졌다.

한 시간쯤 지나자 벌써 어둠이 내려오기 시작했다. 그는 비틀거리며 겨우 몸을 일으켰다. 그리고 간신히 고개를 내려왔다.

아들이 저녁 식사하러 돌아오지 않자 기벤라트 씨는 한동안 욕설을 그치지 않았다. 아홉 시가 되어도 돌아오지 않자 그는 오래 쓰지 않던 단단한 통나무 지팡이를 꺼냈다.

"그놈이 이제 매 맞을 나이가 지났다고 생각하겠지. 돌아오기만 해봐라! 눈앞에 번갯불이 일게 해 줄 테니!"

열 시에 그는 현관 열쇠를 채웠다.

"밤놀이를 하려거든 어디서 밤을 새야 하는지 맛 좀 봐야지…."

그러면서도 그는 쉽게 잠들지 못했다. 한스가 언제 현관 손잡이를 돌려 보고, 두려움에 질려 초인종을 누를지를 기다리고 있었다. 그는 그 장면을 상상했다.

'할 일 없이 돌아다니는 놈은 독하게 혼나야 해. 분명 술 먹고 쓰러졌을 거야. 못난 놈, 간악한 놈… 뼈가 으스러지도록 두들겨 패 줘야지!'

결국 분노도 잠에는 지고 말았다.

바로 그 시각, 그렇게 위협받던 한스는 이미 차가운 몸이 되어, 소리 없이 어두운 강물 속에서 아랫마을로 떠내려가고 있었다. 구역질도, 부끄러움도, 괴로움도 그에게서 떠나갔다. 차갑고 푸른 가을밤이 어둠 속에서 떠가는 그의 허약한 몸을 내려다보고 있었다. 검은 물결이 그의 손과 머리칼, 창백해진 입술을 희롱했다. 밤이 새기 전 먹이를 찾으러 나온 겁 많은 들개가 소리 없이 곁을 따라가지 않았다면, 누구도 한스를 보지 못했을 것이다.

그가 어떻게 물에 빠졌는지는 아무도 알지 못했다. 길을 잃고 발을 헛디뎠을 수도 있고, 물을 마시려다 균형을 잃었을 수도 있다. 아름다운 물을 보고 마음이 끌려 무심코 몸을 내민 것일 수도 있다. 평화와 깊은 휴식으로 가득한 밤, 희미한 달빛이 그를 바라보는 가운데 피로와 불안에 지친 몸이 죽음의 그림자에 끌려갔는지도 모른다.

한스는 점심 무렵 발견되어 들것에 실려 집으로 돌아왔다. 놀란 아버지는 지팡이를 옆으로 밀어 두고, 쌓여 있던 분노를 억지로 삭여야 했다. 그는 울지도 않았고 표정도 없었다. 그러나 이튿날 밤에도 잠을 이루지 못한 채, 문틈 사이로 이제는 말 한마디 할 수 없는 아들의 얼굴을 간간이 바라보았다.

말쑥한 침대에 누운 아이는 여전히 고운 이마와 창백하고 영리한 얼굴을 하고 있었다. 태어날 때부터 특별한 무엇이 있어, 평범한 사람과는 다른 운명을 타고난 것처럼 보였다. 이마와 두 손의 살갗은 약간 보랏빛으로 변해 벗겨지고 있었다. 얼굴은 잠깐 졸고 있는 듯했고, 눈에는 하얀 눈꺼풀이 덮여 있었다. 완전히 다물리지 않는 입술은 마치 만족한 듯 어딘가 명랑한 기운을 감추고 있는 것 같기도 했다. 꽃 같은 시절에 바람에 꺾여, 즐거운 길에서 억지로 끌려온 얼굴이었다. 아버지도 피곤과 쓸쓸한 슬픔 속에서, 그런 믿음직한 착각에 잠시 빠져 있었다.

장례식에는 조합원들과 구경꾼들이 굉장히 많이 몰려들었다. 한스 기벤라트는 또 한 번 '유명한 인물'이 되어 사람들의 흥미를 끌었다. 선생님들과 교장 선생님, 읍내 목사도 다시 그의 운명에 관심을 보였다. 그들은 모두 엄숙한 프록코트에 실크 모자를 쓰고 나타나 장례 행렬을 따르며 서로 이야기를 나눴다. 그중에서도 라틴어 선생님은 유난히 우울해 보였다. 교장 선생님은 그에게 속삭이듯 말했다.

"선생님, 저 아이는 정말 뭐가 됐을 텐데…. 가장 우수한 학생들 가운데서 종종 이런 불행이 일어나는 건, 참 비참한 일이지요."

아버지와 계속 통곡하는 아나 아주머니, 그리고 플라이크 아저씨가 무덤가에 남았다.

"정말 괴로운 일이군요, 기벤라트 씨."

플라이크가 진심 어린 동정으로 말했다.

"나도 그 아이를 정말 사랑했는데 말이오."

"이유를 모르겠어요…."

기벤라트 씨는 한숨을 쉬었다.

"그렇게도 똑똑했는데…. 게다가 모든 게 잘되다가! 학교에서도, 시험에서도…. 그런데 갑자기 불행이 겹치다니!"

구두 장수는 프록코트 차림으로 묘지 문을 나가는 사람들을 턱짓했다.

"저 사람들, 저 사람들이 이 애를 이런 지경으로 만든 장본인들이오."

그가 낮게 말했다.

"뭐라고요?"

 기벤라트 씨가 펄쩍 뛰며, 구두 장수를 이상하다는 듯 바라보았다.

 "천만의 말씀이오. 대체 왜 그런 말씀을 하십니까?"

 "진정하세요, 기벤라트 씨. 나는 다만… 학교 선생들을 말한 것뿐이오…."

 "왜 그러시죠? 무엇 때문입니까?"

 "아뇨, 아무 말도 안 하는 게 좋겠소. 당신이나 나나… 이 애에게 여러 가지로 소원했던 점이 있었는지도 모르지. 그렇게 생각하지 않습니까?"

 작은 마을 상공에는 푸른 하늘이 평화롭게 펼쳐져 있었다. 산골짜기에는 강물이 반짝이며 흘렀고, 전나무로 덮인 울창한 산들은 그리운 듯 먼 곳까지 푸른빛을 던지고 있었다.

 구두 장수는 쓰디쓴 미소를 머금고 슬픔에 잠긴 채, 돌아가야 하는 사람의 팔을 붙잡았다. 기벤라트 씨는 잠시 머뭇거렸다. 한때의 정적과, 이상하게도 괴로운 추억에 넋이 빠진 듯, 정든 삶의 터전을 향해 천천히 발걸음을 옮겼다.

데미안

Demian
Die Geschichte einer Jugend

"나는 오직 내 안에서
저절로 우러나오는 삶을 살고 싶었다.
그런데 그것이 왜 그토록 어려웠을까."

나에 대한 이야기를 쓰려면, 아주 먼 옛날로 되돌아가지 않을 수 없다. 가능하다면 내 유년기, 아니 그보다 더 거슬러 올라가 훨씬 먼 조상들의 이야기에서부터 시작하는 것이 순서라고 생각한다.

시인들이란 대개 그렇다. 시든 소설이든 쓰려고 펜을 들면, 마치 자신이 전지전능한 신이라도 된 듯한 얼굴이 된다. 어떤 인간의 생애를 그려 낼 때 그 사람의 성격과 면모, 생활의 구석구석까지 거울 들여다보듯 환히 알고 있는 신에게서 이야기를 듣기라도 한 것처럼, 빠짐없이 서술할 수 있다고 믿어 버린다. 자기 자신을 지나치게 신뢰하는 것이다.

하지만 지금부터 시작하려는 내 이야기는, 그런 시인들이 자기 작품을 가치 있다고 여기는 것 이상으로, 내게는 더없이 소중하다.

이것은 나 자신에 관한 이야기이며, 결코 가공의 인물이 아닌 실존하는 한 인간의 기록이기 때문이다. 상상 속에서 만들어 낸 비현실적인 인간이 아니라, 단 한 번뿐인 현실의 삶을 살아 온 인간―그리고 지금도 살아 있는 인간의 이야기이기 때문이다.

다만 '현실적으로 살아 있는 인간'이라는 말의 의미는, 예전과 달리 이제 그 정의와 한계가 흐릿해졌다. 누구에게나 그렇지만, 인간이 삶을 이어 간다는 것은 자연과 함께 숨 쉬는 단 한 번의 실험 과정 속에서, 얼마나 많은 사람들이 억울하게 목숨을 빼앗기고 있는가를 떠올리게 한다.

만약 단 하나의 목숨을 가진 인간, 단 한 번의 삶밖에 살 수 없는 인간들에게 총탄을 퍼부어 이 지구에서 완전히 말살해 버릴 수 있다면, 나에 관한 이야기든 누구의 이야기든, 이야기를 한다는 행위 자체가 무의미해질 것이다.

그러나 어떤 인간에게든, 남이 인정해 주는 것 이상으로 실존적 가치가 있다. 그런 관념의 세계에서 여러 현상은 두 번 다시 되풀이되지 않는 형태로 교차하는 하나의 점을 이룬다. 이 특수한, 하나뿐이고 한 번뿐인 점에서 모든 인간은 동등하다. 그리고 어떤 경우에도 이 하나의 '점'이 지닌 중요성과 불가사의한 신비성은 변하거나 훼손되지 않는다.

그러므로 어떤 인간의 이야기든 중요하며, 영원히 성스러울 수밖에 없다. 또 누구든 한 번뿐이고 하나뿐인 삶의 실험 과정 속에서 자연의 섭리에 순응하고 자연의 의지를 이어 가는 한, 그 실험은 경이롭고 주목할 가치가 있다. 인간은 누구나 영혼의 형태를 갖추고 존재하며, 삶을 사는 자라면 당연히 치러야 할 고뇌로서 구세주처럼 십자가를 져야 하기 때문이다.

인간이란 무엇인가? 쉬운 듯하면서도 어려운 이 질문에 올바른 해답을 내릴 사람은 많지 않을 것이다. 하지만 대부분의 사람들은 알 것도 같고 모를 것도 같은 이 문제를 늘 생각한다. 그리고 생각하는 동안 끝내 올바른 해답을 얻지 못한 덕분에, 편안히 죽음의 길을 떠난다. 내가 이 이야기를 다 쓰고 나서 눈을 감게 될 때처럼.

나는 나 자신을 '깨달은 인간'이라고는 결코 말할 수 없다. 나는 구도求道의 생활, 곧 삶을 깨닫기 위한 실험의 과정을 걸어온 사람이고 지금도 그 길 위에 있다. 그러나 나는 별이 주는 계시나 책 속의 문장들에서 깨달음을 얻으려 하지 않는다. 그런 생각은 오래전에 버렸다. 나는 내 몸속을 흐르는 피의 속삭임에 귀 기울이고 있다.

그곳에서 나는 어디서도, 누구에게서도 구할 수 없는 것을 얻는다.

내 이야기는 결코 재미있지 않다. 허구의 옛이야기처럼 흥미진진하지도 않고, 조화나 율조가 갖추어져 있지도 않다. 여기에는 자기기만을 증오하는 사람들의 삶이 대개 그렇듯, 부조리와 혼란, 광기와 꿈의 맛만이 있을 뿐이다.

인간의 생애란 각자가 자기 자신이 지향하는 바에 도달하기 위한 길, 다시 말해 '자기 자신'에게 도달하기 위한 하나의 길이다. 그 길은 넓고 평탄하여, 자기 자신에게 다가가려는 노력의 결과가 의외로 쉽게 찾아오는 경우도 있을 것이다. 반대로 길은 좁고 험하여, 아무리 걸어도 암시만 얻을 뿐 끝내 거기서 멈춰 서게 되는 경우도 있을 것이다.

하지만 멀고도 먼 길 저편의 '자기 자신'에 도달해 완전무결한 인간으로서의 자아를 형성한다는 일은, 누구에게나 불가능하다. 그것이 실현된 예도 없다. 그럼에도 사람들은 그것을 일생의 과업으로 삼아 분발한다.

그 노력은 어떤 이에게는 뚜렷한 자각도 없이, 단순한 신경 소모로 끝날 수도 있다. 또 다른 이에게는 더 자각적인 노력이 될 수도 있다. 결국 그것은 각자의 열의와, 노력하는 방식에 따라 달라질 수밖에 없다.

어떤 인간에게나 세상에 태어날 때 모체로부터 독립했다는 흔적, 탯줄을 끊은 자국, 곧 배꼽이 있다. 배꼽은 평생 사라지지 않는다. 이와 마찬가지로, 인류가 발생한 태고의 점액과 점질 같은 것들이 마지막 순간까지 인간이 되려는 '인간'에게 들러붙어 따른다. 그러나 끝내 인간이 되지 못한 채, 개구리나 개미나 도마뱀으로 생애를 마치는 경우가 허다하다.

머리는 인간인데 몸은 물고기 같은 사람도 있다. 그런 사람들 역시 인간 본연의 삶을 목표로 태어났고, 그 목표를 이루기 위해 존재한다는 점에서는 완전한 인간상을 갖춘 사람들과 조금도 다르지 않다.

형태가 어떻든 우리는 모두 인간에게 공통된 성질을 지니고 있다. 인류의 기원이나 조물주의 신비를 논하려는 것은 아니지만, 현실적으로 말해 우리 인간은 '어머니'라는 공통된 모체에서, 너나 할 것 없이 모두 같은 구멍으로 기어 나온 존재다.

그리고 실험물로서 빠져나온 우리는, 자기 생성 과정을 되돌아보기도 전에 앞에 놓인 목표를 향해 돌진하고 그것을 이루기 위해 애쓴다. 우리는 남의 이야기를 듣고 이해할 수도 있고, 그것을 다시 다른 사람에게 옮길 수도 있다. 그러나 가장 정확하게 '자기'를 설명할 수 있는 사람은 오직 그 자신뿐이다.

두 개의 세계

　나이 열 살, 고향의 라틴어 학교에 다니던 무렵에 내가 겪었던 이야기부터 시작해 보겠다

　이야기를 꺼내려 하니 그때의 기억들이 폭풍처럼 가슴속으로 밀려든다. 슬픔과 기쁨, 두려움 같은 것들이 한꺼번에 몰아쳐 내 몸을 흔든다. 참으로 다채로웠던 지난날의 꿈이다. 어둑한 뒷골목, 화려한 건물, 시계탑, 그 시계 소리, 수많은 사람들의 얼굴이 뇌리에 되살아난다. 아늑하고 따뜻한 방도 떠오르고, 유령이 나올 것 같은 음산한 방도 떠오른다. 역한 냄새가 배어 있던 토끼장과 토끼를 돌보던 하녀, 약을 달이는 냄새와 말린 과일 냄새가 코끝을 찌르던 부엌, 헛간까지 모두 눈앞에 선명하다.

　그 기억 속에는 두 개의 세계가 얽혀 있었다. 그리고 그 두 세계의 양 끝에서 낮과 밤이 번갈아 찾아왔다.

한쪽 세계는 아버지의 집이었다. 그곳에는 부모님밖에 살지 않았다. 그 세계를 이루는 것은 아버지와 어머니, 사랑, 엄격한 가풍, 빛, 맑은 공기였다. 그 세계의 사람들은 행동거지도 단정했고 품위도 있었다. 아침 예배와 찬송가가 있는 곳, 크리스마스 축하 잔치가 열리는 곳도 그 세계였다.

그곳에는 미래로 곧게 이어지는 길이 있는 듯했다. 의무와 책임, 양심의 가책과 지혜가 있었다. 그러니 푸른 하늘처럼 맑고 깨끗하고 아름답고 절제된 삶을 살려면, 결국 그 세계로 돌아가지 않을 수 없었다.

하지만 또 하나의 세계가, 내 집 한가운데서 이미 시작되고 있었다. 그것은 전혀 다른 세계였다. 냄새도 달랐고 말투도 달랐고, 기대하는 미래도 요구하는 것도 달랐다. 그 두 번째 세계에는 하녀와 소년들이 살았고, 괴상한 이야기와 스캔들이 끊이지 않았다. 어이가 없어 말문이 막히는 일, 뜬구름처럼 정체를 알 수 없는 일들이 파도처럼 밀려드는 곳이었다.

그 세계에는 도살장도 있고 감옥도 있었다. 술에 취해 비틀대는 주정뱅이도 있었고, 아낙네들의 귀 따가운 말다툼도 있었다. 외양간에서는 암소가 새끼를 낳고, 마구간에서는 늙은 말이 쓰러졌다. 이야깃거리라곤 강도, 살인, 자살 같은 것뿐이었다.

처절하고 난폭하고 잔인한 사건들이 꼬리를 물었다. 바로 코앞의 집에서도, 담 하나를 사이에 둔 뒷집에서도 그랬다. 그런 일들이 너무 흔해져서, 길바닥의 쓰레기처럼 대수롭지 않게 여겨질 정도였다.

경찰이 쉬지 않고 순찰을 돌아도 뒷골목엔 불량배가 들끓었다. 술에 취해 아내를 때리는 놈도 있었다. 저녁이 되면 공장에서 여공들이 둑이 터진 물살처럼 쏟아져 나왔다. 멀쩡한 사람에게 마술을 걸어 병신을 만든다는 노파도 있었다. 숲에는 산적이 우글거렸고, 남의 집에 불을 지른 놈이 경관에게 붙잡혀 끌려가기도 했다. 더럽고 무섭고 냄새나는 곳, 그게 제2의 세계였다.

그런데 내가 머무는 내 방은, 그 냄새나는 소용돌이 바깥에 있었다. 그것은 참 다행이었다.

집으로 돌아오면 평화와 질서, 안녕이 있고 의무와 양심, 관용과 사랑이 있었다. 그것은 멋진 일이었다. 하지만 그와 완전히 다른 세계, 귀가 찢어질 듯 시끄럽고, 음산하고, 폭력과 잔혹함이 난무하는 세계가 존재한다는 사실 또한 어떤 의미에서는 "멋진 일"이었다.

그게 왜 멋지냐고 되묻고 싶을지도 모른다. 하지만 그런 세계에서 한 걸음만 건너뛰면 어머니의 품으로 도망칠 수 있지 않은가. 그러니 멋지다고 말할 수밖에 없었다.

더욱 기묘한 것은, 이 두 세계가 단지 이웃해 있는 정도가 아니라 서로 얽혀 겹쳐져 있다는 사실이었다.

예컨대 우리 집 하녀 리나가 그랬다. 저녁기도 때 그녀는 부모님 방 문가에 앉아 깨끗이 씻은 손을, 새로 다려 허리에 두른 앞치마 위에 가지런히 포개고, 맑고 높은 목소리로 제법 가락을 살려 찬송가를 불렀다. 그럴 때의 리나는 완전히 부모님의 세계, 우리의 제1 세계 질서와 평화가 있는 밝은 세계에 속해 있었다.

그러나 곧이어 부엌이나 장작을 쌓아 둔 광에서 머리 없는 괴물 이야기를 들려주기도 하고, 푸줏간 앞에서 이웃 아낙네들과 싸우기도 했다. 그때의 리나는 전혀 다른 사람이 되어, 제2세계에 속해 버리고 비밀의 베일 속으로 사라졌다.

이것은 리나만이 아니었다. 겹쳐진 양극의 세계에서 사는 사람들은 모두 그랬다. 그리고 내 경우는 특히 더 심했다.

분명 나는 밝고 올바른 세계에 속해 있었고, 그 세계에 사는 부모님의 아들이었다. 그러나 어디를 보아도, 어디에 귀를 기울여도, 이와 같은 별도의 세계가 도처에 있었다. 그리고 나는 그 세계들 사이에서 살아가고 있었다.

물론 가끔 양심의 가책이나 불쾌감, 불안감이 몰려올 때도 있었다. 하지만 어쨌든 나는 제2의 세계에도 속해 있었다. 아니, '속해 있다'는 정도가 아니라 그 세계에 상주하는 사람처럼 되어 있었다.

양심의 가책과 불안으로 가슴이 죄일 때가 있는 한편, 그 세계에서 산다는 데서 묘한 보람을 느끼기도 했다. 밝은 세계로 돌아가는 것이 아무리 필요하고 좋은 일이라 해도, 어딘가 지겹고 숨 막히는 나라로 되돌아가는 것처럼 느껴질 때가 자주 있었다.

내 인생의 목표가 부모님처럼 훌륭한 사람이 되어, 밝은 세계에서 순수하고 질서 정연하게 살아가는 것임을 전혀 모르고 있던 것은 아니다. 하지만 그 세계로 가는 길은 멀었다. 거기에 닿으려면 우선 여러 학교를 거쳐 대학에 들어가야 하고, 어려운 시험들도 치러야 했다.

더 곤란한 것은, 그 길을 걷는 동안 언제나 캄캄한 또 하나의 세계 곁을 지나야 한다는 사실이었다. 지나가다 발을 헛디디면 어두운 세계로 미끄러져 떨어져, 그 밑바닥에 가라앉아 버릴 수도 있었다. 그런 가능성은 충분했다.

밝은 세계로 가려다 어두운 세계로 굴러 떨어진 사람들의 씁쓸한 경험담을 나는 여러 번 들었다. 제2의 세계에 걸려들어 탕아가 된 아이들에게는, 다시 아버지 곁으로 즉, 선善으로 돌아가는 것이 구원의 길이 되곤 했다. 맞는 말이다. 나도 그렇게 하는 것이 옳다고 느꼈다.

그런데도 내 마음은 종종 악인과 불량배가 날뛰는 어두운 세계를 동경했다. 나로서는 어쩔 수 없는 일이었다.

솔직히 말하면, 어두운 세계에서 비뚤어진 삶의 그늘에 파묻혀 있던 탕아가 올바른 길로 되돌아온다는 이야기를 들을 때, 나는 어쩐지 섭섭하다고 느낀 적도 있다. 물론 그런 생각은 입 밖에 내서도 안 되고, 떠올려서도 안 되는 일이었다. 다만 그것은 예감처럼, 현실적인 가능성처럼 가슴 밑바닥에 깔려 있을 뿐이었다.

악마를 떠올릴 때도, 어두운 뒷골목이나 요릿집 같은 곳을 변장하고 어슬렁거리며 돌아다니거나, 두 팔을 흔들며 당당히 나타나는 모습은 상상할 수 있었다. 그러나 설마 내가 사는 세계, 내 방 안까지 찾아오리라고는 도저히 생각하지 못했다.

누나들도 밝은 세계에서 살고 있었다. 누나들은 대체로 아버지와 어머니를 닮았다고 느껴졌다. 나보다 인간적이고, 품행도 단정해, 밝은 세계에서 올바르게 사는 사람으로서 흠이라 할 만한 것은 거의 없어 보였다.

물론 자세히 보면 얼빠진 짓도 하고, 어딘가 모자라 보이는 구석도 없지 않았다. 하지만 그런 결점이 나처럼 깊이 뿌리내려 있지는 않았다. 그리고 그 결점은 내 경우와는 전혀 다른 성질의 것처럼 느껴졌다.

왜냐하면 나는 악과의 접촉에서 오는 고통이 내 힘으로 감당할 수 없을 만큼 무거웠고, 어두운 세계가 누나들보다 훨씬 가까이 내 곁에 다가와 있었기 때문이다.

누나들은—적어도 내게는—부모님과 마찬가지로 소중히 여기고 존경해야 할 사람들이었다. 그래서 어쩌다 싸움이 벌어지면, 끝내는 내가 먼저 시비를 걸었다며 죄를 내 쪽에 돌리고 누나들에게 빌었다. 내 양심을 넘어서는 어떤 도덕규범 같은 속박에서 벗어날 수 없었기 때문이다. 그런 시각에서 보면 누나들을 모욕하는 것은, 부모님과 선과 권위를 모욕하는 것과 같았다.

밝은 세계와 어두운 세계에 양다리를 걸친 나는, 껄렁한 불량배들에게는 거리낌 없이 떠들 수 있어도 누나들에게는 털어놓지 못할 비밀이 많았다.

날씨도 좋고 기분도 상쾌한 날, 누나들의 놀이 상대가 되어 얌전한 동생인 척하는 내 모습을 스스로 바라볼 때면, 그것이야말로 멋진 일이었다. 그때의 나는 정말 거룩하고 아름다운 천사처럼 되어 있었다. 그리고 내가 그렇게 천사가 되어 주는 덕분에 누나들도 마치 여신처럼 표정을 지었다. 그 시간들은 우리가 아는 한 가장 아름답고 향기로운 추억이었다. 달콤한 행복이란 아마 그런 맛일 것이다.

하지만 그런 날, 그런 시간이 자주 찾아오지는 않았다. 내게는 그 달콤한 꿈맛과 정반대의 날이 더 많았다. 처음엔 아무 생각 없이 누나들과 사이좋게 놀아 보려 했다. 그런데 어느 순간, 물론 대개는 내가 먼저 누나들의 심기를 건드려 놓고 말다툼이 커져 싸움으로 번지고 만다.

화가 나면 나는 신성불가침인 누나들에게도 지독한 욕을 퍼붓는다. 그러면서도 속으로는 '너무했다. 누나들에게 이런 말을 하다니.' 하고, 부젓가락으로 가슴을 지지는 듯한 양심의 가책을 느낀다. 하지만 결국 욕을 끝까지 하고 만다.

그러고 나면 후회와 통한이 뒤엉킨 어두운 시간이 찾아온다. 이어서 내가 잘못했다고 누나들에게 빌어야 하는 슬픈 순간이 다가온다. 그 시간이 지나면 다시 밝은 세계에서 한 줄기 빛이 비치고, 모순도 회오도 없는 조용하고 감사한 행복이 찾아와 잠시, 길면 몇 시간쯤 내 곁에 머문다.

나는 라틴어 학교에 다니고 있었다. 시장 상인의 아들과 국가 임야를 관리하는 영림주임의 아들도 같은 반이었는데, 그 애들은 가끔 우리 집에 놀러 왔다. 모두 고집 센 개구쟁이들이었지만, 공인된 '선한 세계'에 속한 아이들이었다.

이미 한 말을 되풀이하는 셈이지만, 나도 그랬다. 다만 내 또래의 친구가 그들뿐이었던 것은 아니다. 라틴어 학교가 아니라 일반 소학교에 다닌다는 이유로 멸시받던 근처 아이들과도 가까이 지냈다. 그 아이들 가운데 한 명, 바로 여기서부터 이야기를 시작해야 한다.

어느 날 오후, 공부를 마치고 집으로 돌아오던 때였다. 내 나이는 아마 만 열 살을 몇 달쯤 넘겼을 것이다. 이웃의 두 소년과 함께 달리며 놀고 있는데, 우리보다 덩치 큰 아이 하나가 끼어들었다.

나이는 열세 살쯤, 성격이 난폭한 소년이었다. 일반 소학교에 다니는 양복점 주인의 아들이었고, 그의 아버지는 소문난 주정뱅이였다. 그래서 동네에서도 평판이 좋지 않았다.

프란츠 크로머. 나는 그 아이를 잘 알고 있었다. 한마디로 괴팍하고 사나운 녀석이다. 그가 우리 무리에 끼어든 걸 반길 리 없었다. 나이에 비해 키도 크고 몸집도 컸으며, 벌써 어른 흉내를 냈다. 공장 젊은 직공들의 걸음걸이와 말투를 따라 하곤 했다.

우리 셋은 크로머의 지시에 따라 사람들 눈에 띄지 않게 강둑을 내려가 다리 밑에 몸을 숨겼다. 아치형 다리 근처에는 쓰레기가 산더미처럼 쌓여 있었다.

모두 버려진 폐품이었다. 유리 조각, 녹슨 쇠붙이, 부서진 의자와 경대, 철사가 풀려 나온 들통 같은 것들이 양쪽 강가의 교각을 반쯤 메우고 있었다. 그 가운데 아직 쓸 만한 물건도 더러 보였다. 우리는 크로머가 시키는 대로 폐품더미를 헤치며 쓸 만한 것을 찾아, 그에게 가져가 보이지 않으면 안 됐다.

크로머는 우리가 주워 온 물건을 날카로운 눈으로 슬쩍 훑어보고는 주머니에 쑤셔 넣거나 강물에 던져 버렸다. 그러고는 납이나 놋쇠나 구리 같은 쇠붙이가 없는지 더 찾으라고 했다. 그런 것들은 모두 그의 주머니 속으로 들어갔다. 짐승 뿔로 만든 낡은 빗도 마찬가지였다.

나는 크로머와 함께 있는 것이 숨 막히게 답답하고 싫었다. 기회만 있으면 달아나고 싶었다. 아버지에게 혼날까 봐서가 아니었다. 크로머 그 자체가 무서웠기 때문이다.

그런데도 크로머가 나를 다른 아이들과 동등하게 취급해 준다는 사실은, 어쩐지 고마운 일이기도 했다. 그 아이와 어울리면, 물론 우리가 원해서 어울린 적은 한 번도 없었지만 명령은 언제나 그가 내렸고 우리는 복종할 뿐이었다. 나는 크로머와 본격적으로 엮인 것이 이번이 처음이었지만, 다른 아이들은 이미 오래전부터 그의 명령에 무조건 따르는 것이 습관처럼 되어 있었다.

일을 마치고 우리는 강가의 땅바닥에 앉았다. 크로머는 퉤 하고 강물에 침을 뱉었다. 그 몸짓이 꼭 어른 같았다. 침을 뱉고 싶은 자리에 정확히 맞혀 버리는 것이다.

아이들은 제각각 이야기를 늘어놓기 시작했다. 자랑할 만한 것을 떠들어 댔다. 못된 장난을 했다는 이야기, 그 무렵 수녀들이 즐겨 늘어놓는 무용담을 마치 큰일이나 치른 것처럼 우쭐거리며 이야기했다.

나는 처음부터 말없이 있었다. 그런데도 끼지 않는다고 크로머가 화를 낼까 두려워 견딜 수가 없었다. 내 두 친구는 우리가 다리 밑으로 끌려온 순간부터 이미 나를 제쳐 두고 크로머 편을 들었다. 나는 외톨이가 된 셈이었다. 그들 셋은 내 옷차림과 태도를 보고 내가 자신들을 무시한다고 여겼는지도 모른다.

어쨌든 내가 입을 다물고 있는 것을 무언의 반항, 도전으로 받아들인 것은 분명했다. 게다가 라틴어 학교 학생이자 상류층 집안의 아들인 나를 크로머가 좋아할 리 없었다. 다른 두 아이도 마찬가지였다. 설령 내가 맞아 죽는다 해도 그들이 말릴 리 없었다. 나도 그걸 알고 있었다.

불안이 목을 죄어 오자, 나는 급히 그럴듯한 이야기를 꾸며 내고 그 주인공이 바로 나라고 말했다. 거리 어귀 물레방아 근처 과수원에서 사과를 한 부대나 훔쳤다는 이야기였다. 그것도 아무 사과나 훔친 게 아니라, 가장 맛있는 레네테와 골든 파르메네종만 골라 훔쳤다고 했다.

코앞의 위험을 피하려고 급히 지어낸 거짓말이었지만, 일단 이야기를 시작하면 상대가 곧이듣게 그럴듯하게 꾸미는 재주만큼은 나도 자신이 있었다.

기왕 꾸민 도둑질 이야기였다. 나는 크로머의 환심을 살 때까지 밀고 나가야 한다고 생각했다. 그래서 줄거리에는 가지를 치고 잎을 달기 시작했다.

"우리가 사과나무에 올라 사과를 따서 던지고 있을 때 한 놈은 망을 보고 있었어. 신나게 따는데, 망보던 놈이 부대가 꽉 찼으니 그만 내려오라고 하더라. 내려가 보니 정말 터질 지경이었어. 너무 무거워서 끌고 갈 수도 없겠더라고. 그래서 절반쯤 덜어 두고 반 부대만 갖고 갔지. 그런데 남겨 둔 게 아까워서 못 견디겠잖아. 삼십 분쯤 지나서 또 갔어. 그땐 더 따진 않고 남겨 둔 것만 가져왔어."

이야기를 끝냈을 때 나는 박수라도 나올 술 알았다. 거짓말을 하다 보니 나중엔 열이 올라, 그 도둑질 이야기에 나 자신이 취해 있었기 때문이다. 그런데 아무리 기다려도 박수는 나오지 않았다.

“그거 정말이야?”

한참 만에 프란츠 크로머가 일부러 눈을 가늘게 뜨고 내 얼굴을 찌르듯 들여다보며 위협하듯 물었다.

“정말이야.”

“틀림없이?”

“틀림없어.”

나는 시치미를 뗐지만, 속으로는 불안해서 숨이 막힐 것 같았다.

“맹세할 수 있어?”

가슴이 덜컥 내려앉았지만, 나는 곧바로 “응” 하고 대답했다.

“그럼 ‘하느님과 영원한 행복에 걸고’라고 말해 봐.”

“하느님과 영원한 행복에 걸고…”

나는 앵무새처럼 따라 했다.

“됐어.”

크로머는 만족한 듯 나를 흘겨보더니 고개를 돌렸다. ‘휴, 살았다.’ 나는 속으로 안도의 한숨을 쉬었다. 물론 숨소리가 들리지 않게 조심한 채로.

“가자.”

크로머가 일어서자 나는 정말 기뻤다. 다리 위로 올라가자 나는 그의 눈치를 보다가, 이제 집에 가야겠다고 말했다.

“뭘 그렇게 서둘러. 어차피 같은 쪽으로 가잖아.”

크로머가 피식 웃으며 말했다.

그는 앞장서서 건들거리며 걸었다. 나는 달아날 용기가 나지 않았다. 크로머는 여전히 우리 집 쪽으로 걸음을 옮겼다.

집 앞에 도착해 놋쇠 현관 손잡이와 유리창이 둔한 석양을 반사하는 것이 보였을 때, 나는 두 번째로 안도의 숨을 길게 내쉬었다. 이제 폭군에게서 완전히 벗어난 것이다. 어머니 방의 열려 있는 창문과 커튼 자락도 보였다. '아, 드디어 집에 돌아왔구나. 이렇게 밝고 평화로운 세계로 돌아올 수 있다니, 얼마나 고마운가.'

나는 급히 문을 열고 뛰어들어, 뒤로 돌아 손잡이를 당겼다. 그런데 어느새 따라 들어왔는지 프란츠 크로머가 내 뒤에 서 있었다. 타일을 깐 현관 바닥에 떡 버티고 선 그는 내 팔을 거칠게 움켜쥐며 말했다.

"그렇게 서두르지 말라니까."

나직하지만 귀청을 울리는 목소리였다. 나는 흠칫 놀라 그를 돌아보았다. 내 팔을 잡은 그의 손은 무쇠처럼 단단했다.

'이놈이 무슨 심술을 부리려는 거지? 날 괴롭힐 작정인가?' 나는 속으로 생각했다. 그리고 '큰소리로 소리치면 누가 달려와 구해 줄까?' 하는 생각도 했다. 하지만 곧 그 생각을 버렸다.

"왜 그래? 무슨 일이야?"

내가 묻자 그는 태연히 말했다.

"별건 아니야. 물어볼 게 있어서 잠깐 들렀을 뿐이야. 다른 애들한테 말할 필요는 없고…."

"뭔데? 나 2층 올라가야 해."

"그 과수원 말이야. 주인이 누구인지 알고 싶어. 너는 알지?"

"몰라. 방앗간 주인 땅 같긴 한데 확실하진 않아."

그러자 크로머는 갑자기 손아귀에 힘을 주어 내 팔을 비틀어 자기 앞으로 바짝 끌어당겼다. 나는 그의 얼굴을 정면으로 마주 볼 수밖에 없었다.

그의 눈에는 악의가 가득했고, 입가에는 심술궂은 웃음이 떠올라 있었다. 얼굴 전체에 잔인한 힘이 넘쳤다.

"주인이 누군지 정말 모른다면 내가 가르쳐 주지. 그 주인은 벌써 사과 도둑 때문에 골머리를 앓고 있었대. 누가 훔쳐 가는지 가르쳐 주면 2마르크 준다더라. 도둑대장이 이렇게 꼬리가 밟혔으니, 안됐군. 2마르크라…."

"아니, 난…."

"뭐가 아니야? 한 놈은 망보고 몇 놈은 나무 올라가 땄다고, 아주 자세히 네 입으로 말하지 않았어?"

"하지만 프란츠, 설마 내가 한 말을 퍼뜨리진 않겠지?"

나는 그렇게 말했지만, 그의 명예심에 기대어 봐야 소용없다는 걸 직감했다. 그는 내가 사는 세계와는 전혀 다른 세계에 속한 인간이었다. 그런 인간에게 배신 같은 건 죄도 아니었다. 나는 그걸 똑똑히 느꼈다.

"퍼뜨리지 말라고? 그런 멍청한 소리 하지 마. 2마르크가 작은 돈인 줄 알아? 난 가난해. 네 아버지처럼 돈 많은 사람이 우리 집엔 없어. 냄새나는 고물더미를 뒤져 2마르크 만들려면 몇 년이 걸릴지, 몇십 년이 걸릴지 몰라. 그런데 입술 몇 번만 움직이면 되는 일을 포기하라고? 돈 많은 놈들은 가난한 사람 속을 몰라. 등신 같은 소리 하지 마. 2마르크라… 어쩌면 더 받을 수도 있겠지. 도둑놈을 통째로 잡아 주는 셈이니까."

그는 내 팔을 놓았다. 그 순간 현관 안에는 더 이상 평화도 안전도 없었다. 크로머의 말이 모두 삼켜 버렸다. 내 주위에서 밝은 세계가 무너지기 시작했다.

크로머는 분명 나를 밀고할 것이다. 나는 죄인이 된다. 아버지에게도 말할지 모른다. 최악의 경우 경찰에 끌려갈 수도 있다. 불안과 공포가 한꺼번에 덮쳐 왔다.

“훔치지 않았다”는 변명은 더 이상 통하지 않았다. 나는 하느님과 영원한 행복에 걸고 맹세까지 해 버렸다.

눈물이 쏟아졌다. 이 위기를 피하려면 크로머를 매수하는 수밖에 없다고 생각했다. 주머니란 주머니를 모두 뒤졌지만 사과 한 개, 칼 한 자루도 없었다. 아무것도 없었다.

‘아, 시계가 있지.’ 케이스는 은이지만 바늘은 움직이지 않는, 낡고 고장 난 골동품 같은 시계였다. 죽은 할머니의 유물이었다. 시간을 가리키진 않지만, 그냥 갖고 다니고 싶어서 늘 지니고 있었다. 나는 급히 시계를 꺼냈다.

“크로머, 주인한테 말하는 건 너무하잖아. 내 처지가 어떻게 되겠어. 이 시계 줄게. 이것 말곤 없어. 자, 받아. 은시계야. 지금은 고장 났지만 속은 좋아. 시계방에서 조금만 손보면 돼. 시간도 정확히 갈 거야.”

그는 의미를 알 수 없는 옅은 웃음을 띠며 큰손으로 시계를 받아 들었다. 나는 그 손을 보며, 이 거친 손이 헤아릴 수 없는 적의를 품고 내 삶과 평화를 통째로 움켜쥐려 한다고 느꼈다.

“은시계… 은…”

나는 '은'에 힘을 주어 다시 말했다.

"은이면 뭐 해. 고물인데. 게다가 고장까지 났잖아."

그는 완전히 멸시하는 투로 내뱉었다.

"아냐. 제발 받아 줘. 진짜 은이야. 그건 틀림없어. 이것 말곤 정말 없어."

그는 차가운 눈으로 나를 쏘아보았다.

"더 말해 봐야 소용없다. 난 간다. 내 발길이 어디로 향할지, 너도 짐작하겠지? 원하면 경찰에 연락해 봐도 좋아. 거기 폴리하고도 아는 사이니까."

그가 문을 열고 나가려 했다. 이대로 보내면 끝장이다. 나는 그의 소매를 붙잡고 매달렸다. 그가 불만을 품고 돌아가면 도둑질 이야기를 퍼뜨릴 것이고, 그 뒤엔 고통이 필연적으로 밀려올 것이다. 차라리 죽는 편이 낫다 싶었다.

"프란츠, 제발, 고장 난 시계 줬다고 너무 섭섭해하지 말고 마음 돌려 줘. 그래도 은이야. 주인한테 말하겠다는 건 농담이지? 그렇지?"

"그래, 농담이지. 하지만 농담으로 끝내고 싶으면 넌 내놔야 해."

"그럼 어떻게 하면 돼? 뭐든 시키는 대로 할게."

그는 눈을 가늘게 뜨고 내 얼굴을 찬찬히 들여다보다 웃었다.

"생각 좀 해 봐. 내가 말 안 해도 알겠지. 난 지금 입만 열면 2마르크 받을 수 있어. 손에 들어온 돈을 내버릴 만큼 난 부자가 아니야. 하지만 넌 부자잖아. 은시계도 갖고 있고. 그러니까 내놔. 네가 2마르크만 내면 끝이야."

속셈은 뻔했다. 하지만 2마르크는 내게 10마르크, 100마르크, 아니 1,000마르크나 마찬가지였다. 내 힘으로는 도저히 마련할 수 없는 돈이었다.

나는 돈이 없었다. 어머니가 맡아 둔 저금통이 있긴 했지만, 그 속엔 숙부나 손님들이 왔을 때 받은 10페니히, 5페니히 동전이 몇 개 들어 있을 뿐이었다. 그 밖엔 한 푼도 없었다. 그 무렵 나는 용돈을 따로 받지 못했기 때문에 돈이 생길 구멍도 없었다.

"돈은 없어. 한 푼도 없어. 대신 다른 물건이면 뭐든 줄게."

"한 푼도 없다?"

크로머의 얼굴이 험악하게 일그러졌다.

"인디언 이야기책도 있고, 인형도 있어. 컴퍼스도 있어. 다 줄게."

크로머는 들은 척도 하지 않더니 타일 바닥에 퉤 하고 침을 뱉었다.

"듣기 싫어. 그따위 잔꾀에 내가 넘어갈 줄 알아? 더 이상 날 화나게 하지 마. 돈 내놔!"

그는 막무가내였다.

"하지만 없는 걸 어떻게 내놔? 아버지나 어머니는 다른 건 몰라도 돈은 안 줘. 없는데 자꾸 내놓으라면 난 어떻게 해?"

"그럼 내일까지 시간을 주지. 내일 2마르크 갖고 와. 방과 후에 시장 어귀에서 기다릴 테니까. 알았지? 시장 어귀로 갖고 와. 약속 어기면 그땐 진짜 용서 없다. 각오해."

"알겠지만, 한 푼도 없는 돈을 어떻게 갖고 가? 프란츠, 돈은 없어. 마련할 방법도 없어."

"그런 것까지 내가 정해 줘야 해? 너희 집이 부잔데 왜 돈이 없어! 죽는 소리 하지 말고 똑똑히 들어. 내일 방과 후, 시장 어귀. 안 가져오면…."

프란츠 크로머는 무서운 눈으로 나를 노려보더니, 아까처럼 입을 삐죽거리며 퉤퉤 침을 뱉고 그림자처럼 사라져 버렸다.

나는 계단을 올라갈 힘도 없었다. 내 생활에 파멸이 찾아온 것이다. 차라리 집을 뛰쳐나가 버릴까, 투신자살이라도 해 버릴까 하는 생각이 스쳤다. 하지만 그것은 막연한 상상에 불과했다.

이러지도 저러지도 못한 채 나는 계단 맨 아래에 웅크려 앉아, 꼼짝도 하지 않고 어둠과 함께 밀려오는 불행에 몸을 맡겼다. 리나가 장작을 가지러 바구니를 들고 내려오다, 어두운 현관 계단 아래에서 울고 있는 나를 발견했다.

나는 리나에게 부모님께는 아무 말도 하지 말아 달라고 부탁하고 계단을 올라갔다. 창문 겸 옷걸이에는 아버지의 모자와 어머니의 파라솔이 걸려 있었다. 나는 거기에서 가정과 부모님의 끝없는 애정과 그리움을 느꼈다. 방탕한 자식이 오랜만에 고향으로 돌아와 옛집의 방들을 둘러보고, 옛 냄새를 들이마시며 동경과 회한의 눈물을 흘리는 것처럼, 나는 감사와 정성을 다해 그 모자와 파라솔에 인사했다.

하지만 그것들은 이미 내 것이 아니었다. 아버지와 어머니가 사는 밝은 세계, 평화롭고 질서 잡힌 제1세계의 것이었다. 뜻밖의 과오를 저지른 나는 모험과 죄의 소용돌이에 휘말려 몸부림치다 끝내 기진맥진해져, 황톳빛 탁류의 밑바닥으로 가라앉고 말았다.

다시 떠오르기만을 기다리는 내게 남은 것은 적의 위협과 불안, 위험과 치욕뿐이었다. 아버지의 모자와 어머니의 파라솔, 익숙한 복도, 현관 선반 위의 커다란 그림 액자, 방에서 들려오는 큰누나의 목소리, 모두 정답고 그리웠다. 그 모든 것이 그때처럼 소중하게 느껴진 적은 없었다.

그러나 그것들은 나를 위로하지 못했다. 소중하긴 했지만 더 이상 보물이 아니었다. 내 것이 아니었다. 오히려 그 모든 것이 내게 비난의 화살을 겨누는 듯했다.

나는 밝고 조용한 그 세계, 깨끗한 그 세계로 뛰어들 용기가 없었다. 내 발에는 매트로도 털어 낼 수 없는 때가 묻어 있었다. 나는 그 세계와 아무 상관도 없는, 그 세계가 도무지 알아보지 못할 그림자를 안고 있었다.

지금까지도 비밀은 있었고, 마음에 걸리는 일도 많았다. 그러나 그런 것들은 지금 내가 집으로 들여온 것에 비하면 어린애 장난감 같은 것이었다. 농담으로 넘겨도 아무 뒤탈이 없을 만큼 하찮은 것들이었다. 나는 지금 나를 저주하는 운명에 쫓기고 있었다. 사방에서 몰아치고 있었다. 아무리 달아나도 운명의 손길은 뻗쳐 왔다. 그 손에서 나를 건져 줄 사람은 아무도 없었다. 어머니에게도 나를 지켜 줄 힘은 없었다. 설령 힘이 있다 해도, "운명의 손이 지금 내 뒷덜미를 움켜쥐려 한다"는 말을 어머니에게 할 수는 없었다.

이렇게 된 이상, 내가 저지른 죄가 도둑질이건 거짓말이건, 나는 '하느님과 영원한 행복'에 걸고 도둑질을 했다고 맹세하지 않았는가, 그런 구분은 별 의미가 없었다. 내 죄는 도둑질이나 거짓말에만 있지 않았다.

그렇다면 내 죄는 어디까지 뻗어 나가는가. 악마, 악마와 악수한 것이 죄의 근원이다. 나는 왜 그 애들을 따라갔을까. 아버지에게 그렇게 주의를 받았는데도 왜 크로머의 말을 들었을까. 왜 하지도 않은 도둑질을 했다고 거짓말을 꾸며 냈을까. 마치 영웅적인 일이라도 되는 것처럼, 왜 자랑삼아 떠들었을까. 일부러 거짓말까지 만들어서.

그 순간 악마는 내 손을 붙잡은 것이다. 그때부터 나를 평생 괴롭힐 원수가 내 뒤를 쫓기 시작한 것이 아닌가.

'내일 방과 후, 시장 어귀….'

갑자기 소름 끼치는 생각이 들었다. 그러자 암흑의 세계를 향해 가속도 붙어 달려가는 내 모습이, 환상이 아니라 현실로 되돌아오는 것 같아 온몸에 소름이 돋았다.

조금 전의 과오가 또 다른 과오를 연달아 부를 것이 틀림없었다 누나들 앞에 아무렇지 않은 얼굴로 나타나거나, 부모님께 인사를 하고 키스를 해도, 내 죄는 숨길 수 없다는 것을 나는 알고 있었다. 가족에게 숨기는 비밀과 나를 저주하는 운명이 내 몸에 들러붙어 떨어지지 않을 것도 알고 있었다.

아버지의 모자를 바라보는 동안, 아주 잠깐이지만 신뢰와 희망이 가슴에서 고개를 들었다.

'모든 것을 아버지께 털어놓고 심판을 받자. 그리고 아버지가 내리는 판결을 그대로 받아들이자. 죄값이 떨어지면 피하지 말자. 아버지는 나를 벌하려는 사람이 아니다. 아버지 앞에 무릎을 꿇고 용서를 빌자. 지금까지 몇 번이나 해 왔던 참회다. 한 번만 더 참으면 된다. 진심으로 뉘우치면 아버지도 알아주시겠지. 무릎 꿇는 건 괴롭지만 한순간이다. 잠깐만 견디면 된다.'

얼마나 달콤한 울림을 가진 생각인가. 아버지의 동정을 얻고 용서를 받는 길이 얼마나 아름다운 유혹인가.

그러나 그것도 잠깐이었다. 나에게는 그럴 재주도, 그럴 용기도 없다는 것을 알고 있었다. 설령 용기를 내도 실패할 것이 뻔했다. 아무도 모르는 비밀을 품은 나는, 내 죄값은 내 힘으로 치러야 한다고 생각했다. 사실 다른 방법은 없었다.

나는 내 인생의 갈림길에 서 있었다. 그리고 이것을 전환점으로, 영원히 악의 세계에서 살게 될지도 모른다고 느꼈다. 악인들과 어울려 비밀을 털어놓고, 그들에게 고삐를 잡혀 이리저리 끌려 다니며, 그들의 명령에 복종하는 생활을 하게 될지도 모른다. 그러면 결국 나도 악인이 된다.

나는 어른 흉내를 내며 어리석게도 영웅 행세를 했다. 그 응보가 지금 눈앞에 닥친 것이다.

방에 들어갔을 때 젖어 있는 내 구두를 보고 아버지는 "어디를 쏘다녔기에 신발이 그 꼴이냐"고 잔소리를 했다. 오히려 그게 다행이었다. 그 덕분에 나는 슬쩍 옆길로 빠져나갈 수 있었고, 아버지는 내 구두가 젖은 것보다 훨씬 중대한 사실은 전혀 눈치 채지 못했다. 나는 구두 때문에 꾸중을 듣는 셈이 되었는데, 그런 꾸중이라면 얼마든지 참을 수 있었다.

그런데 기묘하고도 새로운 감정이 가슴을 스쳤다. '내가 아버지보다 한 수 위다' 하는, 심술궂고도 통렬한 느낌을 억누를 수 없었던 것이다.

동시에 나는 아버지의 우둔함과 무지에 대해 일종의 경멸까지 느꼈다. 구두를 적셨다고 꾸중을 듣는 것쯤은 아무것도 아니었다. '모르는 게 약이라는 말이 바로 이런 뜻이구나.' 나는 그렇게 생각했다. 마치 자신이 사실은 사람을 죽였고 그 죄를 자백해야 하는데도, 빵 한 개 훔쳤다는 혐의로 취조 받는 피의자 같은 기분이었다.

이 감정은 스스로 혐오할 만한 것이 아니었다. 강렬하고도 매력적이었다. 비밀과 죄가 '나'라는 인간을 끈으로 묶어 두고, 그 힘으로 내게 불리한 모든 것을 지워 버릴 수 있다는 생각, 그것은 다른 어떤 생각보다도 매혹적이고 통쾌했다.

'프란츠 크로머는 지금쯤, 아니 벌써 나를 경찰이나 주인에게 밀고했을지도 모른다.'

폭풍은 이미 내 머리 위로 몰아치고 있었다. 이렇게 중요한 순간에, 어린애처럼 구두를 적셨다는 일로만 꾸중을 듣고 있지 않은가.

내가 겪은 일들 가운데, 영원히 기억에 박힐 중요한 사건이 형태를 갖춘 것은 바로 그 순간이었다. 그것은 아버지의 신성한 권위에 최초의 균열이 생겼다는 뜻이었다. 소년으로서의 내 생활, 자식으로서의 내 생활을 떠받치던 기둥에 처음으로 상처가 난 것이다.

우리 운명의 내면적이고 본질적인 선은, 누구 눈에도 띄지 않는 이런 무형의 체험에서 시작된다. 이런 '균열'과 '상처'는 다시 아물 수도 있고, 통증도 곧 잊히는 듯 보인다. 그러나 그것들은 마음 가장 깊은 비밀의 영역에서 피를 흘리며 살아남아, 계속 존재한다.

나는 이 새로운 감정이 두려웠다. 이런 마음을 품은 것이 잘못임을 뉘우치고, 가능하다면 당장이라도 무릎을 꿇고 아버지의 발에 입을 맞추며 사과하고 싶은 심정이었다.

그러나 사람이 정신적으로 고립되는 결정적인 이유는, 사과를 하느냐 마느냐에 있지 않다. 어떤 아이든 그 사실을 직감하고 있으며, 그것을 알아차리는 능력만큼은 성인이나 현자 못지않다.

내일의 도피구를 찾기 위해 머리를 짜내야 한다는 것도 알고 있었다. 하지만 아무리 생각해도 가능성은 보이지 않았다. 공포와 불안에 짓눌린 머리에서 묘책이 떠오를 리 없었다. 내가 할 수 있는 것이라곤, 내가 속한 세계의 겉모습에 맞춰 억지로 숨 쉬는 것뿐이었다. 나는 그런 상태로 밤을 보냈다.

벽시계와 탁자, 성서와 거울, 선반 위의 책과 벽에 걸린 액자, 그 모든 것이 내게 작별을 고하는 듯했다. 내가 살던 세계, 더없이 행복하고 멋졌던 내 생활이 내게서 떠나가는 것을, 나는 가슴이 얼어붙은 채 바라볼 수밖에 없었다.

그리고 내가 인정하지 않을 수 없었던 것은, 제2의 어두운 세계, 지금까지 내가 머물던 곳과는 전혀 다른 낯선 세계에 내던져져, 거기서 새 뿌리를 내리고 악의 양분을 빨아들이고 있다는 사실이었다. 뿌리가 깊어질수록 나는 그 세계에서 벗어날 수 없었다.

나는 처음으로 죽음의 맛을 보았다. 세상에 그처럼 쓴맛은 없다. 죽음은 하나의 탄생이기도 하고, 생생에 대한 불안과 두려움이기 때문이다.

간신히 마음을 가라앉히고 침대에 몸을 누였을 때, 나는 오히려 기뻤다. 그리고 밤의 기도가 있었다. 그것은 마지막 시련 같았다.

다른 사람들은 찬송가도 불렀다. 찬송가는 내가 가장 좋아하는 노래 가운데 하나였다. 그러나 그날은 부를 수 없었다. 음정 하나하나가 소태처럼 쓰고 독해서, 입에 담을 수가 없었다.

아버지가 축복의 기도문을 외울 때도 나는 입을 다문 채 있었다. 그리고 아버지가 "……저희에게 은혜와 축복을!" 하고 끝맺기가 무섭게, 나는 그 자리를 떠났다. 좌절감 같은 것이 나를 가족들로부터 떼어 놓았다. 하느님은 그들에게는 은혜와 축복을 주었지만 내게는 주지 않았다. 나는 피로와 고독에 못 이겨 도망친 것이다.

침대에 누워 눈을 감았다. 부드럽고 따뜻한 이불이 안녕과 평화를 몸에 감싸 주자, 나는 어느새 과거로 돌아가 있었다. 어머니는 늘 하던 대로 "잘 자라, 안녕" 하고 인사해 주었다. 그리고 조용히 문을 닫고 나갔다. 발소리는 아직 침실에 남아 있었고, 어머니가 들고 있던 촛불은 문틈으로 빛을 흘렸다.

'바로 지금이다.'

나는 생각했다.

'지금이 기회다. 어머니는 다시 들어올 것이다. 어머니는 이미 모든 것을 알아챘다. 내 볼에 키스하고 부드럽게 물을 것이다. 그 다정한 목소리를 듣는 순간, 나는 울지 않을 수 없을 것이다. 뜨거운 눈물이 쏟아지면, 목에 돌멩이가 걸려 있어도 녹아내릴 것이다. 그때 모든 걸 털어놓자. 그럼 깨끗이 해결된다. 나를 구해 줄 사람은 어머니뿐이다. 어머니의 힘이면 나는 살 수 있다.'

문틈의 촛불이 사라진 뒤에도 나는 귀를 기울여, 어머니의 발소리가 돌아오기를 기다렸다. 그리고 "모든 죄를 어머니 앞에 고백하고 용서를 빌자"고 마음속으로 몇 번이고 되풀이했다.

하지만 이윽고 나는 다시 '지금의 나'로 돌아왔고, 그 끔찍한 사건 속으로 끌려 들어갔다. 프란츠 크로머의 얼굴이 뚜렷이 떠올랐다. 실눈으로 나를 쏘아보며, 일그러진 입술로 비웃고 있었다. 그 얼굴을 마주하자 쥐구멍이라도 찾아 숨고 싶었지만, 몸은 돌처럼 굳어 꼼짝할 수 없었다. 그의 얼굴은 점점 커지고 더 흉악해졌다.

크로머의 눈에서는 악마가 심술을 부릴 때 같은 불길이 맹렬히 타올랐다. 나는 잠들기 직전까지 그 눈초리에 시달렸다. 그러나 잠에 빠져들자 그의 얼굴은 사라졌다. 꿈속에는 크로머도, 그 사건도 없었다. 나는 아버지와 어머니, 두 누나와 함께 보트를 타고 평화로운 하루를 보냈다.

한밤중에 깼을 때도 꿈의 행복한 뒷맛이 남아 있었다. 누나들의 하얀 여름옷이 햇살을 반사하는 장면도 여전히 눈앞에 있었다. 하지만 그 순간이 지나자 나는 다시 낙원에서 끌려 나와 무서운 현실로 떨어졌다. 잔인한 적과 마주해야 했다.

다음 날 아침 어머니가 들어와 "지금이 몇 신데 아직도 안 일어나니?" 하고 크게 말했을 때, 나는 대답 대신 괴로운 표정만 겨우 보였다. 그러자 어머니는 부드럽게 물었다.

"어디가 아프니?"

나는 속으로 '됐다' 하고 외치며 일부러 더 괴로운 표정을 지었다.

그렇게 해서 나는 잠시 유리한 입장에 놓인 듯했다. 몸이 불편하

니 오전엔 카밀레차를 마시고 누워 있어도 좋다는 허락이 내려졌
다. 폭신한 침대에 누워 카밀레차를 마시며, 옆방을 청소하는 어머
니의 발소리와 푸줏간 주인과 리나가 현관에서 나누는 이야기를
들으니 나도 모르게 마음이 풀리는 듯했다.

나는 원래 그런 소리를 듣는 것을 좋아했다. 학교에 가지 않는 오
전 시간에는 정체를 알 수 없는 매력, 마술 같은, 동화 같은 매력이
있었다. 방 안으로 들어오는 햇살도 교실의 푸른 커튼 너머로 스며
드는 얼룩진 빛과는 달랐다. 하지만 오늘은 모든 것이 성가시고 맛
이 없었다.

'차라리 죽는 게 낫겠다.'

그런 생각이 때때로 스쳤지만, 사실 그럴 이유는 없었다. 그저 몸
이 조금 불편할 뿐이었다. 이런 일은 흔하지 않았던가. 하지만 오늘
은 사정이 달랐다. 학교를 쉬는 것쯤은 문제가 아니었다. 11시에 시
장 어귀에서 나를 기다릴 크로머를 만나러 가지 않을 수 없었다.

어머니의 따뜻함도 오늘만은 나를 위로하지 못했다. 오히려 귀
찮고 머리가 지끈거릴 뿐이었다. 나는 눈을 감고 묘안을 떠올리려
애썼지만, 현실적으로 불가능했다. 어쨌든 11시에는 시장 어귀로
나가야 했다.

벽시계가 10시를 가리키자, 나는 어머니에게 좀 나아진 것 같다
고 말하고 일어났다. 어머니는 늘 하던 대로 좀 더 누워 있으라 했
지만, 그럴 수 없었다. 11시라는 시간이 시퍼런 칼날처럼 들이밀고
있었다.

나는 학교에 가야 한다며 어머니의 만류를 뿌리치고 밖으로 나

왔다. 마음속에 세워 둔 계획이 있었기 때문이다.

돈 없이 맨손으로 크로머를 만나러 갈 수는 없었다. 그래서 내 소유인 작은 저금통을 들고 가기로 했다. 물론 그것만으로는 턱없이 부족하다. 하지만 2마르크가 없으니 그거라도 가져가야 했다. 완전히 빈손으로 가는 것보단 나을 것이다. 방법은 없었다. 돈에 눈이 먼 크로머를 달랠 수 있는 것은 그 저금통뿐이라고 생각했다.

맨발로 어머니 방에 몰래 들어가 책상 위의 저금통을 움켜쥐었을 때, 기분이 몹시 이상했다. 하지만 어제 느꼈던 불쾌함과는 달랐다. 가슴이 뛰고 숨이 막혔다. 저금통을 들고 정신없이 계단을 내려오다, 그제야 열쇠를 가져오지 않았다는 사실이 떠올랐다. 심장은 여전히 미친 듯이 뛰고 있었다.

저금통에서 돈을 꺼내는 일 자체는 어렵지 않았다. 양철 저금통의 동전 구멍을 쇠붙이로 벌리기만 하면 됐다. 하지만 찌그러진 저금통을 보니 가슴이 아팠다. 이것으로 도둑질이 시작된 셈이기 때문이다.

지금까지는 과자나 과일을 슬쩍하는 정도였지만, 지금은 내 돈이라 해도 분명히 '훔친' 것이다. 나는 크로머와 그의 세계로 다가서고 있었다. 그러다 끝내 지옥으로 굴러 떨어질 것 같았다. 나는 의식적으로 또 하나의 나에게 저항해 보았지만, 이제 와서는 되돌아설 수 없었다. 내디딘 발을 돌릴 수 없었다.

저금통이 찌그러진 입으로 토해 낸 돈은 모두 65페니히뿐이었다. 65페니히. 그래도 없는 것보단 나았다. 나는 속이 빈 저금통을 현관 계단 밑에 숨기고 집을 나섰다. 기분이 이상했다. 이런 기분으로 대문을 나선 적은 한 번도 없었다. 들키면 끝장이다. 나는 65페니히를 꼭 움켜쥐고 시장으로 걸음을 재촉했다.

시간은 충분했다. 나는 일부러 길을 돌아 뒷골목을 어깨를 움츠리고 걸었다. 좁은 골목 양옆의 집들도 오늘따라 낯설게 보였고, 스쳐 지나가는 사람들조차 모두 무서워 보였다. 모두가 나를 의심하는 것 같아 고개를 들고 걸을 수가 없었다.

곁눈질로 주위를 살피며 휘청거리는 다리를 바삐 움직이는데, 예전에 같은 학교 아이가 가축시장에서 1마르크를 주웠다는 이야기가 떠올랐다. 그러자 갑자기 '나에게도 그런 기적을 내려 달라'고 그 자리에 무릎 꿇고 하느님께 빌고 싶어졌다.

하지만 내게는 이미 하느님을 찾을 권리가 없었다. 설령 하느님이 특혜를 베풀어 내 발등에 2마르크를 떨어뜨려 준다 해도, 찌그러진 저금통의 입은 다시 아물지 않는다.

프란츠 크로머는 약속한 곳에 와 있었다. 먼발치에서 실눈으로 나를 흘깃 보더니, 일부러 천천히 걸음을 옮겨 내 쪽으로 다가왔다. 2마르크를 가져왔을 테니 조급할 게 없다는 얼굴이었다.

그는 내 앞에 오더니 따라오라는 듯 눈짓했다. 그리고 뒤도 돌아보지 않은 채 느릿느릿 걸어, 슈트로가의 뒷골목을 지나 다리를 건너, 거리 어귀의 새로 지은 집 앞에서 멈췄다. 아직 공사가 끝나지 않아 현관문도 창문도 달려 있지 않았다.

크로머는 주위를 둘러본 뒤 안으로 들어갔다. 나도 뒤따라 들어갔다. 그는 복도를 지나 안쪽 방으로 들어가 벽에 등을 붙이고 섰다. 그리고 눈짓으로 나를 부르며 손을 내밀었다.

"내놔."

목소리는 얼음처럼 차가웠다.

나는 65페니히를 쥔 채 주머니에 넣고 있던 손을 꺼내 주먹을 폈다. 그리고 그의 큰 손바닥 위에 내 손의 것을 옮겨 놓았다. 그는 뭉툭한 손가락으로 동전을 튕기듯 세어 보더니, 마지막 5페니히 동전 소리가 사라지기도 전에 계산을 끝냈다.

"뭐야, 고작 65페니히잖아."

그는 내 얼굴을 쳐다보았다. 그 눈, 내 몸을 녹여 버릴 듯 이글거리던 그 눈을 어떻게 표현해야 할까.

"응…."

나는 그렇게밖에 대답할 수 없었다. 그런데 묘하게도, 그렇게 독이 올라 있던 그의 눈이 잠깐 부드러워지는 것 같았다. 나도 그 틈에 핑계를 댈 용기가 생겼다.

"이게 전부야. 내가 가진 돈 다 털어 왔어. 모자란 건 알아. 하지만 내 힘으로 안 되는 걸 어떡해? 이것밖에 없어."

아무리 말솜씨를 부려도 "이것밖에 없어"라는 말밖에 떠오르지 않았다.

"이것밖에 없어. 이것만이라도 받아 줘."

"머리 좀 굴릴 줄 아는 줄 알았더니, 아주 무딘 쇳덩이였군."

어른 흉내를 내듯 목소리는 부드러웠지만, 말 한마디 한마디가 바늘처럼 가슴을 찔렀다. 그는 그 말투로 나를 붙잡았다.

"좋아, 네 힘으로 못 만드는 돈을 억지로 내놓으랄 생각은 없어. 사정은 봐 주지. 자, 이 동전도 돌려주겠다. 그놈이라면 너처럼 이렇게 등신짓하진 않겠지. 그놈이 누군지 너도 알잖아? 약속이 2마르크면 2마르크, 딱 내놓을 거야."

"하지만 난… 이것밖에 없어. 저금통에서 꺼낸 거야. 정말 이것뿐이야."

"그걸 내가 왜 따져? 들어. 난 너를 불행하게 만들고 싶지 않아."

"그럼 난 어떻게 해야 해? 말해 줘."

"난 널 괴롭히고 싶진 않아. 65페니히라…. 얼마나 더 내놔야 하는지는 알지? 넌 내게 1마르크 35페니히 빚진 거야. 그 빚은 언제 갚을래?"

"꼭 갚을게. 지금은 확실히 말 못 하지만 내일이나 모레… 그때까지 기다려 줘. 어떻게든 마련해 볼게. 하지만 아버지한테는 말 못 해. 우리 아버지가 어떤 사람인지 너도 알잖아."

"난 몰라. 나랑 상관없어. 다시 말하지만, 할 수 없는 걸 억지로 하라 건 아니야. 난 널 불행하게 만들고 싶지 않거든. 2마르크는 지금 당장에도 받을 수 있어. 하지만 네 처지를 봐서 그 방법은 되도록 쓰지 않겠다는 거야. 알아듣겠지? 난 가난해. 너는 좋은 옷 입고 좋은 학교 다니잖아. 점심도 나보다 훨씬 좋은 걸 먹고. 여하튼 여유를 줄게. 모레. 모레 네 집 앞에서 휘파람을 불 테니 갖고 나와. 내 휘파람 소리 들어 봤지? 그걸 신호로 한다. 모레 오후, 휘파람, 1마르크 35페니히. 알겠지? 그땐 깔끔하게 끝내자."

크로머는 길게 휘파람을 불었다. 잊지 말라는 뜻이었다.

"응, 알았어."

프란츠 크로머는 내 대답을 한쪽 귀로 흘리더니, 볼일 다 봤다는 듯 밖으로 나갔다. 우리 사이의 대화는 거래를 성립시키기 위한 것일 뿐, 그 밖에는 아무 의미도 없었다.

프란츠 크로머의 휘파람 소리가 갑자기 들린다면 지금도 나는 깜짝 놀랄 것이다. 그때부터 나는 여러 번 그 소리를 들었다. 그 휘파람은 내 머릿속에 오래 여운을 남겼다. 집에서 놀 때도, 학교에서 공부할 때도, 시간과 장소를 가리지 않고 그 소리는 따라붙었다. 나중에는 내가 그 소리에 끌려 다녔다. 나는 그것을 내 운명이라고 생각했다.

가을 하늘이 높고 맑은 오후면, 나는 종종 우리 집 정원의 작은 화단에서 시간을 보내곤 했다. 그럴 때면 나도 모르게 묘한 충동이 올라와 유년 시절로 돌아갔다. 그리고 유년의 '나'와 함께 즐겁게 노는 것이다. 지금의 나보다 더 어리고 더 선량하며 불안을 모르는 순진한 아이의 놀이 상대가 되어 주는 것이다.

그런데도 크로머의 휘파람은 사정없이 끼어들어 그 아름다운 공상의 세계를 쑥대밭으로 만들어 버렸다. 대비해 보려 해도 막을 수 없었다. 휘파람을 듣는 순간, 더 있고 싶어도 화단을 떠나야 했다. 그리고 나를 괴롭히는 놈의 뒤를 따라가, 돈을 마련하지 못한 변명을 늘어놓아야 했다.

2~3주 동안 그런 일이 되풀이되었다. 그 기간은 내게 몇 년, 아니 몇백 년, 몇천 년처럼 끝이 없게 느껴졌다. 나는 좀처럼 돈을 만질 수가 없었다. 있다고 해도 5페니히 동전이나 1그로셴 동전이 고작이었다. 그것마저 리나가 장바구니(지갑이 들어 있었다)를 부엌에 놓아 두고 잠깐 자리를 비운 사이, 감쪽같이 훔쳐 낸 것이었다.

크로머를 만날 때마다 나는 가슴이 철렁했다. 그는 내가 고의로 그를 속여 마땅히 가져야 할 권리를 빼앗았고, 빚도 갚으려 하지 않으며, 악마처럼 그를 불행하게 만들고 있다며 독설을 퍼부었다. 나는 이전엔 그런 굴욕과 절망을 맛본 적이 한 번도 없었다.

저금통에는 장난감 돈을 넣고 찌그러진 곳을 대충 고쳐, 제자리에 갖다 놓았다. 아무도 눈여겨보지 않았지만 언젠가는 들통날 일이었다. 저금통을 갖다 놓은 뒤로 나는, 어머니의 발소리가 다가오는 것을 크로머의 휘파람보다 더 무서워했다. 저금통 입이 왜 찌그러졌느냐고 물을 것 같았기 때문이다.

빈손으로 크로머를 만나는 일이 몇 번 반복되자, 그 악마는 다른 방식으로 나를 괴롭히기 시작했다. 나를 불러내 심부름을 시키고, 자기가 할 일을 내게 떠넘기며 마음껏 부려먹었다.

시킬 일이 없으면 괴팍한 짓을 시켰다. 10분 동안 한쪽 발로 뛰라거나, 길 가는 사람 등 뒤에 종이조각을 붙이고 오라고 했다. 나는 여러 날 밤, 꿈속에서도 그런 고역을 치러야 했다.

며칠 동안 나는 병상에 누워 있었다. 큰 병은 아니었지만 밤이 되면 열이 오르고 가끔 식은땀도 났다. 어머니는 증세가 이상하다며 걱정했다. 그 걱정이 오히려 내겐 고통이었다. 나는 어머니의 걱정에 대해 신뢰할 만한 해명을 할 수 없었기 때문이다.

어느 날 밤 어머니는 내 방에 들어와 막 누운 내게 초콜릿 하나를 주었다. 그건 내 유년 시절을 떠올리게 했다. 말썽 없이 하루를 보내고 잠자리에 들면 "얌전했으니 이걸 먹고 자라" 하며 초콜릿을 주곤 했던 것이다. 어머니는 침대 머리맡에 서서 예전처럼 상을 주듯 말했다.

"자, 초콜릿…."

하지만 나는 고개를 저었다. 이유 없이 슬펐다.

어머니는 "어디가 아프니?" 하고 물으며 내 머리를 쓰다듬었다.

"이거 먹고 자렴."

"싫어. 안 먹어. 아무것도 먹기 싫어."

나는 일부러 심술궂게 대답했다. 어머니는 초콜릿을 탁자 위에 놓고 나갔다. 다음 날 아침 어머니가 어젯밤 왜 그랬느냐고 묻자, 나는 기억이 안 나는 일처럼 어리둥절한 얼굴로 우물쭈물 넘겨버렸다.

그날 저녁 어머니는 의사를 불러왔다. 의사는 매일 아침 냉수마찰을 하거나 찬물로 몸을 닦으라고 했다.

그 무렵의 나는 일종의 정신착란 상태에 빠져 있었다. 우리 집의 질서와 평화 속에서 나는 유령처럼 절제 잃은 생활을 했고, 가족들과도 어울리지 않았다. 그렇다고 단 한 시간도, 내가 처한 상황을 잊은 적은 없었다.

아버지는 가끔 나를 불러 놓고 신랄하게 꾸짖었지만, 예전처럼 쉽게 꺾이지는 않았다. 이상하게도 아버지의 꾸중 앞에서는 냉담하고 완고해질 수 있었다.

카인

　그 고뇌에서 나를 건져 올린 구원의 손길은, 전혀 예상하지 못한 쪽에서 뻗어 왔다. 동시에 어떤 새로운 것이 내 삶 속으로 스며들었는데, 그 영향은 지금까지도 계속되고 있다.

　내가 다니던 라틴어 학교에 학생 하나가 새로 전학 왔다. 최근 이 고장으로 이사 온 부유한 미망인의 아들이었고, 팔에는 상장喪章을 두르고 있었다. 그는 나보다 한 학년 위였고, 나이도 몇 살 더 많았다.

　그는 곧 내 주목을 끌었다. 나만이 아니라 전교생이 그에게 유난한 관심을 보였다. 어딘가 낯선 이방인처럼 보이는 그 학생은, 겉모습보다 훨씬 나이가 들어 보였다. 어느 구석을 봐도 '소년'다운 기색이 잘 보이지 않았다.

장난기가 아직 가시지 않은 우리와 함께 있으면, 어른이라기보다 오히려 신사처럼 점잖게 굴었다. 인기가 좋은 편도 아니었다. 우리와 어울리는 일은 거의 없었고, 술래잡기 같은 놀이에 끼는 일은 더더욱 없었다. 다만 선생님들 앞에서 보이는 태도가 자신감 있고, 한 치도 물러서지 않는 듯 보여서 그 점이 우리 눈에는 멋있게 보였을 뿐이다. 그의 이름은 막스 데미안이었다.

어느 날, 학교에서는 흔한 일이지만 어떤 사정으로 다른 반 학생들이 우리 교실로 들어와 함께 수업을 듣게 되었다. 그 반이 바로 데미안의 반이었다. 우리 반은 성경 공부를 했고, 한 학년 위인 데미안의 반은 작문 시간이었다.

선생님이 카인과 아벨 이야기를 하는 동안, 나는 내내 데미안 쪽으로 시선을 빼앗겼다. 그의 얼굴이 내게는 묘한 매력으로 다가왔기 때문이다. 밝고 영리해 보이며 품위 있는 얼굴에, 훌륭한 글을 쓰려 집중하는 표정이 떠올라 있었다. 숙제를 하는 학생이라기보다, 자기 문제를 붙들고 파고드는 학자처럼 보였다.

솔직히 말하면, 데미안은 쉽게 호감이 가는 타입이 아니었다. 호감이 안 간다는 정도가 아니라, 어딘가 비위를 거스르는 구석까지 있었다. 그는 나보다 체격도 좋았고 훨씬 성숙해 보였으며, 무엇보다 지나치게 냉담한 인상을 주었다.

그의 태도는 도전적이라 해도 좋을 만큼 늠름하고 침착했다. 눈빛은 늘 사람을 얕보는 듯한 기색을 띠고 있었는데, 그러면서도 어디엔가 슬픔의 그늘이 섞여 있는 듯했다. 우리는 그 눈이 제일 싫었다. 소년들의 마음을 모르는 어른이 점잖은 척만 하는 것처럼 느껴져, 괜히 거슬렸던 것이다.

하지만 좋든 싫든, 내 관심은 늘 그에게로 향했다. 그가 보이지 않으면 괜히 찾게 되고, 눈앞에 나타나면 계속 바라보지 않을 수 없었다. 그러면서도 그 눈만큼은 피하려 애썼다. 우연히 시선이 마주치면 나는 얼른 고개를 돌려 버리곤 했다. 그 눈을 보는 순간, 아무 잘못도 없는데 가슴이 덜컥 내려앉는 듯했기 때문이다.

그때의 데미안을 '학생'으로서 내 눈이 어떻게 보았는지 굳이 말하자면 이렇다. 데미안은 모든 면에서 우리와는 전혀 다른, 유난히 개성적인 인물이었다. 그래서 더 두드러져 보였다. 그런데 이상하게도, 그는 일부러 튀지 않으려 몹시 조심하는 듯했다. 마치 농부 아이들과 함께 뛰놀며 친구인 척하려 애쓰는 왕자처럼 스스로를 낮추어 섞이려는 태도를 취하고 있었던 것이다.

학교에서 집으로 돌아오는 길에 데미안이 내 뒤를 따라오고 있었다. 다른 아이들이 각자 갈 길로 흩어졌을 때 그는 성큼성큼 걸어 나를 앞질렀다가, 뒤돌아보며 말을 걸었다. 우리 흉내를 내며 일부러 어린 티를 내려고 애썼지만, 어른 같은 어조까지는 감추지 못했다. 너무나 점잖았다.

"같이 갈래?"

그 조용한 목소리에는 친근함이 담겨 있었다. 나는 고개를 끄덕였고, 우리 집이 어디인지도 알려 주었다.

"아, 저기구나? 나도 알아. 대문 위에 이상한 걸 붙여 둔 그 집 맞지? 난 그걸 보고 재미있는 집이라고 생각했어."

그는 점잖은 얼굴에 옅은 미소를 띠었다.

처음에는 무슨 말을 하는지 바로 알아차리지 못했다. 그가 벌써 우리 집을 알고 있다는 사실도 놀라웠다. 점잖기만 해 보이던 눈이, 그런 날카로운 관찰력을 갖고 있었던 것이다. 대문 위에 붙어 있는 것은 일종의 문장紋章이었다. 아치형 문 양쪽 위에 장식처럼 붙여 둔 것으로, 오랜 세월 비바람을 맞아 여러 번 덧칠한 페인트도 퇴색해 있었다. 내가 알기로 그 문장은 우리 집안과 특별한 관련이 없는 것이었다.

"왜 그런 걸 붙여 놨는지는 나도 잘 모르겠어."

나는 더듬거리며 아는 대로 설명했다.

"새 모양 같기도 하고, 새가 아니면 짐승 머리 같기도 하고, 하여튼 그런 종류야. 아주 오래된 거래. 우리 집이 예전엔 수도원이었다고 하니까… 수도원이어서…."

"그럴 수도 있지. 집에 가면 다시 한 번 잘 봐. 꽤 흥미로운 문장이야. 네 말대로 새나 짐승 머리 같기도 한데, 나는 매가 아닐까 싶더라."

우리는 나란히 천천히 걸었다. 나는 내가 잘 모르는 문장 이야기를 더 하고 싶지 않았다. 데미안은 갑자기 무슨 유쾌한 생각이 떠오른 듯 웃었다.

"아, 그리고 아까 수업에서 선생님 이야기한 것도 들었어. 이마에 표지가 찍힌 카인 이야기였지? 어땠어, 재미있었어?"

재미있기는커녕, 학교에서 배우는 것 중 재미있는 게 어디 있나. 하지만 내 속을 그대로 털어놓을 용기는 나지 않았다. 어른과 마주 앉아 얘기하는 기분이었기 때문이다. 그래서 나는 거짓말을 했다.

"응, 재미있었어."

데미안이 내 어깨를 가볍게 두드렸다.

"내 앞에서까지 속마음 숨길 필요 없어. 나도 들었지만, 그 이야기는 '사실'과는 좀 달라. 수업 시간 이야기는 아무리 좋은 것도 늘 그런 방향으로 흘러. 선생님 말투가 원래 그렇지. 특히 학생들 앞에 섰을 땐 더 그래. 하느님, 죄인, 늘 똑같은 말만 반복하니 재미있을 리가 있겠어? 게다가 중요한 대목은 자세히 말하지도 않더군. 내가 알기론…."

데미안은 잠깐 말을 끊고 웃는 얼굴로 내 쪽을 보며 "이런 얘기 지겹지 않냐"고 묻더니 다시 이어 갔다.

"나는 이렇게 생각해. 카인 이야기는 전혀 다른 방향, 다른 의미로도 해석할 수 있어. 학교에서 배운 것이 '틀렸다'고만 할 수는 없지. 하지만 선생님들이 보는 것과 다른 각도에서 관찰하고 비판한다고 해서 잘못은 아니야. 오히려 관점을 바꾸면 더 깊은 뜻이 보일 수도 있어. 예를 들어 카인 이야기에서, 우리가 들은 '표지' 설명, 그걸로 난 도저히 만족이 안 돼. 너도 그렇지 않니? 형제끼리 싸우다 형이 동생을 죽인다, 그럴 수도 있어. 그리고 살인을 저지른 사람이 나중에 불안에 시달리고 후회하며, 기가 꺾여 숨어 산다 그것도 있을 수 있지. 그런데 동생을 죽인 '벌'로 받은 표지가 오히려 그의 수호신이 되어 사람들을 벌벌 떨게 만든다? 이건 아무리 생각해도 이상하지 않아?"

"그건 그래."

나는 데미안의 말에 끌려 들어가기 시작했다. 학교에서 듣던 것과는 다른 각도로 이야기를 풀어가는 방식이 처음부터 매력적이었다.

"그런데 어떻게 다른 해석이 가능해?"

데미안은 또 습관처럼 내 어깨를 두드렸다.

"간단해. 핵심은 그 '표지'야. 카인의 얼굴에는 어떤 마력을 가진 훈장 같은 것이 붙어 있었기에 아무도 그에게 맞설 용기를 내지 못했다고 하지. 그 표지 덕에 카인과 그의 자손들까지도 사람들을 위압하고, 불안과 전율을 주었다고 하고. 그런데 그 '훈장'이 대체 뭐였을까? 설마 우표 소인처럼 이마에 찍혀 있었다는 뜻은 아닐 거야. 그런 일이 현실에 있을 리 없지. 오히려 그것은 아주 주의 깊게 보지 않으면 알아채기 어려운 것, 보통 사람들보다 조금 더 높은 지혜와 용기를 품고, 늘 번뜩이는 빛을 내는 그의 '눈' 같은 것이었을 거야. 카인은 어떤 힘을 지닌 사람이었고, 그래서 사람들이 그를 두려워한 거지. 그러다 사람들은 이렇게 생각하게 된 거야. '저 사람은 남을 위압하고 복종시키는 절대적인 힘이 있는데, 그 힘의 표지가 이마에 붙어 있다.' 사람들은 대개 어떤 일이든 자기에게 편한 쪽으로 해석하는 버릇이 있어. 그리고 자기 형편에 맞게 만들어 낸 해석을 '정답'으로 인정받으려 들지. 사람들은 카인의 자손들을 두려워했어. 그 '표지'를 원래 뜻대로 받아들이지 않고, 정반대로 해석해 버린 거야. '그런 표지를 달고 다니는 놈들은 악마다' 같은 식으로 말이지. 그들이 정말 악마였는지는 몰라도, 어쨌든 좋은 인상을 주지는 않았겠지. 용기를 가진 개성적인 인간은 어느 시대든 사람들의 호감을 얻기 어렵거든. 그런 인간은 얼굴만 봐도, 징그러운 짐승을 만난 것처럼 기분이 상한다고 느끼는 사람들이 있어. 그런 사람이 많아지는 걸 '고마운 일'로 여길 사람은 없지. 그래서 사람들은 그들에게 별명을 붙이고 악평을 퍼뜨렸어. 용기 없는 사람들이 할 수 있는 유일한 복수였거든. 지금도 사람들은 비슷한 방식으로 복수하지. 무슨 복수냐고? 자기들이 느끼는 불안과 공포에 대한 복수야. 소극적이지만, 그래도 '갚았다'고 느끼는 거지. 내 말 알겠어?"

"그러니까… 카인은 나쁜 사람이 아니란 말이야? 그럼 성서 이야기는 다 거짓말이야?"

"그렇다고도 할 수 있고, 아니라고도 할 수 있어. 아주 오래된 전설이란 게, 애초에 없는 이야기를 지어낸 것만은 아니야. 실제로 있었던 일을 바탕으로 한 거지. 다만 실제 일이 언제나 올바르게 전해지는 것도 아니고, 후대 사람들이 올바르게 해석하는 것도 아니야. 내가 말하고 싶은 건 두 가지뿐이야. 카인은 멋있는 사람이었다는 것, 그리고 그를 두려워한 겁쟁이들이 단순한 복수로 '이마에 표지 붙은 악마' 같은 말을 꾸며냈다는 것. 카인과 그의 자손이 실제로 어떤 '표지'를 지녔고, 보통 사람들과 달랐다는 게 사실이라면, 내 해석은 완전히 허튼소리라고만 할 수 없어. 이건 장담할 수 있어."

"그럼 선생님이 한 말은 거짓말이고, 네 말이 진짜야? 동생을 때려 죽였다는 것도 거짓말이야?"

나는 놀라 물었지만, 사실은 감동에 가까웠다.

"그건 아니야. 죽인 건 사실이야. 힘센 놈이 약한 놈을 때려 죽인 거지. 맞아 죽은 사람이 정말 '동생'이었는지는 확실치 않아. 하지만 그게 그렇게 중요하진 않아. 인간은 다 형제니까. 어쨌든 약한 사람들은 그 뒤로 마음 놓고 살 수가 없게 됐겠지. 그래서 서로 뭉쳐 다니며 '살인귀를 없애야 한다.' '어딘가로 몰아내야 한다.' 같은 말만 늘어놓기 시작했을 거야. 그런데 누가 '그럼 왜 죽이지 않느냐'고 묻자, 겁쟁이들은 '우린 힘도 용기도 없어서…'라고 솔직히 말하지 않고, 그럴듯한 핑계를 댄 거지. '죽이다니 천만의 말씀! 그 사람 얼굴에는 표지가 있다. 하느님이 붙여 준 표지다!' 이런 식으로 말이야. 그리고 도망친 거지. 대략 그런 과정 속에서 카인 이야기가 지금처럼 꾸며졌다고 나는 생각해. 물론 내 추측이지만, 꽤 그럴듯하지 않나? 하다 보니 말이 길어졌군. 자, 그럼….”

데미안은 아르트가의 옆 골목으로 발길을 틀었다.

나는 지금까지 느껴 본 적 없는 허탈감에 휩싸인 채, 멍하니 그의 뒷모습을 바라보았다. 그가 들려준 이야기는 도무지 믿기 어려웠다. 카인이 훌륭하고 아벨이 겁쟁이라니. 카인의 이마 표지가 신성한 표지라니. 말도 안 된다.

그건 하느님을 모독하는 것밖에 안 된다. 만약 그게 사실이라면, 하느님은 어디 계신단 말인가. 하느님의 절대성을 부정하는 것과 다를 바가 없지 않은가. 하느님은 아벨의 제물을 기뻐하시고 그의 영혼을 위로해 주셨다. 그런데 카인이 훌륭하다니, 엉터리다.

나는 데미안이 일부러 내 머릿속을 뒤죽박죽 만들어 놓으려고 거짓말로 놀린 것이라고 생각했다. 그는 분명 머리도 좋고 말솜씨도 대단하다. 하지만 카인이 멋있는 사람이라니, 있을 수 없는 일이다.

그런데 이상하게도, 나는 성서나 어떤 이야기든 그때처럼 심각하게 파고들어 생각해 본 적이 없었다. 그 덕분에 오랜만에 프란츠 크로머를 잊을 수 있었다. 몇 시간 동안, 아니 밤새도록 '크로머를 만나야 한다'는 걱정에서 벗어나 있을 수 있었던 것이다.

나는 성서를 다시 펼쳐 카인 이야기를 읽었다. 내용은 단순했다. 이렇게 단순명료한 이야기를 본래 뜻과 정반대 방향으로 끌고 가 제멋대로 해석해 버리는 마음을 나는 이해할 수 없었다.

그런 해석이 가능하다면, 살인자란 살인자 모두가 '나는 하느님의 은총을 받았다'고 떠벌려도 된다는 말이 되지 않나. 말이 안 된다. 난센스다. 내가 데미안의 말에 귀를 기울인 건 그가 말하는 소리가 구수했고 어감이 좋았기 때문일 뿐이다. 그의 말투는 너무도 자연스럽고 당연한 듯했지 않은가. 게다가 그 눈은….

물론 나 자신이 어딘가 크게 흔들리고 있었다는 것쯤은 인정한다. '어딘가'가 아니라, 정신을 거의 잃고 있었는지도 모른다.

나는 지금까지 밝고 깨끗한 세계에서 살아왔다. 그러니 나는 아벨과 다를 바 없었다. 그런데 지금 나는 어두운 세계로 굴러 떨어졌다. 하지만 그건 어쩔 수 없었다. 왜일까. 왜 나는 어두운 세계로 떨어져야만 했을까.

그때 번개처럼 머리를 스친 것이 있었다. 순간 숨이 막힐 만큼 가슴이 확 죄어 왔다. 내 불행이 '현실'로 눈앞에 펼쳐졌고, 나는 거기에 첫 발을 들여놓았다.

그날 밤, 아버지와 나 사이에 문제가 생겼을 때, 나는 아주 잠깐이지만 아버지와 아버지의 밝은 세계, 그 지혜를 경멸했다. 그래, 그때 나는 카인이 되었다. 그리고 동시에 내 이마에 '표지'를 붙였다.

그 표지가 붙는 순간, 나는 그것을 악이나 수치가 아니라 숭고한 인격자의 표지로 생각해 버렸던 것이다.

'악을 알고도 그것을 미워하며 불행 속에서도 참고 견딘다는 점에서 나는 아버지를 능가한다. 나는 누구보다 선량하고 신앙심이 깊다. 나보다 더 훌륭한 사람은 없고, 나보다 위에 있는 사람도 없다.'

물론 그 무렵의 나는 이런 생각을 이렇게 또렷한 문장으로 '사색'하진 못했다. 하지만 그 속에는 이런 내용이 다 들어 있었다. 그것은 단지 감정이 튕겨 나온 반사작용이었고, 기묘한 흥분이 타오른 것에 불과했다. 그러나 그 불꽃은 나를 슬프게 하는 동시에, 내 가슴을 이상한 자부심으로 가득 채우기도 했다.

생각할수록 이상했다. 두려움 없는 자와 약한 자를 두고 거리낌 없이 떠들어대는 데미안의 이야기는 도무지 이해하기 어려웠다. 그렇게 기묘한 이야기를 꾸며낼 사람이 또 어디 있을까. 그는 카인의 '표지'를 기괴하게 해석해 보였다. 그리고 그가 말하는 동안, 그의 눈에서 이상한 빛이 흘러나오는 것을 나는 똑똑히 보았다.

'혹시 데미안 자신이 카인인 걸까? 자신이 카인을 닮았다고 믿기에 카인을 변호한 게 아닐까? 왜 그의 눈에서는 그런 빛이 났을까? 왜 그는 아벨이나 겁 많고 약한 사람들을 그토록 바보 취급했을까? 하지만 약하고 겁 많은 사람들, 그들이야말로 하느님의 뜻을 받드는 선량한 양들 아닌가?'

데미안의 의도와 속마음을 정확히 파악할 수는 없었지만, 이런 생각들이 계속 머릿속을 맴돌았다. 마치 잔잔한 호수에 돌멩이가 던져진 것처럼. 잔잔한 호수는 어린 내 영혼이었다. 카인, 살인, '표지'의 문제는 내가 오랜 세월에 걸쳐 시도해야 할 인식과 회의와 비판의 출발점이 되었다.

다른 학생들도 나만큼이나 데미안을 이상하게 여겼다. 그만큼 모두가 그에게 묘한 흥미를 느끼고 있었다는 뜻이다. 나는 데미안에게서 들은 카인 이야기를 누구에게도 말하지 않았다.

이 '편입생' 주변에는 여러 소문이 떠돌았다. 만약 내가 그 소문들을 더 잘 알고 있었다면, 데미안을 이해하는 데 어느 정도 도움이 되었을지도 모른다. 내가 기억하는 건, 데미안의 어머니가 굉장한 부자라는 소문 정도였다. 교회에 나가지 않는다는 말도 돌았다(집에서도 그렇다고 했다). 데미안도 마찬가지라는 말도 있었다.

그들이 유대인이라는 소문도 있었고, 어떤 애들은 '어쩌면 무슬림인지도 모른다' 같은 말까지 했다. 막스 데미안의 주먹에 대한 소문도 많았다. 데미안 반에서 가장 힘센 아이가 싸움을 걸었는데, 데미안이 피하는 듯 보이자 '힘은 없구나' 하고 신이 나 덤볐다가 크게 당했다는 것이었다.

그 싸움을 봤다는 아이들 말로는, 데미안은 주먹질 한 번 하지 않고 상대의 목덜미를 한 손으로 움켜쥐었을 뿐인데도, 싸움을 걸었던 아이가 맥을 못 추고 버둥대다 달아났고, 며칠 동안 양팔을 제대로 쓰지 못했다고 한다. 잠깐이지만 그 아이가 죽었다는 소문까지 돌았다. 그렇게 여러 억측이 꼬리를 물었다. 모두를 흥분시키고 놀라게 하는 이야기였다.

그런데 곧 또 다른 소문이 퍼졌다. 데미안이 어떤 여자아이와 '보통 사이 이상'으로 사귀고 있다는 것이었다.

그동안에도 프란츠 크로머와의 관계는 계속되고 있었다. 크로머를 만나는 일은 늘 가시밭길을 걷는 것 같았다. 아무리 발버둥 쳐도 빠져나올 수 없었다. 휘파람 소리가 2~3일 들리지 않는 날도 있었지만, 내가 크로머의 마술에 걸려 있다는 사실은 변하지 않았다.

프란츠 크로머, 그는 늘 그림자처럼 나를 따라다녔고, 꿈속에서도 함께 있었다. 현실에선 그렇지 않았지만, 내 환상과 꿈속에서는 말로 다 못할 박해를 받았다.

나는 꿈속에서 완전히 크로머의 노예였다. 원래 꿈을 많이 꾸는 편이라, 현실보다 꿈속에서 사는 시간이 더 긴 것처럼 느껴질 때도 있었다. 꿈속 환영에 시달리며 체력과 기력은 점점 약해졌다.

그중에서도 특히 자주 꾸는 꿈이 있었다. 크로머가 심심풀이로 내 얼굴에 침을 뱉거나, 나를 땅에 엎드리게 해 놓고 내 등에 올라타 말을 타듯 몰아가며 희롱하는 꿈이었다. 그런데 무엇보다 나를 괴롭힌 것은 '도둑질을 시키는' 꿈이었다.

나는 늘 도둑질하는 꿈을 꾸다 눈을 뜨곤 했는데, 깨어나면 미칠 것 같았다. 크로머가 시킨 건 도둑질만이 아니었다. 더 무섭고 소름 끼친 건, 내 아버지를 죽이라고 명령하는 그의 말을 거역할 수 없어 시퍼런 칼을 들고 아버지에게 덤벼드는 꿈이었다.

크로머는 단검을 내 손에 쥐여 주었다. 우리는 길가 가로수 뒤에 숨어 누군가를 기다리고 있었다. 누구인지 나는 몰랐다. 이윽고 사람이 다가오자 크로머는 나를 떠밀며 "저놈을 찔러 죽여!"라고 했다. 그 사람이 바로 아버지였다. 거기서 꿈이 깼다.

크로머의 마술에 걸려 있던 나는 카인과 아벨을 가끔 떠올리긴 했지만, 막스 데미안은 그다지 생각하지 않게 되었다. 그런데 이상하게도 데미안이 내게 '다가오기' 시작한 곳은 현실이 아니라 꿈속이었다.

어느 날 또 폭력적인 꿈을 꾸었다. 이번에는 내 얼굴에 침을 뱉고 내 등에 올라타는 것이 크로머가 아니라 데미안이었다. 이것은 지금까지도 기억에 깊이 남아 있는데, 상대가 크로머였을 때 나는 고통과 치욕에서 벗어나려고 필사적으로 반항했고, 지치면 이를 악물고 참아냈다. 그런데 괴롭히는 상대가 데미안으로 바뀌자, 그것이 조금도 고통스럽지 않았다. 즐거움인지 슬픔인지조차 분간하지 못한 채, 그저 하라는 대로 했다.

이런 꿈을 두 번 꾸고 나자, 다시 상대는 크로머로 바뀌었다.

꿈과 현실을 구분하는 일이 이미 어려워졌고, 거의 불가능해진 느낌이었다. 어쨌든 크로머와의 관계는 계속되었다. 조금씩 갚아나가던 1마르크 35페니히 빚을 다 청산하고도, 관계는 끊어지지 않았다. 끊기기는커녕 마술의 손아귀로 더 깊이 빠져들었다.

내가 갚은 돈이 모두 훔친 돈이라는 사실을 알고 있는 크로머는, 거미줄에 걸린 파리처럼 나를 꼼짝 못하게 만들고 본격적으로 도둑질을 시키려 들었다. 그는 툭하면 "아버지에게 다 말하겠다"고 위협했다.

그 위협을 받을 때마다 나는 걷잡을 수 없는 불안에 휩싸였지만, 그 고통 못지않게 더 나를 찌른 것은 '왜 일이 커지기 전에 아버지에게 스스로 털어놓지 못했을까' 하는 후회였다. 그렇다고 늘 모든 것을 내 잘못으로만 돌리진 않았다. 또 후회만 한 것도 아니었다. 때로는 동기가 무엇이었든 결과적으로 이렇게 될 수밖에 없었다고 체념하기도 했다. 운명의 저주를 받았다고 생각하기도 했다.

이런 일로 부모님은 적지 않게 속을 태웠을 것이다. 악령의 마술에 걸린 나는, 그토록 즐거웠던 공동생활, 밝은 세계의 가정생활을 외면해 버렸다. 나와 어울리지 않는 생활처럼 느껴졌다.

나는 그 세계의 사람들에게서 외면 받았다. 특히 어머니가 더했다. 어머니는 나를 악당이라기보다 오히려 '병든 아이'처럼 대했다. 내가 그들 눈에 어떻게 비쳤는지는 누나들의 태도에서 분명히 알 수 있었다. 누나들은 마치 금이 간 그릇을 다루듯 조심스럽게 나를 대해 주었다. 하지만 그 태도는 오히려 나를 더 비참하게 만들었다.

그들의 태도에는 '나를 꾸짖기보다 동정해야 한다.'는 기색이 뚜렷했다. 그리고 어쨌든 '나라는 인간이 악惡의 근거지가 되어 있다'는 인식이 깔려 있었다.

나는 가족들이 이전과는 다른 방식으로 나를 구하려 기도하고 있다는 걸 알고 감격했다. 진심으로 참회하며 평안하게 살고 싶다는, 낙원을 그리워하는 듯한 욕구가 불길처럼 타오를 때도 있었다. 하지만 아버지와 어머니에게 모든 것을 털어놓고 용서를 빈다는 것은, 처음부터 내게 불가능하다는 것도 알고 있었다.

내 고백을 들으면 부모님은 위로하고 동정은 해 주겠지만, 나를 이해하려 하지는 않을 것이다. 사건 전체가 운명의 상난이었음은 분명한데, 그것이 단순하고 일시적인 탈선쯤으로 취급되는 순간부터 내 불행은 확실한 형태를 갖추고 덮쳐 오기 시작했다.

아직 열한 살도 안 된 아이에게 어떻게 이런 섬세한 감각과 깊은 상상력이 있느냐고 이상해할 어른들도 있을 것이다. 나도 안다. 하지만 나는 그런 사람들에게 이 이야기를 들려주는 것이 아니다. 인간이란 무엇인가를 더 깊이 생각하는 사람들에게 내 과거를 소개하려는 것이다.

자기 감정의 일부를 개념으로 바꾸어 생각할 수 있는 어른들은, 아이들에게 그런 개념이 없으면 체험 자체도 없다고 여긴다. 하지만 내가 이 깊은 고뇌 속에서 뼈에 사무치도록 겪은 경험은, 내 생애 전체를 두고도 좀처럼 다시 만나기 힘든 종류의 것이었다.

비 오는 어느 날이었다. 나는 크로머에게 부르크 광장으로 나오라는 호출을 받았다. 거역할 수 없는 박해자의 명령이었다. 비가 오든 말든, 나는 나가야 했다.

광장에 도착한 나는 빗방울이 떨어지는 나무 아래서 크로머를 기다렸다. 주머니에는 먹다 남겨 둔 과자 두 개가 들어 있었다. 돈은 한 푼도 없었다. 그래서 돈 대신 과자를 가져온 것이다. 어쨌든 만나기만 하면 무엇이든 그의 손에 쥐여 주어야 한다고 생각했기 때문이다. 빗물을 머금은 나뭇잎이 무게를 못 이겨 한 잎, 두 잎 떨어졌다.

나는 잎을 발로 끌어 모아 질겅질겅 밟으며 내 악령을 기다렸지만, 그는 좀처럼 나타나지 않았다. 광장 모퉁이나 인적 드문 뒷골목에서, 몇 시간이고 그가 나타날 때까지 서 있어야 하는 일은 이미 수없이 반복되었다. 이제는 지겨움조차 무뎌질 정도였다.

불운이든 행운이든 누구와도 바꿀 수 없는 자기 운명의 길을 걷는 사람처럼, 나는 크로머라는 절대자의 명령을 따라야 했다.

마침내 크로머가 다가왔다. 그날은 이상하게도 심하게 성가시게 굴지 않았다. 내 옆구리를 주먹으로 두어 번 툭툭 치고는 과자를 빼앗더니, 담배 한 대 줄 테니 피워 보겠냐고 했다. 나는 받지 않았다. 크로머는 평소보다 기분이 좋아 보였다.

"아, 잊을 뻔했네."

그는 과자를 씹으며 돌아서다 말고 다시 돌아와 말했다.

"다음에 올 땐 네 누나 데리고 와. 나이 많은 쪽. 이름이 뭐였더라?"

나는 무슨 뜻인지 이해하지 못한 채, 멍하니 그 얼굴만 바라봤다.

"무슨 말인지 모르겠어? 네 누나 데리고 오란 말이야."

"크로머, 그건 무리야. 난 누나한테 그런 말 못 해. 누나도 안 나올 거고."

나는 이것도 분명 또 하나의 책략이라고 생각했다. 그는 늘 내게 불가능한 일을 요구해 당황하게 만든 뒤, 손아귀의 힘을 천천히 풀며 거래로 몰고 가는 사람이었다. 그러면 나는 돈이든 물건이든 내놓고 그 손아귀에서 빠져나와야 했다.

그런데 이번엔 이상했다. 내가 거절해도 그는 조금도 화를 내지 않았다.

"억지로 끌고 나오라는 건 아니야. 다만 생각은 해 둬. 난 네 누나랑 친해지고 싶어졌거든. 기회가 생기면 되지. 이를테면, 산책하자고 어딘가로 데리고 나오면 돼. 내가 우연히 지나가다 만난 척 끼어들 테니까. 내일 만나서 다시 얘기하자. 오늘은 이만. 내일 휘파람

불면 빨리 나와.”

그가 돌아간 뒤에야, 어렴풋이 그의 요구가 무엇을 뜻하는지 알 것 같았다. 나는 아직 어린아이였지만, 사내아이와 계집아이가 조금 자라면 서로 ‘금지된 비밀 같은 일’을 하고 싶어 한다는 이야기를 어렴풋이 들은 적이 있었던 것이다.

크로머는 그런 짓을 하려는 것이다. 그것은 정말 추잡하고, 가문의 명예를 생각해서라도 단호히 거절해야 한다. 나는 그렇게 결심했다.

하지만 그 뒤에 돌아올 크로머의 보복을, 나는 감히 제대로 떠올릴 수 없었다. 정확히 말하면 떠올리지 못한 게 아니라, 거기에 맞설 용기가 없었다. 새로운 고통이 시작되었다. “이래도 내 말 안 들을래?” 하고 내 가슴을 죄어 오르는 크로머의 잔인한 목소리가 들리는 듯했다.

분안과 절망에 휩싸인 채 나는 두 손을 주머니에 찔러 넣고, 부르크 광장을 힘없이 가로질러 걸었다. 사람 그림자 하나 보이지 않았다. 새로운 고통, 새로운 노예 생활이 내 앞에 다가오고 있었다.

그때였다. 나직하지만 힘 있는 목소리가 내 이름을 불렀다. 나는 흠칫 놀라 달아나려 했다. 누군가 뒤에서 따라와 내 어깨를 붙잡았다. 우악스러운 힘이 아니라 부드러운 손길이었다.

“나야. 왜 그래? 그렇게 놀라?”

나는 걸음을 멈췄다. 막스 데미안이었다. 데미안은 내 얼굴을 찬찬히 들여다보았다. 그 눈이 그때만큼 어른스러워 보인 적은 없었다. 마치 나보다 한층 높은 곳에 서서 내 마음속을 환히 꿰뚫어 내려다보는 눈 같았다.

"놀라게 해서 미안해. 하지만 이름 불렀다고 그렇게 놀라면, 그게 어디 사내답겠어."

말투도 더 어른스러웠다. 부드럽고 무게가 있었다.

"응… 그래도 나 정말 놀랐어."

"자기 이름 부르는 소리에 놀라는 건 좀 이상하지 않나? 누구라도 그렇게 생각할 거야. '아무것도 아닌 일에 왜 저렇게 겁을 내지?' 하고. 그러면 더 이상해지고, 호기심이 피어오르지. '저 애는 분명 무슨 걱정이 있구나' 하고 말이야. 네가 그렇다는 뜻은 아니야. 난 네가 겁쟁이라고 생각하지 않아. 지금 얼굴은 겁쟁이 같지만, 원래부터 마음이 약한 사람은 아니야. 그렇지? 물론 영웅 기질을 타고난 것도 아니고. 너는 지금 뭔가를 두려워하고 있어. 그리고 아마 네게 겁을 주는 사람도 있겠지. 사람을 두려워한다는 건 정말 불행한 일이야. 누구를 무서워하니? 설마 나를 무서워하는 건 아니겠지?"

"아냐. 그건 아니야."

"역시 그렇군. 그럼 누구지? 네가 무서워하는 사람."

"모르겠어. 그런 말 듣기 싫어."

그는 내 옆으로 와서 어깨를 나란히 하고 걸었다. 나는 기회만 있으면 도망치려고 그의 옆얼굴을 곁눈질로 흘끔흘끔 봤다.

"가령 내가 너에게 호감이 있다고 하면…."

그가 말을 이었다. 나는 내 속을 꿰뚫는 듯한 그의 시선을 온몸으로 느꼈다.

"난 너를 이용해 한 가지 실험을 해 보고 싶어. 꽤 유쾌한 실험이지. 너에게도 도움이 될 거야. 여러 가지 필요한 것도 배울 수 있고. 잘 들어 봐. 나는 가끔 독심술을 써. 진짜 마술은 아니지만, 방법을 모르는 사람들 눈에는 신기하게 보일 수 있어. 사람들을 깜짝 놀라게 할 수도 있지. 나는 너에게 호감도 있고 흥미도 있어. 그러니까 네 마음이 어떻게 생겼는지 들여다보고 싶어진 거야. 실험의 1단계는 이미 끝났어. 너를 놀라게 한 게 바로 1단계였지. 너는 늘 불안을 품고 가슴이 조여 와. 그건 네가 무서워하는 '사람'이나 '무언가'가 있기 때문이야. 왜 그렇게 되었는가, 이제 거기서부터 풀어야 해. 인간은 원래 즐겁고 자유롭고 평화롭게 살 수 있게 되어 있어. 공포와 불안의 대상이 있으면 그 삶이 무너지지. 우리 인간은 사실 아무것도 두려워할 필요가 없어. 어떤 사람을 무서워한다는 건, 그 사람이 너를 억압하고 있다는 증거야. 예를 들어 네가 나쁜 짓을 했고, 다른 사람이 그것을 알고 있다고 해 보자. 그러면 너는 그 사람에게 눌려 살게 되는 거야. 알아듣겠어?"

나는 어찌할 바를 모르고 그의 얼굴만 바라보았다. 누가 내 가슴을 부젓가락으로 휘젓는 듯한 충동이 올라와 정신을 가다듬기 어려웠다.

데미안의 얼굴은 여전히 점잖고 영리해 보였다. 호감도 들었다. 그러나 부드러움은 없었다. 인자하면서도 엄격한 어른의 얼굴 같았다. 잘못을 '딱하게' 여기기는 해도, 쉽게 용서할 얼굴은 아니었다. 나는 점점 더 미궁으로 들어가는 기분이었다. 데미안은 마치 마법사처럼 내 앞에 서 있었다.

"알겠지?"

그가 다시 물었다. 다짐을 받는 듯했다. 나는 고개만 끄덕였다. 말이 나오지 않았다.

"독심술이라는 게, 모르는 사람에겐 신기해 보여도 사실은 아주 당연한 일이야. 예를 들어, 전에 내가 카인과 아벨 이야기를 했을 때 네가 나를 어떻게 생각했는지도 나는 맞힐 수 있어. 또 다른 얘기지만, 네가 가끔 내 꿈을 꾼다는 것도 충분히 있을 수 있는 일이지. 이쯤 하자. 내가 아는 애들은 대개 말이 안 통할 만큼 바보인데, 너는 머리가 좋아. 나는 가끔 머리도 좋고 믿을 만한 사람과 얘기하고 싶어. 너도 싫지 않겠지?"

"응, 나도 그래. 그런데 도무지 이해가 안 되는 게 하나 있어."

데미안은 내 수수께끼에는 큰 관심을 보이지 않고, 다시 자기 말로 돌아갔다.

"그럼 실험을 이어 가자. 지금까지 알아낸 건 이거야. 소년 S에게 걱정거리가 있다. 누군가를 두려워한다. 제3자가 그 비밀의 열쇠를 쥐고 있다. 그 비밀이 들통 나면 소년 S는 곤란해진다. 어때? 내 독심술, 틀렸어?"

나는 이미 그의 힘에 굴복해 있었다. 꿈속에서 크로머의 노예가 되어 있던 것과 비슷했다. 나는 무조건 고개만 끄덕였다.

그는 내 입에서 말이 나오지 못하게 만들고 있었다. 한마디 한마디가 가슴을 찌르는 목소리, 내 속을 다 아는 듯한 음성, 나보다 더 '나'를 살 아는 듯한 음성이었다.

데미안이 내 어깨를 힘 있게 두드렸다.

"그럼 딱 맞는 거네. 나도 그럴 거라 생각했어. 이제 하나만 더 묻

자. 아까 광장 모퉁이에 있던 애, 이름이 뭐야?"

나는 다시 얼어붙었다. 비밀이 고통의 소용돌이 속에서 헤매기 시작했다. 발버둥 쳐도 빠져나갈 길이 없었다.

"누구 말이야? 부르크 광장엔 아무도 없었어. 나 혼자 나무 밑에 있다가 왔는데."

데미안이 웃었다.

"시치미 떼지 마. 네가 지금 내 실험 대상이라는 걸 잊었나 보군. 그 애 이름이 뭐야?"

더는 숨길 수 없었다.

"프란츠 크로머…."

내가 중얼거리듯 말하자 데미안은 만족한 듯 고개를 끄덕였다.

"됐어. 너는 나하고 말이 통한다. 이름 말해 줘서 고마워."

그리고는 덧붙였다.

"너하고 나는 친구가 될 수 있을 것 같아. 아주 가까운 친구가. 나는 그렇게 될 거라고 믿어. 프란츠 크로머는 악당이야. 얼굴만 봐도 알겠더라. 너도 그렇게 생각하지?"

"응… 그래."

나는 불안의 껍질이 한 겹 벗겨지는 듯한 안도감 속에서 말했다.

"그놈은 악당이야. 사탄이야. 하지만 내가 그렇게 생각하는 걸 그놈이 알면 난 큰일이야. 더 무서운 놈으로 돌변해 날 괴롭힐 거야. 너는 그놈을 알아? 그놈도 너를 알아?"

"뭘 그렇게 겁내? 무서워할 것 없어. 그놈은 나를 몰라. 나도 그놈 몰라. 지금은 서로 모르지만, 앞으로는 알아야겠지. 일반 소학교 다니니?"

"응."

"몇 학년?"

"5학년. 그런데… 그놈을 만나도 내 얘긴 하지 마. 아무 말도….."

"걱정 마. 네 얘길 그 애에게 할 필요가 어디 있어. 아무 말도 안 할게. 대신 프란츠 이야기 좀 해 주지 않을래?"

"미안해, 데미안. 난 그놈 이야기는 생각만 해도 싫어."

데미안은 잠시 생각하더니 말했다.

"더 실험을 하고 싶지만 널 괴롭힐 순 없지. 그런데 너, 정말 그렇게 무섭니? 그런 쓸데없는 공포는 버려야 해. 그러지 않으면 완전한 인간이 될 수 없어. 알겠지?"

"그야… 맞아. 하지만 마음대로 안 돼. 누가 공포를 좋아해서 갖겠어? 너는 모르겠지만….."

"네가 생각하는 것보다 나는 네 사정을 더 알아. 아까 실험으로도 충분히 알 수 있지. 그놈에게 빚이라도 졌니?"

"…그것도 있긴 한데, 그게 문제의 전부는 아니야. 그보다 더… 아니야. 말 못 하겠어."

"빚을 갚을 만큼 내가 돈을 줄 수도 있어. 그 정도는 있어."

"아니야. 아니야. 그런 게 아니야. 제발 프란츠 얘기 그만해. 빚만 갚는다고 끝나는 게 아니야… 아니, 그것도 아니고… 난 정말 말을 못 하겠어. 7놈이 알면 난 끝장이야."

"걱정 마, 싱클레어. 지금은 말 못하겠지만 언젠가 말해 주겠지? 그게 네 비밀이구나. 나한테 털어놔 봐. 나쁘지 않을 거야."

"안 돼! 안 돼!"

나는 정신없이 소리쳤다.

"그건 네 마음이지. 하지만 내가 너를 괴로움에서 건져 주려는 성의를 무시당하는 건 기분 좋은 일은 아니야. 안 그래? 독심술로 알아내는 것보다, 네 입으로 직접 듣고 싶어. 나는 크로머 같은 악당이 아니니까 안심해도 돼. 설마 나를 그 악당과 같은 부류로 보는 건 아니겠지?"

"물론 아니야. 넌 좋은 사람이야. 그런데 왜 자꾸 말하라는 거야?"

"나는 여러 가지 생각을 했어. 'S라는 소년은 어떤 사람일까' 하고. 어쨌든 나는 크로머처럼 너를 괴롭히러 나타난 사람이 아니야. 내 말을 믿어. 손해 볼 일 없어. 나를 믿어 봐."

한동안 무거운 침묵이 흘렀다. 그 침묵 덕분에 나도 조금 진정할 수 있었다. 그런데도 이상했다. 데미안이 어떻게 내 비밀의 냄새를 맡기 시작했는지,

"이제 가야겠다."

데미안이 레인코트 깃을 세우며 말했다.

"얘기가 나온 김에 하나만 더 말할게, 싱클레어. 너는 그놈과 모든 관계를 끊어야 해. 끈질기게 달라붙으면 마음 단단히 먹고, 아주 죽여 버릴 정도로 결심해야 한다. 네가 그런 결심을 할 수 있다면, 나는 너를 존경할 거야. 힘이 모자라면 도와줄 수도 있어."

나는 다시 불안해졌다. 왜 불안은 이렇게 자꾸만 되살아나는가. 문득 카인의 이야기가 떠올랐다. 나는 훌쩍훌쩍 울기 시작했다. 음산하고 불쾌한 것들이 내 주위를 빙 둘러싼 듯했다.

"자, 그만. 이제 그만."

데미안이 웃으며 말했다.

"집에 가 봐. 반드시 방법이 떠오를 거야. 때려죽이는 게 가장 간단하지. 이런 경우에는 대개 가장 단순한 방법이 최선이거든. 다시 말하지만, 크로머와 관계를 끊지 않으면 넌 절대 괴로움에서 벗어날 수 없어. 그런 놈은… 알겠지?"

집 앞에 도착하니, 먼 길을 떠났다가 몇 년 만에 돌아온 것 같은 기분이 들었다. 모든 것이 달라져 보였다. 크로머와 나 사이에 정체 모를 '미래의 것', 미래의 행복 같은 것이 끼어드는 느낌이었다. 나는 더 이상 혼자가 아니었다. 그제야 나는 지난 몇 주간 비밀을 안고 살아온 시간이 얼마나 무섭고 외로웠는지 깨달았다.

그러자 예전부터 여러 번 떠올리던 생각이 다시 떠올랐다. 아버지와 어머니에게 모든 것을 말하고 참회하면 마음은 편해질지 모르지만, '완전히' 구제되지는 못할 것이라는 생각이었다.

그런데 나는 지금, 거의 참회를 끝낸 듯한 상태에 가까웠다. 다만 내 참회를 들어 준 사람이 아버지나 어머니가 아니라, 가족 밖의 '남자'라는 점이 다를 뿐이다. 누구 앞에서 참회하든, 나는 구원의 예감이 강렬한 향기처럼 내 쪽으로 흘러오는 것을 느꼈다.

하지만 불안이 멀리 사라진 것은 아니었다. 불안을 극복하려면 꽤 많은 노력과 시간이 필요했다. 나는 적을 상대로 오래고 무서운 싸움을 치를 각오를 하고 있었다. 그래서 모든 것을 비밀 속에 숨겨둔 채 조용히 지낼 수 있었다.

그러던 어느 날부터 크로머의 휘파람 소리가 뚝 끊겼다. 하루, 이

틀, 사흘… 일주일이 지나도 들리지 않았다. 그렇다고 앞으로 영영 나타나지 않을 것이라고는 믿을 수 없었다. '언젠가 반드시 다시 나타난다. 나는 그때 대비해야 한다.' 그게 내 자세였다. 새로운 자유를 선뜻 믿지 못하던 나는, 휘파람이 일주일이나 끊겼다는 사실마저 오히려 불안했다. 하지만 그 모든 것은, 크로머가 다시 나타나기 전까지의 문제였다.

어느 날 자일러가의 뒷골목에서 크로머와 마주쳤다. 그는 내 모습을 보자 흠칫 놀란 듯 멈추더니, 얼굴을 찡그렸다(그런 표정을 나는 처음 봤다). 그리고는 발길을 돌려 어디론가 사라져 버렸다.

전대미문의 순간이었다. 내 적이, 내 박해자가, 나를 보고 달아난 것이다. 내 사탄이 나를 무서워한 것이다. 기쁨과 놀라움이 온몸을 뒤흔들었다.

그 무렵, 데미안이 다시 내 앞에 나타났다. 그는 학교 앞에서 나를 기다리고 있었다.

"오랜만이야, 데미안!"

"별일 없었어, 싱클레어? 요즘 어때? 궁금해서. 크로머, 이제 널 괴롭히지 않지?"

"네가 그놈을 혼내 준 거야? 어떻게 한 거야? 난 도무지 모르겠어. 그놈은 그냥 사라져 버렸어."

"잘 됐군. 혹시라도 다시 나타나면―아마 그럴 일은 없겠지만 워낙 뻔뻔한 놈이니 이렇게 말해. '데미안을 잊었어?'라고."

"그럼 네가 그놈을 두들겨 패줬어? 정말 고마워, 데미안."

"때리진 않았어. 몇 마디 말로 버릇을 고쳐 줬지. 앞으로 싱클레어를 괴롭히면 좋지 않을 거라고, 조심하라고 했을 뿐이야."

"정말 멋지다. 그런데 데미안, 설마 돈을 준 건 아니지?"

"천만에. 그런 방법은 네가 이미 해 봤을 텐데."

나는 그가 어떤 방법으로 크로머를 꺾었는지 알고 싶었지만, 그는 더 말하지 않고 떠나 버렸다.

나는 전부터 그에게 느끼던 감정이 뒤엉켜 답답했다. 고마움과 놀라움, 불안, 호감, 그리고 설명하기 어려운 내면의 저항이 한데 섞여 있었다.

며칠 후 다시 만나면, 이야기를 좀 더 넓혀 카인의 문제도 더 깊게 묻고 싶다고 생각했다. 하지만 계획은 계획으로 끝났다. 그렇게 되지 않았다.

무엇보다도 내겐 '감사'가 그리 신뢰할 만한 덕목이 아니었다. 아이에게 감사를 요구하는 어른은 완전한 인격자가 아니라고, 나는 (그릇된 생각인지 몰라도) 그런 생각을 하고 있었다. 그래서 나는 막스 데미안에게 어쩐지 배은망덕한 태도를 보이게 되었고, 그 태도를 후회한 적은 없었다.

그때 데미안이 나를 크로머의 속박에서 풀어 주지 않았다면, 나는 아마 평생 고통의 바다에서 헤어나지 못했을 것이다. 그건 지금도 확신한다. 당시 나는 '크로머로부터의 해방'을 내 어린 시절 최대의 사건으로 여겼다. 그런데 정작 나를 해방시켜 준 사람은, 자신이 일으킨 기적 같은 사건 뒤에 나를 외면해 버렸다.

더 신기한 것은, 내가 호기심을 크게 보이지 않았다는 점이다. 데미안이 암시해 준 여러 비밀을 더 캐묻지 않은 것이 이상했다. 카인의 이야기를 더 듣고 싶고, 독심술도 알고 싶다던 호기심 많은 내가, 어째서 그 모든 것을 눌러 버릴 수 있었을까.

하지만 사실은 분명하다. 나는 악마의 사슬에서 풀려나는 '나'를 보았던 것이다. 나는 다시 밝은 세계로 발을 들였다. 아름답고 평화로운 낙원이 눈앞에 펼쳐졌다. 불안의 발작과 공포의 엄습에서 벗어났고, 가슴을 찢던 심장의 고동도 더는 내 고막을 두드리지 않았다. 나를 묶어 두었던 쇠사슬은 토막토막 끊어졌다. 나는 더 이상 저주받은 인간이 아니었다. 다시 원래의 라틴어 학교 학생으로 돌아온 것이다.

내 본능은 가능한 한 빨리 예전의 균형과 안정을 되찾기 위해, 공포와 위험에서 나를 떼어 내는 데 전력을 다했다. 그 결과 죄와 불안으로 가득했던 사건 전체가 놀라운 속도로 기억에서 옅어져, 마치 아무 흔적도 남기지 않은 듯 보이게 되었다.

그리고 나를 구해 준 데미안까지도, 그 불행한 사건들과 함께 기억에서 지워 버리려 애쓴 것—그것은 지금의 나로서는 이해할 수 있는 일이기도 하다.

저주와 탄식의 골짜기에서 크로머라는 악마의 노예로 끌려 다니던 나는, 상처 입은 영혼의 충동으로 있는 힘을 다해 다시 '안녕과 행복의 세계'로 도망쳐 나왔다. 문이 다시 열린 낙원으로, 아버지와 어머니의 밝은 세계로, 누나들 곁으로, 순결한 향기 속으로—하느님의 은총을 받는 아벨의 세계로 돌아온 것이다.

데미안과 몇 마디 나눈 다음 날, '이 자유를 영원히 누릴 수 있다'는 확신이 생기고 악의 소굴로 다시 끌려갈 걱정이 사라졌을 때, 나는 오래전부터 간절히 바라던 일을 실행에 옮겼다. 참회였다.

나는 어머니에게, 찌그러진 입으로 장난감 돈을 삼키고 있던 저금통을 보여 드렸다. 그리고 박해자의 악행과 내가 겪은 고통을 이야기했다. 어머니는 모든 것을 완벽히 이해하진 못했을지 모른다. 그러나 찌그러진 저금통과, 전과 달라진 내 눈빛, 전과 달라진 내 목소리를 듣고서, 내 '병'이 나았고 내가 다시 어머니 품으로 돌아왔다는 것을 알아차린 것이다.

나는 홀가분한 마음으로 '방탕한 아들의 귀가'를 축하하는 의식 같은 것에 참여했다. 어머니는 나를 아버지 방으로 데려갔다. 같은 이야기가 몇 번이고 되풀이되었고, 질문과 놀라움, 탄성이 끊이지 않았다. 부모님은 내 머리를 쓰다듬어 주었다. 그걸로 나는 완전히 해방된 셈이었다. 모든 것이 멋지고 아름다웠다. 현실 같지 않을 정도였다.

모든 것이 융합되어 새로운 조화를 이룬 듯했다. 나는 진심으로 그 조화 속으로 뛰어들었다. 마음의 평화를 되찾고, 부모님의 사랑과 신뢰를 다시 얻었다는 사실이 얼마나 만족스러웠는지 모른다. 만족해도 끝이 없었다.

나는 다시 '가정의 귀공자'가 되었다. 부모님 말씀을 잘 듣는 착한 소년이 되었다. 누나들과도 자주 어울려 놀았고, 기도 시간에는 구제받은 자의 기쁨과 회개한 자의 정성을 다해, 예전에 좋아하던 찬송가를 함께 불렀다. 그것은 모두 진심이었다. 허식도 기만도 없었다.

하지만 모든 것이 완전히 제자리로 돌아온 것은 아니었다. 내가 데미안을 일부러 빨리 잊으려 했던 이유를 여기서 말해야 한다.

참회는 사실 데미안에게 해야 했다. 그 참회는 집에서 했던 것처럼 화려하고 감동적이지 않았을지 모른다. 그러나 적어도 내게는, 가장 보람 있고 근원적인 성장을 가져다줬을 것이다.

그 무렵 나는 밝은 세계, 잃었던 낙원에 매달리기 위해 사방으로 뿌리를 뻗고 있었다. 하느님의 축복 안에서 그 세계에서 밀려나지 않으려 안간힘을 썼다. 그런데 데미안은 그 세계에 속한 사람이 아니었다.

막스 데미안은 그 세계에서 살 수 없는 사람이었다. 프란츠 크로머와는 방향이 다르지만, 어쨌든 '밝은 세계'에 어울리는 사람은 아니었다. 그 세계에 속하지 않는 한, 데미안 역시 나를 '악의 길'로 끌어당길 수 있는 유혹자라는 점에서는 같았다. 그리고 그 악의 길이 어두운 제2세계로 통한다는 점에서, 데미안은 크로머와 같은 부류라고도 느껴졌다.

하지만 나는 그 어두운 제2세계 이야기를 이제 더 하고 싶지 않았다. 어두운 세계를 전혀 모르는 사람인 척, 그 이야기는 덮어 두어야 했다. 천신만고 끝에 겨우 아벨이 된 지금, 어떻게 아벨을 버리고 카인을 찬양하는 자들의 심부름을 할 수 있겠는가.

겉으로 드러난 사정은 대체로 이렇다. 그러나 내면의 연결은 또 달랐다. 내가 크로머와 악마의 손아귀에서 구출되었다 해도, 그것은 내 힘이나 노력 덕분이 아니었다.

나는 인간의 길로 돌아가려다 발을 헛디딘 셈이었다. 그런데 친절한 손이 비틀거리는 나를 다시 '인간의 길'로 이끌어 주자, 나는 뒤도 돌아보지 않고 어머니의 품속, 신앙심 깊은 어린이의 세계로 뛰어든 것이다. 나는 일부러 나이보다 더 어린아이처럼 보이려고 어리광도 부리고 장난도 쳤다.

크로머의 노예였던 나는 다시 누군가의 지시를 받아 움직여야 했다. 혼자서는 움직일 힘도 방향도 없었기 때문이다. 그래서 나는 부모님이 시키는 대로 하기로 했다. 아버지와 어머니가 골라 주는 길을 걷기로 결심했다. 그 길이 유일한 길이 아니라는 것을 알면서도, '옛날의 밝은 세계'로 돌아가기 위해서는 그럴 수밖에 없었다.

만약 그 길을 택하지 않았다면, 나는 데미안을 의지해 모든 것을 털어놓았을 것이다. 내가 데미안을 믿지 않은 것은 그의 기묘한 사고방식에 대한 불신 때문인 듯 보이지만, 사실은 불신보다 '불안'이 더 컸다.

만약 데미안에게 기대었다면, 부모님보다 훨씬 더 많은 것을 요구했을 것이다. 격려와 경고, 모멸과 야유까지도 동원해 나를 더 독립된 인간으로 만들려 했을 것이다. 이제 와서야 나는 그 사실을 깨닫고 뉘우칠 수 있게 되었다.

인간이 이 세상에서 가장 통렬한 저항을 느끼는 순간은, '자기 자신'에 이르는 길을 걸으려 할 때다.

그로부터 반년쯤 지난 뒤, 나는 호기심에 아버지에게 물었다.

"카인이 아벨보다 훌륭하다고 말하는 사람이 있는데, 어떻게 생각하세요?"

아버지는 깜짝 놀란 눈치였다. 그리고 말하길, 그런 해석이 아주 새로운 것은 아니라고 했다. 원시 기독교 시대에도 여러 종파가 그런 식으로 설명했는데, 그중 '카인파'도 있었다고 했다.

물론 그런 궤변은 우리 신앙을 깨뜨리려는 이단의 시도일 뿐이라고 아버지는 말했다. 왜냐하면 카인의 행위가 정당하고 아벨이 그릇된 인간이라면, 결국 신이 과오를 범한 셈이 되기 때문이다. 그러면 성서의 하느님은 절대적 유일신이 아니라 거짓 우상에 불과하다는 결론이 된다.

카인파의 설명은 그런 궤변을 토대로 설교하고 선교했던 것이지만, 그런 이단적 설교는 이미 오래전에 사라졌다. 다만 걱정스러운 것은 종교와 신앙에 호기심이 트기 시작한 학생들이 그런 설명에 귀를 기울인다는 점이라고 했다.

그러니 어쨌든 그런 어처구니없는 이단적 해석에는 귀를 주지 말고, 각별히 조심하라고 아버지는 당부했다.

그리스도와 함께 처형된 강도

나의 소년 시절, 부모의 보호 아래, 어리광도 부리며 평화로운 환경 속에서 즐겁게 지내던 시절에 대해서는, 말하려면 얼마든지 할 수 있다. 모두 아름답고 사랑스러운 이야기들이다. 그러나 내가 관심을 두는 것은 오직 '나 자신'에 이르기 위해 애써 걸어간 인간의 길뿐이다.

멋지고 아름다운 모든 기착지와 행복의 섬들, 낙원의 매력 같은 것들을 모르는 바도 아니다. 하지만 나는 그것들을 과거의 영광 속에 묻어 두려 한다. 거기에 다시 발을 들일 생각은 없다.

그러므로 소년 시절을 이야기한다 해도, 내 주변에 새로 일어났던 사건들, 그리고 나를 유혹하고 이끌었던 것들만을 말할 작정이다. 그런 자극은 늘 '또 하나의 세계'에서 찾아왔다. 그것은 언제나 불안과 강압, 양심의 가책을 동반했다. 그리고 언제나 혁명적이었다. 안주하려는 평화를 위협하는 힘이었다.

누구나가 인정하는 밝은 세계에서 떳떳이 살 수 없는 어떤 근원적 충동이 내 안에도 살아 있음을, 나는 새삼 부정할 수 없게 되었다. 모든 사람과 마찬가지로, 내게도 서서히 눈뜨는 성의 감정이 덮쳐 왔다.

그 감정은 내게 하나의 적이자 파괴자였다. 금지된 유혹이었고 죄악처럼 느껴졌다. 내가 찾아 헤매던 호기심의 대상이기도 했고, 꿈과 쾌감과 불안을 한꺼번에 안겨 주기도 했다. 그러나 그 감정은 사춘기 울타리 밖에 있던 어린아이의 평화롭고 순진한 행복과는 전혀 어울리지 않았다.

나는 다른 아이들이 하듯이 그 흉내를 내며, 순진한 어린이답지 않은 이중생활을 시작했다.

의식은 가정이 세계, 공인된 밝은 세계에 붙어 있었고, 새로운 세계를 부정했다. 그러나 동시에 나는 땅속에 묻힌 듯한 꿈과 충동, 소망의 세계에도 살고 있었다. 의식적 삶과 그 아래의 세계 사이에는, 아지랑이처럼 흔들리는 구름다리가 걸려 있었다. 내 안의 '순진한 어린이의 세계'가 무너져 가고 있었기 때문이다.

대부분의 부모들이 그러하듯, 내 부모도 내 안에서 눈뜨기 시작한 이 생명의 충동에 거의 무관심했다. 다만 성의식의 진짜 방향과는 상관없는 피상적인 말들로 사춘기인 내 삶을 위로하려 했다.

나는 성적 감정과 그것이 부르는 현실적 충동을 부정한 채, 허위와 기만의 베일 속으로 숨어들었다. 그리고 어린아이의 세계, 더 비현실적이고 더 가공된 세계로 돌아가 보려고 헛된 노력을 거듭했다.

부모라는 존재가 사춘기 자녀에게 어느 정도 영향을 미치는지, 나는 잘 모른다. 그래서 나는 부모의 무관심을 탓할 수 없다. 자기 일은 스스로 처리해야 하고, 자기 길은 스스로 찾아야 한다. 성적 감정에 눈뜬 내 삶을 어떻게 다룰지도 결국 내 몫이다. 하지만 부유한 가정에서 자란 아이들이 대개 그러하듯, 나는 내 문제를 내 손으로 해결하는 솜씨가 몹시 서툴렀다.

누구나 그런 관문을 지나야 한다. 특히 평범한 사람들에게는 그 고비가 더 중요하고 어렵다. 이 시기야말로 '삶의 요구'가 '주변의 삶'과 가장 격렬하게 충돌하는 때이며, 뚜렷한 목표를 향해 전진하는 길을 스스로 쟁취해야 하는 시점이다. 대부분의 사람은 죽음과 갱생이라는 운명의 체험을 평생에 한 번밖에 하지 못한다. 그리고 그 단 한 번의 체험은 바로 이때에 놓여 있다.

유년의 세계가 붕괴하고 그 기억이 사라져 갈 때, 우리는 우주적 고독과 죽음의 기운을 느낀다. 우리를 사랑하던 모든 것이 갑자기 우리를 버리는 듯하기 때문이다. 그런데 많은 사람들은 이 세대적 전환점에서 발목을 붙잡힌 채, 다시는 돌아오지 않는 과거라는 절벽에 매달린다. 그리고 죽을 때까지, 모든 꿈 중에서도 가장 악질적이고 살인적인 꿈, 잃어버린 낙원의 꿈을 좇는다.

이야기가 옆으로 샜다. 다시 내 체험으로 돌아가자.

내게 소년 시절이 끝났음을 알린 감정이나 몽상은, 여기서 길게 말할 만큼 중요하지도 않고 흥미롭지도 않다. 중요한 것은 '어두운 세계', 곧 '또 하나의 세계'가 다시 찾아왔다는 사실이다. 예전에는 프란츠 크로머라는 형상으로 바깥에서 찾아오던 것이, 그때는 '내 안'에 들어와 자리 잡고 있었다. 그로 인해 '또 하나의 세계'는 밖에서도 더 맹렬하게 나를 흔들기 시작했다.

크로머 사건 이후로 몇 해가 흘렀다. 내 생애에서 가장 극적이고 죄 많은 그 시기는 짧은 악몽처럼 지나가 버렸다. 지금 돌아보면 아득한 옛 악몽처럼 느껴질 정도다. 크로머가 내 삶에서 모습을 감추고 멀리 사라진 지도 오래다. 가끔 마주치기도 했지만, 만나 봐야 별일은 없었다.

하지만 내 비극의 씨를 뿌린 또 하나의 배후 인물, 막스 데미안은 내 주변에서 떠나지 않았다. 다만 그는 늘 가장 먼 곳에 있었기에, 내 세계에 미치는 영향은 거의 없는 듯했다. 그런데 언제부터인지 정확히는 기억나지 않지만, 그는 점점 거리를 좁혀 오더니, 마침내 내 곁에까지 다가와 다시 힘을 발신하며 나를 움직이기 시작했다.

그때의 데미안에 대해 내가 무엇을 느꼈는지, 나는 지금 기억을 더듬고 있다. 1년이 넘도록 어쩌면 그보다 더 오래 우리는 한 번도 제대로 이야기하지 않았는지도 모른다. 나는 일부러 그를 피했고, 그도 일부러 나를 찾지 않았다. 어쩌다 만나면 가볍게 고개만 끄덕였을 뿐이다.

그럴 때면, 호감을 주는 그의 얼굴 표정 속에 이상하게도 조롱과 비난의 빛이 섞여 있는 듯 느껴지곤 했다. 지금 생각하면 과한 짐작이었을지도 모른다. 데미안과 얽힌 사건과 그에게서 받은 미묘한 영향은, 양쪽 모두 잊은 듯 보이기도 했다.

그런데도 나는 그를 자주 떠올렸다. 그의 생각이 자주 머리를 스쳤다. 이 점만 보아도, 그는 늘 내 주변에 있었고 내 호기심과 주의를 끌었다는 사실을 부정할 수 없다.

데미안이 등교하던 모습이 눈앞에 선하다. 혼자 가기도 하고, 상급생들과 함께 가기도 했다. 그의 모습은 이단적이고 고독해 보였으며 조용했다. 그는 자기만의 생활 법칙을 가진 사람 같았다. 그의 움직임은 마치 천체의 운동처럼 느껴졌다.

단조로우면서도 복잡하고, 미묘한 기운을 풍기는 그는 누구에게서도 사랑받지 못했다. 그와 친해지려는 친구도 없었다. 물론 어머니는 예외였지만, 그는 어머니와도 모자 관계라기보다 어른과 어른이 교제하듯 지내는 듯했다. 학교의 교사들조차 가능한 한 그를 건드리지 않으려 했다.

그는 모범생이라 할 수는 없어도 교칙을 지키고 공부에도 성의를 다하는 편이었다. 하지만 교사들과 친해지려 하지 않았다. 가끔 우리는 그가 어떤 교사를 냉혹하게 비평했다거나, 학생답지 않게 말대답을 했다거나 하는 소문을 들었다. 그런 소문들이 사실인지 아닌지는 몰라도, 그의 태도가 날카롭고 도전적이라는 점은 교사나 학생 모두가 인정하고 있었다.

눈을 감고 생각해 본다. 데미안의 한 장면이 떠오른다. 장소는… 그렇다. 우리 집 앞 골목이다.

어느 날 나는 수첩을 든 데미안이 골목에 서 있는 것을 보았다. 그는 수첩에 무언가를 그리고 있었다. 우리 대문 위에 달린 낡은 문장을 베끼고 있었다. 나는 커튼 뒤에 숨어 열린 창문 너머로, 대문의 아치를 깊이 응시한 채 천천히 손을 움직이는 데미안의 얼굴을 보았다. 밝고 조용하면서도 차가운 얼굴. 이상하게도 나는 그 모습에 놀랐다.

그 얼굴은 어른의 얼굴이었고, 과학자의 얼굴이었고, 예술가의 얼굴이었다. 꿋꿋한 의지와 여유가 배어 있었고, 아무리 어려운 것이라도 끝내 터득할 수 있다는 예지, 아무리 무서운 적이라도 굴복시킬 수 있다는 자신감이 서려 있는 듯했다.

그로부터 얼마 뒤, 공부를 마치고 집으로 돌아가던 우리는 길가에 쓰러진 말을 구경하고 있었다. 말은 짐수레의 멍에를 목에 맨 채 옆으로 쓰러져, 코를 벌름거리며 도움을 청하는 듯했다. 상처에서 흐르는 피가 먼지 쌓인 길바닥을 검붉게 물들이고 있었다. 어디가 그렇게 심하게 다쳤는지, 보기에도 끔찍했다.

나는 더 보고 싶지 않아 눈을 돌렸다. 공교롭게도 그 순간 데미안과 눈이 마주쳤다. 그는 쓰러진 말을 둘러싼 학생들 맨 뒤에 서 있었다. 조잘거리는 아이들 뒤에 서 있는 점잖은 어른처럼 보였다.

우리는 시선이 마주쳤지만, 그의 눈은 여전히 말의 머리 쪽을 향하고 있었다. 무엇을 관찰할 때나 그랬듯, 그의 눈에는 조용하고 깊은 집중이 담겨 있었다. 열정의 불꽃이라기보다, 광신적일 만큼 날카로운 주의력이 깔려 있었다. 나는 한동안 멍하니 그 얼굴을 바라보았다.

그때 나는 아직 말로 설명할 수 없었지만, 무언가 극히 독특한 것이 있음을 느꼈다. 데미안의 얼굴은 단지 '소년이 아니라 어른 같다'는 정도가 아니었다. 그의 얼굴에는 어른다움과는 또 다른, 불가항력의 신성한 위력 같은 것이 있었다.

그리고 이상하게도, 그의 얼굴에는 어딘가 여성적인 분위기까지 섞여 있었다. 그것은 순간적으로 내 눈에, 남성도 아니고 여성도 아닌, 소년도 아니고 노인도 아닌, 청년도 아닌, 마치 수천 년의 시간을 초월한 존재처럼 보였다. 동물이나 나무나 별이라면, 그런 느낌을 줄 수도 있지 않을까 싶은 얼굴이었다.

물론 그때의 나는 이런 말을 알지도 못했고, 이렇게 명확히 느낄 수도 없었다. 다만 그 윤곽을 어렴풋이 감지했을 뿐이다. 어쩌면 그는 미소년이었는지도 모르고, 내 마음에 드는 벗이었는지도 모른다. 혹은 반대로 혐오와 반감을 일으켰는지도 모른다. 나는 그것조차 분간하지 못했다.

내가 본 것은 환상 같은 것이었다. 데미안은 우리와 달랐다. 동물 같기도 하고, 만물의 근원이나 초자연적 정령 같기도 하고, 우상 같기도 했다. 그의 '실제'는 도무지 떠올릴 수 없었다. 다만 분명한 것은, 그는 보통 사람이 아니라는 사실이다. 우리와는 상상할 수도 없을 만큼 다른 인간이었다. 그 시절의 기억은 그 정도뿐이다. 지금 내가 덧붙인 말들 중 일부는, 훗날 그에 대한 인상들이 거꾸로 섞여 들어간 것인지도 모른다.

몇 살 더 먹었을 때, 나는 다시 데미안과 가까이 접촉하기 시작했다. 그는 또래 친구들과 어울려 교회에 가는 일이 거의 없었고, 견신례堅信禮도 받지 않았다. 이 일로도 소문이 무성했다.

학교에서는 그가 유대인이라느니, 이교도라느니 하는 말이 돌았다. 어떤 애들은 데미안과 그의 어머니가 무종교주의자라고 수군거렸고, 사악한 종파의 신자라고 떠벌리는 아이들도 있었다.

그 '사악한 종파'와 연결되어, 데미안이 자기 어머니와 연인처럼 지낸다는 말도 나는 몇 번 들었다. 너무 어처구니없어 사실인지 확인해 볼 생각조차 하지 않았다.

그러다 나중에 데미안의 어머니는, 아들을 견신례에 참여시키기로 마음먹은 듯했다. 또래 아이들이 견신례를 받은 지 2년쯤 지난 뒤였다. 종교와 무관한 교육을 받는 아들의 장래가 걱정되었던 것인지도 모른다. 그렇게 해서 데미안은 견신례 수업 시간에 내 동급생이 되었다.

한동안 나는 데미안과의 교제를 끊고 있었다. 접촉하고 싶은 마음이 없었다. 그를 둘러싼 수많은 소문과 비밀, 그리고 특히 크로머 사건 이후 내 안에 남아 있던 불쾌한 감정이, 그와의 접촉을 포기하게 만들었다. 그 무렵 나는 나 자신의 비밀조차 감당하지 못하고 있었다.

때마침 견신례를 위한 수업과, 성적 감정의 문제를 정면으로 맞닥뜨려야 하는 시기가 겹쳤다. 나는 두 가지를 모두 성실하게 받아들일 수 없었다. 결국 성적 감정의 문제 때문에, 종교 교육에 대한 흥미를 잃어 버렸다.

비현실적인 신성의 영역을 예로 들며 설교하는 목사는, 우리 영혼을 구하려 애쓰는 분이었고 설교도 은혜로웠다. 하지만 내 현실과는 연결되지 않았다. 반면 다른 한 가지 문제, 성적 감정이 불러오는 충동은 내가 한 번도 겪지 못한 생생한 감동과 흥분을 주는 자극이었다.

나는 막스 데미안 쪽으로 기울기 시작했다. 종교 교육과 목사의 설교에 냉담해질수록, 그에게 끌리는 마음은 더 커졌다. 마치 눈에 보이지 않는 실이 우리를 계속 이어 주는 듯했다. 나는 그 실을 따라 데미안을 찾아갔다.

시작은 이른 아침, 교실 불빛이 켜진 채 진행되던 수업 시간이었다. 종교 교육 시간이었다.

그날도 교사는 카인과 아벨 이야기를 하고 있었다. 나는 덜 깬 얼굴로 앉아 있었고, 말은 거의 귀에 들어오지 않았다. 그런데 종교 교육을 맡은 교사는 늘 목사였다가 목소리를 높여 카인의 '표지'에 대해 설명하기 시작하던 순간, 내 몸에 무언가가 닿는 듯했고 누군가 나를 주의시키는 듯했다. 나는 고개를 들었다.

앞줄 의자에서 막스 데미안이 뒤돌아 나를 보고 있었다. 그의 눈은 늘 그렇듯 밝고 고요했으나, 설명하기 어려운 표정이 담겨 있었다. 그는 한순간 나를 보고는 곧 시선을 거두었다.

나는 정신을 차리고 목사의 설교를 들으려 했다. 카인과 그 '표지' 이야기가 한창이었다.

그런데 듣는 동안 이상한 충동이 올라왔다. '저 설교가 전부 옳은 건 아니다. 관점을 바꾸면 견해도 달라진다. 저 이야기에는 비판의 여지가 있다.' 내 안에서 누군가 외치는 듯했다. 그 속삭임이 목사의 말보다 더 크게 들리는 느낌이었다.

그 순간이 게기가 되어 데미안과의 접촉이 다시 시작되었다.

그리고 기묘하게도, 내 마음속에 연대감이 싹트는 순간부터 공간적인 거리마저 마치 마법처럼 좁혀졌다. 우연이었는지, 데미안이 일부러 그렇게 만든 것인지 나는 알 수 없다. 그때의 나는 우연이라 믿었지만, 데미안이 개입된 이상 확신할 수 없었다.

며칠 뒤 그는 수업 시간에 갑자기 자리에서 일어나 내 앞자리로 와 앉았다. 지금도 기억한다. 학생들로 빽빽한 교실의 퀴퀴한 공기 속에서, 나는 그의 목덜미에서 풍겨오는 향기로운 비누 냄새를 이상하리만큼 기쁜 마음으로 들이마셨다.

2~3일이 지나 그는 다시 자리를 옮겨 내 옆에 앉았다. 그해 겨울부터 다음 해 봄까지, 그는 자리를 바꾸지 않았다.

그때부터 아침 수업에 들어가는 내 기분은 달라졌다. 나는 졸지도 않았고, 지겹지도 않았다. 그 시간을 즐길 수 있게 되었다.

데미안과 나는 때로 진지하게 목사의 이야기에 귀를 기울였다. 그러나 그의 눈짓 하나에 따라 내 태도는 달라졌다. 그가 신호를 보내면 나는 목사의 말 속의 이상한 대목이나 별스러운 격언을 열심히 듣는 처했고, 다른 눈짓을 받으면 정반대로 '비판하고 의심해야 한다.'는 태도를 취했다.

우리는 수업에 성실한 학생들은 아니었다. 말하자면 질이 썩 좋은 학생들이 아니었다. 하지만 데미안은 교사나 동급생들 앞에서 늘 온순하고 점잖았다. 남학생들의 짓궂은 장난을 흉내 내는 모습을 나는 한 번도 보지 못했고, 크게 웃거나 떠들어대는 모습도 본 적이 없었다.

그는 꾸중을 듣는 일도 거의 없었다. 그러나 그에게도 '부업', 학생의 본업이 공부라면, 장난은 부업이라 불러도 되겠다. 오히려 그 부업의 기술은 훌륭하기까지 했다. 그리고 나는 나도 모르게, 남의 눈에 띄지 않는 그의 부업에 동원되곤 했다.

그 부업은 귀엣말이 아니라 주로 손짓과 눈짓으로 시작된다. 그래서 철저히 비밀스럽게 진행된다.

예컨대 그는 내게 독특한 신호를 보내며 말했다. '저 학생이 흥미롭다. 거동을 살펴봐라.' 그리고는 관찰법을 가르쳐 주었다. 그의 신호가, 다른 학생들의 앞으로의 행동이나 태도를 놀랄 만큼 정확히 맞히는 일도 있었다.

나는 결국 막스 데미안이 예언자보다 더 총명하고 섬세한 두뇌를 가졌다고 믿어 버렸다. 수업 시작 전, 그가 이렇게 말한 적도 있었다.

'내가 엄지로 신호를 보내면 앞줄 저 애를 봐. 곧 뒤를 돌아보거나 뒷목을 긁을 거야.'

그리고 그의 엄지손가락은 정말로 '정확한 예언'이 되었다.

수업 중 어느 날, 그는 갑자기 엄지로 신호를 보냈다. 나는 그가 가리킨 학생을 보았다. 놀랍게도 그 학생은 꼭두각시처럼 데미안이 말한 동작을 그대로 해 버렸다.

그것은 '예언'이라기보다, 그렇게 움직이게 만드는 힘 같았다. 그럴 때의 데미안은 사람을 마음대로 다루는 마술사 같았다. 나는 교단 위의 목사에게도 그 마술을 시험해 보라고 졸라 보았지만, 그는 내 청을 받아들이지 않았다.

하지만 소극적인 방식으로 '복사에게도' 성공한 적이 있었다.

어느 날 나는 교실에 들어오며 "오늘 숙제를 안 해 왔어. 큰일이야. 어떻게든 무사히 넘어가야 해." 하고 걱정했다. 데미안은 눈짓으로 '걱정 마라'고 신호를 보내더니, 그 신기한 술법으로 나를 구해냈다.

목사는 교리 문답서 구절을 암송시킬 학생을 고르며 교실을 훑어봤다. 그 눈이 내 눈과 마주쳤다. 그는 곧 내 이름을 부를 듯했다. 나는 당황해 어쩔 줄 모르고 있다가, 무심코 손을 들어 웃옷 깃에 갖다 댔다. 데미안의 술법이 나로 하여금 그런 동작을 하게 만든 것이었다.

그 동작이 목사 눈에는 '암송쯤은 자신 있다'는 몸짓으로 보였는지, 어쨌든 목사는 내 이름을 삼키고 다른 학생을 불렀다.

그런 일들에 재미가 붙어 가는 동안, 나는 그가 가끔 나에게도 같은 일을 한다는 사실을 겨우 눈치 채기 시작했다. 학교 가는 길에 갑자기 기분이 이상해져 뒤돌아보면, 데미안이 그림자처럼 따라오고 있었던 것이다.

그게 정말 '술법' 때문이었는지는 모르지만, 나는 그때부터 인기척이라는 것에 유난히 민감해졌다.

"데미안, 너는 네가 생각하는 것과 똑같은 마음을 다른 사람에게도 갖게 할 수 있어?"

내가 묻자, 그는 늘처럼 침착하게 설명했다.

"아니. 그런 건 불가능해. 인간에게 자유의지라는 게 있다고 목사들은 말하지만, 사실 그런 의미의 '의식 활동'을 제대로 할 수 있는 사람은 거의 없어. 내 생각을 그대로 남에게 심는다거나, 남의 생각을 내 머릿속에 그대로 받아들이는 건 불가능하지. 하지만 다른 사람 마음이 '흐르는 방향'은 관찰할 수 있어. 그건 누구에게나 가능한 일이야. 관찰이 치밀하고 예리하면, 상대가 무엇을 느끼고 무엇을 생각하는지 꽤 정확히 짐작할 수 있어. 다음 순간 어떤 행동을 할지도 대개는 예측할 수 있고. 방법은 간단하지만, 모르는 사람에게는 신기해 보이지. 간단해 보여도 숙달되려면 연습이 필요해. 예를 하나 들어 볼게. 나비목 곤충 가운데는 암컷이 수컷보다 훨씬 적은 종이 있어. 나방류가 그렇지. 그런데 암컷이 극히 적어도 번식은 이루어져. 만약 네가 암컷 나방 한 마리를 갖고 있다면 곤충학자들이 여러 번 실험한 일이야, 밤마다 수컷이 날아들 거야. 몇 킬로미터 떨어진 곳에서도 어떻게 알고 찾아오는지, 학자들도 완전히 설명하지 못해. 아마 후각이나 냄새와 비슷한 감각 작용일 거야. 어쨌든 '찾아오는' 건 사실이지. 이건 영리한 사냥개가 눈에 보이지 않는 흔적을 맡아 추적하는 것과 비슷해. 자연에는 이런 식의 '찾기'가 많지만, 우리는 다 설명하지 못해. 그리고 중요한 건 이거야. 만약 암컷이 수컷만큼 흔했다면, 수컷의 감각이 그토록 예민해질 필요가 없었겠지. 그런 감각이 생긴 건, 암컷이 적어서 찾아야 했기 때문이야. 찾아다니며 맡고, 반복해 연습했기 때문이지. 인간도 동물도 마찬가지야. 어떤 일에 정신을 집중하면, 기적에 가까운 결과가 생겨. 네 질문도 같은 원리야. 누군가를 면밀히 관찰하면, 그 사람은 자기 자신을 아는 것보다 더 정확히 그 사람을 알게 될 때도 있어."

'독심술讀心術'이라는 말이 목까지 올라왔지만, 나는 억지로 삼켰다. 그 말을 꺼내면 데미안은 크로머를 떠올릴 것이 분명했기 때문이다.

실제로 크로머 이야기가 우리 사이에서 나오지 않은 것은 다행이었다. 마치 둘이 묵계라도 한 것처럼, 우리는 그 악마의 이름을 한 번도 꺼내지 않았다. 데미안은 그렇게 관심을 가졌던 사건이고, 나는 그렇게 고통을 겪었던 사건인데도, 둘 다 까마득히 잊은 사람들처럼 굴었다.

우리가 함께 길을 걷다가 크로머를 만난 적이 몇 번 있었는데, 그때도 우리는 낯선 사람을 지나치듯 지나쳐 버렸다.

"그럼 아까 말한 자유의지는 어떻게 되는 거야?"

내가 다시 물었다.

"넌 자유의지가 없다고 했잖아. 그런데 정신을 집중하면 목표를 이루게 된다고도 했어. 모순 아니야? 자기 의지도 제 마음대로 못 하는데 어떻게…"

말이 끝나기도 전에 그는 내 어깨를 툭 쳤다. 기분 좋을 때 하는 버릇이었다. 내 질문이 마음에 든 모양이었다.

"좋은 질문이야."

그는 어른처럼 빙그레 웃었다.

"사람은 늘 의심하고 관찰하는 습관을 길러야 해. 그리고 대답은 간단해. 나방이 별이나, 자기 힘이 닿지 않는 곳을 향해 마음을 써 봐야 소용없지. 나방은 그런 어리석은 짓은 하지 않지만. 나방이 찾는 것은 자기에게 반드시 필요한 것, 가치와 의미가 있는 것에 한정돼 있어. 그래서 그 좁은 범위 안에서, 우리로서는 이해하기 어려운 기적이 일어나는 거야. 한정된 범위 안에서 목표에 정신을 집중하는 시련을 거듭하다 보면, 이상한 제6감 같은 게 생겨. 나방에게는 그런 감각이 생기지만 다른 곤충에겐 없을 수도 있지. 인간은 범위가 더 넓어. 관심의 영역도 더 넓지. 하지만 상대적으로 보면 인간도 좁은 틀 안에 갇혀 있고, 그 틀을 완전히 벗어날 수는 없어. 상상은 자유니까 무엇이든 상상할 수 있어. 예컨대 북극에 꼭 가겠다는 공상 같은 것 말이야. 하지만 실제로 실행 가능한 의욕이 생기는 건, 온몸이 욕망으로 꽉 차 있을 때뿐이야. 그 욕망이 명령하는 대로 과감히 행동할 수 있다면, 결과가 생겨. 너는 네 마음을, 훈련된 말을 부리듯 다룰 수 있어야 해. 그런 자세가 필요해. 예를 들어 내가 선생에게 '앞으로 안경을 못 끼게 만들겠다.'고 마음먹어도, 그건 안 돼. 하지만 저번에 내가 앞줄에서 옮기고 싶다고 마음먹었을 때는 가능했지. 병결하던 애가 돌아와서 자리를 찾았고, 마침 내가 앉아 있던 책상이 그 애 자리였거든. 겉으로는 마지못해 옮긴 것처럼 보였지만, 사실 나는 그 기회를 잡을 준비를 하고 있었어."

"그때 난 정말 이상하다고 생각했어. 서로 관심을 갖기 시작한 뒤로 네가 점점 내 쪽으로 다가왔으니까. 왜 그랬던 거야?"

"처음엔 나도 어느 쪽으로 옮겨야 할지 분명치 않았어. 뒤쪽에 앉고 싶다는 생각은 있었지만 결정적이진 않았지. 그러다 어느 순간 마음의 방향이 정해졌어. 네 옆에 앉아야겠다고. 그때는 의식적으로 계획하진 않았지만, 네 의지가 거기에 합세해 나를 끌어당긴 거야."

"하지만 그때는 결석하다 온 애가 없었잖아."

"맞아. 그땐 내 마음이 시키는 대로 했어. 네 옆이 좋다고 느껴서 알파벳 순서를 무시하고 옮긴 거지. 빈자리에 간 게 아니라, 거기 앉아 있던 애와 자리를 바꿔 앉았어. 그 애도 멍청한 애는 아닌데,

내가 하자는 대로 움직여 주더군. 선생도 눈치 챘을 거야. D줄에 있어야 할 '데미안'이 S줄에 앉아 있으니 이상했겠지. 하지만 그 이상함이 선생의 의식 속으로 깊게 들어가진 못했어. 내 마음이 그 의식 활동을 방해했으니까. 선생은 나를 볼 때마다 '왜 D가 S줄에 있지?' 하고 속으로 갸웃했겠지만, 입 밖으로는 못 꺼냈어. 그 목사는 마음이 좋은 사람이야. 입을 막는 건 간단하지. 선생의 눈을 정면으로 바라보는 거야. 내 의지력을 모두 담은 눈으로. 그런 눈을 받으면 상대는 못 견뎌. 누구나 그래. 하지만 딱 한 사람, 그 사람에게는 통하지 않아."

"누군데?"

내가 재빨리 묻자, 데미안은 눈을 가늘게 뜨고 내 얼굴을 들여다보았다. 생각할 때의 버릇이었다. 그는 이윽고 고개를 돌렸지만, 대답하지 않았다.

나는 호기심을 누르기 어려웠지만, 같은 질문을 되풀이할 수는 없었다. 나중에 생각해 보면, 그 '한 사람'은 아마 그의 어머니였을 것이다. 그는 어머니 이야기를 해 준 적도, 나를 자기 집에 데려간 적도 없었다. 다만 그들 모자가 각별하다는 소문만은 알고 있었다.

그 무렵 나는 데미안 흉내를 내며 '의지력 집중'을 시도하곤 했다. 어떤 일이든 반드시 이뤄야 한다는 절박한 마음으로 집중해 보았지만, 결국 헛수고였다. 그 사실을 데미안에게는 말하지 않았다. 내가 무엇을 바라며 무엇을 견디는지, 그에게 털어놓을 수 없었기 때문이다. 데미안도 따로 묻지 않았다.

그러는 사이, 내 신앙에는 여기저기 구멍이 뚫렸다. 그 구멍으로 종교에 대한 회의가 스며들었다. 물론 데미안의 영향이 컸다. 하지만 나는 '무종교'를 떠드는 동급생들과는 나 자신을 분명히 구별했다.

신앙을 조롱하는 아이들이 있었다. 그들은 유일신이란 있을 수 없고, 설령 있다 해도 그런 우상을 믿는 건 우습다며 떠들었다. 삼위일체, 처녀 탄생 같은 것은 터무니없는 헛소리라며, 그런 이야기를 퍼뜨리는 것 자체가 수치라는 식이었다. 하지만 나는 그렇게까지 생각하지는 않았다.

나는 어린 시절 체험으로, 부모가 살아온 경건한 삶이 실제로 존재하고 그것이 결코 위선이 아니라는 사실을 알고 있었다. 종교에 대해 의문을 품게 되더라도, 그 사실만은 흔들리지 않았다.

나는 여전히 종교적인 것에 대해 경건한 마음을 갖고 있었다. 다만 데미안 덕분에 성서 이야기나 교의를 더 자유롭게, 더 개성적으로 해석하고 상상하는 습관이 붙었을 뿐이다. 나는 그가 가르쳐 준 해석법에 기쁨과 흥미를 느끼며 그의 이야기를 들었다.

물론 내 상상 밖의 말도 많았고, 내게 지나치게 부담이 되는 말도 있었다. 예를 들면 카인 해석이 그랬다.

그리고 어느 날, 그는 그보다 더 충격적인 말을 해 나를 놀라게 했다.

견신례 수업 중, 목사는 골고다 이야기를 하고 있었다. 구세주의 수난과 죽음에 관한 성서 이야기는 유년 시절부터 내게 깊은 감명을 주었다. 어린 나는 성금요일에 아버지가 읽어 주던 마태복음의 수난 이야기를 들으면, 겟세마네와 골고다 같은 아름답고 고뇌에

찬 세계 속에 내가 함께 있는 듯한 느낌에 사로잡히곤 했다. 또 바흐의 「마태 수난곡」을 들을 때면, 그 신비로운 세계를 밝히는 수난의 빛이 내 가슴 속으로 스며드는 듯했다.

지금도 나는 그 음악과 그 비극의 종말, 예수의 수난 기록을 모든 시와 모든 예술적 표현의 정수로 생각한다.

수업이 끝났을 때, 데미안은 깊은 생각에서 깨어난 얼굴로 내게 말했다.

"싱클레어, 아무래도 저 이야기엔 마음에 안 드는 점이 많아. 그리스도가 십자가에 못 박힌 대목을 다시 읽어 봐. 이상한 점이 있을 거야. 납득이 안 되는 부분이 분명히 있어. 문제는 예수와 함께 처형된 두 강도야. 언덕 위에 십자가가 세 개나 서 있었다니, 꽤 볼만했겠지. 그런데 그중 한 놈이 숨넘어가기 전에 갑자기 변덕을 부렸어. 값싼 눈물로라도 무언가를 사 보려는 듯, 요즘 말로 '회개'를 했던 말이야. 그놈은 이마에 딱지가 붙은 악당이었지. 어떤 짓을 얼마나 했는지는 하느님만 안다는 정도의 놈이야. 그런 놈이 갑자기 무쇠 같은 심장을 물렁하게 만들고 '마음을 고치겠습니다, 회개하겠습니다.' 하고 나오는 게 말이 되나? 무덤이 코앞인데, 그 회개가 무슨 소용이 있지? 소용이 있다고 해도, 그런 악당이 정말 마음을 고칠 생각을 했겠어? 다 꾸며 낸 말이야. 누가 꾸몄겠니? 우리 학교 선생들 같은 사람들이지. 설교 재료가 모자라니 이것저것 덧붙인 거겠지만, 그렇다고 터무니없는 걸 지어내는 건 너무하잖아. 그런데 그런 설교를 감명 깊게 듣는 사람이 많다니, 참 가관이야. 네가 두 강도 중 하나를 친구로 골라야 한다면 누구를 고르겠어? 눈물

찔끔 흘리며 '전향'한 그놈을 고르진 않겠지. 다른 한 놈은 끝까지 버텼어. 그놈이야말로 사나이야. '회개가 뭐냐, 그런 소리 집어 쳐라.' 하는 얼굴로 십자가에 매달려 있었겠지. 그놈은 악마 같은 근성을 갖고 있었어. 이렇게 된 판국에 마음 고쳐서 뭘 하겠냐는 거지. 강도가 선인으로 둔갑해 저승으로 갔다는 이야기의 씨나 뿌리겠다는 거잖아. 어쨌든 마지막 순간까지 악마와 인연을 끊을 놈은 아니었던 것만은 분명해. 그놈에게 신세 안 진 사람이 없었다고 할 정도면, 얼마나 고약한 악당이었겠어. 강도질만 한 게 아니었지. 못된 짓은 다 했을 거야. 그런데 그런 놈은 성서 세계에서는 언제나 손해만 보지. 어쩌면 그놈도 카인의 자손이었는지 몰라."

나는 뒤통수를 세게 얻어맞은 듯 아찔해졌다. 그리스도 처형 이야기는 지금까지 수도 없이 읽고 들어 왔지만, 그런 식으로 생각해 본 적은 단 한 번도 없었다.

그 순간 나는 내가 얼마나 틀에 박힌 성서 세계에서 살아왔는지, 내 상상력이 얼마나 빈약했는지 알게 되었다. 하지만 데미안의 해석에 전적으로 찬성할 수는 없었다. 오히려 어딘가 불길한 느낌까지 들었다.

그의 말은 내가 가진 기존 관념을 통째로 뒤엎으려 했다. 그런데 나는 어떤 일이 있어도 그 관념만은 지켜야 한다고 느꼈다. '아무리 그래도, 내 신성한 영역까지 침범하는 건 지나치다.' 나는 속으로 그렇게 외쳤다.

데미안은 내 기색을 알아차렸는지 먼저 말했다.

"알아. 옛날이야기로 듣고 흘리면 될 걸, 왜 그렇게 심각해? 그럴 필요 없어. 다만 한 가지는 알아 둬. 그 이야기에는 종교의 결점을 뚜렷이 보게 하는 열쇠가 들어 있어. 문제는 거기야. 구약과 신약의 신은 훌륭해. 우리 아버지 같은 고귀하고 선량한 존재이며 아름답기도 하지. 그런데 그 신이 정말 이 세계를 창조했고 절대적인 권능을 가졌다면, 왜 이 세계 전체를 지배하지 못하는 거지? 싱클레어, 너도 이런 생각 해 본 적 없니? 신의 영향력은 이 세계의 절반에만 미쳐. 나머지 절반은 악마들의 몫이야. 위선과 기만이 들끓는 악의 세계 말이야. 사람들은 그걸 전부 악마 탓으로만 돌려 버리지. 모든 생명의 아버지이고 절대권능을 가진 신이 왜 악마를 몰아내지 못하는지, 그건 생각하지 않아. 그냥 '나쁜 건 악마 탓'으로 끝내 버리니 한심하지 않나? 하느님을 모든 생명의 아버지로 받들면서, 생명의 토대인 성의식과 성의 활동을 통째로 묵살해. 어떤 경우엔 악마가 준 죄악이라고까지 하지. 이보다 더 모순된 게 어디 있어? 나는 여호와를 숭앙하지 말라는 게 아니야. 내가 말하고 싶은 건, 여호와를 믿는다면 그가 창조했다는 이 세계 전체를 신성하게 봐야 한다는 거야. 인공적으로 쪼개진 '반쪽'만 신성시할 게 아니라, 전체를. 그렇게 되면 우리는 하느님께 감사 기도를 드릴 때, 악마에게도 기도를 드려야 할지도 몰라. 나머지 반쪽도 신성하게 보려면 어쩔 수 없지. 나는 그게 도리라고 생각해. 그리고 악마를 품 안에 안고 있는 듯한 신이 필요하다고 생각해. 이 세상에서 가장 자연스러운 일이 일어날 때, 눈을 감거나 얼굴을 돌리지 않는 신 말이야."

그는 평소와 달리 격한 어조로 말했지만, 말을 끝내자 곧 미소를 지었다. 더 이상 내 마음 깊숙이 들어오지 않겠다는 뜻이었을 것이다.

그의 말은 내 마음에 깊이 뿌리내려, 내 유년의 수수께끼 전체를 풀어 주는 것 같았다.

나는 이 수수께끼를 그때까지 누구에게도 말하지 않고 있었다. 신과 악마, 공인된 신의 세계와 묵살되는 악마의 세계에 대해 새로운 정의를 내린 그의 이야기에, 나는 놀라울 만큼 고개가 끄덕여졌다. 그것은 내가 오래 품어 온 생각과 거의 같았다.

그의 말은 내 마음속 '신화'였다. 이 세계가 밝은 곳과 어두운 곳, 곧 명암이 갈리는 두 세계로 이루어져 있다는 내 견해와 완전히 맞아떨어졌다. 내 개인의 문제가 곧 인류의 문제이며, 모든 삶과 사유의 문제라는 인식이 신성의 그림자처럼 불현듯 머리를 스쳤다. 그리고 다음 순간, 나의 사적인 생활과 의견이 거대한 사상의 흐름 속에 섞여 있다는 사실을 의식했다.

이런 인식은 내 입장을 뒷받침해 주며 행복감을 주었지만, 동시에 거칠고 엄격한 뒷맛도 남겼다. '나는 이제 어린아이가 아니다. 가장 자연스러운 본능적 행위를 할 수 있는 성인이다.'라는 책임과 부담이 함께 밀려왔기 때문이다.

나는 '두 개의 세계'에 대한 내 견해를 데미안에게 말했다. 어린 시절부터 품어 온 비밀을 누구에게 털어놓은 것은 그때가 처음이었다.

내 이야기를 들으며 그는 전에 보지 못했던 진지한 얼굴로 내게 귀를 기울였다. 나는 그 눈빛이 부담스러워 시선을 돌리지 않을 수 없었다. 시공을 초월한 듯, 본능적 욕구만을 좇는 듯한 그의 눈은 너무 동물적이었다.

그는 말했다.

"이 문제는 다음에 또 이야기하자. 네가 생각하는 사람이라는 건 나도 알아. 그리고 네가 그 생각을 살리는 의지적인 삶을 아직 살지 못하고 있다는 것도 알아. 물론 그건 너 자신이 더 잘 알겠지. 하지만 그러면 안 돼. 실천으로 옮기지 않는 생각은, 차라리 하지 않는 것만 못해. 생각은 살릴 때 비로소 가치가 생겨. 네가 말한 '허용된 세계'가 이 세계의 절반뿐이라는 것도 너는 알잖아. 그런데도 너는 나머지 절반을 우리 학교 선생들처럼 자기 안에 숨기려 했어. 그게 될 리가 있겠니. 절대 안 돼. 사람이 생각하기 시작하면, 자기 안의 기만을 끝까지 감싸 안고 살 수는 없어."

그 말은 내 가슴을 찔렀다.

"그래도 현실에 '금지된 것'이 있잖아. 그건 너도 부정 못 하잖아. 실제로 절대 금지된 게 있어. 그런데 생각을 어떻게 실천해? 단념하는 수밖에 없지. 살인이나 여러 죄악이 세상에 있다는 건 나도 알아. 그렇다고 나까지 그 세계로 뛰어들어 죄인이 되라는 건 아니잖아."

내가 흥분하자 그는 달래듯 말했다.

"그래. 나머지는 다음에 하자. 오늘은 여기까지. 이대로면 결론이 안 나겠다. 사람을 죽이거나, 여색에 미쳐 강간이나 간통을 하면 안 된다는 건 당연하지. 하지만 너는 아직 '허용된 세계'나 '금지된 일'이 무엇인지 제대로 이해하는 데까지는 못 갔어. 이제 겨우 진리의 모퉁이를 손가락으로 만진 정도야. 앞으로 차차 알게 될 거야. 너는 아마 1년 전부터 아주 강렬한 충동을 느끼고 있을 거야. 그건 무엇보다 본능적이야. 그리고 그 본능은 '금지된 것'에 집착하고 그것을 동경하지. 그래서 억누르는 게 몹시 고통스러워. 그건 너 자신이 누구보다 잘 알 거야. 그리스 같은 민족들은 그 충동을 절대자처럼 숭배하면서 제전까지 열었어. '금지'는 영원하지 않아. 예컨대 목사 앞에 여자를 데려가 결혼을 하면, 그날부터 그 여자와 함께 자는 건 허용되잖아. 민족이 다르면 충동을 달래는 방식도 달라지고. 결국 각자는 '무엇이 허용이고 무엇이 금지인가, 그리고 나에게 금지된 것은 무엇인가'를 스스로 찾아야 해. '금지'를 지키고도 악당이 될 수 있고, 그 반대도 있어. 편안한 삶을 바라는 사람들이 생각하는 것도, 자신을 심판하는 것도 귀찮아하고 정신적 부담 없이 살고 싶은 사람들은 금령에 복종하지. 그렇게 하면 편해. 하지만 자기 안에 어떤 규범이 있다는 걸 느끼는 사람도 있어. 그들에게는, 남들이 예사로 하는 일조차 '금지'일 수 있고, 반대로 사회가 엄격히 금지한 것이 그에게는 '허용'일 수도 있어. 결국 각자 스스로 책임져야 해."

그는 한꺼번에 너무 많은 말을 했다고 느꼈는지 갑자기 입을 닫았다. 그때 데미안이 무엇을 생각했는지, 나는 어느 정도 짐작할 수 있었다.

그는 자신의 생각을 자연스럽고 유쾌하게 말하는 사람이었지만, '말할 필요가 없다'고 판단하면 단호하게 침묵했다. '그저 말하기 위한 말'을 그는 죽는 것만큼 싫어하는 듯했다.

어쩌면 그는, 내가 그의 말에 전면적으로 공감하지는 않은 채 '신기한 이야기'를 말솜씨로 듣는 데만 흥미를 느끼며 반쯤 장난처럼 받아들이고 있다는 것을 눈치 챘는지도 모른다.

'전면적 공감'과 '진지함'이라는 말을 떠올리다 보니, 내가 어릴 때 데미안과 함께 겪은 가장 인상적인 장면이 생각난다.

견신례가 가까워졌다. 종교 교육 마지막 무렵에는 최후의 만찬 이야기가 시작되었다. 교단에 선 목사의 태도는 이전보다 더 진지하고 경건했다. 그 수업들에서는 분명 성스러운 분위기가 흘렀다.

그런데 그런 수업이 반복되는 동안, 내 생각은 다른 데 묶여 있었다. 내 생각을 붙잡아 둔 것은 바로 내 친구, 막스 데미안이었다.

견신례라는 거룩한 의식이 다가올수록, 반년쯤 받은 종교 교육의 가치가 '교육 자체'가 아니라 데미안의 감화 덕분이라는 생각이 내 마음 한쪽에서 고개를 들기 시작했다.

내가 준비하는 것은 교회 공동체의 환영을 받기 위해서가 아니라, 어딘가 이 땅에 분명 존재할 '사상과 인격의 교단'에 참여하기 위한 것 같았다. 그 교단이 대표자아 선교사들이야말로 내 참된 벗이라고 느꼈다.

나는 그런 생각을 밀어내려 했다. 어떤 사정이든, 견신례 의식만큼은 엄숙하게 받아들이고 싶었기 때문이다. 하지만 아무리 애써도 그 생각은 지워지지 않았다. 깊이 뿌리내린 그 생각은, 임박한 교회 의식과 자꾸 연결되었다.

나는 '나만의 기분'으로 견신례를 맞이하려 했다. 거기에는 '데미안의 감화로 사상계의 일원이 된다'는 의미가 들어 있었다.

내가 다시 그와 활발하게 토론하기 시작한 것도 그 무렵이다.

어느 날 수업 시작 전, 나는 너무 아는 체를 하며 내 생각을 마치 철학이라도 되는 듯 떠들고 있었다. 데미안은 별 관심 없는 듯했고, 늘 냉정한 빛을 잃지 않던 얼굴이 더 무뚝뚝해 보였다.

그가 말했다.

"쓸데없이 지껄이면… 결국 아무 의미 없는 말이 돼. 그때 말은, 남에게 내 의사를 전하는 수단이 아니야. '자기'로부터 떠나는 일일 뿐이지. 자기에게서 떠나는 건 죄악이야. 우리는 거북이처럼 '자기 자신' 속으로 완전히 들어앉을 수 있도록 노력해야 해."

우리는 교실로 들어갔다. 수업이 시작되었다. 나는 목사의 말에 집중하려 했고, 데미안도 방해하지 않았다.

그런데 시간이 좀 지나자, 내 옆자리에서 이상한 공허감과 냉기 같은 것이 스며드는 느낌이 들었다. 마치 옆자리가 비어 있는 것 같았다. 그 느낌이 귀찮을 정도로 머리를 파고들어, 나는 옆을 돌아보았다.

데미안은 늘 허리를 곧게 세우고 단정히 앉아 있었다. 그러나 어딘가가 달랐다. 설명할 수 없는 무언가가 그의 몸에서 발산되고 있었고, 그를 감싸는 기운은 내가 본 적 없는 것이었다.

눈을 감은 줄 알았는데, 자세히 보니 눈은 떠 있었다. 하지만 그 눈은 아무것도 보고 있지 않았다. 초점을 잃은 눈동자는 자기 내면이나, 혹은 아득히 먼 곳을 향한 듯했다.

그는 미동도 없었다. 숨도 쉬지 않는 것처럼 보였다. 입술은 나무나 돌처럼 굳어 있었고, 얼굴은 종잇장처럼 창백했다. 책상 위 손은 마치 꺾어 놓은 나뭇가지 같았다. 손가락 하나 까딱하지 않았다. 그 가운데 유일하게 '살아' 보이는 것은 갈색 머리칼뿐이었다.

전체적으로 피가 멈춘 채 굳어 버린 사람 같았다. 캔버스 앞의 정물화처럼 보이기도 했다. 그렇다고 그가 단지 '죽은 물건' 같았던 건 아니다. 움직이지 않기 때문에 오히려 품위와 무게가 있었고, 그 안에 강렬한 생명이 충만하다는 느낌이 들었다.

'이것이 막스 데미안의 참모습이다.'

나는 속으로 중얼거렸다.

평소에 산책하며 말하던 데미안은, 지금 이 모습의 절반도 못 되는 것처럼 느껴졌다. 지금 여기의 데미안은 돌처럼 차갑고 단단한 인간, 태고의 꿈을 기다리는 동물 같고, 바위 같고, 죽어 있으면서도 생명력으로 가득 찬 아름답고 차가운 인간. 그를 둘러싼 정적과 공허, 별의 공간 같은 기운, 그리고 고독….

'지금 데미안은 완전히 자기 안으로 들어가 있다.'

나는 전율했다. 그때만큼 고독에 덮친 적이 없었다. 나는 데미안과 아무 관련도 없었다. 그는 내 손이 닿지 않는 먼 곳, 내 시선이 닿지 않는 세계에 가 있었다.

더 이해할 수 없는 것은, 그 모습을 알아차린 사람이 나뿐이었다는 사실이다. 모두가 알아차려야 마땅하지 않은가. 그 초인적인 모습 앞에서 전율해야 마땅하지 않은가. 그런데 아무도 그에게 주의를 두지 않았다.

그는 조각처럼 아니, 내 우상처럼(그때 나는 그가 우상처럼 보인다는 생각을 떨칠 수 없었다) 딱딱하게 앉아 있었다.

파리 한 마리가 그의 이마에 앉아 콧등을 지나 입술 쪽으로 기어갔다. 그러나 그는 눈썹 하나 움직이지 않았다.

'지금 그는 어디에 있을까? 무엇을 보고 무엇을 느끼고 있을까. 천국일까, 지옥일까.'

나는 직접 물을 수 없었다.

수업이 끝나갈 무렵, 그는 다시 생기를 되찾고 숨을 쉬기 시작했다. 그리고 내 시선과 마주쳤을 때, 그는 이미 평소의 데미안으로 돌아와 있었다. 도대체 그는 어디에 갔다가 돌아온 것일까.

그는 몹시 피로해 보였다. 얼굴에 혈색이 돌아오고 손도 다시 움직였지만, 이상하게도 갈색 머리칼은 윤기를 잃은 듯 보였다.

그 후 며칠 동안, 나는 침실에서 새로운 훈련을 되풀이했다. 의자에 단정히 앉아 정면의 한 점에 시선을 고정하고, 완전한 부동자세를 취해 보았다. 얼마나 버틸 수 있는지 실험하고 싶었기 때문이다. 그러나 오래 가지 못했다. 금세 피곤해지고, 눈두덩이 간지러움이 견딜 수 없었다.

그리고 얼마 지나지 않아 견신례 의식이 치러졌다. 하지만 그날의 일은 그다지 기억에 남지 않는다.

다만 그 시기를 전환점으로 모든 것이 달라졌다. 내 유년은 삶의 주변에서 자취를 감추었고, 남은 것은 환상의 잔해뿐이었다.

부모는 난처한 얼굴로 나를 지켜보고 있었다. 누나들과 나는 너무나 멀어져 있었다. 누나들과 재미있고 정답게 지내던 감정과 기쁨은 빛이 바랬고, 흥이 깨진 뒤의 허탈감이 밀려왔다.

화단은 향기를 잃었고, 아름답던 숲도 매력을 잃었다. 내 세계는 낡은 가구를 내다 놓고 헐값을 부르는 시장판처럼, 아무 맛도 없는 것으로 변해 버렸다.

책은 휴지 같았고, 음악은 시끄러운 소음에 지나지 않았다. 가을이 와 단풍이 들고 잎이 떨어지는 일도, 그저 잎이 돋고 떨어지는 자연의 순환처럼 느껴질 뿐이었다.

나무는 잎이 돋고 떨어지는 것을 느끼지 못한다. 비가 줄기를 타고 흐르는 것도, 햇빛이 내리쬐는 것도, 앙상한 가지에 서리가 내리는 것도 느끼지 못한다. 나무의 생명은 가장 깊은 곳으로 천천히 물러난다. 나무는 죽는 것이 아니다. 봄을 기다리고 있을 뿐이다.

방학이 끝나면 나는 학교를 옮기기로 되어 있었다. 다른 학교로 가면 집을 떠나야 했다.

때때로 어머니는 전보다 더 부드러운 얼굴로 내게 다가왔다. 사랑과 향수와 잊을 수 없는 추억을 내 마음에 새겨 넣으며, 미리 작별을 고하려는 듯했다.

그 무렵 데미안은 여행을 떠났다. 그리고 나는 다시 외톨이가 되어 있었다.

베아트리체

데미안을 다시 만나지 못한 채, 방학이 끝날 무렵 나는 ××시로 떠났다. 부모님도 함께 와서 나를 격려해 주고는, 어떤 고등학교 교사가 감독하는 기숙사에 나를 맡긴 뒤 돌아갔다. 부모님이 내가 들어간 기숙사가 어떤 곳인지 알았더라면, 깜짝 놀라 입을 떡 벌렸을 것이다.

그때 내게 걸린 문제는 이런 것이었다. 나는 다시 선량한 아들이 될 수 있을까, 훌륭한 시민이 될 수 있을까. 혹시 또 빗나간 길로 들어서지는 않을까. 밝은 세계에서 부모님의 사랑과 보호를 받으며 행복하게 살아 보려는 마지막 노력은 내 마음속에 꽤 오래 남아 있었다. 어떤 때는 정말로 곧 그렇게 될 것만 같기도 했다. 그러나 결국 완전히 실패하고 말았다.

견신례가 끝난 뒤 방학 동안 내가 처음 맛본 기묘한 공허감과 고독감은 좀처럼 사라지지 않았다. 그 공허함과 고독함을 나는 얼마나 되씹었는지 모른다. 정든 고향과 작별할 때조차 이상하리만큼 무감각했다. 슬퍼지지 않는 내가 부끄러울 정도였다. 누나들은 나를 붙잡고 울었지만, 나는 그러지 못했다. 눈물 같은 것은 애초에 나올 생각조차 없었다. 나 스스로 생각해도 어처구니없는 일이었다.

그때까지의 나는 본래 그래도 선량하고 감성적인 소년이었는데, 지금은 완전히 달라져 있었다. 바깥세상에는 무관심했고, 내 안에서 속삭이는 소리와 '금지된 곳'으로 흘러가는 물소리에만 귀를 기울였다. 그런 나날이 며칠이고 이어졌다. 몇 달 사이에 키가 부쩍 큰 나는, 이미 소년다운 귀여움을 잃어버린 내 모습을 똑똑히 보고 있었다.

키는 컸지만 몸집은 가늘어 균형이 맞지 않는 어정쩡한 꼴로는 사랑받거나 귀여움 받기 어렵다는 것도 알았다. 무엇보다 나 자신이 나를 사랑하지 않았다. 그런 모습으로 나는 세상을 바라봤다. 무슨 뚜렷한 목적이 있어서 그런 건 아니었다.

막스 데미안을 꼭 만나야겠다고 생각할 때가 자주 있었지만, 그를 미워하는 마음이 치밀 때도 적지 않았다. 지금의 생활이 병든 독을 짊어진 듯 고통스럽고 빈한해진 것도 모두 그의 탓처럼 느껴질 때가 있었기 때문이다.

기숙사 생활을 시작한 처음 며칠 동안, 나는 같은 기숙사생들에게서 어떤 사랑도 존경도 받지 못했다. 그들은 나를 "음흉한 놈",

"불쾌한 놈"이라며 멀리했다. 그런데 나는 그게 오히려 마음에 들어 일부러 그런 태도를 더 노골적으로 드러냈다.

그리고 고독 속으로 몸을 던졌다. 겉으로는 세상을 멸시하는 남자다운 행동처럼 보였겠지만, 내 속에는 우울과 절망이 가득했다. 발작처럼 덮쳐 오는 그 적들을 나는 감당할 수 없었다.

학교 공부는 그동안 배운 지식으로 대강 버틸 수 있었다. 동급생들은 이전 학교 아이들보다 지능이나 학력이 조금 떨어지는 듯해 보였고, 나는 그들을 은근히 무시했다. 그러다 보니 같은 또래의 동급생들까지 어린애 취급하는 버릇이 생겨 버렸다.

그런 상태가 1년쯤 이어졌다.

11월 초였다. 그 무렵 나는 날씨가 아무리 궂어도 산책하는 버릇이 있었다. 깊은 생각에 잠긴 채 걷는 데서 나는 일종의 환희를 맛보았다. 우울과 세상에 대한 멸시, 그리고 자기혐오로 가득 찬 환희였다.

어느 날 저녁, 나는 안개 낀 거리 끝을 거닐고 있었다. 가로수가 늘어선 넓고 한적한 길에 낙엽이 수북이 쌓여 있었고, 저녁 안개에 축축하게 젖어 있었다. 사람 그림자 하나 없었다. 나는 낙엽을 헤치며 걸었다. 발끝으로 뒤집을 때마다 이상한 냄새가 진하게 코를 찔렀다. 멀리 보이는 나무숲은 안개 속에 숨은 유령의 그림자 같았다.

어느 쪽으로 갈까. 나는 길가 가로수 아래서 잠시 멈춰 섰다. 바닥에 떨어져 시커멓게 썩어 가는 잎사귀 냄새를, 마치 굶주린 사람처럼 깊이 들이마시며 주위를 둘러봤다. 내 마음은 그 냄새를 반겼다.

아아, 내 마음의 빈 구멍을 메워 주는 게 고작 이 냄새뿐인가. 인생이란 이렇게까지 재미없는 건가.

그때 길 건너편에서 외투 깃을 세운 사람이 다가왔다. 나는 그가 누군지 알아볼 새도 없이 몸을 돌려 떠나려 했다. 그런데 그가 먼저 말을 걸었다.

"야, 이거 싱클레어 아니야!"

기숙사에서 가장 나이가 많은 학생, 알폰스 베크였다. 나를 늘 어린애 다루듯 하고, 마치 숙부라도 되는 양 얕잡아 보는 것만 빼면, 전반적으로는 호감 가는 녀석이었다. 곰처럼 힘이 세고 사나워서 학생들은 물론 선생들까지도 함부로 못 건드린다는 소문이 돌았다. 어쨌든 그는 늘 화제의 중심이었다.

"이런 데서 뭐 하고 있었니? 시라도 읊고 있었어?"

그는 걸걸한 목소리로 물었다. 선배가 어린 후배를 우습게보며 함부로 말을 거는 투였다.

"아니야 시는 무슨 시"

나는 일부러 퉁명스럽게 대답했다. 그는 어른이 너털웃음을 터뜨리듯 한바탕 웃더니, 뭐라고 열심히 떠들기 시작했다. 우리는 어깨를 나란히 하고 걸었다.

"이봐, 싱클레어. 네가 나 걱정해 줄 필요 없어. 이런 황혼 안개 속을 걷고 있으면 감정이란 저절로 생기거든. 이런 걸 뭐라고 하더라… '가을 정서'라고 해 두자. 시 한 줄 읊어 볼까 싶은 기분, 나도 알아. 물론 그 시는 '자연은 죽어 간다.'거나 '청춘은 사라진다.'와 같은 거지. 하인리히 하이네처럼."

"난 그런 감상적인 사람이 못 돼."

이번엔 얼굴 표정까지 굳히며, 내게 감상 같은 건 한 톨도 없다는 듯 그의 말을 튕겨 냈다.

"좋아, 뭐 그런 건 됐고. 그런데 이런 날씨엔 조용히 포도주 한 잔 할 만한 데를 찾는 게 낫지 않겠어? 어때, 같이 갈래? 혼자 마시는 건 멋쩍잖아. 마침 상대가 없던 참인데 네가 나타나 줘서 고맙다. 왜, 싫어? 네가 모범생 노릇을 하고 싶다면 억지로 권하진 않지. 난 남 유혹하는 걸 좋아하는 사람은 아니니까."

얼마 뒤 우리는 뒷골목의 한 주점으로 들어갔고 포도주를 마셨다. 처음엔 마음이 붕 떠서 기분이 묘했다. 그런 술집에 들어가 잔을 기울이는 건 난생처음이었으니까. 몇 모금 마시자 술기운이 확 올라오는 것 같았다.

그리고 그게 내 입을 가볍게 만들어 버렸다. 마음속 창문 하나가 열리며 바깥세계의 빛이 흘러 들어오는 것 같았다. 내가 그토록 말을 많이 한 적이, 그전까지 한두 번이나 있었을까. 술의 힘을 빌려 나는 할 말 못 할 말까지 몽땅 쏟아 냈다. 그러다 카인과 아벨 이야기도 튀어나오고 말았다.

알폰스 베크는 흥미로운 얼굴로 귀를 기울였다. 꽤 재미있어 하는 게 분명했다. 나는 데미안이 내게 해 주었듯, '새로운 세계'의 이야기를 베크에게 들려주는 것이 이상할 만큼 뿌듯했다. 베크는 내 어깨를 툭 치며 "너 아는 게 엄청 많은 놈이구나."라고 했다.

마음속에 갇혀 있던 이야기를 쏟아 내지 못해 답답하던 갈증이 한꺼번에 풀린 듯했다. 특히 연장자에게 '상당한 존재'로 인정받는 기쁨은 컸다. "아는 게 굉장히 많은 놈"이라는 말이 달콤한 포도주

향기처럼 가슴에 스며들었다.

세상은 새 빛깔로 물들고, 사상의 샘은 끝없이 솟아오르며, 예지의 불길은 하늘을 찌를 듯 치솟았다. 선생이나 동급생이 우리가 술 마신 걸 알면 어쩌나 하는 걱정도 스쳤지만, 그건 이미 문제가 아니었다.

우리는 흥에 겨워 서로 떠들어댔다. 이야기가 너무 잘 통해 오히려 곤란할 정도였다. 화제는 그리스 민족과 이교도 이야기로 옮겨 갔다가, 마침내 성의 문제까지 다뤘다.

베크는 내게 연애 경험담을 털어놓으라고 했다. 성적 감정이니 충동이니 떠들어댔으니, 내가 연애도 꽤 해 본 줄 알았던 모양이다. 나는 난처했다. 그런 경험이 없었으니까.

내 멋대로 꾸며 본 감정의 형태나, 그런 종류의 공상이라면 얼마든지 있었지만, 술기운을 빌려도 그걸 입 밖으로 꺼낼 용기는 나지 않았다. 거기에 대해서는 베크가 나보다 훨씬 잘 알고 있었다. 그의 이야기를 듣는 동안 나는 저도 모르게 황홀경에 빠지며 가슴이 뜨거워지는 걸 느꼈다.

믿기 어려운 이야기들이 쉴 새 없이 그의 입에서 흘러나왔다. 모두 처음 듣는 말이었다. 현실에서는 불가능할 것 같은 일이, 바로 눈앞의 현실에서는 너무도 자연스럽게 벌어지고 있다는 식이었다.

알폰스 베크는 겨우 열여덟이 될까 말까 한 소년이었지만 이미 여러 경험을 쌓고 있었다. 그가 한 말 중 기억나는 것들을 옮기자면, 대강 이런 식이었다. 여자는 특별한 존재이고, 그 특별한 것들이 바라는 건 결국 사내들의 뜨거운 시선을 받거나 사랑받고 귀여움 받는 것뿐이다. 하지만 이건 순화해서 말한 거다. 그중에서도 '진짜'는 그 정도가 아니다. 진짜는 완전한 '여자'로서의 값어치를 하고 싶어 하는 여자들이고, 그런 여자들은 정말 멋있다. 머리도 영리하다. 예컨대 학교 앞 문방구를 하는 야겔트 아주머니 같은 여자 말이다. 그 가게 카운터 뒤에서 무슨 일이 있었는지는 차마 입 밖에 내지도 못할 정도다… 하는 식이었다.

나는 마술에 홀린 사람처럼 멍하니 앉아 있었다. 야겔트라는 여자는 대체 어떤 사람일까, 그 호기심 때문에 다른 건 생각할 겨를도 없었다. 그 문방구에서는 내가 꿈꿔 온 달콤한 일들이 샘물처럼 솟아나는 것만 같았다.

물론 과장이 섞였겠지만, 그 모든 것은 내가 생각해 온 연애보다 더 비속하고 평범해 보이기도 했다. 그러나 그것은 엄연한 현실이고 생활이며, 동시에 모험이었다. 그런 것을 겪은 사내가 지금 내 앞에 앉아 있는 것이다.

이야기는 어느 고비를 넘긴 듯했다. 베크의 여자 이야기에 귀 기울이는 나는 더는 "아는 게 굉장히 많은 놈"이 아니었다. 그저 어른의 이야기를 열심히 듣는 흔한 소년이었을 뿐이다. 그러나 몇 달 전의 '소년 S'보다는 훨씬 멀리 와 있는 것만 같았다. 어쨌든 그때의 삶에 비하면 모든 것이 황홀한 꿈의 낙원 같았다.

나중에야 알았지만, 그날 우리가 했던 이야기는 전부 '금지된 일'에 속했다. 술집에 앉아 있는 것, 포도주를 마신 것부터가 그랬다. 나는 알폰스 베크라는 사탄과 함께 금단의 열매를 건드려 본 것이다. 불길이 치솟는 듯한 혁명적인 기분을, 나는 거기서 처음 맛봤다.

그야말로 모험이었다.

그날 밤의 일은 지금도 생생하다.

주점에서 나온 우리는 가스등이 희미한 빛을 뿌리는 길을, 눅눅한 밤바람을 맞으며 걸었다. 한밤중이었다. 나는 난생처음 술에 취해 있었다. 술에 취한 기분은 상쾌하기보다 고통스러웠다. 그러나 그 고통에는 매력과 감미로움, 말로 설명하기 어려운 이상한 힘이 섞여 있었다. 반역과 광연이었다. 생명이고 불길이었다.

나는 비틀거렸다. 베크는 "똑바로 걸어!" 하며 술 초보인 나를 나무랐지만, 선배답게 돌보는 데는 조금도 인색하지 않았다. 머리가 빙빙 돌아 몸을 가누지 못하던 나는 업혀 가다시피 기숙사로 돌아왔다. 마침 현관문이 열려 있어 무사히 들어갈 수 있었다.

죽은 듯 잠들었다가 문득 눈을 떴다. 술기운이 가시고 정신이 맑아지자, 이유도 알 수 없는 비애와 고독이 덮쳐 왔다. 나는 침대 위에 벌떡 앉았다. 잠옷으로 갈아입지도 않고 속옷만 입은 채 쓰러져 잤던 모양이었다. 바닥에는 옷과 구두가 흩어져 있었고 담배 냄새도 났다.

두통과 구역질, 목이 타들어 가는 갈증 때문에 견딜 수 없었지만, 그 와중에도 내 마음속에 전에 없던 풍경이 떠올랐다.

고향집, 부모님, 누나들, 화단, 조용하고 아늑하던 내 옛 침실…. 라틴어 학교도, 시장도, 데미안도, 견신례 수업도 모두 떠올랐다. 모든 것이 밝고 아름답고 빛나고 있었다. 거룩하고 깨끗하고 품위 있었다.

어제까지―아니, 몇 시간 전까지만 해도―나는 저 모든 것이 다시 내 앞에 떠오르기를 기다리고 있었다. 저 모든 것이 나를 기다리고 있다고 믿었다. 그런데 이제 모든 것이 사라지고, 저주받은 것이 되고 말았다.

저주받은 것들이 나를 좁은 세계로 몰아넣고 노려보는 듯했다. 어린 시절의 황금시대, 천국 같은 소년 시절부터 부모님에게 받은 모든 그리운 것들, 정성과 애정이 담긴 어머니의 키스 하나하나, 해마다 찾아오던 크리스마스, 경건한 일요일 아침, 화단의 꽃 한 송이 한 송이…. 나는 그런 것들을 이 더러운 발로 짓밟아 버렸다.

만약 하느님의 사자들이 나를 붙잡아 교수대로 끌고 간다 해도, 나는 신전을 더럽힌 인간쓰레기라고 체념하며 기꺼이 따라갔을 것이다. 교수대에 올라가는 것이 당연하다고 여겼을 것이다.

그것이 그날 밤 내 마음의 정경이었다.

세상을 무시하며 두 팔을 휘젓고 자연을 활보하던 나, 지성을 자랑하며 막스 데미안의 사상에 흡수되어 동화되었던 나, 그런 내가 인간의 쓰레기, 주정뱅이, 욕망을 못 이겨 날뛰는 짐승으로 전락해 버린 것이다. 순결하고 아름다운 애정으로 가득했던 화원에서 나온 내가, 바흐의 음악과 아름다운 시를 사랑하던 내가, 이 꼴이 되고 만 것이다.

내 귀에 내 웃음소리가 들렸다. 술주정뱅이의 힘없는 웃음. 이유 없이 새어 나오는 웃음. 내 입에서 나온 웃음인데도 듣고 있자니 은근히 분노가 치밀었다.

이것이 '나'라는 인간이다.

그런데도 이상하게, 그 고통이 거의 쾌락에 가까운 것처럼 느껴졌다. 그만큼 나는 오랫동안 무감각한 삶 속을 헤매고 있었던 것이다. 내 마음은 빈약하고 어두운 구석으로 밀려난 채 입을 다물고 있었다. 그래서 내 영혼은 자학과 자책, 불안과 공포 같은 감정조차 '환영'할 수밖에 없었다.

그 속에서 나는 말로 할 수 없는 어떤 것이 하나의 감정 형태를 갖추고 나타나는 것을 보았다. 타오르는 불길, 맥박 치는 심장의 고동…. 어둡고 비참한 혼란 속을 헤매면서도, 나는 어딘가 속박에서 풀려나는 듯한 해방감을 느꼈다. 얼어붙은 대지에 봄의 따뜻한 숨결이 스며드는 것 같은 느낌이었다.

하지만 그건 어디까지나 마음의 세계에서 일어난 일이었다. 내 몸은 전락의 길을 질주하고 있었다. 술을 마시고 주정을 부린 것은 한두 번이 아니었다. 술친구들은 하루가 멀다 하고 술집을 드나들며 난장판을 벌였다. 나도 그들 중 하나였다. 나이는 제일 어렸지만, 얼마 지나지 않아 '술집에서 주정 부리는 명물'이 되고 말았다.

"내일은 내일이고, 오늘은 우선 마시자."

나는 그런 주당 기질을 유감없이 발휘했다. 덕분에 인기는 늘 절정이었다. 나는 다시 어두운 세계에 발을 들여놓고 악마들과 한 패가 되었다. 그래서 나는 그 어두운 세계에서 '멋있는 놈'으로 통했다.

그런 환경 속에 몸을 던지고도 나는 서글픔에서 벗어나지 못했다. 자멸적인 혼란 속에서 날이 가고 달이 뜨는 동안, 기숙사생들은 나를 왕초니 멋쟁이니 악마 같으니 머리가 무섭게 잘 돌아가는 재미있는 놈이니 칭찬했지만, 내 속 깊이 도사린 불안은 여전히 내 가슴을 죄었다.

지금도 기억나는 일이 있다. 어느 일요일 아침 술집에서 나왔을 때, 길에서 놀던 아이들을 보고 나는 저도 모르게 울었다. 일요일 외출복을 입고 머리를 곱게 빗은 아이들이 천사처럼 아름다워 보였기 때문이다. 모두 밝고 즐거운 얼굴이었다. 음산한 술집의 더러운 테이블에 둘러앉아 맥주를 엎지르고, 술기운에 가벼워진 혀로 거침없이 떠들던 내가 아닌가.

그러나 때로는 아무에게도 들리지 않는 내 안에서 또 하나의 '나'가 나를 힐책했다. 나는 내가 비웃던 모든 것을 두려워했고, 내 영혼 앞에, 과거 앞에, 어머니 앞에, 하느님 앞에 무릎을 꿇고 진심에서 우러나는 눈물을 흘리기도 했다.

내가 술친구들과 어울리고 있으면서도 고독과 고뇌에서 벗어나지 못한 데에는 이유가 있었다. 술집에만 들어가면 왕초로 통했고, 아무리 성질 고약한 놈도 감탄할 독설을 휘둘렀다. 선생, 학교, 부모님, 교회에 대해 내 의견을 늘어놓을 때면, 나는 그 독설로 용기와 재치를 과시했다. 추잡한 이야기를 들어도 눈썹 하나 까딱하지 않았고, 때로는 나 스스로 상스러운 말을 내뱉기도 했다.

그런데 술친구들이 여자에게 가는 자리에는 나는 끝내 끼어들지 않았다. 그래서 술판이 끝나면 나는 늘 외톨이가 되었다. 성격으로 보자면 나는 분명 바람기 많은 난봉꾼이 될 소질도 있었고, 그럴 용기도 있을 법한데, 이상하게도 이성에 대한 사랑과 동경은 밖으로 꺼내지 못하고 속으로만 끙끙 앓았다. 사실 나는 그런 사랑과 동경을 거의 절망으로 보고 가슴만 태우고 있었다. 나처럼 감상적이고,

나처럼 상처받기 쉬운 놈도 드물었고, 나처럼 내성적인 놈도 드물 었다.

가끔 내 앞을 지나가는 젊은 여자들을 볼 때면, 순결하고 명랑하 고 우아한 그 모습은 내 머릿속에 깨끗한 꿈처럼 새겨졌을 뿐이었 다. 너무 아름답고 순결해서, 내 손이 닿을 수 없는 곳에 있는 존재 로밖에 느껴지지 않았다.

야겔트 아주머니의 문방구에도 한동안 가지 못했다. 그녀 얼굴 만 보면 알폰스 베크의 말이 떠올라 견딜 수 없었기 때문이다.

그런데 이상하게도, 여러 친구들 속에 섞여 있으면서도 나는 고 독했고, 내가 그 무리와는 전혀 다른 존재라고 느낄수록 오히려 그 들 곁에서 떨어져 나오기가 더 어려웠다.

그때 술을 퍼마시고 난장판을 벌이는 게 정말 즐거웠는가. 지금 도 그 질문에는 자신 있게 답할 수 없다. 솔직히 말하면 나는 술이 약했다. 포도주든 맥주든 조금만 마셔도 다음 날 아침, 잠에서는 깨 도 술에서는 깨지 못했다. 숙취의 괴로움에서 헤어 나오지 못했다.

그런데도 왜 마셨는가. 내 주변의 모든 여건이 강압처럼 짜여 있 었기 때문이다. 마시지 않으면 내게 무슨 일이 벌어질지 짐작조차 할 수 없는 상태였다.

나는 혼자 있는 것이 두려웠다. 분출구를 찾는 마음의 소용돌이 는, 내성적인 성격 탓에 더 뜨겁고 격렬해서, 바깥의 자극이나 도움 이 없이는 억누를 수 없을 것 같았다. 가끔 찾아드는 이성에 대한 동경, 대상 없는 연심은 불안으로 변했다.

무엇보다 아쉬웠던 것은 친구가 없다는 것과 마음이 통하는 친구가 없다는 사실이었다. 얼굴을 맞대면 그럭저럭 즐겁게 지낼 수 있는 동급생이 두어 명 있긴 했지만, 그들은 얌전한 애들이라 의식적으로 나를 피했다.

내 악행이 이미 드러나 이마에 딱지가 붙어 있다는 듯한 취급을 받았기 때문이다. 나는 주변 사람들에게 구제 불가능한 불량소년, 그것도 악마만큼이나 바람기 많은 불량소년으로 낙인찍혀 있었다.

학교에서는 몇 번이나 심한 벌을 받았고, 결국은 퇴학당할 거라는 게 모두의 '정평'이었다. 나도 알고 있었다. 나는 선량한 학생이 아니었다. 이대로 오래 갈 리 없다고 생각하면서도, 눈가림으로 어영부영 버티고 있었다.

신은 우리를 고독하게 만들고, 그 고독으로 우리를 제자리로 돌려놓는다. 그 길은 여러 갈래다. 그때 신이 나와 함께 걸은 길이 바로 그것이었다. 악몽 같은 길이었다.

나는 마술에 묶인 나를 본다. 몽상가인 내가 양심의 가책과 불안에 떨며, 어둡고 불결한 길을 끌려가는 모습. 피로에 지친 다리를 무겁게 끌며 걷는 것이다. 더럽고 끈적거리는 것들이 널린 길을 지나, 맥주와 컵과 독설로 밝힌 밤을 넘어가는 길이다.

여자를 찾아 헤매다가 악취 나는 수렁에 빠지는 꿈이 있는데, 내 경우가 그랬다. 여자를 찾아 쓰레기와 오물이 산더미처럼 쌓인 뒷골목 어둠 속을 밤새도록 헤매는 것이다. 그 끝에는 고독이 있다.

술 냄새와 여자의 환상 뒤에, 달갑지 않은 고독이 찾아왔다. 위엄 있는 에덴의 문지기가 내가 발을 들여놓기도 전에 문을 닫아 버린 것 같았다. 거기서 '자기 자신'에 대한 향수가 시작된다.

사감의 편지를 받고 아버지가 ××시에 찾아온 적이 있다. 아버지가 불쑥 내 앞에 나타났을 때, 나는 흠칫 놀라 온몸이 떨렸다. 하지만 그해 겨울이 끝날 무렵, 다시 경고 편지를 받고 두 번째로 왔을 때는 겁내지 않았다.

"그래서야 되겠느냐"는 아버지의 꾸중도 한쪽 귀로 흘려버렸다. 집에서 걱정하는 어머니를 생각해서라도 새사람이 되어 달라는 부탁에도 나는 태연했다. 화가 난 아버지는 마음을 고치지 않으면, 가문의 불명예를 감수하고서라도 학교에 퇴학 처분을 부탁해 감화원에 넣겠다고 했다.

'제발 그렇게 해 주세요.' 나는 속으로 외쳤다.

아버지는 아무 성과도 없이 돌아갔다.

나는 오히려 아버지가 가엾었다. 아버지에게는 내 마음으로 들어오는 길을 찾을 눈이 없었던 것이다. '그 정도에서 머무는 것도 괜찮다.' 나는 그렇게 생각했다

내가 어떤 길을 걷고 어떤 인간이 될지, 아버지에게는 분명 중요한 문제였겠지만, 내게는 아무래도 상관없었다. 내가 어떤 인간이 되든, 어떤 길을 걷든, 이제는 다 무의미한 일처럼 느껴졌다.

나는 술집에 진을 치고, 기묘한 방식으로 이 세계와 싸웠다. 감탄할 만한 싸움은 아니었지만, 그것 나름의 항의이자 반항이었다. 그러면서 나는 때때로 이런 생각을 했다.

'세상이 나를 외면하는 이상, 나에게 더 높은 사명 같은 걸 주지 않는 이상, 나 같은 인간이 타락하는 건 당연하다. 그 때문에 세상이 손해를 본다 해도, 할 수 없는 일이다.'

그해 크리스마스는 정말 불쾌했다. 어머니는 나를 보고 깜짝 놀랐다. 키는 더 컸지만 살이 쑥 빠지고 핏기 잃은 얼굴은 누렇게 떠 있었고 볼은 움푹 꺼져 있었다. 흐릿한 눈동자는 빛을 잃고 있었다.

얼마 전부터 낀 안경과, 코 밑에 보송보송 돋은 수염은 어머니를 더 놀라게 했다. 누나들은 한쪽 구석에 몰려 키득키득 웃었다. 모두가 내 비위를 건드렸다. 서재에서 아버지와 이야기할 때도, 친척 몇 사람과 인사할 때도, 불쾌함을 누를 수 없었다.

그중에서도 특히 불쾌한 것은 크리스마스이브였다.

내가 철이 들고 맞는 크리스마스(철이 든다는 건 사리 분별이라기보다 의식이 깨어났다는 뜻이다)는, 사랑과 은혜에 감사하는 우리 집의 큰 축제였고, 부모님과의 연결이 새로워지는 밤이었다. 그런데 그 크리스마스이브가 내게는 오로지 불쾌하기만 했다.

예년처럼 아버지는 성서를 펴 들고 "거기서 그들은 양떼를 지키고 있었다…"라는 구절을 읽었다. 누나들이 선물을 쌓아 둔 테이블 앞에 화려한 옷차림으로 서 있는 것도 예년과 같았다. 그러나 아버지 목소리는 예전 같지 않았다. 어머니도 슬픈 얼굴이었다.

내게는 모든 것이 불쾌했다. 선물도, 축복도, 누가복음도, 크리스마스트리도 모두 싫었다. 전부 나를 괴롭히는 것처럼만 느껴졌다.

벌꿀 과자는 달콤한 향기로, 이제는 옛 환상이 되어 버린 추억을 떠올리게 했다. 크리스마스트리는 전나무 향을 퍼뜨리며 그런 추억을 되살렸다. 나는 그 시간이 빨리 지나가기만을 신에게 빌었다.

겨울 내내 그런 상태가 이어졌다. 교단 평의회는 엄한 경고를 내리고 제명하겠다고 위협했다. 어차피 끝장 날 거면 멋대로 해 봐라,

될 대로 되라는 심정이었다.

나는 막스 데미안을 특별한 관심이라기보다 원망으로 떠올렸다. 오래전부터 우리는 만나지 않았다. ××시로 옮겼을 무렵 편지를 두 번쯤 보냈는데 답장이 없었다. 그래서 방학 때도 찾아가지 않았다.

지난가을 알폰스 베크와 만났던 그 공원 옆 큰길에서, 나는 한 소녀를 보았다. 생울타리에 파릇한 새싹이 돋기 시작한 이른 봄이었다. 불쾌한 생각과 걱정으로 가슴이 가득 찬 나는 그 길을 혼자 걷고 있었다.

그 무렵 나는 마음 편할 날이 없었다. 건강도 나빴고 주머니도 궁했다. 여러 사람에게 빚까지 지고 있었다. 유흥비도 마련하고 빚도 갚으려면, 그럴듯한 핑계를 붙여 집에 돈을 보내 달라고 편지를 써야 했다. 그런데 그 핑계를 짜내는 일이 지독한 고역이었다.

몇몇 가게에는 외상값, 특히 담배 값이 밀리기 시작했다. 하지만 그런 건 큰 걱정은 아니었다. 내가 물에 뛰어들어 버리거나 감화원으로 가 버리면 ××시와 인연이 끊어질 테니까. 자질구레한 외상값쯤은 문제가 아니었다.

그렇다고 해서, 그 '향기롭지 못한 것들'과 계속 얼굴을 맞대고 살아온 사실이 사라지는 건 아니었다. 그 때문에 겪어야 하는 괴로움이 없었던 것도 아니었다.

그 소녀는 늘씬한 키에 화사한 옷차림이었다. 얼굴은 영리한 사내아이처럼 보였다. 나는 첫눈에 마음을 빼앗겼다. 나는 그런 타입을 좋아했다. 나보다 나이가 많아 보이지는 않았지만, 우아하고 점잖은 몸매는 완전히 어른 여자처럼 성숙해 보였다.

자부심이 배어 있는 표정, 어딘지 사내아이 같은 인상, 무엇보다 그것이 내 마음을 끌었다.

나는 그때까지 마음에 드는 소녀에게 '실수 없이' 다가가 본 적이 없었다. 그 소녀도 마찬가지였다. 하지만 이전의 어떤 소녀보다도 내 가슴에 깊은 흔적을 남긴 그 소녀를, 나는 쉽게 잊을 수 없었다. 첫눈에 나를 미치도록 흔든 그 소녀가 내 삶에 끼친 영향은 실로 컸다.

숭고한 우상, 숭배할 수 있는 우상이 갑자기 내 앞에 나타난 것이다.

아아, 그 욕구와 충동은 두려움과 존경의 소망만큼이나 내 가슴을 찌르고 조였다.

나는 그 소녀에게 '베아트리체'라는 이름을 붙였다. 단테를 읽어 본 적은 없었지만, 내가 갖고 있던 영국 그림 복제본을 통해 베아트리체의 모습을 알고 있었기 때문이다.

그 그림은 영국의 예술 운동, 이른바 라파엘 전파(프리 라파엘라이트) 기법으로 그려진 청아한 소녀였다. 팔다리가 길고 목이 가늘며, 손과 얼굴에 정령이 깃든 듯한 모습. 내가 만난 소녀도 예쁜 사내아이 같은 얼굴에 어떤 정령이 살고 있는 듯했지만, 그림 속 베아트리체를 그대로 닮았다고는 할 수 없었다.

나는 베아트리체와 한 번도 말을 섞지 못했다. 그런데도 그 무렵 나는 그녀에게서 큰 영향을 받았다.

나는 그 소녀의 우상을 내 마음속 제단 위에 모셔 두었다. 그녀는 내게 성역으로 통하는 길을 열어 주었다. 나를 신전에서 기도하는 사람으로 만든 것은 바로 그 소녀였다.

술을 퍼마시고 밤거리를 쏘다니던 방종한 생활에서 나는 점점 멀어졌다. 그리고 다시 고독을 견딜 수 있게 되었다. 책도 읽고 산책도 즐길 수 있게 되었다.

생활 태도가 돌변하자 주변에서는 멸시와 조롱이 빗발쳤다. 그러나 내 마음은 흔들리지 않았다. 사랑할 수 있는 것, 숭배할 수 있는 우상이 있었기 때문이다. 나는 잃었던 이성을 되찾았다. 예감과 신비로 가득하던 내 인생이 여명을 뚫고 다시 시작되는 듯했다.

그래서 나는 멸시나 비웃음 따위는 가볍게 넘길 수 있었다. 사실 나는 숭배하는 우상의 노예에 지나지 않았지만, 그래도 나는 '내 자리'로 돌아온 셈이었다.

그 시절을 생각하면 지금도 가슴이 뭉클하다.

나는 다시 정성을 다해, 무너진 삶의 잔해 위에서 하나의 '밝은 세계'를 쌓아 올리려 했다. 내 마음 깊숙이 잠겨 있던 어둡고 사악한 깃들을 떼어 내고, 하느님 앞에 무릎 꿇어 영원히 밝은 세계에 머물게 해 달라고 간절히 바랐다.

이번의 '밝은 세계'는 어머니 품으로 도망치는 것도, 책임 없는 안일 속으로 숨는 것도 아니었다. 책임과 절제를 요구하는 새로운 노력, 말하자면 봉사였다. 내가 스스로 만들어 낸 봉사, 내 요구에서 나온 봉사였다.

나는 육체적 욕정을 누르지 못해 얼마나 괴로워했는지 모른다. 그 노예가 되지 않으려 늘 도망쳤다. 먼저 거룩한 불로 욕정을 태워 마음을 깨끗이 해야 했다. 어둡고 추잡한 것은 말끔히 없애야 했다. 신음하며 새우는 밤, 추잡한 그림 앞에서 가슴이 두근거리는 밤 같은 건 있어서는 안 되었다.

그래서 나는 마음속에 '베아트리체'라는 우상을 모시는 제단을 만들고, 나를 그녀에게 바쳤다. 그렇게 함으로써 하느님께도 바칠 수 있었다. 나는 지금까지 어둠을 향하던 흥미를 빼앗아, 밝은 곳을 향한 노력의 희생으로 바쳤다.

내 목표는 쾌락이 아니라 순결이었다. 행복이 아니라 아름다움과 영성이었다.

베아트리체에 대한 숭배는 내 생활을 통째로 바꾸었다. 조숙한 독설가였던 어제의 나는 성자가 되려는 수련자, 선과 덕을 쌓는 사제처럼 되어 있었다. 나는 단지 퇴폐적인 생활을 버리는 데서 멈추지 않고, 모든 것을 새로 시작하려 했다.

순결과 고귀함과 품위를 내 생활 구석구석에까지 불어넣고 싶었다. 식사 예절부터 말씨, 옷차림까지 하나하나 신경 썼다. 아침 일찍 일어나 제일 먼저 냉수마찰을 했는데, 처음엔 정말 큰 무리를 해야 했다. 언제나 단정한 태도와 품위 있는 자세를 유지하려 애썼고, 걸음걸이마저 위엄 있게 하려고 했다.

주변 사람들 눈에는 우스꽝스럽거나 아니꼽게 보였을지도 모른다. 그러나 내게는 그것이 모두 신에게 드리는 봉사였다.

새로운 마음가짐을 표현하려고 시도한 여러 훈련 가운데, 내게 가장 중요한 것이 하나 있었다. 바로 그림이었다. 나는 그림을 그리기 시작했다.

내가 가진 영국인의 베아트리체 초상화가, 내가 만난 소녀와 닮지 않았다는 사실이 계기였다. '내 손으로 그녀를 그려 보자.' 그렇게 마음먹었다.

나는 설렘과 희망 속에서 캔버스와 물감, 붓, 팔레트, 컵, 연필을 마련했다. 작업방으로 쓸 자리도 마련됐다. 조그만 튜브에 든 템페라 물감이 특히 인상적이었다. 그중에는 산화크롬의 초록빛도 있었다. 그것을 하얀 팔레트 위에 짜 놓았을 때의 기쁨과 황홀감은 지금도 또렷하다.

나는 정성을 다해 그림을 그리기 시작했다. 사람 얼굴은 어려워서, 먼저 방 안의 장식물이나 화단, 가공의 배경, 예배당 옆 나무, 아치형 다리 같은 것부터 그려 보았다. 몇 번 되풀이한 뒤, 마침내 베아트리체를 그리기 시작했다.

그런데 뜻대로 되지 않았다. 아무리 공을 들이고 기교를 부려도, 베아트리체와는 전혀 다른 얼굴이 되어 버렸다. 화가 나서 처음 몇 장은 찢어 버렸다.

캔버스 앞에 앉으면 나는 길에서 본 베아트리체 얼굴을 떠올리기 위해 한참 눈을 감곤 했다. 그러나 실물과 닮게 그리려 애쓸수록 오히려 더 망가졌다.

결국 나는 실물 묘사를 포기하고, 붓이 가는 대로 가공의 얼굴을 그리기로 했다. 두어 번 습작 끝에 한 장을 완성했을 때, 비록 가공의 얼굴이었지만 나는 어느 정도 희열과 만족을 느꼈다. 그 완성본을 다시 그리며 반복하는 사이, 어떤 선과 윤곽이 점점 뚜렷해졌다. 실물과 닮았다고 할 수는 없지만, 그 선과 윤곽은 차츰 내가 본 소녀의 '타입'을 갖추어 갔다.

나는 꿈을 더듬듯 붓을 놀렸다. 선을 긋고 색을 얹는 그 과정은 어떤 화파의 기법이라기보다, 반쯤 장난처럼 마음 가는 대로 그리는 일이었다.

그러던 어느 날, 나는 거의 무의식중에 또 하나의 얼굴을 완성했다. 지금까지 내가 그린 어떤 얼굴보다도 강렬한 인상을 풍기는 얼굴이었다.

그 얼굴은 내게 말을 거는 듯했고, 살아 있었다. 그러나 그 소녀의 얼굴은 아니었다. 여자라기보다 오히려 남자에 가까운 얼굴이었다. 머리칼은 소녀처럼 윤기 나는 금발이 아니라, 약간 붉은 기가 도는 갈색이었다. 턱은 단단했고, 입술은 붉은 꽃처럼 벌어져 있었다.

전체적으로 얼굴이 굳어 가면처럼 보였지만, 인상은 강렬했고 신비한 생명이 가득했다.

나는 그 그림에서 기묘한 느낌을 받았다. 신의 모습 같기도 하고, 신성한 가면 같기도 했다. 절반은 남성, 절반은 여성. 나이는 가늠할 수 없다. 강한 의지를 드러내면서도 꿈꾸는 듯했고, 나무조각 같은 얼굴 안에 은밀한 생명이 넘쳤다.

그 얼굴에는 내게 말을 걸 수 있는 힘이 있었다. 내가 그린 얼굴, 내가 만든 생명인데도, 오히려 내게 요구를 해 오는 듯했다. 그리고 그 얼굴은 '누군가'를 닮아 있었다. 그런데 그 누군가가 누구인지 도무지 알 수 없었다.

그 기묘한 초상화는 내 생각 속으로 파고들어, 마치 함께 사는 존재가 되었다. 그런 나날이 꽤 이어졌다.

나는 그 그림을 서랍 속에 숨겨 두었다. 남들 눈에 띄면 "그것도 그림이냐"고 비웃을 게 뻔했기 때문이다. 하지만 방에 아무도 없을 때면 꺼내어 놓고, 즐거운 이야기 상대처럼 바라보았다. 밤에는 침대 발치 벽에 붙여 놓고 잠들 때까지 보았다. 아침에 눈 뜨면 제일 먼저 그것을 보았다.

마침 그 무렵, 나는 어린 시절처럼 다시 매일 밤 꿈을 꾸기 시작했다. 몇 년 동안은 꿈을 꾼 적이 없었는데, 다시 찾아온 것이다. 다만 꿈의 내용은 달랐다.

나는 꿈속에서 내가 그린 인물을 여러 번 만났다. 살아 있는 사람처럼 다정하게 말을 걸어오기도 했고, 노골적인 적의를 드러내기도 했다. 어떤 때는 얼굴을 찡그린 채 나타났다가, 또 어떤 때는 전혀 다른 사람처럼 아름답고 고귀한 존재가 되기도 했다.

어느 날 아침, 그런 꿈에서 깨어나는 순간 나는 확신했다. 꿈속의 그 인물은 내가 어떤 인간인지 환히 알고 있다. 어머니만큼이나 나를 잘 아는 것 같다. 내 이름을 부르는 순간도 그랬다. 마치 훨씬 오래전부터 나를 알고, 여러 번 만났으면서도, 내가 그를 그림으로 불러내기 전까지는 모른 척 지나쳤던 것처럼.

그 인물이 나를 "너무 잘 안다"고 느껴지는 것이 이상했다.

벽에 붙인 그림을 들여다볼수록 나는 수수께끼 속으로 빨려 들어갔다. 낯선 얼굴이 아니었다. 부드러운 갈색 머리, 절반은 여자 같은 입술, 묘한 귀, 넓은 이마… 분명 어딘가에서 본 얼굴이었다.

나는 침대에서 뛰어내려 그림 앞에 바싹 다가섰다. 크게 떠져 있으나 움직이지 않는 파란 눈을 유심히 보았다. 오른쪽 눈이 왼쪽보다 조금 위에 붙어 있었다.

그런데 그때, 정말 뜻밖에 오른쪽 눈이 아주 미세하게 '움찔'했다.

틀림없었다. 나는 그 경련 같은 움직임을 보고서야, 그 인물이 누구인지 알아차렸다.

'이걸 여태 몰랐다고?'

나는 속으로 환호했다.

그 얼굴은 데미안이었다.

나중에 나는 그 초상화와 실제 데미안의 표정을 몇 번이나 비교했다. 닮은 데도 있지만 완전히 같지는 않았다. 그럼에도 데미안임은 확실했다.

초여름 어느 날 저녁, 오렌지 빛 햇살이 내 방 서쪽 창으로 비스듬히 들어오고 있었다. 베아트리체인지 데미안인지, 나조차 구별할 수 없는 그 초상화를 벽에 붙여 놓고 나는 한참 바라보고 있었다.

윤곽은 뚜렷하지 않았지만, 저녁 햇살에 붉게 물든 눈과 이마, 유난히 붉어 보이는 입술이 화면에서 떠올라 불타는 듯했다. 어둠이 내려 얼굴이 보이지 않게 된 뒤에도 나는 오래도록 그 앞에 앉아 있었다.

그때 이상하게도, 그 얼굴은 데미안도 베아트리체도 아니라는 생각이 들었다.

그것은 나 자신의 얼굴이었다.

물론 내 실제 얼굴이 그렇게 생겼다는 뜻은 아니다. 그 그림은 내 삶의 내용이었고, 내 세계의 내부였다. 내 운명이었고, 내 수호신 같은 것이었다.

언젠가 내 앞에 벗이 나타난다면 그는 이런 얼굴의 사내일 것이다. 연인이 나타난다면 이런 얼굴의 여자일 것이다. 그것이 내 삶과 죽음의 운명이었다.

그 무렵 나는 어떤 책을 읽고 있었다. 이전에 읽은 책보다도 내게 깊은 감명을 준 책이었다. 니체를 제외하면, 내 생애에서 그 책만큼 은은한 향기를 남긴 책은 없을 것 같다. 독일 작가 노발리스의 책으로, 서간문과 단편적인 글들도 실려 있었다. 이해할 수 없는 대목도 있었지만, 문장마다 내 마음을 강하게 끌어당겼다.

몇 번을 되풀이해 읽다 보니 저절로 외워 버린 격언 하나가 문득 떠올랐다. 나는 그 문장을 초상화 아래에 펜으로 적었다.

"운명과 심정은 하나의 개념을 가리키는 두 이름이다."

그리고 그제야 나는 그 말의 의미를 이해한 듯했다.

그 무렵에도 나는 '베아트리체'라 이름 붙인 소녀를 자주 마주쳤지만, 예전 같은 감동은 사라져 있었다. 다만 만날 때면 마음이 어딘가에서 맞닿는 느낌, 감정적인 예감은 남아 있었다.

'너는 나와 통한다. 너는 네 자신이 아니라 내 초상화가 가리키는 것이다. 너는 내 운명의 일부다.'

그런 느낌이었다.

막스 데미안을 만나고 싶다는 생각이 다시 강렬해졌다. 나는 몇 년째 그의 소식을 모르고 있었다.

사실 방학 때 한 번 만난 적이 있었다. 그런데 그때 데미안과 내 사이에 어떤 일이 있었는지, 나는 지금까지 일부러 덮어 두고 여기까지 와 버렸다. 솔직히 말하면, 허영에 들떠 있던 그 시절의 나를 드러내기가 부끄러웠기 때문이다.

조금 늦었지만, 건너뛴 빈자리를 이제 메워야겠다.

전에 말했듯, 데미안을 만난 건 방학 중이었다. 객지에서 낮과 밤을 술집에서 보내고 있던 때라, 고향집으로 돌아가는 것도 그다지 달갑지 않았다. 유일한 안식처인 술집에 갈 수 없기 때문이다. 그래도 방학이니 고향으로 돌아갔다.

나는 무료함을 달래려 익숙한 뒷골목을 건들거리며 걷다가, 뜻밖에도 그를 만났다. 그 순간 나는 프란츠 크로머를 떠올리지 않을 수 없었다. 그 악마에게 시달리던 나를 지금 내 앞의 데미안이 구해 줬다는 사실이, 이상하게도 불쾌했다.

나는 그의 은혜를 입은 사람 아닌가. 소년 시절의 장난 같은 일이라 해도, 데미안이 없었다면 나는 그 악마에게 얼마나 더 시달렸을지 모른다. 그런데 누군가의 은혜를 입는 일이 내게는, 박해를 받는 것보다도 더 견디기 어렵고 불쾌했다.

데미안은 내가 먼저 인사하기를 기다리는 듯했다. 나는 그 눈치를 알아차리고 마음이 흔들리지 않는 척 태연하게 인사했다. 그러자 데미안은 손을 내밀어 내 손을 힘있게 쥐고 흔들었다. 따뜻하면서도 냉담한, 사내다운 악수였다.

그는 내 얼굴을 찬찬히 보며 말했다.

"많이 컸구나, 싱클레어."

그 자신은 조금도 달라 보이지 않았다. 젊은 사람 같기도, 늙은 사람 같기도 한, 지나치게 어른스러운 얼굴 그대로였다.

그는 내 옆에 서서 함께 걸었다. 우리는 산책하며 여러 이야기를 나눴다. 그러나 그때의 일, 그 사건에 대해서는 누구도 말하지 않았다.

나는 '편지를 받고도 답장을 못 해 미안하다' 같은 말이 나오지 않을까 조마조마했지만, 다행히 편지 이야기는 한마디도 나오지 않았다. 생각할수록 내가 왜 그 편지를 썼는지, 내 어리석음이 미웠다.

그때는 아직 베아트리체도, 초상화도 없었다. 걷잡을 수 없이 술집만 들락거리던 황량한 시절이었다.

뒷골목을 빠져나와 거리 어귀에 이르렀을 때, 나는 "어디 가서 술이나 한잔할까?" 하고 말했다. 그는 두말없이 동의했다.

주점에 들어가 우리는 포도주 한 병을 시켰다. 나는 술이 센 척하고 싶어 첫 잔부터 들이켰다.

"술집엔 가끔 다니나?"

그가 물었다.

"그럼. 가끔이 아니라 자주도 다니지. 술집 말고는 갈 데가 없으니까. 뭐니 뭐니 해도 이거밖에 없어."

"그럴까. 하기야 그럴지도 모르지. 취기에는 진 무시 못 할 멋이 있지. 하지만 술집에 들러붙어 사는 애들은 대개 그 멋을 모르고 지나쳐. 술값을 하려고 우선 주정부터 부리려 들거든. 그런 패들치고 제 구실 하는 놈은 거의 없어. 가끔 하룻밤쯤 관솔불을 켜 놓고 참된 취기에 젖어 보는 건 좋지. 은밀한 술 향기를 맡으며 거나하게 취하는 건 멋있어. 하지만 그런 짓을 매일 되풀이하면 그건 이미 취기가 아니라 타락이다. 매일 밤 술집에 앉아 있는 파우스트는 상상도 할 수 없잖아."

나는 그의 말을 들으며 잔을 채운 포도주를 또 들이켰다. 그리고 적의 어린 눈으로 그의 얼굴을 바라봤다.

"파우스트가 흔해 빠지면 진짜가 무색하겠지."

내가 일부러 퉁명스럽게 말하자, 그는 어이없다는 듯 잠시 내 얼굴을 바라보더니 밝고 자신 있는 소리로 웃었다.

"그만두자. 시작해 봤자 결론이 안 날 테니까. 어쨌든 술과 도락을 즐기는 삶이, 선량하고 품행 바른 사람들의 삶보다 활기차 보이긴 하겠지. 그리고 이건 책에서 읽었는데 도락자의 생활이 신비주의자가 되기 위한 준비 같은 거라고 하더군. 예언자들은 대개 그런 무리에서 나오기도 하지. 성 아우구스티누스도 그랬잖아. 그도 젊을 땐 말도 못 할 도락자道樂者였거든."

나는 그런 이야기에 동조하면 안 된다고 마음먹고, 내게는 상관없다는 듯 더 퉁명스럽게 말했다.

"그건 각자 취미겠지. 솔직히 말하면 난 예언자니 뭐니 하는 사람들과는 아무 관계도 없어."

그는 눈을 가늘게 뜨고 나를 흘끗 보았다. 내 마음을 다 안다는 눈빛이었다.

"싱클레어, 네가 듣기 싫은 얘길 하려는 건 아니야. 다만 지금 네가 무슨 목적으로 술을 마시는지, 그건 풀기 어렵다. 너도 모르고 나도 몰라. 하지만 네 생활을 지금처럼 만든 것이 무엇인지는 알아. 네가 왜 술을 마시는지, 그 '목적'은 안다는 말이지. 우리 마음속엔 어떤 것이 들어앉아 있어. 그게 모든 걸 알고, 모든 걸 원하고, 우리 자신보다 훨씬 능숙하게 해결해. 이건 알아둘 만한 일이야. 자, 난 가봐야겠다."

우리는 주점에서 헤어졌다. 나는 그대로 남아남은 술을 말끔히 비웠다. 훈계하듯 말하는 데미안이 몹시 비위에 거슬렸다.

술값을 치르려고 카운터에 가 보니 계산은 이미 끝나 있었다. 데미안이 먼저 내고 간 것이다. 나는 더 화가 났다.

머릿속이 데미안으로 가득 찼다. 거리 어귀 술집에서 그가 한 말이 하나하나 되살아났다.

"…우리 마음속에는 어떤 것이 들어앉아 있다. 그것이 모든 것을 알고, 모든 것을 원하며, 모든 것을 우리보다 훨씬 능숙하게 해결한다…"

나는 벽에 붙여 둔 초상화를 바라보았다. 방이 어두워 윤곽조차 분간하기 어려웠지만, 그 눈에서 아직 불꽃이 타오르는 것은 똑똑히 보였다.

그 눈은 데미안의 눈이었다.

아니, 만약 데미안의 눈이 아니라면, 내 마음속에 들어앉아 있는 '무엇'의 눈일 것이다.

나는 얼마나 데미안을 만나고 싶어 했는지 모른다. 그러나 그의 소식은 거의 끊겨 있었다. 내가 들은 풍문이라곤, 그가 어느 대학에서 공부하고 있고 그의 어머니도 다른 곳으로 이사했다는 것뿐이었다.

나는 데미안에 대한 기억을 크로머 사건까지 거슬러 더듬어 보려 했다. 내 마음은 과거의 그 지점을 향해 달려갔다. 그러자 데미안이 내게 했던 말들이, 마치 지금 내 옆에서 다시 말해 주는 것처럼 들려왔다. 그 말들은 지금도 살아 있는 의미를 지니고 있었다.

그의 말은 늘 내게 직접 연결된 문제들이었다. 거리 어귀 술집에서 나눈 '도락자와 예언자' 이야기도, 이제는 충분히 납득이 갔다.

도락자의 길이야말로 내가 걷는 길 아니었나. 나는 술집과 불결, 혼미와 타락 속에서 살고 있지 않았나. 그 생활 끝에, 과거와는 정반대의 어떤 것이 내 마음속에 들어앉지 않았나. 순결을 향한 욕구, 성스러운 것에 대한 동경이 되살아나지 않았나.

이렇게 나는 기억을 뒤쫓았다. 밖은 이미 한참 전부터 어두웠고 비가 내리고 있었다. 추억을 더듬는 가운데도 빗소리가 들렸다.

밤나무 아래에서 데미안이 내 비밀을 꿰뚫어 보던 순간, 견신례 수업과 의식, 학교 가는 길과 집으로 돌아오는 길에 주고받던 이야기들이 파노라마처럼 펼쳐졌다. 그리고 가장 마지막으로, 우리가 처음 만났던 때가 떠올랐다.

그때 무슨 말을 했는지는 선뜻 기억나지 않았다. 나는 마음을 가라앉히고 기억의 실을 더듬었다. 그러자 흐릿하게 떠오르는 것이 있었다. 카인의 이야기였다. 데미안은 카인의 '표지'를 새롭게 해석했고, 나와 함께 우리 집 앞까지 갔었다.

그는 대문 위아치 장식에 새겨진 낡고 퇴색한 문장을 바라보며 "저런 게 재미있어. 자세히 봐." 하고 흥미를 보였다.

그날 밤 나는 데미안과 문장에 관한 꿈을 꾸었다. 문장은 빙글빙글 돌았다. 자세히 보니 '도는' 것이 아니라 모양과 색이 계속 변하고 있었다. 아주 작아지며 잿빛이 되기도 하고, 갑자기 커지며 찬란한 색으로 바뀌기도 했다.

데미안은 그것을 손바닥 위에 올려놓고 설명했다. 형태와 색이 바뀌어도 문장의 성격은 바뀌지 않는다고. 그리고 나중에는 그 문장을 "먹어 보라"고 했다.

내가 꿀꺽 삼키자, 문장의 새가 배 속에서 점점 커지더니 날카로운 부리로 안쪽에서 내 몸을 파먹기 시작했다. 나는 죽음의 공포를 몰아내려 악을 쓰다가 그 순간 꿈에서 깼다.

눈을 떠보니 한밤중이었다. 캄캄해 아무것도 보이지 않았다. 바람에 날린 빗줄기가 방바닥을 두드리고 있었다. 창문을 닫으려 침대에서 내려섰는데, 그때 바닥에 떨어진 무언가를 발로 밟았다.

아침이 되어서야 그것이 내가 그린 그림이라는 걸 알았다. 비가 스며든 방바닥에 떨어져 물기를 먹고 퉁퉁 불어 있었다. 나는 그것을 말리려고 주름을 펴 흡수지에 끼우고 무거운 책으로 눌러 두었다.

다음 날 꺼내 보니 마르긴 했지만 그림은 완전히 달라져 있었다. 빨갛던 입술은 색이 바래 옆으로 번져 얇아져 있었는데, 그 모습이 영락없는 데미안의 입이었다.

나는 새 그림에 착수했다. 문장의 새를 그려 보기로 했다. 그러나 그 새가 실제로 어떤 모양이었는지는 기억에 남아 있지 않았다. 문 앞에 바짝 다가가 보아도 뚜렷이 식별하기 어려웠다. 오래된 데다 여러 번 덧칠한 탓이었다.

새는 어떤 물건 옆에 서 있거나, 혹은 그 위에 앉아 있는 것 같았다. 그 물건은 꽃일 수도, 바구니나 둥지일 수도, 아니면 나뭇가지일 수도 있었다.

나는 그게 무엇이든 상관하지 않고, 이미지가 남아 있는 부분부터 그리기 시작했다. 무턱대고 '잘 그려야 한다.'는 욕심에 물감은 밝고 진한 색을 골랐다. 그러다 보니 새의 머리는 금빛이 되었다.

마음 가는 대로 선을 긋고 색을 얹는 작업을 며칠이나 계속한 끝에 나는 그림을 완성했다.

내가 그린 것은 일종의 맹금이었다. 머리는 사나운 매를 닮았고 부리는 더 날카로웠다. 푸른 하늘을 배경으로, 새의 몸 절반이 어두운 지구 속에 파묻혀 있었다. 마치 알에서 깨고 나오려 바둥거리는 모습 같았다.

한참 바라보고 있자니, 그것이 꿈속의 문장 새와 꼭 같다는 생각이 들었다.

데미안에게 편지를 쓴다는 것은, 설령 그의 주소를 안다 해도 내게는 불가능했을지 모른다. 그러나 그 무렵 나는 모든 일을 꿈같은 예감으로 처리하던 중이었고, 결국 그 매의 그림을 그에게 보내기로 마음먹었다. 그가 받든 못 받든 상관없었다.

그림에는 아무것도 적지 않았다. 내 이름조차 쓰지 않았다. 찢어져 너덜거리는 종이 가장자리를 깨끗이 잘라낸 뒤 큰 봉투에 넣어, 친구의 예전 주소로 부쳤다.

시험이 다가와 나는 전보다 더 열심히 공부해야 했다. 내가 생활 태도를 고친 뒤부터 선생들도 다시 나를 친절히 대했다. 모범생이라 하긴 어렵지만, 불과 반 년 전까지만 해도 퇴학이 당연시되던 처지였으니, 정신을 차리고 학생 본분으로 돌아와 공부에 몰두하는 것만으로도 다행이라 해야 했다.

이제는 누구도 퇴학을 말하지 않았고, 나조차 그 일을 잊고 있었다.

아버지 편지의 말투도 다시 예전으로 돌아왔다. 비난과 협박의 문구는 사라졌다. 그러나 나는 내게 어떤 변화가 일어났는지, 아버지에게도 다른 누구에게도 알리고 싶지 않았다. 그 변화가 부모님과 선생들이 바라던 것과 '겉으로' 일치했을 뿐, 그것은 우연이었다. 말하자면 우연히 맞아떨어진 것이었다.

내가 달라졌다고 해서 환경까지 달라진 것은 아니었다. 새 친구를 사귀지도 않았고, 누구에게 특별히 가까이 다가가지도 않았다. 오히려 그 변화는 나를 더 고독하게 만들었다.

그 변화는 어딘가를 향해 있었다. 그 목표가 막스 데미안인지, 더 먼 곳의 운명인지, 나는 확실히 알 수 없었다. 나는 변화의 한복판에 있었기 때문이다.

그 변화는 베아트리체가 나타난 뒤부터 시작되었다. 그러나 나는 오래전부터 데미안을 생각하며 비현실적인 생활을 해 왔기에, 이느새 베아트리체를 까맣게 잊어버리고 있었다.

만약 어떤 계기가 없었다면, 나는 내 꿈과 기대, 내면의 변화에 대해 누구에게도 말하지 못했을 것이다. 말하고 싶다 해도 불가능했을 게 틀림없다. 아니, 말하고 싶다는 생각 자체를 하지 못했을지도 모른다.

사람들 앞에서 단 한마디라도 털어놓는 일이, 과연 가능했을까.

새는 알에서 나오려고 버둥거린다

내가 꿈에서 그린 그 새는 내 친구에게 닿았다. 그리고 얼마 뒤, 실로 기묘한 방식으로 답장이 돌아왔다.

어느 날 쉬는 시간이 끝나고 다음 수업이 시작되었을 때, 나는 책갈피 사이에 끼워진 종이쪽지 하나를 발견했다. 동급생들 사이에서 몰래 주고받는 쪽지처럼, 차곡차곡 접혀 있는 종이였다. 이런 장난은 흔한 일이어서 새삼스러울 건 없었지만, 누가 이런 쪽지를 내 책에 끼워 두었을까 하는 점이 조금 이상했다.

그 무렵의 나는 동급생 누구와도 그런 쪽지를 주고받을 사이가 아니었기 때문이다.

'어디 놀러 가자는 얘기겠지.'

나는 꺼내 보지도 않고 그대로 책갈피에 끼워 두었다. 그런데 책을 펼쳐 장을 넘기다 보니, 나도 모르게 손이 그 쪽지로 향했다. 몇 줄의 글이 빼곡히 적혀 있었다. 쪽지를 펼치는 순간, 다음 문장이 한꺼번에 눈에 박혔다. 운명 앞에 고개를 숙인 내 심장은 찬바람을 맞은 것처럼 오그라들었다.

새는 알에서 나오려고 버둥거린다. 그 알은 새의 세계다.
알에서 빠져 나오려면 하나의 세계를 파괴하지 않으면 안 된다.
새는 신의 곁으로 날아간다. 그 신의 이름은 아브락사스라 한다.

나는 그 몇 줄을 몇 번이고 되풀이해 읽으며 깊은 명상에 잠겼다. 이것이 데미안의 답장이라는 데에는 의심의 여지가 없었다. 그 새에 대해 아는 사람은 데미안과 나, 둘뿐이었으니까. 그는 내 그림을 받았고, 내가 그것을 보낸 의미를 알아차렸으며, 그에 대한 자신의 생각을 이 쪽지로 전해 준 것이다.

하지만 전체적으로는 어떤 관련이 있는 걸까. 특히 마지막 한 단어가 문제였다.

아브락사스, 그 이름은 나는 지금껏 들어 본 적도, 읽어 본 적도 없었다.

'그 신의 이름은 아브락사스…'

나는 속으로 몇 번이고 되뇌었다.

수업이 끝나고 다음 수업이 시작되었다. 오전 마지막 시간이었다. 담당은 대학을 갓 졸업한 젊은 조교사였는데, 나이가 어리다는 점과, 일부러 권위를 꾸며 내지 않는다는 점 때문에 학생들에게 인기가 많았다.

우리는 폴렌 선생의 지도 아래 고대 그리스 역사가 헤로도토스를 읽었다. 그건 내가 흥미를 느끼는 몇 안 되는 과목 중 하나였다. 그러나 그날만큼은 달랐다. 내 머릿속은 아브락사스라는 의문과 데미안으로 꽉 차 있어, 그 어떤 흥미도 끼어들 자리가 없었다.

나는 기계적으로 책을 펼쳤지만 본문에는 거의 주의를 두지 못했고, 다른 생각만 하고 있었다.

나는 이미 데미안이 말하던 것들을 몇 번이나 경험으로 확인해 본 적이 있었다.

의지를 가지고 움직이면 대개는 일이 풀린다는 것, 강한 집중은 어떤 소망이든 어느 정도 이루게 한다는 것.

수업 시간에 얼굴을 긴장시키고 열심히 듣는 척 아니, 실제로 무엇인가에 진지하게 몰두한 표정을 하고 있으면—선생은 나를 그냥 내버려 둔다. 그러면 나는 안심할 수 있다. 하지만 멍한 얼굴로 눈알만 굴리거나 졸기 시작하면 선생은 곧장 달려온다.

이건 내가 여러 번 직접 당해 본 일이어서 잘 안다. 생각에 깊이 잠기거나 어떤 일에 진지하게 몰두하면, 대개는 선생에게 걸리지 않고 무사히 넘어갈 수 있었다. 또 상대를 관찰하는 기술도 몇 번 시험해 보았고, 제법 효과가 있다는 것도 알고 있었다.

데미안과 어울리던 때에는 잘 되지 않았지만, 지금은 정신을 집중해 상대를 쏘아보는 방식에 어느 정도 익숙해졌다고 할 수 있었다.

그날도 나는 그런 상태로 앉아 있었다. 내 마음은 헤로도토스와 학교에서 멀리 떨어진 곳에 있었다. 그런데 갑자기 선생의 목소리가 내 의식 속으로 파고들었다. 나는 깜짝 놀라 정신을 되찾았다. 선생이 바로 내 옆에 와 있었던 것이다.

내 이름을 불렀던가?

그렇게 생각했지만 선생은 내 얼굴을 보고 있지 않았다. 나는 겨우 안심했다.

그런데 다음 순간, 선생의 목소리가 다시 내 귀를 때렸다. 그는 큰 소리로 '아브락사스'라고 말했다. 그때부터 선생의 설명이 또렷하게 들리기 시작했다.

폴렌 선생은 계속 말했다.

"우리는 고대의 종파나 신비주의자들의 사상을 합리주의적 관점에서만 바라보고, 소박한 미신이라 치부해서는 안 됩니다. 오늘날의 과학은 그 시대에는 없었습니다. 대신 철학적이고 신비주의적인 진리 탐구가 활발했고, 그것은 상당한 발전을 이루었지요. 물론 그 탐구가 때로 옆길로 새어 나가 마법이나 사악한 것을 낳기도 했고, 사기나 살인 같은 범죄로 이어지는 경우도 있었습니다. 그러나 마법이라 해도 그 기원과 본래의 성격은 고귀하고 심오한 사상을 품고 있습니다. 예를 들면, 방금 말한 아브락사스의 가르침이 그렇습니다. 학자들 가운데는 이 이름을 그리스의 주문과 연결해 해석하기도 하고, 미개 민족이 오늘날까지도 두려워하는 요마妖魔의 이름으로 보는 이들도 있습니다. 그러나 아브락사스는 더 깊은 의미를 지닌 것으로 생각됩니다. 우리는 이 이름을 '신성'과 '악마성'을 결합하는 상징적 사명을 띤 신의 이름으로 이해할 수도 있습니다."

작고 박식한 그 사나이는 능숙한 화술로 열심히 설명하고 있었지만, 흥미롭게 듣는 학생은 거의 없어 보였다. 그리고 곧 아브락사스라는 이름이 선생의 설명 속에서 사라지자, 내 관심도 다시 내 안으로 돌아와 버렸다.

하지만 한 문장이 내 귀에 남았다.

'신성과 악마성을 결합한다는….'

거기에 실마리가 있었다. 그것은 데미안에게서도 들었던 말과 닮아 있었다. 데미안은 이렇게 말했었다.

'우리는 한 신을 믿고 숭앙한다. 그런데 그 신은 세계를 제멋대로 둘로 갈라놓고 반쪽에만 영향력을 미친다. 우리는 세계 전체를 지배하는 절대자를 숭앙해야 한다. 그렇다면 악마 같은 신을 받들든가, 아니면 신을 예배하듯 악마에게도 예배해야 한다.'

그리고 아브락사스는 바로 그런 존재 신이면서 악마인 신, 신성과 악마성이 결합된 신인 듯했다.

나는 한동안 그 길을 추적해 보았지만, 부딪히는 난관이 너무 많아 좀처럼 앞으로 나아갈 수 없었다. 아브락사스를 찾아 도서관을 뒤졌으나 성과는 없었다.

본래 나는 '정확한 정보'를 목표로 삼아 의식적으로 찾아 헤매는 방식에 익숙하지 않았다. 솔직히 말해 흥미도 없었다. 그렇게 얻은 것은 대개, 그렇게 간절히 바라며 쥐어 본 것이 결국 돌멩이였다는 사실뿐이었다.

그 무렵, 한때 내 온 정성을 쏟았던 베아트리체는 점점 깊이 가라앉고 있었다. 아니, 더 정확히 말하면, 그녀는 내게서 천천히 멀어져 지평선 끝의 그림자처럼 되어 가고 있었다. 베아트리체는 더 이상

내 마음을 채워 주지 못했다.

몽유병자처럼 껍질 속에 틀어박힌 내 삶 속으로, 기묘하게도 새로운 것이 파고들어 형태를 갖추어 가고 있었다. 그것은 삶에 대한 동경이라기보다 사랑에 대한 동경이었다. 베아트리체라는 우상을 숭배함으로써 눌러 두었던 성의 충동이, 이제는 새로운 우상과 목표를 요구하고 있었다.

그 욕망이 채워지지 않는 것은 전과 같았다. 하지만 동경하고 요구하는 마음을 속이거나, 친구들이 누리는 행복을 위해 나타난 여자들에게서 무언가를 기대하는 일은 이제 나와 너무 멀어졌다. 나는 그런 짓을 할 수 없었다.

나는 자주 꿈을 꾸었다. 그것도 밤보다 낮에 더 많이. 관념과 영상과 소망이 솟아올라 나를 바깥세계에서 떼어 놓았다. 그래서 나는 현실의 환경과 접촉하는 것보다, 내 안의 영상과 소망의 그림자와 더 현실적이고 더 생생하게 접촉하며 살고 있었다.

그중에서도 언제나 반복되는 하나의 공상이 내게는 깊은 의미를 갖게 되었다. 그 꿈은 내 생애에서 가장 중요하면서도 가장 불길한 것이었고, 대략 이런 내용이었다.

나는 고향으로 돌아간다. 대문 아치의 받침돌에 새겨진 문장의 새가 황금빛으로 빛난다. 어머니가 마중 나온다. 그런데 어머니를 안으려다 얼굴을 들여다보는 순간, 그 사람은 어머니가 아니다. 처음 보는 낯선 사람으로 변해 있다.

덩치 큰 사람이다. 막스 데미안 같기도 하고, 내가 그린 초상화 속 인물 같기도 하지만, 그와도 다르다. 몸은 단단하고 어깨는 넓게 벌어져 있지만, 남자가 아니다. 분명히 여자의 얼굴이다.

그 사람은 뜨거운 사랑의 숨결을 내 온몸에 퍼붓듯이 내게 다가와, 갈비뼈가 부서질 듯 나를 껴안고 안쪽으로 끌고 들어간다. 환희와 전율이 뒤섞여 나는 정신이 아득해진다. 황홀경이다.

그 포옹은 존경이면서 동시에 범죄였다. 나를 껴안는 얼굴에 내 어머니와 내 친구 데미안의 그림자가 너무도 선명하게 겹쳐 있기 때문이다.

그 사람에게 안기는 것은 거룩하고 근엄한 모든 것을 배반하는 죄악이며, 동시에 법열 같은 행복이었다. 나는 꿈속에서 끝없는 행복에 잠기기도 했고, 어떤 때에는 무서운 범죄를 의식한 듯 죽음의 불안과 양심의 가책에 휩싸이기도 했다.

내 안의 영상과, 내가 찾아 헤매는 아브락사스라는 신에게 외부에서 보내지는 신호 사이에는 어떤 관계가 성립되어 있었다. 그 관계는 서서히, 무의식중에 이어졌지만, 한번 이어지면 점점 더 치밀해졌다.

내가 예감 같은 꿈속에서 찾아 헤맨 것이 결국 아브락사스였다는 사실을, 나는 점점 감지하기 시작했다. 그곳에는 환희와 전율이 뒤섞여 있었고, 남자와 여자가 한데 뒤엉켜 있었다. 아름답고 순결한 것을 꿰뚫고 나가는 죄의 경련이 있었다. 그것이 내 사랑의 꿈이고, 내 꿈이 보여 주는 사랑의 모습이었다.

아브락사스도 마찬가지였다.

사랑은 더 이상 동물적 본능의 어두운 충동만은 아니었다. 내가 처음 죄악감에 떨며 느꼈던 그런 사랑이 아니었다. 그렇다고 해서 베아트리체에게 바쳤던 경건한 마음처럼 순화된 것도 아니었다.

내 사랑은 양극에 걸쳐 있었다. 그러면서도 더 높은 자리, 더 위험한 자리에서 빛났다. 내 사랑은 천사와 악마가 엉겨 하나가 된 것, 남자와 여자가 하나로 된 것, 인간이면서 짐승인 것, 최고의 선이면서 극단의 악인 것이었다.

그것을 맛보는 것이 내 삶의 길이고, 그 길을 걸어야 하는 것이 내 운명이라고 나는 느꼈다.

이듬해 봄이면 나는 대학에 들어가게 되어 있었다. 어느 대학에서 무엇을 공부할지는 나도 알지 못했다. 턱 밑에는 수염이 보송보송 돋아 어른의 면모를 갖추기 시작했는데, 정작 내 앞길은 어디에도 목표가 서지 않았다.

단 하나, 분명한 것이 있었다.

내 마음의 소리. 그리고 꿈속의 그 영상이다.

그 영상이 시키는 데로 따르는 것, 그 꿈의 제시에 맹종하는 것만이 내 사명이라고 나는 생각했다.

그러나 그것은 어려웠다. 나는 날마다 거기에 저항했다. '내 머리가 돌아버린 건 아닐까? 나는 다른 사람들과 완전히 동떨어진 존재가 된 건 아닐까?' 그런 생각이 한두 번이 아니었다.

그런데도 나는 남들이 하는 일은 다 할 수 있었다. 잠깐 고생한다는 마음으로 공부하면 플라톤도 읽을 수 있었고, 삼각법 문제도 풀 수 있었고, 화학 분석 설명도 이해할 수 있었다.

하지만 단 한 가지, 내 힘으로 할 수 없는 일이 있었다.

내 안에 숨겨진 목표를 끄집어내어, 남들처럼 '형태'를 만들어 눈앞에 세워 두는 일, 그것이 불가능했다.

다른 사람들은 의사, 교수, 재판관, 예술가 같은 길을 이미 골라 두었고, 그 직업을 얻는 데 시간이 얼마나 걸리는지, 어떤 이익이 얼마나 따르는지까지 자세히 알고 있었다.

그것이 내겐 불가능했다.

어쩌면 나도 언젠가 그런 직업을 갖게 될지 모른다. 하지만 그것을 '어떻게' 찾아야 하는가가 문제였다. 나는 몇 년이고 헤매며 찾아야 할지도 모른다. 그러다 결국 목표에 닿지 못한 채 중도에서 쓰러질지도 모른다. 혹은 어떤 곳에 도달해 놓고도, 그곳이 엉뚱한 길이었다는 것을 뒤늦게 깨닫고 후회할지도 모른다.

내가 살아 보려 했던 노력은 다만 '나'라는 인간 속에서 자연스럽게 빠져 나오려는 결심뿐이었다. 그런데 어쩌면 그렇게도 어려웠을까.

가끔 나는 꿈의 장면을 그림으로 그려 보겠다고 생각했다. 몇 번이고 망설이다가, 마침내 나는 그 단단한 몸집의 여인을 그리기 시작했다. 제대로 그려졌다면 데미안에게 보내려 했을 것이다. 하지만 데미안이 어디에 사는지 알 수 없었다. 그의 마음이 나와 이어져 있다는 것 외에는, 그에 대해 아는 것이 아무것도 없었다.

데미안을 다시 만날 수 있을까.

베아트리체의 우상을 받들던 몇 달 동안의 평정은 이미 오래전에 사라졌다. 나는 그때 아름다운 섬에 들어가 평화를 얻었다고 믿었다. 그러나 내 경우는 늘 그랬다. 어떤 상태가 마음에 들었다 싶으면, 다음 순간 그것은 갑자기 초췌해지고 흐릿해진다. 그러면 아무리 아쉬워해도 소용없다.

나는 긴장된 기대 속에서 채워지지 않는 욕망을 불태우며 살고 있었다. 그런 삶은 때때로 나를 광포하게 만들었다.

나는 꿈속의 여인을 자주 떠올렸다. 그럴 때마다 현실에서 내 앞에 서 있는 듯한 착각이 들 만큼 선명했다. 나는 그 여인과 이야기했고, 그녀 앞에서 울었고, 그녀를 저주하기도 했다.

어머니라고 부르며 무릎 꿇고 흐느낀 적도 있었고, 연인이라고 부르며 모든 것을 채워 줄 원숙한 입술을 기다린 적도 있었다. 또 어떤 때는 악마, 창녀, 흡혈귀, 살인자라고 부르기도 했다.

꿈속의 그 여인, 그렇게 여러 이름으로 불리는 존재는 아름답고 달콤한 사랑으로 나를 끌어당기는가 하면, 눈뜨고는 차마 할 수 없는 추잡한 행위를 강요하며 그런 곳으로 유혹하기도 했다.

그 여자에게는 지나치게 선량하거나 고상한 면도 없었지만, 지나치게 사악하거나 비열한 면도 없었다.

그해 겨울, 나는 내부 세계의 폭풍 속에서 살았다. 그런 생활은 이듬해 봄까지 계속되었다. 고독은 이제 익숙한 것이 되었다. 고독 때문에 특별히 괴로운 일은 없었다.

내 삶에는 데미안도 있었고, 그 괴상한 맹금도 있었고, 내 운명의 연인 같던 덩치 큰 여자도 있었다. 그 정도면 충분했다.

왜냐하면 그 세 존재는 모두 넓은 시야를 갖고 있었고, 아브락사스를 궁극의 목표로 바라보고 있었기 때문이다.

하지만 그런 꿈과 공상은 내 마음대로 움직이지 않았다. 내가 먼저 불러낼 수도 없었고, 내 멋대로 색을 칠해 모양을 바꿔 버릴 수도 없었다. 저쪽이 먼저 나타나 나를 점령해야 했다. 나는 그것들의 지배를 받았고, 그 지배 속에서 내 삶을 유지하고 있었다.

세속적으로 보면 내 생활은 빈틈이 없었다. 사람 따위는 무섭지 않았다. 동급생들도 내 속을 어렴풋이 알아차리고는 오히려 나를 존경하기까지 했으니, 가끔은 헛웃음이 나왔다.

마음만 먹으면 나는 그들의 속을 훤히 들여다보고, 필요한 말을 한두 마디 던져 줄 수도 있었을 것이다. 그런 건 어렵지 않았다. 다만 내가 그럴 마음이 없었을 뿐이다.

나는 언제나 나 자신에게 지고 있었다. 내 일에, 내 내부의 일에 몰두하고 있었기 때문이다. 내 소망이란 이런 것이었다.

'나 나름대로 살아 보고 싶다. 내 안에 도사린 것을 끄집어내어 이 세상에 던지고 싶다. 세상과 싸워 보고 싶다.'

저녁 산책을 나와 마음이 들뜨면, 밤이 깊어도 돌아가고 싶지 않을 때가 자주 있었다.

'오늘 밤엔 틀림없이 연인을 만날 수 있다. 연인은 이 골목을 지나갈 것이다. 여기서 기다리면 만나지 않을까.'

그런 생각이 머리에서 떠나지 않았다. 어떤 때는 그 모든 상념이 견딜 수 없는 고통이 되었다. 그러면 나는 으레 자살해야겠다고 결심하곤 했다.

그 무렵 나는 색다른 피난처 하나를 발견했다. 이른바 '우연' 덕분이었다. 하지만 원래 우연이라는 것은 존재하지 않는다. 필요한 것이 뜻하지 않은 방향에서 주어지면 우리는 '우연'이라 부르지만, 실은 그것이 반드시 필요했기에 그만큼 열의를 다해 구한 사람에게 돌아온 당연한 대가일 뿐이다.

우연히 주는 것이 아니라, 구하는 사람 자신이 부여하는 것이다.

그 사람의 욕구와 필연이 그를 그곳으로 데려간다.

어느 날 산책 중 교외의 크지 않은 예배당 옆을 지나는데, 안에서 흘러나오는 오르간 소리가 들렸다. 나는 멈추지 않고 지나쳤다. 그런데 다음 날도 같은 길에서 다시 들렸다. 전날과 같은 곡이었고, 그것이 바흐의 곡이라는 것을 나는 알아차렸다.

출입구로 가 보니 문은 잠겨 있었다. 나는 예배당 계단에 앉아 망토 깃을 세우고 귀를 기울였다. 소리는 크지 않았지만 음색이 좋았고 연주 솜씨도 뛰어났다.

그 연주는 의지와 끈기가 느껴지는, 극히 개성적인 연주였다. 그 독특한 울림은 마치 기도처럼 들렸다.

'연주하는 사람은 이 음악 속에 보석이 들어 있다는 걸 알고 있다.'

나는 그렇게 느꼈다.

그리고 또 이런 생각도 들었다.

'그는 생명을 찾듯 그 보석을 찾아 건반을 두드리며 온갖 소리를 꺼내 보고 있다.'

나는 음악을 전문적으로 알지 못한다. 그러나 영혼의 표현이라는 점에서는 어릴 때부터 본능적으로 이해해 왔고, 음악적인 것을 내 안의 자명한 것으로 느껴 왔다.

그 사람은 현대적인 감각이 느껴지는 곡도 연주했다. 레거의 작품이었을지도 모른다.

예배당 안은 어두웠고, 창문으로 희미한 빛만 새어 나왔다. 나는 음악이 끝나고 연주자가 밖으로 나올 때까지 기다렸다.

마침내 문이 열리고 한 사람이 나타났다. 나보다 연상이지만 아직 젊은 남자였다. 덩치가 단단하고 어깨가 넓었는데, 화가 난 사람처럼 거친 걸음으로 그 자리를 떠났다.

그 뒤로 나는 종종 그 예배당을 찾았다. 산책 코스를 그쪽으로 잡고 예배당 주변을 돌다가 계단에 앉곤 했다.

어느 날은 문이 열려 있었다. 나는 안으로 들어가, 그 남자가 가스등 불빛 아래에서 연주하는 동안 행복한 마음으로 의자에 앉아 있었다. 날씨가 추워 몸이 떨렸지만, 반시간쯤 그대로 앉아 있었다.

나는 그의 연주에서 그의 사람됨을 알아낼 수 있을 것 같았다.

그의 음악은 모두 깊은 신앙과 헌신, 경건함이 느껴졌지만, 그것은 교회 신자나 목사 같은 경건함이 아니었다. 중세의 순례자나 걸인에게서 느끼는 경건함, 모든 종파를 넘어서는 우주적 감정에 귀의하는 경건함이었다.

그가 연주하는 곡은 바흐 이전의 거장들이나 이탈리아 옛 작곡가들의 작품이 많았다. 하지만 곡이 달라도, 말하고 있는 내용은 하나였다.

어느 곡이든 그 연주자의 마음속에 있는 것을 말하지 않는 곡은 없었다. 세계를 동경하면서도 그 세계에서 멀어지고자 몸부림치는 기문, 자기 어두운 영혼의 소리에 몸을 태우며 귀 기울이는 취향, 귀의의 도취, 기적적인 것에 대한 깊은 호기심, 그 모든 것이 들려왔다.

어느 날 나는 오르간 연주자가 교회를 나가는 뒤를 멀찍이서 따라가 보았다. 그는 거리 어귀의 작은 술집으로 들어갔다. 나도 호기심을 참지 못하고 그 술집에 들어갔다. 그제야 나는 그의 얼굴을 똑똑히 볼 수 있었다.

그는 모자를 쓴 채 구석 테이블에 앉아 있었고, 포도주를 가득 따른 잔이 앞에 놓여 있었다. 얼굴은 내가 음악으로 짐작한 그대로였다.

한마디로 미남도 아니고 호감형도 아니었다. 심술과 고집이 있어 보이면서도, 동시에 의지와 신념이 가득한 구도자 같은 인상이었다.

그런데 입가에는 어린아이 같은 순진함이 있었고, 부드러운 감정이 흘러나올 샘 같은 것이 느껴졌다. 남성적인 기질은 주로 눈과 이마 근처에 모여 있었고, 얼굴 아래쪽 절반은 어딘가 미완성인 듯했다. 부분적으로는 연약해 보이기까지 했다.

아직 소년 티를 완전히 벗지 못한 턱은, 완고해 보이는 얼굴의 윗부분과 묘하게 대조를 이뤘다. 자존심과 적의로 어두워진 갈색 눈이 나는 마음에 들었다.

나는 말없이 그의 맞은편에 앉았다. 술집에는 우리 둘뿐이었다.

그는 마치 나를 쫓아내려는 듯 노려보았다. 나도 배짱을 내어 그 눈초리를 되받아쳤다. 그러자 그 남자는 더는 못 참겠다는 듯 기분 나쁜 얼굴로 중얼거렸다.

"뭘 그렇게 쳐다보나? 무슨 용무라도 있나?"

"별 용무는 없습니다. 다만 연주가 정말 훌륭하시더군요. 지금까지 여러 번 들었습니다."

나는 겸연쩍은 표정을 지으려 일부러 이마에 주름을 잡았다.

"그래? 그럼 자네는 음악광인가 보군. 음악에 열을 올리는 건 좋은 일이 아니라고 생각하는데."

나는 물러서지 않았다.

"당신 음악을 들으려고 매일 교회 근처를 산책했습니다. 어쩌면 음악광인지도 모르죠. 하지만… 저는 방해하려는 게 아닙니다. 다만 이야기 몇 마디만 나누면 뭔가 새로 발견될 것 같아서요. 당신과 이야기하면 새로운 것, 특별한 것이 생길지도 모릅니다. 그렇게 심각한 표정은 곤란합니다. 지금 제가 한 말은 한쪽 귀로 흘려버리셔도 됩니다. 말이 안 되면 음악을 듣겠습니다. 교회에 가면 어차피 당신 연주를 들을 수 있으니까요."

"교회문은 언제나 잠가 두는데…."

"저번엔 잊으셨더군요. 문이 안 잠겨 있었어요. 저는 들어가 앉아서 들었습니다. 문이 잠겨 있으면 창문 옆에 서거나 계단에 앉아서 듣고요."

"그래? 그럼 다음부터는 안에 들어와도 좋아. 밖은 추우니까. 다만 들어올 때는 꼭 노크를 해. 그 얘긴 됐고… 아까 뭐를 발견한다 했지? 자네 아직 젊은 청년이군. 고등학생인가, 대학생인가? 음악가야?"

"음악가는 아닙니다. 하지만 음악을 좋아합니다. 연주하는 것보다 듣는 쪽이죠. 그리고 아무 음악이나 다 좋은 건 아닙니다. 당신이 오르간으로 연주한 것처럼 절대적인 것, 천국과 지옥을 뒤흔드는 것 같은 음악만 좋아합니다. 그런 음악엔 윤리나 도덕의 냄새가 덜하거든요. 다른 것들은 대개 도덕 물이 들어 있습니다. 저는 물들지 않은 걸 찾고 있습니다. 저는 그 도덕 때문에 얼마나 시달렸는지 모릅니다. 신이면서 악마, 신성과 악마성이 결합된 것 같은 신이 분명히 있다고 생각합니다. 누군가에게서 들었는데, 정말 그럴 듯했어요.”

그 음악가는 챙 넓은 모자를 조금 뒤로 젖히고 머리를 흔들어, 이마에 내려온 머리칼을 양쪽으로 갈라놓았다. 그리고 긴장된 얼굴을 내 쪽으로 바싹 들이밀며 낮게 물었다.

“지금 말한 그 신의 이름이 뭐라고 하지?”

“저도 그 신이 뭔지는 잘 모릅니다. 이름만⋯ 아브락사스라고 들었습니다.”

그는 누가 듣기라도 할까 조심스러운 눈으로 주위를 훑더니, 다시 얼굴을 가까이 가져와 속삭이듯 말했다

“나도 그럴 줄 알았다. 그런데 자네, 대체 뭐 하는 사람이지?”

“고등학교 학생입니다.”

“아브락사스라는 이름은 어디서 들었나?”

“우연히요.”

그가 테이블을 탕 치는 바람에, 잔의 포도주가 출렁이며 조금 쏟아졌다.

“우연? 말도 안 되는 소리야. 아브락사스를 우연히 알게 됐다니. 그런 건 있을 수 없어. 자네, 그 얘기 좀 해 봐. 그 신이라면 나도 조금은 아니까.”

그는 내게 "지금은 말해 줄 수 없다, 다음에 하자"라고 하면서도, 망토 주머니에서 군밤 몇 개를 꺼내 주었다. 나는 이상하게 만족스러웠다.

그가 다시, 한참 침묵하다 물었다.

"그 아브락사스 이야긴… 어디서 들었지?"

이번에는 더 이상 숨기지 않고 털어놓았다.

"저는 고독 속에서 길을 잃고 있었습니다. 그러다 어느 날, 친구 생각이 났어요. 머리가 영리하고 아는 것도 많은 친구입니다. 그때 저는 그림을 그리고 있었습니다. 지구에서 빠져나오려는 새의 그림이었죠. 몸의 절반쯤이 지구 속에 파묻힌 새를 그려, 그 친구에게 보냈습니다. 그리고 거의 잊고 지내던 무렵, 종이쪽지 한 장이 제게 왔습니다. 거기엔 이렇게 적혀 있었습니다. '새는 알에서 나오려고 버둥거린다… 그 신의 이름은 아브락사스다.'"

그는 아무 말도 하지 않았다. 우리는 군밤을 까서 포도주 안주로 먹었다.

"한 잔 더 할까?"

그가 물었다.

"그만합시다. 저는 술을 많이 못 합니다."

그는 조금 실망한 듯 웃었다.

"좋을 대로 하지. 난 자네랑 달라, 마시는 건. 자넨 먼저 가게. 난 좀 더 있다 갈 테니."

두 번째로 만났을 때, 그는 말이 적었다. 그는 나를 뒷골목으로 데려가더니, 음산한 기운이 도는 낡은 집으로 들어가자고 했다. 나는 말없이 따라 들어갔다.

어두운 복도를 지나, 정돈도 청소도 제대로 되어 있지 않은 넓은 방으로 안내받았다. 한쪽에 피아노가 놓여 있는 것 말고는 음악을 떠올릴 만한 것이 없었다. 커다란 책장과 책상이 있는 그 방은 오히려 학자의 서재 같았다.

"책이 굉장히 많군요."

내가 둘러보며 말하자, 그는 대답했다.

"다 내 책은 아니야. 일부는 아버지 장서지. 난 아버지랑 같이 살고 있어. 하지만 자네에게 아버지를 소개할 수는 없어. 이 집에서는 내가 데려오는 사람들을 썩 존중하지 않거든. 내가 변변치 못한 인간이라서 그래. 말하자면 난 탕아야. 아버지는 목사 설교자… 뭐 그런 걸 직업으로 하는 지독히 훌륭한 사람이야. 그런 아버지의 아들이니 천분도 있고 앞날도 유망한 셈인데, 머리가 좀 돌아서 빗나간 길을 걷고 있는 거지. 처음엔 신학을 했어. 국가시험 지전에 때려치웠지. 그렇다고 내 개인적인 '신학'까지 버린 건 아니야. 인류가 그 시대에 알맞은 신을 어떻게 만들어 왔는가, 그건 내게 가장 중요하고 가장 흥미로운 문제야. 어쨌든 지금의 난 음악가이고, 머지않아 오르간 연주자로서 어떤 지위도 생길 것 같아. 그러면 다시 교회로 돌아갈 수도 있겠지."

나는 책장을 훑어보았다. 탁상 램프 아래에서 그리스어, 라틴어, 히브리어 표제들이 눈에 들어왔다.

내가 책장 쪽을 보고 있는 동안, 그는 방 한쪽 어두운 구석에서 바닥에 엎드려 부스럭거리며 무언가를 준비했다. 그러더니 다 됐다는 듯 나를 불렀다.

"이리 와. 이제 잠깐 철학 공부를 하자. 입 다물고, 배를 바닥에 대고 엎드려서 생각하는 거야."

그는 엎드린 채 난로에 성냥을 그었다. 불은 종이에서 불쏘시개로, 불쏘시개에서 장작으로 옮겨 붙으며 활활 타올랐다. 그는 장작을 더 넣고 신중한 얼굴로 불을 바라보았다. 나도 그 불에 마음이 끌리는 것을 느꼈다.

우리는 거의 한 시간 동안 장작불 앞에 엎드려, 불이 빠지직거리며 타올라 화염의 소용돌이를 이루고, 얼마 뒤에는 된서리를 맞은 풀잎처럼 기세가 꺾여 가물거리다, 마침내 꺼져 재가 되는 과정을 바라보았다.

"불을 숭배하는 신앙이… 지금까지 이어져 온 신앙들 중에서 가장 엉터리라고만은 할 수 없어."

그가 혼잣말처럼 중얼거렸다. 그 말 외에는 아무 말도 하지 않았다. 나도 침묵했다. 난로 구석의 타다 남은 장작토막이 숯덩이의 열을 받아 다시 타오르기 시작했다.

나는 불과 연기와 난로 바닥의 재속에서 여러 형상을 보았다. 그때, 그가 갑자기 관솔 한 움큼을 난로에 던져 넣었다. 꿈같은 정적이 깨지며 불이 다시 소리를 내며 솟구쳤다.

나는 그 불 속에서 내가 그렸던 괴상한 맹금을 닮은 새를 보았다. 여러 글자, 황금실로 엮은 그물 같은 것도 보았다. 그리고 사람 얼굴, 짐승 얼굴, 풀과 나무, 벌레와 배 같은 것들이 차례로 떠올랐다.

한참 뒤 정신을 차리고 그에게 고개를 돌리자, 그는 팔꿈치를 괴

고 두 주먹에 턱을 올린 채, 황홀한 얼굴로 난로 속 재를 들여다보
고 있었다.

"그만 가야겠어요."

내가 속삭이듯 말하자, 그는 엎드린 채 대답했다.

"그래. 가 봐. 안녕."

방도 복도도 램프가 꺼져 캄캄했기에, 나는 손과 발로 더듬으며
겨우 밖으로 나왔다.

몇 걸음 옮기다 말고 나는 돌아서서 그 집을 바라보았다. 멋없게
크기만 한, 낡을 대로 낡은 집. 불빛 비치는 창 하나 없었다. 현관 옆
에 놋쇠로 된 작은 문패가 붙어 있었고, 가스등 불빛 아래에서 그
글자가 읽혔다.

'주임목사 피스토리우스'

기숙사로 돌아와 내 작은 방에 들어서고 나서야, 나는 깨달았다.
나는 아브라사스에 대해서도, 그 밖의 것들에 대해서두 피스토리
우스에게서 아무 설명을 듣지 못했다. 우리가 나눈 말은 통틀어 열
마디도 안 되었을 것이다.

그런데도 나는 그의 집에 다녀온 일이 몹시 만족스러웠다. 다음
번에는 오르간 곡 중에서도 가장 멋진 것—스웨덴의 북스테후데가
쓴 파사칼리아라는 곡을 들려주겠다고, 그는 약속했기 때문이다.

나는 그때는 미처 알지 못했지만, 피스토리우스는 난로 앞에서
함께 엎드려 있었던 그 시간에 나에게 '철학'의 첫 과목을 가르쳤던
것이다.

불을 바라본 일이 내 정신에 좋은 영향을 주었다. 그 덕분에 나

는, 오래 품고 다녔지만 소중히 여겨 본 적은 없던 내 기호를 새삼 자각하게 되었다. 불이 타오르고, 꺼지고, 재가 되는 과정을 바라보는 동안 어떤 영감 같은 것이 그 기호에 힘을 실어 주고 뒷받침해 주었다.

어릴 때부터 나는 자연의 기괴한 형태를 바라보는 버릇이 있었다. '관찰'이라기보다 그저 응시하는 것에 가까웠다. 독특한 매력과 깊은 의미가 있어 보이는 자연의 속삭임에 나를 맡기는 것이다.

나무가 목질화된 긴 뿌리, 바위 표면의 무늬, 물 위에 떠 있는 기름 얼룩, 금이 간 유리…. 그런 것들이 때때로 나를 강하게 끌어당겼다. 특히 물, 불, 연기, 구름, 먼지, 그리고 눈을 감으면 주마등처럼 빙글빙글 도는 찬란한 색의 점들이 견딜 수 없을 만큼 좋았다.

피스토리우스의 집을 다녀온 뒤, 나는 오랜만에 그런 감각이 살아나는 것을 느꼈다. 이상하게도 자신감이 생겼고, 강인해진 듯했으며, 환희와 자아의식이 높아지는 느낌이 있었다. 나는 그것이 난로 앞에서 장작불을 바라본 덕분임을 깨달았다.

불을 봤을 뿐인데, 기묘하게도 기분은 상쾌해지고 감정은 풍요로워졌다. 지금까지 내가 '내 삶의 목표' 쪽으로 나아가며 얻은 몇 안 되는 경험들 위에, 이번의 경험이 새로 덧붙여진 것이다.

자연의 형상과 비합리적인 이미지에 몰두하는 일은, 우리 마음속에 그런 형상을 낳게 한 자연의 의지와, 우리 각자의 내부 세계가 서로 맞닿아 있다는 감각을 불러일으킨다. 그러다 보면 우리는 그런 형상들을 내 창작물이라 믿고 싶어지는 유혹에 빠진다.

자연과 나 사이의 경계가 희미해지는 순간, 망막에 비친 영상이

바깥의 인상에서 온 것인지, 내 안의 인상에서 온 것인지조차 분간
할 수 없을 것 같은 느낌이 든다.

이런 체험적 훈련에서 아주 간단하게, 그러나 분명히 얻게 되는
것은 이런 깨달음이다.

'인간은 얼마나 창조적인 존재인가.'

'우리 영혼은 세계의 끊임없는 창조 활동에 얼마나 적극적으로
참여하고 있는가.'

우리 안에서 활동하는 신과, 자연이라는 바깥에서 활동하는 신
은 둘로 나눌 수 없는 동일한 신인 것이다.

그러므로 만약 바깥세계가 멸망하는 일이 있다 해도, 우리 가운
데 누군가는 그것을 다시 지어 올릴 수 있을 것이다. 산과 강, 나무
의 뿌리와 잎과 꽃 같은 자연의 모든 형태는 우리 내부에 그 원형을
갖고 있고, 그 원형은 영혼에서 비롯되기 때문이다.

영혼의 본성은 영원이다. 우리는 그 본성을 '방법'으로 알아낼 수
는 없지만, 대개 사람의 힘과 창조의 힘으로 그 본성을 은밀히 감지
할 수는 있다.

나는 한참 뒤에야, 이런 관찰을 뒷받침하는 문장이 어떤 책에 실
려 있다는 것을 알게 되었다. 레오나르도 다 빈치의 말이었다.

"여러 사람이 침을 뱉은 벽을 관찰하는 것은 자극적이며 자기 자
신에게 크게 유익하다…"

즉, 그는 더럽고 눅눅한 벽 앞에서, 피스토리우스와 내가 난로 앞
에서 경험한 것과 같은 일을 체험했던 셈이다.

다음에 만났을 때 나는 피스토리우스로부터 간단한 설명을 들

었다.

"우리는 인격의 한계를 너무 단순하게 생각해. 분명히 구분되는 것, 꼭대기가 뚜렷한 것만을 '나'의 요소로 삼지. 하지만 우리는 세계의 모든 요소로 이루어져 있어. 우리 모두가 그래. 우리 몸이 물고기나 더 오래된 동물들의 진화 계보를 지니듯이, 인간 영혼은 체험해 온 모든 것을 품고 있어. 그리스인이든 중국인이든 줄루족이든, 인류의 영혼이 만들어 낸 모든 신과 악마는 우리 각자의 내부에 있어. 가능성과 소망의 탈출구로서 말이지. 설령 인류가 사멸하고, 교육도 받지 않은 평범한 재능의 아이 하나만 살아남는다 해도, 그 아이는 아마 모든 과정을 다시 발견할 거야. 신과 악마를 만들고, 낙원과 규범과 금령과 구약과 신약까지 다시 만들어 낼 수 있을 거다."

나는 반박했다.

"그럴지도 모르지만… 그렇다면 인간의 가치는 어디서 찾죠? 우리 안에 모든 것이 이미 완성되어 있다면, 아무 노력도 할 필요가 없지 않나요?"

피스토리우스는 급히 내 말을 막듯 손짓했다.

"거기서 착각하면 안 돼. '내 안에 세계가 있다'는 것과 '내가 그것을 안다'는 건 전혀 달라. 차이가 커. 정신병자도 플라톤을 떠올리게 하는 훌륭한 사상을 낳을 수 있어. 가장 경건한 신학교 학생도, 그노시스나 조로아스터 같은 신화적 문제를 창조적으로 다룰 수 있지. 하지만 그들에게 '자각'이 있는지는 별개야. 자각이 없다면, 그건 나무나 돌이나 생각 없는 동물과 다를 게 없어. 인식의 불꽃이 튀어야 비로소 인간이 되는 거야. 길거리에 돌아다니는 두 발 달린 것들이, 몸을 꼿꼿이 세우고 열 달 만에 태어났다는 이유만으로 인간일 수는 없지. 그런 것들은 인간 이전이야. 인간이 되려면 멀었어. 그들 중 얼마나 많은 이가 물고기이고, 양이고, 지렁이인지… 또 얼마나 많은 이가 개미나 벌인지, 자네도 알고 있겠지. 물론 지금은 인간 이전이라도, 인간이 될 가능성은 있어. 누구나 그 가능성을 갖고 있지. 하지만 그 가능성은, 스스로가 그것을 예감하고 어느 정도 자각해야만 비로소 '자기 것'이 된다."

그 설명에 완전히 새롭거나 놀라운 사실이 들어 있던 것은 아니다. 그러나 그 말은 내 마음을 조용히, 끈질기게 두드렸다. 마치 내 마음의 한 부분만 정해 놓고 쇠망치로 두드리는 듯했다.

그것은 모두 '나'라는 인간이 자기완성을 향해 가는 데 도움이 되었다. 모순된 현실에서 벗어나려는 나, 알에서 나오려고 껍데기를 깨는 나를 돕는 말이었다.

그리하여 나는 조금씩 고개를 들 수 있게 되었고, 마침내 세계라는 알을 깨고 나올 수 있었다. 아름다운 맹금이 알을 깨고 나온 것이다.

우리는 가끔 서로가 꾼 꿈도 이야기했다. 피스토리우스는 꿈을 해석하는 방법을 알고 있었다.

기묘한 꿈 하나가 특히 기억난다. 나는 공중을 나는 꿈을 꾸었다. 하지만 새처럼 자유롭게 나는 게 아니라, 거대한 진동 같은 힘에 의해 몸이 위로 떠올려지는 느낌이었다. 그 진동은 내 뜻대로 일으킬 수 없었다.

처음엔 상쾌했지만 끝없이 상승하는 것이 점점 불안해졌다. 그런데 그 순간, 나는 숨을 멈추거나 내쉬는 것으로 상승과 하강을 조절할 수 있다는 사실을 발견했고, 그제야 마음이 놓였다.

그 꿈에 대해 피스토리우스는 이렇게 말했다.

"자네를 띄운 진동, 약동, 그건 인간이 누구나 가진 특권이야. 모든 힘의 근원과 연결되어 있지. 그래서 불안해. 위험하거든. 그래서 대부분은 날기를 포기하고, 규범대로 보도를 걷는 쪽을 택하지. 하지만 자네는 그렇지 않아. 자네는 계속 날고 있어. 그러다 결국 새로운 사실을 발견하게 되지. 날 수 있다는 자신감, 그리고 자네를 들어 올리는 큰 힘에 자네의 작은 힘이 보탬이 된다는 사실. 그러면 하나의 기관이 생겨. 하나의 키舵 말이야. 그게 없으면 의지도 힘을 못 써. 정신병자는 예감이 깊어도 열쇠와 키가 없어서 방향을 못 잡고 심연으로 떨어지지. 자네는 달라. 자네는 안전도를 높이는 새로운 기관 일종의 호흡 조절기를 쓰고 있어. 그런데 재미있는 건, 그 조절기는 자네 영혼이 발명한 게 아니라는 거야. 전혀 새롭지 않아. 몇 천 년 전부터 있던 걸 잠시 빌린 것뿐이지. 그 조절기란 사실 물고기의 평형기관 부레야. 어떤 물고기들은 부레가 호흡을 조절하는 허파 역할까지 하지. 자네가 꿈에서 공기 주머니로 쓴 것도 그거야."

그는 일부러 동물학 책을 한 권 가져와, 진화가 늦은 그 물고기의 그림을 보여 주었다. 이상하게도 그 순간 내 마음, 내 내부 세계의 아주 오래된 기능이 다시 움직이기 시작하는 것 같아 전율이 일었다.

야곱의 싸움

피스토리우스라는 오르간 연주자에게서 들은 아브락사스 이야기는, 사실 간단히 정리해 적기가 어렵다. 내가 그에게서 배운 것 가운데 가장 중요한 것은 '자기 자신'에게 이르는 길을 찾아내는 일이었다. 그리고 나는 이미 그 길에 한 발을 들여놓고 있었다.

열여덟이 될까 말까 하던 그때의 나는, 이미 '평범'이라는 테두리에서 비껴나 있었다. 여러 면에서 조숙했지만, 다른 한편으론 뒤처진 점도 많았고 결단력도 부족했다. 때로는 남들과 비교해 우월감을 느끼기도 했지만, 자신감과 의욕이 바닥나, 기가 꺾일 때도 잦았다. 스스로를 천재라 여겼다가도, '내가 반쯤 미쳐버린 건 아닐까' 하고 의심한 적도 여러 번이었다.

또래들과 어울리며 기쁨이나 즐거움을 나누는 일은 내게 늘 어려웠다. 아무리 애를 써도 잘 되지 않았다. 그럴 때마다 나는 완전히 외면당한 존재처럼 느껴졌고, 동시에 내 인생의 문이 굳게 닫혀 있다는 생각에 말로 다 못할 슬픔과 불안에 빠지곤 했다.

피스토리우스는 남들과 다른 길을 걷는 사람이었고, 그는 내게 '자기 자신'에 대한 용기와 존경을 잃지 않는 법을 가르쳐 주었다. 내가 하는 이야기 속에서, 내 공상과 착상 속에서, 내 꿈속에서 그는 늘 의미 있는 것을 찾아냈고, 그것을 진지한 화제로 삼아 내 앞에 새로운 본보기와 방향을 제시했다.

그가 자주 하던 말이 있다.

"자네는 예전에 '도덕적이지 않아서 음악이 좋다'고 했지. 그건 크게 상관없어. 다만 자네가 도덕을 숭배하지 않기만 하면 돼. 그리고 남과 자기를 비교하는 건 좋지 않아. 자연이 자네를 박쥐로 낳았으면 박쥐로 살아야 해. 박쥐로 태어난 자기를 거위로 바꾸려는 헛된 꿈을 꾸면 안 되지. 자네는 가끔 스스로를 '삐딱한 길'로 몰아 이단자로 만들어 놓고는, 다른 사람들이 걷는 길과 다르다는 이유로 또 스스로를 책망하더군. 그건 좋지 않아. 불을 보고, 구름을 봐. 그러면 예감이 생겨. 그 예감이 자네 영혼의 방향을 가리키면, 의심하지 말고 그대로 따라야 해. 그 방향이 학교 선생이나 부모나 어떤 신의 마음에 드는지 아닌지 따위는 고민하면 안 돼. 그런 생각을 붙들면 인격은 사라지고 허수아비가 되고 마니까. 알겠나, 싱클레어? 우리의 신은 아브락사스야. 그는 신이면서 동시에 악마이지. 밝은 세계와 어두운 세계를 함께 관장하는, 신과 사탄이 결합된 존재야. 아브락사스는 자네의 어떤 생각과 어떤 꿈에도 반대하지 않아. 이

걸 잊으면 안 돼. 자네가 다시 '평범한 길'로 돌아가면, 아브락사스는 자네를 버릴 거야. 그리고 버림받은 아브락사스는, 자기 생각을 끓일 새 냄비를 찾아 나서겠지."

내가 꾼 수많은 꿈 가운데 가장 끈질기고 인상적인 것은, 그 어두운 사랑의 꿈이었다. 나는 그 꿈을 몇 번이고 되풀이해서 꾸었다. 새의 문장이 붙은 대문을 지나 집으로 들어가, 마중 나온 어머니를 안는 순간, 내 품에 안긴 존재가 갑자기 달라지는 것이다.

분명 어머니를 안았는데, 내 팔 안에 있는 것은 어머니가 아니라, 절반은 남자 같고 절반은 어머니 같은, 몸집이 큰 그 여자였다. 나는 그녀를 두려워했지만, 두려움보다 더 큰 욕망을 느꼈다. 들불처럼 번지는 욕망이 나를 그녀에게로 끌고 갔다.

그 꿈만큼은 피스토리우스에게도 말하지 못했다. 다른 꿈과 비밀은 다 털어놓으면서도, 그 꿈만은 가슴 가장 깊은 곳에 묻어 두었다. 그것이 내 은신처였고 피난처였으며, 내 비밀의 전부였다.

기분이 가라앉을 때면 나는 피스토리우스를 찾아가 북스테후데의 〈파사칼리아〉를 들었다. 그 음악을 들으면 이상하게도 정신이 맑아졌다. 자기 안으로 깊이 가라앉아 자기 목소리에 귀를 기울이는 듯한 그 음악은, 내 마음에서 우울을 걷어내는 데 언제나 효과가 있었다. 그래서 나는 점점 더 확신하게 되었다. 저 음악은 틀림없이 내 영혼이 하는 이야기라고.

가끔 우리는 오르간 소리가 멀리 사라진 뒤에도 한참을 남아, 밖의 가스등 희미한 빛이 높은 창으로 스며드는 것을 바라보며 늦도록 의자에 앉아 있곤 했다.

"내가 예전에 신학을 공부해서 목사가 되려 했다고 하면, 자네는 우습게 들릴지도 모르지…."

피스토리우스가 말했다.

"하지만 내가 저지른 죄는 형식에 불과해. 성직자가 되는 건 내 목표였고, 목사는 내 천직이야. 다만 아브락사스를 알기 전에는 여호와를 섬겼다는 것뿐이지. 종교는 어떤 것이든 다 멋이 있어. 종교는 영혼이야. 성찬을 받든 메카를 순례하든 상관없어."

"그럼 당신은 목사가 되어도 됐던 거 아닌가요?"

내가 물었다.

"아니, 싱클레어. 그건 달라. 내가 목사가 되는 순간, 나는 거짓말을 해야 하잖아. 지금 내가 믿는 종교는 '종교'라고 부르기도 애매해. 말하자면 이성의 영역을 더 넓히려는 방향, 그게 내 종교의 핵심이야. 필요하다면 나는 가톨릭이 될 수도 있어. 하지만 개신교 목사는 못 해. 목사라니, 천만의 말이지. 내가 아는 어떤 개신교 신자들은―허무맹랑한 이야기도 그대로 믿고 그걸 근거로 살려고 해서 탈이야. 그런 사람들 앞에서 '그리스도는 적어도 내게는 인간이 아니라 반신이다, 그리스도 이야기는 신화다, 그리스도는 인류가 벽에 투영한 거대한 환상이다' 같은 말을 할 수 있겠어? 게다가 교회에 오는 사람들 대부분은 도움이 되는 말을 듣고 싶어서, 혹은 '의무는 해야지', '실수하면 큰일이야' 같은 이유로 오는 사람들이잖아. 그런 사람들과 무슨 말이 통하겠나. 개송을 권하면 되지 않느냐고 자네는 생각할지 몰라도, 난 그럴 마음이 없어. 신자들에게 개종을 강요하는 건 성직자의 태도가 아니야. 오히려 그들과 함께 살아가며, 각자 자기 나름의 신을 창조하려는 그 마음을 이해하고, 그 표현의 수단이 되어 줘야 하지."

그는 잠시 말을 끊었다가, 다시 덧붙였다.

"우리가 지금 선택한 '아브락사스'라는 신, 그리고 그 신을 믿는 일은 더없이 훌륭하고 멋진 일이야. 아브락사스는 최고의 신이고, 그에 대한 신앙은 최선의 종교지. 하지만 우리가 가진 이 종교는 아직 젖먹이야. 날개도 나지 않았어. 고독한 종교는 진짜가 아니야. 종교는 공통의 요소가 필요하지. 예배와 신비경의 도취, 제전과 의식, 비법 같은 것들이 있어야 해."

그는 다시 깊은 생각에 잠겼다.

"그런 의식이라면, 몇 사람만 모여도 할 수 있고⋯ 혼자서도 할 수 있지 않을까요?"

내가 조심스레 물었다.

"그야 가능하지."

그는 고개를 끄덕였다.

"나도 이미 하고 있어. 세상에 알려지면 큰일 날 만큼, 일반 사회가 죄악시하는 의식과 제전을 나 혼자서 해 왔지. 들키면 감옥살이도 각오해야 할 일이야. 하지만 아직 '진짜 종교'는 아니야. 그건 나도 알아."

그는 갑자기 내 어깨를 툭 쳤다. 나는 흠칫하며 가슴이 움츠러들었다.

"싱클레어."

그가 내 가슴을 꿰뚫는 듯한 눈빛으로 말했다.

"자네에게도 비밀 종교 같은 게 있어. 남들 몰래 제전과 의식을 올리는 게 있단 말이지. 자네는 내게 말하지 않았지만, 자네는 분명 어떤 꿈을 꾸고 있어. 그 꿈이 무엇인지는 굳이 묻지 않겠네. 하지만 이것만은 분명히 말하마. 자네는 그 꿈을 따라 살아야 해. 그 꿈을 실현하기 위한 제단을 세워야 하고. 완전한 길은 아니어도, 길인 것만은 틀림없어. 언젠가 자네는 우리가 이 세계를 혁신한다는 걸 알게 될 거야. 우리는 매일 자기 마음속에서 세계를 혁신해야 해. 핵심은 바로 그거야. 그걸 무시하면 아무것도 되지 않아. 자네는 아직 열여덟이지? 거리의 여자들을 찾아다니진 않겠지. 대신 자네는 사랑의 꿈, 사랑의 소망을 품고 있을 거야. 그게 두려운 꿈일 수도 있어. 하지만 두려워하면 안 돼. 그 꿈은 자네 안의 가장 값진 보물이야. 나도 자네만 할 때 사랑의 꿈을 억지로 눌러 버렸지. 그건 잘못이었어. 이제 아브락사스를 알게 됐으니 그럴 필요 없어. 영혼이 원한다면, 두려워하거나 '금지된 일'이라며 주저해선 안 돼."

나는 그 말이 무슨 뜻인지는 알겠지만, 전부 다 동의할 수는 없다고 느꼈다.

"하지만 떠오르는 생각은 뭐든 해도 된다는 건 아니잖아요. 보기 싫은 사람이라고 죽여 버릴 수도 없는 거고요."

그러자 그는 더 가까이 몸을 기울이며, 심각한 얼굴로 말했다.

"괜찮아. 경우에 따라선 그럴 수도 있어. 물론 '옳다'는 뜻은 아니야. 마음 가는 대로 아무거나 해도 된다는 말도 아니고. 내 말은 이거야. 훌륭한 뜻을 가진 착상과 충동을 스스로 밀어내거나, 도덕이라는 굴레로 목을 조르며 괴롭히지 말라는 거지. 십자가에 매달릴

틈이 있으면, 차라리 포도주나 마시며 아브락사스의 제전을 생각하는 편이 낫다. 훨씬 낫지. 또는 그만큼까지는 아니라도, 충동과 유혹을 사랑과 존경으로 맞아들일 수 있어. 그러면 그것들도 자기 나름의 의미를 드러낼 거야. 모든 건 의미를 갖고 있으니까. 그리고 이건 꼭 기억해 둬. 싱클레어. 만약 미친 사람이나 악마들에게서 흔히 보이는 거의 죄악에 가까운 욕구, 이를테면 아주 음탕하고 더러운 짓을 하고 싶다든가, 누군가를 죽여 버리고 싶다는 충동이 떠오른다면, 그때는 잠깐 멈춰 생각해야 해. '아, 지금 내 안에서 이런 공상을 그리고 있는 것도 아브락사스구나' 하고. 자네가 죽이고 싶어하는 사람은 '모모 씨'라는 개인이 아니라, 그 사람이라는 가면이야. 누구를 미워한다는 건, 자기 마음속 어딘가에 있는 무언가를 미워하는 것과 같아. 우리의 마음속에 있는 것이 우리를 흥분시키는 일은 결코 우연이 아니지."

피스토리우스가 이렇게 정확히 내 가장 깊은 비밀을 찔러 말한 것은 그때가 처음이었다. 나는 아무 말도 할 수 없었다. 강렬한 자극과 함께 기묘하게 느껴진 것은, 내가 몇 년 동안 품고 있던 데미안의 말과, 피스토리우스의 충격적인 말이 거의 맞물려 있다는 사실이었다. 마치 미리 맞춘 듯, 그들은 똑같은 말을 하고 있었다.

"우리가 바깥에서 보는 건, 우리 각자의 마음속에 있는 것과 같은 거야…."

피스토리우스가 낮게 말했다.

"마음속에 있는 것 말고 '현실'이 따로 존재할 수는 없어. 대부분의 사람들은 바깥 형상을 현실로 믿기 때문에 비현실적으로 살아.

자기 안의 세계를 말하고 바라볼 기회를 주지 않지. 그렇게 해서 행복할 수는 있어. 하지만 한 번 자기 마음속 현실을 알게 된 이상, 거기엔 선택지가 없어. 남들이 가는 길로는 못 돌아가. 싱클레어, 남들 길은 험하지 않아. 우리가 가는 길은 험해. 그래도 가야 해.”

며칠 뒤, 밤늦은 거리에서 나는 피스토리우스를 보았다. 그 전에도 교회에 두 번이나 가서 기다렸지만 허탕을 쳤다. 그날 그는 찬바람 속에서 만취한 채 비틀거리며 걸어오고 있었다. 이상하게도 나는 그에게 말을 걸고 싶은 마음이 들지 않았다.

그는 나를 알아보지도 못하고 내 옆을 지나쳐 갔다. 마치 보이지 않는 어딘가에서 자신을 부르는 소리를 따라가는 사람처럼, 타는 눈으로 앞만 응시하고 있었다.

나는 그의 뒤를 따라 다음 거리까지 갔다. 그는 눈에 보이지 않는 철사 줄에 이끌리는 듯, 모든 것을 체념한 걸음으로 유령처럼 어둠 속에 사라졌다. 나는 더 따라가지 않았다. 그리고 구제받을 수 없는 꿈이 기다리는 내 방으로 돌아왔다.

‘피스토리우스는 저런 방식으로 자기 안의 세계를 혁신하는 모양이다.’

나는 그렇게 생각했지만, 이내 그 방식이 진부하고 지나치게 ‘도덕적’으로 느껴졌다.

그러나 그가 어떤 꿈을 꾸는지 나는 알지 못한다. 어쩌면 그는 그 노취 속에서 나보다 더 분명한 길을 걷고 있는지도 모른다.

내가 별 관심을 두지 않던 동급생이 하나 있었다. 쉬는 시간마다 그 아이는 내게 다가오려는 눈치를 보였다. 키도 작고 몸집도 가늘어 무척 연약해 보이는 소년이었다. 숱 적은 머리칼은 약간 붉은 기가 도는 금발이었다. 체격은 빈약했지만, 눈빛과 태도에는 어딘가 독특한 기운이 있었다.

어느 날 밤, 기숙사로 돌아가던 길이었다. 뒤따라오던 그가 나를 앞질러 문 앞에서 걸음을 멈추었다.

"뭐야. 할 말이라도 있어?"

내가 물었다.

"응, 얘기할 게 있어. 대단한 건 아니고… 잠깐 산책이라도 할래?"

그는 망설이다가 용기를 낸 듯 말했다. 나는 그를 따라가며, 그가 몹시 흥분해 있고 어떤 기대를 품고 있다는 것을 느꼈다. 두 손이 부들부들 떨리고 있었기 때문이다.

"너 심령론자지?"

그가 불쑥 물었다.

"아닌데, 심령론자라니?"

나는 웃었다.

"왜 그렇게 생각해? 내가 그렇게 보여?"

"그럼 신지학은 하고 있겠지?"

"그것도 아니야."

"그렇게 시치미 떼면 곤란해. 네가 보통 사람하고 다르다는 걸 아니까 묻는 거야. 네 눈에 다 드러나 있어. 네가 심령과 교제한다는 건 틀림없어. 난 단순히 호기심으로 묻는 게 아니야. 정말 아니야, 싱클레어. 난 길을 찾고 있어. 진심으로. 그리고… 난 지금 완전히 혼자야. 내 주변엔 아무도 없어."

"그래, 계속 말해 봐. 영혼이 뭔지는 나도 잘 모르지만, 내가 내 꿈속에서 산다는 건 사실이야. 넌 그걸 알아챈 모양이구나. 사실 다른 사람들도 다 꿈 속에서 살아. 다만… 그 꿈이 '자기 꿈'이 아닐 뿐이지. 문제는 그거야."

"응… 그렇겠지."

그는 속삭이듯 말했다.

"꿈의 종류가 열쇠일지도 몰라. 너 '백마술'이란 말 들어본 적 있어?"

나는 없다고 했다.

"자기를 지배할 수만 있으면, 문제는 해결돼. 불로불사도 가능하고, 마술도 부릴 수 있어. 너 그런 수련 해본 적 없어?"

나는 어떤 수련이냐고 물었지만, 그는 쉽게 말하지 않았다. 자기 지식의 한 조각을 내보였다가, 다시 입을 닫아 버렸다. 나는 돌아가려는 몸짓을 했다.

그러자 그가 갑자기 말을 쏟아냈다.

"예를 들어 잠들기 전이나 집중하고 싶을 때 시작하는 거야. 마음속으로 뭔가 하나를 정해. 문구나 사람 이름이나 기하학 도형 같은 걸. 그걸 완전히 내 안에 밀어 넣을 때까지, 적극적으로 떠올려. 그리고 수시로 머릿속에 떠오르게 하는 거야. 다음엔 그걸 '몸속에' 밀어 넣는 방법을 생각해. 반복하다 보면, 결국 내 몸이 그걸로 가득 차. 그러면 정신이 단단해지고 어떤 일이 있어도 평정을 잃지 않아."

나는 대충 이해할 수 있었다. 그는 아직 더 말하고 싶은 것이 있어 보였지만, 지식을 뽐내는 게 목적이라기보다 무엇인가를 묻고 싶은 눈치였다. 흥분한 얼굴에 초조한 빛이 가득했기 때문이다. 나는 '묻고 싶은 게 있으면 말하라'는 태도로 기다렸다. 그러자 그는 마침내 핵심을 꺼냈다.

"너도 억제하고 있어?"

"억제라니… 섹스 말이야?"

"응. 금욕이 중요하단 걸 알고서부터 벌써 2년이나 참았어. 그 전엔 나쁜 짓도 좀 했고. 넌 여자랑 잔 적 한 번도 없어?"

"없어. 그럴 만한 여자가 눈에 띈 적이 없었거든."

"만약 마음에 드는 여자가 있으면, 그 여자랑 잘 거야?"

"물론이지. 상대가 싫다지만 않으면."

나는 반쯤 놀리는 말투로 말했다.

"그게 정말이면 넌 길을 잘못 가고 있어. 금욕을 철저히 해야 정신력이 자라. 난 2년하고 한 달을 지켰어. 그 고통은 말로 못 해. 아무리 눌러도 안 될 땐… 진짜 죽을 지경이야."

"크나워, 난 금욕을 그 정도로 중요하게 생각하진 않아."

"알겠어. 사람들 다 그런 생각이야. 하지만 너까지 그런 줄은 몰랐어. 고상한 정신이 가리키는 올바른 길을 걷는 사람은 끝까지 순결을 지켜야 해."

"그게 옳은 길이면 그렇게 하면 되지. 그런데 섹스를 억누르는 사람이 즐기는 사람보다 왜 더 순결하다는 건지 난 모르겠어. 너, 네 머릿속이나 꿈속에서 성충동을 통째로 몰아낼 수 있어?"

그는 절망적인 눈으로 나를 바라봤다.

"그게 안 돼. 그래서 괴로운 거야. 하지만 그래도 해야 해. 밤마다 정말 무서운 꿈을 꿔… 말도 못할 꿈."

나는 피스토리우스의 말을 떠올렸다. 하지만 아무리 그 말이 옳아도, 그것을 이 동급생에게 전해 주고 싶진 않았다. 내 경험이 아닌 조언, 나도 끝까지 지킬지 장담 못할 말을 '지켜라' 하고 권하고 싶지 않았다. 나는 입이 무거워졌다. 도움을 청하는 사람이 바로 옆에 있는데도, 나는 아무 말도 할 수 없었다. 그리고 그 사실이 내 자존심을 건드려, 나는 이상하게 상처받은 기분이 들었다.

크나워는 다시 말했다.

"난 할 수 있는 건 다 해 봤어. 새벽에 일어나 냉수마찰도 하고, 한겨울에 몸을 눈으로 문지르기도 했고, 체조도 하고 달리기도 했어. 하지만 소용없었어. 매일 밤, 입으로도 말 못 하고 생각조차 해선 안 될 죄악의 꿈을 꾸고 깨어나. 더 무서운 건… 그 꿈 때문에 정신력이 점점 약해진다는 거야. 요즘엔 집중도 못 하고 잠도 못 자. 뜬눈으로 밤을 새우는 날이 많아. 이대로면 몸이 버티질 못해. 결국 싸움을 포기하면… 처음부터 싸우지 않은 사람보다 더 비참해질 거야. 그건 알지?"

나는 고개를 끄덕였지만, 아무 말도 나오지 않았다. 그의 고통은 분명한데, 이상하게도 내 안에서는 아무 반응이 일어나지 않았다. 그리고 그런 나 자신이 두려웠다.

'나는 너를 도울 수 없다.'

그 생각만 가슴 한구석에서 고개를 들었다.

"그럼 넌 정말 할 말이 없다는 거야?"

그가 지친 얼굴로 물었다.

"나한테 해줄 말이 하나도 없어? 뭔가 방법이 있을 것 같은데. 넌 어떻게 하고 있어?"

"크나워, 난 아무 말도 못 하겠어. 이건 서로 도울 수 있는 일이 아니야. 나도 누구 도움을 받은 적 없어. 이런 문제는 결국 자기가 스스로 생각해서 처리해야 해. 너도 마찬가지야. 네 본심이 시키는 대로 하는 수밖에 없어. 그밖에 다른 길이 없거든. 네가 너 자신을 찾지 못하면, 영혼도 못 찾는다고 생각해."

그는 실망한 듯 내 얼굴을 노려보았다. 적의가 서린 눈에서 증오가 번쩍이더니, 갑자기 얼굴을 일그러뜨리고 난폭하게 외쳤다.

"흥! 훌륭하신 성인이시군. 성인 놀이 그만해! 네가 나쁜 짓 하고 다니는 거 내가 모를 줄 알아? 다 알고 있어! 의젓한 척하면서 할 짓은 다 하고 다니잖아! 불결한 인간이면서 혼자 순결한 척하니 정말 못 봐주겠어. 너도 우리랑 똑같아. 너도 돼지야 우리랑 똑같은 돼지야! 우린 다 돼지라고!"

나는 그 작은 동급생을 그 자리에 남겨 두고 돌아섰다. 그는 두어 걸음 내 뒤를 따라오더니, 갑자기 방향을 틀어 어디론가 사라졌다. 동정과 혐오가 뒤섞여 나는 이상한 기분이 되었다. 기숙사의 내 방으로 돌아가 그림 몇 장을 앞에 펼쳐 놓고, 절박한 생각 속에서 내 꿈에 몸을 맡기기 전까지 그 기분은 가시지 않았다.

꿈은 곧 나타났다. 현관, 새의 문장, 어머니, 낯선 그 여자, 그 여인의 표정이 너무도 선명하고 인상적이어서, 나는 그날 밤부터 그녀의 초상화를 그리기 시작했다.

꿈을 더듬듯 하루에 열다섯 분쯤씩 그려 나가다 보니, 나도 모르는 사이에 그림은 완성되어 있었다. 거의 무의식이 그린 셈이었다. 나는 저녁 무렵 그 그림을 방 벽에 붙이고, 앞에 램프를 가져다 두었다. 그리고 결판이 날 때까지 싸워야 할 정령을 마주하듯, 그 초상화 앞에 서서 노려보았다.

얼굴은 예전에 그린 것과 닮아 있었다. 데미안을 닮은 것 같기도 하고, 어딘가 내 얼굴 같은 느낌도 들었다. 한쪽 눈은 엉뚱하게도 더 높은 곳에 붙어 있어, 그 시선은 내 머리 위를 지나 운명의 길 어딘가를 바라보는 듯했다.

그 초상화 앞에 서면 내 속이 팽팽히 긴장되고, 가슴 밑바닥까지 차가워지는 느낌이 들곤 했다. 나는 그 존재를 힐문하기도 하고 애무하듯 달래기도 했으며, 기도하기도 했다. 어머니라고 불러 보기도 하고, 연인이라고 부르기도 했다. 어떤 때는 접대부, 창녀라며 욕을 퍼붓기도 했다. 때로는 아브락사스라고 불렀다.

그러는 동안 내 머릿속에 문득 떠오르는 말이 있었다. 피스토리우스가 한 말인지 데미안이 한 말인지, 혹은 어디서 들은 말인지 확실치 않았지만, 마치 다시 들려오는 듯했다. 그것은 신의 사도와 야곱의 싸움 이야기 속 한 구절 "당신이 나를 축복하지 않는 한, 나는 당신을 놓아줄 수 없습니다."라는 대목을 풀이하던 말이었다.

램프 빛 아래서 초상화의 얼굴은, 보는 이의 요구에 따라 여러 모습으로 변했다. 밝고 빛나는 얼굴이 되기도 하고, 어둡고 음울한 얼굴이 되기도 했다. 눈을 감아 생기를 잃은 듯하다가도, 다음 순간에는 다시 눈을 뜨고 타는 시선을 번쩍였다. 여자가 되기도 하고 남자가 되기도 했고, 소녀처럼 보였다가 소년처럼 보이기도 했다.

짐승의 모습으로 변하는가 하면, 화면이 흐려져 구름에 덮인 듯하다가 다시 인간의 얼굴로 선명하게 떠올랐다. 나는 내면의 명령에 따라 눈을 감았다. 그런데 눈을 감자, 초상화는 오히려 더 강렬하게 눈앞에 떠올랐다.

나는 그 앞에 무릎을 꿇고 싶어졌다. 그러자 그 초상화가 내 내부 깊숙이 파고들어, 내가 그 초상화가 된 것처럼 느껴졌다.

그때 봄날 폭풍 같은 바람 소리가 귀를 때렸다. 나는 불안한 체험 속에서 새로운 감정을 느끼며 몸부림쳤다. 수없이 많은 별들이 눈앞에서 번쩍이다가 사라졌다. 유년 시절, 아니 그보다 더 먼, 내가 인간이 되기 시작하던 때까지 거슬러 올라가는 듯한 수많은 생각들이 내 곁을 지나갔다.

비밀의 영역 가장 안쪽까지 꿰뚫고 들어가 내 삶 전체를 되감는 것 같은 생각들은, 현실에 머물지 않고 너 앞으로 나아가 미래를 비추었다. 그것들은 나를 '현실'이라는 테두리 밖으로 끌어내어, 새로운 삶의 형식 속으로 밀어 넣었다. 그 미래의 장면들은 눈부시게 화려했지만, 나중에 떠올리려 해도 단 하나도 붙잡을 수 없었다.

한밤중, 나는 깊은 잠에서 깨어났다. 옷을 입은 채 옆을 더듬어 촛불을 켰다. 무엇인가 중요한 것을 반드시 떠올려야 할 것만 같았다. 그러나 몇 시간 전의 기억은 통째로 사라져 있었다.

그런데 불빛을 바라보고 있는 동안, 멀리서 희미하게 깜빡이던 기억이 서서히 되살아났다.

나는 그림을 찾았다. 그러나 보이지 않았다. 벽에도 없고 책상 위에도 없었다. 그 순간, 내가 그것을 불태워 버린 것 같은 느낌이 들었다. 아니면, 그 그림을 손에 든 채 불태우고, 그 재를 삼켜 버렸던 장면이 꿈이었을까.

나는 큰 불안에 휩싸여 온몸이 떨렸다. 전신이 경련하듯 떨림은 좀처럼 멈추지 않았다. 나는 모자를 쓰고 기숙사를 뛰쳐나왔다. 그리고 불가항력의 힘에 끌리듯 거리를 지나 광장 쪽으로 달렸다. 피스토리우스가 연주하던 교회 앞에서 멈춰 섰지만, 정적을 깨는 소리는 없었다.

나는 어두운 충동에 몸을 맡긴 채 무언가를 찾아 거리를 헤맸다. 무엇을 찾는지 나 자신도 몰랐다. 그러나 골목골목을 샅샅이, 마치 뒤지듯 찾아다녔다.

창녀들의 소굴이 늘어선 윤락가도 지나쳤다. 창가마다 불빛이 새어 나와 선량한 사람을 유혹하는 듯했다. 그 불결한 거리 끝에는 신축 공사장과 산더미 같은 벽돌더미가 있었고, 그 벽돌 절반은 잿빛 눈에 덮여 있었다.

그 삭막한 곳을, 무언가 강압적인 힘에 눌린 채 몽유병자처럼 기웃거리다 보니, 예전에 크로머가 나를 끌고 갔던, 그 '고행'의 신축 가옥이 떠올랐다. 고향의 그 건물을 닮은 듯한 집이, 마치 하품이라도 하듯 검은 현관의 열쇠구멍을 내 쪽으로 돌리고 서 있었기 때문이다.

나는 강한 흡인력에 빨려 들어가듯, 아직 완공되지 않은 그 집 안으로 들어갔다.

부서진 벽돌과 나무토막이 흩어진 복도를 비틀거리며 지나 어떤 방에 들어섰다. 혼탁한 공기 속에 차가운 습기와 돌 냄새가 섞여 코를 찔렀다. 방 한가운데 모래더미가 잿빛 윤곽을 만들고 있을 뿐, 아무것도 보이지 않았다. 방 안은 캄캄했다.

"웬일이야, 싱클레어?"

어둠 속에서 갑자기 목소리가 들렸다. 동시에 흰 물체가 움직이는 것이 보였다. 공포가 머리칼을 곤두세울 만큼 덮쳐왔다.

"여긴 왜 왔지?"

흥분한 목소리가 다시 물었다.

"내가 여기 있는 걸 어떻게 알고 왔냐고!"

그 불쾌한 목소리의 주인은 다름 아닌 크나워였다.

"싱클레어, 왜 나를 찾아왔어?"

너무 뜻밖이라 말이 나오지 않았다.

"너를 찾아온 게 아니야."

한참 만에 나는 간신히 말했다. 말 한마디 한마디가 억지로 이어져, 얼어붙은 것 같은 입술에서 겨우 흘러나왔다. 크나워는 내 얼굴을 찬찬히 들여다봤다.

"나를 찾아온 게 아니라고?"

"그래. 어떤 마력 같은 것에 이끌려 왔어. 그게 날 끌어당겼어. 네가 날 부른 거 아니야? 네가 불렀지? 틀림없어. 여기서 뭘 하고 있어, 이런 한밤중에…."

그는 내 손을 잡았다. 그의 팔은 경련하듯 떨고 있었다.

"그래, 한밤중이지. 곧 아침이 올 거야. 싱클레어… 나를 용서해 줄 수 있어?"

"뭘 용서해?"

"난 정말 더러운 인간이었어."

그 말을 듣고서야, 비로소 그와 나눴던 대화가 떠올랐다. 불과 나흘, 닷새 전의 일이었는데도 수십 년 전처럼 멀게 느껴졌다. 나는 갑자기 모든 것을 알 수 있을 것 같았다. 내가 왜 여기에 왔는지, 크나워가 왜 이런 곳에 있는지.

"너… 자살하려고 했니, 크나워?"

그는 추위와 불안으로 떨며 고개를 끄덕였다.

"응. 될지 안 될진 모르지만… 날이 샐 때까지 기다려 보려고 했어."

나는 그를 밖으로 끌어냈다. 어슴푸레 밝아오는 잿빛 공기 속으로, 차가운 첫 아침 햇살이 수평으로 흘러들었다. 나는 그 동급생과 손을 잡고 걸으며, 속으로 되뇌었다.

'이제 돌아가자. 이런 곳에 있었다는 걸 누구에게도 말하면 안 돼. 너는 길을 잘못 들었어. 우리는 네가 말한 것 같은 돼지가 아니야. 절대 아니야. 우리는 모두 인간이야. 우리는 신을 창조하고, 그 신과 싸워야 해. 그래야 축복을 받을 수 있어.'

우리는 한동안 말없이 걸었고, 어느 지점에서 헤어졌다. 기숙사로 돌아왔을 때는 이미 아침이었다.

××시 고등학교 시절, 내가 얻은 것 중 가장 큰 수확은 피스토리우스가 연주하는 오르간 소리를 듣거나, 그와 몇 시간씩 난로 앞에 엎드려 장작불을 바라보며 얻었던 어떤 '영감의 예시' 같은 것들이었다.

그때 우리는 아브락사스에 관한 그리스어 텍스트도 함께 읽었다. 나는 그에게서 종교 이전의, 이른바 '철학'을 배웠다. 그는 베다 번역을 읽어 주기도 했고, 바라문교의 신성한 주문인 옴OM을 외는 법을 가르쳐 주기도 했다.

물론 그런 지식의 영향도 무시할 수는 없다. 그러나 내 내면의 성장을 촉진한 것은 오히려 지식 그 자체가 아니라, 그 반대편에 있는 것이었다. 내 정신과 내부 세계를 충실하게 만든 가장 결정적인 힘은, 내 마음속 '진경' 즉, 내 꿈과 생각과 예감을 믿기 시작한 일이었다. 그리고 내 안에 있는 어떤 위력을 점차 자각하게 된 일이었다.

피스토리우스와 나는 여러 면에서 마음이 통했다. 내가 한결같이 그를 떠올리면 그는 어김없이 나를 찾아왔고, 부득이한 일이 있으면 어떤 방식으로든 자기 소식을 전해 주었다.

데미안이 그랬던 것처럼, 피스토리우스도 '눈앞에 없어도' 나는 그에게 질문할 수 있었고 답을 얻을 수 있었다. 그의 모습을 머릿속에 또렷하게 그려 두고, 강한 상념으로 질문을 던지기만 하면 되었다. 그러면 질문에 실린 내 정신력이 되돌아와 '답'이 되곤 했다.

그런데 내가 머릿속에서 불러내야 했던 존재는, 현실의 피스토리우스도 데미안도 아니었다. 내가 불러야 했던 것은 꿈속에서 보고 초상으로 그렸던 그 인물, 내 수호신, 여자도 남자도 아닌 그 환상이었다. 그것은 종이나 꿈 안에서만 살아 있는 것이 아니라, 내 이상 속에서 한 단계 높아진 '나'의 모습으로, 내 마음속에 살아 있었다.

자살에 실패한 크나워와 나의 관계는 묘한 성격을 띠었다. 그 신축 중인 음산한 집에서 만난 뒤로, 그는 주인에게 충직한 개처럼 내 뒤를 따라다니며 자기 삶을 내 삶에 억지로 결부시키려 했다. 거의 맹목적이고 무조건적이었다.

그는 종종 기이한 질문이나 절박한 소망을 안고 찾아왔다. "영혼을 보고 싶다", "카발라를 배우고 싶다" 같은 것들을 말하며. 내가 "난 그런 건 모른다"고 잘라 말해도, 그는 내 말을 그대로 믿지 않았다. 내가 어떤 영역에 도달한 지식으로, 어떤 무서운 힘이라도 자유자재로 눌러 버릴 수 있다고 믿고 있었던 것이다.

이상하게도, 그가 엉뚱한 질문을 던질 때마다 내게도 해결해야 할 문제가 생겼고, 그의 엉뚱함이 때로는 그 문제를 푸는 실마리가 되기도 했다. 귀찮아서, 또 나를 구세주처럼 떠받들며 달라붙는 그를 쫓아버린 적도 여러 번 있었지만, 그래도 그의 길이 내 길과 어딘가 닮아 있다는 느낌은 지워지지 않았다.

그는 충동의 고뇌에서 벗어나 영원한 구원을 얻기 위해 모아 두었다는 그림들과 책을 내게 보여 주었고, 나는 거기서 적지 않은 지식을 얻었다.

크나워는 나중에 내 길에서 어느 순간 자취를 감췄다. 사라졌다고 해서 특별히 섭섭하진 않았다. 그러나 피스토리우스는 달랐다. 나는 ××시 고등학교를 졸업할 무렵, 그와 관련해 다소 '색다른' 체험을 하게 된다.

아무리 점잖은 사람이라도, 인생에서 한두 번쯤은 경건과 감사라는 이름의 미덕과 충돌하게 마련이다. 누구나 한 번은 부모나 교사들이 바라는 것과 정반대의 행동을 하게 되고, 고독의 쓰라림을 맛보게 된다. 하지만 대부분은 그 고독을 견디지 못하고, 원래의 세계로 돌아가 버린다.

내가 부모와 그들의 세계, 유년기의 '밝은 세계'에서 떨어져 나온 것은 어떤 결투 같은 싸움의 결과가 아니었다. 거의 무의식적으로, 어느 틈엔가 끊어져 버렸다. 슬픈 일이었다. 그래서 나는 고향에 돌아갈 때마다 마음이 아팠다. 하지만 그 고통이 내 가슴을 찢을 만큼 격렬하진 않았다.

그러나 습관이나 외부의 압력이 아니라, 자기 마음이 가리키는 대로 사랑과 존경을 바쳤을 때 즉, 스스로의 의지로 제자와 벗이 되었을 때 영혼의 중심이 그 대상에서 떨어져 나가려는 순간은 견딜 수 없을 만큼 고통스러워진다. 그런 경우에는 스승과 벗을 외면하는 생각 하나하나가, 화살처럼 자기 가슴을 되찔러 온다. 그때 도덕관념을 가진 사람의 머릿속엔 '무절제' '배은망덕' 같은 말이 낙인처럼 띠오르기도 힌다.

시간이 흐르면서, 피스토리우스를 무조건 '내 지도자'로 떠받드는 일에 대한 반발이 내 안에서 조금씩 고개를 들기 시작했다. 내 젊은 시절 가장 중요한 몇 달은 그의 우정과 조언과 위안, 그리고 그와의 접촉으로 채워져 있었다. 신은 피스토리우스의 입을 빌려 내게 말을 건넸다. 내 꿈은 그의 해석을 거쳐 다시 내게 돌아왔다. 그는 내게 나 자신에 대한 용기를 심어 주었다.

그런데도 이상하게, 나는 그에 대한 반감이 점점 커지는 것을 느꼈다. 그의 말에는 설교 같은 맛이 지나치게 섞여 있고, 무엇보다 그가 내 전부를 이해한 것이 아니라 '내 일부'만 이해하고 있다는 생각이 들었다.

우리는 싸우거나 논쟁한 적이 없었다. 결별을 뜻하는 이야기를 나눈 적도 없었다. 다만 단 한 마디, 악의에서 나온 것은 아니었지만, 내가 그의 감정을 건드리는 말을 해 버린 적이 있다.

그 한마디가 터진 순간, 아름다운 환영이 산산이 부서져 우리 사이에 흩어진 듯했다. 그럴지도 모른다는 예감은 오래전부터 내 마음을 무겁게 했지만, 그것이 뚜렷한 감정으로 모습을 드러낸 날은 어느 일요일이었다.

그날 우리는 그의 서재 난로 앞에 엎드려 불을 바라보며 이야기를 하고 있었다. 그는 자기가 공부하는 종교의 교의와 형태들에 대해 설명하고 있었다. 그는 그 사색의 세계에 깊이 잠겨, 장래의 가능성까지 생각하고 있었다.

하지만 내게 그것은 '삶과 죽음' 같은 문제라기보다, 신기하고 재미있는 이야기처럼 들릴 뿐이었다. 지식은 풍부했으나, 그 모든 것이 '이미 끝난 세계의 잔해' 속에서 무엇인가를 주워 모으는 행위처럼 느껴졌다. 나는 갑자기 그 방식 자체에 혐오를 느꼈다. 여러 신화와 전승을 모자이크처럼 끌어다 붙여 놓고 있는 것 같았다.

"피스토리우스."

나는 불쑥 그의 이름을 불렀다. 내 목소리엔 내가 놀랄 만큼 날선 악의가 섞여 있었다.

"꿈 이야기나 해 주세요. 지난밤에 당신이 꾼 '진짜 꿈' 말이에요. 지금 하는 이야긴… 정말, 정말 진저리가 납니다. 곰팡이 핀 얘기는 더 이상 못 듣겠어요."

그에게 그런 말투로 말한 것은 처음이었다. 말하고 나서 나 자신도 수치심과 놀라움을 느꼈다. 내가 던진 화살은 사실 그의 무기고에서 빌려 온 것이었다. 그가 가끔 나를 향해 비꼬듯 내뱉던 자책과 자조를 모아, 끝을 날카롭게 갈아 그에게 되던져 버린 셈이었다.

피스토리우스도 그것을 알아챘는지 입을 다물었다. 나는 갑작스레 밀려온 불안에 가슴이 조여 그를 바라봤다. 그의 얼굴은 창백해져 있었다. 무거운 침묵이 흐른 뒤, 그는 장작을 더 지피고는 침착한 어조로 말했다.

"자네 말이 맞아, 싱클레어. 자네가 옳아. 자네는 머리가 좋아. 이제 다시는 곰팡이 핀 이야기는 하지 않도록 하지."

말투는 차분했지만, 나는 그의 상처가 또렷하게 보였다. 나는 엄청난 실수를 했다. 금방이라도 눈물이 쏟아질 것 같았다. 진심으로 사과하고 용서를 빌어야 한다고 생각했다. 위로가 될 말도 떠올랐지만, 이상하게 입 밖으로 나오지 않았다.

나는 엎드린 채 장작불만 바라보며 침묵했다. 피스토리우스도 말이 없었다. 윙윙거리며 타오르던 불길은 점점 힘을 잃고, 장작은 벌겋게 숯이 되었다가, 이내 재로 변해 갔다. 아름답고 소중하고 절실한 무엇이 다시는 돌아올 수 없는 먼 곳으로 사라져 버린 듯한 허전함이 밀려왔다.

나는 내 마음을 조금이라도 내보여야 한다고 느꼈다. 그래서 억지로 목쉰 소리를 짜냈다.

"아마… 당신이 오해하신 것 같은데요…."

아무 의미도, 쓸모도 없는 말이 기계적으로 입 밖으로 굴러나왔다. 마치 싸구려 소설의 문장을 뜻도 모르고 읽는 기분이었다.

"자네 말은… 제대로 이해하고 있어…."

피스토리우스가 중얼거리듯 낮게 말했다.

"자네가 옳아…."

그리고 내 입에서 다음 말이 나오길 잠시 기다린 뒤, 천천히 덧붙였다.

"우리가 인간인 이상… 그건 당연하지."

'아닙니다. 제가 잘못 말했습니다!'

내 마음은 외쳤지만, 입술은 움직이지 않았다.

나는 그 짧은 말로 그의 본질적인 약점을 찔러 버렸다. 피스토리우스가 자신을 갖지 못하는 지점을 건드린 것이다. 그의 이상은 '곰팡이'라는 말에 무너졌다. 그는 이단적 구도자이자 낭만주의자였다.

그 순간 또렷한 생각이 스쳤다.

'피스토리우스는 나에게 준 것을, 자기 자신에게는 줄 수 없었다. 내가 보는 피스토리우스와, 그가 보는 자기 자신은 전혀 다른 사람이다. 그는 내 이상 속 피스토리우스가 아니었다.'

사실 그는 내게 어떤 길을 열어 주었다. 그러나 그 길은, 길을 열어 준 그 자신을 떠나가게 만드는 길이었다. 떠나지 않을 수 없는 숙명의 길이었다.

어째서 그런 말이 입 밖으로 나왔는지, 신이 아니면 모른다. 내게 악의는 없었다. 파국을 예감한 것도 아니었다. 말하는 순간에도 나는 내가 무슨 말을 하는지 제대로 알지 못했다. 그저 심술궂은 생각하나가 입 밖으로 튀어나왔을 뿐이다. 그러나 그 한마디가 새로운 운명을 낳았다.

내 과오는 사소한 실언이었지만, 그에게는 하나의 심판이었다.

나는 그때 얼마나 간절히 바랐는지 모른다. 그가 나를 꾸짖고, 화를 내고, 나를 밀쳐 냈으면 하고. 하지만 그는 끝내 그러지 않았다. 모든 것은 내 가슴속에서만 일어난 일인극으로 끝났다. 억지로라도 웃음 한 번 지어 보일 수 있었을 텐데, 그건 그에게 불가능했다. 내가 던진 말이 그만큼 깊이 상처를 냈던 것이다.

그가 내 공격을 묵묵히 받아들이고, 이의 한 마디 없이 내 말을 '운명'으로 인정해 버린 사실은, 내 안의 자기혐오를 몇 배로 키웠다. 나는 마치 막강한 적을 공격하듯 그에게 달려들었지만, 상대는 말없이 항복하는 무저항의 사람이었다.

나는 결국 몸을 일으켜 복도로 나갔다. 문밖에서, 누군가를 기다리는 사람처럼 오래 서 있었다. 복도를 걷다가도 멈추고, 어두운 계단을 내려가다가도 멈춰 한참을 서 있었다. 밖에 나가서도 나는 그 동작을 되풀이했다. 혹시 그가 나를 쫓아 나와 붙잡지 않을까, 나는 그걸 기다리고 있었다. 그러나 그는 끝내 모습을 보이지 않았다.

나는 해가 질 때까지 거리와 공원 숲을 떠돌았다. 그러다 마침내, 내 이마에 카인의 '표지'가 찍힌 듯한 느낌을 받았다.

생각이 정리되기까지는 시간이 걸렸다. 처음엔 피스토리우스를 변호하기 위해 내 자신을 희생해야 한다는 생각뿐이었다. 그러나 그렇게 하면 할수록, 결론은 거꾸로 흘렀다.

실언을 후회하고 되돌리고 싶다는 마음이 없지는 않았다. 하지만 그 말이 그에게는 실언이었을지 몰라도, 내게는 어딘가 정당한 느낌도 있었다. 나는 이제 겨우 피스토리우스를 이해할 수 있게 되었고, 그의 꿈 전체를 내 앞에 세울 수 있게 되었다.

목사가 되는 것, 새로운 종교를 전하는 것, 새로운 기도와 사랑의 형식을 설명하는 것, 새로운 상징을 만들어 내는 것, 그것이 피스토리우스의 꿈이었다. 하지만 그 꿈을 실현하는 것은 그의 임무가 아니었다. 그의 힘으로는 실현할 수도 없었다.

그는 과거에 너무 깊이 묶여 있었다. 이집트, 인도, 미트라스, 아브락사스 그는 과거에 대해 지나치게 자세히 알고 있었다. 그의 사랑은 한때 이 세계에 존재했던 형태들에 붙잡혀 있었다.

더욱이 그는 '새로운 것은 낡은 것과 달리 신선한 맛을 보여야 하고, 신선한 대지에서 솟아나야 하며, 결코 박물관이나 도서관에서 끌어오면 안 된다'는 사실을 누구보다 잘 알고 있었다. 그럼에도 그는 그 과거 속에 파묻혀 있었다.

그의 임무는 나를 내 자리로 돌아가게 하고, 내 길을 걷게 해 준 것처럼, 다른 사람들 또한 각자의 길로 인도하는 것이었을 것이다. 전대미문의 '새로운 것'과 '새로운 신'을 인류 앞에 내놓는 것은 그의 임무가 아니었다.

여기까지 생각을 밀고 나가던 순간, 하나의 진리 같은 것이 번개처럼 스쳤다. 그리고 그 불꽃은 곧 들불처럼 번져 내 몸을 태웠다.

사람에게는 누구나 임무가 있다.

그 임무는 각자의 자유로운 선택이 아니라, 부여되는 것이다.

그리고 한 번 부여된 임무는 마음대로 바꿀 수 없다.

그것이 내가 얻은 진리였다.

전대미문의 새로운 것, 새로운 신을 바라는 것은 잘못이다. 무엇인가를 세계에 심고 인류 앞에 새로운 신을 만들어 내놓겠다는 생각은, 그야말로 황당한 망상일 뿐이다.

눈을 뜬 인간, 이성의 영역에 발을 디딘 인간에게 주어진 임무는 단 하나, '자기 자신'을 찾는 것이다. 결의를 굳히고 각오를 새로 하여, 손으로 더듬어서라도 '자기 자신'에 이르는 길을 끝까지 밀고 가는 것. 그 밖에는 어떤 임무도 없다. 원래 없었다.

이 사실은 내 마음을 크게 뒤흔들었다. 이것이 내가 이번 체험을 통해 얻은 성과였다.

나는 가끔 여러 미래를 그려 보고, 환상 속을 거닐며 '내게 찾아올지도 모르는 역할'을 몽상하곤 했다. 시인이나 예언자일 수도, 화가일 수도, 또 다른 무엇일 수도 있었다.

하지만 그런 역할은 모두 부차적인 것이었다. 나는 시를 쓰기 위해, 설교를 하기 위해, 그림을 그리기 위해 태어난 것이 아니다. 나만 그런 것이 아니라, '자기 자신'으로 돌아가겠다고 목표를 세운 이상 모든 사람에게도 마찬가지다. 그런 역할은 2차적인 것이다.

인간 각자에게 주어진 참된 역할, 필생의 천직은 오직 하나 '자기 자신'으로 돌아가 본연의 자리에 도달하는 것뿐이다.

누군가는 시인으로 생을 마치고, 누군가는 광인으로 종국을 맞을 것이다. 누군가는 예언자의 직분을 다하다 죽고, 누군가는 범죄자로 일생을 마칠지도 모른다. 그러나 그런 것은 본질과 상관없다.

인간의 본래 임무는, 절대적인 힘이 부여한 '미지의 자기 운명'을 찾아내고, 그 운명과 함께 완전히, 철저히 '자기 자신의 세계'에서 살아가는 것이다. 그 외의 모든 것은 '자기 자신'으로부터 도망치려는 미래 도피에 불과하다.

그리고 그런 도피는 누구에게나 중도에서 좌절된다. 그것은 인류의 근본 방향에 역행하는 일이다. 자기 본래의 임무를 잊고 도망치는 까닭은, 결국 자기 본심을 두려워하기 때문이다.

새로운 영상이 내 앞에 떠올랐다. 무섭고도 거룩한 영상이었다. 나는 그것을 예감으로 몇 번 느낀 적은 있었고, 그 예감이 비친 형상에 대해 말한 적도 있었지만, 이렇게 '체험'한 것은 처음이었다.

나는 자연이라는 세계가 던져 놓은 주사위 같은 존재였다. 던져진 주사위는 굴러가다 흙 속에 파묻힐 수도 있고, 자기 운명의 길을 찾아갈 수도 있다. 그러나 던져진 이상, 숫자가 1이든 6이든—그 근원의 힘과 용기를 끌어내어, 그 의지를 내 안으로 옮겨오는 것. 그것이 내 천직이었다. 내 본래 임무는 그것뿐이다.

나는 고독을 지겹도록 겪어 왔다. 하지만 이 세상에는 내가 지금껏 알던 것보다 더 크고 더 심각한 고독이 있으며, 언젠가는 반드시 그 고독을 맛보게 되리라는 예감이 어렴풋이 들었다.

나는 피스토리우스와 '화해해야겠다.'는 생각을 해 본 적이 없었다. 우리는 친구로 남아 있었지만, 우리 사이의 우정은 이전과는 성격이 달라져 있었다. 단 한 번, 우리는 그에 대해 이야기한 적이 있다. 내가 먼저 꺼냈다.

그때 피스토리우스는 이렇게 말했다.

"내가 목사가 되겠다는 뜻을 품고 있다는 건 자네도 알지. 나는 그걸 위해 수련 중이야. 다만 내가 바라는 건, 기성관념 속의 거짓말을 늘어놓는 진부한 목사가 아니라, 가능하다면 새로운 종교, 우리가 어렴풋이 예감하는 그 새로운 종교의 목사가 되고 싶다는 거야. 하지만 그건 어디까지나 내 꿈이지. 실현 불가능한 꿈, 어쩌면 절대 불가능한 꿈일지도 몰라. 나도 그걸 알아. 나는 아마 다른 방식의 목사가 될 거야. 예컨대 오르간을 연주하는 식으로 말이지. 하지만 오르간 곡과 비밀교의, 신화 같은 이야기들이 나를 둘러싸지 않으면, 그런 목사조차 될 수 없어. 내겐 그게 필요해. 그게 내 약점이야. 싱클레어, 가끔 나는 그런 소망을 버려야 한다고 스스로를 설득해. 약점 위에 서 있는 소망이 얼마나 사치스럽고 위험한지, 누구보다 내가 잘 아니까. 핑계를 버리고, 미련 없이 자기 운명의 길을 걸을 수 있다면 그게 더 낫겠지. 그게 위대한 길이고 올바른 길일 테니까. 아마 자네는 그 길에 가까워질 수 있겠지. 하지만… 어려워. 이 세상에 이보다 어려운 일은 없어. 나는 몇 번이고 그걸 해 보려 했고, 공상 속에서 운명의 형태를 그려 보기도 했지만, 안 돼. 무섭거든. 소름 끼칠 만큼 무서워. 나는 나를 벌거숭이로 만들어 고독 속에 던져 넣을 수 없어. 그 고독을 견딜힘이 내겐 없지. 나는 억지로 나를 초인적인 위치에 올려놓고 싶지 않아. 두렵기 때문이야. 사실 나는 약하고 가엾은 개 같은 존재야. 내 안에 개의 욕구 같은 의식 작용이 있다는 걸 부정하지 않아. 개가 먹이를 찾듯, 나도 따뜻한 음식을 찾고, 때로는 내 곁에 가까운 친구가 있다는 느낌을 확인하고 싶어. 그런데 '운명 말고는 아무것도 필요 없다'는 사람이 있다면, 친구조차 필요 없겠지. 완전한 고립, 완전한 외톨이가 되는 거야. 그런 사람 주위엔 차가운 우주의 공간만 있을 뿐이지. 겟세마네의 예수가 그랬지. 스스로 십자가를 진 순교자는 많았어. 하지만 십자가에 못 박혔다고 모두 영웅은 아니야. 그들도 신이 아니라 평범한 인간이어서, 죽는 순간까지 이 세상의 그리운 것들에 미련을 끊지 못했지. 그들에게는 영감이 있었고 이상이 있었어. 하지만 '자기 운명만' 바라는 사람들에겐 영감도 이상도 없어. 그리운 것도 없고, 미련을 둘 익숙한 것도 없어. 자기를 위로해 줄 것도 없지. 이치로 따지면 사람은 그 길을 가야 해. 자네도, 나도, 우리는 고독한 사람이니까. 다만 우리가 겪는 고독은 남들과 달라. 우리는 서로 정신적으로 통하는 바가 있고, 비범한 것을 바라는 은밀한 욕구가 있어. 하지만 그 길을 끝까지 가려면 그런 욕구도 버려야 해. 혁명가가 되고 싶다, 모범적 삶을 살고 싶다, 순교자가 되고 싶다, 그런 마음도 가져선 안 돼. 어렵지만, 절대 그런 기분에 기대면 안 돼."

나로서는 당장 이해하기 어려웠다. 하지만 몽상의 세계를 더듬거나 어렴풋한 예감으로는 느낄 수 있었다. 죽은 듯 고요한 정적 속에 몸을 담고 있을 때, 나는 잠깐 그것을 선명하게 느낀 적이 두어 번 있었다.

그럴 때면 나는 내 내부로 시선을 돌려, 내 운명이 눈을 크게 뜬 채 움직이지 않고 있는 것을 바라보곤 했다. 그 눈은 지혜롭게 빛나기도 했고 광기로 가득하기도 했으며, 사랑의 불꽃을 튀기기도 하고 사악한 빛을 내뿜기도 했다.

하지만 그런 건 상관없었다. 무엇을 선택하든, 무엇을 소망하든, 그것은 허용되지 않았다. 허용된 것은 오직 하나, '자기 자신'에 도달하는 길을 소망하는 것, 자기 운명의 길을 소망하는 것뿐이었다. 피스토리우스는 그 길로 나를 이끌어 준 안내자였다.

그 무렵 나는 앞이 보이지 않는 맹인처럼 갈팡질팡하며 여기저기 헤매고 있었다. 마음속엔 거센 바람이 몰아쳐 한 걸음 한 걸음이 위태로웠고, 눈앞엔 심연 같은 암흑뿐이었다. 지금까지의 모든 길이 그 어둠 속에 잠겨 사라진 듯했다.

그러나 내 마음속에는 데미안을 닮은 안내자가 있어, 어둠 속에서도 나를 인도하는 느낌이 들었다. 아무것도 보이지 않는 내 눈은, 마치 숙명적으로 내 운명을 쥔 그 인도자의 손을 바라보고 있는 듯했다.

나는 종이쪽지에 이렇게 적었다.

한 사람의 인도자가 나를 저버렸다. 나는 어둠 속을 헤매고 있다.
사방이 캄캄하다. 아무것도 보이지 않는다.
나 혼자서는 한 걸음도 걸을 수 없다. 나를 도와 다오.

나는 이 쪽지를 막스 데미안에게 보내려 했다. 그러나 곧 그 생각을 접었다. 몇 번이나 같은 충동이 일었다가 사라졌는데, 그때마다 '보내는 일'이 어리석고도 무의미하게 느껴졌기 때문이다.

그 뒤로 쪽지의 짧은 문장은 어느새 내 머릿속에 새겨졌고, 나는 가끔 그것을 기도문처럼 마음속으로 외우곤 했다. 그 문장은 늘 내 곁에 있었다. 기도가 무엇인지 정확히 알 수는 없었지만, 어렴풋이 짐작은 할 수 있을 것 같았다.

　××시 고등학교 시절은 그렇게 끝나갔다. 아버지 뜻대로, 짧은 휴가 여행을 다녀오면 나는 곧 대학에 들어가기로 되어 있었다. 전공은 아직 정하지 못했다. 다만 첫 학기에는 철학을 공부하겠다고 마음먹었고, 그 정도는 아버지도 쉽게 동의했다. 사실 철학이 아니었어도, 무엇을 공부하든 나는 만족했을 것이다.

에바 부인

휴가 동안 나는, 몇 해 전 막스 데미안이 어머니와 함께 살던 그 집을 찾아가 본 적이 있었다. 대문을 들어서자 정원을 서성고 있던 노파가 보였고, 몇 마디 말을 나눈 끝에 그 집이 이제는 그 노파의 소유가 되었다는 것을 알게 되었다. 그녀는 데미안과 그의 어머니를 잘 기억하고 있었지만, 그들이 지금 어디에 사는지는 모르는 듯했다.

내가 데미안과 그의 어머니에게 남다른 관심을 보인다는 걸 눈치 채자, 노파는 나를 방으로 데려가 두꺼운 가죽 표지의 앨범을 꺼내 들고는 데미안 어머니의 사진을 보여 주었다.

데미안의 어머니, 그 얼굴은 내 기억 속에서 거의 희미해져 가고 있었는데, 그 조그마한 사진을 보는 순간 심장이 멎는 것 같았다.

사진 속 여인은 내가 꿈에서 보던 바로 그 여자였다. 몸집이 크고, 어딘가 남자처럼도 보이는 그 수수께끼의 여자. 어머니 같은 인자함과 함께 엄격하고 깊은 정열을 품고, 유혹적인 아름다움과 동시에 쉽게 다가설 수 없는 아름다움을 가진 여자. 수호신이면서 어머니이고, 운명이면서 연인이기도 한 여자. 그 모든 것이 그 작은 사진 속에 그대로 들어 있었다.

그 순간 나는, 내 꿈속에 나타나던 그 여자가 이 땅에서 살아 숨 쉬고 있다는 사실을 알았다. 마치 기적 같은 것이 가슴을 뚫고 들어와 온몸을 뛰어다니는 듯했다.

강인하고 믿음직한 인상을 주면서도 이상하게 따뜻한 연정을 불러일으키는 여자, 내 운명의 그림자처럼 늘 따라붙던 그 여자가 실제로 존재한다니. 도대체 어디에 살고 있을까.

적어도 살아 있다는 것은 분명했고, 게다가 그 여자는 막스 데미안의 어머니였다.

그 뒤 나는 여행길에 올랐다. 실로 기묘한 여행이었다. 그 여자를 찾아 이 거리에서 저 거리로 쉬지 않고 떠돌았다. 정작 그 사람을 만나지는 못했지만, 그녀를 떠올리게 하는 사람들을 여러 번 보았다. 눈에 띄는 여자는 전부 그녀를 닮은 것 같아 정신이 어지러웠고, 마치 꿈속에서 길을 잃고 헤매듯 낯선 뒷골목과 역과, 심지어는 기차 안까지 뒤지고 다녔다.

어떤 날은 도저히 불가능한 일이라고 체념했다. 그러면 나는 아무것도 하지 않은 채 공원이나 호텔 정원, 대합실의 벤치에 앉아 내 마음을 들여다보며, 그녀의 모습을 내 안에서 다시 살려 보려 애썼다. 하지만 윤곽은 점점 흐려졌다. 잠도 거의 못 잤다. 낯선 풍경을 가르는 기차에서, 기껏해야 앉은 채 십오 분쯤 졸 뿐이었다.

한 번은 취리히에서 어떤 여자의 노골적인 유혹을 받은 적이 있다. 얼굴은 예뻤지만 어딘가 뻔뻔하고 오만해 보였다. 그녀는 대놓고 내 뒤를 따랐지만, 나는 돌아보지도 않고 성큼성큼 걸음을 옮겼다. 다른 여자에게 한 시간이라도 마음을 주느니 차라리 죽는 편이 낫다고, 그때의 나는 진심으로 생각했다.

나는 느끼고 있었다. 운명이 나를 끌어당기고 있다는 것을. 그리고 내가 아직 알지 못하는 그 운명이 현실로 모습을 드러낼 날이 머지않았다는 것도. 그런 확신이 생생해질수록, 아무 대비도 하지 못하는 내 무능이 저주스러워 미쳐 버릴 것 같았다.

언젠가, 아마 인스브루크 역이었을 것이다. 막 출발하는 기차의 창문 너머로, 순간적으로 그녀를 떠올리게 하는 모습이 스쳐 지나갔다. 그 뒤로 며칠 동인 내 마음은 산란해졌고, 설명할 수 없는 감정이 가슴 깊은 곳에서 소용돌이쳤다. 결국 그 모습은 꿈속에서도 다시 나타났다. 그 꿈에서 깨어난 나는, 부끄러움과 함께 깨달았다. 아무리 쫓아다녀도 소용없다는 것을. 애초에 그 모든 추적은 무의미했다.

그래서 나는 돌아왔다.

이삼 주가 지나 나는 H대학에 입학했다. 모든 것이 환멸스러웠다. 철학사 강의는 마치 공장에서 찍어낸 물건처럼 무미건조했다. 교수들은 다 비슷한 말만 되풀이했고, 학생들의 눈에는 그 모든 것이 비참할 만큼 공허하고 기성품처럼 보였다.

하지만 나는 그런 것들에 크게 마음을 쓰지 않았다.

나는 자유로웠다. 하루 스물네 시간이 모두 내 것이었다. 교외의 낡은 집에서 하숙하며 조용히 살았다. 책상 위엔 니체의 책 몇 권이 늘 놓여 있었다. 나는 니체와 함께 살며, 그의 영혼이 얼마나 고독했는지를 조금씩 알아 갔다. 그리고 그를 그 고독으로 몰아넣은 운명을 함께 저주하고 괴로워했다. 동시에, 비정한 자기 길'자기 자신'에 이르는 길을 끝까지 걸어간 사람이 이 세상에 존재했다는 사실이 이상한 행복으로 다가왔다.

가을바람이 속삭이듯 불던 어느 밤, 나는 거리를 산책하다 술집 앞을 지나게 되었다. 학생연맹 패들이 부르는 노랫소리가 열린 창으로 담배연기와 함께 뭉게구름처럼 흘러나왔다. 소리는 파도처럼 넘쳤지만 어딘가 생기가 없고 단조로웠다. 나는 모퉁이에 서서 한동안 들었다. 곧 노래는 잡담으로 바뀌었고, 처마를 나란히 한 두 술집에서 판에 박힌 이야기들이 밤하늘에 메아리쳤다. 여기서도 연맹, 저기서도 연맹. 들려오는 단어는 끝내 '연맹'뿐이었다.

그들은 각자의 운명이라는 무거운 짐을 잠시 내려놓고, 군중 속으로 숨어들어 자아의식을 버린 공동생활에 몸을 맡기고 있었다.

한밤중이었다. 모퉁이에 얼마나 서 있었는지 모른다. 어둠 속에서 인기척이 느껴져 돌아보니 두 그림자가 다가오고 있었다. 그들은 내 뒤를 천천히 지나가며 이야기를 주고받았고, 내 귀에는 몇 마디만 또렷하게 박혔다.

"이건 흡사 흑인촌의 청년의 집 같지 않습니까?"

"네, 그렇습니다. 똑같습니다. 문신까지 유행하고 있으니까요. 이것이 젊은 세대의 유럽입니다."

그 말소리에는 이상하게도, 잠든 기억을 깨우는 울림이 있었다. 귀에 익은 목소리였다. 나는 그들의 뒤를 따라 어두운 골목길로 들어섰다. 가로등 밑에서, 엷은 웃음을 띤 노란 얼굴이 제법 선명히 드러났다. 그때 그 사나이가 다시 말했다.

"그런데 일본은 어떻습니까? 자기 소신대로 의지적으로 살아가는 청년들이 많습니까? 어느 나라든 군중 속에 파묻히지 않는 청년은 드뭅니다. 자아의식이 선 사람을 만나기란 정말 어렵지요. 우리나라에도 그런 청년이 전혀 없는 것은 아니지만…"

그 한 마디 한 마디가 기쁨과 놀라움을 실어 내 가슴에 스며들었다. 나는 그가 누군지 알아버렸다.

데미안, 막스 데미안이었다.

나는 차가운 밤거리에서 데미안과 일본인의 뒤를 따라 넓은 길과 캄캄한 뒷골목을 지나며 그들의 대화를 들었다. 옛날과 조금도 달라지지 않은 데미안의 침착한 목소리는 희망과 자신감으로 가득했고, 그것은 내게 신념과 낙원이라 해야만 할 삶의 환희 같은 것을 가져다주었다. 동시에 그는 여전히 나를 지배하는 절대적인 힘을 가진 사람처럼 느껴졌다.

이제 나는 내가 걸을 길에서 막스 데미안을 다시 찾아낸 것이다.

거리 어귀의 어떤 집 앞에서 일본인은 데미안과 작별하고 안으로 들어갔다. 나는 멀찍이 떨어진 길 한가운데 서서 데미안을 기다렸다. 그의 모습이 가까워질수록 내 심장도 더 요란해졌다. 그는 갈색 방수 망토를 입고 가느다란 스틱을 겨드랑이에 끼고, 가슴을 펴고 빠르게 걸어왔다. 내 앞에 다가설 때까지 자세는 흐트러지지 않았다. 그는 걸음을 멈추고 모자를 벗어 들었다. 옛날과 다름없는 밝은 얼굴, 굳게 다문 의지의 입술, 독특한 표정을 잃지 않는 넓고 시원한 이마가 그대로였다.

"데미안!"

내가 외쳤다.

"아, 싱클레어. 여기서 날 기다리고 있었나? 이미 짐작은 했지만…."

"내가 기다릴 걸 짐작했어? 어떻게?"

"반드시라고는 못 해. 다만… 너를 만나고 싶다는 생각은 하고 있었지. 정말 오래간만이다. 오늘 밤 내내 우리 뒤를 따라왔더군."

"내가 따라온 걸 알고 있었어?"

"물론이지. 얼굴은 많이 변했지만, 이마에 표지가 있으니까 금방 알아봤다."

"표지? 무슨 표지?"

"옛날 카인의 이마에 있던 표지 말이야. 알겠니, 싱클레어? 그건 우리들의 표지다. 너 이마엔 늘 그 표지가 있었어. 그래서 넌 내 친구가 된 거고. 그런데 지금 보니… 그 표지가 전보다 더 뚜렷해졌군."

"그래? 난 몰랐어. 그런데 데미안, 예전에 네 얼굴을 그린 적이 있는데, 다 그려놓고 보니 내 얼굴을 닮은 것 같아 놀랐어. '표지' 때문이었을까?"

"그렇지. 싱클레어, 널 만나서 정말 반갑다. 우리 어머니도 얼마나 기뻐하실지 몰라."

그 말에 나는 가슴이 섬뜩해졌다. 마치 날카로운 창끝에 찔린 듯했다.

"네 어머니? 어머니도 여기 계셔? 그런데… 어머니는 내가 누군지 모르실 텐데."

"모를 리가 있나. 다 알고 계셔. 내가 말하지 않아도 이미 아셔. 그런데 싱클레어, 소식을 그렇게 끊어 버리면 어떡하니."

"아니야. 몇 번이나 편지를 쓰려 했는데, 잘 안 됐어. 얼마 전부터는… 곧 널 만나게 될 것 같은 기분이 들었어. 이상하게 확실했어. 그래서 매일처럼 네가 나타나길 기다렸지."

우리는 손을 잡고 천천히 걸었다. 그 손을 통해 그의 침착하고 의지적인 기운이 내게로 전해졌다. 우리는 옛날처럼 잡담을 주고받았다. 고향 라틴학교 시절, 견신례 수업과 의식, 처음 서로를 알았을 때의 어색함… 그런 이야기들이었다. 하지만 우리를 굳게 묶어 주었던 가장 결정적인 사건, 내가 프란츠 크로머에게 얽혀 노예처럼 살던 그 일에 대해서는 예전과 마찬가지로 끝내 입에 올리지 않았다.

우리는 어느새 예감이 가득한 기이한 대화 속으로 빨려 들어갔다. 데미안이 일본인과 나누던 이야기의 연장처럼 학생들과 청년들의 삶을 논하다가, 점점 더 먼 세계로 화제가 옮겨 갔다. 그런데 데미안이 말하는 순간, 아무리 먼 세계라도 내 현실의 일부처럼 생생해졌다.

그는 유럽의 성격과 현세대의 특징을 말했다. 어디를 가나 '연합', '연맹' 같은 군집의 욕망이 도사리고 있지만, 정작 자유와 사랑은 보이지 않는다고 했다. 학생연맹과 합창단을 비롯한 온갖 단체는 불안과 공포에서 생겨난 공동체이며, 자유를 무시하는 강제적 조직망에 얽혀 있다고.

그가 특히 강조한 것은 이것이었다.

그 공동체들의 내부는 썩어 들어가고 있고, 조직의 사슬은 녹슬어 무너지기 직전이라는 것이다.

"공동체라는 건 원래 멋진 거야."

데미안은 계속 말했다.

"하지만 지금 여기지기에서 번창하는 집단들은 참된 집단이 되기 위한 조건이 없어. 겉으로는 번영하는 듯하지만… 실은 오합지졸의 집합이야. 서로를 두려워하니까 모여 사는 거지. 신사는 신사끼리, 노동자는 노동자끼리, 학자는 학자끼리. 사람들이 왜 서로를 무서워하느냐? 상대가 자기와 일치하지 않기 때문이야. 상대를 이질적인 존재로 보는 한, 융합은 불가능하고 불안은 해소되지 않아. 다르게 말하면… 사람들은 자기 자신을 모르기 때문에 불안해지는 거야. 자기 속의 미지의 세계를 이해하지 못하니까, 결국 남 때문에가 아니라 스스로 불안과 공포를 만들어내지. 그런 사람들만 모여 있는 게 요즘의 집단이야. 그들은 자기들 생활 법칙이 이미 힘을 잃었고, 가치 기준이 곰팡이가 슬만큼 낡았다는 걸 알아. 종교도 도덕도 있어. 하지만 좋은 의미의 영향은 거의 주지 못했지. 백 년 넘게 유럽은 기술과 공장만 민들었어. 사람 하나 죽이는 데 화약이 몇 그램 필요한지는 알면서, 어떻게 신에게 기도해야 하는지는 몰라. 무료한 하루 속에서 단 한 시간이라도 만족하는 법조차 몰라. 술집이

나 도박장에 모인 젊은 놈들 얼굴을 봐. 한심해. 절망이야. 저들의 가슴은 불안과 사악함으로 가득해. 누구도 누구를 믿지 않아. 그러니 대립이 생기고, 큰 전쟁이 벌어지지. 틀림없어. 물론 전쟁으로 세계가 좋아지진 않아. 하지만 완전히 헛된 일은 아니야. 현세대의 이상이 무가치하다는 걸 드러낼 테고, 석기시대의 신 같은 것들을 청산하는 계기도 될 테니까. 지금의 세계는 거의 죽어가고 있어. 멸망을 향해 가고 있고… 결국 멸망할 거야.”

“그럼 우리는 어떻게 돼?”

내가 물었다.

“우리?”

데미안은 잠시 생각하더니 말했다.

“우리도 멸망할지 몰라. 얻어맞아 죽을 수도 있고. 하지만 우릴 완전히 지울 순 없어. 우리가 남긴 것, 혹은 우리 내부에 남아 있는 것, 그곳으로 미래의 의지가 모일 거야. 유럽의 기술이 빼앗아 간 수많은 목숨들의 의지도 다시 모습을 드러내겠지. 그때가 오면 알게 될 거야. 인류의 의지가 국가나 민족, 결사, 교회 같은 것들과 본질적으로 다르다는 걸. 자연이 인간에게 바라는 것은 각자의 마음속에 써있어. 너와 내 마음속에. 그걸 읽으면 자연이 너에게 원하는 바가 선명해져. 예수에게도, 니체에게도 그 글은 있었어. 우리 모두 가슴에 새겨진 영원한 글. 중요한 건 그것뿐이야. 집단이 무너진 뒤에는, 우리 마음속 글이 가리키는 대로 움직일 여지가 생겨날 거야.”

우리는 강둑 옆 정원 앞에서 멈춰 섰다. 아마 자정이 넘었을 것이다.

"우린 여기서 살아."

데미안은 숲 너머의 집을 가리켰다.

"언제든 와. 어머니와 함께 기다릴게."

나는 밤거리를 가벼운 발걸음으로 걸어 돌아왔다. 무엇인가 새로 얻은 듯 마음은 들뜨고 기뻤다. 골목마다 술 취한 학생들이 쏟아져 나오고 있었다. 비틀거리는 걸음으로 보아 꽤 마신 게 분명했다. 모두 흥겨움에 들떠 있었다.

나는 수없이 그들의 유쾌한 삶과 내 고독한 삶을 비교해 왔지만, 그날처럼 내가 그들과 얼마나 다른 자리에 서 있는지 또렷이 느낀 적은 없었다.

나는 늘 '완전한 생활인으로서의 자격이 없다'는 생각에 스스로를 조롱하고 싶은 충동을 느낀 적이 많았다. 그러나 그날 처음으로 깨달았다. 그런 '결함' 따위는 지금 내가 사는 방식과는 아무 관계가 없다는 것을.

그들의 향락의 세계는, 아무리 발돋움해도 내 시선이 닿지 않는 먼 곳에 있었다. 나는 고향 관청의 관리들을 떠올렸다. 의젓한 노신사들은, 학창 시절 술집에서 살다시피 했던 추억을 평화로운 낙원보다 더 그리워하며 살고 있었다. 결국 학생들이나 그 관리들이나 마찬가지였다. 자유와 행복을 '과거' 속에서 찾고 있는 것이다. 책임을 다했는지 반성하게 될까 봐, 자기 길을 걸으라는 경고를 들을까 봐, 그들은 현재에서 도망치고 있었다.

그렇게 사회는 썩어 들어가고 있었다. 그러니 학생들의 행동만 탓할 수도 없었다.

하지만 하숙집에 돌아와 잠자리에 들려는 순간, 그런 생각들은 싹 사라졌다. 내 마음은 이미 다른 목표를 향해 움직이고 있었다. 마음만 먹으면 내일이라도 데미안의 어머니를 만날 수 있다. 학생들이 연맹을 만들든, 문신을 하든, 세계의 멸망을 기다리든, 그게 나와 무슨 상관이란 말인가. 나는 오직 운명이 새로운 모습으로 내 앞에 나타나길 기다리고 있었다.

다음 날 아침 나는 늦게 일어났다. 내게 그날은 엄숙한 축제일처럼 시작되었다. 소년 시절 크리스마스 아침을 제외하면 한 번도 느껴보지 못한, 거룩한 축제의 감각이었다. 들뜬 마음을 누를 수는 없었지만, 불안은 조금도 없었다. 위대한 날이 마침내 도착한 것이다.

가을비가 부슬부슬 내리고 있었는데, 그 비마저 아름다웠다. 속삭이듯 떨어지는 빗소리는 조용하고도 경쾌한 음악처럼 들렸다. 오늘 비로소 내 바깥 세계와 안의 세계가 맑게 하나로 섞였다. 나는 내 영혼이 축제일을 맞아, 삶의 보람을 처음으로 뚜렷이 느꼈다.

어떤 집도, 어떤 창문도, 뒷골목에서 마주친 어떤 얼굴도 더는 나를 흔들지 않았다. 모든 것은 평소와 같았지만, 전처럼 공허해 보이던 표정이 사라지고, 대신 새로운 운명을 경건히 맞이하려는 기운이 세계 전체에 퍼져 있는 듯했다. 소년 시절 내 눈에는 축제일 아침의 세계가 늘 그렇게 보였었다.

내부 세계에만 머무는 생활이 익숙해진 나는, 외부 세계에 대한 감각이 완전히 마비된 줄 알았다. 또 자유롭고 강한 영혼이 되려면, 외부 자극에 초연해야 한다고 믿었다. 하지만 그건 진취라기보다 체념이었다. 지금 나는 알았다. 그 세계는 사라진 게 아니라, 그저 흙 속에 묻혀 있었고 어둠 속에 가려져 있었을 뿐이라는 것을. 고독 속에 몸을 담은 사람도, 다시 찬란한 세계를 볼 수 있다는 것을.

나는 전날 밤 헤어졌던, 교외 강둑의 정원을 다시 찾았다. 숲 뒤로 밝은 느낌의 작은 집 한 채가 서 있었다. 유리벽 너머로 아름다운 화분들이 보였고, 옆 창문 너머로는 그림이 걸린 어두운 벽이 보였다.

현관으로 다가가자 검은 옷에 흰 앞치마를 두른 늙은 하녀가 나왔다. 말수가 적어 보이는 그녀는 나를 현관 옆의 아담한 방으로 안내하고는 안으로 들어갔다. 나는 망토를 벗어 벽에 걸고 주위를 둘러보았다. 마치 꿈속에 들어온 듯했다.

문 위쪽 판자벽에 익숙한 그림이 걸려 있었다.

알에서 나오려 버둥거리는 황금빛 새 몸의 절반이 지구의 껍질에 파묻힌 그 맹조였다.

나는 한동안 꼼짝도 하지 못하고 그 그림만 바라보았다. 기쁘기도 하고 슬프기도 한 이상한 감정이 솟았다. 지금까지 내 삶에서 겪었던 모든 일이, 현실 속에서 '정답'으로 돌아와 내 앞에 놓인 듯했기 때문이다.

수많은 영상이 번개처럼 마음속을 질주했다. 고향집 대문 아치의 새 문장, 그 문장을 스케치하던 소년 데미안, 크로머의 마수에 걸려 노예였던 소년 시절의 나, 기숙사 방에서 새를 그리며 영혼을 그물눈 속에 밀어 넣던 청년의 나… 그 모든 영상이 지나간 뒤, 내 마음속에서는 그동안 부정하고 의심하던 모든 것을 한꺼번에 긍정하고 받아들이는 낯선 감정이 치솟았다.

나는 감개에 젖어 그림을 바라보다가, 어느새 시선이 저절로 아래로 내려갔다. 문이 열린 곳에, 검은 옷차림의 몸집 큰 부인이 서 있었기 때문이다.

그녀였다.

나는 한 마디도 할 수 없었다.

데미안의 어머니, 아들처럼 발랄한 생기와 의지로 가득한 얼굴은 아름답고 품위가 있었다. 그녀는 가벼운 미소로 나를 맞았다. 그녀의 눈은 내 영혼의 고향이었고, 그 미소는 '너는 돌아왔다'고 말하고 있었다. 나는 말없이 두 손을 내밀었다.

"잘 왔어요, 싱클레어."

그녀가 내 두 손을 꼭 쥐며 말했다. 목소리는 부드럽고 따뜻했다. 나는 그 목소리를 달콤한 포도주처럼 들이마셨다. 그리고 고개를 들어 그녀의 검은 눈, 원숙한 입술, '표지'가 있는 넓은 이마를 바라보았다.

"기쁩니다… 말로 다 할 수 없을 만큼요."

나는 그 말밖엔 할 수 없었다. 그리고 그녀의 손등에 입술을 댔다.

"여행을 하다가… 이제야 고향에 돌아온 기분입니다. 그리운 고향으로요."

그녀는 어머니 같은 미소를 지었다.

"싱클레어, 누구도 자기 마음의 '진짜 고향'으로 완전히 돌아갈 수는 없어요. 다만 같은 길을 걷는 친구들과 함께 있을 때, 온 세상이 잠시 고향처럼 느껴질 뿐이지요."

그건 사실이었다. 나 역시 이곳으로 오는 동안 이미 그와 같은 생각을 하고 있었다. 그녀의 말투와 내용은 아들 데미안보다 더 원숙했고, 군더더기가 없었다. 그런데 이상하게도 데미안이 소년 시절부터 소년답지 않았던 것과는 반대로, 그녀는 다 큰 아들이 있는 어머니처럼 보이지 않았다. 윤기 나는 머리엔 젊음이 물결치고, 흰 얼굴엔 잔주름 하나 없었다. 입술은 붉은 꽃잎처럼 뜨겁고 아름다웠다.

나는 그 풍만한 육체 앞에 서 있었다. 그녀 곁에 있다는 것만으로도 불타는 사랑의 행복을 맛보는 듯했고, 그녀가 내 얼굴을 바라봐 주는 것만으로도 내 꿈이 이루어진 듯했다.

데미안의 어머니라는 그 여체가 내 운명의 새 얼굴이었다. 그 운명은 나를 고독으로 몰아붙이던 것이 아니라, 쾌락으로 가득한 길로 부드럽고도 원숙하게 나를 이끌고 있었다. 나는 새삼 결의를 다지거나 맹세할 필요도 없었다. 나는 어떤 도착지에 도달한 느낌이었기 때문이다.

그러나 길은 거기서 끝나지 않았다. 그곳에서부터 다시 아득한 곳까지 이어졌다. 약속된 이상향을 향한 길, 행복의 가로수가 늘어서고 쾌락의 화원이 끝없이 펼쳐져 향기를 뿜어내는 길, 그 길은 꿈처럼 황홀하고 시원했다.

내 미래가 어떻게 되든 상관없었다. 이런 여자를 만난 것만으로도 내 삶의 의미는 충분했다. 그녀 목소리를 마시고, 그녀 곁에서 숨 쉬는 것만으로 나는 비교할 수 없이 행복했다. 그녀가 내 연인이든 어머니든 여신이든, 그저 내 곁에 있기만 하면 되었다.

그녀는 내가 그린 새 그림을 가리키며 말했다.

"싱클레어, 당신이 이 그림을 보내 왔을 때만큼 우리 막스가 기뻐한 적이 없어요. 나도 마찬가지였고요. 우리는 당신이 오기를 기다렸어요. 이 그림을 받는 순간, 당신이 이쪽으로 발걸음을 돌리고 있다는 걸 알았지요. 당신이 어린 소년이던 어느 날이었어요. 막스가 학교에서 돌아오더니 말하더군요. '이마에 표지가 붙은 애가 하나 있어. 아마 나랑 친구가 될 거야.' 그게 당신이었어요."

"막스가… 그런 말까지 했습니까?"

"했지요. 당신도 많은 고비를 넘겼겠지요. 하지만 나는 당신이면 괜찮을 거라 생각했어요. 예전에 방학 때 고향에서 막스와 만난 적이 있죠? 그때 당신은 열여섯이나 열일곱쯤이었을 거예요. 막스가 그러더군요. '싱클레어는 지금 가장 어려운 고비에 있어. 고독과 고통에서 벗어나려 술집에 매달리겠지만, 영혼의 욕망은 채워지지 않을 거야. 표지가 그 욕망을 부추기니까 술잔 따위로는 안 되지.'… 이때요, 맞았니요?"

"맞습니다. 정말 그랬습니다. 술친구들과 어울려 술독에 빠져도 아무 소용이 없었어요. 그러다… 베아트리체를 만났습니다."

"그 얘기도 들었어요."

"그때부터 제 영혼이 눈뜨기 시작했습니다. '자기 자신'에 이르는 길을 걷지 않으면 안 된다고 생각했어요. 그 각오는 베아트리체 덕분이었습니다. 그러다 마침내 저를 그 길로 인도해 준 사람이 나타났습니다. 피스토리우스라는 사람이었지요. 그때서야 알았습니다. 왜 제 소년 시절이 그토록 막스와 얽혀 있었는지, 왜 저는 막스에게서 떨어질 수 없었는지. …부인, 아니 어머니, 그 무렵 저는 자살밖에 없다고 생각했습니다. 인간의 길이란 누구에게나 이렇게 괴로운 걸까요?"

그녀는 내 머리를 가볍게 쓰다듬듯 손을 얹었다.

"태어나는 일은 늘 고통스러워요. 누구에게나요. 새가 알에서 나오려고 얼마나 버둥거리는지 생각해 봐요. 하지만 인간이 고통만 안고 태어났을 리는 없지요. 싱클레어, 즐거운 때도 있었겠지요? 행복을 느껴본 적도요."

나는 고개를 저었다.

"없었습니다. 늘 괴로웠습니다. 그 꿈을 꾸기 전까지는… 한순간도 괴로움에서 벗어나지 못했어요."

그녀는 고개를 끄덕이며, 찌르듯 깊은 눈으로 내 얼굴을 바라봤다.

"그래요. 사람은 꿈이 필요해요. 꿈이 있는 사람은 없는 사람보다 자기 길을 훨씬 수월하게 걸을 수 있어요. 하지만 꿈은 영원하지 않아요. 꿈이 좋다고 해서 붙잡아 두려고 하면 안 돼요. 꿈은 다른 꿈으로 바뀌기도 하고, 아주 사라지기도 하니까요."

나는 놀랐다. 이것은 경고일까. 내 마음이 그녀에게만 흐르지 못하게 미리 둑을 쌓아 놓는 말일까. 하지만 이제 그런 건 중요하지 않았다. 내가 어디로 가야 하든, 그녀가 인도하는 길을 걸으면 되는 일이다.

"제 꿈이 언제까지 이어질지는 모르겠습니다. 하지만 오늘 저는 제 운명을 만났습니다. 저 새의 그림 아래서, 제 운명이… 어머니처럼, 연인처럼 저를 맞아 주었습니다. 저는 제 모든 것을 이 운명에 맡기겠습니다. 그리고 이 운명이 꿈과 함께 영원히 계속되길 바라겠습니다. 이 운명 말고는 아무도 저를 소유할 수 없습니다. 저는 이 운명에 절대 복종하겠습니다."

그것은 내 영혼의 절규였다.

"꿈이 당신 운명과 함께 있는 동안에는, 거기에 순종해야 해요. 거역해서는 안 되지요."

그녀는 그 몇 마디로 내 마음을 받아들였다.

나는 감격했다. 마치 마술에 걸린 듯한 순간, '지금 죽어도 좋겠다'는 생각과 함께 정체 모를 슬픔이 밀려왔다. 뜨거운 눈물이 치밀어 올랐다. 나는 눈물을 들키지 않으려 얼른 고개를 돌려 창가로 갔다.

등 뒤에서 그녀의 목소리가 들렸다. 차분하면서도, 여름밤의 따뜻한 바람처럼 부드럽고, 넘치게 따른 술잔처럼 정애가 가득한 목소리였다.

"싱클레어, 당신은 아직 어린아이 같네요. 운명은 당신을 사랑하고 있어요. 당신이 거역하지만 않는다면, 그 운명은 언젠가 당신이 꿈꾸는 대로 당신 곁을 떠나지 않을 거예요."

나는 감정을 눌러 삼키고 그녀를 돌아보았다.

"제게는 친구가 몇 명 있습니다."

그녀는 미소를 머금고 손을 내밀며 말했다.

"아주 가까운 친구들이겠지요. 친구가 적을수록 정은 더 깊어지니까요. 그 사람들은 나를 '에바 부인'이라고 불러요. 당신도 좋다면 그렇게 불러 줘요."

에바 부인은 나를 문 쪽으로 데려가 조용히 손잡이를 돌려 문을 열고, 정원을 가리켰다.

"막스는 밖에 있어요."

나는 현관 밖으로 나가 몇 걸음을 옮기다가 높은 나무 아래서 멈춰 서, 넋을 잃고 먼 하늘을 바라보았다. 가슴이 세차게 뛰었다. 내 영혼이 눈을 떠 운명을 지켜보는지, 아니면 아직도 꿈속인지 분간할 수 없었다.

빗방울이 나뭇가지에서 한두 방울 떨어졌다. 나는 강둑으로 이어지는 정원 안쪽으로 천천히 걸었다. 데미안이 보였다. 상반신을 벗은 채 숲에 둘러싸인 정자 안에 서 있었고, 천장엔 샌드백이 매달려 있었다. 권투 연습을 하다 잠시 쉬는 모양이었다.

데미안의 체격은 단단했다. 넓은 가슴, 떡 벌어진 어깨, 무쇠처럼 견고한 머리, 관절을 굽히면 불룩 솟는 팔의 근육, 균형 잡힌 움직임 전체가 멋있었다.

"데미안!"

내가 불렀다.

"거기서 뭐 하고 있어?"

그는 유쾌하게 웃었다.

"연습 중이지. 그 조그만 일본 친구와 시합하기로 했거든. 작지만 고양이처럼 빠르고 기술도 좋아. 사실 한 번 졌어. 하지만 이번엔 그렇지 않을 거야."

그는 셔츠를 걸치며 물었다.

"벌써 우리 어머니 만나 봤니?"

"응. 데미안, 정말 멋진 분이야. 에바 부인… 이름도 좋고 네 어머니이기도 하고 내 어머니이기도 하고… 세상의 모든 것의 어머니라고 해도 될 것 같아."

데미안은 생각 깊은 눈으로 나를 바라보았다.

"이름까지 들었다니… 대단한데. 넌 운이 좋다. 어머니는 보통 처음 본 사람에게 자기 이름을 알려 주지 않아. 넌 행운아야."

그날부터 나는 그 집을 드나들기 시작했다. 에바 부인의 아들이자 동생 같기도 했고, 어떤 날은 연인 같기도 했다. 정원의 숲을 멀리서 바라보기만 해도 행복했고, 현관문을 열고 들어서는 순간 마음이 기쁨으로 가득 찼다.

바깥에는 '현실'이 있었다. 하지만 그 집 안에는 사랑과 영혼이 있었다. 꿈과 동화도 살고 있었다. 그렇다고 세상과 단절된 것은 아니었다. 우리가 사색하고 이야기할 때는 오히려 세상의 한복판에 더 깊이 들어가 있는 느낌이었다.

우리와 세상 사이에 날카로운 경계선이 있는 것이 아니라, 다만 자라는 밭이 다른 것뿐이었다. 우리에게 주어진 임무는 세상이라는 바다 한가운데서 하나의 섬을 찾는 일, 찾지 못하면 만들어 내는 일이었다. 진부한 기성관념에 묶인 삶의 풍습을 깨고, 다른 형태의 삶이 가능하다는 것을 보여 주는 일.

오랫동안 고독 속에서 살아온 나는, 완전한 고독을 맛본 사람들끼리는 오히려 함께할 수 있다는 것을 알게 되었다. 나는 행복한 사람들의 식탁이나 유쾌한 술자리를 부러워하지 않았다. 그런 곳에 끼고 싶은 마음도 없었다. 그런 이질적인 향락에 무관심한 나는, 한 걸음 한 걸음 '표지'를 가진 사람들의 비밀 속으로 더 깊이 끌려 들어가고 있었다.

'표지' 있는 우리가 세상 사람들 눈에 기묘하고 위험한 존재로 보이는 건 어쩌면 당연했다. 우리는 이미 눈을 떴거나, 눈을 뜨려는 과정에 있는 사람들이었다. 우리의 노력은 내부의 생명을 더 완전하게 하는 데 쓰이고 있었다. 반대로 다른 사람들은, 그들의 의견과 이상과 의무와 행복을 군중의 그것에 딱 붙여 놓는 데 힘을 썼다. 그들에게도 나름의 힘과 용기와 위대함이 있었다.

하지만 우리가 보기엔, '표지' 있는 사람들은 새로움과 개별성, 미래를 향한 자연의 의지를 구현하려 애쓰고 있었고, '표지' 없는 사람들은 현상유지의 의지 속에 살고 있었다. 그들에게 인류는 이미 완성된 존재였고, 지키고 보호하면 그만이었다. 그러나 우리가 보는 인류는 미래를 향해 가는 미완성의 존재였다.

우리 서클에는 에바 부인, 막스, 나 외에도 많은 구도자들이 있었다. 점성술을 하는 사람도, 카발라를 믿는 사람도 있었다. 톨스토이에 몰두한 사람, 신흥 종교를 따르는 사람, 인도의 수련법을 실천하는 사람, 채식주의를 주장하는 사람, 내성적인 사람, 감상적인 사람… 각양각색이었다. 우리 세 사람과 그들 사이의 공통점이 있다면, 서로의 비밀스러운 꿈과 길을 존중한다는 것뿐이었다.

그중에는 고대 문헌을 번역해 주고, 태고의 우상과 의식 삽화를 보여 주며, 인류의 이상이란 결국 무의식의 꿈과 미래의 가능성을 쫓는 예감으로 세워져 왔음을 설명해 주는 사람들도 있었다. 나는 그들을 보며 종종 피스토리우스를 떠올렸다.

이 모든 자료들 속에서, 우리는 현세대와 현대 유럽에 대한 비판을 얻었다. 유럽은 의미도 명분도 없는 노력으로 인류를 죽일 무기를 만들어 냈지만, 그 대가로 영혼을 잃었다. 세계를 움켜쥐었지만, 영혼을 잃은 것이다.

서클 안에는 특정한 구원설을 믿는 사람도 있었다. 유럽을 개종시키려는 불교도, 톨스토이의 사도, 다른 종파 사람들…. 그러나 우리 셋은 그들의 교의를 문자 그대로 믿지 않았다. 상징으로만 받아들였다. '표지' 있는 사람에게 중요한 것은 미래를 설계하는 것이 아니라, 어떤 변화가 오더라도 맞설 준비, 각자가 완전히 '자기 자신'에 이르는 것, 내 안에서 자라는 자연의 싹을 안전하고 올바르게 길러, 운명이 가리키는 대로 살아갈 힘을 갖추는 일이었다.

우리가 그걸 의무이자 운명으로 느낀 까닭은 하나였다. 기존 관념이 무너지고 새로운 것이 태어날 시간이 다가오고 있다는 것을 우리는 이미 피부로 느끼고 있었기 때문이다.

데미안은 네게 종종 말했다.

"다음에 무엇이 올지 상상조차 못 해. 유럽의 영혼은 오랫동안 사슬에 묶인 짐승 같아. 풀려나면, 처음엔 아름다운 행동을 하지는 못하겠지. 하지만 그게 돌아가든 질러가든 상관없어. 영혼의 참된 고뇌가 밝은 곳으로 나오기만 하면 되니까. 사슬이 풀리는 날, 그때가 우리 활동이 시작되는 가장 중요한 순간이야. 그때 세상은 우리를 필요로 한다는 걸 깨닫겠지. 그렇다고 우리가 지도자가 되거나 새로운 입법자가 된다는 뜻은 아니야. 우리가 살아 있는 동안 새 법칙이 적용되는 걸 보긴 어렵겠지. 다만 변화에 맞설 준비가 된 사람, 운명이 가리키는 쪽으로 갈 각오가 선 사람을 말하는 거야. 사람들은 자기 이상이 위협받으면 모험도 할 각오를 해. 그런데 새로운 이상이 마음의 문을 두드리면 도망쳐 버리지. 그때 끝까지 남을 사람은 우리뿐이야. 우리가 '표지'를 가졌기 때문이 아니라, 끝까지 남아 있기 위해 '표지'를 가진 거야. 옛날 카인이 공포와 증오의 채찍으로 인류를 좁은 목가의 세계에서 위험한 넓은 세계로 몰아넣었던 것처럼 말이야. 카인은 운명을 받아들일 각오가 있었기에 그런 힘을 발휘할 수 있었지. 모세도, 부처도 그랬고, 나폴레옹이나 비스마르크도 마찬가지야. 어떤 물결을 따라야 하는지는 개인이 고르는 문제가 아니야. 생물학적으로, 진화론적으로 봐야 해. 지구에 큰 변동이 생겨 물고기가 육지로, 육지 동물이 물로 던져진다면, 그 변동을 견디고 살아남는 건 '운명을 받아들일 각오'가 된 개체뿐이야. 그들이 예전엔 보수였는지 혁명가였는지 우리는 몰라. 하지만 그들에게는 역경 속 종족을 구해 새로운 발전으로 올려놓을 가능성과 용의가 있었던 거야. 우리도 그 각오로 마음을 무장해야 해."

데미안이 이런 말을 할 때, 에바 부인도 대개 조용히 귀를 기울였다. 그러나 그녀가 직접 그런 말을 늘어놓는 일은 없었다.

에바 부인은 데미안과 내 생각을 늘 이해와 신뢰로 받아들였다. 그래서 우리 생각이 그녀에게서 나와 다시 그녀에게로 돌아가는 듯 느껴질 때가 많았다. 그녀 곁에 앉아 목소리를 듣고, 성숙한 영혼의 분위기에 젖는 것은 내게 최고의 행복이었다.

내 마음이 흐려지거나, 내부 세계에 변화가 일어나면 그녀는 즉시 알아차렸다. 내가 꾸는 꿈조차도 그녀가 내 머릿속에 심어 준 것이 아닌가 싶을 만큼, 그녀는 내 정신생활에 절대적인 영향력을 가지고 있었다.

나는 꿈을 꾸면 반드시 그녀에게 이야기했다. 어떤 꿈이든 그녀는 놀라지 않았다. 마치 당연히 찾아오는 환상일 뿐이라는 듯했다. 수많은 꿈 가운데 그녀에게 특별한 의미를 갖는 것은 없어 보였다. 다만 가끔 그녀는 미소를 띠고 말했다.

"싱클레어, 당신 꿈이 전부는 아니겠지요? 당신은 가장 중요한 걸 잊고 있어요."

그 말을 들을 때마다 나는 스스로에게 물었다. '내가 무엇을 잊었지?' 하지만 분명한 답은 찾지 못했다.

나는 때로 욕정 때문에 고통 받았다. 그녀를 눈앞에 두고도 안아 볼 수 없다는 사실이 참을 수 없을 만큼 괴로웠다. 그런 불만까지도 그녀는 알아차렸다.

사흘쯤 그 집에 가지 않았다가, 불만과 공허함을 감추지 못한 얼굴로 다시 찾아가 현관에 들어서면, 그녀는 나를 현관 옆 작은 방으로 데려가 이렇게 말했다.

"사람은 가망 없는 일에 매달리면 안 돼요. 당신이 지금 무엇을 원하는지 나는 알아요. 가능성이 없는 일은, 그게 충동이라 해도 체념해야 하지요. 하지만 체념할 수 없다면, 차라리 철저히 원하고 적극적으로 행동해야 해요. '반드시 이룰 수 있다'는 확신으로 움직이면, 소망은 이루어지기도 해요. 그런데 당신은, 원했다가 곧 후회해요. 그러면 안 돼요. 한 가지 목표를 세우면, 방해되는 것은 제거해야 해요. 남자든 여자든 역경을 이길 의지가 필요해요."

그리고 그녀는 옛이야기 하나를 들려주었다.

별을 사랑한 청년이 있었다. 그는 바닷가에서 두 팔을 하늘로 뻗고 별에게 연정을 바쳤다. 인간이 별을 안을 수 없다는 것을 그는 알았다. 그럼에도 그는 별을 사랑했다. 그것이 자기 운명이라고 믿었고, 그 운명에 순종하며 침묵과 체념과 고뇌의 노래로 마음을 다듬었다.

그러던 어느 날 밤, 절벽 끝에서 별을 바라보며 운명의 연정으로 몸을 태우다가, 그 열망이 극점에 달했을 때 그는 별을 향해 허공으로 몸을 던졌다. 순간 "불가능한 사랑이다"라는 생각이 번개처럼 스쳤지만 이미 늦었다. 그의 몸은 별이 있는 하늘과 반대쪽인 바닷가 암석 위로 떨어져 부서졌다.

에바 부인은 말했다. 그 청년은 '사랑'을 몰랐다고. 허공으로 몸을 던지는 그 순간, 별과의 사랑이 반드시 이루어진다는 확신이 영혼에 있었다면, 그는 정말 하늘로 올라 별과 하나가 되었을지도 모른다고.

그녀는 그 이야기를 끝내며 이렇게 말했다.

"사랑에는 확고한 신념과 의지적으로 움직일 힘이 필요해요. 그런 힘이 있으면 연인의 마음을 끌어당길 수 있어요. 그때는 애걸하거나 요구할 필요도 없어지지요. 그저 상대에게 끌려다니는 사랑은 언제나 슬퍼요. 싱클레어, 당신의 사랑은 지금 나에게 끌려 다니고 있어요. 언제든 좋습니다. 당신의 사랑이 내 마음을 끌어당길 수 있게 되면, 나는 기꺼이 따라가겠어요. 나는 스스로를 바치고 싶지 않아요. 확신과 의지를 가진 사랑에게 '정복'당하고 싶어요."

그녀는 또 다른 이야기도 들려주었다.

이룰 수 없는 짝사랑에 빠진 청년이, 자기 영혼 속에 틀어박혀 쓰디쓴 그림자만 핥으며 죽고 싶어 하던 이야기였다. 그 청년에겐 푸른 하늘도, 아름다운 숲도, 하프 소리도, 시냇물 소리도 없었다. 그는 짝사랑 때문에 세계를 잃었다. 하지만 사랑은 더 깊어졌고 절망도 더 커졌다.

그러다 어느 순간, 그 사랑의 불길이 청년 안의 모든 것을 태워 버리며 방향을 바꾸었다. 사랑은 거대한 힘이 되어 여인의 마음을 끌어당겼다. 그때까지 청년을 외면하던 여인은 마침내 청년을 찾아왔다.

청년은 두 팔을 벌려 여인을 안으려 했다. 그런데 여인이 눈앞에 서는 순간, 그 모습은 여인이 아니라 세계 자체처럼 변해 있었다. 청년은 자기가 잃었던 세계 전체를 자기 힘으로 다시 끌어당겨 곁에 머물게 했다는 사실에 전율했다. 하늘과 숲과 냇물, 모든 것이 새롭고 살아 있는 빛으로 바뀌어 그를 맞이했다. 청년은 단 한 사람의 여인을 얻는 대신, 세계를 품에 안은 것이다.

그 청년은 사랑함으로써 자기 자신을 발견했다.

하지만 대부분의 사람들은 사랑에 빠지면 자기 자신을 잃어버린다.

에바 부인에 대한 내 사랑이야말로 내 삶의 전부라고 믿었던 때가 있었다. 하지만 그 사랑은 날마다 형태를 바꾸었다. 내 마음이 정말로 추구하는 것은 '그녀라는 한 사람'이 아니라는 감정이 고개를 들기도 했고, 그녀는 내 내부 세계의 상징에 지나지 않으며 나를 더 깊이 내 안으로 이끌어 줄 뿐이라는 생각이 또렷해질 때도 있었다.

그녀의 말은, 내 안에서 조급하게 떠오르는 문제에 대한 무의식의 대답처럼 들리기도 했다. 어떤 날은 관능적 욕망으로 온몸이 달아올라, 그녀가 손댄 물건마다 입맞추고 싶은 충동에 사로잡히기도 했다.

내 안에서는 감정의 사랑과 이성의 사랑, 현실과 상상이 점점 복잡하게 얽혔다. 하숙방에서 조용히 그녀를 생각하면, 그녀 손이 내 손을 감싸는 감각과 그녀 입술이 내 입술에 닿는 느낌이 실감처럼 다가왔다. 그런데 정작 그녀 앞에 앉아 그녀 얼굴을 보고 목소리를 들어도, 내가 현실에 있는지 꿈속에 있는지 분간되지 않을 때가 있었다.

나는 어느 순간 깨달았다. 우리가 사랑을 어떻게 하면 영원히 잃지 않을 수 있는지를. 책을 읽고 새로운 인식을 얻는 순간에도, 나는 마치 에바 부인의 입술을 받은 듯한 충만함을 느꼈다. 그녀가 내 머리를 쓰다듬고 성숙하고 향기로운 감정을 웃음에 실어 보내면, 나는 내 내부로 한 걸음 더 들어가는 듯했다.

내게 중요한 운명은 늘 그녀의 모습을 하고 찾아왔다. 에바 부인은 내 마음속에서 자유롭게 얼굴을 바꾸었고, 내 생각도 그녀의 영감 속에서 형태를 바꿔 갔다.

크리스마스가 다가오자, 나는 부모 곁으로 가야 한다는 사실이 두려웠다. 에바 부인 곁에서 2주나 떨어져 있어야 하니까. 하지만 그건 견딜 수 없는 고통이라기보나는, 오히려 묘하게 충만한 일이기도 했다. 집에서 그녀를 생각하고 그리워하는 것 자체가 아름다웠다.

H시로 돌아온 뒤에도, 나는 이틀 동안 일부러 그녀를 찾아가지 않았다. '여자라는 육체'의 속박에서 잠시 벗어나, 더 건전한 내 정신생활을 즐기고 싶었기 때문이다.

그 무렵 나는 꿈을 꾸었다. 그녀와 나의 결합이 새로운 방식으로 이루어지는 꿈이었다.

그녀는 바다였고, 나는 강이었다. 강은 바다로 흘러들었다. 나는 그녀 속으로 스며들었다.

그녀는 별이었고 나도 별이었다. 나는 그녀를 찾아갔고, 그녀도 나를 찾아왔다. 두 별은 서로를 끌어당기며 만나고, 영원히 떨어지지 않은 채 서로의 주위를 돌았다.

나는 그 꿈을 에바 부인에게 이야기했다.

"아름다운 꿈이네요."

그녀는 조용히 말했다.

"그 꿈을… 현실로 옮겨 보세요."

이른 봄, 내 생애에서 잊을 수 없는 날이 찾아왔다. 나는 그 집 현관으로 들어섰다. 창문은 열려 있었고, 따뜻한 바람이 히아신스의 그윽한 향기를 방 안으로 실어 나르고 있었다.

나는 데미안의 서재로 갔다. 평소 같으면 노크하고 대답을 기다렸겠지만, 그날은 그러지 않았다. 방 안은 어두컴컴했다. 커튼은 하나도 걷혀 있지 않았고, 옆의 화학 실험실로 통하는 문이 열려 있어 구름 사이로 나온 햇빛이 희미하게 비쳤다.

나는 아무도 없는 줄 알고 커튼을 젖혔다. 그때 창가 의자에 웅크리고 앉아 있는 데미안을 보았다. 그 모습이 낯설게 느껴지는 순간,

내 가슴을 뚫고 들어오는 듯한 생각이 스쳤다.

'이 장면을… 나는 예전에 한 번 본 적이 있다.'

데미안은 두 팔을 힘없이 늘어뜨리고 손을 가볍게 무릎 위에 올려두었다. 고개를 숙인 얼굴은 죽음의 그늘에 덮인 것 같았고, 눈빛은 날카로우면서도 생기가 없었다. 숨을 쉬지 않는 듯했다.

기억이 되살아났다. 소년 시절, 데미안이 똑같은 자세로 앉아 있던 순간. 눈은 내부 세계를 응시하고, 힘 빠진 손은 무릎에 나란히 놓여 있었고, 파리 한 마리가 얼굴을 기어 다녔다. 그때가 아마 육 년 전쯤이었는데, 얼굴은 늙지도 젊어지지도 않은 그대로였다.

나는 겁이 나서 아무 말도 못 하고 밖으로 나왔다. 현관에서 에바 부인을 만났는데, 그녀는 몹시 피로하고 창백해 보였다. 나는 그런 얼굴을 본 적이 없었다. 그 순간 창밖을 지나간 그림자가 햇빛을 삼켜 버리는 듯했다.

"막스 방에서 나오는 길입니다. 무슨 일이 있습니까? 제가 들어가도 전혀 반응이 없어요. 자고 있는 건지, 내부에 잠긴 건지, 다른 생각을 하는 건지 모르겠습니다. 몇 년 전에도 그런 모습을 본 적이 있습니다."

내가 다급히 말하자, 그녀는 물었다.

"그 애를 깨우진 않았겠지요?"

"아닙니다. 제가 들어간 것도 모르고 있어요. 에바 부인, 대체 무슨 일입니까?"

그녀는 손등으로 이마를 문질렀다.

"걱정하지 마요, 싱클레어. 아무 일 없어요. 그 애는 그저 자기 안에 잠겨 있을 뿐이에요. 오래 계속되지는 않아요."

그러고는 비가 오는데도 정원으로 나갔다. 나는 따라가서는 안 될 것 같았다. 현관 안을 왔다 갔다 하며 히아신스 향을 맡고, 문 위의 새 그림을 바라봤다. 무슨 일이 일어나는 걸까.

잠시 후 에바 부인이 들어와 구석의 안락의자에 앉았다. 검은 머리에 빗방울이 이슬처럼 맺혀 있었다. 몹시 지쳐 보였다. 나는 다가가 허리를 숙여, 빗방울 맺힌 머리에 입맞추었다. 그녀의 눈은 맑고 고요했지만, 머리의 빗방울은 눈물처럼 짠맛이 났다.

"막스에게 가 볼까요?"

내가 속삭였다.

그녀는 엷게 웃었다.

"어린아이 같은 소리 말아요, 싱클레어."

그리고 마치 가슴속 둑을 무너뜨리려는 듯, 크게 말했다.

"오늘은 그만 가요. 나중에 다시 와요. 지금은 당신과 이야기할 수 없어요."

나는 돌아 나왔다.

나는 집과 거리를 떠나 산으로 올라갔다. 가느다란 빗줄기가 얼굴을 비스듬히 때렸다. 무거운 구름이 공포에 쫓기듯 머리 위를 달렸다. 아래는 바람이 없는데 위쪽에서는 폭풍이 일어나는 듯했다.

태양이 두꺼운 잿빛 구름을 헤치고 몇 번 얼굴을 내밀었다. 그러다 누런 구름이 퍼져 흘러오다가 잿빛 구름에 부딪혔다. 바람이 일렁이더니, 구름으로 거대한 새 한 마리가 만들어졌다. 그 새는 하늘 높이 날개쳐 올랐다. 곧 폭풍이 울고, 비와 바람과 우박이 뒤섞여 쏟아졌다. 벼락이 비에 젖은 풍경 위로 떨어졌다. 번개가 사라지자 태양이 다시 얼굴을 내밀었고, 갈색 숲 너머 산의 눈이 창백하게 햇빛을 반사했다.

몇 시간이 지나, 바람에 불리고 비에 젖은 채 돌아왔을 때 데미안이 문을 열어 주었다. 그는 나를 자기 방으로 데려갔다. 실험실에는 종이와 기구들이 널려 있었고, 가스등이 그 위를 비추고 있었다. 무언가 실험을 하던 모양이었다.

"앉아, 싱클레어."

데미안이 말했다.

"피곤하지? 날씨가 대단했어. 그런데 왜 그렇게 오래 밖에 있었니? 곧 홍차가 나올 거야."

"오늘은 기분이 이상해. 무슨 일이 터질 것 같아. 폭풍우 정도로는 성이 차지 않아."

나는 잠시 망설이다가 덧붙였다.

"뭔가… 봤어."

데미안은 내 얼굴을 살피듯 보았다.

"뭘 봤는데?"

"그 새. 구름 속에서. 잠깐이었지만."

"새?"

"응."

"네가 꿈에서 보고 그렸던 그 맹조 말이지?"

"맞아. 그런데 오늘 본 건… 훨씬 큰 새였어."

데미안은 길게 한숨을 쉬었다. 마침 노크 소리가 나고 늙은 하녀가 홍차를 가져왔다.

"마셔. 싱클레어. 난 네가 우연히 그 새를 본 게 아니라고 생각해."

"당연히 아니지. 그런 걸 어떻게 우연히 봐."

"그래. 우연이 아니야. 네가 본 그 새엔 의미가 있어."

"무슨 의미?"

"모르겠니?"

"절박한 감정이라는 건 알겠어. 하지만… 그 밖에 더 있어?"

"있지."

데미안은 방 안을 힘 있게 오갔다.

"운명으로의 한 걸음, 나도 어젯밤 그런 꿈을 꿨어."

그는 감격한 듯 말했다.

"어머니도 어제 비슷한 예감을 느꼈고. 내 꿈은 사다리를 타고 높은 탑으로 올라가는 거였어. 꼭대기에 올라가 내려다보니 평야의 도시와 마을이 전부 불에 휩싸여 있었지. 불바다였어. 아직 꿈을 다 말하긴 어려워. 나도 확실히 이해 못하는 부분이 있어."

"그게 너 자신에 관한 꿈이라고 생각해?"

"물론이지. 누구도 자기와 무관한 꿈을 꾸진 않아. 하지만 이번 건 나 하나의 꿈이 아니야. 너와도 관계있고, 어머니와도 관계있어. 너 말이 맞아. 나는 개인적 꿈과 인간 전체의 운명을 암시하는 꿈을 엄밀하게 구분해. 후자는 좀처럼 오지 않지. 예언이라고 할 만한 꿈을 꾸기도 어렵고. 그런데… 어젯밤 꿈은 개인적인 꿈이 아니야. 그래서 나는 말할 수 있어. 나는 그 꿈에서 예감을 받고 있어. 몇 년 전부터 계속 꾸어온 꿈들이 있어. 그 예감으로 실마리를 찾아 결론을 얻는 거야. 싱클레어, 세계가 썩어 간다는 건 다 아는 사실이지. 하지만 그 사실만으로 멸망을 예언할 수는 없어. 근거가 부족하니까. 그런데 나는 근거가 되는 꿈을 오래전부터 꾸어 왔어. 그래서 확신해. 밝은 세계의 붕괴가 다가오고 있어. 단순한 느낌이 아니라 확신이야. 우리는 곧 우리가 말했던 것을 실제로 겪게 될 거야. 새로운 세계가 태어나려 하고 있어. 죽음의 냄새가 나. 죽음 없이는 새것이 태어나지 않아. 내가 생각하는 것보다 훨씬 무서운 길을 거쳐야 세계는 바뀔 거야."

나는 놀라 그의 얼굴을 보았다.

"나머지도 말해 줄 수 없어?"

"그건… 아직은 안 돼."

바로 그때 문이 열리고 에바 부인이 들어왔다.

"어머, 둘이 같이 있네! 설마 비관하고 있는 건 아니겠지?"

그녀의 얼굴엔 다시 생기가 돌고 있었다. 조금 전의 피로는 흔적도 없었다. 데미안은 미소를 보였다. 그녀는 마치 겁먹은 아이들 곁으로 다가가듯 우리에게 다가왔다.

"비관 같은 건 안 해요, 어머니."

데미안이 말했다.

"우리는 수수께끼를 조금 풀어 보던 중입니다. 요즘 징조가 많으니까요. 하지만 그런 건 문제 아닙니다. 변동이 일어날 거라면 차라리 빨리 일어나는 게 좋아요. 그래야 우리가 알아야 할 걸 알고, 겪어야 할 걸 겪을 테니까요."

나는 언짢아졌다. 작별 인사를 하고 혼자 현관문을 나설 때, 히아신스 향기가 문득 송장 냄새처럼 변한 듯 느껴졌다.

어느새 하나의 그림자가, 이미 우리 머리 위에 드리워져 있었던 것이다.

종말의 시작

나는 내가 말했던 대로 여름 학기에도 H시에 남아 있었다. 나는 거의 데미안의 집에서 살다시피 했다. 우리는 주로 강둑 옆의 넓은 정원에서 대부분의 시간을 보냈다. 일본인도 떠났고 톨스토이를 따르던 사람도 떠나, 결국 남은 건 우리 셋뿐이었다. 데미안은 말을 한 마리 들여 매일같이 타고 돌아다녔고, 그 덕분에 나는 그의 어머니와 단둘이 있게 되는 일이 잦았다.

가끔은 내 생활이 이렇게까지 고요하고 평화로운 것이 낯설어 놀라곤 했다. 오래도록 고독과 체념에 시달리며 자기 고뇌와 악전고투하던 내게, 이 여름 몇 달을 보낸 H시는 꿈속의 섬나라 같은 낙원이었다.

이 낙원에서는 아름답고 유쾌한 감정 속에서, 여유 있게 살아도 되는 듯했다. 나는 이것이 우리가 말하던 '고차원의 공동생활'이 모습을 드러내기 전조일지도 모른다고 생각했다.

그런데 그 행복은 때때로 길고 어두운 비애의 그림자에 덮이곤 했다. 꿈속 황홀경 같은 상태가 오래 지속되리라 믿기 어렵다는 것을, 내 스스로 알고 있었기 때문이다.

나는 고통도 부자유도 모르는 안온한 삶을 살도록 태어난 사람이 아니었다. 나는 고통을 겪어야 했고, 고독을 피해 이리저리 쫓겨다니며 살아야 할 사람이었다. 그런 의미에서 내게는 고통과 고독이 필요했던 셈이다. 그래서 언젠가 나는 그 아름다운 사랑의 꿈에서 깨어나, 다시 고통과 고독을 씹어 삼키는 생활로 돌아가게 될지도 모른다는 생각을 지울 수 없었다.

만약 그렇게 된다면.

'나는 낯선 사람들만 사는 차가운 세계에서 진짜 외톨이가 되겠지.'

'그 세계엔 평화도 협동도 없고, 오직 고뇌와 고독과 투쟁뿐이겠지.'

나는 그런 미래를 반쯤 체념하듯 상상하곤 했다.

그 달갑지 않은 생각이 자꾸 떠오를수록, 내 운명에 대한 그리움은 더 커졌다. 그래서 나는 한시도 에바 부인의 곁에서 떨어지려 하지 않았다. 그녀 없이 단 하루도 살 수 없을 것만 같았다. 그녀 곁에서 그녀의 얼굴을 보고, 목소리를 듣고, 체취를 맡으며, 내 운명이 아직도 조용하고 건전하고 아름답게 나를 감싸 준다는 사실에 깊은 감사와 환희를 느꼈다.

여름의 몇 주는 눈 깜빡할 사이에 지나갔다. 이별의 날이 점점 가까워지고 있었다. 그러나 이별의 슬픔을 미리 끌어당겨 생각하는 것은 금물이었다.

나는 그런 생각을 불러오는 것들에는 아예 눈을 돌리지 않았다. 꿀이 흐르는 꽃에 내려앉은 나비처럼, 나는 내 운명과 함께하는 아름다운 나날에 꼭 달라붙어 있었다. 내 생애에서 가장 아름답고 달콤했던 황금시대였다. '표지'를 가진 사람들의 공동체 안에 들어가 있던 시대였고, 꿈을 현실로 옮겨 살던 시대였으며, 내 삶이 처음으로 '내부'에 충실해졌던 시대였다.

하지만 그 시간이 지나가면, 그 다음엔 어떤 생활이 찾아올까. 나는 다시 운명을 그리워하며 예전처럼 꿈과 환상 속을 맴돌게 될까. 또다시 고독 속으로 떨어져 외톨이가 될까.

어느 날, 그런 예감이 한꺼번에 맹렬한 기세로 밀려드는 것을 느꼈다. 그 순간 에바 부인에 대한 사랑이 갑자기 불꽃을 튀기며 타오르기 시작했다.

이별과 환멸!

도대체 나는 어디로 가야 하는가? 이별이 코앞이다. 헤어지면 끝이다. 그녀의 얼굴도, 묵직한 발자국 소리도 더는 들을 수 없다. 그녀에게서 받은 꽃향기도 맡지 못한다. 내 운명은 완전히 내게서 떠나버리는 것 아닌가. 나는 무엇을 얻었단 말인가! 그녀를 내 손에 넣기 위해 싸운 것도 아니고, 그녀를 영원히 내 곁에 머물게 하기 위해 몸부림친 것도 아니었다. 나는 그저 꿈속에서 기분 좋게 흔들리기만 했을 뿐 아닌가.

그녀는 참다운 애정에 대해, 내가 평생 잊지 못할 말을 한 적이 있다. 그런데 나는 그 뜻을 올바로 이해했고, 그에 걸맞은 행동을 했던가? 아무것도 하지 않았다. 아무것도.

나는 방 한가운데 서서 온 의식을 집중해 에바 부인을 떠올렸다. 내 애정을 느끼게 하고, 그녀의 마음을 끌어당기기 위해, 나는 내 영혼의 힘을 있는 대로 쥐어짰다. 그녀는 내 곁으로 올 것이다. 그녀는 내 품에 안기기를 열망하고 있다. 내 입술은 그녀의 성숙한 입술을 깊게 빨아들이게 될 것이다.

그 생각에 잠겨 있는 동안, 내 몸은 발끝과 손끝에서부터 서서히 차가워졌다. 그리고 힘이 쭉 빠져나가는 것이 또렷한 의식으로 느껴졌다.

그 순간 내 가슴속에서 정체를 알 수 없는 무엇인가가 단단히 뭉쳐졌다. 마치 수정 덩어리를 품은 듯 맑고 시원했다. 다음 순간 얼음상 깊은 냉기가 목구멍까지 치밀어 올랐다. 이것이다―나는 직감했다. 바로 이것이 '내 자아'다.

무서운 긴장이 풀리려는 찰나, 나는 인기척을 느꼈다. 누군가 이쪽으로 오고 있었다. 에바 부인―나는 황홀한 기분으로 그녀가 방으로 들어오기를 기다렸다.

그때 큰길 쪽에서 말발굽 소리가 들려오더니, 현관 앞에서 뚝 멈췄다. 나는 창가로 달려가 밖을 내다봤다. 데미안이 말에서 내리고 있었다. 나는 계단을 뛰어 내려갔다.

"무슨 일이야, 데미안? 어머니께 무슨 일이라도 생긴 거야?"

데미안은 대답 대신, 아직 거친 숨을 가라앉히지 못한 말을 정원 울타리에 매어 두고는 내 손목을 잡아끌었다. 얼굴빛은 몹시 창백했고, 이마에 맺힌 식은땀이 양 뺨을 타고 흘렀다.

"너도 들었니? 일이 터졌어. 러시아와 사이가 나빠지고 있었다는 건 너도 알지?"

"뭐라고? 그럼 전쟁이 난다는 거야? 난 그런 건 생각도 못 했어."

엿듣는 사람 하나 없는데도 나는 저도 모르게 목소리를 낮췄다.

"아직 선전포고는 아니야. 하지만 전쟁이 시작되는 건 확실해. 사실 난 너를 괴롭히고 싶지 않아서 말하지 않았지만, 전쟁이 나리라는 건 오래전부터 알고 있었어. 징조를 예감으로 세 번이나 느꼈거든. 세계 멸망이나 지진, 혁명이 아니라, 전쟁이야. 전쟁이 시작되는 거지. 사람들은 전쟁을 일종의 즐거움처럼 여겨. 그러니 기뻐하는 것도 당연해. 싱클레어, 이 말이 무슨 뜻인지 알겠니? 그만큼 사람들은 단조롭고 지겨운 삶을 산다는 거야. 너도 곧 알겠지만, 이번 전쟁은 한 지역에만 머무는 전쟁이 아니야. 전 세계로 번지는 대전이 될 거야. 전쟁이 시작되면 동시에 새로운 세계도 시작되지. 낡은 세계에 매달린 사람들에겐 소름 끼치도록 무섭게 보일 거야. 너는 어떻게 할 생각이야?"

"아직 생각해 본 적 없어. 너는?"

데미안은 어깨를 움츠렸다.

"동원령이 내려오면 바로 입대할 거야. 난 소위 계급장을 달게 돼."

"네가? 그건 처음 듣는데…."

"당연하지. 말한 적 없으니까. 어쨌든 일주일 뒤면 전쟁터로 나가."

"뭐, 일주일 뒤에?"

"그렇게 놀랄 것 없어. 전쟁 얘기를 할 땐 감상에 빠지면 안 돼. 살아 있는 사람을 겨냥해 총을 쏘라는 명령을 받는 건 즐거운 일이 아니지. 하지만 그런 건 부차적인 문제야. 이번 전쟁에선 우리 모두 커다란 수레바퀴 아래 깔릴지도 몰라. 너도 예외가 아니고. 너에게도 틀림없이 소집영장이 올 거야."

"그럼… 네 어머니는?"

그 말이 입에서 튀어나오는 순간, 나는 불과 십오 분 전의 일을 떠올렸다. 나는 내 운명의 아름다운 모습을 불러내기 위해 영혼의 힘을 다 쥐어짜고 있지 않았던가. 그런데 지금, 그 운명은 무서운 얼굴로 나를 노려보는 듯했다.

"어머니? 어머니는 걱정 없어. 어머니만큼 단단한 마음을 가진 사람도 드물지. 그런데 싱클레어, 너… 어머니를 그렇게 좋아하니?"

"그걸 알고 있었어, 데미안?"

"넌 아직 어린아이구나. 내가 모를 줄 알았나. 진작부터 알고 있었지. 우리 어머니를 '에바 부인'이라고 부르는 사람치고 어머니를 좋아하지 않은 사람은 없어. 그런데 아까… 누굴 불렀지? 어머니를 불렀어? 아니면 나를?"

"불렀어. 에바 부인을 불렀어."

"어머니도 알아챈 모양이야. 예감으로 느낀 거지. 러시아 얘기를 하다가 갑자기 표정이 달라지더니 그러시더라. '싱클레어가 나를 부르는 것 같으니 네가 대신 빨리 가라'고."

데미안은 울타리에 매어 둔 말고삐를 풀어 훌쩍 말에 올라탔다.

나는 방으로 들어왔다. 그제야 내 몸과 마음이 피로에 찌들어 있다는 걸 알았다. 데미안의 말을 들은 탓도 있었겠지만, 그가 오기 전 몇 분 동안 내가 너무나 팽팽하게 긴장하고 있었기 때문이기도 했다. 그러나 피로의 이유 따위는 중요하지 않았다.

에바 부인은 내 영혼의 소리를 들은 것이다. 한결같은 내 연정이 영혼의 힘을 타고 그녀에게 전해진 것이다. 그런데 왜 그녀는 직접 오지 않고 데미안을 보냈을까.

각오는 이미 서 있었다. 나는 에바 부인의 집으로 갔다. 정원 안 정자에서 그녀와 함께 저녁을 먹었다. 전쟁 이야기는 한 마디도 하지 않았다. 내가 돌아가려 할 때 에바 부인이 말했다.

"싱클레어, 오늘 당신은 나를 불렀지요? 그런데 왜 내가 직접 가지 않고 막스를 대신 보냈는지… 이제는 알겠지요? 당신은 이제 나를 부르는 방법을 알았어요. 내가 필요할 때는 언제든 그렇게 불러요. 이마에 '표지'가 붙은 사람에게 용무가 있을 때면 언제나…."

그녀는 정자에서 나와 정원을 거닐기 시작했다. 많은 별들이, 이 신비로운 여자의 머리 위에서 반짝이고 있었다.

내 이야기도 이제 거의 끝에 다다랐다. 정세는 급변했고, 곧 전쟁이 시작되었다. 데미안은 군복 위에 회색 외투를 걸친 기묘한 모습으로 전선으로 떠났다. 얼마 지나지 않아 내게도 소집령이 내려왔다. 에바 부인 아니, 내 운명과 헤어질 날이 온 것이다.

내가 떠나던 날, 그녀는 타는 듯한 시선을 내 얼굴에 쏟아 붓고는 나를 힘껏 껴안아 뜨겁게 키스했다.

온 국민이 한 덩어리가 된 듯 보였다. 전쟁이 시작되자 '조국'과 '명예'라는 말이 일상에서 사라지지 않았다. 그것은 대부분의 사람들에게 곧 '운명'을 뜻하는 말이었다.

젊은 남자들이 전선으로 가기 위해 기차를 탈 때, 나는 그들의 얼굴을 유심히 살폈다. 그리고 이마에 '표지'가 붙은 사람들이 많다는 것을 확인했다. 그것은 우리가 말하던 표지와 똑같은 것은 아니었다. 그러나 사랑과 죽음을 뜻하는, 아름다운 위엄이 가득한 표지였다.

나는 낯모르는 사람들에게서 포옹과 악수와 키스를 수도 없이 받았다. 나는 그들의 기분을 이해할 수 있었다. 그들이 전선으로 떠나는 나를 격려한 것은 운명의 의지 때문이 아니라, 순간적인 자기도취 때문이었다. 하지만 그 도취는 신성했다.

내가 전선으로 나갔을 때는 이미 겨울이었다. 치열한 사격전이 벌어지는 것을 보며 흥분을 느끼기도 했지만, 얼마 지나지 않아 전쟁이라는 것 자체에 환멸과 회의를 품게 되었다.

예전의 나는 '왜 사람들은 이상을 구현하며 사는 일을 그토록 꺼릴까, 왜 그런 사람을 만나기는 그토록 어려울까' 그런 생각을 여러 번 했다. 그러나 전쟁이 시작된 뒤 내 관점은 달라졌다. 나는 모든 인간이 '이상'을 위해서라면 죽을 수도 있다는 가능성을 발견했다. 다만 그것은 개인이 제멋대로 선택한 이상이 아니라, 인류에게 공통된 '집단적 이상'의 경우였다.

시간이 흐르며 나는 점점, 인간의 가치를 내가 과소평가하고 있었다는 사실을 깨달았다. 언제 목숨이 날아갈지 모르는 위험한 전투와 고된 전방 근무 속에서 사람들은 지나치게 획일적인 존재가 되어 있었지만, 살아 있는 사람도 죽어가는 사람도 모두 자기 운명의 의지를 따르고 있었다.

증오나 분노 같은 근원적 감정, 야성적인 감정이 '적'에게 향하고 있는 것은 아니었다. 그 피비린내 나는 작용은 내면을 향한 방사, 자기분열에 빠진 영혼의 방사에 지나지 않았다. 광란에 빠진 영혼이 살육과 파괴를 일삼다가 마침내 스스로 멸망하려 한 것은, 죽은 뒤 새로 태어나기 위해서였다.

거대한 새가 알에서 나오기 위해 싸우고 있는 것이다. 그 알은 세계였다. 세계는 산산이 부서져야만 했다.

이른 봄의 어느 날 밤, 나는 우리 편이 점령한 농가 앞에서 보초를 서고 있었다. 생각날 때마다 한 번씩 불어오는 듯한 바람에 밀려, 플랑드르 평야의 상공을 뭉게구름이 떼지어 지나갔다. 그 구름 뒤 어딘가에는 달이 숨어 있는 듯도 했다.

나는 정체 모를 불안에 싸인 채, 에바 부인과 데미안을 떠올렸다. 가늘게 떨리는 구름의 밝은 부분이 거대한 그림처럼 보였다. 내 맥박은 이상할 만큼 약해졌고, 내 피부는 바람과 비에도 거의 무감각할 정도로 둔해졌는데, 마음속에서는 불꽃이 튀고 있었다. 이로 미루어, 나를 인도할 사람이 어딘가 가까이에 틀림없이 있다고 생각했다.

구름 속에 큰 도시가 보였다. 수많은 사람들이 그 도시에서 흘러나와 떼를 지어 넓은 지역으로 흩어졌다. 그 군중 한복판에 거대한 신의 모습이 나타났다. 태산처럼 거대한 몸집, 머리 둘레에 반짝이는 별들을 여러 개 두른 신은 에바 부인을 닮아 있었다. 사람들은 그 여신의 품속으로 빨려 들어갔다.

여신은 사람들을 끌어안은 채 대지 위에 웅크리고 앉아 눈을 감았다. 한 줄기 서광이 흘러와 여신의 이마에 붙은 '표지'를 비추자, 여신의 큰 얼굴이 고통으로 일그러졌다. 여신은 갑자기 비명을 질렀다. 순간, 머리 둘레에 있던 별들이 사방으로 흩어졌다. 수천 개는 되었을 것이다. 아름다운 별들이었다.

그 별들 가운데 하나가 윙윙 소리를 내며 내 쪽으로 날아오더니, 바위에 부딪친 듯 불꽃을 튀기며 산산이 부서졌다. 내 몸은 허공으로 떠올랐다가 다시 땅으로 떨어졌다. 세계는 머리부터 붕괴했다. 나는 상처투성이가 되어 포플러 나무 옆에 쓰러졌다.

나는 차에 실려 부상병 수용소에 도착했다. 그때는 의식을 되찾아 있었다. 내가 누운 매트리스 옆에 또 하나의 매트리스가 있었고, 한 님지기 거기 누워 있었다. 그가 내 쪽으로 돌아누워 내 얼굴을 뚫어지게 바라봤다. 그의 이마에도 '표지'가 있었다. 막스 데미안이었다.

나는 아무 말도 할 수 없었다. 그도 마찬가지였다. 우리는 무한하다고 해도 될 만큼 긴 시간, 눈 한번 깜박이지 않고 서로를 바라보았다. 시간이 흐른 뒤, 우리는 코끝이 닿을 만큼 얼굴을 바짝 가까이 했다.

"싱클레어."

그가 속삭였다.

"프란츠 크로머를 아직 기억하니?"

나는 대답 대신 눈을 깜박이며 웃어 보였다. 말은 나오지 않았지만, 웃을 수는 있었다.

"잘 들어, 싱클레어. 난 곧 여길 떠나야 할 것 같아. 너는 언젠가 다시 나를 찾게 될 거야. 하지만 그때는 네가 부른다고 예전처럼 말이나 기차를 타고 너에게 갈 수 없어. 그때는 네 자신의 목소리에 귀를 기울여 봐. 네 마음속에 내가 있다는 걸 알게 될 테니까. 알겠지? 그리고 한 가지 더. 내 어머니 아니, 에바 부인이 네게 전한 말인데, 네게 어떤 이변이 생기면 내가 대신 키스해 주라고 했어. 나는 에바 부인의 키스를… 네 몫까지 받았어. 눈을 감아, 싱클레어."

나는 눈을 감았다. 그리고 데미안의 키스를 입술에 느꼈다. 데미안의 입술을 통해 에바 부인의 키스를 받은 나는 무아의 경지로 들어갔고, 다시 깊은 잠에 빠져들었다.

누가 흔들어 깨우는 듯해 눈을 떠 보니 아침이었다. 옆의 매트리스에는 낯선 남자가 누워 있었다.

나는 치료를 받았다. 상처에 약을 바르고 붕대를 감는 일은 몹시 고통스러웠다. 그러나 다행히도, 열쇠를 찾아 마음의 문을 열고 내 안으로 들어가기만 하면, 나는 모든 고통에서 벗어날 수 있었다.

내부 세계 깊숙한 곳의 마음의 거울에는 운명의 모습이 비치고 있었다. 그리고 어두운 거울 위로 허리를 굽히기만 하면 나 자신의 모습도 볼 수 있었다.

거울 속 그 보습은, 내 친구이자 내 인도자였던 그 남자를 닮아 있었다.

싯다르타

Siddhartha
Eine indische Dichtung

1부

바라문의 아들

햇빛이 사선으로 스미는 집의 그늘, 나룻배가 금방이라도 닿을 듯 가까이 떠 있는 강둑, 사라수 나무들이 우거진 숲, 그리고 무화과나무 아래 짙고 깊은 그늘…. 그 모든 곳에서 싯다르타는 바라문의 아름다운 아들이자 총명한 소년으로 자라났다. 그는 같은 바라문의 아들인 친구 고빈다와 늘 함께 성장했다.

강가에서 몸을 씻어 목욕재계를 올릴 때면, 제사의 뜨거운 햇살 아래 그의 빛나는 어깨는 서서히 그을려 갔다. 망고나무 숲에서 또래들과 뛰놀 때도, 어머니가 노래를 불러 주는 저녁에도, 신성한 의식을 행할 때도, 학자인 아버지에게 가르침을 받을 때도, 현자들과 문답을 주고받을 때도 그의 검은 눈동자에는 언제나 말로 설명하기 어려운 그늘이 스쳐 지나갔다. 마치 마음 깊은 어딘가에서, 아직 채워지지 않은 무엇이 조용히 밀려오는 듯했다.

그는 오래도록 현자들의 토론 자리에 앉아 고빈다와 함께 논변을 익혔고, 스스로를 돌아보는 법과 명상의 규율도 배웠다. 이미 그는 '말 중의 말'이라 불리는 옴OM을 소리 없이 되뇌는 법을 알고 있었다. 영혼을 한 점에 모아 사유가 맑아지고, 정신의 빛이 이마를 둘러싸는 듯한 순간이 오면, 숨을 들이마실 때는 자기 안쪽을 향해, 숨을 내쉴 때는 바깥을 향해 그 말을 조용히, 끊임없이 반복했다. 그때마다 그는 자신의 존재 가장 깊은 곳에서 우주와 하나인, 불멸의 실재인 아트만Atman이 살아 움직이는 듯한 느낌을 받곤 했다.

싯다르타의 아버지는 아들이 지식에 대한 갈망으로 불타며 빠르게 배워 가는 모습을 볼 때마다 가슴이 기쁨으로 뛰었다. 그는 아들이 언젠가 위대한 현자나 사제, 바라문 가운데 우두머리로 자라날 것이라 굳게 믿었다. 어머니 또한 강인하고 아름다운 아들, 싯다르타가 걷고 앉고 서며 호리호리한 다리로 고요히 움직이는 모습을 볼 때마다 마음이 환해졌다.

그가 흠잡을 데 없는 예로 경의를 표하고 인사를 올릴 때면, 어머니의 마음은 말할 수 없이 따뜻해졌다. 가느다란 입술, 왕처럼 당당한 눈빛, 어둠 속에서도 빛나는 듯한 이마를 지닌 싯다르타가 마을 골목을 지나갈 때면, 바라문의 젊은 딸들의 가슴엔 잔잔한 사랑이 물결쳤다.

그러나 누구보다도 싯다르타를 사랑한 이는 그의 친구, 바라문의 아들 고빈다였다.

고빈다는 싯다르타의 눈빛과 부드러운 목소리를 좋아했고, 그의 걸음걸이와 완벽하게 예를 갖춘 몸짓을 사랑했다. 싯다르타가 하는 말과 행동은 모두 고빈다에게 귀하고 눈부셨다. 무엇보다 고빈다가 깊이 사랑한 것은, 고매한 사상과 뜨거운 의지, 높은 사명감이 깃든 그의 영혼이었다.

고빈다는 알고 있었다. 싯다르타는 결코 평범한 바라문으로, 혹은 부패한 제관으로, 주문이 적힌 부적에 매달리는 탐욕스러운 상인으로, 허영에 취한 연사로, 비열하고 불성실한 사제로, 혹은 착하지만 어리석은 양떼 중 한 마리로 남지 않으리라는 것을. 그리고 고빈다 자신도 그런 무리 속 "그저 그런 한 사람"이 되고 싶지 않았다. 그는 존경하고 사랑하는 싯다르타의 뒤를 따르고 싶었다. 언젠가 싯다르타가 신적인 경지에 올라 영광의 자리에 들게 된다면, 고빈다는 친구이자 동료로, 때로는 하인처럼, 창을 든 호위로, 그림자처럼 곁을 지키는 존재로 남고 싶었다.

이렇듯 싯다르타는 누구에게나 사랑받았다. 그는 사람들에게 기쁨의 근원이 되어 주었고, 그가 있는 곳마다 공기가 한층 밝아졌다.

그런데도 정작 싯다르타 자신은, 자기 자신의 기쁨이 되지 못했다.

무화과나무 정원의 장밋빛 길을 걸을 때도, 푸르스름한 숲그늘 아래 앉아 명상에 잠길 때도, 날마다 참회하며 팔다리를 씻을 때도, 망고나무 숲의 어둑한 그늘 속에서 제사를 올릴 때도—그는 완벽한 예의로 사랑을 받으면서도, 마음 한가운데는 끝내 비어 있었다. 그 비어 있음은 아무리 의식을 반복해도, 아무리 아름다운 말과 지혜를 외워도 채워지지 않았다.

꿈과 쉬지 않는 생각들이 그의 마음속 강물 위로 흘러왔다. 밤하늘의 별빛에 반짝였다가, 아침 햇살에 녹아 사라졌다. 꿈과 영혼의 초조함은 제사의 향연처럼 스며들고, 리그베다의 시구에서 피어오르는 연기처럼 감돌았으며, 늙은 바라문들의 가르침에서 한 방울씩 떨어지는 물처럼 그의 가슴속으로 천천히 스며들었다.

싯다르타는 어느 때부터인가 가슴속에 불만을 품기 시작했다. 아버지와 어머니의 사랑, 그리고 고빈다의 사랑이 자신을 영원히 행복하게 해 주지도, 충족시켜 주지도, 완전히 만족시켜 주지도 못한다는 사실을 그는 점점 더 선명히 느꼈다.

존경할 만한 아버지와 다른 스승들, 지혜로운 바라문들은 그들이 가진 지혜 가운데 가장 뛰어나고 좋은 것들을 이미 그에게 전해 주었다. 그들의 지식은 그의 그릇에 가득 부어졌다.

그런데도 싯다르타는 자신의 정신이 만족하지 못하고, 영혼은 기쁘지 않으며, 심장은 여전히 허기진 듯하다고 느꼈다. 채워야 할 곳이 따로 있는데, 엉뚱한 것을 아무리 채워도 소용이 없는 느낌이었다.

목욕재계는 좋은 일이었다. 그러나 물은 결국 물일 뿐, 죄를 씻어 내지 못했다. 물은 영혼의 갈증을 치료하지 못했고 마음속 두려움도 덜어 주지 못했다. 제사와 신을 향한 기도는 훌륭해 보였다. 하지만 정말 그것이 전부일까? 제사를 지내는 일이 행복한 미래를 가져다줄까? 그리고 그 행복은 과연 신들과 어떤 관계가 있을까?

정말 프라야파티가 세상을 창조했을까? 오히려 오직 하나뿐인 유일자, 아트만이 창조한 것은 아닐까? 그렇다면 신들 또한 창조주가 아니라, 나와 너처럼 만들어져 시간에 휩쓸리는 덧없는 존재가 아닐까? 그런데도 신에게 제사를 올리는 일이 정말 옳고 좋은 일일까? 그것이 의미 깊고 숭고한 일일까? 아트만 말고도, 제사를 바쳐야 할 존재가 또 있단 말인가?

그렇다면 아트만은 어디에 있는가. 그는 어디에 존재하며, 그 영원한 심장 소리는 어디에서 울리는가. 모든 사람이 제각기 지닌 내면의 가장 깊은 곳, 자아의 한가운데에 있는 것 아닐까?

그런데 그 '가장 깊은 곳'은 대체 어디인가. 지혜로운 현자들은 말한다. 그것은 살에도 뼈에도 있지 않고, 생각이나 의식의 표면에도 있지 않다고. 그렇다면 어디에 있단 말인가. 그곳, 자기 자신, 아트만에 닿는 다른 길은 없을까? 찾아볼 만한 길은 정말 없는가?

아아, 아무도 그것을 보여 주지 못했고 아무도 확실히 알지 못했다. 아버지와 스승들과 현자들도, 성스러운 제사의 노래도 그 길을 끝내 가리키지 못했다. 바라문들과 그들의 신성한 책은 세계의 창조와 언어와 음식과 호흡의 기원, 감각의 배열과 신들의 행위까지 헤아릴 수 없이 많은 것을 알고 있었다.

하지만 하나뿐인 유일자이며 가장 중요한 것, 오로지 중요한 것을 알지 못한다면 이 모든 지식이 대체 무슨 가치가 있겠는가?

성전의 많은 시구들, 특히 사마베다의 우파니샤드에는 가장 내밀하고 궁극적인 것에 대해 말하는 놀라운 문장들이 있었다. "네 영혼이 곧 온 세계이니라." 같은 구절도 있었다. 인간이 깊은 잠에 빠졌을 때 자신의 가장 내밀한 부분과 만나, 아트만 속에 산다는 말도 적혀 있었다. 그 문장들에는 경탄할 만한 지혜가 담겨 있었다. 현자들의 지식은 마치 별들이 모아 둔 물처럼 순수하게 고여 있는 듯했고, 오랜 세월 지혜로운 바라문들이 모아 지켜 온 거대한 유산처럼 느껴졌다. 누구도 그것을 가볍게 흘려보낼 수는 없었다.

그러나 문제는 이것이었다.

이 심오한 지혜를 단지 '아는' 것이 아니라, 삶 속에서 '살아내며 체험한' 바라문이나 승려는 어디에 있는가? 아트만 속에 잠든 것을 주문으로 불러내 일상으로 데려오고, 매 순간의 말과 행동으로 구현해 내는, 그런 해탈자는 어디 있는가?

싯다르타는 숱한 바라문을 알고 있었다. 그중에서도 그는 고결하고 박식하며 존경받는 자신의 아버지를 누구보다 잘 알고 있었다. 아버지는 감탄할 만한 사람이었다. 태도는 침착하고 고귀했고, 생활은 깨끗했으며, 말에는 지혜가 담겨 있었다. 그의 이마에는 숭고한 사상이 빛나는 듯했다.

그런데 그런 아버지는 정말 행복하고 평화로운가? 혹시 아직도 끝내 채워지지 않는 무언가를 찾아 헤매는 사람에 지나지 않는가? 목마른 자처럼 그는 신성한 샘을 제사를 통해서, 책을 통해서, 바라문들과의 대화를 통해서 날마다 찾아가 갈증을 달래고 있는 것 아닌가?

왜 흠잡을 데 없는 아버지는 날마다 죄를 씻어 내야만 하는가. 왜 날마다 자신을 정화하려 애써야 하는가. 왜 그 모든 것을 하루도 빠짐없이 반복해야 하는가.

혹시 아버지 마음속 샘의 근원은 이미 메말라 가는 것이 아닌가?

인간은 자기 자신의 근원적인 샘물을 찾아야 한다. 그리고 그것을 온전히 자기 것으로 만들어야 한다. 그 밖의 다른 모든 것은 결국 탐색일 뿐, 돌아가는 길이며, 길을 잃고 헤매는 일이 될 수 있다.

이것이 싯다르타의 생각이었고, 이것이 그의 갈증이었으며, 이것이 그의 괴로움이었다.

그는 이따금 찬도기야 우파니샤드의 구절을 되뇌곤 했다.

참으로 브라만의 이름은 진리다. 이를 아는 사람은 날마다 하늘에 이르리라.

그럴 때면 천계가 손에 잡힐 듯 가까워지는 느낌이 들기도 했다. 하지만 그는 단 한 번도 그곳에 완전히 닿아 본 적이 없었다. 가슴속 궁극의 갈증 또한 풀리지 않았다. 그에게 가르침을 준 사람들 가운데 가장 현명한 이조차 그 천계에 완전히 이르지 못했고, 영원한 갈증을 완전히 풀어 주지도 못했다.

"고빈다!"

"사랑하는 고빈다, 나와 함께 보리수 아래로 가서 명상하세."

그들은 보리수 아래로 갔다. 싯다르타가 한쪽에 앉고 고빈다는 스무 걸음쯤 떨어진 곳에 앉았다. 싯다르타는 '옴'을 부르기 위해 자리를 잡으며, 속으로 이런 시구를 조용히 읊었다.

옴은 활, 마음은 화살.
브라만은 그 화살의 과녁이니
똑바로 겨누어, 그 과녁을 꿰뚫어라.

묵상이 끝나자 고빈다는 일어났다. 저녁이 되어 목욕할 시간이 돌아오자 그는 싯다르타를 불렀다. 그러나 대답이 없었다. 싯다르타는 그대로 앉아 깊은 명상에 잠겨 있었다. 눈은 먼 곳을 향해 고정되어 있었고, 이 사이로 혀끝이 아주 조금 내밀어져 있었으며, 숨조차 쉬지 않는 듯 보이기까지 했다. 그는 '옴'을 생각하며 영혼을 브라만이라는 과녁을 향해 쏘아 올린 채 움직이지 않았다.

그런데 어느 날, 싯다르타가 사는 거리로 사문들이 찾아왔다. 순례하는 창백하고 초췌한 세 고행자였다. 그들은 늙지도 젊지도 않은 나이였고, 어깨에는 먼지와 핏자국이 얽혀 있었으며, 헐벗은 몸은 햇볕에 검게 그을려 있었다. 고독에 잠긴 채 속세를 낯설고도 적대적으로 바라보는 눈빛을 지녔다. 마치 인간 세상에 어두워 여윈 자칼 무리처럼 보이기도 했다.

그들의 뒤로는 고요한 열정과 희생의 의지, 가차 없는 극기의 냄새기 바람처럼 떠리오는 듯했다.

그날 저녁, 명상 시간이 끝난 뒤 싯다르타는 고빈다에게 말했다.

"벗이여, 나는 내일 새벽 일찍 사문들에게 가려고 하네. 나는 사문이 되려네."

고빈다는 싯다르타의 엄숙한 얼굴에서 되돌릴 수 없는 결의를 읽고, 순간 하얗게 질렸다. 한 번 떠난 화살은 다시 돌아오지 않는 법. 그러나 곧 그는 깨달았다. 마침내 싯다르타가 자기 길을 걷기 시작하리라는 것, 그리고 그 운명이 싹트는 순간 자기 운명 또한 함께 움트기 시작했다는 사실을. 그리하여 고빈다의 얼굴은 마른 바나나 껍질처럼 더 창백해졌다.

"오, 싯다르타! 자네 아버지가 그걸 허락하실까?"

싯다르타는 현자 같은 눈으로 고빈다의 마음을 꿰뚫어 보았다. 불안해하면서도 자신을 따르려는 기색이 그에게 보였다.

"고빈다, 쓸데없는 말은 그만하세. 내일 새벽부터 나는 사문의 삶을 시작할 작정이네. 이 문제는 더 말하지 않는 게 좋겠네."

싯다르타는 아버지의 방으로 들어갔다. 아버지는 돗자리 위에 앉아 있었다. 싯다르타는 아버지 뒤에 서서 인기척을 알아차릴 때까지 아무 말 없이 기다렸다.

이윽고 바라문인 아버지가 말했다.

"오, 싯다르타냐? 무슨 일로 왔느냐?"

싯다르타가 대답했다.

"아버지의 허락을 받고자 왔습니다. 내일 집을 떠나 고행자들에게 가고 싶습니다. 사문이 되는 것이 제 소망이오니 허락해 주시기를 바랍니다."

아버지는 아무 말도 하지 않았다. 작은 들창에 걸린 별들이 조금씩 자리를 옮길 때까지, 그 침묵은 길고 무거웠다. 아들은 팔짱을 낀 채 한 치도 움직이지 않고 서 있었고, 아버지는 돗자리 위에 앉은 채 꼼짝하지 않았다. 별들은 하늘에 난 길을 따라 조용히 흘러갔다.

마침내 아버지가 입을 열었다.

"바라문으로서 거칠고 성난 말을 해서는 안 된다만… 불쾌해서 견딜 수가 없구나. 다시는 그런 부탁을 입 밖에 내지 마라."

아버지는 천천히 일어났지만, 싯다르타는 두 손을 모은 채 그대로 서 있었다.

"뭘 기다리고 있는 거냐?"

"왜인지 아버지께서도 알고 계실 겁니다."

아버지는 성난 얼굴로 침실로 들어가 드러누웠다. 그러나 잠은 좀처럼 오지 않았다. 한 시간이 지나도, 두 시간이 지나도 그는 방 안을 서성이다가 밖으로 나와 창문 너머를 내다보았다. 작은 창 사이로 보이는 아들은 여전히 팔짱을 끼고 미동도 없이 서 있었다. 예복은 새하얗게 빛났고, 달빛이 그의 종아리 위에서 반짝였다.

아버지는 불안한 마음으로 다시 안으로 들어갔다가, 또 나와 들여다보기를 되풀이했다. 달빛 속에서도, 별빛 속에서도, 마침내 어둠이 내려앉아도 싯다르타는 말없이 서 있었다. 같은 자리에 그대로 서 있는 아들을 볼 때마다 아버지의 가슴은 분노와 불안, 괴로움과 슬픔으로 가득 찼다. 한편으로는 격분했고, 한편으로는 두려웠으며 또 다른 한편으로는, 이미 어딘가 멀어져 버린 아들을 붙잡을 수 없다는 예감에 마음이 부서졌다.

새날이 오기 전, 밤의 끝자락에 아버지는 마침내 다시 방 밖으로 나와 그 젊은이를 바라보았다. 아들은 키가 컸고, 낯설 정도로 단단해 보였다.

"싯다르타야! 여태 무엇을 기다리고 있느냐?"

"아버지께서도 아실 것입니다."

"아침이 되고 낮이 되고 저녁이 될 때까지 그렇게 서서 기다릴 작정이냐?"

"네. 서서 기다리겠습니다."

"싯다르타야, 아마 피곤해서 못 견딜 게다."

"피곤해지겠지요."

"그러다 잠들어 버리고 말 거야."

"잠들지 않을 겁니다."

"그러다 죽고 만다."

"네, 그럴 테지요."

"그럼 너는 이 애비의 말에 순종하느니보다 차라리 죽어 버릴 작정이냐?"

"저는 언제나 아버지의 말씀에 순종해 왔습니다."

"그럼 앞으로는 내 말에 순종하지 않을 작정이냐?"

"저는 아버지가 분부하시는 대로 하겠습니다."

아침의 첫 햇살이 방 안으로 스며들었을 때, 아버지는 싯다르타의 무릎이 아주 미세하게 떨리는 것을 보았다. 그러나 싯다르타의 얼굴에는 동요가 없었다. 두 눈은 먼 곳을 꿰뚫어 보듯 고정되어 있을 뿐이었다.

그 순간 아버지는 깨달았다. 지금 이 순간에도 싯다르타는 더 이상 이 집에 함께 살고 있지 않다는 것을. 이미 마음은 떠났고, 몸만 여기에 남아 있다는 것을.

아버지는 아들의 어깨에 조용히 손을 올렸다.

"너는 산에 가서 사문이 되도록 하여라. 산에 가서 축복을 받게 되면, 와서 나에게도 가르쳐 다오. 그러나 만일 실망하게 되면 다시 돌아오너라. 나와 함께 다시 신들께 제사를 지내자꾸나. 이제 어머니에게 가서 입을 맞추고, 가는 곳을 알리도록 하여라. 하지만 나는 벌써 강에 가서 첫 목욕을 할 시간이 되었다."

그는 아들의 어깨에서 손을 떼고 밖으로 나갔다.

싯다르타는 발을 떼려 했으나, 몸이 한쪽으로 비틀거렸다. 밤새 한 자세로 버틴 다리가 굳어 있었던 것이다. 그는 겨우 몸을 가누어 아버지께 인사를 올리고, 어머니에게 가서 아버지의 분부대로 했다. 그리고 아침 햇살을 받으며 뻣뻣해진 다리를 천천히 끌고 아직 고요히 잠든 마을을 떠났다.

마을 변두리의 마지막 집 가까이에 이르렀을 때, 웅크리고 있던 그림자 하나가 조용히 일어나 싯다르타의 뒤를 따랐다. 고빈다였다.

"자네가 왔군."

싯다르타가 미소 지으며 말했다.

"그래. 나도 왔네!"

고빈다가 짧게 대답했다.

사문들과 함께

해가 기울어 붉은 기운이 들 무렵, 두 사람은 마침내 앞서가던 고행자 무리, 초췌한 사문沙門들을 따라잡았다. 싯다르타와 고빈다는 그들 곁에 머물게 해 달라 청했다. 동료가 되겠노라, 기꺼이 순종하겠노라, 그들의 규율을 그대로 따르겠노라 말했다. 사문들은 어떤 대답도 없이, 마치 처음부터 그렇게 되어 있었던 것처럼 두 청년을 받아들였다.

싯다르타는 길에서 만난 가난한 바라문에게 자기 옷을 벗어 주었다. 그 뒤로 그는 도티와 흙빛 망토 말고는 아무것도 걸치지 않았다. 하루 한 끼만 먹었고, 불에 익힌 음식은 입에 대지 않았다. 보름을 굶기도 했고, 스물 여드레를 견디기도 했다. 허벅지와 볼은 움푹 꺼졌고, 팽팽해진 눈에는 열정의 꿈이 어두운 불처럼 타올랐다. 야윈 손가락 끝에는 손톱이 길게 자랐고, 턱에는 바싹 마른 수염이 거칠게 돋아 있었다.

여자와 마주치면 그의 눈빛은 차갑게 가라앉았다. 도시에서 잘 차려입은 사람들 사이를 지나갈 때면, 입가가 경멸로 미세하게 일그러졌다. 거래에만 몰두한 상인들, 사냥 나선 왕자들, 죽은 이를 위해 울부짖는 조문객들, 몸을 파는 창녀들, 환자를 살리려 애쓰는 의사들, 파종의 길일을 일러 주는 사제들, 사랑에 취한 연인들, 아이에게 젖을 물리는 어머니들…. 그는 그 모든 장면을 보았다. 그러나 그의 눈에는 어느 것 하나 오래 들여다볼 값어치가 없어 보였다. 모든 것이 거짓처럼 느껴졌다. 겉으로는 중요한 듯, 아름다운 듯 보이지만, 사실은 썩어 가는 속을 감추는 겉치레일 뿐인 듯했다. 세상은 쓴맛이 났고, 삶은 마치 고문처럼 견디기 힘들었다.

그에게는 목표가 하나뿐이었다. 단 하나 비우는 것. 갈증을 비우고, 욕망을 비우고, 망상을 비우며, 기쁨과 슬픔까지 비워 내는 것. 자기 자신을 죽여 더 이상 '나'로 남지 않는 것. 마음을 텅 비워 평정을 얻고, 이타적인 사유 속에서 어떤 기적을 향해 마음의 문을 여는 것. 한번 자기 자신을 완전히 극복해 적멸寂滅에 이르면, 모든 욕망과 충동이 마음속에서 침묵하게 되면, 마침내 존재의 가장 내밀한 곳, 더 이상 '나'라고 부를 수 없는 위대한 비밀이 깨어나리라, 그는 믿었다.

싯다르타는 때로 불타는 햇살이 그대로 내리찍는 곳에 몸을 드러낸 채 말없이 서 있곤 했다. 온몸이 달아오르고 목이 타들어 가도, 고통과 갈증이 더는 '나'를 흔들지 못할 때까지, 그 자리를 떠나지 않았다. 비가 올 때도 마찬가지였다. 머리칼에서 흘러내린 빗물이 얼어붙은 어깨를 타고 뚝뚝 떨어져, 얼어붙은 엉덩이와 다리를 따라 흘러내려도 그는 버텼다. 어깨와 다리에서 '추위'라는 감각이 사라지고, 그 감각마저 마침내 침묵하며 가라앉을 때까지.

때로는 가시덤불 속에 몸을 웅크리고, 미동도 하지 않았다. 뜨겁게 달아오른 살갗에는 핏방울이 맺혀 떨어졌고, 곪은 상처에서는 고름이 흘렀다. 그러나 싯다르타는 피가 더는 흐르지 않고, 욱신거림도 화끈거림도 그 모든 반응이 끝내 사라질 때까지 뻣뻣하게 그 자리에 머물렀다.

그는 반듯이 앉아 호흡을 다스리는 법을 배웠다. 거의 숨을 쉬지 않는 법도 익혔고, 숨을 멈추는 법도 배웠다. 호흡과 함께 심장의 박동을 가라앉히는 법도 익혔다. 가슴이 겨우 움직이거나, 거의 움직이지 않는 듯 느껴질 때까지, 박동 수를 더디게 하는 법을 배웠다.

싯다르타는 사문들 가운데 가장 연장자에게 가르침을 받으며, 새로운 규칙에 따라 극기와 명상을 닦아 나갔다. 왜가리 한 마리가 대숲 너머로 날아가면, 싯다르타는 그 영혼 속으로 왜가리를 받아들여 한 마리의 왜가리가 되었다. 숲과 산 위를 날아 물고기를 낚아채고, 왜가리의 극심한 굶주림을 느꼈으며, 왜가리의 울음으로 말하고, 왜가리가 죽듯이 죽었다.

모래 비탈에는 죽은 자칼 한 마리가 누워 있었다. 싯다르타의 영혼은 그 시체 안으로 미끄러져 들어가 비탈 위에 누워 있다가, 부풀어 오르며 악취를 풍기고, 서서히 부패했다. 하이에나에게 갈가리

찢기고, 콘도르에게 가죽이 뜯겨 나가 뼈만 남았다가, 마침내 먼지가 되어 들판 쪽으로 흩날렸다. 그리고 되돌아온 영혼은 죽고, 썩고, 먼지로 흩어지는 서글픈 윤회를 맛본 대가로 더욱 새로운 갈증에 시달리게 되었다. 싯다르타는 윤회의 사슬에서 벗어날 틈새를, 인과응보가 끝나고 고통 없는 영겁이 시작될 균열을, 사냥꾼처럼 기다렸다.

그는 감각을 죽이고 기억을 죽였다. 수천 가지 형상 속으로 미끄러져 들어갔다. 그것은 짐승이었고, 썩어 가는 고깃덩이였으며, 돌이고 나무였고, 물이었다. 하지만 매번 깨어나면 그는 다시 자기 자신으로 돌아와 있었다. 태양과 달은 여전히 빛났고, 윤회의 수레바퀴는 멈추지 않고 돌았다. 어떤 갈증 하나를 이겨 내면, 다른 갈증이 또 뒤따랐다.

싯다르타는 사문들과 함께하며 많은 것을 배웠다. 자기 자신에게서 멀어지는 여러 갈래의 길을 익혔다. 자발적인 괴로움으로 고통과 허기, 갈증과 피로를 꿰뚫고 넘어서는 극기의 길이 있었고, 모든 관념이 무의미하다는 그림을 마음속에 새기는 명상의 길도 있었다. 그는 그 밖의 길들까지 배워 수천 번이나 자기 자신에게서 벗어나, 몇 시간 혹은 며칠 동안 무아無我의 상태에 머물기도 했다.

그러나 자기 자신에게서 달아나는 길을 아무리 걸어도, 끝내는 늘 자기 자신에게로 되돌아오고 말았다.

싯다르타는 무아의 경지에 머물기도 했고, 짐승 속에 머물기도 했으며, 돌 속에 머물기도 했다. 하지만 자아로 되돌아오는 일을 막을 수는 없었다. 시간을 거꾸로 돌릴 수도 없었다. 햇빛과 달빛, 그늘과 빗속에서 문득 정신이 돌아오는 순간마다 그는 다시 '그 자신'인 싯다르타가 되었다. 그리고 또다시 윤회의 고통스러운 사슬에 스스로를 내맡긴 채, 묶이고 말았다.

그의 곁에는 고빈다가 언제나 그림자처럼 따라다녔다. 고빈다 또한 같은 길을 걸으며 수도에 힘썼다. 그들은 봉사와 수련에 필요한 말만 주고받았고, 그 밖에는 서로의 침묵을 지켰다. 때때로 스승들과 동료들의 양식을 얻기 위해 두 사람은 함께 마을에서 마을로 탁발을 다녔다.

어느 날 탁발 길에 싯다르타가 고빈다에게 물었다.

"자네는 어떻게 생각하나? 우리가 정말 나아가고 있다고 보나? 목적지에 가까워졌다고 말할 수 있을까?"

고빈다가 대답했다.

"우리는 많이 배웠네. 앞으로도 더 배우겠지. 싯다르타, 자네는 위대한 사문이 될 걸세. 늙은 사문들도 감탄할 만큼 수련을 빠르게 익혔잖나. 자네는 언젠가 성자가 될 걸세."

싯다르타가 조용히 말했다.

"친구, 나는 그렇게 보지 않네. 여태 사문들에게서 배운 것들… 오, 고빈다, 더 빠르고 더 간단하게도 배울 수 있었을 걸세. 유녀들이 들끓는 술집에서든, 노동자들과 도박꾼들 사이에서든 말일세."

고빈다가 곧장 되받았다.

"싯다르타, 실없는 소리 말게. 그런 곳에서 어떻게 명상을 하고, 숨을 멈추고, 굶주림과 고통에 무감각해지는 법을 배운단 말인가?"

그러자 싯다르타는 마치 자기 자신에게 말하듯 낮게, 그러나 또렷하게 말했다.

"명상이란 무엇인가? 육신을 버린다는 건 또 무엇인가? 단식과 호흡을 끊는 일이 대체 무슨 의미인가? 그것들은 모두 '자기에게서 도망치는 기술'일 뿐이라네. 인생의 고통과 무의미함을 잠시 잊기 위한, 짧은 마비에 지나지 않아. 그런 도피나 마취쯤은 소몰이꾼도 주막에서 막걸리 몇 사발을 들이켜면 얻을 수 있지. 발효된 야자 술을 마셔도 되고. 그러면 그는 자기 자신을 느끼지 않게 되고, 살아 있다는 고통도 잠시 잊게 되네. 그리고 그가 술사발 위로 쓰러져 장바닥에 굴러 떨어지는 순간 그게 자네와 내가 오랜 수행 끝에 '자기에 머물지 않고 육신에서 벗어나는 상태'라고 부르는 그것과, 무엇이 그렇게 다르겠나? 나는 그렇게 보네, 고빈다."

고빈다는 한숨을 내쉬었다.

"오, 친구… 자네 말에도 일리는 있겠지. 술꾼도 잠시 무감각해져 자기에게서 벗어나 서는 듯 보일 테니까. 하지만 그가 몽상에서 깨어나 돌아왔을 때, 모든 건 그대로일 걸세. 그는 더 현명해진 것도 아니고, 깨달음을 얻은 것도 아니며, 한 단계라도 올라선 게 아니니까."

싯다르타가 웃으며 말했다.

"나는 술고래가 되어 본 적이 없으니 그쪽은 잘 모르겠네. 하지만 나, 싯다르타 역시 수행과 명상으로 잠깐의 무감각, 짧은 마비에 이르렀을 뿐이네. 어머니의 자궁 속 아이처럼, 지혜나 구원에서는 아직 한없이 멀다네. 나는 그걸 안다네. 오, 고빈다. 나는 이걸 알아."

그 뒤 어느 날, 두 사람이 동료들과 스승들의 식량을 얻으러 산에서 마을로 내려오던 길에 싯다르타가 다시 물었다.

"오, 고빈다. 우리가 정말 옳은 길을 가고 있는 걸까? 우리가 깨달음에 가까워지고 있긴 한가? 우리가 구원에 다가서고 있나? 혹시 윤회의 사슬을 끊겠다고 말하면서도, 여전히 그 사슬 안에서 빙글빙글 돌기만 하는 건 아닐까?"

고빈다가 대답했다.

"우리는 많이 배웠네. 아직 배울 것도 많지. 하지만 우리는 제자리걸음이 아니야. 윤회는 나선형이라네. 우리는 이미 여러 계단을 올라왔어."

싯다르타는 잠시 생각하다가 물었다.

"자네가 존경하는 저 최연장자인 그 늙은 사문은 지금 나이가 얼마나 되었을까?"

"아마 예순쯤은 되었겠지."

싯다르타는 조용하지만 단호하게 말했다.

"예순인데도 아직 열반에 이르지 못했네. 그는 곧 일흔이 되고, 여든이 되겠지. 자네와 나도 그들처럼 늙어 가며 단식하고 명상하겠지. 하지만 열반에는 닿지 못할 것 같네. 스승도, 우리도… 고빈다, 나는 이 세상의 모든 사문 가운데 단 한 명도 아마 단 한 명도 열반에 이르지 못하리라 생각하네. 우리는 위안을 얻고, 마비를 얻을 거야. 스스로를 속이는 기술은 더 정교해질지도 모르지. 하지만 가장 중요한 것, 길 중의 길은 발견하지 못할 걸세."

고빈다가 급히 말했다.

"싯다르타, 그런 무서운 말은 제발 그만하게. 그 많은 학자들과 바라문들, 금욕적이고 덕망 있는 사문들, 탐구자들과 애쓰는 사람들, 성자들이 있는데… 그들 가운데 길을 찾는 사람이 단 하나도 없을 수 있겠나?”

싯다르타는 슬픔과 비웃음이 뒤섞인 목소리로, 조용하게, 그러나 어딘가 조소가 밴 말투로 말했다.

“고빈다. 머지않아 나는 자네와 함께 오래 걸어온 사문의 길을 버릴 생각이네. 나는 여전히 목마르다네. 오, 고빈다. 이 긴 길 위에서도 내 갈증은 줄지 않았어. 나는 언제나 지식에 목말랐고, 늘 의혹으로 가득했지. 해마다 바라문들에게 물었고, 해마다 성스러운 베다를 붙들고 질문했네. 해마다 사문들에게 헌신하며 답을 구했어. 그런데 오, 고빈다… 어쩌면 코뿔새나 침팬지에게 물었어도 이만큼은 했을 거야. 이만큼 똑똑해지고, 이만큼 ‘유익한 척’은 되었겠지. 나는 지금, 인간이 결국 아무것도 배울 수 없다는 사실을 배우기 위해 너무 많은 시간을 썼다는 생각이 든다네. 그리고 아직도 만족스러운 해답은 얻지 못했어. 우리가 ‘배움’이라고 부르는 것 자체가, 실은 없는 것일지도 모른다고 믿기 시작했네. 오, 친구여. 있는 지식은 단 하나뿐일세. 어디에나 있는 것. 아트만일세. 내 안에, 자네 안에, 모든 생명과 모든 창조물 안에, 그리고 나는 이 지식을 ‘알고 싶다, 배우고 싶다’는 욕망이야말로… 어쩌면 가장 해로운 적일지 모른다고 생각하기 시작했지.”

그때 고빈다는 걸음을 멈추고 두 손을 들어 보이며 말했다.

“싯다르타, 그런 말로 자네 친구를 겁주지 말아 주게. 자네 말이 사실이라면, 기도의 신성함은 어디로 가나? 바라문의 권위는 무엇이 되고, 사문은 또 어떻게 신성할 수 있나? 그러면 이 세상에서 신성하고 가치 있고 존중할 만한 것들은 대체 어떻게 되는 건가?"

그리고 그는 우파니샤드의 한 구절을 읊었다.

숙고하며 정화된 영혼으로

아트만 속에 빠져드는 자여,

그의 마음에 이루 말할 수 없는 지복이 깃들리라.

싯다르타는 대답하지 않았다. 그는 고빈다의 말을 되새기고 또 되새기며, 그 의미를 끝까지 밀어붙여 보았다. 그렇다면 과연 무엇이 남는가? 우리가 신성하다고 여겨 온 것들 가운데, 무엇이 끝까지 남아 시험을 견뎌낼 수 있는가?

그는 천천히 고개를 저었다.

두 젊은이가 사문들 사이에서 생활하며 수련한 지도 삼 년쯤 되었을 때였다. 어떤 소식이, 소문이, 이야기가 입에서 입으로 여러 차례 떠돌다가 마침내 그들에게도 닿았다. 고타마라 불리는 한 사람이 나타났다는 것이었다. 그는 세상의 고통을 극복했고, 윤회의 수레바퀴를 멈춘 고귀한 존재 곧 부처라 불렸다.

그는 고행자의 노란 망토를 걸치고, 소유물도 집도 아내도 없이 제자들에게 둘러싸여 이곳저곳을 떠돌며 설법한다 했다. 빛나는 이마를 지닌 복된 사람으로서, 바라문들과 왕자들까지 그의 앞에서 머리를 숙이고 제자가 되려 한다는 것이었다.

전설 같고 동화 같은 이야기는 향기처럼 번졌다. 도시에선 바라문들이 말했고, 숲에서는 사문들이 되뇌었다. '부처' 고타마의 이름이 두 젊은이의 귀에도 수없이 들어왔다. 칭송과 비난이 뒤섞여 있었다.

어느 지방에 흑사병이 돌아 환자가 들끓을 때, 말과 숨결만으로 환자를 고친다는 현자가 나타났다는 소문이 퍼지면 사람들은 믿으면서도 의심하고, 의심하면서도 믿으며, 결국 그를 찾아 나서지 않는가. 석가釋迦족의 현자이자 부처 고타마에 대한 이야기도 꼭 그랬다.

그는 더없는 깨달음을 지녔고, 전생을 기억하며, 열반에 이르러 다시는 윤회에 빠지지 않는다고 했다. 더 이상 물질의 음침한 강물에 붙잡히지 않으리라는 말도 돌았다. 기적을 행한다, 악마를 굴복시켰다, 신들과 말을 주고받는다. 훌륭하지만 믿기 어려운 이야기들이 뒤따랐다. 반대로 그를 적대하는 자들은 그가 허무맹랑한 유혹자이며, 사치에 빠져 제사를 멸시하고, 학식도 없고, 고행이나 금욕도 모른다고 깎아내렸다.

그러나 부처에 관한 이야기는 달콤하게 들렸다. 마법의 향기처럼 사람들의 마음을 흔들었다. 세상은 병들어 있었고 삶은 견디기 어려울 만큼 고되었으니까. 그런데 그 소문 속에는 마치 생명의 샘이 솟는 듯한 약속이 있었고, 복음 같은 위로가 있었다. 인도의 방방곡곡에서 젊은이들이 귀를 기울였고, 동경과 희망을 품었다. 부처를 이야기하는 순례자나 길손이라면 누구든, 도시든 시골이든 바라문의 아들들에게 환영을 받았다.

숲속의 사문들에게도, 싯다르타와 고빈다에게도 이 소문이 닿았다. 천천히, 한 방울 한 방울 희망과 의혹이 섞인 물방울처럼. 다만 두 사람은 그 이야기를 자주 꺼내지 않았다. 사문의 최연장자가 이 소문을 달가워하지 않았기 때문이다. 그는 이 부처가 한때 숲에서 금욕자로 살다가, 결국 다시 환락의 속세로 돌아간 자라는 말을 듣고 노골적으로 못마땅해 했다.

어느 날 고빈다가 싯다르타에게 말했다.

"싯다르타, 오늘 마을에서 어떤 바라문의 청을 받아 그 집에 갔는데, 마가다 왕국에서 온 바라문 젊은이를 만났네. 그 사람은 자기 눈으로 부처를 봤고, 부처의 목소리로 설법을 들었다더군. 난 그 얘길 듣고 너무 안타까워 숨이 막힐 지경이었네. 그리고 생각했지. 나 혼자라도, 아니 싯다르타와 나, 우리 둘이서라도 그 완전한 사람의 가르침을 직접 들을 수 있다면 얼마나 좋을까 하고. 어때? 우리도 그리로 가서 들어 보지 않겠나?"

싯다르타가 대답했다.

"오, 고빈다. 나는 자네가 사문들 곁에 끝까지 남아 있을 거라 생각해 왔네. 예순이 되어도, 일흔이 되어도, 사문을 장식하는 수행을 계속할 거라고 믿었지. 그런데 이제 보니 내가 자네를 너무 몰랐군. 자네 마음을 조금밖에 알지 못했어. 이제 자네도 새로운 길을 말하는군. 부처가 설법하는 곳으로 가자고."

고빈다가 말했다.

"날 비웃는 건가? 자넨 늘 날 놀렸지. 하지만 자네도 그 설법이 궁금하지 않나? 그리고 언젠가 자네 스스로 말하지 않았나. 사문의 길을 오래 걷진 않을 거라고."

그러자 싯다르타는 특유의 미소를 지었다. 슬픔과 조소가 섞인 듯한 쓴웃음이 입가를 스쳤다.

"고빈다, 자네 말이 옳네. 그리고 자네가 내게 했던 다른 말도 기억하지. 내가 가르침과 배움에 의문을 품기 시작했다는 것, 스승들이 해준 말들을 믿는 마음이 옅어졌다는 것 말일세. 좋아. 자네 말대로 해보세. 어디 한번 그의 가르침을 들어 보자고."

고빈다가 물었다.

"그렇게 생각해 준다니 기쁘네. 그런데 한 가지 묻겠네. 고타마의 설법을 듣기도 전에, 어떻게 '알맹이'를 이미 맛봤다고 말할 수 있나?"

싯다르타가 말했다.

"우선 열매를 맛보기로 하세. 그 다음은 기다려 보자고. 오, 고빈다. 한 가지는 벌써 분명하네. 그가 우리를 사문들에게서 멀어지게 불러내고 있으니, 우리는 이미 고타마에게 감사할 일이 생겼어. 그기 또 더 좋은 것을 줄지 오, 친구여 차분한 마음으로 지켜보세."

그날 싯다르타는 고빈다와 함께 사문의 최연장자를 찾아갔다. 젊은 제자답게 예를 갖추고, 겸손한 태도로 떠나겠다는 뜻을 전했다. 장로는 두 청년이 자신을 떠난다는 사실에 격분해, 상스러운 저주를 퍼부었다.

고빈다는 놀라 어쩔 줄 몰라 했다. 그러나 싯다르타는 친구의 귀에 낮게 속삭였다.

"지금이야말로, 우리가 이 늙은이에게서 '무언가'를 배우긴 했다는 걸 보여 줄 때라네."

그는 사문 앞으로 한 걸음 더 다가가 정신을 한 점에 모았다. 그리고 노인의 시선을 붙들었다. 싯다르타의 의지는 칼날처럼 곧고 차가웠다. 노인의 말문이 막혔고, 눈동자가 굳었다. 자유의지는 꺾였으며, 팔다리는 힘없이 축 늘어졌다. 그는 더는 저주를 퍼붓지 못했다. 싯다르타의 뜻이 명령이 되어 그 위에 내려앉았다.

이리하여 장로는 싯다르타가 원하는 대로, 두 젊은이가 청하는 대로 고분고분 따를 수밖에 없었다. 그는 몇 번이나 고개를 숙여 축복했고, 더듬거리며 그들의 소원을 허락했다. 젊은이들은 감사 인사를 올리고 앞날의 축복을 받은 뒤 그곳을 떠났다.

길을 가다 고빈다가 말했다.

"오, 싯다르타. 자네는 사문에게서 배운 것이 내가 아는 것보다 훨씬 많군. 늙은 사문에게 술법을 거는 건 쉬운 일이 아닐 텐데. 그곳에 조금 더 머물렀더라면 물 위를 걷는 법도 곧 배웠겠어."

싯다르타가 담담히 말했다.

"나는 그런 건 바라지도 않네."

그리고 조용히 덧붙였다.

"늙은 사문들은… 그런 기예를 배우는 것만으로도 만족하겠지."

고타마

슈라바스티(석가모니 시대 코살라국의 수도)의 거리에서는 어린아이들까지도 고귀한 부처의 이름을 알고 있었다. 그래서 고타마의 싫은 제자들이 탁발 그릇을 들고 나타나기만 하면, 사람들은 집집마다 기꺼이 그릇을 가득 채워 주었다. 이 거리에서 멀지 않은 곳에, 고타마가 즐겨 머무는 기원정사祇園精舍가 있었다. 부유한 상인 아나타핀디카가 스승과 제자들을 위해 기꺼이 바친 정사라고 했다.

두 젊은 고행자는 그 거처를 찾아가는 길에서, 이 고장에 얽힌 이야기들을 나누었다. 슈라바스티에 도착하자 그들은 먼저 시주를 받은 집에서 간단히 요기를 했다. 그리고 싯다르타는 그 집 안주인에게 조심스럽게 물었다.

"자비로우신 부인이여, 한 가지 여쭙고 싶습니다. 저희는 산에서 내려온 사문입니다. 부처께서 어디 계신지 알 수 있을까요? 완전한 인격자인 그분을 직접 뵙고 가르침을 듣고자 합니다."

부인은 고개를 끄덕이며 말했다.

"산에서 온 사문들이여, 잘 오셨습니다. 지금 그 어른께서는 아나타핀디카의 기원정사에 머무르고 계십니다. 사방에서 설법을 들으러 사람들이 몰려오니, 그들을 위해 머물 자리가 마련되어 있어요. 당신들도 그곳에 머무를 수 있을 겁니다."

고빈다는 얼굴이 환해졌다. 감격을 숨기지 못한 채 다시 물었다.

"그렇다면 저희는 이제 목적지에 다 온 셈이군요. 순례자의 어머니시여, 혹시 그분을 아십니까? 직접 뵌 적이 있으신가요?"

부인은 미소 지으며 대답했다.

"여러 번 뵈었지요. 누런 옷을 걸치시고 아침이면 거리로 나가, 집집마다 문 앞에 서서 말없이 시주를 청하시곤 합니다. 그릇이 차면 그저 조용히 떠나실 뿐이에요."

고빈다는 더 묻고 싶어 했지만, 싯다르타가 길을 재촉하는 바람에 그는 말을 삼켰다. 기원정사로 향하는 순례자들과 교단의 승려들이 끊이지 않아, 길을 물을 필요조차 없었다.

밤이 되어 그들은 마침내 기원정사에 닿았다. 방문객의 발길이 끊이지 않았고, 자리를 찾는 사람들과 이미 자리를 잡은 사람들의 고함과 웅성거림으로 사방이 들끓었다. 숲의 고요에 익숙한 두 사문은 재빨리 몸을 누일 자리를 찾아, 말없이 쉬었다. 그리고 새벽까지 한마디도 하지 않은 채 그곳에 머물렀다.

해가 떠오르자 두 사람은 눈앞의 광경에 놀랐다. 밤을 새운 신자들과 호기심 가득한 구경꾼들이 기원정사를 가득 메우고 있었다. 아름다운 숲길 곳곳으로 누런 옷을 걸친 승려들이 오갔고, 나무 그늘 아래에서는 누군가가 묵상에 잠겨 있었으며, 누군가는 심오한 종교적 대화를 나누고 있었다. 그 모습은 마치 거대한 벌집처럼 웅성거리며 뜨겁게 살아 움직였다.

승려들 대부분은 하루 한 끼인 점심을 위해 탁발 그릇을 들고 거리로 나섰다. 그리고 부처 자신도, 여느 날처럼 아침마다 시주를 받으러 떠나고 있었다.

싯다르타는 그를 보자마자 알아차렸다. 마치 오래전부터 이미 알고 있었던 사람을, 한눈에 다시 알아보듯, 단숨에 누런 옷을 걸친 부처는 탁발 그릇을 들고 천천히 걸어가고 있었다. 소박한 모습이었지만, 범접하기 어려운 고요가 그를 감싸고 있었다. 싯다르타는 친구에게 낮게 말했다.

"지기 뵈. 지 이른이… 부치야."

고빈다도 그를 유심히 바라보았다. 겉으로는 수백 명의 다른 승려들과 크게 다를 것 없어 보였지만, 고빈다 역시 곧 알아보았다. 두 사람은 그의 뒤를 따르며 말없이 관찰했다.

부처는 점잖게 걸었다. 깊은 생각 속에 잠긴 듯한 침착한 얼굴에는 슬픔도 기쁨도 떠 있지 않았다. 다만 어딘가에서 피어나는 듯한, 아주 희미한 내적 미소가 있었다. 보일 듯 말 듯한 미소를 띠고, 마치 건강한 어린아이처럼 조용히 걸어갔다. 엄격한 계율을 따르는 걸음이었으나, 그 걸음은 무언가를 향해 달려가는 사람의 발걸음이 아니라 이미 도착해 있는 사람의 발걸음처럼 보였다.

그의 얼굴과 걸음걸이, 고요히 내리깐 시선과 자연스럽게 늘어진 팔, 손가락 하나하나까지도 평화와 완전함을 말하는 듯했다. 무엇을 구하려는 흔적도, 무엇을 흉내 내려는 기색도, 무엇을 얻기 위해 분투한 자의 상처도 없었다. 사라지지 않는 평온 속에서, 흩어지지 않는 빛 속에서, 손댈 수 없는 고요 속에서 그는 그저 부드럽게 숨 쉬며 존재하고 있었다. 그렇게 고타마는 시주를 받기 위해 마을 쪽으로 걸어갔다.

고빈다가 속삭이듯 말했다.

"오늘 우리는 그의 설교를 들을 수 있을 걸세."

싯다르타는 대답하지 않았다. 그는 부처의 설교에서 어떤 '새로운 말'을 얻으리라 기대하지 않았다. 이미 여러 사람을 통해, 또 고빈다와 함께, 부처의 가르침 내용은 적지 않게 전해 들은 까닭이다.

그러나 그럼에도, 싯다르타는 부처의 머리와 어깨, 발과 가만히 늘어진 팔을 유심히 바라보았다. 손가락 마디 하나까지도 산 교훈처럼 느껴졌다. 온몸이 말하고, 숨 쉬고, 어떤 향기처럼 진리를 풍기며 반짝이는 듯했다. 이 사람은 새끼손가락의 작은 움직임 하나에 이르기까지 진리로 가득 차 있었다. 성스러운 인물이었다. 싯다르타는 일찍이 그 누구도 이만큼 존경해 본 적도, 이만큼 사랑해 본 적도 없었다.

두 젊은이는 부처의 뒤를 따라 거리까지 갔다가, 다시 그대로 묵묵히 돌아왔다. 그날은 먹지 않기로 마음먹었기 때문이다. 그들은 고타마가 돌아오는 것도 보았고, 젊은 제자들과 함께 식사하는 모습도 보았다. 그는 새도 배부르지 않을 만큼 적게 먹고는 망고나무 그늘로 돌아갔다.

저녁이 되자 한낮의 열기가 누그러지고, 사람들이 다시 모여드는 곳에서 두 사람은 마침내 부처의 가르침을 들었다.

그의 목소리에도 완전함이 깃들어 있었다. 듣는 이들 마음에 안식과 평화가 스며드는 듯했다. 그는 번뇌를 말했고, 번뇌의 원인을 말했으며, 번뇌에서 벗어나는 길을 차분하면서도 명쾌하게 들려주었다. 인생은 고해이고, 세상은 괴로움으로 가득 차 있다. 그러나 그 괴로움에서 벗어날 길이 열려 있다.

부처는 부드럽고도 힘 있는 음성으로 사성제四聖諦와 팔정도八正道를 가르쳤다. 설법은 보기와 반복으로 이어졌다. 그는 서두르지 않았다. 말은 참을성 있게, 듣는 이들의 마음속으로 천천히 걸어 들어왔다. 밝고 고요한 목소리는 마치 별빛이 반짝이는 하늘처럼 사람들 머리 위를 감싸며 맴도는 듯했다.

설교가 끝날 무렵에는 이미 날이 저물어 밤이 되었다. 많은 순례자들이 앞으로 나아가 교단에 들기를 청했고, 불도에 귀의하겠다고 서원했다. 고타마는 그들을 모두 받아들이며 말했다.

"그대들은 설교를 잘 알아들었는가? 그렇다면 오라. 거룩한 길을 걷도록 하라. 그러면 모든 괴로움에서 해탈하리라."

그때, 원래 소심했던 고빈다도 앞으로 나아갔다.

"저 또한 세존의 가르침에 귀의하겠나이다."

고빈다는 제자가 되기를 원했고, 허락을 받았다.

부처가 휴식을 위해 돌아간 뒤, 고빈다는 열의에 찬 목소리로 싯다르타에게 말했다.

"싯다르타, 내가 자네를 꾸짖을 자격이야 없지. 그래도 한마디는 하지 않을 수가 없네. 우리는 함께 세존을 뵈었고, 그 가르침을 들었어. 그런데 나는 귀의했는데… 자네는 어째서 잠자코 있나? 해탈의 길을 걷기 싫단 말인가? 망설이는 건가? 아니면 더 지켜보려는 건가?"

싯다르타는 마치 잠에서 깨어난 사람처럼 눈을 번쩍 뜨고, 고빈다의 얼굴을 오래 바라보았다. 그리고 엄숙한 목소리로, 나지막하게 말했다.

"나의 벗 고빈다. 이제 자네는 발걸음을 내디뎠고, 이 길을 선택했네. 자네는 지금까지 늘 다정한 친구로서 내 뒤를 따라왔지. 나는 가끔 생각했네. 언젠가는 고빈다도 자기 힘으로 혼자 걸어가야 할 때가 오리라고. 이제 그때가 왔군. 자네는 혼자서 자기 길을 택했네. 부디 멈추지 말고 끝까지 가게. 열반에 이르기를 축원하네."

고빈다는 친구의 말이 무엇을 뜻하는지 충분히 알아듣지 못한 채 다급하게 되물었다.

"부탁이니 말해 보게나, 내 벗이여! 자네에게도 부처께 귀의하는 길밖에는 다른 방법이 없다고—그렇게 말해 주게나. 어째서 자네는 그 길을 택하지 않는가?"

싯다르타는 친구의 어깨에 두 손을 얹었다.

"자네는 내 축원의 말을 미처 듣지 못했군. 고빈다, 거듭 말하지만 나는 자네가 그 길을 끝까지 걸어 열반에 이르도록 진심으로 축원하겠네."

그 순간 고빈다는 깨달았다. 친구가 자신을 떠나려 한다는 것을.

그는 울음을 터뜨렸다.

"싯다르타…!"

싯다르타는 부드럽게 타일렀다.

"고빈다, 자네는 이제 부처의 사문이라는 걸 잊지 말게. 자네는 고향과 부모를 버렸고, 가문과 재물도 버렸네. 그리고 자유의지와 우정마저 내려놓았지. 세존은 그렇게 하기를 바라며, 자네 또한 그렇게 되기를 원했네. 내일 아침, 나는 자네 곁을 떠나려네."

두 친구는 오래도록 숲속을 거닐었다. 잠자리에 누웠지만 좀처럼 잠이 오지 않았다. 고빈다는 왜 귀의할 수 없느냐고, 무엇이 못마땅하냐고 거듭 물었다. 그러나 싯다르타는 번번이 같은 말로 답할 뿐이었다.

"고빈다, 안심하게. 세존의 가르침은 지당하네. 내가 어찌 감히 그 잘못을 지적할 수 있겠나?"

이튿날 아침, 가장 나이 든 수제자가 정원을 거닐며 새로 귀의한 이들에게 누런 옷을 나누어 주고, 기초 교리와 계율을 가르치고 있었다. 고빈다는 큰 결심을 한 듯 친구를 껴안고, 새 귀의자들 속으로 몸을 섞어 들어갔다.

싯다르타는 홀로 숲속을 거닐며 생각에 잠겼다.

그때 고타마가 가까이 다가왔다. 싯다르타는 경의를 표해 공손히 인사했다. 부처의 눈에서 다정함과 평온이 조용히 흐르는 것을 보고, 그는 용기를 내어 여쭈었다. 잠시 말씀을 드려도 되겠느냐고. 고타마는 말없이 고개를 숙여 허락했다.

싯다르타가 말했다.

"오, 세존이시여. 어제 저는 세존의 놀라운 설교를 들었습니다. 저는 그 설교를 듣기 위해 친구와 함께 먼 곳에서 찾아왔습니다. 이제 제 친구는 세존께 귀의하여 곁에 남게 되었으나, 저는 다시 순례의 길을 떠나려 합니다."

고타마가 조용히 말했다.

"뜻대로 하십시오."

싯다르타는 한층 낮은 목소리로 말을 이었다.

"당돌하다고 여기실지 모르나, 저는 세존께 제 생각을 솔직히 말씀드리지 않고서는 떠날 수 없습니다. 잠시 제 말을 들어 주실 수 있겠습니까?"

부처는 말없이 고개를 끄덕였다.

"세존이시여. 세존의 가르침에서 무엇보다 놀라운 것은 모든 사리事理가 너무도 분명하게 입증된다는 점입니다. 세존께서는 이 세계를, 끊어지지 않는 하나의 사슬(인과因果의 법칙)로 보여 주셨습니다. 우연이나 신들의 변덕에 기대지 않고, 수정처럼 맑게 맞물린 질서로서의 세계를. 그렇게 투명하고 반박할 여지없이 설명한 이는 제가 알기로 없습니다. 만약 모든 바라문이 그처럼 세계를 본다면, 그들의 가슴은 사랑으로 더 힘차게 고동칠 것입니다."

싯다르타는 숨을 고르고, 조심스럽게 말을 덧붙였다.

"그러하오나⋯ 세존의 가르침에 따르면 그 단일하고 질서정연한 사슬이, 어느 한 지점에서 끊어지는 듯 보입니다. 그 틈에서 이 단일한 세계에 낯설고 새로운 현상, 해탈이 나타납니다. 세계의 극복, 괴로움에서 벗어나는 길 말입니다. 그 작은 틈새로 인해, 완전하고 영원한 법칙이 다시 허물어지는 듯도 보입니다. 감히 다른 의견을 아뢰어 황송합니다.”

고타마는 잠자코 듣다가, 자비롭고 맑은 목소리로 말했다.

“오, 바라문의 아들이여. 내 설교를 듣고 그처럼 깊이 생각한 것은 장한 일이오. 그대는 하나의 결함을 찾아냈소. 그 점에 대해서는… 다른 각도에서 더 숙고해 보도록 하시오.”

그러고는 조용히 경계했다.

“그러나 그대, 지식을 추구하는 자여. 의견의 덤불에 빠지는 것을 경계해야 하오. 논쟁을 위한 논쟁을, 말의 승부를 경계하시오. 중요한 것은 의견이 아니오. 의견은 아름다울 수도, 추할 수도, 지혜로울 수도, 어리석을 수도 있소. 사람마다 동의하기도 하고, 반대하기도 하지요.”

부처는 잠시 고요를 두고 덧붙였다.

“그대가 들은 것은 의견이 아니오. 세계를 해석하기 위한 것도 아니오. 설교의 목적은 오직 고통에서 벗어나게 하는 데 있소. 나의 가르침은 이것뿐이라오.”

싯다르타는 얼른 고개를 숙였다.

“오, 세존이시여. 부디 노여워하지 마옵소서. 저는 세존과 말다툼을 하려 한 것이 아닙니다. 의견이 중요하지 않다는 말씀은 지당합니다. 다만… 한마디만 더 올리겠습니다.”

공손한 목소리였으나, 그 속에는 흔들리지 않는 결심이 있었다.

“저는 한 순간도 세존께서 최고의 목표에 이르렀음을 의심해 본 적이 없습니다. 세존께서는 죽음에서 해탈하는 법을 발견하셨습니다. 그러나 그것은 '가르침'을 통해 얻은 것이 아니라, 세존 자신의 탐구와 명상과 인식과 깨달음 그 모든 것을 통해 이루어진 것이라 생각합니다. 그러므로 해탈은 배워서 되는 것이 아니라고 여깁니다."

그는 천천히 말을 이었다.

"세존께서 해탈하시는 순간, 당신께 일어난 일을 말로 가르쳐 남에게 건네는 것은 불가능할 것입니다. 세존의 가르침은 악을 멀리하고 올바르게 사는 길을 환히 비추지만, 수십만의 구도자 가운데 오직 세존만이 직접 체험하신 그 심오한 경지, 그 한 가지는 말로 담아 전할 수 없을 테니까요."

그리고 그는 마침내 고했다.

"제가 다시 편력의 길을 떠나려는 까닭이 바로 거기에 있습니다. 더 좋은 가르침을 찾으려는 것이 아닙니다. 세존의 말씀보다 더 훌륭한 말씀은 없다는 것을 저는 압니다. 다만 저는 모든 가르침과 스승을 떠나, 스스로 목표에 다다르든가 아니면 죽을 뿐입니다. 그러나 거룩하신 어른을 제 눈으로 직접 뵌 이 시간만은 결코 잊지 않겠습니다."

부처의 눈은 고요히 바닥을 향해 있었다. 깊이를 헤아릴 수 없는 얼굴에는 완전한 평온의 빛이 감돌았다.

"그대의 생각에 잘못이 없기를 바랄 따름이오. 그대가 그 목적에 이르기를 바라오."

그리고 부처는 조용히 물었다.

"그대는 나의 사문들, 나의 가르침에 귀의한 많은 형제들을 보았지요. 그대는 이들이 가르침을 버리고 속세의 쾌락에 젖는 것이 더 낫다고 믿고 있소?”

싯다르타는 곧장 대답했다.

“그런 생각은 꿈에도 해본 적이 없습니다. 그들 모두가 가르침을 따라 목적을 이루기를 바랍니다. 저는 타인의 삶을 판단할 위치에 있지 않습니다. 오직 저 자신만이 선택하고, 저 자신만이 버릴 것을 버려야 한다고 생각합니다.”

그는 한 걸음 더 나아가 말했다.

“오, 세존이시여. 만일 제가 당신의 제자 가운데 하나가 된다면… 당신을 따르고 사랑하는 일, 교단을 앞세우는 일이 제 자아를 대신해 버릴까 두렵습니다. 겉으로는 평온해지고 구원받은 듯 보이되, 실제로는 ‘나’가 살아남아 오히려 더 커지는 일이 일어날까 두렵습니다.”

고타마는 얼굴에 반쯤 미소를 띠고, 변함없이 관대하고 친절한 눈으로 이 낯선 젊은이를 바라보았다. 그리고 거의 알아차리기 어려운 몸짓으로 작별을 고했다.

“오, 사문이여. 그대는 지혜로운 사람이오.”

세존은 덧붙였다.

“지혜로운 말을 할 줄 아는군요. 다만 지나친 지혜는 스스로도 경계하는 게 좋소.”

부처는 그 자리를 떠났다. 그의 눈과 미소, 그 고요한 걸음과 숨결은 영원히 싯다르타의 기억에 새겨졌다.

싯다르타는 속으로, 혼잣말처럼 생각했다.

‘나는 일찍이 저렇게 보고, 저렇게 웃고, 저렇게 앉고, 저렇게 걸는 사람을 본 적이 없다. 나도 저렇게 자유롭고 존귀하며 절제하면서도 열려 있고, 천진하면서도 신비스럽게 보고 웃고 걷고 싶다. 자기 자신의 가장 깊은 곳까지 다다른 자만이, 저렇게 올바르게 보고 올바르게 걸을 수 있을 것이다. 그렇다. 나도… 나의 가장 깊은 곳까지 다다르도록 노력해야 한다.'

또 다른 생각이 뒤따랐다.

'나는 한 인간을 보았다. 그 앞에서는 저절로 머리가 숙여지는 한 인간을. 그러나 나는 앞으로 다른 어떤 사람에게도 머리를 숙이지 않을 것이다. 부처의 가르침조차 나를 유혹하지 못했거늘, 하물며 다른 가르침이랴.'

그러면서도 이상하리만큼 따뜻한 쓸쓸함이 가슴에 고였다.

'부처는 내게서 무엇인가를 빼앗아갔다. 하지만 빼앗아 간 것보다 더 많은 것을 내게 주었다. 부처는 내게서 친구를 빼앗아갔다. 그는 전에는 나를 믿었으나, 이제는 자기 자신을 믿는다. 전에는 나의 그림자였으나, 이제는 부처의 그림자가 되었다. 부처는 이 친구를 빼앗아갔지만 그 대신 그는 내게 싯다르타를, 나 자신을 주었다.'

깨달음

기원정사를 떠나며 싯다르타는, 마치 자신이 걸어온 반생마저 그 숲 그늘 아래 내려놓고 오는 듯한 기분이 들었다. 발걸음은 저절로 느려졌고, 마음은 깊은 물속으로 잠기듯 감정의 바닥으로 가라앉았다. 그 감정이 어디서 비롯되었는지, 어떤 결로 얽혀 있는지, 그는 하나하나 손끝으로 더듬듯 살폈다. 그에게 '생각'이란 원인을 찾아내는 일이었고, 원인을 알 때 비로소 감각은 인식이 되어 흩어지지 않으며, 감정은 제 본모습을 갖추어 빛나기 시작한다고 믿었기 때문이다.

혼자 길을 걷는 동안 그는 문득 깨달았다.

자신이 더 이상 소년이 아니라는 것을. 어느새 그는 성인이 되어 있었다. 그리고 뱀이 허물을 벗듯, 자신에게서 무언가가 조용히 떨어져 나갔다는 확신이 들었다. 그것은 청춘기 내내 붙어 다니던 마음 스승을 모시고, 그에게서 배우고자 하는 욕구였다. 그는 눈앞에 나타난 가장 고결하고 지혜로운 마지막 스승, 성자 부처마저도 떠나왔다. 떠나야만 했다. 그의 가르침에 귀의할 수는 없었기 때문이다.

그는 천천히 걸으며 스스로에게 물었다.

'도대체 나는 스승들의 가르침을 통해 무엇을 배우려 했던가?

그렇게 많은 것을 가르쳐 준 그들이 끝내 내게 가르쳐 주지 못한 것은 무엇이었는가?'

그러다 문득, 한 줄기 번개처럼 생각이 스쳤다.

'그것은 자아다. 나는 자아의 의미와 본질을 알고 싶었던 것이다.'

그가 피하려 했고, 동시에 정복하려 했던 것도 바로 그 자아였다. 그는 자아를 속이거나, 그로부터 달아나 잠시 숨을 수는 있었지만, 끝내 정복하지는 못했다. 진실로 그를 사로잡아 놓은 것은 세상의 그 어떤 것도 아니었다. 바로 '나'라는 수수께끼였다. 내가 살아 있다는 이 수수께끼, 내가 다른 사람들과 분리된 존재라는 이 수수께끼, 내가 '싯다르타'라는 이 수수께끼.

그런데도 그는 이제 알았다.

이 세상 그 무엇보다도 자신에 대해, 싯다르타 자신에 대해 가장 적게 알고 있었음을.

그 생각에 이르자 싯다르타는 걷던 걸음을 멈추었다. 그리고 또 하나의 깨달음이, 조용히 그러나 분명하게 그를 사로잡았다.

'내가 나 자신에 대해 아무것도 모르고 있었던 까닭은 단 하나다. 나는 나 자신을 두려워했고, 나 자신으로부터 도망치고 있었다.'

그는 아트만을 찾았고, 브라만을 찾았다. 마음의 본질을 알려고, 생명과 신성과 궁극적인 것을 붙잡으려 고행하며 껍질을 벗기려 했다. 그러나 바로 그 때문에 그는 자기 자신을 잃어버리고 말았던 것이다. 더 높고 더 거룩한 무언가를 향해 달려가느라, 정작 가장 가까운 곳에 있던 '나'를 외면해 버린 셈이었다.

싯다르타는 눈을 크게 뜨고 자기 자신을 바라보았다. 그러자 얼굴에 환한 기쁨이 번졌다. 오랜 꿈에서 깨어난 사람처럼 깊은 감격이 온몸을 흔들었다. 그는 마치 무엇을 해야 하는지 아는 사람처럼, 발걸음을 재촉했다.

'아!'

그는 깊게 숨을 내쉬었다.

'나는 이 싯다르타를 다시는 놓치지 않을 것이다. 더 이상 내 생각과 내 삶을 아트만이나 세계의 고통으로 시작하지 않겠다. 이제 나는 내 자신을 죽이려 들거나, 그것에서 그 폐허 속에서 비밀을 찾는 일을 그만둘 것이다. 야주르베다도, 아타르바베다도, 고행자도 아니, 그 어떤 위대한 가르침도 나를 가르칠 수는 없을 것이다. 나는 나 자신에게서 배울 것이다. 나 자신이 나의 스승이 될 것이다. 그리하여 나는 나를, 싯다르타의 비밀을 알아낼 것이다.'

그는 마치 세상을 처음 대하는 사람처럼 주위를 둘러보았다. 세상은 아름답고 다채로웠다. 세상은 이상하고 신비스러웠다. 여기에는 푸른빛이 있었고, 저기에는 노란빛이 있었으며, 그곳에는 초록빛이 있었다. 하늘은 푸르고, 강은 유유히 흘렀으며, 숲은 우거졌고 산은 높이 솟아 있었다. 모든 것은 아무 설명도 없이도 아름다운 수수께끼처럼 신비로웠다.

이 세계 한가운데서, 각성자 싯다르타는 자기 자신을 탐구하기 위해 길을 걷고 있었다. 노랗고 푸르른 산과 강이, 마치 처음인 듯 그의 눈에 들어왔다. 세상은 더 이상 마라의 마술도, 마야의 장막도 아니었다. 무의미하고 우연적인 현상계에 불과한 것도 아니었다.

다양성을 경멸하고 통일성만을 좇던 바라문들에게 현상계는 천박한 것으로 여겨졌다. 그러나 지금 싯다르타에게 파랑은 파랑이었고, 강은 강이었다. 예전에는 파랑과 강 너머에 유일자, 거룩한 어떤 것이 숨어 있다고 믿었다. 그래서 그는 '너머'를 찾느라 '여기'를 버렸다. 그러나 지금은 달랐다. 노랑과 파랑, 하늘과 숲, 그리고 싯다르타가 있었다. 그 자체가 곧 신성함의 의미였다. 의미와 본질은 사물 너머에 숨은 것이 아니라, 사물 속에 그대로 깃들어 있었다.

'나는 지금까지 얼마나 무관심하고 어리석었던가!'

그는 걸음을 재촉하며 생각했다.

'사람들은 책을 읽을 때 기호와 글자를 무시하지 않는다. 그것들을 착각이나 껍질로 치부하지 않고, 한 글자 한 글자를 사랑하며 읽는다. 그런데 나는 세계의 책과 나 자신의 본질을 읽으려 하면서도 기호와 글자를 경멸했고, 이 현상계를 허깨비라 불렀다. 내 눈과 혀를 우연적이고 무가치한 것이라 여겼다. 그러나 그것은 이미 지나간 생각이다. 나는 이제 깨달았다. 오늘, 나는 이 세계에 다시 태어났다.'

이런 생각을 하던 싯다르타는, 길 위에서 뱀을 본 사람처럼 갑자기 우뚝 멈춰 섰다. 또 하나의 깨달음이 그를 단단히 붙잡았기 때문이다.

'이제 막 깨달아 새로 태어난 나는, 아기처럼 삶을 처음부터 시작해야 한다.'

기원정사를 떠날 때만 해도 그는 고행자로 살아왔으니, 고향의 아버지에게 돌아가는 것이 자연스럽다고 여겼다. 그러나 지금은 분명히 알았다.

'나는 더 이상 고행자도, 승려도, 바라문도 아니다. 그렇다면 아버지 곁으로 돌아가 무엇을 하겠는가? 가르침을 받을 것인가? 제사를 지낼 것인가? 참선을 할 것인가? 이 모든 것은 이미 지나간 일이다. 더 이상 나에게는 필요 없다.'

싯다르타는 그대로 서 있었다. 한동안 심장은 얼어붙은 듯했다. 작은 동물처럼, 날짐승이나 토끼처럼 가슴이 얼어붙는 고독이 밀려왔다. 그는 오랫동안 고향을 떠나 살았지만, 지금처럼 깊은 고독을 느낀 적은 없었다.

지금 그는 오직 '싯다르타'로서, 한 각성자일 뿐이었다.

그는 크게 숨을 들이쉬었다. 온몸이 잠시 떨렸다. 누구도 이만큼 고독할 수는 없었다. 귀족도, 상인도, 바라문도, 심지어 은자조차도 이런 고독 속에 서 있지는 않았다. 그들에게는 여전히 공동체가 있었고, 소속이 있었기 때문이다. 그러나 싯다르타는 어디에도 속하지 않았다. 누구와 함께 살아갈 것인가. 누구와 이야기를 나눌 것인가. 누구의 이름으로 불릴 것인가.

세상이 그를 둘러싸고 녹아 사라져 버린 듯한 순간 하늘의 외로운 별처럼 홀로 서 있는 순간 냉혹하고 절망적인 이 순간 속에서, 싯다르타는 오히려 더 또렷한 자아와 더 굳은 결의를 얻었다. 이것이야말로 깨달음의 첫 전율, 새로 태어나는 마지막 몸부림이라고 그는 느꼈다.

그는 다시 발걸음을 옮기기 시작했다. 빠르게, 그러나 흔들림 없이. 집으로 향하는 길도, 고향의 아버지에게로 가는 길도 아니었다.

2부

카말라

싯다르타는 한 걸음 옮길 때마다 새로 배워 갔다. 세상이 달라져 보였고, 그 달라짐이 눈부실 만큼 매혹적이었기 때문이다. 숲이 우거진 산등성이 너머로 태양이 떠오르는 것도, 서쪽 끝 야자수 숲 너머로 붉은 해가 가라앉는 것도 그는 한참씩 멈춰 바라보았다. 밤하늘의 별들은 제 자리를 지키며 질서 있게 반짝였고, 초승달은 푸른 강 위에 마치 작은 쪽배처럼 떠 있었다.

나무와 별과 짐승과 구름, 무지개와 바위와 풀과 꽃, 여울과 강, 아침 이슬에 반짝이는 수풀, 멀리 솟은 푸른 산, 지저귀는 새와 붕붕거리는 벌, 들판에서 불어오는 은빛 바람까지, 그 모든 것이 그의 눈에 들어왔다.

이것들은 예전에도 늘 그 자리에 있었다. 다만 이제는 완전히 다른 눈으로 보였다. 해와 달은 여전히 빛나고, 강은 예전처럼 울부짖으며 흘렀으며, 꿀벌은 변함없이 붕붕거리며 날아다녔다. 그런데도 그 모든 것이, 싯다르타의 안쪽에서 새로 태어난 감각과 함께 다시 시작되고 있었다. 마치 오래된 세계가 어느 순간부터 새로 만들어지기라도 한 듯했다.

예전의 그는 이 모든 것을 허무하고 기만적인 장막이라 여겼다. 본질은 보이는 세계의 저편, 반대편에 있다고 믿었다. 그러니 눈앞의 세계는 본질이 아니라고 생각해 왔다. 불신의 눈으로 보면 세계는 사유에 의해 꿰뚫리고, 결국 부서지고 파괴되어 버리는 듯했다. 그는 늘 '너머'를 향해 칼끝을 겨누었고, '여기'를 가볍게 밟아 버렸다.

그러나 해탈한 지금, 그는 그것들을 비로소 올바로 보고 인식했다. 고향을 찾아 헤매지도 않았고, 어떤 본체를 움켜쥐려 애쓰지도 않았으며, 내세를 바라지도 않았다. 아무것도 구하지 않고 어린아이처럼 만물을 바라볼 때, 세상은 더없이 아름다웠다. 밀과 벌, 강과 언덕, 숲과 바위, 산양과 풍뎅이, 꽃과 나비까지도 모두 사랑스럽게 보였다. 의혹 없이 살아가는 것, 그것이야말로 세상을 아름답게 보는 길임을 그는 알았다.

머리 위에서 타오르는 태양도, 숲 그늘의 서늘함도 전과는 달랐다. 시내와 연못, 호박과 바나나의 향기조차 완전히 다르게 느껴졌다. 낮과 밤은 한결 짧아진 듯했고, 시간은 바람을 안고 달리는 쪽배처럼 빠르게 미끄러져 갔다. 그 쪽배에는 보석을 가득 싣고 환락에 젖은 사람들도 많이 타고 있는 듯했다. 그들 또한 이 흐름 속에서 웃고 울고 사라져 갔다.

그는 원숭이 떼가 언덕 숲속에서 나뭇가지를 타며 희롱하다가 탐욕스럽게 울어대는 것을 보았다. 숫양과 암양이 교미하는 모습도 보았다. 갈대가 무성한 강에서는 작은 물고기 떼가 겁에 질려 비늘을 번득이며 수달을 피해 달아났다. 사납게 쫓기는 물고기들이 일으키는 잔물결을 바라보며, 그는 힘과 정열이 가슴속에서 치밀어 오르는 것을 느꼈다. 삶이 저렇게 움직이고, 저렇게 달아오르고, 저렇게 두려워하며 달아나는 것, 그 모든 것이 갑자기 생생한 의미로 다가왔다.

이 모든 현상은 늘 그대로 존재해 왔다. 다만 그가 제대로 보지 못했을 뿐이다. 관심을 두지 않았고, 곁을 스쳐 지나쳤다. 그러나 이제 그는 그 모든 것에도 마음을 기울였고, 그 편에 서기로 했다. 빛과 그림자가 그의 눈동자 속으로 흘러들었고, 달과 별이 그의 마음 속으로 스며들었다.

걸어가며 그는 기원정사에서 겪은 일을 되새겼다. 그곳에서 들었던 설법, 거룩한 부처의 모습, 나눈 대화와 작별의 순간이 떠올랐다. 그리고 세존께 올렸던 자신의 말을 한 마디 한 마디 음미하다가, 자기도 미처 몰랐던 사실을 스스로의 입으로 꺼내어 놓았다는 데 새삼 놀랐다. 부처의 보배와 비밀은 가르침 속에만 있는 것이 아니라, 그가 깨달음을 얻던 순간의 체험, 말로는 표현할 수도, 가르칠 수도 없는 어떤 경험 속에 깃들어 있다는 것. 그는 그것을 몸으로 확인하기 위해 길을 떠났고, 이미 그 확인 속에 서 있었다.

그는 자신이 아트만이며, 브라만과 같은 영원불멸의 본질로 되어 있다는 사실을 오래전부터 알고 있었다. 그러나 그는 사색의 그

물로 자신을 붙잡으려 했기에 실패하고 말았다. 확실히 육체나 감각의 절정이 곧 '나'는 아니었다. 그렇다고 사유와 지성, 결론을 끌어내는 재주, 낡은 사상에서 새 사상을 유추해 내는 기능이 '나'인 것도 아니었다.

사상의 세계 또한 결국 현실의 한 부분이었다. 감각에 지배되는 '나'를 죽이고 사유와 지성이 우위에 선 '나'를 살찌운다 해도, 궁극의 목적에 닿을 수는 없었다. 사유와 감각은 둘 다 아름다웠고, 그 배후에는 궁극의 의미가 함께 숨 쉬고 있었다. 둘은 서로 등을 돌린 것이 아니라, 나란히 존재하는 것이었다. 그러므로 어느 하나를 멸시하거나 높이지 말고, 그 둘 속에 깃든 비밀의 소리를 들어야 했다. 그는 그 소리가 가리키는 것만 알고자 했고, 그 소리가 이끄는 곳에만 머물고 싶었다.

왜 고타마는 그 옛날, '시간 속의 시간'이라 부를 만한 깨달음의 빛에 닿던 순간 보리수 아래에 앉아 있었을까. 그는 그 나무 그늘에서 마음의 소리를 들었던 것이다. 그래서 금욕도, 불공도, 목욕과 기도도, 심지어 먹고 마시고 자고 꿈꾸는 일까지도 버리고 그 속삭임을 따르기로 했던 것이리라. 다른 외부의 명령이 아니라 오직 그 소리에만 순종한 일, 그것이야말로 훌륭하고도 필요한 일이었다. 그 밖에는 아무것도 필요하지 않았다.

그날 밤, 그는 어느 강가 뱃사공의 오두막에서 잠들었다. 꿈속에서 고빈다가 누런 옷을 걸치고 나타나 서운한 얼굴로 물었다.

"왜 너는 나를 버렸느냐?"

싯다르타는 고빈다를 끌어안고 입을 맞추었다. 그러나 어느 순간, 품 안의 사람은 고빈다가 아니라 한 여인이었다. 풍만한 젖가슴이 저고리 앞섶으로 삐져나왔다. 싯다르타는 그 젖을 탐하듯 빨았다. 달콤하고 강렬한 냄새가 퍼져 나갔다. 여자와 남자, 태양과 숲, 동물과 꽃, 과일과 향기, 온갖 쾌락의 냄새가 한꺼번에 밀려와 그를 도취시키고 의식을 앗아 갔다.

잠에서 깼을 때, 강물의 푸른빛이 문틈으로 흘러들고 있었다. 산 쪽에서는 부엉이 울음이 멀리서 은은하게 들려왔다. 꿈의 열기와 새벽의 냉기가 한동안 그의 가슴에서 엉켜 있었다.

해가 뜨자 그는 주인 뱃사공에게 강을 건너게 해 달라고 부탁했다. 뱃사공은 대나무 뗏목으로 그를 건너 주었다. 넓은 강은 아침 햇살을 받아 불그레하게 반짝였다.

"아, 강이 참 아름답군요."

싯다르타가 말하자, 사공이 웃으며 답했다.

"그럼요. 참 아름다운 강이지요. 나는 무엇보다 이 강을 좋아합니다. 가끔 강물이 흐르는 소리를 들으며 물속을 들여다보곤 하는데, 그럴 때마다 많은 것을 배우게 됩니다. 하긴 나뿐만 아니라 누구나 그럴 테지만요."

강 건너 언덕에 이르러 뗏목에서 내리며 싯다르타가 말했다.

"고맙습니다. 이 은혜를 무엇으로 갚아야 할지 모르겠군요. 나는 줄 돈도 물건도 없습니다. 나는 바라문의 아들이며, 사문으로 떠도는 나그네일 뿐입니다."

뱃사공이 조용히 말했다.

"나도 알고 있습니다. 대가를 바라지 않습니다. 다만 언젠가 갚을 때가 올 겁니다."

싯다르타의 얼굴이 환해졌다.

"정말 그렇게 생각하십니까?"

"물론이지요. 나는 강에서 모든 것이 되풀이된다는 진리를 배웠습니다. 그러니 당신도 언젠가 다시 이곳을 지나게 될 겁니다. 그때는 우정을 상으로 대신해 주시겠소? 당신이 불공을 드릴 때 내 생각을 해주십시오."

두 사람은 웃는 얼굴로 작별했다. 싯다르타는 사공의 호의와 친절이 새삼 고마웠다.

'고빈다 같은 사람이다. 내가 만나는 사람들은 어째서 모두 고빈다처럼 선량할까. 그들은 대가를 받을 권리가 있으면서도 바라지 않고, 오히려 감사해한다. 유순하고 순종적이며, 친구가 되고 싶은 사람들이다. 모두 어린아이 같다.'

그는 빙그레 웃었다.

정오 무렵 그는 어느 마을을 지났다. 흙으로 지은 오두막들 앞, 길가에서 아이들이 뛰놀고 있었다. 호박씨와 조개껍데기로 소꿉놀이를 하고, 노래를 부르고, 씨름을 하다가 낯선 사문을 보자 깔깔 웃으며 도망쳤다. 아이들의 웃음은 바람처럼 가볍고도 솔직했다. 마을을 지나 작은 냇가에 이르렀을 때, 한 젊은 여자가 앉아 빨래를 하고 있었다. 싯다르타가 인사를 건네자 그녀는 웃으며 고개를 들었다. 흰 눈자위가 반짝였다. 그는 길 가는 나그네처럼 그녀의 행운을 빌어 주고, 대도시까지 얼마나 남았는지 물었다.

여자는 일어나 그에게 다가와 농을 걸었다. 밥은 먹었느냐, 사문들은 밤에 숲에서 혼자 자며 여자를 멀리한다는데 정말이냐고 재잘거리며 묻더니, 이내 왼쪽 다리를 그의 오른쪽 다리 위에 걸쳤다. 도색적인 책에서 '나무타기'라 부르는, 남자에게 쾌락을 요구하는 교태였다.

싯다르타의 피가 와락 끓었다. 어젯밤 꿈이 불쑥 떠올랐다. 그는 고개를 숙여, 불룩한 가슴 위 갈색 젖꼭지에 입을 맞추었다. 그리고 눈을 들어, 관능적인 얼굴로 방긋 웃는 그녀를 바라보았다. 욕정에 못 이겨 가늘게 치뜬 눈에는 애원의 빛이 서려 있었다.

그는 동경해 마지않던 이성의 품에서 흥분의 소용돌이에 휘말렸다. 그러나 여자를 가까이해 본 적 없는 그는, 상대를 끌어안으려 하면서도 어쩐지 망설였다. 그 순간, 떨리는 마음 깊은 곳에서 한 목소리가 또렷이 흘러나왔다.

'그래서는 안 돼!'

그 목소리가 울리는 순간, 젊은 여인의 웃는 얼굴에서 매력이 한순간에 지워졌다. 남은 것은 발정기에 든 암컷의 번들거리는 눈빛뿐이었다. 싯다르타는 그녀의 뺨을 가볍게 찰싹 때리고, 무안해하는 여자를 뒤에 남긴 채 대나무숲 속으로 사라졌다.

그날 밤 그는 마침내 대도시에 닿았다. 오랫동안 산에서 살며 사람에게 굶주려 온 그는 이상하리만치 기뻤다. 어젯밤, 오랜만에 '사람다운 사람'인 뱃사공의 집에서 잠을 잔 것이 그 기쁨을 더 키운 듯했다.

도시 어귀, 울창한 나무숲과 아름답게 둘러싸인 정원 근처에서 그는 바구니를 옆에 낀 남녀 무리를 만났다. 그들 가운데 네 사람이

메고 가는 호화로운 가마가 눈에 띄었다. 햇빛을 가리는 알록달록한 덮개 아래, 빨간 방석 위에 한 여인이 앉아 있었다.

싯다르타는 정원 출입구에서 그 일행을 바라보았다. 하인과 하녀, 바구니와 가마, 그리고 그 안의 귀부인. 머리칼은 검고 높이 틀어 올려져 있었고, 그 아래 얼굴은 명랑하면서도 우아했다. 갓 터진 무화과 같은 입술은 붉게 빛났고, 손질된 눈썹은 높고 매끈한 곡선을 그렸다. 까만 눈동자는 영리하고 빈틈없어 보였다. 초록과 금빛이 어우러진 옷 위로는 티 없이 깨끗한 긴 목이 곧게 올라와 있었고, 금빛 팔찌를 찬 가느다란 손목이 고요히 놓여 있었다.

그 아름다움에 싯다르타의 마음이 환히 차올랐다. 가마가 가까이 오자 그는 허리를 굽혀 인사했고, 여인은 밝은 얼굴로 답례했다. 순간, 그녀의 지혜로운 눈망울 속에서 지금껏 맡아 보지 못한 향취가 스쳐 지나갔다. 여인은 눈웃음을 남긴 채 정원 안으로 사라졌고, 하인들도 뒤따라 들어갔다.

싯다르타는 그것을 좋은 조짐으로 여겼다. '이 도시에 첫발을 들여놓았구나.' 그는 정원 안으로 따라 들어가고 싶었다. 그러나 이내 멈추었다. 문 앞에 서 있던 자신을 하인과 하녀들이 바라보던 눈초리가 떠올랐기 때문이다. 경멸과 의심, 쫓아내고 싶은 마음, 그 모든 것이 그들의 눈에 또렷이 어려 있었다.

'아직도 나는 사문이다. 남루한 옷차림의 고행자, 거지에 지나지 않는다. 이런 곳에 오래 머물 수도, 정원 안으로 들어갈 수도 없는 처지다.'

그는 스스로를 향해 가볍게 웃고 말았다.

길에서 사람을 붙들고 그 정원과 여인에 대해 물었다. 그리하여 그 여인이 이름난 유녀 카말라이며, 그 정원은 그녀의 별장이라는 것을 알게 되었다. 게다가 그녀는 별장 말고도 시내에 큰 저택을 갖고 있다는 것이었다.

그는 도시로 들어갔다. 이제 그에게는 목표가 생겨 있었다.

그 목표를 따라 그는 거리를 오가고, 사람들 틈에 섞여 우두커니 서 있기도 했으며, 강가 돌층계에 앉아 쉬기도 했다. 마음 한편이 이상하게도 가볍고 단순했다. 마치 오랫동안 굳게 잠긴 문이 하나 열리자, 다른 문들도 연달아 따라 열리는 듯했다.

저녁 무렵 그는 어떤 이발사의 조수와 친해졌다. 그 사내는 나무 그늘에서 일하고 있었는데, 싯다르타가 비슈누를 모시는 절에서 기도하는 모습을 보고 호감을 품은 듯했다. 싯다르타는 그에게 비슈누와 락슈미의 내력을 들려주었다. 그날 밤 그는 강가에서 묵었다.

이튿날, 손님이 오기 전 이른 시간에 이발소를 찾아가 수염을 말끔히 깎고 머리를 단정히 빗어 올렸으며, 향수까지 발랐다. 그리고 강가로 나가 목욕을 했다. 물이 피부를 적실 때, 그는 마치 다른 몸을 다시 입는 것 같았다.

그날 오후, 가마를 탄 아름다운 카말라가 별장 가까이 이르렀을 때, 싯다르타는 입구에 서서 고개를 숙였다. 여인은 답례했다. 그는 뒤에 따라가던 하인을 눈짓으로 불러 조용히 부탁했다. 젊은 바라문이 여주인을 뵙고 싶어 한다고 전해 달라고 했다.

얼마 뒤 하인이 돌아와 그를 정자로 안내했다. 그곳에서 카말라는 침대에 누워 있었다. 그녀는 하인을 물리고 싯다르타만 남겼다.

"당신, 어제 밖에서 나에게 인사하지 않았나요?"

카말라가 물었다.

싯다르타가 답했다.

"그렇습니다. 어제 이미 당신을 뵙고 인사했습니다."

카말라가 웃었다.

"하지만 어제는 수염이 덥수룩했고, 긴 머리는 먼지투성이였잖아요."

"관찰력이 뛰어나군요."

싯다르타가 말했다.

"그 모습이 바로, 사문이 되기 위해 고향을 떠나 삼 년 동안 고행해 온 바라문의 아들 싯다르타였습니다. 하지만 이제 나는 그 길을 버리고 이 도시에 왔습니다. 그리고 이곳에서 처음 만난 사람이 바로 당신이었지요. 그 말을 전하려고 당신을 찾아왔습니다."

그는 잠시 숨을 고른 뒤, 부드럽게 덧붙였다.

"아, 카말라. 당신은 이 싯다르타가 두 눈으로 우러러보며 말을 건넨 첫 여인입니다. 앞으로 아무리 아름다운 여인을 만나도, 나는 이렇게까지 우러러보지는 않을 겁니다."

카말라는 공작 깃털 부채를 살랑살랑 부치며 물었다.

"그 말 하려고 일부러 찾아오셨나요?"

"그렇습니다. 그 말을 전하고, 당신의 아름다움을 진심으로 찬미하려고 왔습니다. 그리고 가능하다면… 내 친구가 되어 주고, 나아가 나의 스승이 되어 주길 바랍니다. 나는 당신이 정통한 기술에 대해선 백지니까요."

카말라는 깔깔 웃었다.

"산에서 나온 사문이 나를 찾아와 뭘 배운다니요. 머리가 헝클어지고 남루한 옷차림으로 내 앞에 나타날 줄은 꿈에도 몰랐어요. 젊은이들이 나를 찾아오긴 하죠. 그 가운데는 바라문의 아들도 있어요. 하지만 그들은 말쑥한 옷에 좋은 신을 신고, 머리엔 향수를 뿌리고, 주머니에는 돈을 두둑이 넣고 와요. 나를 찾아오는 젊은이들은 다 그렇답니다."

싯다르타가 고개를 끄덕였다.

"나는 벌써 당신에게서 내가 미처 몰랐던 것을 배우기 시작했소. 어제부터 배웠다고 해도 지나치지 않겠지요. 나는 수염을 깎고, 머리에 기름을 발라 단정히 빗어 올렸습니다. 이제 남은 것은 훌륭한 옷과 좋은 신, 그리고 주머니 속의 돈뿐입니다. 하지만 이 싯다르타는, 그보다 더 어려운 일들을 계획했고, 이미 해낸 사람입니다."

그는 잔잔히 웃으며 말을 이었다.

"그러니 당신의 친구가 되어 사랑의 기쁨을 누리려 마음먹은 일쯤, 이루지 못할 리 있겠습니까? 당신은 곧 내가 '가르치기 쉬운 사람'임을 알게 될 겁니다. 더구나 나는, 당신이 앞으로 내게 가르쳐 줄 것보다 더 어려운 가르침들을 이미 배워 알고 있소. 그런데도 내가 옷과 신과 돈이 없다고 해서 마음에 들지 않는다고 말할 수 있겠소?"

카말라는 다시 웃더니, 단호하게 말했다.

"그래요. 값진 옷을 입고 좋은 신도 신고, 그리고 나에게 줄 돈과 선물도 준비해야 해요. 알아듣겠어요?"

"잘 새겨 두었소."

싯다르타가 말했다.

"그렇게 아름다운 입에서 흘러나오는 말을 내가 어찌 놓치겠소."

그는 장난기 어린 진심으로 덧붙였다.

"당신의 입술은 익을 대로 익은 무화과 열매 같군요. 그런데 카말라, 내 입술도 빨갛게 여물어 신선하니 곧 당신의 입술에 잘 어울린다는 걸 알게 될 겁니다."

카말라는 눈을 가늘게 뜨고 웃었다.

"사랑을 배우겠다며 산에서 내려온 사문이… 내가 조금도 두렵지 않나요?"

"이 사문은 매우 건강하오."

싯다르타가 말했다.

"그리고 아무것도 두려워하지 않소. 나는 당신을 폭행하고 욕보일지도 모르오. 적어도 그렇게 당신을 괴롭힐 수도 있지요."

카말라는 고개를 저었다.

"그런 걸 두려워할 내가 아니에요. 누가 폭력으로 학식이나 신앙이나 지혜를 빼앗아갈까 두려워하는 사람이 있겠어요? 그런 것들은 스스로 내어줄 사람에게만 내어줄 수 있는 것이죠. 나, 카말라도 그래요. 사랑도 마찬가지예요. 카말라의 입술은 달콤할 수 있지만, 싫은데 억지로 입을 맞추면 쓰게만 느껴질 거예요."

그녀는 더 천천히, 또렷하게 말을 이었다.

"사랑은 구걸할 수도 있고, 살 수도 있고, 선물로 받을 수도 있고, 길에서 우연히 만날 수도 있어요. 하지만 사랑은 결코 강제로 빼앗을 수는 없어요. 당신, 그릇된 생각을 하고 있군요. 당신같이 아름다운 젊은이가 그렇게 함부로 덤비다니 섭섭하기 짝이 없네요."

싯다르타는 웃으며 고개를 끄덕였다.

"옳소, 카말라. 당신 말이 맞소. 당신의 입에서 달콤함이 한 방울도 남지 않게 되는 일은 있을 수 없지요. 마찬가지로 당신이 내 입에서 달콤함을 잃게 되는 일도 없어야 하오."

그는 부드럽게 제안했다.

"그럼 이렇게 하지요. 이 싯다르타는 좋은 옷과 신, 그리고 많은 돈을 마련해 다시 오겠소. 하지만 카말라, 나에게 그걸 얻는 방법을 가르쳐 줄 수 있겠소?"

카말라는 어깨를 으쓱했다.

"방법이요? 왜 없겠어요. 산속 자칼처럼 내려온 가난하고 무지한 사문이라면… 가르쳐 줄 수도 있죠."

"그렇다면 말해 주오. 가장 빠른 길이 어디인지."

카말라는 잠시 그를 살피더니 물었다.

"당신은 무엇을 할 줄 알죠?"

"나는 깊이 명상에 잠길 수 있고, 기다릴 줄도 알며, 단식도 할 수 있소."

"그 밖에는요? 다른 건 없나요?"

"시를 지을 줄 압니다."

싯다르타가 말했다.

"시를 지어 드리면… 당신의 입술을 허락하겠소?"

"당신의 시가 마음에 들면요."

카말라가 미소 지었다.

"어떤 시인데요?"

싯다르타는 잠시 생각한 뒤 시를 읊었다.

녹음 짙은 정원으로 들어가는 어여쁜 카말라여,

정원 입구에 선 초라한 사문이

그 연꽃 보고 고개를 굽혔더니

카말라는 웃으며 고마워했네.

청년은 문득 생각했네.

신을 섬기느니, 어여쁜 카말라를 섬기는 편이

더욱 바람직한 일일 것이라고.

카말라는 기뻐하며 손뼉을 쳤다. 손목의 팔찌가 잘그락거리며 울렸다.

"참 아름다운 시에요, 초라한 사문이여. 내 입술을 순다 해도, 나는 아무것도 잃었다고 생각하지 않겠어요."

그녀는 눈짓으로 그를 가까이 불렀다. 싯다르타가 다가서자, 카말라는 탐스럽게 여문 무화과 같은 입술을 내밀었다. 그녀는 오랫동안 그와 입을 맞추었다.

첫 입맞춤이 끝났을 때 싯다르타는 깊게 숨을 들이쉬며 놀라 서 있었다. 그녀가 얼마나 능숙하고 질서정연하게 그를 이끌어 거부했다가 유혹하고, 멈추었다가 다시 열어 주는지, 그리고 그 뒤에 또 어떤 정연한 입맞춤이 이어지는지, 그는 마치 눈앞에 지식의 보고가 열리는 것을 본 아이처럼 깜짝 놀랐다.

카말라가 말했다.

“당신의 시는 참 좋지만… 필요한 만큼 큰돈을 벌기엔 시만으로는 어려울 거예요. 내가 부자였다면 사례를 많이 했겠지만요. 그리고 당신이 이 카말라의 친구가 되려면 돈이 많이 들어요.”

싯다르타가 더듬거리듯 물었다.

“카말라… 어쩌면 당신은 입맞춤을 그렇게 할 수가 있지요?”

“그래요. 나는 그걸 할 줄 알아요.”

카말라가 웃었다.

“그래서 옷과 신과 팔찌와… 좋은 것들을 얻을 수 있었죠. 그런데 당신은 명상과 단식과 시 말고, 또 무엇을 할 줄 알죠?”

“주문도 외울 줄 알지요.”

싯다르타가 말했다.

“하지만 앞으로는 부르지 않을 작정입니다. 책도 많이 읽었습니다.”

카말라의 눈이 반짝였다.

“글을 읽을 줄 안다고요? 그럼… 쓸 줄도 아나요?”

“물론이죠.”

“거의 대부분이 못 해요. 나도 쓸 줄은 몰라요.”

그녀가 말했다.

“언젠가 주문을 써 달라고 부탁할지도 모르겠네요.”

그때 하인이 달려와 여주인의 귀에 무언가 속삭였다.

“손님이 왔어요.”

카말라가 말했다.

“어서 자리를 피해 주세요, 싯다르타. 여기에 당신이 있는 걸 누구에게도 보여선 안 돼요. 내일 또 봐요.”

카말라는 하인에게 흰 겉옷 한 벌을 내주라고 일렀다. 싯다르타는 영문을 다 알지 못한 채 하인을 따라 정자로 가 옷을 받아 입었다. 하인은 그를 숲속으로 데려가더니, 아무도 보지 않게 곧장 정원을 떠나라고 일렀다.

숲에 익숙한 싯다르타는 옷을 팔에 끼고 나뭇가지를 헤치며 울타리를 넘어 밖으로 빠져나왔다. 거리로 나와 여인숙에서 탁발해 떡 한 조각을 얻었다. 그러고는 마음속으로 생각했다.

‘틀림없이 내일부터는 이런 구걸을 하지 않아도 되겠지.’

그 순간 묘한 자부심이 솟았다. 그는 이미 사문이 아니었다.

‘구걸이라니, 당치도 않다.’

그는 떡을 개에게 던져 주고 온종일 굶었다.

‘속세에서 살아가는 게… 의외로 간단하군.’

그는 생각했다.

‘문제없다. 사문으로 살 때는 모든 것이 괴롭고 귀찮고, 결국 절망으로 기울기 마련이었다. 그런데 지금은 모든 일이 카말라가 가르쳐 준 키스처럼 척척 흘러간다. 나는 다만 옷과 돈이 필요할 뿐이다. 나머지는 사소한 일이다. 이제 잠을 이루지 못할 만큼 괴로운 일은 없을 것이다.’

그는 이미 시내에 있는 카말라의 집을 알아두었다. 이튿날 그는 그곳을 찾아갔다.

카말라가 그를 보자마자 말했다.

"마침 잘 왔어요. 카마스와미가 당신을 기다리고 있어요. 이 거리에서 첫손으로 꼽히는 부유한 상인이죠. 당신이 마음에 들면 일자리를 줄 거예요. 잘해 보세요. 내가 사람을 시켜 당신을 추천해 두었어요."

그녀는 다정하지만 단정한 목소리로 덧붙였다.

"공손하게 대하세요. 그는 이 거리에서 으뜸가는 유지니까요. 그렇다고 너무 굽실거릴 필요는 없어요. 나는 당신이 그의 하인이 되는 건 원치 않아요. 어디까지나 대등한 사람이어야 해요. 그렇지 못하면 나는 만족할 수 없어요. 카마스와미는 늙었고 기력이 없어요. 당신이 잘만 하면 모든 일을 맡길 거예요."

싯다르타는 빙그레 웃으며 고맙다고 했다. 카말라는 그가 어제부터 아무것도 먹지 않았다는 말을 듣고 빵과 과일을 가져오게 해, 실컷 먹게 했다.

그리고 그녀는 웃으며 말했다.

"당신은 운이 좋은 사람이군요. 닫힌 문들이 당신을 위해 잇달아 저절로 열리는 것 같아요. 웬일일까요? 정말 마술이라도 부리나 봐요."

싯다르타가 대답했다.

"어제 나는 당신에게 말했지요. 깊이 명상할 수 있고, 기다릴 줄 알며, 단식할 수 있다고. 당신은 그때 그것들이 아무 짝에도 못 쓴다고 생각했소. 하지만 카말라, 그것들은 대단히 중요한 일입니다. 아직도 아니라고 생각하오?"

그는 잔잔하지만 확고한 목소리로 이어 말했다.

"산속의 어리석은 사문들은, 당신네가 감히 엄두도 못 낼 것들을 배우고 실제로 해냅니다. 그저께만 해도 나는 머리가 부스스하고 수염이 덥수룩한 채 구걸이나 하던 사문에 지나지 않았지요. 그런데 이제 나는 당신과 입을 맞추었고, 앞으로는 장사꾼이 되어 돈과 당신이 값지게 여기는 모든 것들을 손에 넣게 될 겁니다."

카말라가 곧장 맞받았다.

"그럴지도 모르죠. 하지만 내가 없었다면요? 내가 당신을 돕지 않았다면, 당신은 지금 무엇을 하고 있었을까요?"

싯다르타는 자리에서 일어나 그녀를 불렀다.

"사랑하는 카말라."

그리고 천천히 말했다.

"당신의 정원 앞에 섰을 때, 나는 이미 첫발을 내디딘 것이오. 아름다운 여인에게서 사랑이 무엇인지 배우겠다고 마음먹었습니다. 마음먹은 순간, 나는 반드시 실천할 작정이었지요. 정원 입구에서 당신을 보는 순간 당신이 내게 힘이 되어 줄 것을 이미 알았소."

카말라가 물었다.

"하지만 내가 받아들이지 않았다면요?"

싯다르타가 웃었다.

"카말라, 당신은 그럴 리가 없소. 이를테면 물에 돌을 던지면 곧장 바닥으로 가라앉지요. 내가 어떤 목적을 위해 결심할 때도 같습니다. 나는 오직 꾸준히 기다리고, 명상하고, 단식할 뿐이지만 돌이 물을 뚫고 들어가듯 나는 가만히 앉아서도 이 세상의 사물을 뚫고 나아갈 겁니다."

그는 더 낮고 진지한 목소리로 말했다.

"나는 어떤 일에 끌리면 그 일에 열중합니다. 목적이 나를 끌어당기니까요. 목적에 어긋나는 일은 받아들이지 않습니다. 사람들이 내가 마법을 써서 마신을 업고 일한다고 말하더라도 세상에 마신을 업고 되는 일이 어디 있겠소? 다만 깊이 명상할 수 있고, 끈기 있게 기다릴 수 있으며, 단식할 수 있다면 누구나 나처럼 '마법'처럼 보이는 일을 해낼 수 있는 법입니다."

카말라는 그의 말을 들으며 나직이 웃었다. 목소리는 좋았고, 반짝이는 눈동자는 사람을 끌어당겼다.

"아마도 그렇겠죠."

그녀가 말했다.

"하지만 당신이 워낙 미남인 데다가, 눈빛이 여자들의 호감을 사서 행복이 더 쉽게 찾아드는지도 몰라요."

싯다르타는 그녀에게 작별의 입맞춤을 건넸다.

"그렇다면 더없이 좋겠소, 나의 스승이여. 내 눈빛이 언제나 당신을 기쁘게 하길. 그리고 당신이 보내 주는 행복이 언제나 나를 맞아 주기를…."

어린아이 같은 사람들 옆에서

싯다르타는 돈 많은 상인 카마스와미의 호화로운 집을 찾아갔다. 문지기가 그를 들이지 하인이 나와, 값비싼 융단이 깔린 방으로 그를 안내했다. 싯다르타는 그곳에 조용히 앉아 주인을 기다렸다. 방 안에는 향내가 은은히 떠돌았고, 비단과 나무의 차갑고도 매끈한 촉감이 공기처럼 감돌았다. 바깥의 소란은 두꺼운 벽 너머에서 멀어져, 마치 다른 세계의 소리처럼 희미해졌다.

잠시 뒤 카마스와미가 들어왔다. 백발이 성성했으나 몸놀림은 여전히 민첩했고, 말과 눈빛은 매끄러울 만큼 신중했다. 번뜩이는 영리함이 눈가에 얇게 번져 있었고, 탐욕을 감추지 못하는 입술이 그의 오랜 삶을 또렷이 드러내는 듯했다. 두 사람은 정중히 인사를 나누었다.

상인이 먼저 입을 열었다.

"듣자 하니, 당신은 바라문이고 더구나 학자라던데… 나 같은 상인 곁에서 일하기를 원한다지요? 생활이 곤궁해서 그러는 겁니까?"

"아니올시다."

싯다르타가 대답했다.

"저는 지금까지 한 번도 곤궁에 빠져 본 일이 없습니다. 오랫동안 사문의 수도 생활을 해왔으니까요."

카마스와미가 고개를 갸웃했다.

"사문이었다면 어찌 곤궁하지 않을 수 있겠소? 사문이란 소유가 전혀 없는 사람들이 아닌가."

"그야 그렇지요. 당신이 말씀하시는 의미의 소유는 없습니다. 하지만 그건 자발적으로 그렇게 하는 것입니다. 그러니 곤궁하다고 할 수는 없지요."

상인은 입술을 비틀어 보이며 물었다.

"손에 아무것도 없으면서 앞으로 어떻게 살아갈 생각이오?"

"아직 그 점을 생각해 본 적이 없습니다. 삼 년 넘게 한 푼 없이 살아오면서도, 살아가는 문제를 '궁리'해 본 일이 없었으니까요."

카마스와미는 잠시 싯다르타를 위아래로 훑어보았다. 그 눈빛에는 계산과 의심, 그리고 약간의 흥미가 뒤섞여 있었다.

"그렇다면 남의 소유물로 살아온 것이라고 할 수밖에 없지 않소?"

"아마 그럴 테지요. 하지만 그건 상인도 마찬가지일 겁니다."

상인의 눈이 번쩍했다.

"사실이오. 다만 나는 남의 것을 공짜로 얻은 적은 없소. 대신 상품을 제공하지."

싯다르타는 부드럽게 고개를 끄덕였다.

"세상은 대개 그런 방식으로 굴러가는 듯합니다. 누구나 주고받지요. 그것이 곧 인간의 삶일 테고요."

카마스와미가 다시 물었다.

"그렇다면 묻겠소. 지금 당신은 손에 가진 것이 없는데, 무엇을 줄 수 있습니까?"

"누구나 자기가 가진 것을 주게 마련이지요. 무사는 힘을 주고, 상인은 상품을 주고, 교사는 가르침을 줍니다. 농부는 쌀을, 어부는 생선을 주지요."

"옳은 말이오."

상인은 친친히 말했다.

"그러면 당신은 무엇을 주겠소? 배워 얻은 것은 무엇이며, 할 수 있는 일은 무엇입니까?"

싯다르타는 잠깐 생각한 듯 보였으나, 곧 담담히 말했다.

"저는 깊이 명상할 수 있고, 끈기 있게 기다릴 수 있습니다. 단식도 할 수 있고요."

상인의 눈썹이 올라갔다.

"그것이 전부요?"

"전부인 것 같습니다."

"단식이 무슨 소용이 있단 말이오?"

싯다르타는 웃지도, 맞서지도 않았다. 그저 조용히, 마치 당연한 사실을 말하듯 대답했다.

"대단히 유용합니다. 먹을 것이 없을 때 사람이 취할 수 있는 가장 현명한 방법이 단식이니까요. 만일 제가 단식하는 법을 배우지 못했다면, 지금쯤 배고픔 때문에 아무 일이나 붙잡았을 겁니다. 누구의 일이든, 어디의 일이든 가리지 않고요. 하지만 저는 차분히 기다릴 수 있습니다. 초조해하지도, 절박해하지도 않은 채 오래 굶어도 웃어넘길 수 있습니다. 그런 뜻에서 단식은 도움이 됩니다."

카마스와미는 짧게 숨을 내쉬었다.

"하긴… 그렇군요. 잠깐 기다리시오."

그는 밖으로 나갔다가 두루마리 하나를 들고 돌아왔다. 그리고 싯다르타 앞에 내밀었다.

"이걸 읽을 수 있겠소?"

매매 계약서였다. 싯다르타는 글을 천천히, 그러나 막힘없이 읽어 내려갔다.

"대단하군!"

상인이 감탄했다.

"그럼 이 종이에 몇 자 써 주겠소?"

종이와 붓이 놓였다. 싯다르타는 시키는 대로 글을 써서 돌려주었다. 카마스와미는 받아 들고, 소리 내지 않고 읽었다. 거기에는 이렇게 적혀 있었다.

글 쓰는 것은 훌륭한 일이다.

그러나 생각하는 것은 더욱 훌륭한 일이다.

지혜로운 것은 훌륭한 일이다.

그러나 참는 것은 더욱 훌륭한 일이다.

"정말 달필이군."

상인은 고개를 끄덕였다.

"함께 의논할 일이 많겠소. 오늘은 이쯤 하고… 우리 집에 손님으로 머물러 주시오."

싯다르타는 감사 인사를 하고 그 집에 머물렀다. 주인은 그에게 옷과 신을 마련해 주었고, 하인 하나가 날마다 목욕물을 준비해 주었다. 하루 두 끼의 푸짐한 식사가 차려졌지만, 싯다르타는 여전히 하루 한 끼만 먹었으며 고기와 술은 입에도 대지 않았다. 먹을 수 있는데도 먹지 않는 것은, 예전처럼 의무가 아니라 이제는 그의 습관이자 선택이었다.

카마스와미는 장사의 일들을 차례로 보여 주었다. 창고와 장부, 거래의 규칙과 셈법, 시장의 소문과 사람들의 심리까지. 싯다르타는 새로운 것을 배웠으되 말은 아꼈다. 그리고 카말라가 일러 준 말을 잊지 않았다. 상인에게 복종하는 사람이 아니라, 대등한 사람으로 때로는 한결 위에서 대우받을 수 있게 하라는 말. 이상하게도 카마스와미는 싯다르타 앞에서 저도 모르게 그 지시를 따르는 듯했다.

카마스와미가 거래에 온 마음을 쏟을 때마다, 싯다르타의 눈에는 그것이 어린아이의 놀이처럼 보였다. 그는 장사의 법을 성실히 익혔으나, 알맹이에는 마음이 붙지 않았다. 장사는 그에게 목적이 아니라, 어떤 목적을 위해 잠시 걸치는 옷은 필요하면 입고, 때가 되면 벗어 던질 옷 같은 것이었다.

얼마 지나지 않아 싯다르타는 카마스와미의 장사를 상당 부분 도맡아 보게 되었다. 그리하여 날마다 좋은 옷과 좋은 신을 신고, 약속한 시간에 카말라를 찾아갔다. 손에는 언제나 선물이 들려 있었다.

카말라의 붉고 탐스러운 입술과 가늘고 날씬한 팔에서 그는 많은 것을 배웠다. 사랑에 있어 아직 어린아이 같은 그에게, 쾌락이라는 끝없는 구덩이로 눈먼 듯 뛰어들려는 그에게, 카말라는 아주 기본부터 가르쳤다. 주지 않고는 받을 수 없고, 모든 동작과 접촉과 눈길과 몸의 작은 부분마다 비밀이 있으며, 그 비밀은 알아차리고 건드릴 줄 아는 사람에게 기쁨을 가져다준다는 것. 서로를 아끼되 정복하고 정복당하는 균형이 있어야 하며, 한쪽이 상처받거나 지나치거나 함부로 다루면 사랑의 향연은 금세 무너진다는 것까지.

그리하여 싯다르타는 아름답고 지혜로운 예술가와 함께 황홀한 시간을 보내며, 그녀의 제자이자 애인이자 친구가 되어 갔다. 인생의 무게는 카마스와미의 장부 위가 아니라, 카말라의 숨결과 가르침 위에 놓였다.

카마스와미는 중요한 편지와 계약서를 모두 싯다르타에게 맡겼고, 큰일은 반드시 그와 의논했다. 상인은 그가 쌀과 양털, 항해와 장삿속의 잔기술은 몰라도, 이상하리만치 '행운'이 따른다는 것을 보았다. 무엇보다 언제나 평온한 얼굴로 남의 말을 끝까지 듣고, 상대의 마음을 꿰뚫는 솜씨가 자신보다 월등하다는 사실을 인정하지 않을 수 없었다.

어느 날 상인은 친구에게 말했다.

"저 바라문은 진짜 장사꾼은 못 돼. 아마 앞으로도 못 될 거야. 장사에 목숨 걸 사람이 아니지. 그런데도 장사는 저절로 잘돼. 타고난 행운인지, 마법인지, 사문들에게서 배운 것인지… 알 수가 없어. 실패를 두려워하지 않으니 손해를 봐도 태평이란 말이야."

친구는 현실적인 충고를 던졌다.

"이득이 나면 삼분의 일을 주고, 손해가 나면 삼분의 일을 물리게 하게. 그래야 열의가 생기지."

카마스와미는 그대로 했다. 그러나 싯다르타는 변하지 않았다. 이득이 나면 태연히 돈을 받아 넣었고, 손해가 나면 웃으며 말했다.

"아, 이번에도 실수를 했군."

그는 장사에 마음이 없는 듯했다. 한번은 많은 쌀을 사들이려 시골로 갔으나, 이미 다른 이가 모두 사 가고 없었다. 그런데도 그는 그곳에 머칠을 더 미물렀다. 농부들과 어울려 웃고, 아이늘에게 농전을 쥐어 주고, 잔칫집을 드나들었다. 그러고는 흐뭇한 얼굴로 돌아왔다.

카마스와미는 노골적으로 책망했다.

"당신은 시간과 돈을 낭비했소!"

싯다르타는 조금도 상처받지 않은 얼굴로 대꾸했다.

"그런 잔소리는 그만하시오. 잔소리를 하면 일이 더 잘되지 않습니다. 손해를 봤다면 내가 변상하지요. 하지만 나는 이번 여행에서 얻은 것이 많소. 사람들과 어울려 배운 것이 한두 가지가 아니었고, 어떤 이는 내 친구가 되었고, 아이들은 내 무릎에 올라앉아 놀았고,

농부들은 논밭을 보여 주었소. 아무튼 나를 상인으로 대하는 사람은 한 명도 없었지요.”

카마스와미가 버럭 소리쳤다.

“대단히 좋군! 하지만 당신은 장사를 하러 갔지 놀러 간 게 아니오!”

싯다르타는 웃으며 고개를 끄덕였다.

“맞습니다. 그런데 만일 내가 카마스와미였다면, 쌀이 없다는 걸 알자마자 불쾌한 얼굴로 돌아왔겠지요. 그럼 남는 건 시간과 돈의 낭비뿐입니다. 하지만 나는 즐거운 나날을 보내며 많은 것을 얻었소. 불쾌한 얼굴로 남을 괴롭히지도 않았고요.”

그는 차분히 덧붙였다.

“다음에 다시 그곳을 찾게 되면, 다음 추수 때 쌀을 사러 가든 다른 일로 가든, 이미 친해 둔 사람들은 나를 반가워할 겁니다. 그때는 오히려 성과를 얻을 수 있겠지요. 그러니 내가 경솔하지 않았음을, 당신이 언젠가는 칭찬하게 될 겁니다.”

그리고 마지막으로, 조용히 못을 박았다.

“무엇보다 마음을 올바르게 가져야 합니다. 잔소리로 스스로를 불쾌하게 만들지 마시오. 만일 내가 당신에게 손해만 끼치는 사람이라 여겨진다면, 언제든 말해 주십시오. 그럼 나는 즉시 떠나 나의 길을 가겠습니다. 그때까지는 서로 불만 없이 지냅시다.”

카마스와미는 ‘당신이 내 밥을 얻어먹고 있다’는 말을 꺼내려 했으나, 끝내 힘을 잃었다. 싯다르타에게는 그것이 너무도 가볍고 낡은 논리로 보였다. 그는 어디까지나 자기 밥을 먹고 있었고, 더 크게 말하자면 그들 둘은 다른 이들의 밥을, 모든 사람의 밥을 먹고 있었다.

카마스와미는 걱정이 많은 사람이었다. 거래가 깨질까, 물건이 사라질까, 돈을 떼일까, 그런 생각이 머리에서 떠나지 않았다. 일이 틀어지면 그는 비탄에 잠기고 분노에 떨며 밤잠을 이루지 못했다. 그러나 싯다르타에게 그런 날은 없었다. 기쁨도 슬픔도 그를 오래 붙들지 못했고, 손해도 이익도 그의 얼굴을 크게 바꾸지 못했다.

어느 날 카마스와미가 말했다.

"자네는 내게서 많이 배웠지 않나."

싯다르타는 웃으며 답했다.

"그런 농담으로 나를 희롱하지 마십시오. 내가 당신에게서 배운 것은 바구니에 든 생선 값, 소작료가 얼마인지 같은 사소한 것뿐입니다. 당신이 사색하는 모습은 한 번도 본 적이 없으니, 앞으로는 내가 당신에게서 그것을 배우고 싶군요."

싯다르타의 관심은 장사 그 자체가 아니라, 거래하는 사람들에게 있었다. 흥정과 일, 걱정과 쾌락, 어리석음과 욕망. 예전에는 달나라 이야기처럼 멀었는데, 이제는 살갗 가까이에서 숨 쉬는 것들이었다. 그는 그들의 말과 표정과 손놀림에서, 한 사람의 공포와 희망이 어떻게 흘러가는지 보았다.

그들과 함께 살며 이야기하고 배우는 것은 쉬웠다. 그러나 동시에 그는 자신이 그들과 다르다는 사실을, 사문으로서 체득한 어떤 것을 또렷이 느꼈다. 그가 사랑하기도 하고 멸시하기도 하는 이 사람들은, 어린아이 혹은 동물에 가까운 삶을 살았다. 돈을 위해, 쾌락을 위해, 하찮은 명예를 위해 서로 탓하고 헐뜯으며, 사문이라면 웃어넘길 괴로움에도 울고불고 야단이었다. 그들의 기쁨은 짧고 뜨거웠고, 절망은 길고 끈적했다.

그럼에도 싯다르타는 자기를 찾아오는 이들을 반갑게 맞았다. 삼베를 파는 상인도, 한 시간씩 궁한 사정을 늘어놓는 구걸꾼도, 사문보다 갑절은 풍족하면서도 가난하다 말하는 사람도, 그는 모두를 거의 똑같이 대했다. 외국의 큰 상인을 대하든, 수염을 깎아 주는 하인을 대하든, 바나나를 파는 행상을 대하든, 그의 태도는 변함이 없었다.

누군가는 거래하려고 왔고, 누군가는 속이려 들었으며, 누군가는 살피고 시험했다. 또 누군가는 동정을 얻거나 충고를 듣고 싶어 찾아왔다. 싯다르타는 그들을 다 받아들였다. 충고할 사람에게는 충고하고, 동정할 사람에게는 동정했으며, 속이려는 사람에게는 때로는 '조금' 속아 주기도 했다. 그것은 어리석어서가 아니라, 그들 방식의 놀이를 잠시 함께 놀아 주는 마음에서였다.

그러나 그들의 탐욕과 조급함은, 그가 신들과 범을 섬기던 때처럼 그를 지치게 만들기도 했다. 그는 가끔 거의 들리지 않을 만큼 낮은 목소리로 탄식했다. 지금 자신의 삶이 어딘가 '장난' 같다는 것, 즐겁고 유쾌한 순간이 있어도 진실한 삶을 외면하고 있다는 것. 공을 가지고 노는 사람처럼 장사를 가지고 놀고, 때로는 사람들까지 가지고 놀고 있음을 깨닫는 순간이 찾아왔다.

샘의 원천은 어느새 멀리 흘러가 버린 듯했다. 그의 삶과는 상관없는 먼 곳으로, 보이지 않는 어딘가로 가고 있었다.

그럼에도 그는 또 한편으로는, 이 어린아이 같은 삶을 정열로, 방관이 아니라 진심으로 즐길 수 있기를 바랐다. 그래서 그는 카말라를 찾아가 애무의 기법을 배우고, 주고받음이 맞물리는 욕정 속에 잠기곤 했다. 그들은 서로 속삭이고, 배우고, 충고를 주고받았다. 카말라는 고빈다보다 더 싯다르타를 이해하는 듯했고, 더 뜻이 맞는 듯했다. 적어도 지금 이 순간들만큼은.

어느 날 싯다르타가 카말라에게 말했다.

"당신은 나와 거의 다름없소. 다른 사람들과는 다르오. 당신은 어디까지나 카말라요. 당신 마음속에는 안식과 피난처가 마련되어 있소. 그러니 내가 그렇듯이, 당신도 그 안으로 들어가 혼자 쉴 수 있을 거요. 누구나 그럴 수는 있겠지만… 실제로 그렇게 하는 사람은 드물지."

카말라는 웃으며 대꾸했다.

"그야, 누구나 지혜로운 건 아니니까요."

싯다르타는 고개를 저었다.

"지혜롭고 어리석음의 문제만은 아니오. 이를테면 카마스와미도 나만큼은 지혜롭지만, 자기 자신 속에서 쉴 줄은 모르오. 반면 이성은 어린아이 같아 보여도, 자기 안으로 들어가 잠시 쉬는 사람을 나는 이따금 보았소."

그는 잠시 숨을 골랐다가, 조용히 말을 이었다.

"대부분의 사람들은 바람 따라 공중에서 빙글빙글 돌다가 땅에 떨어져 굴러다니는 낙엽 같소. 자기 법칙과 궤도를 가진 별 같은 사람은 드물지. 내가 아는 많은 학자와 사문들 가운데 그런 사람은 단

한 사람뿐이었소. 내가 평생 잊지 못할 완전한 인격의 소유자… 고 타마요. 세존, 도를 설하는 그분 말이오. 수천 명이 그의 가르침을 따르지만, 그들 또한 저마다의 법칙과 궤도를 갖지는 못하오."

카말라는 그를 물끄러미 바라보다가 웃었다.

"당신은 또 그분 이야기를 하는군요. 아직도 사문을 못 잊으세요?"

싯다르타는 대답하지 않았다. 이윽고 두 사람은 서로를 더 가까이 끌어안았다. 카말라의 몸은 호랑이의 허리처럼, 사냥꾼의 활처럼 유연했고, 그녀는 오래도록 시간을 끌며 싯다르타를 이끌었다. 끌어당기고 밀어내고, 다가오게 했다가 멀어지게 하며, 슬기로운 기법을 아낌없이 펼쳤다.

마침내 그녀에게 "정복된" 싯다르타는 지친 몸을 그녀 옆에 내려놓고 숨을 골랐다.

카말라는 그의 얼굴을 오래 바라보았다. 피로한 눈동자까지도 놓치지 않으려는 듯, 천천히, 아주 천천히 바라보았다.

"당신은… 내가 만난 누구보다 훌륭한 애인이에요."

그녀는 잠시 생각에 잠긴 얼굴로 덧붙였다.

"당신은 누구보다 강하고, 부드럽고, 유순해요. 내 기교를 너무 쉽게 배워요. 싯다르타… 내가 좀 더 나이가 들면, 당신의 아들을 낳 게 될지도 모르겠어요. 하지만 당신은 사문이라서… 나를 사랑하지 않겠죠. 아니, 나뿐 아니라 아무도 사랑하지 않을 테고요. 그렇죠?"

싯다르타는 지친 듯 낮은 목소리로 대답했다.

"그럴지도 모르오. 나나 당신이나 어쩌면 같소. 당신도 아무도 사랑하지 않을 거요. 사랑한다면… 어찌 사랑을 기교로 행할 수 있겠소."

그는 잠시 눈을 감았다가, 아주 조용히 말했다.

"사랑은… 어린아이 같은 사람들만이 할 수 있는 것일지도. 그것이 그들만의 비밀이오."

윤회

싯다르타는 오랫동안 세속 한가운데에서 살았다. 그러나 끝내 그 속에 완전히 잠기지는 못했다. 거룩한 사문으로 살던 시절 얼어붙어 있던 관능이 되살아나, 그는 영화와 부귀를 누리고 때로는 권세까지 부렸지만 마음 한구석에는 여전히 사문이 살아 있었다.

영리한 카말라는 그 사실을 잘 알고 있었다. 싯다르타의 삶을 끝내 지배하는 것은 사치가 아니라 사색과 인내와 단식이었다. 세속의 사람들, 어린아이 같은 사람들은 늘 그에게서 한 걸음 떨어져 있었다.

그렇게 세월이 흘렀다. 그러나 싯다르타는 안일함에 젖어, 시간이 자기 속을 조금씩 잠식하는 것을 미처 알아차리지 못했다. 그는 마침내 부자가 되었고, 집을 갖고 하인을 부리게 되었으며, 교외 강기슭에는 별장까지 마련했다. 사람들은 돈이나 조언이 필요할 때마다 그를 찾아와 존경과 기대를 늘어놓았다. 하지만 카말라를 제외하고는, 아무도 그에게 진정으로 가까이 다가오지 못했다.

청년 시절, 고타마의 설교를 듣고 고빈다와 헤어지던 날, 그때 그가 가슴 깊은 곳에서 느꼈던 숭고하고도 명쾌한 깨달음이 있었다. 엄숙한 기대가 있었다. 스승의 가르침은 물론, 스승마저도 뒤로하고 홀로 자신의 길을 가겠다고 결의하던 순간이 있었다. 신의 목소리를 들으려던 겸허함이 있었다. 그러나 그런 것들은 조금씩 멀어져 갔다. 이제는 오래된 이야기처럼 희미해졌다. 한때 그의 곁에서 흐르던, 그의 안에서도 솟아오르던 신성한 샘물은 이제 아득한 곳에서만 어렴풋한 소리를 낼 뿐이었다.

그렇다고 사문과 고타마와 아버지에게서 배운 것들이 지워진 것은 아니었다. 절제의 생활, 명상의 희열, 사색의 보람, 육체도 의식도 아닌 '영원한 자아'에 대한 깨달음, 그 모든 것은 남이 있었다. 다만 먼지 속에, 한 덩어리로 뭉쳐 굳어 있을 뿐이었다.

옹기장이의 도르래가 오래도록 세차게 돌다가 어느 순간 힘이 빠져 제풀에 멎어 버리듯, 싯다르타 마음속의 금욕과 사색과 분별의 바퀴도 천천히 느려지기 시작했고, 마침내 거의 멈추어 갔다. 시들어 가는 나무 밑동에 습기가 스며들어 조금씩 썩어 들어가듯, 속되고 게으른 타성이 그의 안으로 들어와 그를 누르고 고달프게 하더니 끝내는 깊이 잠들게 했다. 그 대신 관능은 생생하게 되살아나, 그는 애무의 기교를 더 배우고 더 많은 경험을 쌓았다.

그는 장사하는 법을 배웠고, 사람을 거느리는 법을 배웠으며, 여자를 즐기는 법을 배웠다. 좋은 옷을 입고 하인을 부리고, 향기로운 물에 몸을 담그는 법을 배웠다. 정성껏 요리한 맛 좋은 음식을 먹는 법, 생선과 쇠고기와 새고기, 보약과 과자와 진한 향신료의 단맛을 음미하는 법을 배웠고, 술에 취해 모든 것을 잊어버리는 법도 배웠다. 도박을 하고, 장기를 두고, 무희의 춤을 즐기고, 가마를 타고, 부드러운 잠자리에 몸을 눕히는 법까지도.

그는 늘 자신이 다른 사람들과는 다르며, 더 우월하다고 믿었다. 사문이 일반 사람들을 바라보듯 그들을 비웃고 경멸했다. 카마스와미가 짜증을 부리거나 속상해할 때, 모욕을 느껴 분개하거나 장사일로 시달릴 때면, 싯다르타는 으레 그를 우습게 여겼다.

그러나 수확기가 지나고 장마가 걷히듯, 그 비웃음도 어느새 옅어졌고, 우월감도 차츰 시들어 갔다. 재산이 늘수록, 그 역시 어린아이 같은 사람이 되어 갔다. 그들처럼 공연한 근심과 걱정에 붙잡혔고, 어느 순간에는 속된 사람들을 은근히 부러워하기까지 했다.

그 부러움은 그가 소인처럼 닮아 갈수록 점점 심해졌다. 그는 자기가 갖지 못하고 그들에게만 있는 단 하나 그들이 자기 생활을 '가장 소중한 것'으로 여기는 태도, 괴롭도록 걱정과 기쁨에 매달리는 집착, 끊임없이 애욕에 잠겨 불안하면서도 달콤한 행복을 맛보는 그 방식, 그것들을 부러워했다.

그들은 자기 자신과 여자와 아들과 명예와 돈과 계획과 희망에 푹 잠겨 있었다. 싯다르타는 그들에게서 '기쁨'과 '어리석음' 자체를 배운 것은 아니었다. 그러나 그가 경멸하던 불쾌감은 어느새 배워 버렸다. 환락으로 밤을 보낸 다음 날 아침, 기운이 빠져 늦게까지 늘어져 있기도 했다. 카마스와미가 사업 걱정을 늘어놓으면 비위가 거슬려 화가 치밀기도 했고, 노름으로 돈을 잃고는 분하여 고래고래 소리치기도 했다.

그의 얼굴에서는 서서히 웃음이 사라졌다. 대신 부유한 사람들에게서 흔히 보이는 표정들이 하나둘 자리를 잡았다. 불만과 불쾌가 묻은 얼굴, 쉽게 화를 내는 얼굴, 게으르고 인정머리 없는 얼굴. 부유함이 그의 영혼을 병들게 하여, 조금씩 그러나 확실하게 그를 갉아먹기 시작했다.

피로는 장막처럼, 짙은 안개처럼 그 위에 내려앉았다. 날이 갈수록 쌓이고, 달이 갈수록 짙어지고, 해가 바뀔수록 무거워졌다. 새 옷이 시간이 지나며 해지고 빛이 바래고 더러워지며 주름이 잡히고, 여기저기 실밥이 삐져나오는 것처럼 고빈다와 헤어진 뒤의 싯다르타 삶도 세월에 닳아 색과 빛이 바래고, 더러워지고, 주름져 갔다. 환멸과 혐오가 그를 붙잡았다.

그는 그런 변화를 똑바로 보지 못했다. 다만 한 가지는 알 수 있었다. 한때 그를 이끌던 명랑하고 분명한 마음의 소리가 이제는 침묵하고 있다는 것. 세속적인 것이 그를 사로잡아 버렸던 것이다.

쾌락과 욕망과 게으름이, 그리고 그가 가장 경멸하던 악덕과 돈에 대한 탐욕이 그를 결박했다. 재물을 더 손에 넣고 부유해지려는 마음이 커지면서, 한때 장난과 유희처럼 보이던 것들이 사라지고, 그것들이 그를 묶는 사슬이자 무거운 짐이 되었다.

특히 도박이 그를 깊은 구렁으로 끌어내렸다. 사문을 그만둔 뒤에도 한동안은 어린애 장난이라며 비웃던 바로 그것, 돈과 귀중품을 걸고 벌이는 노름에 그는 어느새 몰두했다. 그는 무서운 노름꾼이 되었다. 걸어 놓는 판돈이 너무나 크고 어마어마하여, 맞설 사람이 드물 정도였다.

노름에서 그 저주스러운 돈을 잃으면 화가 치밀었다. 그런데 한편으로는 통쾌하기까지 했다. 장사꾼들의 우상인 돈을 이처럼 노골적으로 '경멸'할 길이, 그에게는 노름밖에 없는 듯했기 때문이다. 그는 자신을 혐오하고 멸시하면서도 도박에 달라붙었다. 수천 금을 한꺼번에 따기도 하고 잃기도 했다. 돈과 귀중품, 심지어 별장까지 걸어 대면서 잃고, 따고, 다시 잃었다.

그는 그 불안을 사랑했다. 크게 걸고 노름을 할 때의 가슴 벅찬 불안, 그 불안에서만 그는 이 속된 생활 속에서 어떤 긴장과 도취를 느낄 수 있었다. 그래서 늘 그 불안을 새롭게, 더 진하게, 더 풍부하게 북돋우는 데 게으르지 않았다.

큰돈을 잃으면 이를 메우기 위해 장사를 더 독하게 했다. 채무자를 심하게 독촉했고, 다시 노름을 하고 낭비를 했다. 돈을 경멸하고 싶었기 때문이다. 그러나 이제 그는 예전처럼 손해 앞에서 태연하지 못했다. 빚을 늦게 갚는 자를 가만두지 않았고, 점점 더 인색해졌다. 애원하는 사람에게 돈을 꾸어 주거나 그냥 주는 기쁨도 잃어버렸다.

한때는 천만금을 한순간에 잃고도 껄껄 웃어넘기던 사람이, 이제는 장사에 노랭이가 되고 돈에 구두쇠가 되어 갔다. 꿈속에서도 돈 꿈을 꾸었다. 그는 가끔 악몽에 소스라치게 깨어, 벽의 거울에 비친 늙고 망측스러운 자기 얼굴을 보고 부끄러워했다. 그리고 정나미가 뚝 떨어졌다.

그럴 때마다 그는 도망갈 구멍을 찾았다. 새로운 행복을 찾겠다며 주색에 빠졌다가, 다시 돈을 벌려는 본능의 세계로 돌아왔다. 무의미한 순환 속에서 그는 지치고 늙고 병들어 갔다.

어느 날, 그는 꿈속에서 어떤 예감을 느꼈다. 그날 오후 그는 아름다운 정원에서 카말라와 함께 있었다. 나무 그늘 아래 앉아 다정히 이야기를 나누던 중, 카말라가 문득 슬픔에 잠겨 끔찍한 말을 꺼냈다. 고타마에 대해 말해 달라고 조르기 시작한 것이다. 그의 눈은 얼마나 밝았는지, 입술은 얼마나 단아하고 아름다웠는지, 웃음은 얼마나 인자했는지, 걸음걸이는 얼마나 평화로웠는지, 마치 자신을 괴롭히듯 캐묻고 또 캐물었다.

싯다르타는 자기가 존경하는 부처에 대해 이야기해 줄 수밖에 없었다. 그러자 카말라는 깊게 한숨을 내쉬며 말했다.

"머지않아 너도 그분을 따라가야 할까 봐요. 어쩌면 내 정원을 그분께 드리고, 그분의 가르침에 귀의하게 될지도 몰라요."

그 말이 끝나자마자, 그녀는 다시 싯다르타를 유혹해 육체의 놀음으로 끌어들였다. 그녀는 괴로운 듯 열정을 쏟아 부었다. 덧없고 순간적인 욕정에서 마지막 한 방울의 단물이라도 짜내려는 사람처럼, 눈물을 머금고 그의 살을 물어뜯고 힘껏 껴안았다. 죽음과 욕정이 얼마나 가까운가를 싯다르타는 그때처럼 절실히 느낀 적이 없었다.

그는 카말라 옆에 드러누웠다. 그리고 그녀의 얼굴 가까이 바짝 다가가, 눈언저리와 입가에서 전에 없이 무서운 글자를 읽었다. 가는 금, 그리고 그것이 깊어져 생긴 주름이 이루는 글자, 가을과 늙음을 떠올리게 하는 글자였다.

싯다르타 자신도 이미 마흔이 되어 머리가 군데군데 희끗희끗했다. 카말라의 얼굴에는 괴로운 빛이 서려 있었다. 아무 목적 없이 오래 걸어온 여정의 피로, 기울기 시작한 건강, 예전에는 보이지 않던 우울함이 그 얼굴에 드러나 있었다. 늙음에 대한 두려움, 인생의 가을을 맞이하는 두려움, 죽음에 대한 두려움이었다.

싯다르타는 불쾌하고 뭉클한 마음을 숨기지 못한 채 카말라 곁을 떠났다.

그날 밤, 그는 자기 집에 무희들을 불러 술을 마시며 사람들 앞에서 허세를 부렸다. 자정이 지나서야 술에 잔뜩 취해 침대에 누웠다. 지칠 대로 지치고 울분에 싸여, 절망에 잠겨 울고 싶은 심정이었다. 그러나 잠은 오지 않았다.

그는 술 냄새와 아름답고도 서글픈 음악과, 무희들의 요염한 웃음과, 그들의 젖가슴과 머리에서 풍겨오는 향기 속에서, 오직 혐오만을 느꼈다. 무엇보다 견딜 수 없었던 것은 자기 자신의 냄새였다. 머리의 냄새, 입안의 술 냄새, 핏기 없는 피부에서 올라오는 권태와 불쾌감.

잠 못 이루는 그는, 과식과 과음으로 속이 거북해 토해 버리려는 사람처럼, 향락과 악습과 무의미한 생활이 빚어 낸 구토감에서 벗어나고 싶었다. 아침 일찍 일어난 사람들이 집 앞에서 서성거릴 무렵이 되어서야 그는 겨우 눈을 붙였다. 그때 꿈을 꾸었다.

카말라는 새장에 조그맣고 울기 잘하는 진기한 새 한 마리를 길렀다. 싯다르타는 그 새의 꿈을 꾸었다. 전에는 아침마다 울던 새가 웬일인지 울음을 멈췄다. 이상하여 새장을 들여다보니, 새는 죽어 몸을 축 늘어뜨리고 있었다. 그는 새를 꺼내 한동안 손바닥 위에 올려 흔들어 보다가, 문밖 길가에 내던졌다. 그 순간 그는 소스라치게 놀랐고, 가슴이 아팠다. 마치 그 새와 함께 자기의 모든 가치와 보물을 내던져 버린 것 같았기 때문이다.

꿈에서 깬 그는 깊은 비애에 휩싸였다. 그동안 자신이 아무 가치도 없는 무의미한 생활을 해 왔다는 생각이 강렬하게 그를 사로잡았다. 그의 생활 속에는 길이 보존할 만한 소중한 것이 아무것도 없었다. 그는 표류해 온 선원이 해안에 홀로 서 있는 것처럼 빈손이었다.

그는 암담한 마음으로 정원으로 들어가 문을 잠그고, 망고나무 아래 앉았다. 마음속에서 죽음을 느끼고 가슴속에서 두려움을 느꼈다. 그의 육신은 죽어 가는 듯했다. 쇠약할 대로 쇠약해져, 임종이 가까운 사람처럼 보였다.

그는 오래도록 생각을 가다듬었다. 그리고 자기가 오늘까지 걸어온 생애를 뒤돌아보았다.

대체 언제 행복했는가.

언제 참된 기쁨을 맛보았는가.

오, 그렇다. 그는 많은 행복을 누려 왔다. 소년 시절, 바라문에게 칭찬받았을 때. 동료들보다 성전을 더 잘 외웠을 때. 학자들과 논쟁을 벌일 때. 의식의 조수로 뽑혔을 때. 그때마다 그는 속으로 느꼈다. 너의 앞에 길이 놓여 있고, 신들이 너를 기다린다.

청년이 되어 사색의 목표가 동료들보다 높이 비약할 때. 바라문의 의의를 고민할 때. 배움의 갈망이 일어날 때. 그 고민과 갈망 속에서도 그는 같은 기쁨을 느꼈다. 앞으로, 앞으로 나아가라.

고향을 떠나 사문의 길을 택했을 때. 그 길을 접고 부처에게로 갔을 때. 다시 부처의 길을 떠나 정처 없이 방랑할 때에도 그런 행복은 있었다.

그러나 그 뒤로는 얼마나 오래 그런 행복을 잃고 지냈던가. 얼마나 오랫동안 아무 발전도 없는 평탄하고 초라한 길을 걸어왔던가. 높은 목표도, 갈망도, 비약도 없이 쾌락에 끌리면서도 결코 만족하지 못한 채 몇 년을 헛되이 보내지 않았던가.

그는 어린아이 같은 무수한 사람들 가운데 하나가 되어 버둥거려 왔다. 아니, 그의 생활은 그들보다 더 가련하지 않았던가. 카마스와미 같은 인간들의 세계는 그에게 유희와 춤과 연극에 지나지 않는 듯했었다. 그들의 두려움도 우습기만 했다. 다만 카말라만은 사랑스럽고 가치 있는 존재라고 믿어 왔다.

그러나 지금도 그럴까. 그는 여전히 카말라를 필요로 하는가. 카말라도 여전히 그를 필요로 하는가. 끝없이 되풀이해 온 사랑의 유희, 그것이 단지 유희를 위한 삶이라면, 그것은 우스운 일이 아닌가.

그렇다. 우스운 일이다.

이 유희야말로 진짜 윤회였다. 어린아이들의 장난이었다. 한 번, 두 번, 열 번까지는 재미있을지 모른다. 그러나 끝없이 되풀이되면 마침내 진력이 난다.

싯다르타는 이 장난이 이미 끝났다고 느꼈다. 더는 계속할 엄두가 나지 않았다. 생각만 해도 온몸에 소름이 돋았다. 순간, 그러한 생활이 그의 마음속에서 '묻히는' 느낌이 들었다. 무엇인가가 그의 안에서 완전히 죽어 버리는 느낌이었다.

그날 싯다르타는 온종일 망고나무 아래 앉아 아버지와 고빈다를 떠올렸다. 그는 또 하나의 카마스와미가 되기 위해, 그동안 소중한 사람들을 잊고 살았던 것이다.

밤이 깊어지도록 그는 별을 올려다보았다.

나는 지금 정원의 망고나무 아래 앉아 있다. 나의 정원에.

그는 빙긋 웃었다. 정원을 '소유'한다는 것은 정말 정당한 일일까. 어리석은 장난이 아닐까. 그러나 그것도 이제 끝났다. 그런 것들은 그의 안에서 죽어 버렸다.

싯다르타는 벌떡 일어섰다. 망고나무와 정원과 이별했다. 종일 아무것도 먹지 않아 배가 고팠다. 집과 침실과 침대, 음식이 가득한 식탁이 떠올랐다. 그는 피로한 얼굴로 쓴웃음을 지으며, 모든 것을 털어 버리려는 듯 온몸을 한 번 크게 흔들었다. 그리고 자기의 모든 소유물에 이별을 고했다.

그날 밤, 싯다르타는 정원을 떠나 거리를 빠져나갔고, 다시는 돌아오지 않았다.

카마스와미는 그가 도둑에게 붙잡혀간 줄로만 알고 오랫동안 수소문하며 그를 찾았다. 그러나 카말라는 그를 찾지 않았다. 싯다르타가 사라졌다는 소식을 듣고도 놀라지 않았다. 그런 일이 일어날 것을 그녀는 이미 알아채고 있었던 것이다. 마지막으로 그와 함께 했을 때, 싯다르타가 떠나리라는 것을 그녀는 분명히 느꼈다. 그녀는 그때 마지막으로 그를 마음껏 껴안은 기억으로, 잃는 쓸쓸함을 달랬다. 한동안이라도 그와 한 몸이었던 것으로 만족했다.

카말라는 소식을 들은 뒤 새장 문을 열었다. 조그맣고 울기 잘하던 그 진기한 새를 하늘로 날려 보냈다. 날아오르는 새의 모습을 그녀는 오래도록 물끄러미 바라보았다.

그날부터 카말라는 문을 닫아걸고 손님을 받지 않았다.

그리고 얼마 지나지 않아 싯다르타와 마지막으로 만난 그날, 자기가 임신했다는 사실을 알게 되었다.

강가에서

싯다르타는 마을과 거리를 등지고 한참을 걸어, 숲속을 헤매고 있었다. 다시는 자기 집으로 돌아갈 수 없다는 것, 아니 돌아가고 싶지 않다는 것, 그것만은 분명했다. 오랫동안 맛본 그 생활은 이미 진저리가 나도록 끝이 났고, 그 끝을 그는 몸으로 알고 있었다.

꿈에서 보았던 새는 죽어 있었다. 그는 윤회 속으로 깊이 가라앉아, 해면이 물을 잔뜩 빨아들이듯 불쾌와 죽음을 한껏 삼켜 버렸다. 권태와 천대와 슬픔과 죽음으로 가득 찬 세계에서, 그의 마음을 끌어 주고 위안을 주는 것은 이제 아무것도 남아 있지 않았다.

자기 자신을 더 알고 싶던 의욕도 사라졌다. 이제 그에게 남은 것은 다만 쉬고 싶은 마음, 차라리 모든 것을 끝내고 싶은 마음뿐이었다. 벼락이라도 맞았으면, 호랑이라도 물어갔으면, 그런 생각이 어둠처럼 따라붙었다. 온몸을 마취시켜 모든 것을 잊게 하고, 잠들어 다시는 깨어나지 못하게 하는 비결이나 독약이 있다면 얼마나 좋을까, 그는 그런 생각까지 했다.

나는 아직도 더럽혀지지 않은 오물이 남아 있는가.

아직 범하지 않은 죄가, 아직 저지르지 않은 어리석음이 남아 있는가.

아직 경험하지 못한 영혼의 황무지가 남아 있는가.

나는 과연 더 살 수나 있을까. 다시 숨을 쉬고, 다시 굶주림을 느끼고, 먹고 자고, 누군가의 곁에 몸을 눕힐 수 있을까. 나를 짓누르는 윤회의 바퀴는 이제 돌 만큼 돌고, 나를 짓이긴 뒤 버린 것은 아닐까.

그는 울창한 숲 가까이, 강가에 이르렀다. 젊었을 때 고타마가 머물던 거리를 떠나며, 뱃사공에게 건네 달라고 청했던 바로 그 강이었다. 싯다르타는 그 자리에서 멈춰 섰다. 피로와 굶주림이 몸을 바싹 말리고 있었다. 더 갈 필요가 있을까. 어디로, 무슨 목적으로 더 가야 한단 말인가. 이제 그에게 남은 목적은 하나뿐이었다. 이 혼란한 꿈에서 깨어나는 것, 김빠진 고약한 술을 토해 내는 것, 비참하고 부끄러운 삶을 청산하고 끝내는 것.

강가에는 야자나무 한 그루가 서 있었다. 싯다르타는 두 팔로 나무를 끌어안고 푸른 물살을 내려다보았다. 강물은 아무 일도 없다는 듯 흘러갔다. 그 순간 그는 강물 속으로 뛰어들고 싶은 충동에 사로잡혔다. 물속에서 노려보는 무서운 공허가, 그의 가슴 안 공허와 서로를 부르는 듯했다.

그래, 결말을 낼 때가 온 것이다.

그릇된 생활에 젖은 이 몸을 부숴 버리자.

이 몸뚱이를 비웃는 귀신들 앞에 내던져 버리자.

죽음―그것은 그가 미워하던 육신의 파멸이었다. 이 개 같은 싯다르타를, 이 미친놈을, 이 썩어빠진 육신과 허약하고 타락한 영혼을 물고기들이 뜯어 먹고, 악어들이 와서 물어뜯고, 마귀들이 찢어발기면 얼마나 좋을까.

그는 얼굴을 찌푸리고 물속을 들여다보았다. 거기에 자신의 얼굴이 비쳤다. 그는 그 얼굴에 침을 뱉었다. 그리고 깊고 깊은 피로가 한꺼번에 몰려와, 나무를 끌어안던 팔에 힘이 풀렸다. 몸을 조금 옆으로 틀며, 그는 눈을 감고 죽음을 향해 몸을 던지려 했다.

그때였다.

멀리, 영혼 한구석에서, 피로한 생명의 끝자락에서 '옴'이라는 외마디 소리가 들려왔다. 그저 중얼거림처럼, 숨결처럼. 모든 바라문들이 염불을 시작할 때와 끝낼 때 외우는 신성한 말, '완전한 것', '완성된 것'을 뜻하는 소리였다.

그 소리가 그의 귀에 닿는 순간, 졸고 있던 정신이 번개처럼 깨어났다. 그는 자기가 하려던 일이 얼마나 어리석은가를 한순간에 알아차렸다.

싯다르타는 깜짝 놀랐다. 자신이 그토록 제정신을 잃고 떠돌았던가. 목숨을 끊어 안식을 얻겠다는 어린아이 같은 소망이 마음에 자랄 만큼 어리석었던가. 오랜 세월의 번뇌와 각성과, 온갖 절망이 이루지 못했던 것을 '옴'이 그의 의식 속에 들어와 단숨에 이루어

버렸다. 불행과 미망 속에서 그는 자기 자신을 알아본 것이다.

그는 혼자 되뇌었다.

"옴."

그리하여 그는 범梵을 깨달았다. 생명의 불멸을 느꼈다. 지금까지 잊었던 모든 신성을 다시 의식했다.

그러나 그 순간은 길지 않았다. 싯다르타는 야자나무 아래로 쓰러졌다. 입속으로 '옴'을 외며, 나무 밑동을 베고 깊이 잠들었다.

그는 오래간만에 참으로 깊은 잠에 빠졌다. 꿈도 꾸지 않았다.

몇 시간 뒤 눈을 떠 보니, 마치 십 년이 흘러간 듯했다. 강물이 흐르는 소리가 나지막하게 들려왔다. 그는 여기가 어디인지, 자신이 어째서 여기 있는지 얼른 떠올릴 수 없었다. 고개를 들어 하늘과 나무를 두루 살피며, 의아한 눈빛으로 주위를 둘러보았다.

그는 곰곰이 기억을 더듬었으나 좀처럼 되찾지 못했다. 지난날의 모든 일은 장막 속에 싸인 듯 희미해져, 자기와는 아무 관계도 없는 일처럼 멀어져 있었다. 다만 몇 가지 사실만은 남아 있었다. 자신이 증오와 비탄 속에서 목숨마저 물에 던지려 했다는 것, 강가 야자나무 아래에서 '옴'을 중얼거리다 잠들었다는 것, 그리고 지금 잠에서 깨어 세상을 보고 있다는 것.

그는 낮게 '옴'을 다시 외워 보았다. 그리고 생각했다. 자신이 그토록 깊이 잠든 것은 오로지 '옴'의 부름 때문이며, '옴'을 생각하고 말로는 다 담을 수 없는 완성된 '옴'의 밑바닥으로 가라앉아 들어간 것이었다.

정말로 놀랄 만큼 깊은 잠이었다. 머리는 산뜻해지고, 몸과 마음은 젊어진 듯했다. 그런 잠은 한 번도 자 본 적이 없었다. 그는 정말 죽었다가 새로운 형체로 다시 살아났는지도 모른다.

아니, 그는 자기 자신을 분명히 의식하고 있었다. 가슴속에서 살아 있는 '나' 고집 세고 괴벽한 자신을 그는 알고 있었다. 다만 자신이 많이 변했다는 것만큼은 확실했다. 그는 새로운 마음으로, 기쁨과 호기심으로 충만해 깨어났다.

싯다르타가 몸을 일으키자, 누군가가 그를 향해 앉아 있었다. 낯선 사람이었다. 누런 옷을 걸치고 머리를 깎은 승려, 깊은 생각에 잠긴 얼굴이었다. 싯다르타는 머리칼도 수염도 없는 그 얼굴을 유심히 바라보다가 마침내 알아차렸다.

그 사람은 젊은 시절의 친구, 이제는 세존에게 귀의한 고빈다였다.

고빈다는 늙어 보였지만 얼굴에는 옛 모습이 남아 있었다. 열의와 성실, 지비와 근심이 그내로 서려 있는 듯했다. 고빈다는 눈을 들어, 막 잠에서 깨어난 이의 얼굴을 살폈다. 그러나 그는 싯다르타를 알아보지 못했다. 싯다르타도 그것을 눈치 챘다. 고빈다는 다만 그가 깨어난 것을 기뻐하는 듯했고, 그가 누구인지도 모른 채 이곳에 오래 머물며 지켜 준 모양이었다.

싯다르타가 먼저 입을 열었다.

"내가 그만 잠을 자고 말았구려. 당신은 어떻게 여기까지 왔소?"

고빈다가 대답했다.

"그렇소. 당신은 자고 있었소. 이런 곳에서 자는 건 위험하오. 이 근처엔 뱀과 사나운 짐승이 나타나기도 하니까. 나는 세존 고타마석가모니의 제자요. 우리 일행이 지나가다 당신이 자는 걸 보고 깨우려 했으나, 너무 깊이 잠들어 있기에 내가 혼자 남아 지키고 있었소. 그런데 나도 그만 깜박 잠이 들었구려. 고단해서 의무를 다하지 못했소. 미안하오. 이제 당신도 깨어났으니, 나는 어서 일행을 뒤따라가야겠소."

싯다르타가 말했다.

"사문, 잠든 나를 보살펴 주어 고맙소. 세존의 제자들은 다들 친절하군요. 자, 그럼 가 보시오."

고빈다가 고개를 끄덕였다.

"그럼 가겠소. 몸조심하시오."

"고맙소, 사문."

고빈다는 고개를 숙여 경의를 표했다.

"안녕히 계시오."

싯다르타가 조용히 말했다.

"안녕히 가시오, 고빈다."

승려는 그 말에 멈칫했다.

"실례지만… 내 이름을 어떻게 아시오?"

싯다르타는 웃으며 말했다.

"오, 고빈다. 나는 당신을 알고 있었소. 당신이 어릴 적 아버지 댁에 있을 때에도, 바라문 학교 시절에도, 신께 제사를 드릴 때에도, 사문의 길을 걸을 때에도, 그리고 기원정사에서 부처께 귀의할 때에도 언제나 당신을 알고 있었소."

고빈다는 커다란 목소리로 외쳤다.

"오, 자네는 싯다르타로군, 그래! 이제야 알아보겠네. 왜 이렇게 몰라 봤을까. 싯다르타, 자네를 다시 만나 기쁘기 한이 없네. 반갑네!"

싯다르타가 조용히 말했다.

"나도 기쁘네. 내가 남의 보호를 바라진 않았지만, 내가 자는 걸 지켜 준 데 대해 거듭 감사하네. 그런데 자네는 어디로 갈 작정인가?"

고빈다가 대답했다.

"목적지가 있어 찾아가는 건 아니네. 장마철을 빼고는 늘 여기저기 돌아다니며 계율을 지키고, 도를 설하고, 시주를 받고, 다시 길을 가는 생활을 되풀이할 뿐이지. 늘 그렇게 살아가게 마련이라네. 그런데 싯다르타, 자네는 지금부터 어디로 갈 작정인가?"

싯다르타가 말했다.

"나도 자네와 같은 처지라네. 어디라고 정해 둔 곳은 없네. 다만 발길이 닿는 데로 다닐 따름이지."

고빈다는 그의 차림을 살피며 말했다.

"자네가 떠돌아다닌다고? 그 말은 믿겠네. 하지만 미안한 말일세만, 자네는 떠도는 사람 같지 않네. 좋은 옷을 입고 귀족의 신을 신고 있지. 머리에서도 향수 냄새가 나네. 그걸 사문의 머리라 누가 생각하겠나?"

싯다르타가 웃었다.

"자네 말이 옳아. 자네 눈은 모든 걸 꿰뚫어 보네. 나는 자네에게 내가 사문이라고 말한 적은 없네. 떠도는 사람이라고만 했지. 사실 나는 떠돌고 있네. 그리고… 지금까지는 부자였기에 이런 옷을 입었고, 속인이었기에 이런 머리를 하고 있었네. 나는 그런 사람들 가운데 하나였으니까."

고빈다가 물었다.

"싯다르타, 자네는 지금 무엇을 하며 지내고 있나?"

싯다르타가 고개를 저었다.

"나도 모르겠네. 지금은 길을 가는 중이라네. 전에 부자였지만 지금은 그렇지 않네. 내일 내가 무엇이 될지도 알 수 없네."

고빈다가 말했다.

"그래? 재산을 다 잃었나 보군."

싯다르타가 대답했다.

"좀 더 정확히 말하자면, 내가 재물을 잃은 것이 아니라 재물이 나를 잃은 걸세. 어쨌든 내게서 떠난 것만은 사실이지. 형체를 가진 것들의 바퀴는 빨리 도는 법이라네. 고빈다, 일찍이 바라문이던 싯다르타는 지금 어디 있는가? 부자였던 싯다르타는 또 어디 있는가? 모두 덧없이 변해 버리네. 자네는 그 사실을 누구보다 잘 알고 있을 걸세."

고빈다는 한참 옛 친구를 바라보더니, 마치 고귀한 사람에게 절하듯 허리를 굽혀 인사하고 떠나갔다.

싯다르타는 미소 지은 채 멀어지는 뒷모습을 바라보았다. 그는 아직도 이 성실하고 불안에 사로잡힌 친구를 사랑했다. 깊이 잠들었다 깨어난 지금, '옴'으로 마음이 충만한 지금 그가 어찌 사람과 만물을 사랑하지 않을 수 있으랴. 돌이켜보면, 예전 그의 가장 큰 병은 그 어느 것도 사랑하지 못했던 데 있었다.

그는 웃었다. 그러나 배는 몹시 고팠다. 거의 이틀을 굶은 탓이었다. 굶주림에 익숙했던 것은 너무 오래전 일이었다.

그러자 슬픈 얼굴로, 다시 웃음을 머금고, 그는 문득 떠올렸다. 한때 그는 카말라에게 세 가지 능력을 자랑했었다. 아무도 빼앗을 수 없는 소중한 세 가지 기술, 단식과 인내와 사색을 할 수 있다고. 그때 그것은 그의 전 재산이었다. 그의 힘이었고, 능력이었고, 튼튼한 방망이 같은 것이었다. 매사에 부지런하고 괴로움을 무릅쓰던 젊은 시절, 그가 애써 익힌 것은 오직 그 셋뿐이었다.

그런데 이제 와서는, 그마저도 손에서 떠나 버린 것 같았다. 단식도 인내도 사색도 지금 그에게는 아무것도 남아 있지 않았다. 그는 그것들을 멸시했고, 덧없는 향락과 안일함과 부귀를 위해 내던져 버렸다. 실로 기이한 길이었다. 그는 자신이 완전히 어린아이 같은 사람이 되어 버렸다고 느꼈다.

그는 지기 치지를 곰곰이 생각애 보려 했으나, 그런 생각마저 힘겨웠다. 거기엔 기쁨이 없었기 때문이다. 그러나 이내 그는 다른 생각에 닿았다.

지금 모든 것이 내게서 떠나 버렸고, 어린 시절처럼 나는 다시 태양 아래 홀로 서 있다. 내 것이라고는 아무것도 없다. 나는 아무것도 모른다. 지금 나는 아무것도 할 수 없다. 이미 청년기를 넘고 머리가 반백이 된 오늘에, 다시 어린아이처럼 처음부터 시작해야 한다니 얼마나 기이한가.

그는 결국 소리 내어 웃고 말았다. 그렇다. 그의 운명은 신기하기 짝이 없었다. 낭떠러지에서 굴러 떨어질 듯한데도, 공허하고 헐벗고 어리석은 신세가 되었는데도 괴롭기보다 오히려 웃음이 솟구쳤다. 자기 자신이, 이 기묘하고 어리석은 세상이, 갑자기 우스워졌다.

그는 혼잣말처럼 웃으며 중얼거렸다.

"너도 이제… 늙어 가는구나."

그리고 문득 시선을 돌려 강물을 바라보았다. 물은 아래로, 아래로 흘러가며 무언가를 노래하고 있었다. 얼마 전 그가 빠져 죽으려던 강이 아닌가. 그것이 백 년 전의 일 같기도 하고, 꿈 같기도 했다.

참으로 내 생애는 미로처럼 기이했다.

소년 시절에는 신들을 섬기고 제사를 드리며 살았다. 청년 시절에는 고행자가 되어 사색과 명상 속에서 범을 찾고, 영원한 아트만을 숭배했다. 그 뒤에는 참회자로서 산에 살며 더위와 추위를 견디고 굶주림을 참으며 자신을 억누르는 법을 배웠다. 그러다 위대한 부처의 가르침을 만나 크게 흔들렸고, 세계가 하나라는 인식이 피가 도는 것처럼 머릿속을 맴돌았다.

그러나 그는 다시 떠날 수밖에 없었다. 카말라에게서 애욕을 배우고, 카마스와미에게서 장사를 배웠다. 돈을 모으고, 낭비하고, 배를 채우며 감각에 순종하는 생활을 배웠다. 그 사이 그는 자신을 잃고 사색을 저버린 채 환락 속에서 여러 해를 흘려보냈다. 인간에서 어린아이로, 사색가에서 어린아이 같은 인간으로 그렇게 변해 갔다. 그런데도 그 길은 어떤 때에는 즐겁기까지 했다. 다만 가슴속에서 울던 동경의 새는 완전히 죽지 않았던 것이다.

나는 다시 어린아이로 돌아가 새 출발을 하기 위해, 어리석음을 저지르고 죄를 짓고 과오를 범하며, 혐오와 절망과 비탄을 겪어야 했다. 그러나 새 출발은 옳았다.

그는 빙그레 웃으며 속으로 '그래' 하고 수긍했다.

절망 속에서 그는 가장 어리석은 생각까지 떠올렸었다. 하지만 하늘의 은혜처럼 '옴'을 들었고, 단잠에서 깨어났다. 내 안에서 아트만을 찾기 위해 나는 어리석어져야 했고, 부활하기 위해 나는 죄인이 될 수밖에 없었다.

나의 길은 다시 나를 어디로 이끌 것인가. 그 길은 어리석은 길, 원을 그리며 뱅뱅 도는 길이다. 그러나 어디로 향하든, 나는 그 길을 따르리라.

그 생각 끝에서 이상하게도 가슴속에 기쁨이 복받쳐 올랐다.

그는 자신에게 물었다. 이 기쁨은 어디서 오는가. 나를 구해 준 그 깊은 잠에서 오는가. 내가 입에 올린 '옴'에서 오는가. 아니면 내가 도망쳐 나온 그곳에서 벗어나, 어린아이처럼 하늘 아래 홀로 서게 된 데서 오는가.

오, 이 도피와 자유가 얼마나 소중한가.

내가 도망쳐 온 그곳에는 향유 냄새, 향료 냄새, 술 냄새, 포식의 냄새, 그리고 권태의 냄새가 가득했다. 나는 그 넉넉한 재산의 세계, 식도락의 세계, 도박꾼의 세계를 얼마나 혐오했는가. 그런 세계에 그토록 오래 머문 나 자신을 얼마나 미워했는가. 나는 나를 증오하며 스스로를 늙게 하고 못쓰게 만들었다.

다시는 예전처럼 내가 현명하다고 자부하지 않으리라.

내가 나를 증오하며 그 어리석고 허망한 생활을 청산한 것은 잘한 일이면서도, 반가운 일이면서도 어딘가 치사한 일이었다. 그럼에도 그는 속으로, 따뜻하게 자기에게 말했다.

싯다르타, 나는 너를 사랑한다.

너는 오래도록 어리석게 살다가 마침내 깨달았다.

이제 너의 가슴속에서 우는 새소리를 듣고, 그 소리를 따라가려 한다.

그는 그렇게 자기 자신을 예찬했고, 그렇게 자기 자신에 대해 희열을 느꼈다. 며칠 동안 한 조각의 괴로움과 불행을 씹어 삼켰다가, 마침내 토해 낸 듯했다. 절망도, 죽음도 씹어 삼켰던 듯했다.

만일 그 절망의 순간이 없었다면, 그는 아직도 카마스와미 곁에 남아 돈을 모아 낭비하며 몸에 살을 붙이고 영혼을 말리고 있었을 것이다. 평화롭고 즐거운 지옥 속에서 살고 있었을 것이다. 위로를 구할 길 없이 절망한 채 강물에 몸을 던지려 했던 그 순간이 없었다면, 그는 그 지옥에서 나오지 못했으리라.

그는 지금, 절망과 증오를 겪고도 그것에 짓눌리지 않았다는 사실이 기뻤다. 가슴속에 기쁨의 샘이 넘치고, 동경의 새가 날개를 친다는 사실이 기뻤다. 그래서 반백이 된 그의 얼굴은 웃음으로 환히 빛났다.

그는 다시 생각했다.

알아야 하는 것을 몸으로 체험하는 일은 반갑다.

쾌락과 부유가 결코 부러운 일이 아니라는 것을 머리로는 알았지만, 눈과 마음과 배 속으로 알게 된 것은 지금이 처음이다.

그것을 알게 된 것은 반가운 일이다.

그는 잠시 가슴의 변화를 살피며, 어디선가 들리는 새소리를 듣듯 귀를 기울였다. 내 가슴속의 새는 아직 살아 있었던가. 오랫동안 죽지 않고 버티고 있었던가.

그렇다. 그의 가슴에서 죽은 것은 다른 무엇, 죽기를 원하던 '무언가'였다. 예전 그가 참회할 때 죽이려 했던 것, 소심하고 불안하고 거만한 자아였다. 오래 싸워 정복했다 싶으면 다시 살아나고, 죽었다 싶으면 되살아나 기쁨을 앗아가고 두려움을 심어 주던 자아. 죽어야 할 그 '나'가 오늘 이 강가에서 마침내 죽은 듯했다. 그가 지금 어린아이처럼 신뢰와 기쁨으로 가득 차 두려움을 잊은 것은, 바로 그 '나'가 죽었기 때문이 아닐까.

이제 그는 알 것 같았다. 왜 바라문으로서, 왜 고행자로서 그토록 부질없이 '나'와 싸웠는지를. 너무 많은 지식, 신성한 시, 번거로운 제사의 규칙, 지나친 금욕과 고행, 쉼 없는 노력, 그 모든 것이 오히려 '나'를 이기는 데 방해가 되었다는 것도 알게 되었다.

그는 한때 오만에 가득 차 있었다. 언제나 가장 현명하고 경건하며 남보다 앞선 지자요 인격자요 승려요 현자라고 자부했다. 그 승려 근성과 오만한 자아의식 속에서, 그 '나'는 숨어 자라났다. 그는 단식과 참회로 그것을 죽이려 했지만 헛일이었다.

그리하여 그는, 자기 안에서 울리는 그 거룩한 말이 옳고 어떤 스승도 자기를 가르쳐 구제할 수 없다는 것을 알았기에 오히려 속세로 들어가 쾌락과 권세와 여자와 돈 속에서 자기를 잃어 버렸던 것이다. 장사꾼과 도박꾼과 주정뱅이와 욕심꾸러기가 되어, 자기 안의 스승과 사문을 죽여 버렸던 것이다.

그러나 그런 진절머리 나는 세월은 끝내 필요했다. 권태롭고 공허하며 무의미하고 타락한 생활이 끝에 닿아 절망에 빠지지 않았다면, 방탕하고 탐욕한 싯다르타가 '죽기'까지 그는 참아내지 못했을 것이다. 그렇게 해서 그 '나'가 죽고, 새로운 싯다르타가 잠에서 깨어났다.

그는 앞으로 더 늙어 갈 것이다. 언젠가 죽을 것이다. 무상함은 선명했다. 모든 것은 덧없었다. 그러나 오늘만큼은 그는 젊고 어린 싯다르타로 다시 태어난 듯했다. 그래서 기쁨으로 가득 찼다.

그는 미소 지으며, 고마운 마음으로 벌 한 마리의 윙윙거림을 듣고 있었다. 그리고 다시 강물을 들여다보았다. 그는 일찍이 이렇게 아름다운 강물을 본 적이 없다고 느꼈다. 흐르는 소리도, 빛도, 줄기차고 맑았다. 마치 강이 그에게 아직 말하지 못한 어떤 것을, 그가 아직 깨닫지 못한 어떤 것을 기다리고 있다가 들려주려는 듯했다.

얼마 전, 늙고 지친 절망의 싯다르타는 이 강에 빠져 '죽었다'. 그리고 지금, 이 강물에 애착을 느끼는 새로운 싯다르타는 앞으로는 쉽게 이 강을 떠나지 않으리라고 마음속으로 조용히 다짐했다.

뱃사공

싯다르타는 마음을 정했다. 이 강가에 머물겠다.

한때 그는 '어린아이 같은 사람들'에게로 향하는 길에서 이 강을 건넜다. 그때 친절한 뱃사공이 그를 건너 주었다. 그 작은 오두막에서부터, 그의 낡고 지친 삶이 서서히 시작되었지만 그때의 그는 그것을 '새로운 삶'이라 믿었다.

이제는 달랐다. 다시 시작해야 할 삶은, 바로 그 자리에서 출발해야 했다.

그는 강기슭에 서서 다정하게 흘러가는 물결을 오래 바라보았다. 수정처럼 투명했고, 어딘가 신비로운 빛이 감도는 흐름이었다. 물속 깊은 곳에서 진주 같은 빛이 한 줄기 솟아오르는 듯했고, 조용히 떠오르는 물방울들 위로는 거울 같은 수면이 푸른 하늘을 고요히 비추고 있었다. 강은 마치 수많은 눈으로 그를 바라보는 것 같았다. 푸른 눈, 흰 눈, 수정 같은 눈, 하늘빛 같은 눈으로.

그는 이 강을 얼마나 사랑했던가. 이 강이 얼마나 그를 기쁘게 했던가. 그리고 또, 이 강에게 얼마나 감사했던가.

그때 마음속에서 아주 조용히 그러나 분명하게 목소리가 솟아올랐다.

이 강을 사랑해라.

이 강가에 남아, 그 가르침을 배워라.

그래, 그렇다. 그는 강의 가르침을 배우기 위해 귀를 기울였다. 흐르는 강을 이해하는 사람은, 다른 모든 것도 이해할 수 있을 것만 같았다. 인생의 비밀까지도 끝내는 알아낼 수 있을 것만 같았다.

그는 물이 지닌 수많은 비밀 가운데, 오늘 유독 자신의 영혼을 붙잡는 한 가지를 엿보았다.

물은 끊임없이 흘러가면서도, 언제나 그 자리에 머무르고 있었다. 늘 거기 있어 같은 물처럼 보이면서도, 순간마다 새 물이었다.

그러나 누가 이 사실을 온전히 이해할 수 있으랴. 싯다르타 자신도 아직 분명히 이해하지 못했다. 다만 아주 먼 기억을 더듬는 듯, 가슴 어딘가에서 예감이 자라나는 것만 느낄 뿐이었다.

그는 천천히 자리에서 일어났다. 배가 고파 견딜 수 없었지만 참기로 했다. 강줄기를 따라 걸으며 물소리에 귀를 기울였다. 배 속에서는 다시 꼬르륵 소리가 났다.

나루터에 이르자, 한 척의 배가 그를 기다리고 있었다. 배 위에는 젊은 사문이던 시절의 그를 건너 주던 바로 그 뱃사공이 서 있었다.

싯다르타는 단번에 알아보았다. 사공은 몹시 늙어 있었고, 그러나 그 눈빛만은 여전했다. 강물처럼 맑고, 오래된 나무처럼 단단한 눈빛이었다.

싯다르타가 조심스레 말했다.

"강 건너로… 저를 건네주시겠습니까?"

뱃사공은 맨발로 홀로 선 낯선 이를 보고 잠시 놀라는 듯했으나, 곧 그를 배에 태웠다. 노를 저어 강기슭을 떠나, 건너편으로 천천히 나아갔다.

싯다르타가 말을 건넸다.

"당신은 멋진 삶을 택하셨군요. 날마다 이 강에서 살며, 물 위를 오가니 얼마나 즐거운 일이오."

사공은 빙그레 웃으며 노를 저었다.

"말씀처럼 즐거운 일임에 틀림없지요. 하지만… 모든 삶이 다 그렇지 않겠소? 노동이란, 찬미할 만한 짓이니까요."

"그럴는지도 모르지요. 그래도 나는 당신의 생활이 몹시 부럽소."

사공은 싯다르타의 차림을 한 번 흘끗 보더니, 웃음을 머금고 말했다.

"뭐라고요? 당신 같은 분은 곧 흥미를 잃어버리고 말 거요. 이런 일은… 당신처럼 훌륭한 옷을 입은 분이 할 일이 못 되오."

싯다르타는 빙긋 웃었다.

"아까도 이 옷 때문에 의심을 받았소. 그래서 이 옷이 참 성가시오. 차라리 당신께 드릴까 하오. 뱃삯도 없으니 말이오…."

사공이 웃으며 고개를 저었다.

"그런 농담은 마시오."

"농담이 아니오. 오래전이지만, 당신은 뱃삯도 받지 않고 나를 건너 주셨지요. 오늘도 그렇게 해주시오. 대신 이 옷을 드리겠소."

사공이 되물었다.

"그럼 당신은 무엇을 입고 여행하시렵니까?"

싯다르타는 잠시 말을 골랐다.

"나는… 더 여행하고 싶은 생각이 조금도 없소. 당신의 헌 옷이라도 얻어 입고, 조수나 제자로 여기 머물 수 있다면 그 이상 바랄 게 없겠소. 나는 당신의 제자가 되고 싶소. 먼저 노 젓는 법부터 배워야겠지요."

사공은 낯선 이의 속을 들여다보려는 듯 싯다르타를 한참 바라보았다. 그러다 문득, 기억의 문이 열리듯 눈빛이 달라졌다.

"아하… 이제 생각이 나는군. 언젠가 당신은 우리 집에서 묵어간 일이 있지요. 벌써 오래전 일이오. 아마… 이십 년도 더 되었을 거요. 우리는 이 강을 건너며 작별을 했었소. 그때 당신은 사문이었지요. 이름이… 얼른 떠오르진 않소만…."

싯다르타가 조용히 말했다.

"나는 싯다르타요. 당신과 처음 만났을 때, 나는 사문이었소."

사공의 얼굴이 환해졌다.

"반갑소, 싯다르타! 내 이름은 바스데바라오. 오늘은 우리 집에서 묵으면서 그간 이야기를 들읍시다. 어디서 오는 길이며, 왜 좋은 옷이 거추장스러운지… 두루 궁금하구려."

배는 강 한가운데로 나아갔다. 바스데바는 말없이 물줄기를 가르며 뱃머리를 보았고, 억센 팔뚝으로 묵묵히 노를 저었다. 싯다르타는 그를 바라보며, 사문 시절의 마지막 날 이 사람에게 끌렸던 따뜻한 호감을 떠올렸다.

그는 기꺼이 초대에 응했다. 건너편에 닿자, 싯다르타는 배를 말뚝에 매는 일을 거들고 사공을 따라 오두막으로 갔다. 바스데바는 빵과 차를 내왔다. 싯다르타는 허기진 몸으로 그것을 맛있게 먹었다. 사공은 망고 열매도 내주었다. 달고 향긋한 별미였다.

해가 서산 너머로 기울 무렵, 두 사람은 강가의 나무 아래 앉았다. 싯다르타는 자신이 걸어온 삶을 이야기하기 시작했다. 마치 오늘 눈앞에서 다시 본 것처럼, 절망에 빠졌던 날을 자세히 말했다. 밤이 깊어가도록 이야기는 끊어지지 않았다.

바스데바는 열심히, 그리고 깊이 들었다. 그에게는 남의 이야기를 듣는 데 특별한 재주가 있었다. 그는 한마디도 끼어들지 않았다. 하지만 싯다르타는 알 수 있었다. 바스데바가 조용히 가슴을 열고, 한마디도 놓치지 않으려는 태도로, 초조한 빛 하나 없이 칭찬도 비난도 하지 않고 그저 고요히 듣고 있다는 것을.

그런 사람 앞에서 싯다르타는 기뻤다. 자기 삶의 체험담과 고뇌를, 수도 생활의 시간을, 기쁜 일과 슬픈 일을 끝까지 말할 수 있다는 것이.

이야기가 거의 끝나갈 무렵, 그는 강가의 나무와 커다란 절망과, 신성한 '옴'과, 잠에서 깨어난 뒤의 강물 사랑에 대해서도 말했다. 바스데바는 눈을 지그시 감고 더욱 귀담아 들었다.

그리고 싯다르타가 침묵에 잠겨, 그 침묵이 길어졌을 때 바스데바가 마침내 입을 열었다.

"당신의 이야기는… 내 마음을 울렸소. 강은 당신에게도 말동무가 되었구려. 반가운 일이오. 내 곁에 남아 주시오. 나는 아내가 있었소. 하지만 이미 죽은 지 오래요. 그 뒤로 혼자 살아왔지. 그래도 아내의 침대는 아직 내 침대 옆에 그대로 두었소. 먹고살 만큼은 마련되어 있으니 우리 집에서 나와 함께 지냅시다."

싯다르타가 고개를 숙였다.

"고맙소. 당신의 호의를 기꺼이 받아들이겠소. 바스데바, 내 이야기를 끝까지 들어 주어 정말 기쁘오. 남의 이야기를 옳게 들을 줄 아는 사람은 드뭅니다. 게다가 당신처럼… 잘 이해하는 사람은 나는 아직 만나 본 적이 없소. 앞으로 그 점도 배우고 싶습니다."

바스데바가 조용히 웃었다.

"그건 쉬운 일이지요. 하지만 나한테서 배우는 게 아니오. 이 강에게서 배우게 될 거요. 이 강이 나에게 남의 말에 귀 기울이는 법을 가르쳐 줬으니까요. 이 강은 모르는 것이 없소. 누구나 여기서 많은 것을 배우지요. 당신도 이미, 무슨 일이든 밑바닥까지 내려가야 한다는 것을 강에서 배웠지 않소? 학자요 바라문의 아들이던 싯다르타가 뱃사공이 되어 노를 젓게 된 것도… 이 강이 가르쳐 준 거요. 그리고 당신은 아마 더 많은 것을 배우게 될 거요."

싯다르타가 잠시 머뭇거리다 물었다.

"바스데바… '더 많은 것'이라니, 그것은 무엇을 말하는 것이오?"

바스데바는 자리에서 일어났다.

"밤이 깊었소. 이제 자도록 합시다. 당신이 묻는 말은 대답할 필요가 없을 것 같소. 당신은 곧 강에서 배우게 될 테니까. 아니… 어쩌면 이미 알고 있을지도 모르오. 나는 학자가 아니라서 말로 가르칠 줄도, 생각을 꾸며 말할 줄도 모르오. 다만 들을 줄 알고, 경건한 마음을 지닐 뿐이지요. 내가 할 일은 사람들에게 강을 건너게 해 주는 것이오. 수천 명은 건너 주었지요. 그들에게 강은 그저 장애물이었소. 돈이나 장사나 결혼이나 순례를 위해 빨리 건너가야 하는 것. 하지만 수천 명 가운데, 넷이나 다섯은 강을 장애물로 보지 않았소. 강물의 속삭임에 귀를 기울였지요. 그들에게 강은 거룩한 것이었소. 자, 이제 그만 자러 갑시다, 싯다르타.”

그날부터 싯다르타는 사공과 함께 살며 배를 부리는 법을 배웠다. 나루터에 손님이 없을 때에는 바스데바와 함께 밭에서 일했고, 이따금 땔나무를 모으거나 열매를 따기도 했다. 노를 만드는 법, 배를 고치는 법, 바구니를 엮는 법도 배웠다. 하나하나 익혀 가는 일은 무엇보다 즐거웠다. 그렇게 세월은 화살처럼 흘러갔다.

그러나 강은 바스데바보다 더 많은 것을 가르쳐 주었다. 싯다르타는 강에서 ‘기다리는 법’을 배웠다. 번뇌도 욕망도, 판단도 의견도 없이 그저 듣는 법을 배웠다.

바스데바와 싯다르타는 정답게 살아갔다. 때로는 오래 품어 둔 말을 몇 마디 나누기도 했지만, 바스데바는 결코 싯다르타의 말동무가 되려 하지 않았다. 싯다르타가 여러 번 그와 더 깊이 이야기하려 했으나, 매번 헛일이었다. 바스데바는 늘 그 자리에 있었고, 늘 그만큼만 말했으며 대신 강을 가리켰다.

어느 날, 싯다르타가 물었다.

"당신은… 시간이란 존재하지 않는다는 것을 강에서 배운 일이 있소?"

바스데바의 얼굴이 환하게 밝아졌다.

"그래요, 싯다르타. 당신 말은 아마 이런 뜻이겠지요. 강은 근원에서도, 강어귀에서도, 폭포에서도, 나루터에서도, 여울에서도, 바다에서도, 어디서나 늘 동시에 있으며, 강에는 현재만 있을 뿐 과거나 미래의 그림자가 없다… 그런 말이지요?"

싯다르타가 숨을 고르며 말했다.

"그렇소. 그것을 깨닫고 나서 지난날을 돌아보니, 내 생애 또한 하나의 강이었소. 어린 시절의 싯다르타와 늙어 가는 싯다르타는 서로 떨어져 있는 것이 아니라, 다만 그림자처럼 달라 보일 뿐이었소. 이 싯다르타의 전생도 과거가 아니며, 죽음과 범梵으로 돌아가는 것 또한 미래라고 할 수 없지요. 만물은 그 본질과 함께 오직 현재에 살아 있을 뿐이오."

그 깨달음이 그를 벅차게 했다. 모든 두려움과 고뇌가 시간에서 비롯되는 것은 아닌가. 인간이 시간을 정복해 시간의 감옥을 벗어난다면, 고난과 장애도 함께 사라질 수 있는 것은 아닌가.

바스데바는 빛나는 얼굴로 미소 지었다. 말없이 고개를 끄덕이고 싯다르타의 어깨를 가볍게 두드린 뒤, 다시 일로 돌아갔다.

며칠 뒤, 장마로 강물이 울부짖듯 넘쳐흐르던 때, 싯다르타가 말했다.

"강은 실로 여러 목소리를 내고 있소. 왕자의 목소리도, 투사의 목소리도… 황소와 새소리도… 아이 낳는 여인의 신음 소리도… 수천 가지 소리를 내오. 그렇지 않소?"

바스데바가 고개를 끄덕였다.

"사실이오. 모든 창조물의 소리가 이 강물 속에 있소."

싯다르타가 물었다.

"만일 그 수천 가지 소리를 동시에 들을 수 있다면, 강은 우리에게 무슨 말을 할까요?"

바스데바는 행복한 얼굴로 웃더니, 허리를 굽혀 싯다르타의 귀 가까이 입을 대고 거룩한 소리 하나를 속삭였다.

"옴."

사실, 싯다르타가 지금까지 들었던 소리도 바로 그것이었다.

싯다르타의 웃음은 점점 바스데바의 웃음을 닮아 갔다. 두 사람은 거의 같은 행복을 느끼게 되었다. 잔주름에도 윤기가 돌고, 늙은 얼굴들이 오히려 어린아이처럼 맑아 보였다. 길 가는 나그네들은 이 두 뱃사공을 종종 친형제로 여겼다.

저녁이면 그들은 때때로 강가의 나무 아래 앉아 물소리에 귀를 기울였다. 그들에게 그것은 단지 물소리가 아니었다. 생명과 존재의 목소리였고, 변하여 달라지면서도 영원한 만물의 소리였다. 그 소리를 들으며 그들은 죽음을 떠올리기도 하고, 소년 시절을 떠올리기도 하고, 며칠 전 마주쳤던 어떤 여행자의 얼굴과 운명을 생각하기도 했다.

두 사람이 함께 강물 소리를 듣는 동안에는, 서로 눈을 마주치기만 해도 같은 생각이 통하는 듯했고 같은 물음에 대해 같은 견해에 이르는 듯했다. 그 순간마다 그들은 조용한 행복을 느꼈다.

이 나루터의 두 뱃사공에게서는 말로 다 할 수 없는 아늑함이 풍겼다. 그것을 알아보는 나그네들도 있었다. 어떤 이는 자기 삶의 고민을 털어놓으며 악을 뉘우치고 위안과 충고를 구했다. 어떤 이는 하룻밤만이라도 그들과 함께 묵으며 강물 소리를 듣고 싶다고 했다.

또 어떤 호기심 많은 이들은 이곳에 현자와 마법사와 성인이 산다는 소문을 듣고 일부러 찾아오기도 했다. 그러나 그들이 만난 것은 마법사도 현자도 아니었다. 다만 친절한 두 노인이었다. 말이 적고 과묵한—조금 독특한 늙은이들뿐이었다. 사람들은 어처구니없다는 듯 웃고는, 세상 사람들이 얼마나 경솔하면 저런 소문을 퍼뜨리느냐며 혀를 차고 돌아갔다.

세월은 덧없이 흘러갔다. 그러나 두 사람은 그 흐름에 마음을 쓰지 않았다.

그러던 어느 날, 부처의 제자들이 무리를 지어 나루터로 몰려와 강을 건너게 해 달라고 청했다. 스승께서 중병에 걸려 곧 열반에 드실 것이라는 소식을 듣고, 위대한 스승의 곁으로 돌아가는 길이라는 것이었다.

얼마 지나지 않아 승려들이 잇따라 강을 건넜다. 다른 손님들도 모두 고타마의 입적을 이야기했다. 마치 큰 전쟁터로 향하는 군사 행렬처럼, 왕의 대관식을 보러 사람들이 모여들 듯, 사람들은 마력에 이끌린 듯 위대한 완성자가 열반에 드는 광경을 지켜보려 개미 떼처럼 몰려갔다.

싯다르타는 그 흐름 속에서, 세상을 떠나실 현자, 위대한 스승을 생각했다. 수십만 사람을 깨우치던 그 목소리와, 존경으로 우러러

보던 거룩한 얼굴을 떠올렸다. 그리고 젊은 시절 세존에게 했던 자신의 당돌한 말을, 미소 지으며 되돌아보았다.

그는 오래전부터 자신이 고타마를 떠나 있지 않았다는 사실을 알고 있었다. 다만 그 가르침을 그대로 따를 수는 없었다. 진리를 진정으로 찾는 사람이라면, 어떤 가르침도 그대로 '받아들일' 수는 없을 것이다. 그러나 진리를 찾은 사람이라면, 모든 가르침과 길과 목표가 저마다의 자리에서 옳다는 것을 인정하게 된다. 거기까지 이른 사람은 영원 속에서 숨 쉬는 수많은 성자들과 같은 생각에 닿게 마련이다.

그 무렵, 한때 최고의 아름다움을 자랑하던 유녀 카말라도 부처가 있는 곳을 향해 길을 떠났다. 그녀는 오래전에 과거 생활을 청산하고 자신의 정원을 고타마의 제자들에게 바쳤으며, 부처의 가르침에 귀의해 순례자들을 돕고 자비를 베풀어 왔다.

고타마의 열반이 가까워졌다는 소식을 듣자, 그녀는 어린 아들 싯다르타와 함께 짐을 간단히 꾸려 맨발로 길을 나섰다. 그러나 아이는 지쳐 있었다. 집으로 돌아가자고 조르고, 쉬어 가자고 버티고, 먹을 것을 달라며 떼를 썼다. 아이에게는 이 길이 이해되지 않았다. 곧 죽는다는 얼굴도 알지 못하는 사람에게 왜 가야 하는지, 그가 죽는 일이 자신과 무슨 상관인지 알 길이 없었다.

어머니는 아들과 함께하는 길이라 자주 멈출 수밖에 없었다. 먹을 것을 주며 달래기도 하고, 타이르기도 했다.

두 순례자가 바스데바의 나루터에서 얼마 떨어지지 않은 곳에 이르렀을 때, 아이는 다시 쉬어 가자며 어머니를 졸랐다. 카말라도 지쳐 있었다. 아이가 바나나를 벗겨 먹는 동안, 그녀는 땅에 주저앉아 눈을 감고 잠시 숨을 돌렸다.

그때였다.

카말라가 갑자기 비명을 질렀다.

"앗!"

아이도 놀라 어머니를 쳐다보았다. 카말라의 얼굴은 두려움으로 새파래져 있었다. 치맛자락 아래로 검은 뱀이 미끄러지듯 사라지는 것이 보였다. 뱀은 그녀를 문 것이었다.

카말라와 어린 싯다르타는 사람을 찾아 허둥지둥 강나루 쪽으로 달려갔다. 나루터 근처에 이르렀을 때, 카말라는 그 자리에서 쓰러졌다. 아이는 울음을 터뜨리며 어머니의 목을 끌어안고 볼을 비벼댔다. 카말라도 살려 달라고 소리쳤다. 그 소리는 바스데바의 귀에까지 닿았다.

바스데바는 황급히 달려와 여인을 안아 배에 올렸다. 아이도 뛰어올라 탔다. 그들은 곧 오두막에 닿았다.

마침 싯다르타는 아궁이 앞에서 불을 지피려는 참이었다. 그는 고개를 들었고, 먼저 아이의 얼굴을 보았다. 순간 낯설면서도 기묘한 기억이 오랫동안 잊었던 무언가가 가물거렸다. 그리고 카말라를 바라보는 순간, 사공의 팔에 안겨 정신을 잃은 그녀를 알아보았다. 그와 동시에, 그 아이가 자신의 아들이리라는 것을 짐작했다. 아이의 얼굴이 마음을 흔들었다. 싯다르타의 가슴이 덜컥 내려앉았다.

그는 카말라의 상처를 씻어 주었다. 그러나 상처는 이미 거무스름했고, 몸은 부어 있었다. 물을 먹이자 잠시 의식이 돌아왔다. 그녀는 싯다르타의 침대에 누워 있었다. 그리고 그 곁에는 예전에 그녀가 그토록 사랑하던 싯다르타가 맥없이 서 있었다.

카말라에게는 모든 것이 꿈만 같았다. 그녀는 방그레 미소 지으며 그 얼굴을 바라보았다. 정신이 또렷해지자, 자신이 뱀에 물렸고 배에 실려 이곳으로 왔다는 사실을 깨닫고, 불안하게 아들을 찾으며 소리쳤다.

싯다르타가 말했다.

"걱정 마시오. 아이는 당신 곁에 있소."

카말라는 무거운 혀로 더듬거리며 싯다르타의 얼굴을 바라보았다.

"아… 당신. 꽤 늙었군요. 머리도 희끗희끗 세고요. 그래도… 예전에 변변치 않은 옷을 걸치고 맨발로 내 정원에 찾아온 젊은 사문의 모습이 그대로 남아 있네요. 저와 카마스와미를 버리고 떠나시던 때보나… 시금이 너 ㄱ 사분을 낡은 것 같아요. 싯다르타, 눈도 꼭 그때의 눈이고요. 아… 나도 많이 늙었어요. 그래도… 나를 알아보시겠어요?"

싯다르타가 웃으며 대답했다.

"곧바로 알아보았소, 카말라."

카말라는 아이를 가리켰다.

"저 애도… 알아보시겠어요? 당신 아들이에요."

눈시울이 뜨거워진 그녀는 눈을 감아 버렸다. 아이가 울기 시작했다. 싯다르타는 아이를 안아 무릎 위에 올려놓고 머리를 쓰다듬었다. 얼굴을 들여다보자, 어린 시절 배웠던 바라문의 기도가 떠올랐다. 그는 노래하듯 천천히, 그 기도의 구절을 외웠다. 아주 먼 어린 시절에서 흘러나오는 소리였다.

아이의 울음은 조금씩 가라앉았고, 마침내 고요히 잠들었다. 이따금 소스라치게 깨었다가 훌쩍이며 울고는, 다시 잠이 들었다.

싯다르타는 아이를 바스데바의 침대 위에 눕혔다. 그리고 밥을 짓는 바스데바에게 조용히 웃어 보였다. 바스데바도 그에게 빙그레 웃었다.

싯다르타가 낮은 목소리로 말했다.

"그녀는… 살지 못할 거요."

바스데바는 말없이 고개를 끄덕였다. 아궁이 불빛이 그의 자비로운 얼굴 위에서 흔들렸다.

카말라는 다시 정신을 가다듬었으나 고통에 얼굴을 찡그렸다. 싯다르타는 그녀의 창백한 뺨과 입술에 괴로움의 흔적이 깊게 배어 있는 것을 보았다. 그는 말없이 그 흔적을 바라보았다. 조심스레 끝을 기다리며, 사랑하는 사람의 아픔을 함께 느꼈다.

카말라도 그것을 알아차렸는지, 그의 눈을 더듬어 찾았다. 그리고 천천히 말했다.

"자세히 보니… 당신의 눈도 많이 변했군요. 이제야 알겠어요. 당신은… 딴사람처럼 달라졌어요. 당신이 싯다르타라는 걸… 무엇으로 알 수 있겠어요. 그래요, 당신은 싯다르타예요. 하지만… 예전의 싯다르타가 아니에요."

싯다르타는 대답하지 않고, 그저 그녀의 눈을 바라보았다.

카말라가 다시 물었다.

"당신은… 가려던 곳에 이르렀나요? 평화를 찾았나요?"

싯다르타는 미소 지으며, 자기 손을 그녀의 손 위에 얹었다.

카말라가 숨을 고르며 말했다.

"알겠어요. 나도… 평화를 찾게 되겠지요."

싯다르타가 그녀의 귀에 속삭였다.

"당신은 이미… 그것을 찾았소."

카말라는 고타마를 만나 마음의 평화를 얻고자 길을 떠났던 일을 떠올렸다. 부처를 만나지는 못했지만, 지금 싯다르타를 만난 것이 마치 부처를 만난 것처럼 반가웠다.

그 마음을 말하려 했으나 혀는 더는 말을 따라주지 않았다. 그녀는 그저 싯다르타를 바라볼 뿐이었다. 싯다르타는 그녀의 눈에서 생기가 서서히 사라지는 것을 보았다. 마지막으로 고뇌가 걷히고, 다리가 가늘게 떨릴 때 그는 손으로 그녀의 눈을 감겨 주었다.

싯나르타는 오래노록 곁에 앉아 카말라의 얼굴을 바라보았다. 여위고 주름진 입술을 바라보며, 젊은 시절 그 입술을 신선하게 익은 무화과 열매에 견주어 말하던 일을 떠올렸다. 창백한 얼굴 위로 깊게 팬 주름을 바라보노라니, 자신도 그 속으로 끌려 들어가는 듯했다. 그러는 사이, 그녀의 얼굴에서 똑같이 창백하고 윤기 없는 자기 얼굴을 발견하는 듯했다.

그러나 동시에, 붉은 입술과 타는 듯한 눈을 가진 그녀의 젊은 얼굴이 눈앞에 떠올랐다. 현재와 똑같은 영원이라는 감정이 가슴을 가득 채웠다. 그는 어느 때보다 생명의 불멸과 순간의 영원성을 절실히 느꼈다.

그가 일어나자 바스데바는 식사를 권했으나, 싯다르타는 아무 생각도 없었다. 두 늙은이는 산양을 기르는 외양간에 짚을 펴 잠자리를 마련했다. 바스데바는 곧 잠이 들었다. 그러나 싯다르타는 밖으로 나와 집 앞에 서서 밤을 지새웠다. 강물 소리를 들으며 흘러간 날들을 되짚어보고, 때때로 창가로 가 아이가 잘 자는지 들여다보았다.

새벽, 해가 뜨기도 전에 바스데바가 외양간에서 나와 싯다르타 곁으로 왔다.

바스데바가 말했다.

"당신, 밤을 새웠구려."

싯다르타가 대답했다.

"그래요, 바스데바. 여기 앉아 혼자 강물 소리를 듣고 있었소. 강은 나에게 여러 이야기를 속삭여 주었소. 변함없는, 유용한 사상으로 내 마음을 가득 채워 주었소."

바스데바가 잠시 그를 바라보았다.

"싯다르타, 당신은 큰 슬픔을 겪었구려. 그런데도… 당신 마음속에 비애가 보이지 않소."

싯다르타는 조용히 웃었다.

"내가 왜 슬퍼하겠소. 전에도 그랬지만, 지금은 더 풍족하고 행복하오. 이제 나에게도… 아들이 생겼소."

바스데바도 고요히 고개를 끄덕였다.

"나도 기쁜 마음으로 당신의 아들을 환영하오. 자, 싯다르타. 그럼 일을 시작합시다. 우리는 할 일이 많소. 카말라는 예전에 내 아내가 죽은 그 침대 위에서 숨을 거두었소. 아내를 화장했던 그 산에다, 카말라를 화장할 나무를 쌓아야겠소.”

아이가 아직 깊이 잠든 사이, 두 사람은 말없이 밖으로 나섰다. 그리고 아침의 공기 속에서 화장할 나무를 차곡차곡 쌓아 올리기 시작했다.

아들

아이는 하염없이 눈물을 흘리며 어머니의 장례를 지켜보았다. 싯다르타는 아이에게 말해 주었다.

"너는 내 아들이니, 이 집에서 나와 함께 살자."

그러나 어린 아들은 멍하니 듣고만 있을 뿐이었다. 풀 죽은 채 종일 무덤 곁에 앉아 있었고, 아무것도 입에 대려 하지 않았다. 눈과 마음을 굳게 닫아걸고, 마치 운명 자체에 반항하는 듯 보였다.

싯다르타는 어린 아들이 가여웠다. 그는 아이가 하고 싶은 대로 하게 내버려 두었다. 슬퍼하는 마음이 더 다칠까 봐 전전긍긍했다. 아이가 자신을 모른다는 것, 그래서 자기가 아이를 사랑하듯 아이가 자기를 사랑할 수 없다는 것을 그는 잘 알고 있었다. 충분히 이해할 수 있는 일이었다.

열한 살 난 아들은 홀어머니 밑에서 풍족하게 살아왔다. 맛있는 음식을 먹고, 편안한 침대에서 자고, 하인들을 부리며 지내는 생활에 길들여져 있었다. 그런 아이가 낯설고 가난한 강가의 오두막에 당장 적응해 만족을 느낄 수 없는 건 당연한 일이었다.

싯다르타는 아들에게 무엇이건 억지로 시키지 않았다. 아이를 위해 더 열심히 일했고, 언제나 맛 좋은 음식을 마련하려 애썼다. 자기가 꾸준히 친절하게 대하면 언젠가 아이의 마음을 얻을 수 있으리라 믿었다.

그러나 시간이 흘러도 아들은 자신을 따르지 않았다. 어떤 일도 하려 하지 않았고, 윗사람을 존경할 줄도 몰랐다. 싯다르타는 바스데바의 과일나무 가지를 치며 문득 깨달았다. 아들이 생겨 행복과 만족을 얻은 대신, 괴로움과 걱정이 함께 자라났다는 것을.

그런데도 그는 아들을 사랑했다. 아들 없이 평온하고 즐겁던 때보나, 아들 때문에 괴롭고 걱정이 많은 지금이 오히려 더 좋았다

아들과 함께 살게 된 뒤로 늙은이들은 일을 나누었다. 바스데바는 뱃일을 맡고, 싯다르타는 아이와 곁에 있기 위해 집안일과 밭일을 맡았다.

싯다르타는 여러 달을 두고 기다렸다. 아이가 자신을 이해해, 자신의 사랑을 받아들이고, 또 언젠가 그 사랑을 되돌려 줄 날이 오기를. 바스데바도 마찬가지였다. 그는 말없이 곁에서 두 사람을 지켜보며 기다렸다.

어느 날, 아들은 아버지에게 갖은 떼를 쓰고 심술을 부리며 괴롭히더니 밥그릇을 내동댕이쳐 두 개나 깨뜨렸다. 그날 저녁, 바스데

바가 친구에게 말했다.

"내 말을 섭섭하게 생각지는 마오. 당신을 위해 하는 말이니까."

그는 잠시 말을 멈추었다가, 조용히 이어갔다.

"벗이여, 당신이 아들 때문에 고민하고 걱정하는 것은 나도 알고 있소. 사실 당신의 아들은 당신뿐 아니라 나한테도 골칫거리요. 그 어린 새는 우리와는 다른 둥지에서 살아왔소. 그 아이는 당신처럼 부귀와 속세가 구역질이 나서 스스로 버리고 떠나온 것이 아니오. 어쩔 수 없이 이리로 오게 된 거요. 나는 그동안 여러 차례 이 강에게 물어보았소. 그런데 강은 당신과 나를 비웃고 우리의 어리석음을 탓하였소. 물은 물끼리, 청춘은 청춘끼리 어울리게 마련이오. 그런 점에서 여긴… 당신의 아들이 마음껏 자랄 곳이 못 되오. 당신도 강이 뭐라고 대답하나, 물어보시오."

싯다르타는 수심에 젖은 얼굴로 정다운 친구를 바라보았다. 그의 얼굴에는 주름이 많았지만, 그 주름에는 언제나 변함없는 명랑함이 깃들어 있었다.

"그러나 내가 자식의 곁을 떠날 수야 없지 않소? 내게 좀 더 시간을 주시오. 나는 그 애를 위해 노력하고 있소. 그 애의 마음을 얻을 수 있는 방법을 찾고 있소. 강물은 내 아들에게도 속삭일 때가 있을 거요. 그 녀석도 부름을 받을 때가 반드시 있으리라고 생각하오."

그는 부끄러움을 억누르며 나직하게 말했다.

바스데바는 더 밝게 미소 지었다.

"물론이오. 그 아이도 언젠가는 부름을 받을 거요. 그리고 그 애도 왕생往生을 할 거요. 다만 당신과 나는 그 아이가 대체 어느 길로,

어떤 행위와 고뇌로써 부름을 받게 되는지 알 수 없을 뿐이오. 앞으로 그 애는 꽤 많은 고생을 할 거요. 거만하고 까다롭고, 고집도 보통이 아니오. 솔직히 말하면, 그 애가 고생할 게 눈에 훤히 보이는구려. 앞으로 말썽도 부리겠지요. 몹쓸 짓도 도맡아 하고요. 그 죄를 어떻게 하겠소. 아무쪼록 잘 가르쳐야 하오. 자기를 억제하는 버릇을 붙이도록 하고… 경우에 따라서는 벌도 줘야 하오.”

싯다르타가 근심스러운 얼굴로 말했다.

“바스데바, 그 어린것을 그렇게 마구 다룰 수야 없잖소?”

바스데바가 고개를 저었다.

“나도 당신 마음을 알고 있소. 나는 당신이 그 애의 고약한 버릇을 억제하거나 야단치는 것을 본 적이 없소. 물론 매를 든다는 건 생각도 못할 거요. 당신은 부드럽고 연약한 것이 강한 것보다 더 굳세고, 물이 바위보다 더 딱딱하며, 사랑이 폭력보다 더 강하다는 것을 알고 있으니까요. 나도 그 생각이 훌륭하다고 믿소. 하지만… 그 애의 고약한 성미를 억누르지 않거나 벌하지 않는다는 것이 정말 옳기만 하겠소? 그것이 오히려 사랑의 밧줄로 그 애를 결박하는 일이 되지는 않겠소? 당신이 자비와 인내를 베풀어 주는 것이, 오히려 그 애에게 수치심을 더해 주고 마음을 더 괴롭히고 있는 게 아닐까요? 당신은 거만하고 버릇없는 소년을, 오두막에서 바나나를 먹으며 빵도 진미로 아는 두 늙은이 곁에 억지로 매어 두려 하고 있소. 우리 생활과 감정은 케케묵어 그 애에게 맞지 않지요. 그러니 그 애는 은연중에 벌을 받고 있는 셈이오.”

싯다르타는 놀란 얼굴로 땅만 내려다보다가, 나지막하게 물었다.

"그럼… 어떻게 하는 게 좋겠소?"

"그 애를 거리로 데려가도록 하시오. 그 애 어머니 집으로 말이오. 거기엔 아직 하인들이 있을 테니 그들에게 맡기시오. 만일 그 집에 아무도 없다면, 어떤 선생에게 맡기는 것이 좋을 거요. 학문을 위해서가 아니라 다른 아이들과 어울리게 하여 그 애를 자기 세계 속으로 풀어 놓기 위해서 말이오. 당신은 그런 생각을 해 본 일이 있소?"

싯다르타는 서글픈 목소리로 말했다.

"어쩌면 그렇게 내 마음을 잘 아오! 실은 나도 때때로 그런 생각을 했소. 하지만 생각해 보시오. 그렇지 않아도 성미가 사나운 애를 어떻게 인간 세상에 내보낸단 말이오. 그렇게 되면 겉치레나 일삼으며 향락에 빠지고 권력을 움켜쥐려다가 망신을 당하지 않겠소? 그러다 이 아비의 그릇된 길을 다시 걷게 되지 않겠소? 윤회 속에 빠져 몸과 마음을 망칠까 두렵군요."

바스데바는 빙긋이 웃으며 싯다르타의 어깨를 가볍게 두드렸다.

"벗이여, 강에게 물어봐요. 강물의 웃음소리를 들어 봐요. 당신은 아들이 당신과 같은 길을 걸을까 봐 두려운 거죠? 하지만 당신이 아들을 윤회에서 건져낼 수 있겠소? 훈계하고 불공을 드리고, 잘 가르치면 가능하다는 거요? 그렇다면 당신은 전에 이곳에 찾아와서 나에게 들려준 이야기, 바라문의 아들 싯다르타의 그 의미심장한 이야기를 잊어버렸단 말이오. 사문 싯다르타를 윤회와 죄와 탐욕과 어리석음에서 구해 준 것은 누구요? 아버지의 경건한 믿음과 선생의 가르침과 자기 지식이나 자기 보리심이 과연 당신을 보호할 수 있었소? 어떤 아버지나 선생이, 누군가의 방종을 막을 수 있단 말이오? 멋대로 살며 자기 인생을 좀먹고, 죄를 저지르며, 즐겨 술을 마시는 길로 가려는데 누가 그를 막아낼 수 있단 말이오. 도대체 당신은 이 길을 걷지 않는 사람이 있으리라고 생각하오? 사랑하는 당신의 아들만은, 당신이 기꺼이 그 애에게서 괴로움과 슬픔과 실망을 덜어 준다고 해서 그게 가능할 줄 아시오? 당신이 그 애를 위해 열 번 죽어도, 당신은 그 애의 운명을 손톱만큼도 덜지 못할 거요."

바스데바는 일찍이 이렇게 말을 많이 한 적이 없었다.

싯다르타는 그의 호의에 감사하며 방으로 들어왔으나, 좀처럼 잠들 수가 없었다. 바스데바가 한 말은 싯다르타도 오래전부터 알고 있던 것이었다. 그러나 그것은 실천할 수 없는 지식이었다.

아들에 대한 사랑은 그 지식보다 강했고, 아들을 잃을지도 모른다는 비애와 불안은 그 지식을 훨씬 넘어섰다. 일찍이 그에게 아들처럼 정이 가는 손재는 없었다. 그렇게 맹목적으로, 그렇게 절실히, 그렇게 무조건 행복을 느끼게 한 것도 없었고, 그렇게 사랑스러운 것도 없었다.

그래서 싯다르타는 친구의 충고를 따를 수가 없었다. 아들을 떼어 놓다니 당치도 않았다. 그는 아이의 명령에 기꺼이 복종했고, 아이의 멸시도 달게 받았다. 그저 아이의 성미가 나아지기를 묵묵히 기다릴 뿐이었다.

그리하여 그는 날마다 말없이 참으며 의무를 다하는, 소리 없는 싸움을 시작했다. 바스데바도 잠자코 기다렸다. 참는 일에 있어서 두 늙은이는 대가大家였다.

어느 날, 싯다르타는 아이의 얼굴에서 카말라의 모습을 찾아내다가, 젊은 시절 그녀가 했던 말이 갑자기 떠올랐다.

"당신은 사람을 사랑할 수 없는 분이에요."

그때 그는 그 말을 긍정했고, 스스로를 별처럼 여겼으며, 어린아이 같은 사람들은 낙엽에 비유했다. 그러나 한편으로는 그녀의 말에 반박하고 싶은 마음도 없지 않았다. 아닌 게 아니라 그는 남을 위해 자기를 희생하거나, 자기를 잊고 사랑이라는 어리석음을 저지르는 일을 할 수 없다고 믿었다. 그것은 전혀 불가능한 일 같았다. 그리고 그때는 바로 그 점이, 자신과 어린아이 같은 사람들을 가르는 큰 차이점이라고 생각했다.

그러나 아들이 나타난 뒤로는 그도 완전히 어린아이 같은 사람이 되어 버렸다. 한 사람을 위해 고민하고 사랑하며 어리석은 자가 되었다. 그는 일생에 한 번은 이 가장 강렬한 정열을 체험하고, 그로 말미암아 괴로워하며 비탄에 빠지게 된 것이다.

그런데도 그는 행복했다. 어딘지 마음이 새로워지고, 한층 풍부해진 것만 같았다.

아들에 대한 이 맹목적인 사랑은 하나의 번뇌이며, 너무나 인간적인 것, 그야말로 윤회요, 흐린 샘이요, 더러운 물이라는 것을 그는 잘 알고 있었다. 그러나 한편으로 그는 그것이 무가치한 것이 아니라, 자기 본질에서 필연적으로 솟아나는 것이라고도 느꼈다. 그래서 이런 욕망도 채우고, 이런 괴로움도 맛보며, 이런 어리석음을 겪고 있는 것이라 여겼다.

아들은 아버지로 하여금 온갖 어리석음을 저지르게 했다. 아버지가 자기 비위를 맞추도록 만들고, 언제나 제멋대로 놀았다. 그러므로 아버지에게는 아들을 무섭게 하거나 기쁘게 할 무기가 아무것도 없었다.

싯다르타는 선량했고, 친절했고, 신망이 두터웠다. 어쩌면 성자에 가까웠을 것이다. 그러나 그런 것으로는 아들의 마음을 잡을 수 없었다. 아들에게는 낡아빠진 오두막 속에 자기를 붙잡아 두는 이 아버지가 한낱 귀찮은 존재일 뿐이었다. 그리고 아버지가 자기의 버릇없는 행동을 웃음으로 받고, 모욕을 친절로 받아들이고, 악의를 호의로 되돌리는 모습은 어린아이 눈에는 늙은 구렁이의 간계처럼 보였다. 차라리 위협을 느끼고 학대를 받는 편이 더 낫다고 느낄 만큼.

마침내 어린 싯다르타가 본성을 드러내 아버지에게 반항하는 날이 왔다. 그날 아버지는 아이에게 나무를 긁어모으라고 말했다. 그러나 아들은 방에서 나오지도 않은 채, 화가 나 마루를 쾅쾅 구드며 주먹을 불끈 쥐고 억세게 반항했다. 그리고 아버지에게 증오와 멸시에 찬 욕설을 마구 퍼부었다.

"아버지가 나무를 가져와요!"

아이는 입에 거품을 물고 소리 질렀다.

"나는 아버지의 종이 아니에요. 내가 이렇게 말해도 아버지는 설마 나를 때리지는 못하겠지요? 아버지는 나를 사랑과 관용으로 벌을 주어 졸장부로 만들려는 거지요? 내가 아버지처럼 쓸개 빠진 인간이 되길 바라는 거지요?

미안한 말이지만 똑똑히 들어 둬요. 아버지처럼 선량하고 온순하고 현명한 인간이 될 바에야 차라리 살인강도가 되어 지옥에 가는 편이 나아요. 나는 아버지를 미워해요. 설령 열 번 우리 어머니의 정부情夫가 되었었다 하더라도 당신은 내 아버지가 아니에요!"

아들은 분노와 원한에 가득 찬 채 욕설을 퍼붓고 밖으로 뛰쳐나갔다가, 밤이 이슥해서야 돌아왔다. 그리고 그 이튿날, 아들은 도망가 버렸다.

두 늙은이가 뱃삯으로 받은 돈을 보관하던, 두 가지 색깔의 나무껍질로 엮은 작은 바구니도 사라졌다. 그러나 배만은 강 건너 언덕 기슭에 남아 있었다.

"나는 아들을 찾으러 가야겠소."

싯다르타는 말했다. 어제 아들의 욕설을 들은 뒤부터 그는 비탄에 잠겨 있었다.

"하긴 그 애 혼자서는 숲을 헤치고 갈 수 없을 테니 곧 돌아올 거요. 바스데바, 강을 건너려면 뗏목을 만들어야 하지 않겠소?"

"암, 뗏목을 만들어야지요."

바스데바가 대답했다.

"다만 그 애가 타고 도망친 배를 다시 찾아오기 위해서 말이오. 그러나 그 애를 쫓아가지는 마시오. 그 녀석은 이미 어린애가 아니오. 제 앞가림을 할 줄 아는 것 같소. 아마 거리로 갔을 거요. 나는 그것이 옳다고 보오. 그 애는 당신이 진작 해주어야 할 일을, 당신 대신 해낸 거요. 자기 앞날을 걱정해 자기 갈 길을 찾아간 것뿐이오. 싯다르타, 당신은 몹시 괴로운가 보군요. 그러나 그것은 남들이 들으면 웃을 일이오. 아마 당신 자신도 곧 웃게 될 거요."

싯다르타는 아무 대답도 하지 않았다. 그는 벌써 도끼를 들고 참대를 엮어 뗏목을 만들고 있었다. 바스데바도 새끼줄로 나무를 얽어매며 그를 거들었다.

그들은 뗏목을 띄워 강을 건너갔다. 물살에 밀려 너무 아래로 흘러 내려가, 한참 끌어올려 맞은편 언덕에 겨우 닿았다.

"당신은 왜 도끼를 갖고 왔소?"

싯다르타가 물었다.

"노가 없어졌을지도 모르니까요."

바스데바가 대답했다.

싯다르타는 그 말뜻을 알아들었다. 아이가 복수하려 했거나, 아버지가 뒤따라오지 못하게 노를 내던졌거나 부러뜨렸을지 모른다. 아니나 다를까, 배 안에는 노가 없었다. 바스데바는 배를 가리키며 '보았소?' 하고 말하는 듯했지만, 실제로는 아무 말도 하지 않았다. 그저 웃는 얼굴로 친구를 바라볼 뿐이었다. 그리고 노를 만들기 시작했다.

싯다르타는 도망친 아들을 찾아 길을 나섰다. 바스데바도 굳이 말리지는 않았다.

싯다르타는 숲속을 깊숙이 지나왔을 때에야 비로소 아들을 찾아가는 것이 부질없다는 것을 깨달았다.

'그 녀석은 벌써 거리에 도착했을 것이다. 설령 아직 길 위에 있다 해도, 내 눈에 띄지 않을 것이다.'

그런 생각을 되풀이하며 걷는 사이, 그는 자신이 아들에 대해 그다지 크게 '위험'을 걱정하지 않고 있다는 것도 알아차렸다. 아이가 길을 잃거나 숲속에서 봉변을 당할 일은 없을 거라고 그는 믿고 있었다.

그럼에도 그는 걸음을 멈추지 않았다. 아들을 구해 내기 위해서가 아니라 딱 한 번만이라도 얼굴을 더 보고 싶어서였다. 그리하여 그는 거리 어귀까지 줄곧 뛰어갔다.

도시로 가까워지는 큰길에 이르자, 그는 한때 카말라의 소유였고, 가마를 탄 그녀를 처음 만났던 호화로운 별장 어귀에 들어섰다. 그리고 젊고 덥수룩한 수염을 기르고 맨발로 다니던 사문―머리에는 먼지가 내려앉아 있던 예전의 사기 자신을 떠올렸다. 그는 그 자리에 한참 서 있었다.

열려 있는 정원 안쪽에서 누런 옷을 걸친 승려들이 나무 그늘 아래를 오가는 것이 보였다.

그는 깊은 생각에 잠겨 옛일을 되짚으며, 그곳에 오래 머물렀다. 그러다 다시 정원을 오가는 승려들을 바라보는 순간, 젊은 싯다르타와 젊은 카말라가 손을 잡고 커다란 나무 아래를 거니는 환영이 눈앞에 떠올랐다.

그는 자기 삶을 다시 보았다. 카말라의 환대를 받고, 그녀와 처음 입맞추던 순간. 오만불손한 태도로 바라문 시절을 회상하며, 커다란 자부심과 희망으로 세속의 삶을 시작하던 자신. 그리고 카마스와미와 하인들, 연회와 도박판과 광대들. 카말라의 새가 여전히 새장 속에서 울고 있었다. 모두가 이상할 만큼 사랑스러운 풍경으로 되살아났다.

그리하여 그는 윤회를 호흡했다.

그러나 곧 그는 다시 노쇠한 피로를 느꼈고, 자기 자신에게 구역질이 났으며, 육신을 부숴 버리고 싶은 충동을 느꼈다. 그러다 다시 신성한 '옴'이—어딘가에서—그를 붙들어 일으켰다. 숨결이 가다듬어지고, 마음이 다시 제자리를 찾았다.

정원 어귀에 오래 서 있던 그는, 이 거리까지 자신을 끌고 온 아들에 대한 욕심이 어리석기 짝이 없으며, 자신은 아들을 도와줄 수도, 아들을 붙잡아 올 수도 없다는 사실을 새삼 깨달았다.

그는 자기 곁을 떠난 아들에게 더 깊은 애착을 느꼈다. 그것은 마치 하나의 상처 같았다. 그런데 그 상처는 사람을 아프게 하기 위해 생긴 것이 아니라 언젠가 꽃을 피우고 영광을 가져오기 위해 생긴 것이라는 생각이 들었다.

다만 그 꽃과 영광을 자신이 보지 못할지도 모른다는 것이 유감스러웠다.

그는 아들을 찾아온 목적을 이루지 못한 채, 쓸쓸한 공허만 가슴으로 들이마셨다. 비통한 나머지 그 자리에 주저앉아 버렸다. 마음속에서 무엇인가가 서서히 사라져 가고 있었다. 다시금 공허가 덮쳐 와, 아무 기쁨도 희망도 없음을 발견했다.

그는 깊은 생각에 잠겼다. 그리고 기다렸다.

그는 일찍이 강가에서 기다리고, 참고, 가만히 듣는 법을 배웠던 것이다.

먼지가 뿌옇게 이는 길가에 주저앉아, 그는 귀를 기울였다. 비애에 젖은 마음속에서 들려오는 소리를 기다렸다. 오랜 시간이 흘렀다. 그는 아무 생각도 없이 공허에 잠긴 채, 앞쪽도 보지 않고 그대로 앉아 있었다.

상처가 아플 때마다 그는 잠자코 '옴'을 되뇌었다. 온몸이 '옴'으로 가득 차도록.

정원에서 승려들이 그를 바라보았다. 그의 흰머리 위에 먼지가 뿌옇게 쌓인 것을 본 한 승려가 밖으로 나와 바나나 두 개를 그의 앞에 놓았다. 그러나 그는 거들떠보지도 않았다.

그때 누군가가 손으로 싯다르타의 어깨를 가볍게 톡 쳤다.

그는 마치 깊은 무감각에서 깨어나듯 고개를 들었다. 정답고 부드러운 촉감만으로도, 그것이 누구인지 곧 알 수 있었다.

바스데바였다.

싯다르타는 제정신을 되찾고 자리에서 일어나, 자기를 찾아온 친구에게 고개를 끄덕였다. 바스데바의 친절한 얼굴 미소로 가득 찬 주름살과 맑은 눈동자를 바라보자, 싯다르타도 따라 미소 지었다.

그제야 그는 자기 앞에 놓인 바나나를 보았다. 하나는 바스데바에게 건네고, 하나는 자신이 먹었다.

이윽고 두 사람은 말없이 숲을 지나 강나루로 돌아왔다. 오늘 하루 동안 일어난 일에 대해서는 아들의 이름도, 아들의 도주도, 마음의 상처도 입에 올리지 않았다.

방에 들어가자 싯다르타는 침대에 드러누웠다. 잠시 뒤 바스데바가 야자유 한 잔을 들고 들어왔을 때, 싯다르타는 이미 깊이 잠들어 있었다.

옴

상처는 좀처럼 아물지 않았다.

싯다르타는 나루터에서, 아이들의 손을 꼭 잡고 길을 서두르는 수많은 손님들을 태워 강을 건너 주었다. 배가 물살을 가르며 앞으로 나아갈 때마다, 그는 그들의 등을 바라보며 자기 안에서 솟는 알 수 없는 시샘을 조용히 삼켰다.

저 사람들은 저렇게 '세상에서 가장 기쁜 행운'을 안고 사는데…

왜 나만은 그 복을 받지 못하는가.

강도나 좀도둑 같은 악한들도 아들을 갖고, 아들을 사랑하고, 아들의 사랑을 받는데… 오직 나만은….

그는 스스로도 놀랄 만큼 소박하고, 이성 없는 생각을 했다. 그러고는 문득 알아차렸다. 이제 그는 어느새, 그가 예전엔 내려다보며

'어린아이 같은 사람들'이라 불렀던 이들과 다르지 않은 사람이 되어 있었다.

그리하여 사람을 보는 눈도 달라졌다. 한때 그 눈동자에 남아 있던 현명함과 거리감, 고요한 기품 같은 것은 조금씩 사라지고, 그 자리에 온정과 호기심과 욕심, 그리고 너무 인간적인 것들이 스며들었다.

범속한 길손들, 노인과 군인과 부인네들을 태워 건너 줄 때에도, 그들은 더 이상 무심히 지나가는 그림자들이 아니었다. 그는 조금씩, 그들을 이해하기 시작했다. 사상과 이성이 아니라 충동과 욕망으로 움직이는 삶, 그 삶의 뜨거움과 어지러움을 이해하게 되었다. 그리고 마침내 자기 자신도 그들과 다르지 않다는 사실을 몸으로 실감했다.

거의 완성에 닿은 사람처럼 보이면서도, 그는 마지막 마음의 상처 때문에 여전히 흔들리고 있었다. 그런데도 아이 같은 사람들, 그 '어린아이 같은 사람들'이 어느 순간부터는 형제처럼 느껴지기 시작했다. 그들의 허영과 탐욕, 가소로운 몸짓을 더는 웃어넘길 수 없었다. 오히려 이해하게 되었고, 끝내는 동정하게 되었다.

어머니의 맹목적인 사랑.

외아들을 둔 부모 앞에서 자식 많은 사람이 드러내는 터무니없는 자만.

젊은 여자가 화장으로 시선을 끌기 위해 애쓰는, 조금은 딱한 노력.

그 모든 단순하고 어리석은 충동이 이제는 더 이상 '어린아이의 일'로만 보이지 않았다. 오히려 그런 것들 때문에 사람들이 장사를 하고, 여행을 하고, 전쟁을 하고, 밤새 고민하며, 무서운 괴로움까지도 견딘다는 사실이 선명하게 보였다. 그 충동들이 사람을 붙들어 움직이게 하고, 사람을 울리고 웃게 하고, 사람을 살게 했다.

그는 그들을 사랑할 수 있었다.

그리고 그들의 고뇌와 행위 속에서 살아 움직이는 불멸한 어떤 것, 곧 범梵을 발견했다. 미련하고 맹목적인 행동 속에도 사랑스럽고 놀라운 가치와 진실이 깃들어 있다고 믿게 되었다. 그들에게는 아무것도 부족하지 않았다. 지자나 사색가가 그들보다 더 나아 보일 때가 있다면, 그것은 더할 나위 없이 사소한 차이, 모든 생명을 꿰뚫는 '의식', 의식된 사상 정도에 지나지 않았다.

그는 때때로 의혹에 빠졌다.

인간의 지식과 사상은 과연 그렇게까지 높이 평가받을 만한 것인가?

이 또한 사색가의 또 다른 장난, 더 고상해 보이는 '어린아이 놀이'가 아닌가?

어떤 면에서는, 동물이 강렬한 필연성에 따라 움직일 때 인간보다 더 우월해 보이듯, 때로는 이 '어린아이 같은 사람들'이 자기보다 더 우월해 보이기도 했다. 적어도 그들은 망설임 없이 삶 한가운데로 뛰어들었고, 자기 방식대로 울고 웃었으며, 사랑하고 욕망하며, 그 대가까지도 치렀다.

그 무렵부터 '지혜'가 무엇인지, 오랜 세월 구도해 온 목적이 무엇인지에 대한 인식이 그의 안에서 서서히 꽃피기 시작했다.

지혜란, 잡다한 삶 한복판에서도 어떤 일관된 것을 느끼고 호흡할 수 있는 영혼의 자세, 그 비법에 가까웠다. 그것은 무엇을 쥐는 일이 아니라, 무엇을 놓는 일이었고, 무엇을 재단하는 일이 아니라, 무엇을 함께 품는 일이었다.

그 생각은 점점 자라, 나이 든 바스데바의 어린아이 같은 얼굴에도 비치고 있었다. 조화된 세계의 영원한 완전함, 미소와 통일이 그의 얼굴에 고요히 머물러 있었다.

그러나 상처는 여전히 남아 있었다.

싯다르타는 자나 깨나 아들을 생각했다. 사랑과 애정을 불태우는 그 어리석음을, 스스로 갉아 먹히는 채로 내버려 두었다. 애정의 불꽃을 자기 안에서 몰아낼 수 없었다. 그는 단지 참는 법은 배웠지만, 이 불꽃을 '없애는 법'은 배우지 못했다. 아니, 어쩌면 배울 수 없는 것이었다.

그러던 어느 날, 그는 갑자기 아들을 만나고 싶은 충동에 사로잡혔다. 강을 건너 언덕에 올라, 거리로 떠나려 했다. 그때 강은 유유히 흐르고 있었다. 건조한 계절인데도 물소리는 이상하리만치 명랑했다.

강물은… 웃고 있었다.

분명히 바스데바도 웃고 있었다.

싯다르타는 그 웃음소리를 더 또렷이 들으려는 듯, 강물 위로 허리를 굽혔다. 조용히 흐르는 수면 위에 그의 얼굴이 비쳤다.

그 얼굴 속에서 오래 잊고 있던 무엇인가가 불쑥 솟아올랐다.

이 얼굴은 그가 잘 알고, 사랑했으며, 때로는 두려워하기까지 했던 사람을 닮아 있었다.

바로 바라문인 아버지의 얼굴이었다.

그는 돌이켜 보았다. 젊은 날, 고행자들을 따라가게 해 달라고 아버지를 얼마나 졸랐던가. 그날 밤, 아버지의 침묵 속에서 얼마나 단단한 슬픔이 자라나고 있었는지, 그때의 그는 알지 못했다. 그리고 작별한 뒤로는 단 한 번도 돌아가지 않았다.

그렇다면 지금 자기가 아들 때문에 겪는 이 괴로움과 똑같은 괴로움을 아버지도 자신 때문에 겪었으리라.

그리고 아버지는 끝내 아들을 다시 보지 못한 채, 외로이 세상을 떠났을 것이다.

그렇다면 이제 자신도 아버지와 똑같은 운명을 기다리고 있는 것인가?

이 기이하고 어처구니없는 반복, 이 순환은 윤회 속에서 되풀이되는 하나의 희극이 아니냐고 그는 생각했다.

강은 웃고 있었다. 끝내 풀리지 않았던 일들이 모두 다시 돌아왔다. 해결되지 않은 고통은 다시 찾아와, 다시 사람을 붙들었다. 그것이 이 윤회의 방식이었다.

싯다르타는 그 웃음을 조롱으로 들었다. 조롱이라기보다, 끝없이 되풀이되는 삶의 큰 농담처럼 들었다. 자신이 그렇게 벗어나려 했던 '어린아이들의 삶'이, 형태만 바꿔 다시 자기 안으로 돌아왔다는 사실이 그를 뜨끔하게 했다.

그는 다시 배를 타고 집으로 돌아왔다. 아버지와 아들을 생각했다. 강의 조롱을 듣는 듯했고, 자기 자신과 싸우다 지쳐 실망에 빠졌다. 자기를 포함한 전 세계를 크게 비웃어 주고 싶었다.

그러나 마음의 상처는 여전히 운명에 맞서 버티고 있었다. 번뇌 속에 아직 승리의 빛은 보이지 않았다.

그런데도 희미한 희망 하나가 가슴에 떠올랐다.

집에 이르자마자 그는 바스데바 앞에서 속마음을 털어놓고 싶은 충동을 도저히 억제할 수 없었다.

바스데바는 바구니를 엮고 있었다. 그는 이제 배를 젓지 않았다. 시력도 약해졌고, 팔과 손에도 힘이 빠졌다. 그러나 변하지 않은 것이 하나 있었다. 얼굴에 서린 기쁨, 그리고 자비의 꽃이었다.

싯다르타는 그의 곁에 앉아, 천천히 입을 열었다. 이제껏 거의 꺼내지 않았던 이야기였다. 아들을 찾아보려 강을 건넜던 일, 가슴이 터질 듯 아프던 밤들, 행복한 아버지들을 볼 때마다 부러움이 솟던 일, 그 소망이 어리석다는 걸 깨닫고도 멈출 수 없던 일, 욕망을 억누르려 부질없이 애쓰던 일….

그는 마침내, 지금까지 남에게 들키고 싶지 않았던 가장 꺼린 일들까지도 모두 고백했다. 이상하게도 말은 쉽게 흘러나왔다. 한 번 입을 열자, 망설임이 무너져 내렸다. 그는 쏟아놓았다. 숨을 쉬듯 쏟아놓았다.

그가 말하는 동안 바스데바는 끝까지 심각한 얼굴로 듣고 있었다. 싯다르타는 알아차렸다. 바스데바의 태도가 평소보다 더 침울하다는 것을. 마치 자신의 고통과 두려움, 그리고 은밀한 희망이 바스데바의 가슴속으로 스며들었다가 다시 자기에게 되돌아오는 듯한 느낌이었다.

그에게 상처를 말하는 일은, 마치 그 상처를 강물 속에 담가 물과 하나로 녹여 보내는 일과 같았다.

오랫동안 고백하고 참회하는 동안, 싯다르타는 문득 깨달았다. 지금 자기 앞에 조용히 앉아 있는 이는 '바스데바라는 한 인간'이 아니라 강 그 자체이고, 신 그 자체이고, 영원 그 자체라는 것을.

그리고 어느 순간, 그는 더 이상 '자기'와 '자기 상처'만을 생각하지 않게 되었다.

그때 그는 바스데바의 본질이 달라진 것이 아니라 원래부터 그러했는데 자신이 미처 보지 못했음을 알았다. 더 깊이 몰두할수록, 모든 사물은 하나의 질서 속에서 자연스럽게 제자리를 지키고 있었다. 바스데바도, 자신도, 그 질서 안에서 서로 닮아 있었다.

그는 사람들이 신을 바라보듯, 늙은 바스데바를 바라보았다. 다만 그 느낌이 오래가지 못하리라는 것 또한 알고 있었다. 싯다르타는 이미 마음속에서 바스데바와의 작별을 예감하고 있었던 것이다.

그가 말을 마치자, 바스데바는 친절하지만 어딘가 피로한 시선으로 그를 바라보았다. 말은 없었다. 그러나 그 눈빛에는 사랑과 즐거움과 이해와 지혜가 고요히 번져 있었다.

바스데바는 싯다르타의 손을 잡고, 그들이 늘 앉아 있던 강가의 자리로 데려갔다. 그리고 강을 향해 껄껄 웃기 시작했다.

"당신은 강의 웃음소리를 이미 들었을 거요. 하지만 당신이 들은 것은 아직 전부가 아니오. 더 들어 봅시다. 전에 미처 듣지 못한 소리가 들려올 거요."

그들은 귀를 기울였다.

수많은 목소리로 노래하는 강물 소리가 고요히 흘러왔다. 싯다르타는 물속을 들여다보았다. 흐르는 물에는 많은 그림자가 비쳤다. 아들 때문에 속을 썩이는 고독한 아버지의 얼굴, 멀리 떠나간 아들을 그리며 애착에 묶인 자기 자신의 얼굴, 희망에 불타 줄달음치는 아들의 얼굴….

아버지와 아들은 저마다의 목적지를 향해 가면서, 그 목적 자체에 얽매여 괴로워하고 있었다. 강은 고뇌의 노래를 부르고 있었고, 그리움의 노래도 부르고 있었다. 목적지를 향해 초조하게 흐르며, 눈물로 호소하는 듯했다.

바스데바는 말없이 눈으로 물었다.

‘듣고 있소?’

싯다르타가 고개를 끄덕였다.

바스데바가 아주 낮게 속삭였다.

"더 잘 들어 봐요."

싯다르타는 귀를 기울였다. 아버지의 얼굴과 자신의 얼굴과 아들의 얼굴이 물속에 흘러가고 있었다. 카말라의 얼굴도 잠시 나타났다가 사라졌다. 고빈다의 얼굴도 나타났다. 그 밖에도 수많은 얼굴이 끝이 없을 만큼 떠올랐다.

얼굴들은 서로 엉켜 흐르고 있었다. 모든 얼굴이 하나의 강이 되어 흐르고 있었다. 무엇을 애원하는 듯, 갈망하는 듯, 괴로운 듯, 동경과 고뇌와 억제할 수 없는 욕구로 가득 찬 듯 그렇게 흘렀다.

그 소리 속에는 여전히 괴로움과 갈망이 가득했지만, 동시에 수

많은 다른 소리들이 섞여 있었다. 기쁨과 슬픔의 소리, 선과 악의 소리, 웃음과 탄식의 소리…. 수백 수천 가지가 한데 뒤엉켜 흘렀다.

싯다르타는 오직 듣기만 했다. 듣는 데 도취되어 정신이 없었다. 모든 소리를 집어삼키려는 듯, 깊고도 깊게 들었다. 강물 속으로, 자기 자신 속으로 끝없이 내려가며 들었다.

그러다 문득 그는 느꼈다. 이제는 그 소리들을 하나하나 가려낼 수 없다는 것을. 울음 속에 기쁨이 섞이고, 어른의 목소리와 아이의 목소리가 구분되지 않았다. 모든 소리는 서로를 파고들어 하나로 합쳐져 흐르고 있었다.

그리움의 안타까움과 지식인의 웃음과 격분한 외침과 죽어 가는 자의 신음이 하나였다.

모든 소리, 모든 목적, 모든 동경, 모든 두려움, 모든 욕망, 모든 선악이 합쳐진 것이 곧 이 세계였다. 생성의 강, 생명의 음악이었다.

그리고 마침내 그가 어떤 하나의 소리에 빼앗기지 않고, 이 모든 것을 '하나'로 듣게 되었을 때, 수천 가지 소리로 이루어진 노래는 한마디의 유일한 말로 귀결되었다.

옴.

완성에서 비롯되는 소리.

바스데바는 다시 말없이 눈으로 물었다.

"들립니까?"

그의 얼굴에는 명랑한 미소가 번져 있었다. 마치 강물 소리마다 '옴'이 깃든 것처럼, 늙은 얼굴의 주름마다 찬란한 미소가 어렸다. 싯다르타를 바라볼 때, 그 미소는 더 환해졌다.

그리고 싯다르타의 얼굴에도 같은 미소가 떠올랐다.

마음의 상처에는 꽃이 피어나는 듯했고, 번뇌에는 빛이 비치었다. 자아는 통일 속으로 흘러 들어갔다. 그가 그토록 붙들려 있던 '나'라는 고집이, 어느새 물처럼 풀려 강물의 큰 숨결 속으로 스며들었다.

그 순간, 운명과의 싸움은 그쳤다. 번뇌는 가라앉았다. 지혜에 반항하려는 의욕도, 더는 남아 있지 않았다. 그는 '완성'을 의식했다. 생성의 강과 생명의 흐름이 일치되어, 기쁨과 슬픔을 함께 품고 흐르는 그 단일함을 지혜의 즐거움으로 받아들이고 있었다. 고요한 빛이 그의 얼굴에 감돌았다.

바스데바가 일어섰다.

싯다르타의 눈에서 번득이는 지혜의 즐거움을 확인하자, 그는 온유하게 손을 올려 싯다르타의 어깨를 가만히 짚었다.

"나는 이 시간을 오랫동안 기다렸소. 드디어 왔소. 나는 이제 떠나려오. 나는 오랫동안 뱃사공 바스데바로 일해 왔소. 그러나 이제 그 일도 끝났소. 오두막이여, 잘 있어라. 강이여, 잘 있어라. 강이여, 잘 있거라. 싯다르타, 잘 있으시오."

싯다르타는 고개 숙여 작별 인사를 했다.

"나도 짐작은 하고 있었소."

그가 나지막이 말했다.

"깊은 산중으로 돌아가시려는 거지요?"

바스데바가 고개를 끄덕였다.

"그렇소. 나는 깊은 산속으로 들어가려오. 나는 범梵의 품으로 가려오."

그는 마치 후광에 싸인 사람처럼 말했고, 그렇게 떠났다.

싯다르타는 그의 뒷모습을 오래 바라보았다. 법열이 가슴에 차올랐다. 엄숙한 마음으로 그는 바스데바를 바라보았다. 걸음걸이는 평화로 가득했고, 머리 둘레는 후광처럼 빛나는 듯했으며, 그 모습 전체가 빛으로 넘쳐나는 것 같았다.

그리고 그 빛은, 강물의 숨결처럼 조용히 숲 속으로 사라져 갔다.

고빈다

그날 고빈다는 다른 승려들과 함께, 유녀 카말라가 고타마의 제자들에게 내어 준 별장에 머물고 있었다. 머무는 사이, 하룻길쯤 떨어진 강가에 늙은 뱃사공이 산다는 이야기를 들었다. 남달리 현명해 사람들의 존경을 받는다는 소문이었다.

고빈다의 마음은 자꾸만 그쪽으로 기울었다.

멀리 동방으로 떠나기 전, 그는 그 사람을 꼭 한 번 만나보고 싶었다.

한평생 불법을 좇아 온 그는 이미 늙은 몸이었다. 겸손한 언행으로 젊은 승려들의 존경도 받았으나, 가슴 한쪽에는 아직 가라앉지 않는 불안과 구도심이 남아 있었다. 꺼질 듯하면서도 끝내 꺼지지 않는 마지막 불씨처럼, 은근히 타오르는 무엇이었다. '나는 아직 충분히 알지 못한다.'는 그 감각이 그를 평생 붙들고 놓아주지 않았다.

고빈다는 무언가에 이끌리듯 나루터로 향했다. 늙은 사공에게 강을 건너 달라 청했고, 배가 물살을 가르며 반대편으로 닿아 갈 무렵, 조심스레 말을 꺼냈다.

"당신은 우리 승려와 순례자들을 위해 큰 은혜를 베풀어 오셨소. 많은 사람이 이 강을 건널 수 있게 해 주셨지요. 혹시 당신도… 우리처럼 수도하는 사람이오?"

뱃사공은 주름진 얼굴에 잔잔한 웃음을 띠고 고빈다를 바라보았다.

"당신은 이미 고령에 이르고 고타마의 승복까지 입고 계시면서도, 아직도 구도하는 사람으로 자처하시오?"

고빈다는 고개를 끄덕였다.

"그렇소. 나는 이미 늙은 몸이오. 그래도 아직 구도의 길을 놓지 못했소. 그것이 나의 사명인가 하오. 그런데 당신 또한… 구도하는 사람처럼 보이니, 나에게 무엇인가 이야기해 줄 수 있겠소?"

뱃사공이 부드럽게 되물었다.

"나 같은 사람에게 무슨 할 말이 있겠소. 다만… 당신은 도를 지나치게 구하는 게 아니오? 지나치게 구하면, 오히려 도를 놓치게 될는지도 모르오."

고빈다는 눈살을 살짝 모았다.

"무슨 말이오?"

"사람은 무언가를 구할 때, 그 하나만 바라보느라 다른 것을 보지 못하오. 목적에 매달리면 마음이 굳어지고, 무엇도 자기 것이 되지 못하지요. 반대로 발견이란, 마음이 자유로워 아무 목적도 갖지 않을 때 가능하오. 당신이 도를 구하는 동안, 눈앞의 많은 것들이 당신에게서 멀어지는 까닭이 그 때문이오.”

고빈다는 잠시 말이 없었다. 이내 더 낮은 목소리로 청했다.

“뜻을 잘 알아듣지 못하겠군요. 좀 더 자세히 말해 주겠소.”

뱃사공의 웃음이 아주 조금 깊어졌다.

“당신은 오래전에 한 번, 이 강가에 온 적이 있지요. 그때 강가에 누워 깊이 잠든 사람 하나를 보고, 옆에 앉아 지켜 준 일이 있소. 고빈다… 그런데 당신은 그 잠자던 사람을 또다시 몰라보는구려.”

고빈다는 마치 주문에 걸린 듯 굳었다. 그리고 뱃사공의 눈을 뚫어지게 들여다보았다.

“자네는… 싯다르타가 아닌가?”

떨리는 목소리였다.

“나는 또 자네를 몰라볼 뻔했군. 반갑네, 싯다르타… 이렇게 다시 만나게 되다니 기쁘기 그지없네. 그런데 자네가 뱃사공이라니… 참 많이도 변했군그래.”

싯다르타는 정답게 웃었다.

“그래, 뱃사공이 되었다네. 고빈다, 사람들은 많이 변하고 여러 옷을 입게 마련이지. 나도 그중 한 사람일세. 오늘 밤은 우리 집에서 쉬어 가게.”

그날 밤 고빈다는 싯다르타의 집, 바스데바의 침대에서 하룻밤을 묵었다. 그는 궁금한 것이 많아 묻고 또 물었다. 싯다르타는 그동안 지나온 세월을 조용히 들려주었다. 길을 잃었던 날들과, 길을 다시 얻은 날들까지. 강물처럼 한 번도 멈추지 않고 흘러온 이야기였다.

이튿날, 고빈다는 다시 동방으로 길을 떠나려 하며 마지막으로 물었다.

"싯다르타, 떠나기 전에 한마디만 더 묻고 싶네. 나에게 들려줄 가르침이 없나? 자네를 지키고 인도해 온 신앙과 지혜가… 자네에게는 있지 않나?"

싯다르타는 잠시 생각하다가, 솔직히 대답했다.

"그건… 잘 모르겠네. 나는 청년 시절 산에서 고행할 때 이미 스승들의 가르침에 의혹을 느끼고 떠나지 않았나? 그 생각은 지금도 같네. 하지만 그 뒤에도 나는 많은 스승을 모셨지. 아름다운 카말라도, 돈 많은 상인도, 몇몇 도박꾼들도… 모두 내 스승이었네. 그리고 순례하던 부처의 제자 한 분도 그랬지. 숲에서 자고 있던 나를 지켜 준 그분에게서도 나는 많은 것을 배웠네. 그러나 무엇보다도… 이 강에서 많이 배웠네. 그리고 바스데바에게서도. 그는 순박한 분이었지만, 고타마처럼 사물의 필연을 아는 분이었네. 인격 완성자요 성자였지."

고빈다는 미소를 머금었으나, 어딘가 애원하듯 말했다.

"오, 싯다르타. 자네는 옛날처럼 지금도 남을 곧잘 놀리는군. 그래도 나는 자네를 믿네. 자네가 어떤 스승도 그대로 따르지 못한다는 것도 알고 있지. 비록 교훈이 아니라 하더라도, 자네 삶을 인도하는 사상과 지혜가 있을 걸세. 그것을 들려주게. 그러면 참 고맙겠네."

싯다르타는 조용히 고개를 끄덕였다.

"나는 사상도 가져 보고 지혜도 가졌었지. 그러나 고빈다, 지혜는 남에게 전할 수 없네. 지식은 전할 수 있어도, 지혜는 전해지지 않지. 현자들이 전하려는 지혜는… 종종 무지와 비슷한 모양이 되고 마네."

고빈다가 물었다.

"자네, 농담하는 건가?"

"농담이 아닐세. 누구나 지혜를 찾아낼 수는 있지. 지혜롭게 살 수도 있고, 지혜로 기적을 행할 수도 있어. 하지만 지혜는 말로 가르칠 수 없네."

싯다르타는 잠시 숨을 고르고 이어 말했다.

"나는 한 가지 사상을 발견했네. 모든 진리는… 그 반대도 또한 진리라는 것. 말로 표현되는 진리는 언제나 한쪽뿐이네. 일방적이고 반쪽이지. 그래서 완전할 수 없고, 전체가 될 수 없네."

그는 천천히 고빈다를 바라보며 덧붙였다.

"고타마께서도 열반과 윤회, 진리와 미망, 해탈과 번뇌를 나눠 설명하실 수밖에 없었지. 가르치려면 그렇게 말할 수밖에 없으니까. 하지만 세계 자체와 우리 주위와 마음속의 세계는 일방적인 것이 아니네."

고빈다의 얼굴이 긴장으로 굳었다.

"그게 무슨 뜻인가?"

"우리가 '시간'이 있다고 믿기 때문일세. 고빈다, 시간은… 있는 것이 아니네. 시간이 없다면, 고뇌와 행복, 선과 악, 현실과 영원 사이에 있는 듯한 간격도 사실은 미망일 테지."

고빈다가 불안한 눈빛으로 물었다.

"어찌하여 그런가?"

"잘 들어 보게. 우리가 '언젠가' 죄인이 부처가 된다고 말할 때, 그 '언젠가'가 바로 미망일세. 죄인은 부처가 되어 가는 도중에만 있는 게 아니네. 죄인 속에 이미 부처가 있네. 미래의 부처는 지금 이 순간에도 내포되어 있지."

그는 낮고 다정한 목소리로 덧붙였다.

"세계는 불완전하지도, 완전으로 나아가는 과정에만 있지도 않네. 세계는 순간마다 완전하네. 모든 죄는 속죄의 씨를 품고 있고, 모든 어린아이 속에는 백발노인이 숨어 있으며, 모든 젖먹이 속에는 죽음이 깃들어 있고, 모든 죽음 속에는 영생이 깃들어 있다네."

고빈다는 숨을 삼켰다. 싯다르타는 이어 말했다.

"남의 길을 옆에서 새난할 수는 없네. 노북 속에노 무저가 있고, 바라문 속에도 도둑이 있지. 깊은 명상으로 시간을 뛰어넘어 과거와 현재와 미래를 함께 볼 수 있을 때, 그때야 비로소 모든 것이 선이 되고, 모든 것이 완성되어, 모든 것이 범梵과 하나가 되네."

그는 잠시 멈추었다가, 더 낮은 목소리로 고백하듯 말했다.

"그래서 지금의 나에게는⋯ 모든 것이 선으로 보이네. 죽음도 삶으로, 죄악도 신성으로, 지혜도 어리석음으로 보이지. 모든 것은 그렇게 되어야 하네. 내게는 죄악도 필요했네. 쾌락과 탐욕, 허영, 심지어 가장 고약한 자포자기까지도⋯ 세상을 거역하지 않고 사랑하는 법을 배우기 위해, 내가 꿈꾸는 이상과 현실을 비교하며 미워하는 어리석음을 버리기 위해, 있는 그대로의 세계를 사랑하고 그 안으로 기꺼이 들어가기 위해… 내게는 그 모든 것이 필요했네.”

싯다르타는 허리를 굽혀 땅에서 돌 하나를 주워들었다. 손바닥 위의 작은 무게가 이상하게도 따뜻하게 느껴졌다.

“이 돌을 보게. 전 같으면 나는 ‘돌은 미망’이라 말했을 걸세. 언젠가 흙이 되고 풀이 되고 동물이 되고 사람이 될 테니, 그때의 가치를 인정한다고 말했겠지. 하지만 이제 나는 그렇게 생각하지 않네.”

그는 돌을 바라보며 미소 지었다.

“이것은 돌이면서, 동물이면서, 신이면서, 부처일세. 앞으로 무엇이 되어서가 아니라, 언제나 이미 일체이기 때문에 존경하고 사랑하네. 지금 이 순간, 돌로 보이기에 돌로서 사랑하네.”

그의 목소리는 강물처럼 잔잔했다.

“금이 간 자리, 움푹 파인 자국, 누런빛과 잿빛, 딱딱함, 두들기면 나는 소리, 마른 표면과 젖은 표면… 나는 그렇게 있는 그대로를 인정하네. 돌은 저마다의 형태로 ‘옴’을 부르고 있지. 모두가 범梵이면서, 동시에 돌이기도 하지. 그 점이 내겐 신기하고도 만족스럽네.”

그러고는 조용히 덧붙였다.

“하지만… 그만 말해야겠네. 말은 종종 내면을 해치니까. 입 밖에 내는 순간, 진실은 조금씩 모조품이 되지.”

고빈다는 머뭇거리며 물었다.

“그런데 자네는 왜 돌에 대해서만 그렇게 말하는 건가?”

“특별한 뜻은 없네. 돌이든 강이든, 나무든 나무껍질이든… 내가 사랑할 수 있는 ‘사물’이기 때문일세. 사람은 사물을 사랑할 수 있네. 그러나 나는 말은 사랑할 수 없네. 말은 향도 맛도 없고, 단지 말일 뿐이니까.”

싯다르타는 숨을 고르고, 마지막을 조용히 정리하듯 말했다.

“무엇보다 마음의 평화를 존중하는 자네에게 장애가 되는 것은 아마 그 숱한 말일 걸세. 해탈이니 덕이니 윤회니 열반이니… 그것은 말일 뿐이지.”

고빈다가 즉시 반박했다.

“싯다르타, 그렇지 않네. 열반은 말에 지나지 않는 게 아니라 하나의 사상일세.”

싯다르타는 고개를 끄덕이며 부드럽게 받아 주었다.

“그럴 수도 있겠지. 하지만 나는 사상과 말 사이에 큰 구별을 두지 않네. 나는 사상보다 사물을 더 소중히 여기네.”

그는 강 쪽으로 눈길을 주었다.

“이 나루터에 내 선배요 스승인 사람이 있었네. 그는 오랫동안 다만 강만을 믿고 그 밖에는 아무것도 믿지 않는 성자였지. 스승도 책도 없이, 강에게서 배우며 살아왔네. 그리고 마침내 산으로 들어갈 무렵엔 알게 되었지. 바람도 구름도 새도 벌레도, 모두 강처럼 신성을 갖고 있다는 것을.”

고빈다가 조심스럽게 물었다.

“자네가 말하는 ‘사물’이란 실존하는 것, 실체를 뜻하나? 그것은 미망이라는 거짓이며 다만 환영에 불과한 것이 아니겠나? 돌이나 나무, 강 따위를 실재적인 것으로 볼 수 있을까?”

싯다르타는 잠시 웃었다.

"그것도 나에겐 큰 문제가 아니네. 사물이 환영이라면, 나 역시 환영일 테니까. 그러면 더더욱… 우리는 서로 같은 것이네. 그래서 사랑할 수 있네."

그리고 조용히, 그러나 더는 물러서지 않는 음성으로 말했다.

"고빈다, 사랑이야말로 가장 소중한 것일세. 세상을 통찰하고 설명하며 경멸하는 것은 사색가의 일이지. 그러나 사랑은 경멸하지 않네. 미워하지도 않네. 오직 사랑할 뿐이지. 세계와 나와 모든 존재를 사랑하고, 경탄하고, 존경하는 눈으로 볼 수 있다는 것은 가장 귀한 일이네."

고빈다는 낮게 말했다.

"그건 나도 안다네. 하지만 부처는 속세에 대한 사랑에 얽매이는 것을 금하셨네."

싯다르타는 눈부시게 웃었다. 그 웃음은 이상하게도 따뜻했다.

"나도 알고 있네. 하지만 보게, 우리도 지금 말의 동굴에 빠져 있지 않나? 나는 자네와 반대되는 말을 했지만, 결국 나는… 그분과 일치한다고 믿네. 중생을 구제하려 그토록 오래 괴로운 생애를 살며 사람을 사랑한 그분이, 어찌 사랑을 몰랐겠나? 그분은 진리를 말보다 사랑하셨고, 설법보다 행위를, 사상보다 삶을 더 무겁게 여기셨네. 나는 그분의 위대함을 가르침이 아니라 삶에서 보았지."

두 노인은 오랫동안 침묵했다. 강물 소리만이 그 사이를 천천히 흘러 지나갔다.

고빈다는 떠나려 하며 허리를 굽혀 인사했다.

"싯다르타, 사상의 일부를 들려준 것, 고맙네. 하지만 아직은… 선뜻 이해되지는 않네. 그래도 고맙네. 잘 있게!"

그러면서도 마음 한편으로 그는 생각했다.

싯다르타의 말은 때로 이상하고, 어리석게 들리기까지 한다. 그러나 그의 손과 발과 눈과 이마와 숨결과 미소… 그 모든 것에는, 우리 스승이 떠난 뒤 아무에게서도 보지 못했던 순결과 안식의 빛이 있다.

고빈다는 다시 돌아섰다. 더 간절한 목소리로, 마지막 청을 올리듯 말했다.

"싯다르타… 우리는 벌써 늙었네. 살아 있는 동안에 다시 만나기는 어려울 테지. 자네는 평화를 찾았군 그래. 하지만 나는 아직 그렇지 못하네. 떠나는 나그네 길에 이로울 말… 한마디만 더 해주게. 앞길이 외롭고 캄캄하네."

싯다르타는 침묵했다. 그리고 언제나 그렇듯, 고요한 웃음을 머금은 채 고빈다를 바라보았다.

고빈다의 눈에는 번뇌와 갈망이 서려 있었다. 영원히 구하려 해도 구할 길 없는, 뜨겁고도 서늘한 빛이었다. 싯다르타는 그 눈을 보며 다시 한 번 미소 지었다.

그리고 아주 낮게, 귀에 닿을 만큼 가까이 속삭였다.

"나한테 몸을 숙여 보게나. 이리로… 더 가까이. 바싹 가까이. 그리고 내 이마에 키스를 하게, 고빈다!"

고빈다는 의아했으나, 그를 향한 사랑과 어떤 호기심에 이끌려 몸을 굽혔다. 그리고 싯다르타의 이마에 입술을 댔다.

그 순간, 이상한 일이 일어났다.

싯다르타의 얼굴이 사라지고, 그 대신 수많은 얼굴이 나타났다. 긴 행렬이 되어 흐르는 강처럼, 수백 수천의 얼굴이 밀려왔다. 나타났다가 사라지고, 사라졌다가 다시 나타나며 끝없이 변모해 새로운 얼굴이 되었다.

그러나 그 모든 얼굴은⋯ 분명히 싯다르타의 얼굴이었다.

잉어의 얼굴이 보였다. 막 죽어 가는 얼굴은 괴로운 듯 입을 딱 벌리고, 눈은 흐리멍덩했다. 갓 태어난 아기의 주름진 얼굴이 울고 있었다.

단도로 사람의 배를 찌르는 살인자의 얼굴도 보였다. 묶여 꿇어 앉은 죄인이 망나니의 칼 아래 목이 달아나는 장면도 보였다. 열렬히 사랑하는 벌거숭이 남녀의 몸, 팔다리를 뻗고 누운 공허하고 차디찬 시체, 수퇘지와 새들의 머리⋯ 그리고 신들의 얼굴⋯ 크리슈나와 아그니도.

이 모든 얼굴과 형체는 천태만상으로 얽혀 있었다. 서로 돕고, 사랑하고, 미워하고, 파괴하고, 새로 낳고, 죽어 가며 허망한 세계에서 지독한 시달림을 겪고 있었다.

그런데도 그들은 하나도 '죽지' 않았다. 다만 형체가 바뀌어 갈 뿐이었다. 언제나 새로 태어나 새 형태를 취했다. 한 형체에서 다른 형체로 옮겨 가는 데, 시간조차 필요해 보이지 않았다. 모든 것이 동시에 이루어지고 있었다.

그리고 그 모든 것 위에는 늘 엷고 가벼운 무엇이 덮여 있었다. 엷은 유리 같기도 하고, 얼음 같기도 하고, 투명한 막 같기도 하고, 물로 만든 가면 같기도 했다.

그 가면은 웃고 있었다. 그 웃음은 싯다르타의 웃는 얼굴이었다. 고빈다가 바로 그 순간에 입을 맞추고 있던, 그 얼굴이었다.

고빈다는 보았다.

유전하는 무수한 형체 위에 일관된 수천의 미소를.

삶과 죽음을 초월한 동시성의 미소를.

가면의 웃음을.

그 웃음은 고타마의 웃음이었다. 그가 무한히 존경해 오던, 조용하고 명랑하며 헤아릴 수 없이 자비롭고 또 어딘가 비웃는 듯한, 현명한 부처의 수천 가지 웃음이었다.

그리하여 고빈다는 깨달았다.

인격이 완성된 자는… 틀림없이 미소한다는 것을.

그것이 순간이었는지, 백 년이었는지 그는 알지 못했다. 시간이 있는지 없는지도 알 수 없었다. 싯다르타인지 고타마인지도, 내가 있는지 네가 있는지도 경계가 흐려졌다. 모든 구분이 강물처럼 풀어져 흘렀다.

신의 화살에 가슴을 맞고도 아프지 않고 달콤한 사람처럼, 고빈다는 황홀하게 해탈된 채 잠시 그대로 서서 고요히 앉아 있는 싯다르타의 얼굴을 굽어보고 있었다. 방금 입을 맞춘, 모든 형체와 모든 생성과 모든 존재의 무대였던 그 얼굴을.

천태만상의 막이 거기서 사라지자, 싯다르타의 얼굴은 다시 전과 같았다.

싯다르타는 조용히 웃었다. 은밀히 웃었다. 자비롭고도 어딘가 조롱이 섞인 듯한 얼굴로, 마치 부처처럼 웃었다.

고빈다는 허리를 굽혀 절했다. 두 눈에서는 영문 모를 눈물이 하염없이 흘러내렸다.

늙은 얼굴에는 가장 깊은 사랑과 충성에서 우러난 겸허한 존경이 불타올랐다.

그는 다시 한 번, 이마가 땅에 닿도록 깊이 절했다.

그리고 싯다르타의 웃음은 고빈다의 긴 생애 동안 사랑해 오던 모든 것, 또한 가치 있고 거룩하다고 믿어 온 모든 것들을 마치 강물이 마지막으로 속삭이듯, 조용히 한꺼번에 떠올리게 했다.

유년기와 청년기 1877~1899

1877년 7월 2일 독일 남부 뷔르템베르크의 소도시 칼브에서 출생. 아버지 요하네스 헤세는 발트 지역 출신의 선교사였고, 어머니 마리 군데르트는 인도 선교사의 딸로 인도에서 태어났다. 경건주의적 프로테스탄트 가정환경에서 성장.

1881년 가족이 스위스 바젤로 이주. 아버지가 바젤 선교회에서 일함.

1886년 가족이 다시 칼브로 돌아옴. 헤세는 이곳에서 유년기의 대부분을 보냄.

1891년 뷔르템베르크 주립 시험에 합격하여 마울브론 신학교에 입학. 목사가 되기 위한 교육을 받기 시작.

1892년 3월 억압적인 학교생활을 견디지 못하고 마울브론 신학교에서 도주. 이후 부모의 집으로 돌아왔으나 심각한 정신적 위기를 겪음. 이 시기의 경험은 후에 『수레바퀴 아래서』(1906)의 모티프가 됨.

1892년 5~10월	신경쇠약으로 바트볼 정신병원에서 치료받음. 자살 충동으로 심각한 정신적 고통을 겪음.
1892~1893년	칸슈타트 김나지움에서 학업을 재개했으나 1년 만에 중퇴.
1894~1895년	칼브의 시계탑 공장에서 견습공으로 일함. 이후 에슬링겐의 서점에서 일하다가 그만둠.
1895~1898년	튀빙겐의 헤켄하우어 서점에서 견습 직원으로 일함. 이 시기 독서에 몰두하며 괴테, 니체, 도스토예프스키 등을 탐독. 틈틈이 시와 산문을 쓰기 시작.
1899년	첫 시집 『낭만적인 노래들』과 산문집 『자정 이후의 한 시간』을 자비 출판. 본격적인 문학 활동의 시작.

작가로서의 출발 1900~1916

1899~1903년	바젤의 라이히 서점에서 서적상으로 근무하면서 집필 활동을 병행.
1901년	첫 장편소설 『헤르만 라우셔』 출간. 세기말적 퇴폐와 예술가적 고뇌를 다룬 작품.
1904년	소설 『페터 카멘친트』 출간으로 일약 유명 작가가 됨. 이 작품으로 바우에른펠트 상 수상. 9년 연상의 피아니스트 마리아 베르누이와 결혼하여 스위스 가이엔호펜의 보덴 호수가에 정착. 이후 전업 작가로 활동.
1905년	장남 브루노 출생. 이후 1909년 차남 하이너, 1911년 삼남 마르틴이 태어남.
1906년	소설 『수레바퀴 아래서』 출간. 마울브론 신학교 시절의 경험을 바탕으로 독일 교육 제도의 억압성을 고발한 작품. 이후

청춘소설의 고전으로 평가됨.

1911년   심한 우울증과 결혼 생활의 위기를 겪으며 인도와 실론(스리랑카), 수마트라를 여행. 동양 사상과 불교에 깊은 관심을 갖게 됨. 이 여행은 『싯다르타』 집필에 결정적 영향을 줌.

1912년   가족과 함께 베른 교외로 이주. 여행기 『인도로부터』 출간.

1914년   제1차 세계대전 발발. 헤세는 전쟁에 반대하는 글을 발표하여 독일에서 '비국민' 취급을 받음. 스위스 베른의 독일 대사관에서 전쟁 포로 구호 활동에 참여.

1916년   아버지 사망. 아내 마리아가 정신분열증으로 입원. 막내아들 마르틴이 중병에 걸림. 헤세 자신도 심각한 우울증과 불면증으로 고통 받음. 융의 제자인 정신분석가 J.B. 랑과 정신분석 치료를 시작. 이 경험이 『데미안』 집필에 큰 영향을 미침.

몬타뇰라 시기와 세계적 명성 1917~1945

1917년   스위스 몬타뇰라로 이주하여 홀로 은둔 생활 시작. 회화에 몰두하기 시작.

1919년   소설 『데미안』을 에밀 싱클레어라는 필명으로 출간. 제1차 세계대전 이후 정신적 방황을 겪는 젊은 세대에게 폭발적인 반응을 얻음. 폰타네 상 수상 후 헤세의 작품임이 밝혀짐. 단편 『크눌프』와 『동화』 출간. 아내 마리아와 이혼.

1922년   소설 『싯다르타』 출간. 인도 설화를 바탕으로 구도자의 깨달음을 다룬 작품으로 큰 성공을 거둠. 가수 루트 벵거와 재혼했으나 곧 파경을 맞음.

1923년   스위스 시민권 취득. 독일 국적을 포기.

| 1924년 | 루트 벵거와 이혼. |

1927년   소설『황야의 이리』출간. 당대 부르주아 사회에 대한 비판과 예술가의 내면적 분열을 다룬 실험적 작품. 장편『나르치스와 골드문트』집필 시작.

1931년   미술사학자 니논 돌빈과 세 번째 결혼. 안정된 결혼 생활을 유지하며 집필에 전념. 소설『나르치스와 골드문트』출간으로 다시 큰 성공을 거둠.

1932년   단편『동방 순례』출간.

1933년   나치 정권이 독일에서 집권. 헤세는 나치에 비판적인 입장을 취하면서도 직접적인 정치 활동은 피함. 독일에서는 헤세의 작품이 금서 목록에 오르지는 않았으나 출판이 어려워짐.

1942년   『시집』출간. 평생 쓴 시들을 모아 발표.

1943년   장편소설『유리알 유희』출간. 12년에 걸쳐 집필한 헤세 문학의 집대성으로 평가되는 작품. 카스탈리엔이라는 가상의 정신 귀족 사회를 배경으로 예술과 삶, 명상과 행동의 조화를 탐구.

1945년   제2차 세계대전 종전. 괴테 상 수상.

세계적 작가로 노벨 문학상 수상 1946~1962

1946년   노벨 문학상 수상.『유리알 유희』를 비롯한 전체 문학 업적을 인정받음. 같은 해 괴테 상도 수상.

1950년대   전후 독일과 전 세계에서 헤세의 작품이 재평가되며 큰 인기를 얻음. 특히 청년 세대 사이에서 폭넓게 읽힘. 건강이 악화되면서 점차 은둔 생활을 함.

1955년　　　　독일 서적 출판 협회 평화상 수상.

1962년 8월 9일　　스위스 몬타뇰라 자택에서 뇌출혈로 사망. 향년 85세. 몬타
　　　　　　　　　뇰라 산 아보온도 교회 묘지에 안장됨.

사후 세계 최고의 작가로 명성을 떨침

1960~1970년대　미국과 유럽에서 반문화 운동과 히피 문화의 영향으로 헤세
　　　　　　　　　의 작품, 특히 『데미안』, 『싯다르타』, 『황야의 이리』가 청년 세
　　　　　　　　　대 사이에서 컬트적 인기를 얻음. 자아 찾기, 동양 사상, 기성
　　　　　　　　　체제에 대한 저항이라는 주제가 젊은이들에게 큰 공감을 얻
　　　　　　　　　음.

현재 헤세의 작품은 60개 이상의 언어로 번역되어 전 세계에서 읽히고 있음. 독
일어권에서는 가장 많이 읽히는 20세기 작가 중 한 명이며, 한국을 비롯한 동아
시아에서도 꾸준한 사랑을 받고 있음. 『수레바퀴 아래서』, 『데미안』, 『싯다르타』
는 청춘문학의 대표 고전으로 자리 잡음.

헤세 주요 작품 목록

장편소설

『페터 카멘친트』 (1904)

『수레바퀴 아래서』 (1906)

『데미안』 (1919)

『싯다르타』 (1922)

『황야의 이리』 (1927)

『니르치스와 골드문트』 (1930)

『유리알 유희』 (1943)

단편 및 중편

『크눌프』 (1915)

『동화』 (1919)

『클링조어의 마지막 여름』 (1920)

『동방 순례』 (1932)

시집 및 수필집

『낭만적인 노래들』 (1899)

『인도로부터』 (1913)

『시집』 (1942)

다수의 서평, 에세이, 편지글

송동윤

영화감독이자 소설가. 1980년 5월 광주에서 죽을 고비를 넘기고 대학을 두 번이나 자퇴하는 후유증을 겪다가 살기 위해 유학을 떠나 독일 보훔대학교에서 연극영화TV학 박사학위를 취득했다. 한일장신대학교 연극영화학 교수를 지냈다. 영화 《서울이 보이냐》《바다 위의 피아노》의 감독과 《블랙 아이돌스》《마장호수》《5월 18일생》의 각본과 연출을 맡았으며 《HID 북파 공작원》의 시나리오 작업을 했으며 《5월 18일생》은 5월 개봉을 앞두고 있으며, 최근에는 서울에 있는 '지구촌학교'와 손잡고 학생 지도, 영화기획과 시나리오 작업, 글로벌 공연기획 등 열정적인 활동을 하고 있다.
저서로는 『송동윤의 영화 이야기』『흔들리면서 그래도 사랑한다』『영웅의 부활』『블랙 아이돌스』『5월 18일생』이 있으며, 엮은 책으로 『나는 왜 니체를 읽는가』『헤르만 헤세 청춘이란?』『헤르만 헤세 인생론』 등이 있다.

스스로 깨어라 　헤르만 헤세 청춘소설 3부작

초판 인쇄 　2026년 3월 13일
초판 발행 　2026년 3월 18일

지은이 　헤르만 헤세
옮긴이 　송동윤
펴낸이 　김상철
발행처 　스타북스
등록번호 　제300-2006-00104호
주소 　서울시 종로구 종로 19 르메이에르종로타운 A동 907호
전화 　02) 735-1312
팩스 　02) 735-5501
이메일 　starbooks22@naver.com

ISBN 　979-11-5795-795-8 03850